BASTEI
LÜBBE

Von Jeffrey Archer erschienen bei BASTEI-LÜBBE:

12014 Der Aufstieg
12213 Attentat!
12228 Rivalen
12343 Kain und Abel

JEFFREY ARCHER
DIE STUNDE DER FÄLSCHER

Aus dem Englischen von
Lore Straßl

BASTEI
LÜBBE

BASTEI-LÜBBE-TASCHENBUCH
Band 12379

Titel der englischen Originalausgabe:
Honour Among Thieves

Printed in Great Britain September 1995
Einbandgestaltung: K. K. K.
Titelfoto: ZEFA
Satz: Bosbach & Siebel, Lindlar
Druck und Bindung: Cox & Wyman, Ltd.
ISBN 3-404-12379-4

Für Geoffrey und Babs

Die im folgenden verwendete und im
Anhang abgedruckte Übersetzung
der amerikanischen Unabhängigkeitserklärung,
die bereits am 9. Juli 1776
im *Pennsylvanischen Staatsboten* erschien,
stammt von dem deutschen Auswanderer
Henrich Miller (ehemals Möller).
Sie ist hier entsprechend der authentischen
Schreibweise wiedergegeben.

ERSTER TEIL

»Wenn es im Lauf menschlicher Begebenheiten…«

1

New York, 15. Februar 1993

Antonio Cavalli musterte verstohlen den Araber, der seiner Meinung nach für einen Botschaftssekretär, zudem Stellvertreter des Botschafters, viel zu jung aussah.

»Einhundert Millionen Dollar«, sagte Cavalli. Er betonte jedes Wort langsam, beinahe andächtig.

Hamid Al Obaydi schob klickend eine Perle seiner Gebetsschnur über den sorgfältig manikürten Nagel seines Daumens. Dieses Klicken ging Cavalli allmählich auf die Nerven.

»Einhundert Millionen – einverstanden«, erwiderte der stellvertretende Botschafter in abgehacktem Englisch.

Cavalli nickte. Das einzige, was ihn an der Sache störte, war, daß Ali Obaydi nicht einmal den Versuch machte zu handeln, obgleich diese Summe das Doppelte dessen war, womit der Amerikaner eigentlich gerechnet hatte. Cavalli hatte aus bitterer Erfahrung gelernt, niemandem zu trauen, der nicht feilschte. Es bedeutete für gewöhnlich, daß der andere von vornherein gar nicht zu zahlen beabsichtigte.

»Wenn der Preis also klar ist«, sagte er, »bleibt nur noch die Frage, wie und wann die Zahlungen erfolgen sollen.«

Der Botschaftssekretär klickte eine weitere Perle über den Daumennagel, dann nickte er.

»Zehn Millionen Dollar sofort in bar«, sagte Cavalli. »Die restlichen neunzig Millionen auf ein Schweizer Bankkonto, sobald der Vertrag erfüllt ist.«

»Aber was bekomme ich für meine ersten zehn Millionen?« fragte der stellvertretende Botschafter und fixierte den Mann, dessen Abstammung ebenso schwer zu verheimlichen war wie seine eigene.

»Nichts«, entgegnete Cavalli, obwohl er zugeben mußte, daß die Frage des Arabers durchaus berechtigt war. Schließlich hatte der Botschaftssekretär viel mehr zu verlieren als nur das Geld seiner Regierung, wenn Cavalli seinen Teil der Abmachung nicht erfüllte.

Al Obaydi klickte mit einer weiteren Perle. Er wußte, daß ihm kaum eine Wahl blieb – er hatte volle zwei Jahre gebraucht, diese Besprechung mit Antonio Cavalli überhaupt zustande zu bringen. Inzwischen war Präsident Clinton ins Weiße Haus eingezogen, und sein eigener Chef war nicht mehr gewillt, noch länger auf seine Rache zu warten. Wenn er nicht auf Cavallis Bedingungen einging, waren die Aussichten, einen anderen zu finden, der diesen Auftrag vor dem 4. Juli erledigen konnte, so groß wie die eines Roulettespielers, der seine letzten Chips auf Zahl setzt.

Cavalli blickte auf das riesige Porträt an der Wand hinter dem Schreibtisch des Botschaftssekretärs. Sein erster Kontakt mit Al Obaydi hatte nur wenige Tage nach dem Ende des Golfkriegs stattgefunden. Damals hatte der Amerikaner es abgelehnt, mit dem Araber zu verhandeln; denn wie die meisten war Cavalli davon ausgegangen, daß der Auftraggeber dieses Mannes den Zeitpunkt, an dem erste Vorgespräche zustande kommen konnten, gar nicht mehr erleben würde.

Im Lauf der Monate sah es dann jedoch ganz so aus, als würde Cavallis potentieller Klient länger auf der Bildfläche bleiben als Präsident Bush. Also wurde ein erstes Treffen im Büro des Botschaftssekretärs in der Neunundsiebzigsten Straße Ost vereinbart. Der Treffpunkt war für Cavallis Geschmack ein wenig zu exponiert, sprach jedoch für die Glaubwürdigkeit eines Geschäftspartners, der einhundert Millionen Dollar in ein so waghalsiges Unternehmen zu investieren bereit war.

»Wie möchten Sie die ersten zehn Millionen haben?« erkundigte sich Al Obaydi, als würde er einen Immobilienmakler nach der Anzahlung für ein Häuschen auf der weniger vornehmen Seite der Brooklyn Bridge fragen.

»Die gesamte Summe muß in gebrauchten, unmarkierten

Hundertdollarscheinen bei einem unserer Bankiers in Newark, New Jersey, deponiert werden«, antwortete der Amerikaner. »Und, Mr. Obaydi«, fügte er hinzu, »ich brauche wohl nicht darauf hinzuweisen, daß wir über Möglichkeiten verfügen, mit denen sich feststellen läßt...«

»Sie brauchen sich keine Sorgen zu machen, daß wir unseren Teil der Abmachung nicht erfüllen«, unterbrach Al Obaydi ihn. »Diese Summe ist für uns nur ein Tropfen im Ozean. Meine Sorge ist, ob Sie in der Lage sein werden, Ihren Teil der Vereinbarung einzuhalten.«

»Sie hätten sich nicht so um dieses Treffen bemüht, wenn Sie bezweifeln würden, daß wir die Richtigen für diesen Job sind«, entgegnete Cavalli. »Aber kann ich mich darauf verlassen, daß Sie so kurzfristig eine so große Summe Bargeld aufbringen können?«

»Es dürfte Sie interessieren, Mr. Cavalli«, antwortete der stellvertretende Botschafter, »daß das Geld sich bereits in einem Safe im Keller des Gebäudes der Vereinten Nationen befindet. Niemand würde so viel Bargeld in der Stahlkammer einer derart bankrotten Organisation vermuten.«

Das Lächeln auf Al Obaydis Gesicht verriet, daß er sich über diesen Witz amüsierte, obgleich Cavalli keine Miene verzogen hatte.

»Die zehn Millionen werden bis morgen mittag auf Ihrer Bank sein«, fuhr Al Obaydi fort, als er sich vom Tisch erhob und damit andeutete, daß die Besprechung, soweit es ihn betraf, zu Ende war. Der Botschaftssekretär streckte die Hand aus, und sein Besucher schüttelte sie zögernd.

Cavalli warf noch einmal einen Blick auf das Porträt Saddam Husseins, drehte sich um und ging.

Als Scott Bradley den Saal betrat, herrschte erwartungsvolles Schweigen.

Er legte seine Notizen vor sich auf den Tisch und ließ den Blick durch den Hörsaal schweifen. Der Saal war bis auf den letzten Platz mit eifrigen jungen Studenten besetzt, die Kugelschreiber und Bleistifte über gelben Notizblöcken bereithielten.

»Ich bin Scott Bradley«, stellte der jüngste Professor der juristischen Fakultät sich vor, »und heute werden Sie meine erste von vierzehn Vorlesungen über Verfassungsrecht hören.« Vierundsiebzig Gesichter blickten zu dem hochgewachsenen, etwas verlottert aussehenden Mann hinunter, der offenbar nicht bemerkt hatte, daß sein oberster Hemdknopf fehlte, und der sich am Morgen anscheinend nicht hatte entscheiden können, auf welcher Seite er sein Haar scheiteln sollte.

»Ich möchte diese erste Vorlesung mit einer persönlichen Bemerkung beginnen«, sagte er. Einige der Kugelschreiber und Bleistifte wurden wieder niedergelegt. »Es gibt viele Gründe, in diesem Land Jurist zu werden«, fuhr er fort, »doch es gibt nur einen wesentlichen Grund, der Richtschnur für Sie sein sollte und der, was mich betrifft, ausschlaggebend ist. Er gilt für jeden Rechtsbereich, auf den Sie sich spezialisieren mögen, und er wurde nie besser ausgedrückt als in jener Erkärung, die 1776 einstimmig von den dreizehn Gründerstaaten der USA verabschiedet wurde:

›Folgende Wahrheiten erachten wir als selbstverständlich: daß alle Menschen gleich geschaffen sind; daß sie von ihrem Schöpfer mit gewissen, unveräußerlichen Rechten ausgestattet sind; daß dazu Leben, Freiheit und das Streben nach Glück gehören.‹ Dieser eine Satz unterscheidet Amerika von allen anderen Staaten der Erde.

In mancher Hinsicht hat unsere Nation sich seit 1776 beachtlich weiterentwickelt«, fuhr der Professor fort. Er hatte noch keinen Blick auf seine Notizen geworfen, als er nun auf und ab ging und an den Aufschlägen seiner abgetragenen Tweedjacke zupfte. »...während in anderen Bereichen unsere Entwicklung eher rückläufig gewesen ist. Jeder von Ihnen in diesem Saal kann zur nächsten Generation von Gesetzgebern oder Gesetzesbrechern gehören...« Er machte eine Pause und ließ den Blick über seine stummen Zuhörer schweifen. »Und Ihnen wurde die größte aller Gaben mitgegeben, die Ihnen hilft, diese Entscheidung zu treffen: ein hervorragender Verstand. Wenn meine Kollegen und ich Sie gelehrt haben, was sich an Wissen vermitteln läßt, steht es Ihnen offen, die verschiedensten juristischen Berufe zu ergreifen. Dann können Sie die Unabhängigkeitserklärung ignorieren, als wäre sie nicht mehr wert als das Pergament, auf dem sie geschrieben steht, veraltet und bedeutungslos in der heutigen Zeit. Oder«, fuhr er fort, »Sie können sich entscheiden, Gutes für die Gesellschaft zu tun, indem Sie für das Gesetz eintreten. Das ist der Weg, den bedeutende Anwälte einschlagen. Schlechte Anwälte – und das heißt keinesfalls dumme Anwälte – beugen das Gesetz so weit, daß sie nur noch einen kleinen Schritt davon entfernt sind, es zu brechen. Jenen unter Ihnen, die diesen Weg einschlagen möchten, kann ich nur sagen, daß ich Ihnen nichts mehr zu vermitteln habe, weil Ihre Bildung abgeschlossen ist. Sie können natürlich meine Vorlesungen besuchen, doch es wird nur ein ›Besuch‹ bleiben.«

Es war so still im Saal, daß Scott aufblickte, um sich zu vergewissern, daß die Studenten sich nicht davongestohlen hatten. »Diese Worte stammen nicht von mir«, erklärte er, während er in die aufmerksamen Gesichter blickte, »sondern von Rektor Thomas W. Swann, der hier in den ersten siebenundzwanzig Jahren dieses Jahrhunderts seine Vorlesungen hielt. Ich habe es mir zur Gewohnheit gemacht, seine Philosophie an die neuen Studenten der juristischen Fakultät von Yale weiterzugeben.«

Der Professor schlug zum erstenmal den Hefter auf, der vor ihm lag. »Logik«, begann er, »ist die Wissenschaft, sachliche und genaue Schlußfolgerungen zu ziehen. Nein, es ist nur gesunder Menschenverstand, höre ich Sie sagen. Nichts Ungewöhnliches, wie Voltaire geschrieben hat. Aber jene, die nach dem ›gesunden Menschenverstand‹ rufen, sind häufig dieselben, die zum Lernen zu faul sind.

Oliver Wendell Holmes schrieb einmal: ›Das Gesetz lebt nicht durch Logik, sondern durch Erfahrung.‹ …«

Kugelschreiber und Bleistifte begannen über Papier zu huschen und hörten die nächsten fünfzig Minuten damit nicht mehr auf.

Als Scott Bradley am Ende seiner Vorlesung angelangt war, klappte er seinen Hefter zu und verließ rasch den Saal. Es war nicht seine Art, den stürmischen Applaus über sich ergehen zu lassen, mit dem seine Einführungsvorlesung seit zehn Jahren bedacht wurde.

Hannah Kopec galt von Anfang an als Außenseiterin und Einzelgängerin, wobei letzteres von ihren Vorgesetzten nicht selten als vorteilhaft erachtet wurde.

Man hatte Hannah gesagt, daß ihre Chancen, sich zu qualifizieren, gering waren; nun aber hatte sie den schwierigsten Teil bereits überstanden – die zwölf Monate der Grundausbildung. Obwohl sie, trotz ihrer Herkunft und ihrer persönlichen Vorgeschichte, noch nie jemanden getötet hatte – im Gegensatz zu sechs der letzten acht Bewerber –, hatten ›die da oben‹ nun kaum mehr Zweifel, daß sie dazu fähig wäre. Hannah hatte keine.

Als das Flugzeug vom Ben-Gurion-Flughafen in Tel Aviv nach Heathrow startete, grübelte Hannah wieder einmal darüber nach, was ein fünfundzwanzig Jahre junges Fotomodell auf dem Gipfel seiner Karriere veranlaßt hatte, sich beim Institute for Intelligence and Special Tasks – besser als ›Mossad‹ bekannt – zu bewerben, obgleich sie die Wahl unter Dutzenden millionenschwerer Verehrer in allen Teilen der Welt gehabt hätte.

Neununddreißig Scud-Raketen hatten während des Golfkriegs die Städte Tel Aviv und Haifa getroffen. Dreizehn Menschen hatten dabei den Tod gefunden. Trotz Wut und Wehklagens hatte die israelische Regierung nach zähen politischen Verhandlungen des amerikanischen Vertreters, Außenminister James Baker, und seiner Zusage, daß die Alliierten das Problem aus der Welt schaffen würden, keine Vergeltungsmaßnahmen ergriffen. Doch der amerikanische Außenminister hatte sein Versprechen nicht gehalten. Aber, dachte Hannah, wie so oft, er hat ja auch nicht seine ganze Familie in einer Nacht verloren.

Noch am gleichen Tag, als sie aus dem Krankenhaus entlassen wurde, hatte Hannah sich beim Mossad beworben. Doch der israelische Geheimdienst hatte ihre Bewerbung zunächst nicht ernst genommen, in der Annahme, Hannah würde nach und nach erkennen, daß die Wunde heilte. In den nächsten zwei Wochen suchte Hannah das Gebäude Tag für Tag auf, bis man dort zu der Einsicht gelangte, daß die Wunde offen blieb und – was für den Mossad ausschlaggebend war – noch schwärte.

In der dritten Woche bekam Hannah die Erlaubnis, an einem Grundausbildungskurs teilzunehmen. Allerdings war man überzeugt, daß sie höchstens ein paar Tage durchhalten und dann in ihren Beruf als Model zurückkehren würde. Die Mossad-Leute irrten sich zum zweitenmal. Rache war für Hannah Kopec eine viel stärkere Droge als Ehrgeiz. Während der nächsten zwölf Monate begann ihr Tag Stunden vor Sonnenaufgang und endete spät in der Nacht. Sie aß Dinge, vor denen sich sogar ein Landstreicher geekelt hätte, und vergaß, wie es war, auf einer Matratze zu schlafen. Ihre Ausbilder ließen nichts unversucht, sie kleinzukriegen, doch es gelang ihnen nicht. Anfangs hatten sie Hannah mit Glacéhandschuhen angefaßt, denn ihre schlanke, anmutige Figur und ihr hübsches Gesicht hatten sie getäuscht, bis einer der Ausbilder mit einem gebrochenen Bein für diesen Irrtum bezahlen mußte. Er hätte es nie für möglich gehalten, daß in einem so zierlichen Körper so viel Kraft und Schnelligkeit stecken könnte. Daß Hannah einen scharfen Verstand besaß, war weniger überraschend; auch beim theoretischen Unterricht bestimmte sie das Tempo.

Aber da war sie in ihrem Element.

Für Hannah war es schon von klein auf selbstverständlich gewesen, daß sie mehrere Sprachen beherrschte. Sie war 1968 in Leningrad auf die Welt gekommen. Als ihr Vater vierzehn Jahre später starb, hatte ihre Mutter sofort einen Antrag auf Ausreisegenehmigung nach Israel gestellt. Der neue, liberale Wind, der über den Ostblock wehte, ließ diesen Wunsch schneller als erwartet in Erfüllung gehen.

Hannah und ihre Geschwister lebten nicht lange in einem Kibbuz. Ihre Mutter, eine noch sehr attraktive, lebenssprühende Frau, bekam mehrere Heiratsanträge, darunter einen von einem reichen Witwer. Sie gab ihm ihr Jawort.

Als Hannah, ihre Schwester Ruth und ihr Bruder David in das Haus im besten Viertel von Haifa zogen, änderte sich ihr ganzes

Leben. Ihr neuer Stiefvater war über alle Maßen in Hannahs Mutter verliebt und verwöhnte sie alle, da er selbst nie Kinder gehabt hatte.

Nach dem Schulabschluß äußerte Hannah den Wunsch, an einer Universität in Amerika oder England Sprachen zu studieren. Mama riet ihr davon ab. Mit solch einer Figur, dem prachtvollen, langen schwarzen Haar und einem Aussehen, das Männern zwischen siebzehn und siebzig den Kopf verdrehte, sollte sie lieber Model werden. Hannah hatte gelacht und erklärt, daß sie mit ihrem Leben Besseres vorhatte.

Ein paar Wochen später schloß sie sich ihrer Familie zu einem Urlaub in Paris an. Ihre geplanten Abstecher nach Rom und London kamen nie zustande, denn sie erhielt so viele Einladungen, daß sie die gesamten drei Wochen nicht aus Paris herauskam. Am letzten Donnerstag ihres Urlaubs bot ihr die Mode-Rivoli-Agentur einen Vertrag an, den ihr auch noch so viele akademische Titel nicht verschafft hätten. Sie gab ihr Rückflugticket nach Tel Aviv ihrer Mutter und nahm in Paris ihren ersten Job als Model an. Während Hannah sich in der französischen Hauptstadt einlebte, wurde ihre Schwester Ruth auf ein Schweizer Internat geschickt, und David begann sein Studium an der London School of Economics.

Im Januar 1991 fanden die Kinder sich alle in Israel zum fünfzigsten Geburtstag ihrer Mutter ein. Ruth studierte inzwischen auf der Slade School of Art, David stand kurz vor seiner Promotion, und Hannah war wieder einmal auf der Titelseite von Elle zu bewundern.

Zu der Zeit zogen die Amerikaner an der kuwaitischen Grenze Truppen zusammen, und viele Israelis rechneten mit einer bewaffneten Auseinandersetzung. Hannahs Stiefvater war jedoch überzeugt, daß Israel nicht darin verwickelt würde. Und selbst wenn – ihr Haus befand sich am Nordrand von Haifa, und direkte Angriffe würden sich gegen das Stadtzentrum richten.

Eine Woche später, am Geburtstag ihrer Mutter, aßen und tranken sie alle ein wenig zu viel und schliefen danach ein bißchen zu fest. Als Hannah schließlich erwachte, war sie in einem Krankenhausbett festgegurtet. Erst Tage später teilte man ihr mit, daß ihre Mutter, ihr Bruder und ihre Schwester durch eine irakische Scud getötet worden waren und nur ihr Stiefvater überlebt hatte.

Während der vielen Wochen, die Hannah im Krankenhaus lag, plante sie ihre Rache. Ihr Stiefvater hoffte, daß sie weiter als Model arbeiten würde, als sie endlich entlassen wurde, versicherte ihr jedoch, daß er sie auch dann unterstützen würde, falls sie irgendwelche anderen Absichten hätte.

Hannah erklärte ihm, sie wolle zum Mossad.

Sie betrachtete es als Ironie, daß sie nun im gleichen Flugzeug saß, das ihr Bruder unter anderen Gegebenheiten vielleicht genommen hätte, um sein Studium in London zu beenden. Sie war eine von acht Agenten in Ausbildung, die in die britische Hauptstadt geschickt wurden, um einen Arabischkurs für Fortgeschrittene zu besuchen. In Tel Aviv hatte Hannah bereits ein Jahr lang Abendunterricht genommen. Ein weiteres halbes Jahr und die Iraker würden glauben, daß sie in Bagdad geboren war. Sie konnte bereits in arabisch denken, auch wenn sie nicht immer wie eine Araberin dachte.

Als die 757 durch die Wolkendecke gedrungen war, blickte Hannah durch das kleine Bullauge hinunter auf die Windungen der Themse. Während ihrer Zeit in Paris war sie häufig nach London geflogen, um an den Vormittagen in der Bond Street oder in Chelsea, an den Nachmittagen in Ascot oder Wimbledon, und an den Abenden im Barbican Termine wahrzunehmen. Diesmal konnte sie sich jedoch nicht darüber freuen, daß sie in die Stadt zurückkehrte, die ihr so vertraut war.

Jetzt war sie lediglich an einer obskuren Unterfakultät der Londoner Universität interessiert und an einem Reihenhaus an einem Ort namens Chalk Farm.

2

Auf dem Rückweg zu seinem Büro in der Wall Street begann Antonio Cavalli eingehender über Al Obaydi und die Art und Weise ihrer Begegnung nachzudenken. Aus der Akte über seinen neuen Klienten, die ihr Londoner Büro ihnen zugestellt hatte und die von seiner Sekretärin Debbie auf den neuesten Stand gebracht worden war, ersah er, daß der Botschaftssekretär zwar in Bagdad geboren, aber in England zur Schule gegangen war.

Als Cavalli sich zurücklehnte, die Augen schloß und sich an Al Obaydis abgehackte und schnelle Redeweise erinnerte, dachte er, daß sie gut zu einem britischen Offizier passen würde. Die Erklärung fand sich in Al Obaydis Akte in der Rubrik ›Ausbildung‹: The King's School in Wimbledon, anschließend drei Jahre Jurastudium an der Universität London. Auch Al Obaydi hatte seine Dinners im Lincoln Inn eingenommen, was immer das besagen mochte.

Kaum war er nach Bagdad zurückgekehrt, hatte das Außenministerium Interesse an ihm gezeigt. Er hatte schnell Karriere gemacht, trotz Saddam Husseins Selbsternennung zum Präsidenten und der Tatsache, daß hauptsächlich Funktionäre der Baath-Partei höhere Posten bekamen, auch wenn sie alles andere als qualifiziert dafür waren.

Als Cavalli weiterblätterte, wurde offensichtlich, daß Al Obaydi sich ungewöhnlichen Umständen gut anpassen konnte. Das allerdings konnte auch Cavalli voll Stolz von sich selbst behaupten. Wie Al Obaydi hatte er Jura studiert, allerdings auf der Columbia-Universität in New York. Als die Examenskandidaten, wie es üblich war, ihre Bewerbungen bei führenden Anwaltsfirmen einreichten, kam Cavalli aufgrund seiner Bewertungen immer in engere Wahl – doch sobald den Kanzleien klar wurde, wer Cavallis Vater war, bat man ihn nicht einmal zu einem Einstellungsgespräch.

Nachdem er fünf Jahre lang vierzehn Stunden täglich in einer von Manhattans weniger renommierten Anwaltspraxen gearbeitet hatte, wurde dem jungen Cavalli klar, daß es mindestens zehn Jahre so weitergehen würde, bis er hoffen konnte, auch seinen Namen auf dem Briefkopf der Kanzlei zu sehen, und das, obwohl er die Tochter des Seniorsozius geheiratet hatte. Doch Tony Cavalli wollte keine zehn Jahre vergeuden. Also beschloß er, eine eigene Kanzlei aufzumachen und sich von seiner Frau scheiden zu lassen.

Im Januar 1982 wurde die Anwaltskanzlei Cavalli & Co. ins Firmenregister eingetragen. Zehn Jahre später, am 15. April 1992 wies sie einen Gewinn von 157 000 Dollar aus und bezahlte die veranlagte Steuer bis auf den letzten Cent. Was aus den Geschäftsbüchern allerdings nicht hervorging, war die Existenz einer Tochtergesellschaft, die ebenfalls 1982 gegründet, aber nicht eingetragen worden war: eine Firma, die in keinem Register stand und über die trotz ihrer steigenden Gewinne keine offiziellen Auskünfte eingeholt werden konnten. Diese Tochterfirma war nur einer kleinen Gruppe von Eingeweihten bekannt – unter dem Namen *Skills.* Sie war darauf spezialisiert, Probleme zu lösen, für die in den gelben Seiten niemand zu finden gewesen wäre.

Die Verbindungen seines Vaters und Tony Cavallis rastloser Ehrgeiz brachten dieser Tochterfirma rasch den Ruf ein, Probleme zu lösen, welche ihre anonymen Klienten zuvor für unlösbar gehalten hatten. Zu Cavallis letzten Aufträgen hatte die Wiederbeschaffung von Tonbändern mit Gesprächen zwischen Sinatra und Nancy Reagan gehört, die im *Rolling Stone* veröffentlicht werden sollten, und der Diebstahl eines Vermeer aus Irland für einen exzentrischen südamerikanischen Sammler. Diese erfolgreichen Unternehmungen wurden in Gegenwart potentieller Klienten diskret erwähnt.

Die Klienten wurden so sorgfältig ausgewählt, als würden sie sich für den New Yorker Jachtklub bewerben, denn wie Tonys Vater oft genug gesagt hatte: Es bedürfte nur eines einzigen Fehlers, und er würde den Rest seines Lebens in weit weniger erfreulicher Umgebung verbringen als in Haus Nr. 23 an der Fünfundsiebzigsten Straße Ost oder in ihrer Villa in Lyford Cay.

Im Lauf der letzten zehn Jahre hatte Tony ein kleines, aber weltumspannendes Netz von Mittelsmännern aufgebaut. Sie versorgten ihn mit Klienten, die bei etwas ausgefalleneren Vorhaben Hilfe brauchten. Sein libanesischer Agent hatte ihn mit dem Mann aus Bagdad bekanntgemacht, dessen Auftrag zweifelsohne in diese Kategorie fiel.

Als Tonys Vater zum erstenmal in groben Zügen von der ›Operation Wüstenruhe‹ erfuhr, riet er seinem Sohn, ein Honorar von hundert Millionen Dollar zu verlangen, als Ausgleich dafür, daß ganz Washington die Möglichkeit haben würde, ihm bei seiner Arbeit auf die Finger zu sehen.

»Ein Fehler«, warnte sein alter Herr und benetzte die Lippen, »und du wirst mehr Schlagzeilen machen als die Wiederkehr von Elvis.«

Nachdem er den Hörsaal verlassen hatte, eilte Scott Bradley über den Friedhof an der Grove Street. Er hoffte, sein Apartment in der St. Ronan Street zu erreichen, bevor einer seiner studentischen Verfolger ihn ansprechen konnte. Er mochte sie alle – na ja, fast alle – und war sicher, daß er im Lauf der Zeit den ernsthafteren unter ihnen gestatten würde, ihn des Abends zu begleiten, um sie dann zu einem Drink in seiner Wohnung einzuladen und bis tief in die Nacht mit ihnen zu diskutieren. Aber nicht vor ihrem dritten oder vierten Semester.

Scott erreichte das Treppenhaus, ehe auch nur einer der zukünftigen Anwälte ihn eingeholt hatte. Aber es wußten ja auch nur wenige, daß er als Schlußläufer der Mannschaft der Universität von Georgetown beim Staffellauf vierhundert Meter in 48,1 Sekunden geschafft hatte. Überzeugt, daß er nun außer Reichweite war, rannte Scott die Treppe hinauf und blieb erst stehen, als er sein Apartment im zweiten Stock erreicht hatte.

Er schob die unverschlossene Tür auf – er sperrte sie nie zu.

Es gab nichts in seiner Wohnung, das sich zu stehlen gelohnt hätte – nicht einmal der Fernseher funktionierte. Den einzigen Ordner, der verraten hätte, daß die Rechtswissenschaft nicht sein einziges Fachgebiet war, hatte er sorgfältig zwischen *Steuerberater* und *Steuerbescheide* auf dem Bücherregal versteckt. Es störte ihn nicht, daß sich überall Bücher stapelten oder daß er in den Staub auf dem Sideboard seinen Namen hätte schreiben können.

Scott schloß die Tür hinter sich und warf, wie immer, zuerst einen Blick auf das Bild seiner Mutter auf dem Sideboard. Er legte den Stoß Notizen, den er mitgebracht hatte, daneben und nahm die Post auf, die unter der Tür hervorschaute. Dann ließ er sich in einen alten Ledersessel auf der gegenüber liegenden Seite des Zimmers fallen und fragte sich, wie viele von diesen aufmerksamen Gesichtern seinen Vorlesungen in zwei Jahren noch folgen würden. Vierzig Prozent? Wäre nicht schlecht – aber dreißig Prozent waren wahrscheinlicher. Das würden jene sein, für die ein Vierzehnstundentag zur Regel wurde, nicht nur während der letzten Monate vor dem Examen. Und wie viele von denen würden letztlich den Maßstäben entsprechen, die der verstorbene Rektor Thomas W. Swann gesetzt hatte? Fünf Prozent, wenn er Glück hatte.

Der Professor des Verfassungsrechts wandte seine Aufmerksamkeit dem Bündel Post auf seinem Schoß zu. Ein Schreiben war von American Express – eine Rechnung mit den unvermeidlichen, unzähligen kostenlosen Angeboten, die ihn teuer zu stehen kommen würden, wenn er davon Gebrauch machte; eine Einladung der Universität Brown für die Charles-Evans-Hughes-Vorlesung über die Verfassung; ein Brief von Carol, die ihn erinnerte, daß sie schon geraume Weile nichts mehr von ihm gehört hatte; ein Rundschreiben von einer Börsenmaklerfirma, die ihm kein Vermögen versprach, aber... und schließlich ein einfacher beiger Umschlag, in Virginia abgestempelt und mit einer Schreibmaschinenschrift, die er sofort erkannte.

Diesen Umschlag öffnete er als ersten und zog ein einzelnes Blatt mit seinen neuesten Anweisungen heraus.

Al Obaydi schritt durch den Plenarsaal der UNO-Vollversammlung und setzte sich auf einen Stuhl unmittelbar hinter seinen Vorgesetzten. Der irakische Delegierte hatte seinen Kopfhörer auf und tat so, als würde er interessiert dem Redner der brasilianischen Delegation lauschen. Al Obaydis Chef führte vertrauliche Gespräche gern im Saal der Vollversammlung, da er ihn für den einzigen Raum im UNO-Gebäude hielt, der nicht von der CIA abgehört werden konnte.

Al Obaydi wartete geduldig, bis der Ältere einen der Kopfhörer zur Seite schob und sich leicht zurücklehnte.

»Sie haben sich mit unseren Bedingungen einverstanden erklärt«, murmelte Al Obaydi, als hätte er die Summe vorgeschlagen. Der Botschafter schob die Oberlippe vor. Seine Kollegen erkannten das als Zeichen, daß er nähere Einzelheiten hören wollte.

»Einhundert Millionen Dollar«, flüsterte Al Obaydi. »Zehn Millionen sofort. Die übrigen neunzig nach Erhalt der Ware.«

»Sofort?« erkundigte sich der Botschafter. »Was bedeutet ›sofort‹?«

»Bis morgen mittag«, wisperte Al Obaydi.

»Zumindest hat Sayedi diese Möglichkeit vorausgesehen«, murmelte der Botschafter nachdenklich.

Al Obaydi bewunderte, wie sein Vorgesetzter es immer fertigbrachte, die Bezeichnung ›mein Gebieter‹ gleichermaßen ehrerbietig wie herablassend klingen zu lassen. »Ich muß eine Nachricht nach Bagdad senden, um dem Außenminister die Einzelheiten Ihres Erfolges mitzuteilen«, fügte der Botschafter lächelnd hinzu.

Al Obaydi hätte ebenfalls gelächelt, aber er wußte, daß der Botschafter auf keinen Fall mit dem Projekt in Zusammenhang gebracht werden wollte, während es sich noch im Anfangsstadium befand. Wenn er sich zum jetzigen Zeitpunkt von seinem jüngeren Kollegen distanzierte, konnte der UN-Delegierte sein Leben in New York ungestört weiterführen, bis er in drei Jahren in den Ruhestand trat. Mit dieser Taktik hatte er fast vierzehn Jahre Herrschaft des Saddam-Hussein-Regimes überlebt, während es vielen seiner Kollegen im diplomatischen Dienst nicht gelungen war, in den Genuß ihrer Pension zu kommen. Soviel er wußte, waren einer vor den Augen seiner Familie erschossen, zwei gehängt und mehrere andere für ›vermißt‹ erklärt worden, was immer letzteres auch bedeuten mochte.

Der irakische Botschafter lächelte höflich, als sein britischer Kollege an ihm vorbeiging, ohne das Lächeln zu erwidern.

»Snob«, murmelte der Botschafter.

Er zog den Kopfhörer wieder übers Ohr und gab seinem Untergebenen damit zu verstehen, daß er verabschiedet war.

Dann wandte er sich wieder den Problemen der Rettung des brasilianischen Regenwaldes zu, für die weitere hundert Millionen Dollar von der UNO locker gemacht werden sollten.

Was Sayedi herzlich wenig interessieren dürfte, dachte er.

Hannah hätte an der Tür des kleinen Reihenhauses angeklopft, doch diese wurde bereits geöffnet, noch ehe sie die beschädigte Gartentür am Ende des Weges geschlossen hatte. Eine dunkelhaarige Dame mit ein paar Kilo Übergewicht, einem etwas übertriebenem Make-up und einem strahlenden Lächeln kam ihr entgegen. Hannah schätzte, daß die Frau so alt war, wie ihre Mutter jetzt wäre.

»Willkommen in England, meine Liebe. Ich bin Ethel Rubin«, stellte die Frau sich überschwenglich vor. »Es tut mir leid, daß mein Mann nicht hier ist, um Sie zu begrüßen, aber er wird frühestens in einer Stunde aus seinem Amt fort können.« Hannah wollte etwas sagen, als Ethel hinzufügte: »Aber kommen Sie erst mal herein. Ich zeige Ihnen Ihr Zimmer, und dann können Sie mir alles über Ihre Pläne erzählen.« Sie nahm eine der Reisetaschen und führte Hannah ins Haus. »Es muß schön sein, London zum erstenmal zu sehen«, sagte sie, während sie die Treppe hinaufstiegen. »Es gibt so viel Aufregendes und Interessantes, was Sie in den sechs Monaten unternehmen können.«

Während die Worte nur so über Ethels Lippen sprudelten, wurde Hannah bewußt, daß die Frau nicht die leiseste Ahnung hatte, weshalb sie in London war.

Landesverräter. Nicht, daß Saddam je eine Ausrede brauchte, wenn er jemanden töten wollte, vor allem nicht bei jemandem, den er des Verrats verdächtigte.

Zum anderen hatte Al Obaydi – der sich fünfmal am Tag gen Osten auf die Knie warf und zu Allah flehte, Saddam endlich den Tod eines Verräters erleiden zu lassen – erkennen müssen, daß Gorbatschow, Thatcher und Bush viel größere Schwierigkeiten gehabt hatten, an der Macht zu bleiben, als der große Sayedi.

Von dem Moment an, als der Botschafter ihm diesen Auftrag anvertraute, hatte Al Obaydi sich damit abgefunden, daß Saddam höchstwahrscheinlich einst friedlich in seinem Bett sterben würde, während seine eigenen Überlebenschancen – das Lieblingswort des Botschafters – gering waren. Und wenn das Geld übergeben war und Antonio Cavalli seinen Teil des Vertrags nicht erfüllte, würde es Al Obaydi sein, den man unter irgendeinem diplomatischen Vorwand nach Bagdad zurückrief, verhaftete, anklagte und aburteilte. Dann würden sich alle diese hehren Worte seines Professors an der Londoner Universität als Schall und Rauch erweisen.

Der Fahrer bog von der Schnellstraße in Richtung Newark-Mitte ab, und Al Obaydis Gedanken kehrten zur Bestimmung des Geldes zurück. Die Idee trug unverkennbar die Handschrift seines Gebieters. Sie war originell, erforderte Wagemut, Kühnheit, eiserne Nerven und mehr Glück als Verstand. Al Obaydi gab dem Plan nach wie vor höchstens eine Einprozentchance, überhaupt in die Startlöcher zu kommen – von einem Erfolg ganz zu schweigen. Aber wenn er es recht bedachte, hatten einige Leute im US-Außenministerium Saddam auch nur eine minimale Chance eingeräumt, die Operation Wüstensturm zu überleben. Und falls es dem großen Sayedi tatsächlich gelang, diesen Coup zu landen, würden die USA in aller Augen zum Gespött werden, und Saddams Platz in der arabischen Geschichte gleich neben Saladin wäre garantiert.

Obwohl Al Obaydi sich vergewissert hatte und genau wußte, wo sich das Haus befand, wies er den Fahrer an, zwei Blocks westlich davon anzuhalten. Ein Iraker, der direkt vor der Bank aus einer großen schwarzen Limousine stieg, würde Cavalli als Vorwand genügen, das Geld einzustecken und die Abmachung als null und nichtig zu betrachten. Als der Wagen angehalten hatte, kletterte Al Obaydi über die Golftasche auf den Bürgersteig. Er mußte zwar lediglich knapp zweihundert Meter zur Bank zurücklegen, doch dieses kurze Stück betrachtete er als kalkuliertes Risiko. Er schaute die Straße hinauf und hinunter. Erleichtert zog er die Golftasche aus dem Wagen und legte den Riemen über die Schulter.

Der Botschaftssekretär hatte das Gefühl, einen höchst seltsamen Anblick zu bieten, während er in einem maßgeschneiderten Anzug mit einer Golftasche den Martin Luther Drive entlangmarschierte.

Obwohl er keine zwei Minuten für die kurze Strecke benötigte, kam er schweißgebadet am Vordereingang der Bank an. Er stieg die abgetretenen Stufen hinauf und schritt durch die Drehtür. Zwei Bewaffnete empfingen ihn, die eher wie Sumo-Ringer als wie Bankangestellte aussahen. Der Besucher wurde rasch zu einem wartenden Fahrstuhl geleitet, dessen Tür sich schloß, kaum daß er eingetreten war, und die sich erst im Keller wieder öffnete. Als Al Obaydi ausstieg, sah er sich einem Mann gegenüber, der – falls das überhaupt möglich war – noch beeindruckender an Statur war als die beiden Bewaffneten, die ihn empfangen hatten. Der Hüne nickte und führte ihn zu einer Tür am Ende eines mit Läufern ausgelegten Ganges. Beim Näherkommen schwang die Tür auf, und Al Obaydi betrat einen Raum, in dem zwölf Männer erwartungsvoll um einen Tisch saßen. Obwohl sie dezent gekleidet waren und höflich schwiegen, sah nicht einer wie ein Schalterbeamter aus. Die Tür schloß sich hinter ihm, und er hörte, wie sich ein Schlüssel im Schloß drehte. Der Gentleman am Kopf des Tisches erhob sich, um ihn zu begrüßen.

»Guten Morgen, Mr. Al Obaydi. Wir wurden informiert, daß Sie etwas für einen unserer Kunden zu deponieren haben.«

Der stellvertretende Botschafter nickte und händigte wortlos die Golftasche aus. Der Gentleman wirkte keineswegs überrascht. Er wußte aus Erfahrung, daß Wertsachen unter bestimmten Umständen in allen möglichen Gegenständen transportiert wurden, von Krokodilen bis zu Kondomen.

Was ihn allerdings überraschte, war das Gewicht der Tasche, als er sie auf den Tisch hob und den Inhalt auf die anderen elf Herren verteilte. Die Kassierer begannen rasch zu zählen und häuften ordentliche Bündel von je zehntausend Dollar vor sich auf. Niemand bot Al Obaydi einen Stuhl an; so blieb er die nächsten vierzig Minuten stehen, ohne irgend etwas anderes tun zu können, als zuzusehen, wie die Kassierer ihrer Arbeit nachgingen.

Als das gesamte Geld gebündelt war, prüfte der Hauptkassierer die Zahl der Bündel nach. Genau eintausend. Er lächelte, doch das Lächeln galt nicht Al Obaydi, sondern dem Geld. Dann erst blickte er auf, sah den Araber an, nickte knapp und bestätigte damit, daß der Mann aus Bagdad die Anzahlung korrekt geleistet hatte.

Danach gab man dem Botschaftssekretär die Tasche zurück, da sie nicht in der Abmachung inbegriffen war. Al Obaydi kam sich ein wenig lächerlich vor, als er sie sich über die Schulter schlang. Der Hauptkassierer drückte auf einen Knopf unter dem Tisch, und die Tür hinter ihm wurde aufgesperrt.

Einer der Bewaffneten, die Al Obaydi am Bankeingang empfangen hatten, wartete auf dem Kellergang, um ihn zum Parterre zurückzugeleiten. Als Al Obaydi auf die Straße trat, war sein Führer bereits verschwunden.

Mit einem gewaltigen Seufzer der Erleichterung spazierte Al Obaydi die zwei Blocks zu seinem wartenden Wagen zurück. Er gestattete sich ein zufriedenes Lächeln, weil er das Ganze auf so professionelle Weise über die Bühne gebracht hatte. Er war überzeugt, der Botschafter würde erfreut sein zu hören, daß alles glatt verlaufen war. Zweifellos würde er dafür sorgen, daß er den Löwenanteil der Lorbeeren erntete, wenn die Nachricht an Bagdad ging, daß ›Operation Wüstenruhe‹ angelaufen war.

Al Obaydi sackte auf dem Bürgersteig zusammen, ehe ihm bewußt wurde, was passiert war: Die Golftasche war ihm von der

Schulter gerissen worden, bevor er reagieren konnte. Als er aufblickte, sah er zwei Jugendliche, von denen einer seine Beute an sich drückte, die Straße hinunterhetzen.

Der Botschaftssekretär hatte sich bereits gefragt, wie er sich der Tasche unauffällig entledigen könnte.

Tony Cavalli nahm am nächsten Morgen kurz nach sieben gemeinsam mit seinem Vater das Frühstück ein. Nach seiner Scheidung war er wieder in ihr Sandsteinhaus an der Ecke Park Avenue und Fünfundsiebzigste Straße gezogen. Seit er im Ruhestand war, verbrachte Tonys Vater die meiste Zeit damit, seinem lebenslangen Hobby nachzugehen: dem Sammeln von seltenen Büchern, Manuskripten und historischen Schriftstücken. Außerdem hatte er viele Stunden damit zugebracht, alles an seinen Sohn weiterzugeben, was er als Anwalt gelernt hatte, mit besonderem Augenmerk darauf, wie sich verhindern ließ, zu viele Jahre in einer der staatlichen Strafanstalten zu vergeuden.

Der Butler servierte Kaffee und Toast, während die beiden Männer Geschäftliches besprachen.

»Neun Millionen Dollar wurden auf siebenundvierzig Banken im ganzen Land verteilt«, erklärte Tony seinem Vater. »Eine Million habe ich auf ein Nummernkonto bei Franchard & Cie. in Genf auf den Namen Hamid Al Obaydi einzahlen lassen«, fügte er hinzu, während er sich Butter auf seinen Toast strich.

Der Vater lächelte, weil sein Sohn sich eines alten Tricks bediente, den er ihn vor vielen Jahren gelehrt hatte.

»Aber was wirst du Al Obaydi sagen, wenn er dich fragt, wie seine zehn Millionen verwendet werden?« erkundigte sich der inoffizielle Direktor von *Skills.*

Während der nächsten Stunden weihte Tony seinen Vater in alle Einzelheiten von Operation Wüstenruhe ein. Sein alter Herr unterbrach ihn nur hin und wieder mit Fragen oder Vorschlägen.

»Ist dem Schauspieler zu trauen?« erkundigte er sich, ehe er einen weiteren Schluck Kaffee nahm.

»Lloyd Adams schuldet uns noch etwas über dreißigtausend Dollar«, antwortete Tony. »Er hat in letzter Zeit nicht viele Angebote bekommen. Nur ein paar Aufträge für Werbespots.«

»Gut.« Cavallis Vater nickte. »Aber wie sieht es mit Rex Butterworth aus?«

»Er sitzt im Weißen Haus und wartet auf seine Anweisungen.«

Tonys Vater nickte. »Aber warum Columbus in Ohio?« wollte er wissen.

»Die chirurgischen Einrichtungen sind für unsere Zwecke ideal, und der Leiter der medizinischen Fakultät ist genau der richtige Mann. Wir haben Wanzen in seinem Büro und in allen Zimmern seines Hauses.«

»Und seine Tochter?«

»Wird rund um die Uhr observiert.«

Der Direktor benetzte sich die Lippen. »Also, wann drücken wir auf den Knopf?«

»Nächsten Dienstag, wenn der Papa in der Schule seiner Tochter eine programmatische Rede halten soll.«

Der Butler betrat das Zimmer und begann den Tisch abzuräumen.

»Und was ist mit Dollar Bill?« fragte Tony Cavallis Vater.

»Angelo ist bereits nach San Francisco unterwegs, um ihm die Sache schmackhaft zu machen. Wenn wir den Coup auf diese Art landen wollen, brauchen wir Dollar Bill. Er ist der Beste. Ich kenne niemanden, der ihm auch nur annähernd das Wasser reichen könnte«, fügte Tony hinzu.

»Solange er nüchtern ist«, gab der Direktor zu bedenken.

4

Der große, sportliche Herr stieg aus dem Flugzeug und begab sich zur Abfertigungshalle Inland des Washingtoner National Airport. Er reiste nur mit Handgepäck; darum brauchte er nicht an der Gepäckausgabe zu warten, wo ihn möglicherweise jemand erkennen würde. Nur einer sollte ihn erkennen – der Fahrer, der ihn abholte. Mit seinen eins dreiundachtzig, dem blonden, gekrausten Haar, den wie gemeißelt anmutenden Zügen, in hellblaue Jeans, cremefarbenes Hemd und dunkelblauen Blazer gekleidet, weckte er jedoch bei so manchen Frauen den Wunsch, mit ihm bekannt zu sein.

Die hintere Tür eines unauffälligen schwarzen Ford wurde für ihn geöffnet, kaum daß er durch die automatische Tür in die strahlende Vormittagssonne trat.

Er setzte sich wortlos auf den Rücksitz und schwieg auch während der fünfundzwanzigminütigen Fahrt, die ihn in die entgegengesetzte Richtung zur Hauptstadt brachte. Der dreiviertelstündige Flug verschaffte ihm immer die Gelegenheit, seine Gedanken zu sammeln und sich umzustellen. Zwölfmal im Jahr machte er diese Reise.

Das Ganze hatte begonnen, als Scott als Halbwüchsiger in seiner Heimatstadt Denver herausgefunden hatte, daß sein Vater gar kein geachteter Anwalt, sondern ein Winkeladvokat war, der immer eine Lücke im Gesetz finden konnte, wenn die Bezahlung stimmte. Seine Mutter hatte sich jahrelang bemüht, ihr einziges Kind vor der Wahrheit zu schützen, doch als ihr Mann verhaftet, unter Anklage gestellt und schließlich zu sieben Jahren verurteilt wurde, klang ihre gewohnte Erklärung, es könne sich nur um ein Mißverständnis handeln, nicht mehr überzeugend.

Sein Vater hielt es drei Jahre in der Strafanstalt durch, bevor er an einem Herzanfall starb, wie auf dem Totenschein stand, was jedoch die Würgemale an seinem Hals nicht erklärte. Wenige Wochen danach erlitt Scotts Mutter einen wirklichen Herzanfall, den sie nicht überlebte, während Scott mit seinem Jurastudium an der Georgetown-Universität am Ende seines dritten Jahres angelangt war. Noch während der Sarg seiner Mutter ins Grab gelassen und Erde darauf geschaufelt wurde, verließ er den Friedhof und erwähnte nie wieder seine Familie.

Als die Abschlußbewertungen bekanntgegeben wurden, erwies Scott Bradley sich als Bester seines Jahrgangs, und mehrere Universitäten sowie renommierte Anwaltskanzleien erkundigten sich nach seinen Zukunftsplänen. Zur Überraschung seiner Kommilitonen und Professoren bewarb Scott sich um eine unbedeutende Dozentur an der Universität Beirut. Er erklärte niemandem, warum er einen endgültigen Strich unter seine Vergangenheit ziehen wollte.

Bestürzt über das niedrige Bildungsniveau der Studenten an der Universität und gelangweilt vom gesellschaftlichen Leben begann Scott, die freie Zeit mit Kursen über alles mögliche zu nutzen, von islamischen Religionen bis zur Geschichte des Nahen Ostens. Als die Universität ihm drei Jahre später den Lehrstuhl für amerikanisches Recht anbot, wurde ihm klar, daß es an der Zeit war, in die Vereinigten Staaten zurückzukehren.

Der Leiter der juristischen Fakultät von Georgetown riet ihm in einem Brief, sich für einen zur Zeit vakanten Lehrstuhl in Yale zu bewerben. Scott schrieb gleich am nächsten Tag hin und packte sofort seine Koffer, als er die Antwort erhielt.

Wann immer die Frage nach seinen Eltern auftauchte, nachdem er seinen neuen Posten angetreten hatte, antwortete er automatisch: »Sie sind beide tot, und Geschwister habe ich keine.« Es gab einen bestimmten Typ Mädchen, der sich über diese Auskunft freute, da sie den Eindruck erweckte, Scott würde sich gern von ihnen bemuttern lassen. Mehrere von ihnen teilten denn auch sein Bett mit ihm, aber keines sein Leben.

Doch den Leuten, die ihn zwölfmal im Jahr zu sich riefen, verheimlichte er nichts. Sie konnten Täuschungen, gleich welcher Art, nicht dulden und waren außerordentlich argwöhnisch, was seine wirklichen Motive betraf, als ihnen die Straftaten seines Vaters zu Ohren kamen. Er sagte lediglich, daß er für die Ehrlosigkeit seines Vaters Wiedergutmachung leisten wolle, und weigerte sich, weiter auf dieses Thema einzugehen.

Anfangs glaubten sie ihm nicht. Nach einer Weile akzeptierten sie ihn, wie er war, doch es vergingen Jahre, ehe ihm die ersten geheimen Informationen anvertraut wurden. Erst als Scott mit Lösungen für Probleme im Nahen Osten aufwartete, die für den Computer zu kompliziert waren, erloschen die Zweifel an seinen Motiven. Clintons frisch vereidigter Regierungsmannschaft waren Scotts besondere Sachkenntnis und Erfahrungen höchst willkommen.

Zweimal war er bereits ins Außenministerium gerufen worden, um Warren Christopher zu beraten. Amüsiert hatte er verfolgt, wie der neue Außenminister in den Frühabendnachrichten eine Lösung vorschlug, die Scott ihm am Nachmittag unterbreitet hatte, um das Problem in den Griff zu bekommen, das sich durch Saddams Unterlaufung der Sanktionen ergeben hatte.

Der Wagen bog von der Bundesstraße 123 ab und hielt vor einem schweren Stahltor. Ein Wachmann kam, den Mitfahrer zu überprüfen. Obwohl die beiden Männer sich in den vergangenen neun Jahren regelmäßig immer wieder begegnet waren, ersuchte der Wachmann Scott um seinen Ausweis.

»Schön, Sie wieder mal zu sehen, Professor«, sagte er schließlich, ehe er ihm die Kennkarte zurückgab.

Der Wagen fuhr weiter zu einem unscheinbaren Bürogebäude. Der Fahrgast stieg aus und betrat das Haus durch ein Drehkreuz. Und wieder wurde sein Ausweis überprüft, ehe man ihn mit einem zackigen Gruß einließ. Er ging einen langen Korridor mit cremefarbenen Wänden hinunter bis zu einer Eichentür ohne Aufschrift, klopfte leise und trat ein, ohne auf das Herein zu warten.

Eine Sekretärin saß hinter einem Schreibtisch der Tür gegenüber. Sie blickte auf und lächelte. »Gehen Sie gleich hinein, Professor Bradley! Der stellvertretende Direktor erwartet Sie.«

Die Columbus-Mädchenschule in Columbus, Ohio, ist eine jener Lehranstalten, die gern ihre Disziplin und ihr hohes Leistungsniveau herausstellen, und zwar in dieser Reihenfolge. Die Direktorin erklärte den Eltern immer wieder aufs neue, daß das zweite ohne das erste unmöglich sei.

Nach ihrer Meinung durfte nur unter wirklich außergewöhnlichen Umständen in Betracht gezogen werden, Schulregeln zu brechen. Das Gesuch, das sie soeben erhalten hatte, fiel in eine solche Kategorie.

An diesem Abend sollte T. Hamilton McKenzie, Vorstand der medizinischen Fakultät der Ohio State University, einer der größten Söhne, die Columbus hervorgebracht hatte, die Ansprache an die 1993er Abschlußklasse halten. Er hatte den Nobelpreis für seine Entwicklungen auf dem Gebiet der plastischen und wiederherstellenden Chirurgie erhalten. Über T. Hamilton McKenzies Operationen an Kriegsveteranen aus Vietnam und dem Golf war im ganzen Land berichtet worden, und es gab kaum eine Stadt, in der ihm nicht irgend jemand verdankte, daß er wieder ein normales Leben führen konnte. Einige mindere Sterbliche, die ihre Ausbildung unter dem Nobelpreisträger genossen hatten, benutzten ihre Fähigkeiten dazu, Damen ab einer gewissen Altersklasse schöner erscheinen zu lassen, als der Schöpfer es beabsichtigt hatte. Die Direktorin der Columbus-Mädchenschule war überzeugt, daß ihre Schülerinnen sich jedoch nur für die Arbeit interessieren würden, die T. Hamilton McKenzie für »unsere tapferen Kriegshelden«, wie sie es nannte, geleistet hatte.

Die Schulregel, die zu brechen die Direktorin zu diesem Anlaß gestattet hatte, betraf die Kleidung. Sie hatte zugestimmt, daß Sally McKenzie, die Sprecherin des Schülerbeirats und Kapitän der Lacrosse-Schulauswahlmannschaft, den Nachmittagsunterricht eine Stunde eher verlassen durfte, um angemessene Kleidung anzulegen, wenn sie ihren Vater zu seiner Ansprache am Abend begleitete. Schließlich hatte die Direktorin in der vergangenen Woche auch erfahren, daß Sally von einer nationalen Stiftung ein Stipendium für das Oberlin College erhalten hatte, um Chemie zu studieren.

Ein Mietwagenunternehmen war bemüht worden, Sally um sechzehn Uhr abzuholen. Dadurch würde sie eine Unterrichtsstunde versäumen, doch der Fahrer hatte zugesichert, Vater und Tochter um achtzehn Uhr an der Schule abzusetzen.

Als die Uhr an der Kapelle viermal schlug, blickte Sally von ihrem Pult auf. Die Lehrerin nickte, und Sally schob ihre Bücher in die Tasche. Sie verließ das Gebäude und ging die lange Einfahrt hinunter, dem Wagen entgegen, der sie abholen sollte. Als sie das alte schmiedeeiserne Eingangstor erreichte, bemerkte sie überrascht, daß das einzige wartende Auto eine Pullman-Limousine war. Ein Chauffeur in grauer Uniform mit Mütze stand an der Fahrertür. Sie wußte, daß ihr Vater nichts von einer solchen Extravaganz hielt und die Direktorin noch viel weniger.

Der Mann grüßte mit der Hand an der Mütze und erkundigte sich: »Miss McKenzie?«

»Ja«, antwortete Sally, leicht enttäuscht, daß ihre Schulkameradinnen wegen der langen gewundenen Einfahrt nichts sehen konnten.

Die hintere Tür wurde für sie geöffnet. Sally stieg ein und ließ sich in die luxuriöse Lederpolsterung sinken.

Der Chauffeur nahm auf dem Fahrersitz Platz, drückte auf einen Knopf, und die Scheibe, die Fahrer und Fahrgast trennte, glitt lautlos hoch, aber Sally hörte, wie die Verriegelung einrastete.

Nachdem sie einen Blick durch das getönte Seitenfenster geworfen hatte, hing sie ihren Gedanken nach und malte sich aus, daß dies ihr Lebensstil sein würde, wenn sie Columbus erst verlassen hatte.

Es dauerte eine Zeitlang, bis der Siebzehnjährigen bewußt wurde, daß der Wagen überhaupt nicht in die Richtung ihres Elternhauses fuhr.

Wäre das Problem eine Aufgabe in einem Lehrbuch gewesen, so hätte T. Hamilton McKenzie sofort gewußt, wie er vorgehen müßte. Doch als es wirklich geschah, warf er alle seine Prinzipien über Bord.

Hätte er einen der Psychiater an der Universität befragt, würde dieser ihm erklärt haben, daß viele heimliche Ängste, die er lange unterdrückt hatte, unter dem Druck dieser neuen Umstände an die Oberfläche drängten.

Daß er Sally, sein einziges Kind, vergötterte, war ebenso unübersehbar wie die Tatsache, daß seine Frau Joni ihm bereits seit vielen Jahren kaum noch etwas bedeutete. Doch die Entdeckung, daß er außerhalb des Operationssaals – seines eigenen kleinen Reichs – in Streßsituationen hilflos war, hätte er nie zugegeben.

T. Hamilton McKenzie war zuerst gereizt, dann aufgebracht und schließlich höchst verärgert, als seine Tochter an diesem Dienstag nachmittag nicht nach Hause kam. Sally war noch nie zu spät gekommen, jedenfalls dann nicht, wenn er etwas mit ihr vereinbart hatte. Die Fahrt von der Columbus-Schule hätte nicht länger als eine halbe Stunde dauern dürfen, nicht einmal im Stoßverkehr. Joni hätte Sally abgeholt, wenn ihr Friseurtermin nicht so spät gewesen wäre. »Julian konnte mich nicht eher zwischenschieben«, erklärte sie. Joni wartete mit allem bis zur letzten Minute und hatte auch diesmal erst kurz zuvor im Salon angerufen. Um sechzehn Uhr fünfzig rief T. Hamilton McKenzie in der Schule an, um sich zu erkundigen, ob es etwa eine unvorhergesehene Änderung gegeben habe.

Wir halten uns stets an unsere Abmachungen, hätte die Direktorin dem Nobelpreisträger gern geantwortet, beließ es jedoch bei der Bestätigung, daß Sally die Schule Punkt sechzehn Uhr verlassen und daß die Mietwagenfirma eine Stunde zuvor angerufen und versichert hatte, der Wagen werde pünktlich am Eingangstor warten.

Joni wiederholte immer wieder in ihrem Südstaatenakzent, der ihm einst so gut gefallen hatte: »Sie wird jeden Moment hier sein, wart's ab. Auf unsre Sally ist Verlaß.«

Ein Mann, der am anderen Stadtende in seinem Hotelzimmer saß und jedes Wort mithörte, schenkte sich ein Bier ein.

Gegen siebzehn Uhr fing T. Hamilton McKenzie an, alle paar Sekunden aus dem Schlafzimmerfenster zu blicken, doch der Gartenweg zu ihrer Haustür blieb leer.

Er hatte gehofft, um siebzehn Uhr zwanzig aufbrechen zu können, denn in diesem Falle wäre nach seiner Ankunft in der Schule noch zehn oder fünfzehn Minuten Zeit. Falls seine Tochter nicht bald kam, mußte er ohne sie losfahren. Er erklärte seiner Frau, daß nichts ihn davon abhalten würde, um zwanzig nach fünf in sein Auto zu steigen.

Um siebzehn Uhr zwanzig legte T. Hamilton McKenzie die Notizen, die er sich für seine Ansprache gemacht hatte, auf das Dielentischchen und begann auf dem Gartenweg auf und ab zu marschieren und darauf zu warten, daß seine Frau und seine Tochter aus entgegengesetzten Richtungen auftauchen würden. Um fünf vor halb sechs war weder die eine noch die andere an seiner Seite, und von seiner berühmten Gelassenheit war nicht mehr viel zu spüren.

Joni hatte sich viel Zeit genommen, sich für diesen Anlaß passend anzuziehen, und war enttäuscht, daß ihr Mann es gar nicht zu bemerken schien, als sie in die Diele trat.

»Wir müssen ohne sie losfahren«, war alles, was er sagte. »Wenn Sally einmal Ärztin werden sollte, muß sie lernen, daß die Leute sterben, wenn man sie zu lange warten läßt.«

»Sollten wir nicht noch ein ganz kleines bißchen auf sie warten, Schatz?« fragte Joni.

»Nein!« brüllte er, und ohne sich noch einmal umzudrehen, marschierte er zur Garage. Joni sah die Notizen ihres Mannes auf dem Dielentischchen und steckte sie in ihre Handtasche, ehe sie die Haustür zuzog und den Schlüssel zweimal im Schloß drehte. Als sie die Straße erreichte, wartete ihr Mann bereits hinter dem Lenkrad und trommelte mit den Fingern auf den Schalthebel.

Schweigend fuhren sie zur Columbus-Mädchenschule. T. Hamilton McKenzie blickte in jeden Wagen, der Richtung Upper Arlington fuhr, um festzustellen, ob seine Tochter auf dem Rücksitz saß.

Ein kleines Begrüßungskomitee unter der Leitung der Direktorin erwartete die McKenzies an der Freitreppe der Schule. Die Direktorin ging dem berühmten Chirurgen entgegen, als er, gefolgt von seiner Frau, aus dem Wagen stieg. Die Augen der Direktorin wanderten über die beiden hinweg, auf der Suche nach Sally. Sie zog eine Braue hoch.

»Sally ist nicht nach Hause gekommen«, erklärte Dr. McKenzie.

»Sie wird bestimmt in ein paar Minuten hier sein, wenn sie nicht schon hier ist«, meinte seine Frau. Die Direktorin wußte, daß Sally nicht auf dem Schulanwesen war, hielt es jedoch für unhöflich, die Gemahlin des Ehrengastes zu verbessern, erst recht nicht, da sie eben einen Anruf von der Mietwagenfirma erhalten hatte, auf den sie sich noch keinen Reim machen konnte.

Um siebzehn Uhr sechsundvierzig betraten sie das Büro der Direktorin, wo eine junge Dame in Sallys Alter den Gästen trockenen Sherry und Orangensaft anbot. McKenzie erinnerte sich plötzlich, daß er vor lauter Aufregung seine Notizen auf dem Dielentischchen hatte liegen lassen. Er blickte auf die Uhr, mußte jedoch feststellen, daß nicht genügend Zeit blieb, seine Frau heimzuschicken, um die Unterlagen zu holen. Aber er hätte seine Vergeßlichkeit vor den Anwesenden ohnehin nicht gern zugegeben. Verdammt, dachte er. Halbwüchsige sind nie ein leichtes Publikum, und Mädchen sind immer am schwierigsten. Er bemühte sich, seine Gedanken zu ordnen.

Um drei Minuten vor sechs schlug die Direktorin vor, sich auf den Weg in die Aula zu begeben, obwohl Sally immer noch nicht da war.

»Wir dürfen die Mädchen nicht warten lassen«, sagte sie. »Wir würden ihnen kein gutes Vorbild sein.«

In dem Augenblick, als sie das Büro verließen, nahm Joni die Notizen ihres Mannes aus ihrem Handtäschchen und reichte sie ihm. Zum erstenmal seit sechzehn Uhr fünfzig wirkte er erleichtert.

Eine Minute vor sechs führte die Direktorin den Ehrengast auf die Bühne. Er beobachtete, wie die vierhundert Mädchen sich erhoben und applaudierten – »auf damenhafte Weise«, wie die Direktorin es genannt hätte.

Als der Applaus verklang, hob und senkte die Direktorin die Hände, um den Mädchen zu bedeuten, sich wieder zu setzen, was ihnen auch erstaunlich leise gelang. Dann trat sie an das Rednerpult und hielt, ohne schriftliche Notizen, eine Lobesrede auf T. Hamilton McKenzie, die gewiß selbst das Nobelpreiskomitee beeindruckt hätte. Sie sprach von Edward Zeir, dem Erfinder der modernen plastischen Chirurgie, von J. R. Wolte und Wilhelm Krause, und sie erinnerte ihre Schüler, daß T. Hamilton McKenzie die große Tradition dieser Männer fortsetzte, indem er diese noch junge Wissenschaft weiterentwickelte. Sie sagte jedoch kein Wort über Sally und ihre großartigen Leistungen in der Schule, obwohl das ursprünglich ihre Absicht gewesen war. Selbst die kürzliche Verleihung eines nationalen Stipendiums konnte eine Bestrafung bei der Verletzung von Schulregeln nicht verhüten.

Als die Direktorin an ihren Platz in der Mitte der Bühne zurückkehrte, trat T. Hamilton McKenzie zum Rednerpult. Er blickte auf seine Notizen, hüstelte und begann mit seiner Ansprache.

»Ich könnte mir vorstellen, daß viele von Ihnen, meine geschätzten Zuhörerinnen, der Meinung sind, plastische Chirurgie beschäftige sich hauptsächlich damit, Nasen zu verschönern und Doppelkinne sowie Tränensäcke zu entfernen. Ich kann Ihnen versichern, daß dies nicht plastische, sondern kosmetische Chirurgie ist. Plastische Chirurgie«, fuhr er fort – zur Enttäuschung der meisten seiner Zuhörerinnen, wie seine Frau vermutete –, »ist etwas anderes.« Dann sprach er vierzig Minuten lang von der Verpflanzung eigenen und tierischen Gewebes bei angeborenen und durch Verletzung entstandenen Entstellungen und bei Verbrennungen dritten Grades, ohne auch nur ein einziges Mal den Kopf zu heben.

Als er sich schließlich setzte, war der Applaus nicht ganz so laut wie bei der Begrüßung. T. Hamilton McKenzie nahm an, daß es wohl nicht »ladylike« gewesen wäre, hätten die Mädchen ihre Gefühle durch einen noch stärkeren Beifall zum Ausdruck gebracht.

Nachdem sie ins Büro der Direktorin zurückgekehrt waren, fragte Joni, ob Sally inzwischen von sich habe hören lassen.

»Nicht, daß ich wüßte«, antwortete die Sekretärin, »aber vielleicht hat sie sich direkt in die Aula begeben.«

Während der Rede, von der Joni bereits mehrere hundert Versionen kannte, hatte sie den Blick immer wieder über jedes Gesicht im Saal wandern lassen; daher wußte sie, daß ihre Tochter nicht darunter gewesen war.

Auch jetzt wurde Sherry eingeschenkt, und nach einer angemessenen Weile erklärte T. Hamilton McKenzie, daß sie nun zusehen sollten, nach Hause zu kommen. Die Direktorin nickte und begleitete ihre Gäste zum Wagen. Sie dankte dem Chirurgen für die interessante und aufschlußreiche Rede und wartete auf den unteren Stufen der Freitreppe, bis der Wagen außer Sicht war.

»Ein solches Benehmen ist mir noch nie untergekommen«, sagte sie zu ihrer Sekretärin. »Sorgen Sie dafür, daß Miss McKenzie sich morgen vor der Andacht bei mir meldet. Ich möchte wissen, weshalb sie den Wagen abbestellt hat, den ich für sie angefordert hatte.«

Auch Scott Bradley hielt an diesem Abend eine Rede oder vielmehr eine Vorlesung, doch ihm hörten nur sechzehn Personen zu, von denen keiner unter fünfunddreißig und jeder ein höherer CIA-Agent war, dessen körperliche Verfassung sich mit jedem Profi-Footballspieler in Amerika messen konnte. Und als das Thema Logik zur Sprache kam, bezogen Scotts Ausführungen sich mehr auf deren praktische Anwendung als in seinen juristischen Vorlesungen in Yale vor den jüngeren Studenten.

Diese Männer waren allesamt an vorderster Front im Einsatz, in allen Winkeln der Erde. Professor Bradley forderte sie auf, jede Entscheidung, die sie unter Druck getroffen hatten, noch einmal in allen Einzelheiten zu überdenken und festzustellen, ob diese Entscheidungen zu dem ursprünglich erhofften Ergebnis geführt hatten.

Alle gaben ihre Fehler sofort zu. Persönlicher Stolz war fehl am Platze – einzig Stolz darauf, dieser Elite anzugehören, war akzeptabel. Als Scott das zum erstenmal hörte, hatte er es für eine Phrase gehalten. Doch nachdem er mit diesen Männern nun schon neun Jahre im Seminarraum und in der Sporthalle gearbeitet hatte, wußte er es besser.

Über eine Stunde lang traktierte er sie mit Testbeispielen, führte sie auf dem Weg des logischen Denkens, des steten Einbeziehens der bekannten Fakten in den Prozeß der Urteilsbildung vor der endgültigen Entscheidung.

In den vergangenen neun Jahren hatte Scott genausoviel von ihnen gelernt wie sie von ihm; aber es machte ihm nach wie vor Freude, ihnen zu helfen, sein Wissen in die Tat umzusetzen. Er hatte oft das Bedürfnis gehabt, sich ebenfalls im Außendienst zu bewähren, nicht nur im Hörsaal.

Als die Sitzung zu Ende war, schloß Scott sich den Männern in der Sporthalle zum Konditionstraining an. Er machte beim Seilklettern mit, stemmte Gewichte und übte Karategriffe. Immer wurde er von allen als vollwertiger Angehöriger des Teams betrachtet. Und blickte doch einmal jemand von oben herab auf den Besucher, diesen Professor aus Yale, konnte es geschehen, daß nicht nur sein Ego verletzt wurde.

Beim Abendessen – ohne alkoholische Getränke, nur mit Mineralwasser – fragte Scott den stellvertretenden Direktor, ob man ihm wohl je gestatten würde, ein wenig Erfahrung im Außendienst zu sammeln.

»Das ist kein Urlaubsjob, wie Sie wissen«, entgegnete Dexter Hutchins, während er sich eine Zigarre anzündete. »Lassen Sie Yale sausen und kommen Sie ganz zu uns, dann können wir vielleicht einen Einsatz außerhalb des Übungsraums in Erwägung ziehen.«

»Mir steht ein Ferienjahr zu«, erinnerte Bradley seinen Vorgesetzten.

»Dann machen Sie die Italienreise, auf die Sie sich schon eine Ewigkeit freuen. Ich bin nun schon seit sieben Jahren Ihr Tischpartner, und ich glaube, ich weiß mittlerweile genausoviel über Bellini wie über Ballistik.«

»Aber Ihnen ist doch klar, daß ich Sie so lange löchern werde, bis ich einen Einsatz bekommen habe, Dexter, nicht wahr?«

»Das werden Sie dann wohl machen, bis Sie fünfzig sind; denn mit fünfzig befördern wir Sie in den Ruhestand.«

»Aber ich bin erst sechsunddreißig...«

»Sie sind nicht für den Außendienst geboren«, sagte der ältere Mann entschieden und paffte an seiner Zigarre.

Als T. Hamilton McKenzie die Haustür öffnete, ignorierte er das klingelnde Telefon und brüllte mit höchster Lautstärke »Sally? Sally?« Er erhielt jedoch keine Antwort.

Schließlich riß er den Hörer von der Gabel, in der Annahme, der Anrufer sei seine Tochter.

»Dr. McKenzie?« fragte eine ruhigere Stimme.

»Am Apparat.«

»Falls Sie sich Gedanken über Ihre Tochter machen, kann ich Sie beruhigen, es geht ihr gut.«

»Wer sind Sie?« fragte McKenzie scharf.

»Ich rufe Sie später am Abend noch mal an, wenn Sie sich ein wenig beruhigt haben«, sagte die Stimme gelassen. »Inzwischen kann ich Ihnen nur raten, verständigen Sie weder die Polizei, noch einen privaten Ermittler oder dergleichen. Wir würden es sofort erfahren, und dann hätten wir keine andere Wahl, als Ihnen Ihre hübsche Tochter«, die Stimme machte eine Pause, »in einem Sarg zurückzuschicken.« Danach wurde der Hörer aufgelegt.

T. Hamilton McKenzie wurde kreidebleich und war Sekunden später schweißgebadet.

»Was ist los, Schatz?« rief Joni, als sie sah, wie ihr Mann auf das Sofa sank.

»Sally ist entführt worden«, krächzte er. »Sie sagten, wir dürfen auf keinen Fall die Polizei einschalten. Sie rufen heute noch einmal an.« Er starrte auf das Telefon.

»Sally ist entführt worden?« wiederholte Joni ungläubig.

»Ja«, keuchte ihr Mann.

»Dann müssen wir sofort die Polizei verständigen!« Joni sprang auf. »Schließlich wird sie für so was bezahlt, Schatz.«

»Nein, das dürfen wir nicht! Der Mann hat gesagt, sie würden es sofort erfahren und uns Sally in einem Sarg zurückschicken.«

»Einem Sarg? Bist du sicher, daß er das gesagt hat?« fragte Joni gefaßt.

»Verdammt, natürlich bin ich sicher. Aber es wird ihr nichts geschehen, solange wir nicht mit der Polizei reden. Ich verstehe es nicht. Wir sind doch nicht reich.«

»Ich bleibe dabei: Wir sollten die Polizei benachrichtigen. Schließlich sind wir mit Polizeichef Dixon befreundet.«

»Nein, nein!« kreischte McKenzie. »Verstehst du denn nicht? Wenn wir das tun, bringen sie Sally um! Siehst du das nicht ein?«

»Ich sehe nur, daß du völlig durcheinander bist und daß unsere Tochter sich in großer Gefahr befindet.« Seine Frau machte eine Pause. »Du solltest Dixon sofort anrufen!«

»Nein!« wiederholte ihr Mann so heftig, daß seine Stimme sich fast überschlug. »Du verstehst überhaupt nichts!«

»Ich verstehe nur zu gut«, entgegnete Joni mit überraschend ruhiger Stimme. »Du willst nicht nur den Vorstand der medizinischen Fakultät spielen, sondern auch den Polizeipräsidenten von Columbus, obwohl du dafür völlig ungeeignet bist. Was würdest du tun, wenn ein Streifenpolizist in deinen Operationssaal marschiert käme, sich über einen deiner Patienten beugte und ein Skalpell verlangte?«

T. Hamilton McKenzie bedachte seine Frau mit einem eisigen Blick und kam zu dem Schluß, daß ihre Bemerkung wohl auf den Schock zurückzuführen war.

Die zwei Männer, die am anderen Ende der Stadt zuhörten, blickten sich an. Der mit den Kopfhörern sagte: »Was bin ich froh, daß wir es mit ihm zu tun haben werden, nicht mit ihr!«

Als das Telefon eine Stunde später läutete, sprangen T. Hamilton McKenzie und seine Frau wie von der Tarantel gestochen auf.

McKenzie ließ es mehrmals läuten, während er um Fassung rang. Dann griff er nach dem Hörer. »McKenzie«, meldete er sich.

»Hören Sie genau zu«, sagte die ruhige Stimme, »und unterbrechen Sie mich nicht. Antworten Sie nur, wenn ich Sie dazu auffordere. Verstanden?«

»Ja«, sagte McKenzie.

»Sie haben gut daran getan, die Polizei nicht zu benachrichtigen, wie Ihre Gattin es wollte«, fuhr die ruhige Stimme fort. »Sie sind vernünftiger als Ihre Frau.«

»Ich will mit meiner Tochter sprechen!« verlangte McKenzie.

»Sie haben sich zu viele Krimis im Fernsehen angeschaut, Dr. McKenzie. Im wirklichen Leben gibt es keine Heldinnen – auch keine Helden. Das müßten Sie eigentlich wissen. Drücke ich mich klar genug aus?«

»Ja«, murmelte McKenzie.

»Sie haben bereits zuviel von meiner Zeit vergeudet«, sagte die ruhige Stimme und legte auf.

Erst nach einer guten Stunde – in deren Verlauf Joni immer wieder versucht hatte, ihren Mann dazu zu bringen, die Polizei zu rufen – klingelte das Telefon erneut. Diesmal griff T. Hamilton McKenzie gleich beim ersten Läuten nach dem Hörer. »Hallo? Hallo?«

»Beruhigen Sie sich, Dr. McKenzie«, sagte die ruhige Stimme. »Und hören Sie mir diesmal zu! Sie werden morgen um acht Uhr dreißig das Haus verlassen und wie üblich zum Krankenhaus fahren. Unterwegs halten Sie am Olentangy Inn und setzen sich an irgendeinen freien Ecktisch des Cafés. Vergewissern Sie sich, daß nur zwei Personen am Tisch sitzen können. Sobald wir uns überzeugt haben, daß Ihnen niemand gefolgt ist, wird jemand von uns sich zu Ihnen setzen und Ihnen Anweisungen geben. Haben Sie verstanden?«

»Ja.«

»Ein falscher Schritt, Doktor, und Sie werden Ihre Tochter nie wiedersehen. Denken Sie daran, daß es Ihr Job ist, Leben zu erhalten. Unser Job ist der Tod.«

Es knackte in der Leitung, als der Mann den Hörer auflegte.

5

Hannah war sicher, daß sie es schaffen würde. Denn wenn sie die in London nicht täuschen konnte, wie könnte sie da hoffen, daß es ihr in Bagdad gelänge?

Sie wählte einen Dienstagmorgen für das Experiment, nachdem sie am Tag zuvor mehrere Stunden die Gegend erkundet hatte. Sie beschloß, mit niemandem über ihren Plan zu sprechen, weil sie befürchtete, die Mossad-Leute würden mißtrauisch werden, falls sie eine Frage zuviel stellte.

Sie musterte sich im Dielenspiegel: ein sauberes weißes T-Shirt, ein viel zu weiter Pullover, abgetragene Jeans, Tennissocken, Turnschuhe und das Haar eine Spur zerzaust.

Sie packte ihren kleinen, ziemlich ramponierten Koffer – das einzige Familienstück, das man ihr zu behalten gestattet hatte – und verließ das Reihenhaus kurz nach zehn Uhr. Mrs. Rubin war schon etwas eher gegangen, um ihren »Großeinkauf« zu tätigen, wie sie es nannte, wenn sie sich bei Sainsburys für vierzehn Tage mit dem Nötigsten eindeckte.

Hannah schlenderte die Straße hinunter. Sie wußte sehr wohl, daß man sie mit dem nächsten Flugzeug nach Hause schicken würde, falls man sie entdeckte. Sie verschwand in der U-Bahn-Station, zeigte dem Kontrolleur ihren Fahrausweis, fuhr mit dem Lift zum Bahnsteig hinab und ging zum hinteren Ende der Plattform, als auch schon der Zug einfuhr.

Am Leicester Square stieg sie in die Piccadilly Line um, und als die Bahn in South Kensington einfuhr, war Hannah eine der ersten an der Rolltreppe. Sie rannte die Stufen nicht wie sonst hinauf, weil sie dadurch auf sich aufmerksam gemacht hätte. Statt dessen blieb sie beim Fahren auf einer Stufe stehen und betrachtete die Werbung an der Wand, so daß niemand ihr Gesicht sehen konnte: Der neue Rover 200 Einspritzer, Johnnie Walker

Whisky, eine Warnung, Aids keine Chance zu geben, und Andrew Lloyd Webbers *Sunset Boulevard* im Adelphi sprangen ihr ins Auge. Als sie oben im Sonnenschein ankam, schaute Hannah rasch nach links und rechts, ehe sie die Harrington Road überquerte und zum Hotel Norfolk ging, einem unauffälligen Gästehaus, das sie mit Sorgfalt ausgewählt hatte. Sie hatte sich am Tag zuvor darin umgesehen und konnte direkt zur Damentoilette gehen, ohne jemanden nach dem Weg fragen zu müssen.

Hannah drückte die Tür auf, und nachdem sie sich vergewissert hatte, daß sich an diesem stillen Ort außer ihr niemand befand, betrat sie die hinterste Kabine, schob rasch den Riegel vor, öffnete ihren alten Koffer und begann das zeitraubende Unternehmen, ihre Identität zu ändern.

Zweimal betrat und verließ jemand die Damentoilette, und jedesmal hielt Hannah inne und kauerte sich auf die Kloschlüssel, bis sie wieder allein war; dann machte sie weiter.

Sie brauchte fast zwanzig Minuten. Als sie aus der Kabine trat, musterte sie sich im Spiegel und nahm noch ein paar kleinere Änderungen vor.

Dann betete sie, aber nicht zum Gott der anderen.

Hannah verließ die Damentoilette, stieg bedächtig die Stufen hinauf und ging zurück ins Hotelfoyer. Sie fragte den Portier, ob sie ihren Koffer für ein paar Stunden hierlassen dürfe, schob ihm eine Pfundnote zu und erhielt einen kleinen roten Schein. Als sie sah, daß eine Touristengruppe das Hotel verließ, schloß sie sich ihnen an der Drehtür an und war Sekunden später wieder auf dem Bürgersteig.

Sie wußte genau, wohin sie wollte und wie lange sie bis zum Eingang brauchen würde, denn sie hatte am Tag zuvor eine Art Generalprobe gemacht. Sie konnte nur hoffen, daß ihr Mossad-Lehrer recht hatte, was den Innenplan des Gebäudes anlangte. Schließlich war noch nie zuvor ein Agent dort drinnen gewesen.

Hannah schritt gemessen den Bürgersteig entlang Richtung Brompton Road.

Sie wußte, daß sie nicht zögern durfte, wenn sie erst den Eingang erreicht hatte. Etwa zwanzig Meter davor hätte sie beinahe beschlossen, am Haus vorbeizugehen. Doch als sie die Eingangsstufen erreichte, stieg sie hinauf und klopfte fest an die Tür. Augenblicke später wurde diese von einem wahren Bullen von Mann geöffnet, der sie um gut fünfzehn Zentimeter überragte. Hannah marschierte hinein, und zu ihrer Erleichterung machte der Wächter ihr Platz und spähte die Straße auf und ab, ehe er die Tür hinter ihr zuschlug.

Ohne einen Blick zurück ging Hannah den Korridor entlang zu der spärlich beleuchteten Treppe. Sie erreichte das Ende des verblichenen Läufers und stieg langsam die hölzernen Stufen hinauf. Man hatte ihr versichert, daß es die zweite Tür links im ersten Stock war, und als sie oben ankam, sah sie eine Tür links von sich, von der die braune Farbe abblätterte, und eine Messingklinke, die seit Monaten nicht poliert worden war. Sie drückte sie langsam hinab und schob die Tür auf. Das Stimmengewirr verstummte abrupt, und alle blickten ihr entgegen.

Wie könnten sie wissen, daß Hannah nie zuvor hier gewesen war, wenn sie nur ihre Augen zu sehen vermochten?

Dann fing eine zu reden an, und Hannah nahm ruhig Platz. Sie lauschte aufmerksam und stellte fest, daß sie nahezu jedes Wort verstehen konnte, sogar wenn drei oder vier gleichzeitig sprachen. Aber die Feuerprobe kam, als sie beschloß, am Gespräch teilzunehmen. Sie stellte sich als Sheka vor und behauptete, ihr Mann sei eben erst in London angekommen, habe jedoch nur eine seiner Frauen mitbringen dürfen. Die anderen nickten verständnisvoll und erregten sich über die britische Einwanderungsbehörde, die für Polygamie kein Verständnis zeigte. Während der nächsten Stunde hörte Hannah zu und diskutierte ihre Probleme mit ihnen. Wie schmutzig die Engländer alle waren, wie dekadent und daß sie alle an Aids starben. Sie konnten es nicht erwarten, wieder in die Heimat zu kommen, wo sie gutes Essen und frisches Wasser bekommen würden. Und ob es hier wohl je zu regnen aufhörte? Auf einmal stand eine der schwarzvermummten Frauen auf und verabschiedete sich. Als eine zweite sich ihr anschloß, erkannte Hannah, daß dies ihre Chance war, ebenfalls zu gehen. Sie folgte den beiden Frauen mit ein paar Schritten Abstand stumm die Teppe hinunter. Der hünenhafte Wächter am Eingang öffnete die Tür, um die drei hinauszulassen. Die zwei anderen stiegen in einen großen schwarzen Mercedes, der sofort abfuhr, während Hannah zu Fuß zum Hotel Norfolk zurückging.

T. Hamilton McKenzie grübelte fast die ganze Nacht, was wohl der Mann mit der ruhigen Stimme von ihm wollte. Er hatte seine Bankbelege durchgesehen. Insgesamt besaß er um die zweihundertdreißigtausend Dollar in bar und in Wertpapieren; das Haus war etwa eine weitere Viertelmillion wert, sobald die Hypothek getilgt war, aber es mochte Monate dauern, bevor sich ein Käufer fand. Insgesamt würde er vielleicht eine halbe Million zusammenkratzen können. Aber er bezweifelte, daß die Bank ihm auch nur einen Cent darüber hinaus vorstrecken würde.

Warum hatte man ausgerechnet ihn ausgewählt? Zahllose Väter der Mädchen von der Columbus-Schule hatten zehn- bis zwanzigmal mehr Geld als er – Joe Ruggiero, beispielsweise, der jedem unter die Nase rieb, daß ihm die größte Spirituosenladenkette in Columbus gehörte, mußte mehrfacher Millionär sein. Flüchtig fragte sich McKenzie, ob vielleicht eine Bande oder gar Amateure dahintersteckten, die versehentlich den Falschen ausgewählt hatten. Doch diesen Gedanken gab er rasch auf, als er überlegte, wie die Entführer das Kidnapping und die bisherigen Kontakte durchgeführt hatten. Nein, er mußte davon ausgehen, daß er es mit Profis zu tun hatte, die genau wußten, was sie wollten.

Kurz nach sechs schlüpfte er aus dem Bett und trat ans Fenster – keine Sonne weit und breit. Er bemühte sich, so leise wie nur möglich zu sein, obwohl er wußte, daß seine Frau wach war, so reglos sie auch im Bett lag – sie hatte wahrscheinlich keine Sekunde geschlafen. Er nahm eine warme Dusche, rasierte sich und zog aus Gründen, die er nicht einmal sich selbst erklären konnte, ein nagelneues Hemd an, dazu den Anzug, den er für gewöhnlich nur bei Kirchgängen trug, sowie eine geblümte Krawatte, die Sally ihm vor zwei Jahren zu Weihnachten geschenkt und die zu tragen er bisher nicht den Mut aufgebracht hatte.

Dann ging er in die Küche hinunter und kochte zum erstenmal seit fünfzehn Jahren Kaffee für seine Frau. Er trug ihn auf einem Tablett ins Schlafzimmer, wo Joni sich derweil in ihrem rosa Nachthemd im Bett aufgesetzt hatte und die müden Augen rieb.

McKenzie ließ sich am Fußende des Bettes nieder und trank mit ihr schweigend schwarzen Kaffee. Während der vergangenen elf Stunden hatten sie alles, was es zu sagen gab, bis zur Erschöpfung durchgekaut.

Mit den leeren Tassen auf dem Tablett kehrte er nach unten zurück und ließ sich viel Zeit damit, abzuwaschen und in der Küche aufzuräumen. Als er hörte, wie die Zeitung auf die schmale Veranda vor der Haustür geworfen wurde, ließ er das Geschirrtuch fallen und rannte hinaus, sich den *Dispatch* zu holen. Er überflog hastig die Titelseite, während er sich fragte, ob die Presse irgendwie Wind von der Sache bekommen hatte. Clinton dominierte die Schlagzeilen: Im Irak gab es neue Probleme, und der Präsident versprach, weitere Truppen zum Schutz der kuwaitischen Grenzen zu entsenden, falls es sich als notwendig erweisen sollte.

»Die hätten keine halben Sachen machen sollen«, murmelte McKenzie, während er die Haustür schloß. »Saddam ist unberechenbar.«

Er versuchte, sich mit den Einzelheiten der Story vertraut zu machen, konnte sich aber nicht konzentrieren. Aus dem Leitartikel schloß er jedoch, daß der *Dispatch* der Meinung war, Clinton stehe vor seiner ersten wirklichen Krise. Der Präsident weiß nicht einmal im entferntesten, was eine Krise ist, dachte T. Hamilton McKenzie. Schließlich hat seine Tochter vergangene Nacht in der Geborgenheit des Weißen Hauses geschlafen.

Er war froh, als die Uhr in der Diele endlich achtmal schlug. Joni kam angezogen die Treppe herunter. Sie strich seinen Kragen glatt und bürstete die paar Schuppen von seiner Schulter, als würde er zu einem normalen Arbeitstag in der Universität aufbrechen. Sie sagte keinen Ton zur Wahl seiner Krawatte.

»Komm gleich heim«, bat sie wie immer.

»Natürlich«, antwortete er. Er küßte sie auf die Wange und ging ohne ein weiteres Wort.

Kaum schwang das Garagentor auf, sah er die flackernden Scheinwerfer und fluchte laut. Er hatte offensichtlich vergessen, sie am Abend auszuschalten, als er so verärgert über seine Tochter gewesen war. Diesmal richtete sein Ärger sich gegen ihn selbst, und er fluchte erneut.

Er setzte sich hinters Lenkrad, steckte den Schlüssel ins Zündschloß und konnte nur hoffen. Als erstes schaltete er das Licht aus und wartete eine Zeitlang, ehe er den Schlüssel drehte. Erst in kurzen, dann in längeren Abständen versuchte er, den Motor in Gang zu bringen, aber das Geräusch des Anlassers erstarb, während er mehrmals das Gaspedal durchtrat.

»Nicht heute!« schrie er und hämmerte mit den Händen auf das Lenkrad. Nach ein paar weiteren Startversuchen sprang er aus dem Wagen und rannte zur Haustür. Er nahm den Daumen nicht von der Klingel, bis Joni fragend die Tür öffnete.

»Meine Batterie ist leer. Ich brauch' deinen Wagen, schnell, schnell!«

»Er ist in der Werkstatt. Seit Wochen drängst du mich, ich soll ihn nachsehen lassen.«

T. Hamilton McKenzie wandte seiner Frau wortlos den Rücken zu, rannte die Ausfahrt hinunter auf die Straße und hielt nach einem der gelben Taxis Ausschau. Aber die Chance war gering, daß eines unbesetzt unterwegs war, um so früh am Morgen nach einem Fahrgast Ausschau zu halten. Nur ein Bus kam auf ihn zu und hielt neben ihm an, obwohl bis zur Haltestelle noch gut zwanzig bis dreißig Meter waren.

McKenzie stieg keuchend ein. »Danke«, schnaufte er. »Fährt dieser Bus zur Olentangy River Road?«

»Kommt ganz in die Nähe, Mann.«

»Dann nichts wie los.« T. Hamilton McKenzie blickte auf seine Uhr. Es war siebzehn nach acht. Mit ein wenig Glück schaffte er es noch rechtzeitig zu dem angegebenen Treffpunkt. Er schaute sich nach einem Sitzplatz um.

»Macht einen Dollar«, rief der Fahrer ihm nach.

T. Hamilton McKenzie kramte in seinem Sonntagsanzug.

»O mein Gott!« entfuhr es ihm. »Ich habe meine Geldbörse zu Haus...«

»Ohne Fahrschein kann ich Sie nicht mitnehmen«, erklärte der Fahrer.

McKenzie drehte sich zu ihm um. »Sie verstehen nicht. Ich habe einen wichtigen Termin. Es geht um Leben und Tod.«

»Bei mir auch, nämlich um meinen Job. Ich muß mich an die Bestimmungen halten. Wenn Sie nicht zahlen können, müssen Sie aussteigen.«

»Aber...«, protestierte McKenzie.

»Ich geb' Ihnen einen Dollar für die Uhr da«, warf ein junger Mann ein, der in der zweiten Reihe saß und amüsiert zugehört hatte.

T. Hamilton McKenzie blickte auf die goldene Rolex, die ihm für fünfundzwanzigjährige Dienste im Ohio State University Hospital verehrt worden war. Er zog sie vom Handgelenk und reichte sie dem jungen Mann.

»Es muß *wirklich* um Leben und Tod gehen«, bemerkte der junge Mann, als er die teure Präzisionsuhr gegen einen Dollar eintauschte und sie sofort um sein Handgelenk streifte.

T. Hamilton McKenzie gab den Dollar gleich dem Fahrer.

Der Mann schüttelte den Kopf. »Da haben Sie kein gutes Geschäft gemacht. »Für 'ne Rolex hätten Sie 'ne ganze Woche eine Limousine mit Chauffeur mieten können.«

»Fahren Sie schon!« brüllte McKenzie.

»*Ich* hab' uns nicht aufgehalten, Mann«, entgegnete der Fahrer, als er den Bus langsam vom Randstein lenkte.

T. Hamilton McKenzie ließ sich auf den vordersten Platz fallen und wünschte sich, er säße hinter dem Lenkrad. Er wollte auf seine Uhr schauen, aber sie war nicht da. Rasch drehte er sich um und fragte den jungen Mann: »Wie spät ist es?«

Der Bursche blickte stolz auf seinen Neuerwerb, von dem er noch keine Sekunde den Blick abgewandt hatte. »Sechsundzwanzig Minuten und zwanzig Sekunden nach acht Uhr.«

McKenzie starrte ungeduldig aus dem Fenster, während der Bus siebenmal anhielt und Fahrgäste aus- und einstiegen, ehe er endlich die Ecke Independence erreichte. Inzwischen befürchtete der Fahrer bereits, daß der uhrlose Herr jeden Moment einen Herzanfall bekommen würde.

Als T. Hamilton McKenzie vom Trittbrett des Busses sprang, schlug die Rathausuhr Viertel vor neun.

»Lieber Gott, laß sie noch da sein«, betete er, als er auf das Olentangy Inn zurannte und hoffte, von niemandem erkannt zu werden. Er hörte erst auf zu rennen, als er den Eingang erreichte, außer Atem und schweißüberströmt.

Dann trat er durch die Drehtür ins Café und blickte sich um, ohne die leiseste Ahnung, nach wem oder wonach er Ausschau hielt. Er hatte das Gefühl, daß alle ihn anstarrten.

Im Café standen etwa sechzig Tische für zwei beziehungsweise vier Personen, von denen ungefähr die Hälfte besetzt waren. Zwei Ecktische waren noch frei. McKenzie setzte sich an den mit dem besten Blick zum Eingang.

Er konnte nur hoffen, daß sie nicht bereits aufgegeben hatten, auf ihn zu warten.

An der Kreuzung Ecke Thurloe Place hatte Hannah das erste Mal das Gefühl, von jemandem beschattet zu werden. Als sie den Bürgersteig auf der South Kensingtoner Seite erreichte, war sie sich sicher.

Ein großer junger Mann, der offenbar keine sonderliche Erfahrung im Observieren hatte, tauchte immer wieder ziemlich auffällig in Hauseingänge ein und wieder heraus. Vermutlich hielt er sie für den arglosen Typ. Hannah hatte noch einen knappen halben Kilometer, um ihren nächsten Zug zu planen. Als das Norfolk in Sicht kam, wußte sie genau, was zu tun war. Wenn sie das Hotel mit genügend Vorsprung betreten konnte, würde sie nur dreißig, im Höchstfall fünfundvierzig Sekunden brauchen, es sei denn, beide Portiers wären sehr beschäftigt. Sie blieb vor dem Schaufenster einer Drogerie stehen und bewunderte scheinbar die ausgestellten Kosmetikartikel. Dann wandte sie sich den Lippenstiften in der Ecke zu und sah das Spiegelbild ihres Verfolgers in der sauberen Glasscheibe. Er stand an einem Zeitungskiosk am Eingang zur South Kensingtoner U-Bahn-Station. Er nahm sich eine *Daily Mail*. Du Amateur, dachte sie. Damit gab er ihr die Chance, die Straße zu überqueren, ehe er sein Wechselgeld bekam. Hannah hatte den Hoteleingang erreicht, als er an der Drogerie vorbeikam. Sie rannte die paar Stufen nicht; es hätte möglicherweise verraten, daß sie von ihrer Beschattung wußte. Aber versehentlich schob sie die Drehtür so heftig, daß eine ältere Dame viel eher auf dem Bürgersteig anlangte als beabsichtigt.

Die beiden Portiers unterhielten sich, als Hannah durchs Foyer eilte. Der rote Gepäckschein und ein Pfund Sterling waren bereits in ihrer Hand, ehe sie den Empfang erreichte. Sie knallte die Münze so hart auf den Tisch, daß der ältere Portier sogleich aufblickte. Kaum sah er das Geld, griff er rasch nach dem Gepäckschein, holte Hannahs kleinen Koffer und gab ihn ihr in dem Moment, als ihr Verfolger durch die Drehtür kam.

Hannah ging in die Richtung der Treppe am Ende des Korridors und hielt den kleinen Koffer so fest an ihren Bauch gepreßt, daß ihr Verfolger gar nicht bemerken würde, daß sie überhaupt etwas bei sich trug. Als sie die zweite Stufe erreichte, fing sie zu laufen an, da sonst niemand zu sehen war. Kaum war sie unten angekommen, schoß sie über den Korridor und in die relative Sicherheit der Damentoilette.

Diesmal war sie nicht allein. Eine Dame mittleren Alters beugte sich über das Waschbecken und zog ihre Lippen nach. Sie schenkte Hannah nicht einen Blick, als diese hinter einer der Türen verschwand. Hannah setzte sich wieder auf die Kloschüssel, zog die Knie hoch und stützte das Kinn darauf, während sie wartete, bis die Dame mit ihrer Verschönerung fertig war; es dauerte noch etwa drei Minuten, bis sie endlich ging.

Sobald Hannah hörte, wie die Tür geschlossen wurde, setzte sie die Füße auf den kalten Mamorboden und öffnete den alten Koffer, um sich zu vergewissern, daß alles da war. Nachdem sie sich davon überzeugt hatte, zog sie, so schnell es ging, wieder ihr T-Shirt, den weiten Pullover und die Jeans an.

Sie war gerade in die Turnschuhe geschlüpft, als die Tür wieder aufschwang. Sie sah den unteren Teil eines Paares bestrumpfter Beine den Marmorboden überqueren und die Kabine neben ihr betreten. Hannah schoß aus der ihren und knöpfte die Jeans zu, bevor sie einen raschen Blick in den Spiegel warf. Sie zerzauste ihr Haar ein wenig, dann schaute sie sich in dem Raum um. In einer Ecke entdeckte sie einen großen Behälter für schmutzige Handtücher. Hannah hob schnell den Deckel, zerrte sämtliche Handtücher heraus und zwängte ihren Koffer bis zum Boden hinunter, dann bedeckte sie ihn hastig mit den Handtüchern und setzte den Deckel wieder auf. Sie versuchte zu vergessen, daß der Koffer ihr Begleiter um die halbe Welt gewesen war, von Leningrad nach Tel Aviv und London. Sie fluchte in ihrer Muttersprache, bevor sie sich wieder im Spiegel begutachtete. Dann schlenderte sie aus der Damentoilette und bemühte sich, ruhig, ja gleichmütig zu erscheinen.

Als erstes sah Hannah den jungen Mann am hinteren Ende des Korridors die *Daily Mail* lesen. Mit ein bißchen Glück würde er keinen Blick an sie vergeuden. Sie hatte die unterste Stufe erreicht, als er aufblickte. Sieht ziemlich gut aus, dachte sie und blickte ihn eine Sekunde zu lange an. Dann drehte sie sich um und stieg die Treppe hinauf.

»Entschuldigen Sie, Miss«, sagte eine Stimme hinter ihr. Keine Panik, mahnte sie sich, benimm dich völlig normal. Sie wandte sich um und lächelte. Er lächelte zurück, flirtete fast mit ihr. Dann errötete er.

»Haben Sie vielleicht eine Araberin gesehen, als Sie in der Damentoilette waren?«

»Ja«, antwortete Hannah. »Aber weshalb fragen Sie?« Dränge den Feind in die Defensive, wann immer möglich, war die Standardregel.

»Ach, ist nicht so wichtig. Entschuldigen Sie, daß ich Sie belästigt habe.« Er verschwand um die Ecke.

Hannah stieg die Treppe hinauf und durchquerte das Foyer zur Drehtür.

Schade, dachte sie, als sie wieder auf dem Bürgersteig war. Er sieht richtig sexy aus. Sie fragte sich, wie lange er dort unten herumsitzen würde, für wen er arbeitete und wem er schließlich Bericht erstatten mußte.

Hannah machte sich auf den Heimweg. Sie bedauerte, daß sie nicht noch bei Dino Spaghetti Bolognese essen und sich danach Frank Marshalls neuesten Film anschauen konnte, der im Cannon lief. Es gab immer noch Augenblicke, da sie sich danach sehnte, nur eine relativ unbeschwerte junge Frau in London zu sein. Doch dann dachte sie an ihre Mutter, ihren Bruder, ihre Schwester, und sagte sich, daß all das warten müsse.

Den größten Teil der Fahrt in der U-Bahn saß sie allein. Sie war nun ziemlich sicher, daß niemand Verdacht schöpfen würde, wenn sie sich in Bagdad als Irakerin ausgab – zumindest solange niemand mit ihr ins Bett gehen wollte.

Als die Bahn in Green Park hielt, sprangen zwei junge Burschen in den Wagen. Hannah beachtete sie nicht. Erst als die Tür sich wieder schloß, wurde ihr bewußt, daß sie mit den beiden allein war.

Nach einer kurzen Weile schlenderte einer zu ihr herüber und grinste anzüglich. Er trug eine schwarze Fliegerjacke, deren Kragen dicht mit Metallnieten besetzt war. Seine Jeans saßen so eng wie das Trikot eines Ballettänzers, und sein schwarzes Haar stand ihm zu Berge, als hätte er gerade eine Elektroschocktherapie hinter sich. Hannah schätzte ihn auf Anfang zwanzig. Sie blickte auf seine Füße und sah, daß er Arbeitsstiefel trug, wie sie in der Armee üblich waren. Obwohl er etwas übergewichtig war, schloß sie aus seinen Bewegungen, daß er körperlich durchaus fit sein mochte. Sein Freund stand ein paar Schritte entfernt an das Geländer bei der Tür gelehnt.

»Was hältst du von einem schnellen Strip?« fragte er lässig und holte ostentativ ein Schnappmesser aus einer Tasche.

»Zieh Leine!« sagte Hannah ruhig.

»Oh, zu vornehm, was?« Wieder grinste er indolent. »Würde dir ein flotter Dreier gefallen?«

»Würde dir eine geschwollene Lippe gefallen?«

»Willst du dich mit mir anlegen, Lady?« fragte er spöttisch, als die Bahn am Piccadilly Circus hielt.

Sein Freund stand an der Tür, so daß jeder, der möglicherweise in den letzten Wagen hatte einsteigen wollen, es sich anders überlegte.

Lenke nie Aufmerksamkeit auf dich, laß dich nie in etwas verwickeln, vor allem nicht im Ausland, war die Regel für alle, die für irgendeinen Geheimdienst arbeiteten. Übertritt die Regeln nur in äußersten Notfällen.

»Mein Freund Marv steht auf dich. Hast du das gewußt, Mieze?«

Hannah lächelte ihn an und überlegte, wie sie den Wagen verlassen konnte, sobald die Bahn die nächste Haltestelle erreichte.

»Mir gefällst du eigentlich auch«, sagte er. »Aber ich fahr' auf schwarze Miezen ab. Die haben so schöne dicke Ärsche, weißt du? Das geilt mich auf.«

»Dann halt dich an deinen Freund.« Hannah bedauerte ihre Bemerkung, kaum daß die Worte über ihre Lippen waren. Nie provozieren!

Sie hörte das Klicken, als die lange dünne Klinge herausschoß und im hellbeleuchteten Wagen blitzte.

»Tja, es gibt zwei Möglichkeiten, wie wir die Sache angehen können, Schätzchen – in aller Ruhe oder sehr, sehr laut. Liegt an dir. Wenn du nicht mitmachen willst, kann ich dich vielleicht mit ein paar Schnitten in deinem hübschen Gesicht umstimmen.«

Der Bursche an der Tür fing an zu lachen. Hannah stand auf und stellte sich vor den Punker. Sie machte eine Pause, bevor sie langsam den obersten Knopf ihrer Jeans öffnete.

»Sie gehört dir, Marv!« rief der Bursche, wobei er sich zu seinem Freund umdrehte. Er sah den Fuß gar nicht, der durch die Luft sauste, als Hannah um hundertachtzig Grad herumwirbelte. Das Messer flog aus seiner Hand und schlitterte über den Boden bis zum hinteren Ende des Wagens. Hannah schmetterte dem Punker den Ellbogen in den Nacken, und der Bursche knallte wie ein Sack Kartoffeln auf den Boden. Hannah stieg über ihn und ging auf Marv zu.

»Nein, nein, Miss. Ich will nichts. Owen fällt immer so was ein. Ich hätt' nichts getan, ich nicht! Bestimmt nicht.«

»Zieh deine Jeans aus, Marvin!«

»Was?«

Sie spannte die Finger der Rechten.

»Ich – ich tu's ja schon, Miss«, Marvin zog rasch seinen Reißverschluß hinunter und schlüpfte aus den Jeans, wodurch eine schmutzige Unterhose und die Tätowierung ›Mama‹ auf seinem rechten Oberschenkel zum Vorschein kamen.

»Ich kann nur hoffen, daß deiner Mama dieser Anblick erspart bleibt, Marvin.« Hannah hob seine Jeans auf. »Und jetzt die Unterhose.«

»Was?«

»Du hast mich schon verstanden, Marvin.«

Marvin zog sie langsam nach unten und stieg heraus.

»Was für ein kurzes Vergnügen!« bemerkte Hannah, als die Bahn auf dem Leicester Square einfuhr.

Während die Tür sich zischend hinter ihr schloß, glaubte Hannah etwas hinter sich zu hören, daß wie: »Du verdammtes Miststück, ich werd'...« klang.

Sie schritt den Durchgang zur Northern Line entlang, ohne irgendwo einen Abfalleimer zu finden, in den sie Marvins schmutzige Sachen hätte werfen können. Die Mülltonnen waren nach einer Reihe von Bombenanschlägen der IRA auf die Londoner Untergrundbahnhöfe alle entfernt worden. Es blieb Hannah nichts anderes übrig, als die schmuddeligen Sachen bis nach Chalk Farm mitzunehmen, wo sie sie endlich in einen Abfallkorb an der Ecke zur Adelaide Road stopfen konnte. Dann ging sie gemächlich heim.

Als sie die Haustür öffnete, rief eine fröhliche Stimme aus der Küche: »Das Mittagessen steht auf dem Tisch, meine Liebe.« Mrs. Rubin kam und setzte sich zu Hannah. »Das war ein außerordentlich faszinierender Vormittag! Sie können sich nicht vorstellen, was ich bei Sainsbury erlebt habe!«

»Was darf ich Ihnen bringen?« fragte die Kellnerin in rotem Rock mit schwarzem Schürzchen und zückte ihren Block.

»Bitte nur schwarzen Kaffee«, sagte T. Hamilton McKenzie.

»Kommt sofort«, versicherte sie ihm gutgelaunt.

Er wollte gerade nachsehen, wie spät es war, als er sich erinnerte, daß seine Uhr sich am Handgelenk eines jungen Mannes befand, der inzwischen sicher meilenweit entfernt war. So blickte McKenzie auf die Uhr hinter der Theke. Vier Minuten vor neun. Er musterte nun jeden, der durch die Tür kam.

Ein großer, gutgekleideter Herr kam als erster herein, und als er sich im Café umsah, keimte in McKenzie Hoffnung auf, und er hätte den neuen Gast am liebsten hypnotisiert, damit dieser in seine Richtung blickte. Doch der Herr ging zur Theke und nahm mit dem Rücken zum Lokal auf einem Hocker Platz. Die Kellnerin kam zurück und goß dem nervösen Chirurgen dampfend heißen, schwarzen Kaffee ein.

Als nächstes betrat eine junge Frau mit einer Einkaufstasche, die lange Griffe aus geflochtener Schnur hatte, das Lokal. Ihr folgte einen Augenblick später ein ebenfalls vornehm gekleideter Herr, und auch er ließ den Blick suchend durch das Café schweifen. Wieder hoffte McKenzie, er wäre der Erwartete, als ein freudiges Lächeln über die Züge des neuen Gastes huschte. Er ging zur Theke und nahm neben dem Herrn Platz, der kurz zuvor gekommen war.

Die junge Frau mit der Einkaufstasche setzte sich an McKenzies Tisch. »Der Stuhl ist besetzt!« protestierte der Chirurg, und seine Stimme wurde bei jedem Wort lauter.

»Ich weiß, Dr. McKenzie«, entgegnete die Frau. »Besetzt von mir.«

T. Hamilton McKenzie brach der Schweiß aus.

»Kaffee?« erkundigte sich die Kellnerin, die neben dem neuen Gast stehengeblieben war.

»Ja, schwarz«, antwortete die junge Frau, ohne aufzublicken.

McKenzie betrachtete sie eingehender. Er schätzte sie auf dreißig – ein Alter, in dem sie seine beruflichen Fähigkeiten noch nicht benötigte. Ihrem Akzent nach war sie zweifellos New Yorkerin; ihr schwarzes Haar, die dunklen Augen und die bräunliche Haut verrieten allerdings, daß ihre Vorfahren aus Südeuropa stammten. Sie war so zierlich, daß sie beinahe zerbrechlich wirkte, und ihr feingemustertes Laura-Ashley-Kleid in herbstlichen Brauntönen, das in irgendeinem von Tausenden über die ganzen Vereinigten Staaten verstreuten Modegeschäften gekauft worden sein konnte, machte sie in jeder Menschenmenge unauffällig. Sie rührte den Kaffee, den die Kellnerin ihr hinstellte, nicht an.

McKenzie beschloß, die Initiative zu ergreifen. »Ich will wissen, wie es Sally geht.«

»Es geht ihr gut, wirklich gut«, sagte die Frau ruhig. Sie holte mit behandschuhten Fingern ein Stück Papier aus ihrer Einkaufstasche und reichte es ihm.

Er faltete es auf.

Lieber Paps,
man behandelt mich gut, aber bitte, tu alles, was sie von Dir verlangen.
Deine Sal

Es war ohne Zweifel ihre Schrift, aber sie unterschrieb nie mit »Sal«. Sie wollte ihm damit etwas sagen, und das machte seine Sorge um sie nicht gerade geringer.

Die Frau lehnte sich zu ihm hinüber und riß den Brief wieder an sich.

»Ihr Verbrecher! Damit kommt ihr nicht durch!« Er starrte sie wütend an.

»Beruhigen Sie sich, Dr. McKenzie. Wir hören weder auf Drohungen noch auf schöne Worte. Wir tun so etwas nicht zum erstenmal. Also, wenn Sie Ihre Tochter lebend wiedersehen wollen…«

»Was wollen Sie von mir?«

Die Kellnerin kehrte mit einer frischen Kanne Kaffee zurück, aber als sie sah, daß keiner auch nur einen Schluck genommen hatte, sagte sie: »Der Kaffee wird kalt, Herrschaften«, und ging weiter.

»Ich besitze gerade mal zweihunderttausend Dollar. Es kann alles nur ein Irrtum sein.«

»Wir sind nicht an Ihrem Geld interessiert, Dr. McKenzie.«

»Was wollen Sie *dann*? Ich tue alles, um meine Tochter heil zurückzubekommen!«

»Die Gesellschaft, die ich vertrete, ist auf die Beschaffung besonderer Fähigkeiten spezialisiert, und einer unserer Klienten benötigt die Ihre.«

»Aber Sie hätten mich bloß anzurufen und einen Termin zu vereinbaren brauchen«, sagte er erstaunt.

»Schlecht möglich bei dem, was wir vorhaben, fürchte ich. Aber egal – wir sind in Eile, und wir dachten, Sally könnte uns helfen, nicht erst Schlange stehen zu müssen.«

»Ich verstehe nicht.«

»Deshalb bin ich hier«, sagte die Frau. Zwanzig Minuten später, als der Kaffee in beiden Tassen eiskalt war, verstand T. Hamilton McKenzie genau, was von ihm erwartet wurde. Er schwieg eine Zeitlang, ehe er sagte: »Ich bin mir nicht sicher, ob ich das kann. Erstens widerspricht es meinem Berufsethos. Und ist Ihnen überhaupt klar, wie schwierig...«

Die Frau bückte sich und kramte wieder in ihrer Einkaufstasche. Dann warf sie einen kleinen goldenen Ohrring über die Tischplatte. »Vielleicht wird Ihnen das die Entscheidung etwas leichter machen.«

T. Hamilton McKenzie griff nach dem Ohrring seiner Tochter.

»Morgen bekommen Sie den anderen«, fuhr die Frau fort. »Am Freitag das erste Ohr. Am Samstag das zweite. Wenn Sie sich weiterhin Sorgen um Ihr Berufsethos machen, Dr. McKenzie, wird heute in einer Woche nicht mehr viel von Ihrer Tochter übrig sein.«

»Sie würden es nicht wagen...«

»Fragen Sie John Paul Getty III. Ein Ohr hat er noch.«

T. Hamilton McKenzie stand auf und beugte sich über den Tisch.

»Wir können die Sache beschleunigen, wenn Ihnen das lieber ist«, sagte sie, ohne die geringste Spur von Furcht.

McKenzie ließ sich auf den Stuhl zurückfallen und versuchte, seine Nerven unter Kontrolle zu bekommen.

»Gut«, sagte sie. »So ist es schon besser. Zumindest scheinen wir uns jetzt zu verstehen.«

»Und wie geht es weiter?« fragte er.

»Wir werden uns im Lauf des Tages wieder mit Ihnen in Verbindung setzen. Also sorgen Sie dafür, daß Sie erreichbar sind. Ich bin überzeugt, daß Sie bis dahin mit Ihrem Berufsethos ins reine gekommen sind.«

McKenzie wollte gerade protestieren, als die Frau aufstand, einen Fünfdollarschein aus der Tasche nahm und auf den Tisch legte.

»Wir können doch nicht zulassen, daß Columbus' bewunderter Chirurg Teller waschen muß, nicht wahr?« Sie wandte sich zum Gehen, und erst, als sie bereits den Ausgang erreichte, wurde McKenzie bewußt, daß sie sogar über seine vergessene Brieftasche informiert waren.

T. Hamilton McKenzie begann über ihren Vorschlag nachzudenken. Er glaubte nicht, daß die Entführer ihm eine Wahl gelassen hatten.

Mit Sicherheit wußte er nur eines: Wenn er tat, was sie von ihm verlangten, würde Präsident Clinton vor noch größeren Problemen stehen, als es jetzt schon der Fall war.

6

Gerade als Scott am Fuß der Treppe anlangte, läutete das Telefon. Seine Gedanken beschäftigten sich noch mit der morgendlichen Vorlesung, die er eben gehalten hatte; nun aber nahm er drei Stufen auf einmal, stieß seine Wohnungstür auf, griff nach dem Telefon und warf dabei das Bild seiner Mutter zu Boden.

»Scott Bradley«, meldete er sich, wobei er sich automatisch nach der Fotografie bückte und sie wieder hinstellte.

»Ich brauche Sie morgen in Washington. Um Punkt neun in meinem Büro.«

Es beeindruckte Scott immer wieder, daß Dexter Hutchins nie seinen Namen nannte, wenn er anrief, und seine Arbeit für die CIA offenbar immer für wichtiger hielt als seine Verpflichtungen Yale gegenüber.

Scott brauchte fast den ganzen Nachmittag, bis er zwei verständnisvolle Kollegen gefunden hatte, die seine Vorlesungen übernahmen. Er konnte sich nicht mit Unpäßlichkeit herausreden, weil alle auf dem Campus wußten, daß er während der vergangenen neun Jahre keinen einzigen Tag wegen Krankheit gefehlt hatte. So griff er auf die alte Ausrede einer ›Beziehungskrise‹ zurück, was ihm stets das Mitgefühl älterer Professoren sicherte, ohne daß sie allzu viele Fragen stellten.

Dexter Hutchins erklärte am Telefon nie, weshalb er Scott brauchte, aber da alle Morgenblätter Bilder von Itzhak Rabin gebracht hatten, der zu seinem ersten Treffen mit Präsident Clinton in Washington eintraf, schloß Scott, daß der Anruf damit zu tun hatte.

Scott holte den Ordner aus dem Regal zwischen *Steuerberater* und *Steuerbescheide* und nahm alles heraus, was er über den neuen israelischen Ministerpräsidenten wußte. Seine politische Einstellung den USA gegenüber unterschied sich anscheinend nicht sonderlich von der seines Vorgängers. Er war gebildeter als Shamir, konzilianter und behutsamer in seinem Vorgehen, doch Scott vermutete, daß Rabin derjenige sein würde, der aus einer Kneipenschlägerei unverletzt hervorging.

Scott lehnte sich zurück und dachte über eine Blondine namens Susan Anderson nach, die bei seiner letzten Besprechung mit dem neuen Außenminister dabei gewesen war. Wenn sie auch dieses Mal dabei war, könnte sich der Besuch in Washington vielleicht als recht erfreulich erweisen.

Ein stiller Mann saß auf einem Hocker ganz hinten an der Bar und leerte die letzten Tropfen aus seinem Glas. Es enthielt bereits geraume Zeit kein Guinness mehr, aber der Ire gab die Hoffnung nicht auf, mit dieser Pantomime an eine mitfühlende Saite des Barkeepers zu rühren, so daß dieser sich herabließ, kostenlos die Luft aus dem Glas zu lassen. Aber bei dem hier biß er auf Granit.

»Bastard«, murmelte der Ire. Es waren immer die jungen, die kein Herz hatten.

Der Barkeeper kannte den richtigen Namen des Gastes nicht. Den kannten nur wenige, von der San Franciscoer Polizei und dem FBI abgesehen.

Sein Dossier im Polizeipräsidium von San Francisco gab William O'Reillys Alter mit zweiundfünfzig an. Ein müßiger Beobachter hätte ihn eher auf Mitte Sechzig geschätzt, nicht nur wegen seiner abgetragenen Kleidung, sondern aufgrund der tiefen Stirnfalten, der Tränensäcke und des Rettungsrings um die Hüften. O'Reilly schob die Schuld für seine finanzielle Misere auf die Unterhaltszahlungen an seine drei Exfrauen, auf vier Haftstrafen und darauf, daß er in seiner Jugend zu lange Amateurboxer gewesen war. Dem Guiness gab er nie die Schuld.

Das Problem hatte bereits in der Schule begonnen, als O'Reilly zufällig entdeckte, daß er die Unterschriften seiner Mitschüler täuschend echt nachmachen konnte, wenn sie die Scheine unterschrieben, mit denen sie Taschengeld von der Schulbank abhoben. Am Ende seines ersten Jahres im Trinity College von Dublin konnte er die Unterschrift des Rektors – oder vielmehr Provosts, wie es dort hieß – sowie die des Quästors so gut fälschen, daß sie selbst daran zweifelten, ob sie ihm nicht ein Stipendium genehmigt hatten.

Während er sich in der Strafanstalt St. Patrick's aufhielt, brachte ihm der Geldfälscher Sean alles über Banknoten bei. Als sich schließlich das Tor zu seiner Entlassung öffnete, hatte der Lehrling alles gelernt, was von dem Meister zu lernen war. Bill mußte feststellen, daß seine Mutter ihn nicht mehr am Busen der Familie aufnehmen wollte, deshalb fälschte er die Unterschrift des amerikanischen Konsuls in Dublin und wanderte ins Land der unbegrenzten Möglichkeiten aus.

Mit dreißig hatte er seine erste Dollardruckplatte geätzt und das so gut, daß das FBI beim Prozeß gegen O'Reilley zugeben mußte, die Fälschung wäre ohne die Hilfe eines Informanten nie aufgedeckt worden. O'Reilly wurde zu sechs Jahren verdonnert, und dem Gerichtsreporter des San Francisco Chronicle verdankte er seinen Spitznamen ›Dollar Bill‹, der ihm blieb.

Als Dollar Bill aus der Haftanstalt entlassen war, ging er zu 10-, 20- und später zu 50-Dollar-Scheinen über, und die Dauer seiner Haftstrafen erhöhte sich proportional. Zwischen seinen Gefängnisaufenthalten gelang es ihm, dreimal zu heiraten und sich ebenso oft scheiden zu lassen. Auch das hätte seine Mutter bestimmt nicht gebilligt.

Seine dritte Frau tat ihr Bestes, ihn auf dem Pfad der Tugend zu halten, und tatsächlich dankte er es ihr, indem er nur dann irgendwelche Urkunden fälschte, wenn er keine andere Arbeit bekommen konnte – hin und wieder einen Reisepaß, einen Führerschein oder Sozialversicherungsausweis – nichts wirklich Kriminelles, wie er dem Richter versicherte. Der Richter war jedoch anderer Ansicht und schickte O'Reilly weitere fünf Jahre hinter Schwedische Gardinen.

Als Dollar Bill diese fünf Jahre abgesessen hatte, wollte niemand mehr etwas mit ihm zu tun haben, so blieb ihm nichts übrig, als sich mit Tätowierungen auf Rummelplätzen über Wasser zu halten, in seiner Verzweiflung sogar mit Pflastermalerei, die ihm, sofern es nicht regnete, genug für ein paar Guinness einbrachte.

Bill hob sein leeres Glas und starrte wieder einmal den Barkeeper an, der seinen Blick jedoch gleichmütig erwiderte. Den elegant gekleideten jungen Mann, der neben ihm Platz nahm, bemerkte Bill gar nicht.

»Was darf ich Ihnen zu trinken bestellen, Mr. O'Reilly?« fragte eine Stimme, die ihm fremd war. Bill schaute sich mißtrauisch um. »Ich bin im Ruhestand«, erklärte er, denn er befürchtete, der Fragesteller wäre einer dieser jungen Kripobeamten des San Francisco Police Departments mit einem Aufholbedarf an Verhaftungen.

»Dann haben Sie doch bestimmt nichts dagegen, mit einem ehemaligen Kollegen einen Drink zu nehmen?« sagte der junge Mann mit Bronx-Akzent.

Bill zögerte, aber der Durst war stärker.

»Ein Glas Guinness vom Faß«, sagte er hoffnungsvoll.

Der junge Mann hob die Hand, und diesmal reagierte der Barkeeper sofort.

»Also, was wollen Sie?« fragte Bill, nachdem er einen Schluck genommen hatte und sicher war, daß der Barkeeper nicht hören konnte, was sie redeten.

»Ich habe einen Job für Sie.«

»Aber ich bin im Ruhestand, das habe ich Ihnen bereits gesagt.«

»Und ich habe Sie schon beim erstenmal gehört. Doch was ich von Ihnen will, ist nicht kriminell.«

»Und was soll ich für Sie herzaubern? Eine Kopie der *Mona Lisa*? Oder vielleicht der *Magna Charta*?«

»Nein, aber Sie sind ziemlich nahe dran«, antwortete der junge Mann.

»Geben Sie mir noch einen aus«, bat Bill und starrte auf das leere Glas vor ihm auf der Theke, »dann hör' ich mir Ihren Vorschlag an. Aber ich warne Sie, ich bin nach wie vor im Ruhestand.«

Nachdem der Barkeeper Bills Glas wieder gefüllt hatte, stellte der junge Mann sich als Angelo Santini vor und erklärte Dollar Bill genau, was er vorhatte. Angelo war froh, daß sich um vier Uhr nachmittags sonst niemand hier befand, der sie hören konnte.

»Aber davon sind bereits Tausende im Umlauf«, stellte Dollar Bill fest. »Man kann sie überall finden. In jedem besseren Andenkenladen können Sie eine gute Reproduktion kaufen.«

»Vielleicht, aber keine perfekte Kopie«, sagte der junge Mann.

Dollar Bill stellte sein Glas ab und dachte über diese Feststellung nach.

»Wer will eine?«

»Ein Klient, der seltene Manuskripte sammelt«, antwortete Angelo. »Und er wird gut bezahlen.«

Keine dumme Lüge, dachte Bill. Er nahm einen weiteren Schluck Guinness. »Aber ich würde Wochen dazu brauchen«, sagte er kaum hörbar. »Und ich müßte so lange in Washington bleiben, sonst geht's nicht.«

»Wir haben in Georgetown bereits eine geeignete Wohnung für Sie gefunden, und ich bin sicher, wir können alles an Material beschaffen, was Sie benötigen.«

Dollar Bill dachte einen Moment über diese Behauptung nach, bevor er wieder einen Schluck trank und brummte: »Vergessen Sie's – das klingt mir zu sehr nach harter Arbeit. Wie ich schon sagte, ich würde Wochen dazu brauchen, und was noch schlimmer ist, ich dürfte nicht mehr trinken.« Er stellte sein leeres Glas auf die Bar zurück. »Sie müssen wissen, daß ich Perfektionist bin.«

»Genau das ist der Grund, warum ich von einem Ende der USA zum anderen gereist bin, um Sie zu finden«, entgegnete Angelo ruhig.

Dollar Bill zögerte und musterte den jungen Mann eingehender.

»Ich würde 25 000 Dollar Vorschuß verlangen, weitere 25 000 bei Fertigstellung sowie die Übernahme aller Unkosten«, forderte der Ire.

Der junge Mann konnte sein Glück nicht fassen. Cavalli hatte ihn ermächtigt, bis zu 100 000 Dollar zu gehen, falls er das fertige Produkt garantieren konnte. Dann aber erinnerte er sich, daß sein Boß niemandem traute, der nicht zu handeln versuchte.

»10 000, sobald wir in Washington sind, und weitere 20 000 nach Fertigstellung.«

Dollar Bill spielte mit seinem leeren Glas. »30 000 nach Fertigstellung, wenn Sie den Unterschied zwischen meiner Kopie und dem Original nicht erkennen können.«

»Aber wir *müssen* den Unterschied erkennen können«, erklärte Angelo. »Sie bekommen Ihre 30 000, wenn ihn sonst keiner erkennt.«

Am folgenden Morgen hielt eine schwarze Limousine mit getönten Seitenscheiben vor dem Krankenhaus der Ohio State University. Der Chauffeur parkte wie angewiesen auf dem für T. Hamilton McKenzie reservierten Platz.

Sein einziger anderer Auftrag lautete, um zehn Uhr einen Patienten abzuholen und diesen zum Krankenhaus der Universität von Cincinnati und Homes zu bringen.

Um zehn nach zehn fuhren zwei Pfleger in weißen Kitteln einen großen, gutgebauten Mann im Rollstuhl durch die Flügeltür zum Wagen auf Dr. McKenzies Parkplatz. Der Fahrer schwang sich sofort aus dem Sitz und öffnete die hintere Tür. Armer Mann, dachte er. Der Kopf des Bedauernswerten war vollständig bandagiert, bis auf einen schmalen Schlitz für Lippen und Nase.

Der kräftige Mann stieg aus dem Rollstuhl auf den Rücksitz, sank in die weiche Polsterung und streckte die Beine aus. Der Chauffeur sagte: »Ich werde Ihnen den Sicherheitsgurt anlegen«, und erhielt ein flüchtiges Nicken als Antwort.

Dann setzte er sich wieder hinter das Lenkrad und ließ das Seitenfenster herunter, um sich von den zwei Pflegern und dem älteren, sehr distinguiert aussehenden Herrn zu verabschieden, der hinter ihnen stand. Ein so abgespanntes Gesicht hatte der Fahrer noch nie zuvor gesehen.

Die Limousine fuhr langsam. Man hatte den Chauffeur gewarnt, unter keinen Umständen die Geschwindigkeitsbegrenzung zu überschreiten.

T. Hamilton McKenzie überkam Erleichterung, als er dem Wagen hinterherblickte, der durch die Krankenhauseinfahrt verschwand. Er hoffte, der Alptraum würde endlich aufhören. Für die Operation hatte er sieben Stunden gebraucht, und in der vergangenen Nacht hatte er zum erstenmal seit einer Woche wieder richtig geschlafen. Seine letzte Anweisung lautete, sich nach Hause zu begeben und auf Sallys Freilassung zu warten.

Als ihm die Frau, welche die fünf Dollar auf den Tisch im Olentangy Inn gelegt hatte, die Forderung stellte, hatte er so etwas für unmöglich gehalten. Nicht aus Berufsethos, wie er behauptet hatte, sondern weil er sicher gewesen war, eine solche Ähnlichkeit nie erreichen zu können. Er hatte der Frau von Hautverpflanzung erzählen wollen, von der Epidermis und dem Corium, das sich zwischen Oberhaut und dem Unterhautgewebe befindet, und wie unwahrscheinlich es war, daß... Doch als er den Mann, dessen Namen er nicht kannte, in seiner Privatpraxis gesehen hatte, war ihm sofort klar geworden, warum sie ihn ausgewählt hatten. Er besaß fast die gleiche Statur, war allenfalls ein paar Zentimeter kleiner und wahrscheinlich einige Kilo leichter, aber Spezialschuhe und mehrere Big Macs könnten beide Probleme lösen.

Schädelform und Züge waren bemerkenswert und wiesen eine überraschende Ähnlichkeit mit dem Original auf. Tatsächlich hatte sich schließlich erwiesen, daß nur eine Nasenkorrektur und eine partielle Gewebeumverteilung erforderlich waren. Das Ergebnis war zufriedenstellend, sehr zufriedenstellend. Das rote Haar seines Patienten betrachtete T. Hamilton McKenzie nicht als Problem, weil man ihm den Schädel rasieren und eine Perücke aufsetzen konnte. Eine Zahnbehandlung und ein gutes Make-up, und niemand außer seiner Familie würde noch den Unterschied merken.

Mehrere Teams hatten während der siebenstündigen Operation McKenzie assistiert. Er hatte mehrmals nach neuen Assistenten verlangt, wenn er selbst zu ermüden begann. Im Krankenhaus stellte niemand T. Hamilton McKenzies Anweisungen je in Frage, und er allein hatte das letztendliche Ergebnis gesehen. Er hatte seinen Teil der Abmachung erfüllt.

Sie parkte den Ford Taurus – Amerikas beliebtesten Wagen – hundert Meter vom Haus entfernt, doch erst, als sie ihn in die Richtung gewendet hatte, die sie nach ihrer Rückkehr nehmen würde.

Die Schuhe wechselte sie im Auto, denn einmal wäre sie beinahe ertappt worden, weil Matsch an den Sohlen kleben geblieben war und das FBI anhand der Beschaffenheit des Schlamms die Stelle, an der sie einige Tage zuvor gewesen war, bis auf wenige Meter genau hatte bestimmen können.

Sie schlang ihre Tasche über die Schulter, stieg aus und ging über die Straße langsam auf das Haus zu.

Sie hatten es gut ausgewählt. Es war ein einsames Bauernhaus, mehrere Kilometer vom nächsten Gebäude – einer leeren Scheune – entfernt, am Ende eines Pfades, der selbst einem Liebespaar auf der verzweifelten Suche nach Ungestörtheit jede Lust genommen hätte.

Es hatte nicht den Anschein, als würde sich jemand im Haus aufhalten, aber die Frau wußte, daß sie da waren und daß man sie genau beobachtete. Sie öffnete die Tür, ohne zu klopfen, und sah gleich darauf einen von ihnen auf dem Flur.

»Oben«, sagte er und streckte den Finger in die Höhe. Sie antwortete nicht, als sie an ihm vorbeiging und die Treppe hinaufstieg.

Sie begab sich direkt in das Schlafzimmer, wo das junge Mädchen am Fuß des Bettes saß und ein Buch las. Sally drehte sich um, lächelte die junge Frau im grünem Laura-Ashley-Kleid an und hoffte, daß sie ihr wieder ein Buch mitgebracht hatte.

Die Frau langte in ihre Tasche und lächelte beinahe schüchtern, ehe sie ein Taschenbuch hervorzog und es dem jungen Mädchen reichte.

»Danke«, sagte Sally, nahm das Buch und betrachtete das

Titelbild, drehte es dann rasch um, um den Text auf der Rückseite zu studieren.

Während Sally damit beschäftigt war, löste die Frau die lange geflochtene Schnur, die als Tragegriffe ihrer Einkaufstasche diente.

Sally schlug das Buch beim ersten Kapitel auf. Sie hatte beschlossen, jede Seite voll auszukosten. Sie wußte ja nicht, wann sie wieder ein Buch bekommen würde.

Die Bewegung war so schnell, daß Sally nicht einmal merkte, wie ihr die Schnur um den Hals geschlungen wurde. Ihr Kopf wurde nach hinten gerissen, und ihr Genick brach mit einem einzigen Ruck. Ihr Kinn sackte auf die Brust.

Blut sickerte aus ihrem Mund und tropfte vom Kinn auf das Cover von *Zeit zu lieben und Zeit zu…*

Der Fahrer der Limousine wunderte sich über den Verkehrspolizisten, der ihn zum Anhalten aufforderte, als er auf die Autobahn abbiegen wollte. Er war sicher, daß er nicht zu schnell gefahren war. Als er den Rettungswagen im Rückspiegel sah, fiel ihm ein Stein vom Herzen. Wahrscheinlich sollte er nur Platz für ihn machen. Doch als er wieder durch die Windschutzscheibe blickte, erkannte er, daß der Polizist auf dem Motorrad ihn unmißverständlich an den Straßenrand winkte.

Er gehorchte sofort, hielt die Limousine an und fragte sich immer noch, was denn los war. Der Rettungswagen fuhr ebenfalls an den Straßenrand und hielt hinter der Limousine. Der Polizist schwang sich vom Motorrad, kam zur Fahrertür und klopfte ans Fenster. Der Chauffeur drückte auf einen Knopf in der Armlehne, und das Fenster glitt lautlos herunter.

»Gibt's ein Problem, Officer?«

»Ja, Sir, ein Notfall«, antwortete der Polizist, ohne das Visier seines Schutzhelms hochzuklappen. »Ihr Fahrgast muß sofort in die Universitätsklinik zurück. Es haben sich unvorhergesehene Komplikationen ergeben. Sie sollen ihn zum Rettungswagen bringen, und ich eskortiere ihn zurück in die Stadt.«

Der Chauffeur machte großen Augen, nickte aber zustimmend. »Soll ich auch zum Krankenhaus zurückfahren?« fragte er.

»Nein, Sir, Sie werden in Ihrer Zentrale erwartet.«

Der Fahrer drehte den Kopf und sah zwei weißbekittelte Pfleger neben dem Wagen stehen. Der Polizist nickte. Einer öffnete die Tür des Rücksitzes, der andere den Sicherheitsgurt.

Der Chauffeur blickte in den Rückspiegel und beobachtete, wie die Pfleger den gutgebauten Mann zum Rettungswagen führten. Die Sirene des Motorrads lenkte seine Aufmerksamkeit wieder auf den Polizisten, der dem Rettungswagen vorausfuhr, um für freie Fahrt über die Brücke und die Schnellstraße zurück in die Stadt zu sorgen.

Die ganze Aktion hatte nicht einmal fünf Minuten gedauert, und der Chauffeur brauchte einen Augenblick, um seiner Verwirrung Herr zu werden. Dann erst tat er, was er bereits in dem Augenblick hätte tun sollen, als der Polizist auf ihn zugekommen war: Er rief in seiner Zentrale in Cincinnati an.

»Wir wollten Sie gerade benachrichtigen«, sagte das Mädchen in der Zentrale. »Der Kunde braucht Ihren Wagen nicht mehr. Kommen Sie umgehend zurück.«

»Soll mir recht sein«, sagte der Fahrer. »Ich hoffe bloß, daß der Kunde die Rechnung bezahlt.«

»Die Fahrt wurde bereits vergangenen Donnerstag im voraus bezahlt«, beruhigte ihn das Mädchen. Der Fahrer legte den Hörer auf und fuhr nach Cincinnati zurück. Doch irgend etwas nagte am Rand seines Unterbewußtseins. Warum hatte der Polizist so dicht an der Tür des Wagens gestanden, daß er nicht aussteigen konnte? Und warum hatte er das Helmvisier nicht hochgeschoben? Doch der Fahrer verdrängte diese Fragen. Wenn die Fahrt bezahlt worden war, konnte es ihm egal sein.

Er fuhr auf die Autobahn und sah nicht mehr, wie der Rettungswagen am Schild in Richtung Innenstadt vorbeifuhr und sich statt dessen in den Verkehrsstrom in der entgegengesetzten Richtung einfädelte. Auch der Fahrer des Rettungswagens benachrichtigte seinen Auftraggeber.

»Alles nach Plan verlaufen, Boß«, antwortete er auf dessen erste Frage.

»Gut«, lobte Cavalli. »Und der Chauffeur?«

»Hat nichts mitbekommen. Ist schon auf dem Rückweg nach Cincinnati.«

»Gut«, wiederholte Cavalli. »Was macht der Patient?«

Der Fahrer warf einen raschen Blick in den Innenspiegel. »Dem geht's gut... soweit ich das beurteilen kann.«

»Und die Polizeieskorte?«

»Mario macht einen kleinen Abstecher, um in seine Federal-Express-Uniform zu schlüpfen. Er wird uns bald wieder einholen.«

»Wo findet der nächste Wechsel statt?«

Der Fahrer blickte auf den Tacho. »Ungefähr hundertfünfzig Kilometer von hier. Kurz hinter der Staatsgrenze.«

»Und dann?«

»Vier weitere Wechsel zwischen hier und New York. Jedesmal ein neuer Fahrer und ein anderer Wagen. Der Patient dürfte morgen gegen Mitternacht bei Ihnen sein. Äh... was ist, wenn er mal muß?«

»Keine öffentlichen Toiletten!« sagte Cavalli. »Halten Sie unterwegs irgendwo an, wo er unbemerkt in die Büsche gehen kann.«

7

Dollar Bills neues Domizil war der Keller eines alten Hauses in Georgetown, ehemals das Atelier eines Malers. Die Beleuchtung des Zimmers, in dem er arbeitete, war hell und blendfrei. Auf seine Bitte hin wurde die Temperatur auf zwanzig Grad bei gleichmäßiger Luftfeuchtigkeit gehalten.

Bill machte mehrere ›Trockenübungen‹, wie er es nannte, denn mit der eigentlichen Arbeit konnte er erst beginnen, sobald er das gesamte Material hatte, das er brauchte. »Ich arbeite nicht unter meinem Niveau«, erinnerte er Angelo immer wieder. Er wollte auf keinen Fall, daß sein Name mit einem Produkt in Verbindung gebracht wurde, das man möglicherweise später als Fälschung aufdeckte. Er hatte schließlich einen Ruf zu wahren.

Tagelang suchten sie vergeblich nach den richtigen Schreibfedern. Dollar Bill lehnte alle ab, bis man ihm ein Foto einiger Geräte zeigte, die sich in einem kleinen Museum in Virginia befanden. Da nickte er zufrieden, und am nächsten Nachmittag war nicht mehr das Museum, sondern Bill im Besitz der Federn.

Der Kurator des Museums zeigte sich einem Reporter des *Richmond Times Dispatch* gegenüber verwundert über diesen Diebstahl. Die verschwundenen Schreibfedern waren weder von historischer Bedeutung noch von sonderlichem Wert. In der Vitrine daneben befanden sich bedeutend wertvollere, unersetzliche Gegenstände.

»Der Nutzen bestimmt den Wert«, sagte Dollar Bill, als man ihm den Zeitungsausschnitt zeigte.

Die Tinte war leichter zu beschaffen, nachdem Bill den richtigen Schwarzton gefunden hatte. Sobald er sie auf dem Papier sah, wußte er genau, wie er die Konsistenz mit Hilfe von Temperatur und Verdunstung verändern mußte, um den Eindruck von

Alter zu erwecken. Er probierte mehrere Flaschen, bis er mehr als genug für seine Arbeit hatte.

Während andere nach den Materialien suchten, die er benötigte, las Dollar Bill einige Bücher aus der Kongreßbibliothek und verbrachte jeden Tag einige Minuten in der Nebenstelle des Nationalarchivs, bis er den Fehler gefunden hatte, den er sich leisten durfte.

Aber dann tat sich das größte Problem auf: die Beschaffung des Pergaments; denn Dollar Bill weigerte sich, Pergament zu benutzen, das weniger als zweihundert Jahre alt war. Er versuchte sogar, Angelo die Radiokarbonmethode zur Altersbestimmung zu erklären.

Aus Paris, Amsterdam, Wien, Montreal und Athen wurden Muster eingeflogen, doch Bill wies sie alle zurück. Erst als ein Päckchen aus Bremen mit einer Auswahl von Pergamentbögen aus dem Jahr 1781 eintraf, lächelte Dollar Bill, wie er es normalerweise nur nach einigen Gläsern Guinness tat.

Er berührte und streichelte das Pergament so zärtlich wie ein junger Mann ein Mädchen, in das er sich unsterblich verliebt hatte, bevor er – was ein Verliebter mit seiner Liebsten nicht tun würde – das Objekt seiner Begierde zerknüllte, preßte, rollte und immer wieder glättete, bis es ihm für die Beschriftung geeignet erschien. Dann bereitete er zehn Bogen von genau gleicher Größe vor. Er wußte, daß er schließlich nur einen davon benutzen würde.

Bill studierte die zehn Bogen mehrere Stunden lang. Zwei schob er schon nach wenigen Augenblicken zur Seite und vier weitere gegen Ende des Tages. Einen der vier übriggebliebenen benutzte er für eine Rohfassung, die Angelo, als er sie zum erstenmal sah, für perfekt hielt.

»Perfekt für das Auge des Amateurs vielleicht«, widersprach Bill, »aber ein Profi würde die siebzehn Fehler, die ich gemacht habe, in wenigen Sekunden entdecken. Vernichten Sie es.«

Im Laufe der nächsten drei Wochen fertigte Dollar Bill im Keller seines neuen Zuhauses in Georgetown drei Kopien des Textes an. Niemand durfte das Atelier betreten, während er arbeitete, und die Tür blieb verschlossen, wann immer er eine Pause machte. Er arbeitete in Zweistundenschichten und ruhte sich dazwischen jeweils zwei Stunden aus. Zweimal täglich wurden ihm leichte Mahlzeiten gebracht, und er trank lediglich Wasser, sogar am Abend. Oft schlief er nachts erschöpft acht Stunden durch, ohne sich einmal umzudrehen.

Als er die drei Kopien des sechsundvierzigzeiligen Textes fertiggestellt hatte, erklärte Dollar Bill sich mit zweien davon zufrieden. Die dritte wurde vernichtet.

Angelo erstattete Cavalli Bericht, der über Dollar Bills Leistung erfreut zu sein schien, obwohl bisher keiner von ihnen die beiden endgültigen Kopien hatte sehen dürfen.

»Jetzt kommt der schwierigste Teil«, sagte Bill zu Angelo. »Sechsundfünfzig Unterschriften, jede mit einer anderen Feder, anderer Strichführung, anderer Färbung, jede einzelne ein Kunstwerk für sich.«

Angelo konnte dieser Analyse nur zustimmen, aber er war gar nicht glücklich darüber, als Dollar Bill auf einem freien Tag bestand, bevor er mit den Unterschriften anfing. Bill wollte, wie er sein Bedürfnis formulierte, sich mal wieder so richtig vollaufen lassen.

Professor Bradley flog am Dienstag abend nach Washington und nahm sich ein Zimmer im Ritz Carlton – der einzige Luxus, den die CIA dem schizophrenen Agenten/Professor gestattete. Nach einem leichten Abendessen im Jockey Club zog Scott sich nur mit einem Buch in sein Zimmer im fünften Stock zurück. Er knipste den Fernseher an und schaltete von einem dümmlichen Film zum nächsten um, bevor er mit dem Gedanken an Susan Anderson einschlief.

Um halb sieben am nächsten Morgen erwachte er, stand auf, las die *Washington Post* von der ersten bis zur letzten Seite und konzentrierte sich dabei auf die Berichte über Rabins Besuch. Beim Anziehen sah er sich einen CNN-Bericht über die Rede an, die Israels Ministerpräsident beim Dinner im Weißen Haus am Abend zuvor gehalten hatte. Rabin hatte dem neuen Präsidenten versichert, daß er sich das gleiche herzliche Verhältnis zu Amerika wünsche, dessen sein Vorgänger sich erfreut habe.

Nach einem leichten Frühstück schlenderte Scott aus dem Hotel und stellte fest, daß bereits ein Firmenwagen auf ihn wartete.

»Guten Morgen, Sir«, waren die einzigen Worte seines Chauffeurs während der ganzen Fahrt. Es war eine angenehme Fahrt aus der Stadt an diesem Mittwochmorgen, aber Scott verzog das Gesicht, als er sah, wie die Pendler alle drei Spuren der Gegenfahrbahn verstopften. Als er zehn Minuten vor seinem Termin in Dexter Hutchins' Büro eintraf, winkte ihn Tess, Dexters Sekretärin, gleich hinein.

Dexter begrüßte Scott mit einem festen Händedruck und dem Pro-forma-Versuch, sich zu entschuldigen.

»Tut mir leid, daß ich Sie so kurzfristig hergebeten habe«, sagte er und nahm den Zigarrenstummel aus dem Mund, »aber der Außenminister möchte, daß Sie an seinem Arbeitstreffen mit dem israelischen Ministerpräsidenten teilnehmen. Der erste Teil ist bloß eines dieser üblichen offiziellen Essen, koscheres Fleisch, belangloses Geschwätz. Gegen fünfzehn Uhr wollen sie mit der eigentlichen Arbeit anfangen.«

»Aber weshalb will Christopher mich dabeihaben?« fragte Scott.

»Unser Mann in Tel Aviv meint, daß Rabin mit irgendwas rausrücken will, das nicht auf der Tagesordnung steht. Mehr konnte er nicht herausfinden. Keine Einzelheiten. Sie wissen mehr über den Nahen Osten als irgend jemand im Außenministerium, deshalb möchte Christopher, daß Sie dabei sind. Ich habe Tess gebeten, Ihnen die neuesten Informationen zusammenzustellen, so daß Sie sich bis zum Meeting am Nachmittag gründlich vorbereiten können.« Dexter Hutchins wuchtete einen Stoß Aktenhefter von seinem Schreibtisch und reichte ihn Scott. Natürlich trugen sie alle den Stempel ›Streng geheim‹, obwohl der Großteil der darin enthaltenen Informationen mit Sicherheit auch auf dem Schreibtisch der Auslandsredaktion der *Washington Post* lag.

»Die erste Akte betrifft den Mann selbst und die Politik der Arbeitspartei. Die anderen enthalten Informationen über die Palästinensergebiete, den Libanon, Iran, Irak, Syrien, Saudi-Arabien und Jordanien – das alles unter dem Gesichtspunkt unserer gegenwärtigen Verteidigungspolitik. Falls Rabin hofft, noch mehr Geld rauszuschinden, hat er sich verrechnet, vor allem nach Clintons gestriger Rede über die Innenpolitik. Im untersten Hefter ist eine Kopie.«

»Zweifellos ›Streng geheim‹«, sagte Scott.

Dexter Hutchins zog eine Braue hoch, als Scott die Akten einsteckte und ohne ein weiteres Wort das Zimmer verließ. Tess schloß die Tür auf, die zu einem kleinen Büro neben dem ihren führte. »Ich sorge dafür, daß Sie nicht gestört werden, Professor«, versprach sie.

Scott überflog die Seiten der Palästinenser-Akte, fand jedoch kaum etwas, das neu für ihn war. In der Akte über den Irakisch-iranischen Krieg fand er einen langen, hochinteressanten Bericht, den er erst vor zwei Wochen selbst geschrieben hatte.

Um zwölf Uhr brachte Tess ein Tablett mit Sandwiches und einem Glas Milch, als Scott gerade die Berichte über die Flugverbotszonen jenseits des 36. und des 32. Breitengrads im Irak las. Nachdem er auch die Rede des Präsidenten gelesen hatte, grübelte Scott eine Stunde darüber nach, welchen Kurswechsel oder sonstige Überraschung der neue israelische Ministerpräsident wohl in petto hatte. Er war immer noch tief in Gedanken versunken, als Dexter Hutchins den Kopf durch die Tür steckte und rief: »Fünf Minuten!«

Im Wagen, unterwegs zum Außenministerium, erkundigte sich Dexter bei Scott, ob er irgendwelche Theorien habe, mit welcher Überraschung der israelische Staatschef aufwarten könne.

»Mehrere. Aber ich muß den Mann erst einmal in Aktion erleben, bevor ich mir schlüssig werde. Ich habe ihn erst ein einziges Mal gesehen, und damals war er sicher, daß Bush die Wahl gewinnt.«

Vom Eingang an der C-Street aus benötigten die beiden Männer fast genauso lange, den sechsten Stock zu erreichen, wie Scott für gewöhnlich brauchte, um ins Allerheiligste der CIA-Centrale in Langley zu gelangen.

Um vierzehn Uhr dreiundfünfzig wurden sie in ein leeres Konferenzzimmer gebeten. Scott nahm einen Stuhl an der Wand, hinter dem Warren Christophers, aber etwas links davon, um einen ungehinderten Blick auf Ministerpräsident Rabin auf der anderen Seite des Tisches zu haben. Dexter nahm rechts neben Scott Platz.

Eine Minute vor fünfzehn Uhr betraten fünf hohe Staatsbeamte das Zimmer, und Scott freute sich, daß Susan Anderson bei ihnen war. Sie hatte ihr blondes Haar zu einem Knoten hochgesteckt, wodurch sie sehr kühl wirkte. Sie trug ein blaues, maßgeschneidertes Kostüm, das ihre schlanke Figur betonte. Die weiße Tupfenbluse mit einer kleinen Schleife am Hals hätte die meisten Männer abgeschreckt. Scott gefiel dieses Outfit.

»Guten Tag, Professor Bradley«, grüßte sie, als Scott sich erhob und ihr einen Stuhl zurechtrückte. Aber sie setzte sich neben Dexter, an dessen andere Seite, und sagte ihm, daß der Außenminister in wenigen Augenblicken eintreffen würde.

»Und wie läuft's bei den Orioles?« Scott lehnte sich vor und blickte zu Susan hinüber. Es fiel ihm schwer, nicht auf ihre schönen langen Beine zu starren. Susan errötete. Scott hatte sich erinnert, in irgendeiner Akte gelesen zu haben, daß sie ein Baseball-Fan war und kein Spiel versäumte, falls sie nicht gerade im Ausland war. Scott wußte natürlich genau, daß die Orioles ihre letzten drei Spiele verloren hatten.

»So ungefähr wie bei Georgetown in der Bezirksliga«, entgegnete sie ohne Zögern.

Scott fiel keine passende Erwiderung ein. Georgetown war zum erstenmal seit vielen Jahren auf einem Abstiegsplatz.

»Fünfzehn Uhr«, sagte Dexter, der es sichtlich genoß, zwischen ihnen zu thronen.

Plötzlich schwang die Tür auf, und Warren Christopher betrat in Begleitung des Ministerpräsidenten von Israel das Zimmer. Ihnen folgten Staatsbeamte beider Länder. Sie verteilten sich entsprechend der Ranghöhe auf die jeweiligen Seiten des langen Tisches.

Als der Außenminister seinen Platz an der Mitte des Tisches, vor der amerikanischen Flagge, erreichte, sah er Scott und nickte ihm zu.

Als alle saßen, eröffnete der Außenminister das Treffen mit einer der üblichen banalen Willkommensreden, mit der man jeden, von Jelzin bis Mitterand, hätte begrüßen können. Der Ministerpräsident von Israel dankte auf ähnliche Weise.

Während der nächsten Stunde wurden die Probleme des Nahen Ostens diskutiert. Außer was die Schwerpunkte betraf, fand Scott kaum Unterschiede zwischen den beiden Männern und ihren Vorgängern. Beide waren vielleicht eine Spur versöhnlicher, doch um keinen Deut weniger vorsichtig als Shamir und Baker. Während der zweiten Stunde begann Scott sich zu fragen, weshalb man ihn von Yale hergeholt hatte, wo doch jeder halbwegs intelligente CIA-Agent mit Nahostkenntnissen den Job hätte erledigen können.

Doch bei der Diskussion weiterer Belanglosigkeiten steuerte Rabin dann auf den Punkt zu, der nicht vorher abgesprochen worden war. Ein paar Minuten redete er um den heißen Brei herum, aber Scott wußte genau, worauf er hinauswollte: Rabin gab Christopher offensichtlich die Gelegenheit, das Thema noch im Keim zu ersticken, doch dieser merkte es nicht oder wollte es nicht merken.

Scott kritzelte etwas auf einen Zettel und reichte ihn Susan hinüber. Sie las ihn, nickte, beugte sich vor und legte ihn zusammengefaltet auf die Schreibunterlage vor den Außenminister. Er faltete den Zettel auseinander und blickte auf die Worte, zeigte jedoch nicht die geringste Überraschung. Scott vermutete, daß auch Christopher bereits darauf gekommen war, daß eine Bombe zum Platzen gebracht werden sollte.

Der Ministerpräsident hatte die Diskussion auf das israelisch-irakische Verhältnis verlagert und erinnerte den Außenminister dreimal, daß die Israelis im Rahmen der Operation Wüstensturm die Politik der Allierten mitgetragen hatten, obwohl Tel

Aviv und Haifa die Ziele irakischer Scuds gewesen waren, nicht New York oder Little Rock, Arkansas. Scott erinnerte sich amüsiert, daß Rabin beim letzten Treffen »New York und Kennebunkport« gesagt hatte.

Rabin fuhr fort, er habe allen Grund zu der Annahme, daß Saddam seine Anstrengungen fortsetzte, Kernwaffen zu entwickeln, und daß Tel Aviv sowie Haifa zweifellos wieder die vorrangigsten Ziele dafür sein würden.

»Denken Sie daran, Herr Außenminister, daß wir bereits einmal im vergangenen Jahrzehnt feindliche Kernkraftwerke ausschalten mußten«, sagte der Ministerpräsident. »Und falls es sich als nötig erweist, werden wir es wieder tun.«

Christopher nickte, sagte jedoch nichts.

»Und sollten die Iraker erfolgreich sein, was die Entwicklung einer Atombombe betrifft«, fuhr Rabin fort, »würden uns später weder Entschädigungen noch Sympathiebekundungen helfen. Und ich bin nicht bereit, dem israelischen Volk während meiner Amtszeit als Ministerpräsident ein solches Risiko zuzumuten.«

Christopher schwieg immer noch.

»Seit dem Ende des Golfkriegs vor zwei Jahren warten wir auf den Sturz Saddam Husseins, entweder durch sein eigenes Volk oder zumindest durch eine von Ihnen ermutigte äußere Einwirkung. Doch in letzter Zeit zweifelt das israelische Volk immer mehr daran, daß die Operation Wüstensturm überhaupt ein Sieg gewesen ist.«

Auch jetzt unterbrach Christopher den Redeschwall des israelischen Ministerpräsidenten nicht.

»Die israelische Regierung ist der Meinung, daß wir lange genug darauf gewartet haben, daß andere die Sache zu Ende führen. Deshalb haben wir einen Plan für ein Attentat auf Saddam Hussein ausgearbeitet.« Er hielt inne, um die Bedeutung seiner Worte einwirken zu lassen. »Es ist uns endlich gelungen, eine Schwachstelle in Saddams Sicherheitsmaßnahmen zu entdecken, um vielleicht in seinen Bunker vordringen zu können. Dennoch wird dieses schwierige Unternehmen gewiß größere

Probleme aufwerfen als die Festnahme Eichmanns und die Rettung der Geiseln von Entebbe.«

Der Außenminister blickte auf. »Und wollen Sie uns in Ihre Pläne einweihen?« fragte er ruhig.

Scott kannte die Antwort, noch ehe der Ministerpräsident den Mund öffnete, und er vermutete, daß auch Christopher die Antwort kannte.

»Nein, Sir«, antwortete Rabin und blickte auf das vor sich liegende Papier. »Der einzige Zweck meiner Erklärung besteht darin, dafür zu sorgen, daß Ihre Kollegen von der CIA uns nicht ins Gehege kommen, denn es wurde uns zugetragen, daß sie momentan selbst einen solchen Plan in Erwägung ziehen.«

Dexter Hutchins schlug mit der Faust auf sein Knie. Scott schrieb hastig etwas auf einen Zettel und reichte ihn wieder zu Susan hinüber. Sie nahm ihre Brille ab, las und blickte ihn fragend an. Scott nickte heftig, bis sie sich wieder vorbeugte und den Zettel auf des Außenministers Schreibunterlage schob. Er warf einen raschen Blick auf Scotts Worte, und diesmal reagierte er sofort.

»Wir haben keinen solchen Plan«, sagte Christopher. »Ich kann Ihnen versichern, Herr Ministerpräsident, daß Ihre Information falsch ist.« Rabin blickte ihn überrascht an. »Und wir hoffen natürlich, daß Sie einen solchen Schritt nicht in Erwägung ziehen, ohne Präsident Clinton laufend genauestens zu informieren, wie ich hinzufügen möchte.«

Zum erstenmal war der Name des Präsidenten gefallen. Scott bewunderte, wie der Außenminister ohne die geringste Andeutung einer Drohung Druck ausübte.

»Ich verstehe Ihren Wunsch sehr wohl«, antwortete der Ministerpräsident, »aber ich muß Ihnen sagen, Sir, wenn Saddam weiterhin gestattet wird, Nuklearwaffen zu entwickeln, kann ich von meinem Volk nicht erwarten, daß es untätig zusieht.«

Christopher hatte den benötigten Kompromiß erreicht und vielleicht sogar etwas Zeit gewonnen. Während der nächsten zwanzig Minuten versuchte der Außenminister, das Gespräch in ein friedlicheres Fahrwasser zu lenken, doch jeder im Zimmer wußte, daß es nur ein Thema geben würde, sobald die Israelis gegangen waren.

Als das Treffen beendet war, wies der Außenminister seine Leute an, im Konferenzzimmer zu warten, während er den Ministerpräsidenten zu seiner Limousine begleitete. Nach ein paar Minuten kehrte er zurück und wandte sich an Scott:

»Wie können Sie so sicher sein, daß Rabin mit seiner Andeutung geblufft hat, daß auch wir an einem Plan arbeiten würden, Saddam zu eliminieren? Ich habe seine Augen beobachtet, doch sie verrieten nichts.«

»Es war während der zwei Stunden der einzige Satz, den er Wort für Wort ablas. Ich glaube nicht einmal, daß er ihn selbst geschrieben hatte. Irgendein Berater hatte diese Behauptung vorbereitet. Und was noch wichtiger ist, Rabin hat es selbst nicht geglaubt.«

»Meinen Sie, die Israelis haben tatsächlich einen Plan, ein Attentat auf Saddam Hussein auszuüben?«

»Davon bin ich überzeugt«, antwortete Scott. »Und trotz allem, was Rabin über sein Volk gesagt hat – wie schwer es sein wird, die Israelis zurückzuhalten –, vermute ich, daß die Idee von ihm ausgeht. Ich glaube, er kennt jede Einzelheit, einschließlich Zeit und Ort.«

»Haben Sie irgendeine Theorie, wie dieser Plan aussehen könnte?«

»Nein, Sir.«

Christopher wandte sich an Susan. »Ich möchte in einer Stunde in meinem Büro mit Ed Djerijian und seinen Nahostexperten sprechen. Und ich muß den Präsidenten unbedingt sehen, bevor er nach Houston fliegt.«

Christopher wandte sich zum Gehen, doch ehe er die Tür erreichte, blickte er über die Schulter. »Danke, Scott. Ich bin froh, daß Sie von Yale wegkonnten. Jetzt hat es ganz den Anschein, als würden wir Sie in den nächsten Wochen recht häufig sehen.« Der Außenminister verließ das Zimmer.

»Auch ich möchte Ihnen danken«, fügte Susan hinzu, als sie ihre Papiere nahm und hinter ihrem Chef hereilte.

»Es war mir ein Vergnügen«, versicherte Scott ihr und fügte rasch hinzu: »Darf ich Sie zum Abendessen einladen? Um zwanzig Uhr im Jockey Club?«

Susan blieb abrupt stehen. »Sie müssen gründlicher recherchieren, Professor Bradley. Ich lebe seit sechs Jahren mit demselben Mann und...«

»Und ich habe mir sagen lassen, daß es in letzter Zeit nicht mehr so gut lief«, unterbrach Scott sie. »Außerdem ist er zur Zeit auf einer Konferenz in Seattle, richtig?«

Sie kritzelte etwas auf ein Stück Papier und reichte es Dexter Hutchins. Dexter las die zwei Worte und lachte, ehe er das Blatt an Scott weitergab. ›Er blufft‹, stand darauf.

Als die beiden allein waren, hatte auch Dexter Hutchins eine Frage:

»Wie konnten Sie so sicher sein, daß wir nicht selbst vorhaben, Saddam auszuschalten?«

»Ich bin mir ganz und gar nicht sicher«, gestand Scott. »Aber ich bin sicher, daß die Israelis keine solche Information haben.«

Dexter lächelte. »Danke, daß Sie von Connecticut hergekommen sind, Scott. Ich melde mich wieder. Ich glaube, Sie werden während der nächsten Monate einigen Pendelverkehr auf sich nehmen müssen.«

Scott nickte. Wie gut, daß das Semesterende bevorstand und er mehrere Wochen niemandem abgehen würde. Er nahm ein Taxi zum Ritz Carlton, begab sich auf sein Zimmer und packte seine Reisetasche. Im Lauf des letzten Jahres hatte er sich zahllose Möglichkeiten für einen Anschlag der Israelis auf Saddam Hussein durch den Kopf gehen lassen, aber sie wären alle an den massiven Sicherheitsvorkehrungen des irakischen Präsidenten gescheitert, der keinen Schritt ohne diesen Schutz tat. Scott war überzeugt, daß Ministerpräsident Rabin eine solche Operation nie billigen würde, wenn nicht eine gute Chance bestand, daß seine Agenten heil nach Hause zurückkehrten. Israel konnte sich bei all seinen anderen Problemen nicht auch noch eine solche Blamage leisten.

Scott schaltete die Abendnachrichten ein. Der Präsident war unterwegs nach Houston, um an einer Wahlfinanzierungsveranstaltung für Senator Bob Krueger teilzunehmen, der sich für Lloyd Bentsens Sitz bei den Nachwahlen im Mai starkmachte. Die Präsidentenmaschine war verspätet von Andrews gestartet. Es wurde keine Erklärung für die Nichteinhaltung des Zeitplans gegeben – der Präsident erwarb sich bereits den Ruf, nach Clinton-Ortszeit zu arbeiten. Der Korrespondent des Weißen Hauses sagte lediglich, daß der Präsident vor dem Abflug ein längeres Gespräch mit dem Außenminister geführt habe. Scott schaltete den Fernseher aus und blickte auf die Uhr. Es war kurz nach sieben; seine Maschine ging erst um einundzwanzig Uhr vierzig. Also blieb noch Zeit, etwas zu essen, bevor er zum Flughafen fuhr. Das einzige, was er heute bekommen hatte, waren Sandwiches und ein Glas Milch gewesen. Er fand, daß die CIA ihm zumindest eine anständige Mahlzeit schuldete.

Scott ging hinunter zum Jockey Club und nahm in einer Ecke Platz. Ein ziemlich lauter Kongreßabgeordneter erzählte einer nur halb so alten Blondine, daß es sich bei der Besprechung des Präsidenten mit Warren Christopher »um meinen Änderungsantrag zum Verteidigungsetat« handelte. Die Blondine wirkte beeindruckt, die Oberkellnerin nicht.

Scott bestellte Räucherlachs, ein Lendensteak und eine halbe Flasche Mouton Cadet, bevor er wieder über alles nachdachte, was der israelische Ministerpräsident bei dem Treffen gesagt hatte. Er gelangte zu dem Schluß, daß der clevere Politiker keinerlei Hinweise darauf gegeben hatte, wie oder wann – oder ob überhaupt – die Israeli ihre Drohung wahrmachen würden.

Auf Empfehlung der Oberkellnerin bestellte er die Spezialität des Hauses, ein Schokoladensoufflé. Er redete sich ein, daß er so schnell nicht wieder so gut zu essen bekommen würde, und daß er es ja morgen in der Sporthalle abtrainieren konnte. Als er die Schüssel geleert hatte, blickte er auf die Uhr: drei Minuten vor acht – gerade noch Zeit für einen Kaffee, bevor er ein Taxi zum Flughafen nahm.

Scott entschied sich gegen eine zweite Tasse. Er hob die Hand und bedeutete, daß er die Rechnung wollte. Als die Oberkellnerin an den Tisch kam, hielt er bereits seine Mastercard bereit.

»Ihr Gast ist soeben angekommen«, sagte die Oberkellnerin, ohne sich die leiseste Verwunderung anmerken zu lassen.

»Mein Gast…?« fragte Scott.

»Hallo, Scott. Tut mir leid, daß ich mich ein wenig verspätet habe, aber der Präsident hat immer wieder neue Fragen gestellt.«

Scott stand auf, schob hastig seine Mastercard in die Tasche und küßte Susan auf die Wange.

»Sie sagten doch acht Uhr, oder?« fragte sie.

»Ja«, versicherte ihr Scott, als hätte er hier gesessen und auf sie gewartet.

Die Oberkellnerin kehrte mit zwei Speisekarten zurück und gab sie den beiden Gästen.

»Ich kann den Räucherlachs und das Steak empfehlen«, sagte sie, ohne mit der Wimper zu zucken.

»Das dürfte etwas zuviel für mich sein«, meinte Susan. »Aber lassen Sie sich davon nicht abhalten, Scott.«

»Nein, Präsident Clinton ist nicht der einzige auf Diät«, entgegnete er. »Die Konsommee und der Haussalat genügen mir völlig.« Scott beobachtete Susan unauffällig, während sie über ihre Brille hinweg die Karte studierte. Statt ihres dunklen Kostüms trug sie nun ein wadenlanges rosa Kleid, das ihrer schlanken Figur sogar noch gerechter wurde. Ihr blondes Haar fiel jetzt offen auf die Schultern. Sie hatte Lippenstift aufgetragen – zum erstenmal, soweit er sich erinnern konnte. Sie blickte lächelnd auf.

»Ich nehme den Krabbensalat«, wandte sie sich an die Oberkellnerin.

»Was hat der Präsident gesagt?« fragte Scott, als befänden sie sich noch in einer Besprechung im Außenministerium.

»Nicht viel«, antwortete sie leise. »Nur daß er glaubt, er würde die wichtigste Zielscheibe der Iraker sein, falls es tatsächlich zu einem erfolgreichen Attentat auf Saddam kommt.«

»Eine sehr menschliche Einstellung«, fand Scott.

»Unterhalten wir uns doch nicht über Politik«, schlug Susan vor, »sondern über Interessanteres. Wieso sind Sie der Auffassung, daß Ciseri unter- und Bellini überbewertet wird?«

Scott wurde klar, daß auch Susan seine Personalakte eingehend studiert hatte.

»Deshalb sind Sie also gekommen. Sie sind ein Kunstfreak!«

Die folgende Stunde diskutierten sie über Bellini, Ciseri, Caravaggio, Florenz und Venedig, was sie vollauf beschäftigte, bis die Oberkellnerin sich wieder sehen ließ. Sie empfahl Schokoladensoufflé und wirkte enttäuscht, als beide dankend ablehnten.

Beim Kaffee erzählte Scott von seinem Leben in Yale, und Susan gestand, daß sie es machmal bedauerte, das Angebot ausgeschlagen zu haben, in Stanford zu lehren.

»Eine der fünf Universitäten, die Sie mit Ihrem Besuch beehrten.«

»Aber Yale fehlt noch, Professor Bradley«, entgegnete sie und faltete ihre Serviette. Scott lächelte. »Danke für den schönen Abend«, fügte sie hinzu, als die Oberkellnerin mit der Rechnung zurückkam.

Scott unterschrieb sie rasch. Er hoffte, Susan könne sie nicht sehen und die Zahlstelle der CIA würde nicht nachfragen, weshalb sie für drei Personen war.

Während Susan auf der Damentoilette war, blickte Scott auf die Uhr. Fünf vor halb elf. Der letzte Flieger war vor nahezu einer Stunde gestartet. Er ging zum Empfang und erkundigte sich, ob man ihn noch eine Nacht unterbringen könne. Der Portier konsultierte seinen Computer, dann antwortete er: »Ja, kein Problem, Professor Bradley. Leichtes Frühstück um sieben und die *Washington Post*, wie gewöhnlich?«

»Ja, bitte«, sagte er, gerade als Susan auf ihn zukam.

Sie hakte sich bei ihm ein, und sie gingen zu den Taxis, die auf dem Kopfsteinpflaster der Einfahrt warteten. Der Portier öffnete die Hintertür des nächststehenden, während Scott Susan wieder auf die Wange küßte.

»Ich hoffe, ich sehe Sie bald wieder.«

»Das hängt ganz vom Außenminister ab«, entgegnete Susan lächelnd, als sie einstieg. Der Pförtner schloß die Tür, und Scott winkte, als das Taxi auf der Massachusetts Avenue verschwand.

Scott nahm einen tiefen Zug Washingtoner Luft und fand,

daß nach zwei Mahlzeiten ein Spaziergang um den Block nicht schaden konnte. Seine Gedanken beschäftigten sich abwechselnd mit Saddam und Susan, und er stellte fest, daß er aus beiden nicht recht schlau wurde.

Etwa zwanzig Minuten später schlenderte er zum Ritz Carlton zurück, doch bevor er auf sein Zimmer hinaufging, schaute er noch einmal ins Restaurant und steckte der Oberkellnerin einen Zwanzigdollarschein zu.

»Danke, Sir.« Sie lächelte. »Hoffentlich hat Ihnen beides geschmeckt.«

»Falls Sie mal tagsüber arbeiten möchten«, sagte Scott, »kann ich Sie jemandem empfehlen, der Verwendung für Ihre besondere Begabung hätte.« Die Oberkellnerin dankte mit einem Nicken. Scott verließ das Restaurant, nahm den Fahrstuhl zum fünften Stock und ging zu Zimmer 505.

Als er den Schlüssel aus dem Schloß zog und die Tür aufschob, wunderte er sich, daß er vergessen hatte, das Licht auszuschalten. Er schlüpfte aus seiner Jacke und ging ins Schlafzimmer. Abrupt blieb er stehen und staunte über den unerwarteten Anblick, der sich ihm bot: Susan saß in einem ziemlich durchsichtigen Negligé in seinem Bett und las mit bis fast zur Nasenspitze vorgeschobener Brille die Notizen, die er sich über das Treffen am Nachmittag gemacht hatte. Als sie Scott hörte, blickte sie auf und lächelte ihn entwaffnend an.

»Der Außenminister hat mir aufgetragen, vor unserem nächsten Meeting soviel wie nur möglich über dich herauszufinden.«

»Wann ist dieses nächste Meeting?«

»Punkt neun Uhr, morgen früh.«

8

Button Gwinnet erwies sich als Problem. Die Schrift war dünn und klein und das *G* schräg nach vorn geneigt. Erst nach mehreren Stunden Übung war Dollar Bill soweit, Gwinnets Unterschrift auf die zwei übriggebliebenen Pergamente zu setzen. In den folgenden Tagen benutzte er sechsundfünfzig unterschiedliche Tintentöne, setzte die verschiedenen Federn ständig mit anderem Druck auf, ehe er mit den Unterschriften von Lewis Morris, Abraham Clark, Richard Stockton und Caesar Rodney völlig zufrieden war. Für sein Meisterwerk hielt er jedoch, was Größe, Genauigkeit, Farbton und Federführung betraf, die John Hancocks.

Der Ire hatte achtundvierzig Tage, nachdem er sich von Angelo Santini in einer Bar in San Francisco einen Drink hatte spendieren lassen, zwei Kopien der Unabhängigkeitserklärung fertiggestellt.

»Die eine davon ist perfekt«, sagte er zu Angelo, »die andere hat einen winzigen Fehler.«

Angelo starrte staunend auf die beiden Dokumente. Ihm fielen keine passenden Worte ein, seiner Bewunderung Ausdruck zu verleihen.

»Als William J. Stone 1820 beauftragt wurde, eine Kopie anzufertigen, brauchte er fast drei Jahre dazu«, sagte Dollar Bill. »Und er hatte noch dazu den Segen des Kongresses.«

»Zeigen Sie mir den einen Unterschied zwischen der endgültigen Kopie, die Sie ausgewählt haben, und dem Original?«

»Nein, aber ich gebe Ihnen einen Tip. Es war William J. Stone, der mich darauf brachte.«

»Wie geht es weiter?« fragte Angelo.

»Geduld«, rügte der Künstler. »Unser kleines Soufflé braucht Zeit, um aufzugehen.«

Angelo beobachtete, wie Dollar Bill die beiden Dokumente behutsam auf den Tisch in der Mitte des Zimmers legte, wo er eine wassergekühlte Xenonlampe aufgestellt hatte. »Ihr Licht ähnelt dem Tageslicht, ist jedoch viel intensiver«, erklärte er. »Wenn meine Berechnungen stimmen«, fuhr er fort, »müßten wir in dreißig Stunden schaffen, wozu die Natur beim Original über zwei Jahrhunderte brauchte.« Er lächelte. »Das reicht, mich zu besaufen.«

»Noch nicht.« Angelo zögerte. »Mr. Cavalli hat noch eine Bitte.«

»Und die wäre?« erkundigte sich Dollar Bill mit seinem warmen irischen Akzent.

Interessiert hörte er sich Mr. Cavallis neuesten Einfall an. »Ich finde, unter diesen Umständen sollte ich das doppelte Honorar bekommen«, lautete der einzige Kommentar des Fälschers.

»Mr. Cavalli ist bereit, Ihnen zehntausend Dollar zusätzlich zu bezahlen«, versicherte ihm Angelo.

Dollar Bill blickte auf seine zwei Kopien, zuckte die Schultern und nickte.

Sechsunddreißig Stunden später nahmen der Direktor und der Geschäftsführer von *Skills* eine Maschine nach Washington.

Sie mußten zwei Ermittlungen durchführen, ehe sie nach New York zurückfliegen konnten. Wenn beide Ergebnisse sich als positiv erwiesen, konnten sie das Team zusammentrommeln, das sie für die Durchführung dieses Auftrags vorgesehen hatten.

Wenn jedoch Zweifel blieben, würde Cavalli zur Wall Street zurückkehren und zwei Anrufe tätigen. Einen an Mr. Al Obaydi, in dem er ihm erklärte, weshalb es unmöglich war, seinen Auftrag auszuführen; den zweiten an ihren Mittelsmann im Libanon, um ihm zu sagen, daß sie keine Geschäfte mit einem Mann machen konnten, der verlangt hatte, daß zehn Prozent des Geldes unter seinem Namen auf eine Schweizer Bank eingezahlt wurde. Cavalli würde ihm sogar die Nummer des Kontos nennen, das sie auf Al Obaydis Namen in Genf eröffnet hatten, und so die Schuld für das Mißlingen des Unternehmens von den Cavallis auf den Botschaftssekretär des Iraks abwälzen.

Ein Wagen wartete vor dem Hauptabfertigungsgebäude auf die beiden Männer, um sie in die Stadt zu bringen. Nachdem sie die Brücke an der vierzehnten Straße überquert hatten, fuhren sie auf der Constitution Avenue ostwärts und wurden vor der Nationalgalerie abgesetzt, einem Bauwerk, das keiner von ihnen je zuvor besucht hatte.

Im Ostflügel setzten sie sich auf eine kleine Bank an der Wand, unterhalb des riesigen Mobiles von Calder, und warteten.

Der Applaus erregte als erstes ihre Aufmerksamkeit. Sie blickten auf, um zu sehen, was diesen Begeisterungssturm verursachte, und bemerkten, wie die zahlreichen Touristen rasch zur Seite traten, um eine Gasse zu bilden.

Als sie ihn zum erstenmal sahen, standen die Cavallis automatisch auf. Ein Trupp Leibwächter, von denen Antonio zwei erkannte, eskortierten den Mann durch die menschliche Gasse, während er so vielen Leuten wie möglich die Hand schüttelte.

Der Direktor und der Geschäftsführer machten ein paar Schritte vorwärts, um einen besseren Blick auf das Geschehen zu haben. Es war erstaunlich: das breite Lächeln, Haltung und Gang, sogar die gleiche Neigung des Kopfes. In ihrer Nähe blieb der Mann stehen und bückte sich, um kurz zu einem kleinen Jungen zu sprechen. Wenn sie die Wahrheit nicht gekannt hätten, sie hätten es nicht für möglich gehalten.

Als der Herr den Ausgang erreichte, geleiteten ihn die Leibwächter zur dritten Limousine in einer Reihe von sechs. Augenblicke später war er schon weg, und das Sirenengeheul schwand in der Ferne.

»Diese Zweiminutenübung hat uns hunderttausend Dollars gekostet«, murmelte Tony, als sie sich ebenfalls zum Ausgang begaben. Während sie durch die Drehtür gingen, rannte ein kleiner Junge an ihnen vorbei und brüllte aus vollem Hals: »Ich hab' grad' den Präsident gesehen! Ich hab' grad' den Präsident gesehen!«

»Es ist jeden Cent wert«, sagte Tonys Vater. »Jetzt müssen wir uns nur noch überzeugen, daß auch Dollar Bill seinem Ruf alle Ehre macht.«

Hannah erhielt einen dringenden Anruf, zu einem Gespräch in die Botschaft zu kommen, obwohl es bis zur Beendigung ihres Kurses noch vier Monate waren. Sie befürchtete das Schlimmste.

Bei den Prüfungen jeden zweiten Freitag hatte Hannah immer besser abgeschnitten als die fünf anderen Agentinnen in Ausbildung, die sich noch in London befanden. Sie wollte verdammt sein, wenn sie sich jetzt noch sagen ließ, daß sie ungeeignet wäre.

Der unplanmäßige Termin beim Berater für kulturelle Angelegenheiten – ein euphemistischer Titel für Oberst Kratz, den ranghöchsten Mossad-Agenten in London – war für achtzehn Uhr angesetzt.

Bei ihrem vormittägigen Unterricht konnte Hannah sich nicht auf die Werke des Propheten Mohammed konzentrieren, und nachmittags fiel es ihr bei ›Britische Besatzung und Mandat im Irak, 1917–32‹ noch schwerer. Sie war froh, als sie um siebzehn Uhr weg konnte, ohne zusätzliche Arbeit aufgebrummt zu bekommen.

Die Israelische Botschaft war während der vergangenen zwei Monate verbotenes Terrain für alle Agenten in Ausbildung gewesen, sofern sie nicht ausdrücklich dorthin gerufen wurden. Es war bekannt, daß man nur in die Botschaft beordert wurde, um mit einem »Wir benötigen Sie nicht mehr« seinen Rückflugschein in die Hand gedrückt zu bekommen und mit einem Lebewohl verabschiedet zu werden, und wenn man Glück hatte, sogar mit einem Danke. Zwei der Auszubildenden war es im vergangenen Monat bereits so ergangen.

Hannah hatte die Botschaft nur einmal gesehen, als sie am ersten Tag in London rasch daran vorbeigefahren war. Sie wußte nicht einmal genau, wo sie sich befand. Als sie einen Stadtplan konsultierte, stellte sie fest, daß die Botschaft sich im Palace Green in Kensington befand, ein Stück abseits der Straße.

Ein paar Minuten vor achtzehn Uhr trat Hannah aus der

U-Bahn-Station South Kensington. Sie schlenderte den breiten Bürgersteig zum Palace Green hinauf bis zur Philippinischen Botschaft, dann kehrte sie um und erreichte eine Minute vor sechs die Israelische Botschaft. Sie lächelte den Polizisten an, als sie die Stufen zum Eingang hinaufstieg.

Hannah nannte am Empfang ihren Namen und erklärte, daß sie einen Termin beim Berater für kulturelle Angelegenheiten habe.

»Erster Stock«, wurde ihr gesagt. »Sobald Sie oben sind, gleich die grüne Tür direkt vor Ihnen.«

Hannah stieg die breite Treppe ganz langsam hinauf und bemühte sich, ihre Gedanken zu sammeln. Mit pochendem Herzen klopfte sie an die Tür. Sie wurde sofort schwungvoll geöffnet.

»Freut mich, Sie persönlich kennenzulernen, Hannah«, begrüßte sie ein junger Mann. »Ich bin Kratz. Tut mir leid, daß ich Sie so kurzfristig hierherbitten mußte, aber wir haben ein Problem. Bitte setzen Sie sich doch«, fügte er hinzu und deutete auf einen bequemen Sessel vor dem Schreibtisch. Keiner, der unnötige Worte macht, dachte Hannah.

Sie setzte sich steif in den Sessel und blickte auf den Mann, der ihr gegenübersaß und viel zu jung aussah, um ein Berater für kulturelle Angelegenheiten zu sein. Aber dann erinnerte sie sich an den wahren Grund, weshalb der Oberst nach London geschickt worden war. Kratz hatte ein freundliches, offenes Gesicht, und wäre da nicht seine verfrühte Stirnglatze gewesen, hätte man ihn sogar als gutaussehend bezeichnen können.

Seine kräftigen Hände ruhten auf dem Schreibtisch vor ihm, während er zu Hannah herüberblickte. Er wandte keinen Moment den Blick von ihr, was sie allmählich entnervte.

Hannah ballte die Faust. Wenn sie nach Haus geschickt werden sollte, würde sie zumindest ihre Meinung sagen. Die Worte hatte sie vorbereitet und geprobt.

Der Berater zögerte, als überlege er, wie er ihr schonend beibringen könnte, was er ihr sagen mußte. Hannah wünschte sich, er würde endlich damit herausrücken. Es war schlimmer, als auf

Prüfungsergebnisse zu warten, wenn man schon vorher wußte, daß man etwas falsch gemacht hatte.

»Wie gefällt es Ihnen bei den Rubins?« fragte Kratz.

»Danke, gut«, antwortete Hannah nur. Sie war entschlossen, sich gar nicht erst auf belangloses Geschwätz einzulassen, damit er endlich die Karten auf den Tisch legte.

»Und wie geht es mit dem Kurs voran?«

Hannah zuckte die Schultern.

»Freuen Sie sich schon darauf, nach Israel zurückzukehren?«

»Nur, wenn dort eine lohnende Stellung auf mich wartet«, antwortete Hannah und ärgerte sich, daß sie sich eine Blöße gegeben hatte. Sie wünschte, Kratz würde für einen Moment aufhören, sie anzugaffen.

»Tja, es wäre möglich, daß Sie nicht nach Israel zurückkehren«, sagte Kratz.

Hannah rutschte kaum merklich in ihrem Sessel.

»Jedenfalls nicht sofort«, fügte Kratz hinzu. »Ich werde es Ihnen erklären. Obwohl Ihr Kurs erst in vier Monaten endet« – er öffnete einen Ordner, der vor ihm auf dem Schreibtisch lag – »hat Ihr Tutor mich informiert, daß Sie bei den Schlußprüfungen höchstwahrscheinlich besser abschneiden werden als jede der fünf übrigen Agentinnen. Aber ich nehme an, das wissen Sie selbst.«

Es war das erste Mal, daß jemand sie als Agentin bezeichnet hatte.

»Wir haben bereits entschieden, daß Sie zum endgültigen Team gehören werden«, sagte Kratz, als ahne er ihre Frage. »Doch wie es in unserem Beruf häufig vorkommt, hat sich eine Gelegenheit ergeben, für die Sie kurzfristig die bestqualifizierte Person sind.«

Hannah lehnte sich im Sessel vor. »Aber ich dachte, ich werde für einen Einsatz in Bagdad ausgebildet.«

»So ist es auch. Sie werden schon noch nach Bagdad kommen. Vorerst jedoch möchten wir Sie in ein anderes feindliches Lager einschleusen. Es gibt keine bessere Möglichkeit, herauszufinden, wie Sie sich unter Druck bewähren.«

»Und wohin soll ich?« fragte Hannah, die ihre Freude nicht verbergen konnte.

»Nach Paris.«

»Paris?« wiederholte Hannah ungläubig.

»Ja. Wir haben erfahren, daß der Leiter der irakischen Interessenvertretung von seiner Regierung eine zweite Sekretärin angefordert hat. Das Mädchen wurde ausgewählt und wird in zehn Tagen von Bagdad abfliegen. Wenn Sie sich bereit erklären, ihren Platz einzunehmen, wird sie nie am Charles-de-Gaulle-Flughafen ankommen.«

»Aber sie würden in wenigen Minuten erkennen, daß ich die Falsche bin.«

»Das ist unwahrscheinlich«, entgegnete Kratz. Er holte einen dickeren Ordner aus einer Schreibtischlade und blätterte darin. »Das betreffende Mädchen hat die Putney High School und dann die Universität von Durham besucht, um Englisch zu studieren, beides mit Regierungsstipendien. Sie wollte in England bleiben, wurde jedoch gezwungen, nach Bagdad zurückzukehren, als Studentenvisa vor zwei Jahren für ungültig erklärt wurden.«

»Aber ihre Familie…?«

»Ihr Vater ist im Krieg gegen den Iran gefallen, und die Mutter ist zu ihrer Schwester in der Nähe von Karbala gezogen.«

»Geschwister?«

»Ein Bruder in der Republikanischen Garde, keine Schwestern. Es steht alles in der Akte. Sie haben ein paar Tage, den Background zu studieren, ehe Sie sich entscheiden müssen. Tel Aviv ist überzeugt, daß wir eine gute Chance haben, Sie an Stelle dieses Mädchens einzuschleusen. Daß Sie sich so gut in Paris auskennen, ist ein zusätzlicher Pluspunkt. Wir würden Sie etwa drei, höchstens sechs Monate dort lassen.«

»Und dann?«

»Zurück nach Israel für die abschließende Vorbereitung auf Bagdad. Übrigens, falls Sie sich einverstanden erklären, setzen wir Sie nicht in erster Linie dort ein, um für uns zu spionieren. Wir haben bereits mehrere Agenten in Paris. Wir möchten nur, daß Sie sich dort gründlich umsehen, sich daran gewöhnen, mit Arabern zu leben und wie sie zu denken. Sie dürfen keinerlei Aufzeichnungen behalten, ja, sich nicht einmal Notizen machen. Prägen Sie sich alles nur gut ein. Man wird Sie befragen, wenn wir Sie dort wegholen. Vergessen Sie nie, daß Ihr endgültiger Einsatz für Israel bedeutend wichtiger sein wird, als dieser je sein könnte.« Zum erstenmal lächelte er. »Sie möchten bestimmt ein paar Tage Bedenkzeit, nicht wahr?«

»Nein«, antwortete Hannah. Diesmal war es Kratz, der besorgt wirkte. »Ich nehme den Job gern an, aber da gibt es ein Problem.«

»Welches?« erkundigte sich Kratz.

»Ich kann nicht maschineschreiben und schon gar nicht in Arabisch.«

Der junge Mann lachte. »Dann werden wir einen Schnellkursus für Sie arrangieren müssen. Sie ziehen am besten gleich bei den Rubins aus und quartieren sich spätestens morgen abend in der Botschaft ein. Man wird Sie nicht nach einer Erklärung fragen, geben Sie keine von sich aus. Studieren Sie inzwischen das da.« Er schob ihr einen gelbbeigen Hefter zu, auf dem in dicken Lettern KARIMA SAIB stand. »In zehn Tagen müssen Sie auf alles, was darin steht, im Schlaf antworten können. Was Sie im Gedächtnis behalten, kann Ihnen das Leben retten.«

Kratz erhob sich hinter seinem Schreibtisch, kam herum und begleitete Hannah zur Tür. »Ach ja, noch etwas«, sagte er, als er ihr die Tür öffnete. »Ich glaube, der gehört Ihnen.«

Der Berater für kulturelle Angelegenheiten reichte Hannah einen kleinen, arg mitgenommenen Koffer.

Auf dem Weg nach Georgetown erklärte Cavalli seinem Vater, daß etwa hundert Meter von der Galerie entfernt die Sirenen abgeschaltet worden waren und die Limousinen sich eine nach der anderen an den nächsten sechs Kreuzungen abgesetzt und in den normalen Vormittagsverkehr eingereiht haben müßten.

»Und der Schauspieler?«

»Ohne die Perücke und mit Sonnenbrille wird Lloyd Adams

keine Blicke mehr auf sich ziehen. Er wird heute nachmittag mit dem Metroliner nach New York zurückkehren.«

»Clever.«

»Die sechs Limousinen werden in zwei Tagen mit ihren New Yorker Originalkennzeichen in die City zurückkommen.«

»Du hast es außerordentlich professionell durchgeführt«, lobte sein Vater.

»Aber das war nur die Generalprobe einer einzigen Szene. In vier Wochen wollen wir ein Schauspiel in drei Akten aufführen, bei dem ganz Washington unser ahnungsloses Publikum ist.«

»Vergiß nicht, daß wir hundert Millionen für unsere Inszenierung bekommen«, erinnerte ihn sein Vater.

»Wenn wir es schaffen, haben wir uns das Geld auch verdient«, antwortete Cavalli, als der Wagen am Hotel Four Seasons vorbeifuhr. Der Chauffeur bog nach links in eine Nebenstraße ab und hielt vor einem malerischen alten Holzhaus. Angelo wartete bei einem kleinen eisernen Tor oberhalb einer niedrigen Steintreppe. Der Direktor und der Geschäftsführer stiegen aus dem Wagen und folgten Angelo schnell und schweigend die Stufen hinunter.

Die Tür am Fuß der Treppe stand bereits offen. Drinnen machte Angelo sie mit Bill O'Reilly bekannt. Bill führte sie durch den Gang zu seinem Atelier. Er drehte den Schlüssel in der Tür mit einer Miene, als würde sich sogleich Ali Babas Höhle vor ihnen öffnen. Er schob die Tür auf, schaltete das Licht ein und führte seine Besucher zur Zimmermitte, wo die beiden Dokumente auf ihre Begutachtung warteten. Er erklärte den beiden Herren, daß nur eines eine exakte Kopie des Originals sei.

Bill reichte beiden ein Vergrößerungsglas, dann zog er sich ein paar Schritte zurück, um auf ihr Urteil zu warten. Tony und sein Vater wußten nicht so recht, wo sie anfangen sollten, und studierten stumm mehrere Minuten lang beide Dokumente. Tony nahm den ersten Absatz unter die Lupe. *»Wenn es im Lauf menschlicher Begebenheiten...«*, während seinen Vater die Unterschriften von Francis Lightfoot Lee und Carter Braxton faszinierten, denen ihre Kollegen aus Virginia am unteren Rand des Dokuments so wenig Platz zum Unterschreiben gelassen hatten.

Nach einiger Zeit richtete Tonys Vater sich hoch auf, drehte sich zu dem kleinen Iren um, gab ihm sein Vergrößerungsglas zurück und versicherte ihm: »Meister, ich kann nur sagen, daß William J. Stone stolz auf Sie gewesen wäre.«

Dollar Bill verbeugte sich, erfreut über dieses unübertreffliche Kompliment.

»Aber welches ist die exakte Kopie, und welche hat den Fehler?« fragte Cavalli.

»Ah«, antwortete der Fälscher. »Es war ebenfalls William Stone, der mich auf diesen kleinen Scherz hinwies.«

Die Cavallis warteten geduldig, daß Dollar Bill mit seiner Erklärung fortfuhr. »Wissen Sie, als Timothy Matlock 1776 das Original ausfertigte, machte er drei Fehler. Zwei konnte er durch einfache Einfügungen ausbessern.« Dollar Bill deutete auf das Wort *Repràstanten*, wo die Buchstaben *e* und *n* fehlten, und dann auf das Wort *nur*, das ein paar Zeilen weiter unten ausgelassen worden war. Beide Korrekturen waren mit einem ^ eingefügt worden.

»Aber«, erklärte Dollar Bill weiter, »Mr. Matlock machte noch einen Rechtschreibfehler, den er nicht ausgebessert hat. Sie werden feststellen, daß ich ihn auf einer Kopie korrigiert habe.«

9

Hannah traf am Vorabend ihres Parisfluges am Beiruter Flughafen ein. Niemand vom Mossad begleitete die neue Agentin, um ihre Tarnung nicht zu gefährden. Im Falle einer Entdeckung wurde jeder Israeli im Libanon sofort verhaftet.

Hannah brauchte über eine Stunde, um durch den Zoll zu kommen, aber als sie es schließlich geschafft hatte, trug sie einen britischen Reisepaß, Handgepäck und ein paar libanesische Pfund bei sich. Zwanzig Minuten später nahm sie sich ein Zimmer im Hilton am Flughafen. Sie erklärte dem Portier, daß sie nur eine Nacht bleiben würde und bezahlte ihre Rechnung gleich im voraus mit den libanesischen Pfund. Dann begab sie sich direkt auf ihr Zimmer im achten Stock und verließ es an diesem Abend nicht mehr.

Um neunzehn Uhr zwanzig erhielt sie einen Anruf. Auf Kratz' Frage antwortete sie lediglich mit einem Ja und hörte, wie aufgelegt wurde.

Um zweiundzwanzig Uhr vierzig legte sie sich nieder, konnte jedoch kaum länger als eine Stunde am Stück schlafen. Hin und wieder schaltete sie den Fernseher ein und schaute sich libanesisch synchronisierte Italowestern an. Dazwischen fiel sie immer wieder für kurze Zeit in einen unruhigen Schlaf. Am Morgen stand sie um zehn vor sieben auf, aß eine Tafel Schokolade, die sie in dem winzigen Kühlschrank entdeckt hatte, putzte sich die Zähne und duschte kalt.

Sie zog die Kleidung aus ihrem Handgepäck an, die von einer Machart war, wie Karima sie laut ihrer Akte bevorzugte. Dann setzte sie sich auf die Bettkante und betrachtete sich im Spiegel. Ihr gefiel nicht, was sie sah. Kratz hatte darauf bestanden, daß sie ihr Haar ganz kurz schnitt, damit sie so aussah wie die Irakerin auf dem einzigen, unscharfen Foto, das sie von ihr hatten.

Außerdem erwartete Kratz von ihr, daß sie eine Brille mit Drahtfassung trug, auch wenn die Gläser ungeschliffen waren. Sie hatte die Brille während der vergangenen Woche getragen, ohne sich daran gewöhnen zu können. Sie vergaß meist, sie aufzusetzen, oder verlegte sie, was noch schlimmer war.

Um acht Uhr neunzehn erhielt sie einen zweiten Anruf: die Mitteilung, daß das Flugzeug in Amman mit dem ›Gepäck‹ an Bord gestartet war.

Als Hannah kurz darauf die Zimmermädchen auf dem Korridor plaudern hörte, öffnete sie die Tür und drehte das an der Klinke hängende Schild rasch auf ›Bitte nicht stören‹ um. Dann wartete sie ungeduldig in ihrem Zimmer auf einen weiteren Anruf. Entweder lautete die Nachricht: »Ihr Gepäck wurde fehlgeleitet«, was bedeuten würde, daß sie nach London zurückkehren sollte, weil das Mädchen nicht hatte entführt werden können; oder: »Ihr Gepäck wurde wiedergefunden«, was besagte, daß die Entführung gelungen war. Im letzteren Fall sollte sie sofort das Zimmer verlassen, den Minibus des Hotels zum Flughafen nehmen und sich in dem Buchladen im Parterre umsehen, bis der Kurier sich mit ihr in Verbindung setzte.

Er würde unauffällig ein kleines Päckchen liegenlassen, in dem sich Karima Saibs Reisepaß mit geändertem Foto, das auf Saib ausgestellte Flugticket sowie sämtliche Gepäckscheine und persönlichen Dinge befanden, die man bei dem Mädchen gefunden hatte.

Anschließend sollte Hannah, nur mit dem einen Stück Handgepäck, das sie von London mitgebracht hatte, so schnell wie möglich in die Maschine nach Paris steigen. Sobald das Flugzeug am Charles-de-Gaulle gelandet war, sollte sie Karima Saibs Reisegepäck an der Gepäckausgabe abholen und sich zum Prominentenparkplatz begeben. Der Chauffeur des irakischen Botschafters in Paris würde sie dort erwarten und zur jordanischen Botschaft bringen, in der sich momentan die irakische Interessenvertretung befand, da die irakische Botschaft in Paris offiziell geschlossen war. Von diesem Moment an würde Hannah ganz auf sich allein gestellt sein, mußte sich jederzeit an die Anweisungen des Botschaftspersonals halten und sich vor allem stets daran erinnern, daß sich Araberinnen im Unterschied zu jüdischen Frauen den Männern zu unterwerfen hatten. Auf keinen Fall durfte sie versuchen, mit der israelischen Botschaft Verbindung aufzunehmen oder einen der Mossad-Agenten in Paris ausfindig zu machen. Falls es sich als nötig erweisen sollte, würde man sie kontaktieren.

»Und wenn Karima Saibs Kleidung mir nicht paßt?« hatte sie Kratz gefragt. »Wir wissen, daß ich größer bin als sie.«

»Sie müssen in Ihrem Handgepäck so viel an Kleidung mitnehmen, daß es für die ersten Tage reicht«, hatte er geantwortet. »Kaufen Sie dann, was Sie für sechs Monate in Paris brauchen werden.« Er hatte ihr dafür zweitausend französische Franc zur Verfügung gestellt.

»Sie haben wohl lange nicht mehr in Paris eingekauft«, hatte Hannah gesagt. »Das reicht höchstens für eine Jeans und zwei T-Shirts.« Widerwillig hatte Kratz ihr weitere fünftausend Franc genehmigt.

Um neun Uhr siebenundzwanzig läutete das Telefon.

Als Tony Cavalli und sein Vater das Sitzungszimmer betraten, nahmen sie die freigehaltenen Plätze am Kopf und Fuß des Tisches ein, wie der Direktor und der Geschäftsführer jeder renommierten Gesellschaft es täten. Tony benutzte für solche Sitzungen immer das eichegetäfelte Kellerzimmer im Haus seines Vaters in der fünfundsiebzigsten Straße, doch keiner der Anwesenden bildete sich ein, daß man sie zu einer normalen Vorstandssitzung bestellt hatte. Sie wußten, daß es keine Tagesordnung und kein Protokoll geben würde.

Wie bei Tausenden ähnlichen Sitzungen an diesem Vormittag in ganz Amerika warteten ein Notizblock, ein Stift und ein Glas Wasser vor jedem der sechs Geladenen auf dem Tisch. Aber bei dieser besonderen Sitzung lagen vor jedem außerdem zwei längliche Kuverts, eines dünn, das andere dick. Nichts deutete auf ihren Inhalt hin.

Tonys Blick wanderte über die Gesichter der Männer am

Tisch. Alle hatten zweierlei gemein: Sie waren Experten in ihrem jeweiligen Fachgebiet, und sie waren bereit, das Gesetz zu brechen. Zwei von ihnen hatten Haftstrafen abgesessen, was allerdings schon einige Jahre zurücklag; drei weiteren wäre es nicht anders ergangen, hätten sie sich nicht die besten Anwälte leisten können. Der sechste war selbst Anwalt.

»Meine Herren«, begann Cavalli, »ich habe Sie hergebeten, um einen Auftrag mit Ihnen zu besprechen, den man als ziemlich ungewöhnlich bezeichnen könnte.« Er machte eine kurze Pause, ehe er fortfuhr. »Wir wurden ersucht, die Unabhängigkeitserklärung aus dem Nationalarchiv zu stehlen.«

Diesmal mußte Tony ungewollt innehalten, als alle durcheinanderriefen und jeder eine kurze, witzige Bemerkung von sich gab:

»Man braucht sie ja bloß zusammenzurollen und mitzunehmen.«

»Ich nehme an, wir könnten *jeden*, der dort arbeitet, bestechen.«

»Am besten, wir zünden zuerst das Weiße Haus an. Das wäre das beste Ablenkungsmanöver.«

»Schreiben wir doch einfach hin und behaupten, wir hätten sie bei einem Fernsehquiz gewonnen.«

Tony wartete geduldig, bis ihr Sarkasmus abflaute.

»So ähnlich war auch meine erste Reaktion«, gab er schließlich zu. »Doch nach mehreren Wochen Nachforschungen und Vorbereitungen hoffe ich, daß Sie mir zumindest die Möglichkeit geben, Ihnen meine Vorstellungen darzulegen.«

Sie verstummten rasch und lauschten gespannt Tonys Worten, doch ihr Gesichtsausdruck war, gelinde gesagt, skeptisch.

»Während der vergangenen Wochen haben mein Vater und ich an einem vorläufigen Plan für den Diebstahl der Unabhängigkeitserklärung gearbeitet. Wir sind nun soweit, Sie einzuweihen; denn ich muß zugeben, daß wir an einem Punkt angelangt sind, an dem wir ohne die beruflichen Fähigkeiten eines jeden von Ihnen nicht mehr weiterkommen. Lassen Sie mich Ihnen versichern, meine Herren, daß wir Sie mit Bedacht ausgewählt haben.

Doch als erstes möchte ich, daß Sie sich alle die Unabhängigkeitserklärung selbst ansehen.« Tony drückte auf einen Knopf unter dem Tisch, woraufhin die Flügeltür hinter ihm aufschwang. Der Butler trat mit einem Schriftstück ein, das er zwischen zwei dünnen Glasscheiben geschützt trug. Er legte es behutsam auf die Tischmitte. Die sechs Skeptiker beugten sich darüber, um das Meisterstück zu betrachten. Es dauerte eine Weile, ehe auch nur einer etwas sagte.

»Ich schätze, das ist Bill O'Reillys Werk«, meinte Frank Piemonte, der Anwalt, während er die Signaturen unter dem Text begutachtete. »Er erbot sich einmal, mich mit selbst gefälschten Scheinen zu bezahlen. Ich hätte das Angebot angenommen, wenn es mir geglückt wäre, ihn freizukriegen.«

Tony nickte, und nachdem sie alle das Pergament noch eine Zeitlang studiert hatten, sagte er: »Und nun gestatten Sie mir, meine vorherige Formulierung zu berichtigen. Wir beabsichtigen nicht direkt, die Unabhängigkeitserklärung zu stehlen. Vielmehr wollen wir das Original gegen diese Kopie austauschen.«

Zwei der bisher skeptischen Gesichter lächelten.

»Sie können sich gewiß vorstellen, wieviel Arbeit wir bereits in dieses Projekt investiert haben, und wieviel Geld es meinen Vater und mich bisher gekostet hat. Doch wir haben weitergemacht, weil die Bezahlung, die wir bei erfolgreicher Ausführung bekommen werden, das Risiko, erwischt zu werden, bei weitem überwiegt. Wenn Sie die dünnen Umschläge vor Ihnen öffnen, wird ihr Inhalt, wie ich glaube, meine Meinung bekräftigen. Jeder von Ihnen wird in seinem Umschlag ein Blatt Papier finden, auf dem die Summe genannt ist, die Sie erhalten werden, falls Sie sich entschließen, bei diesem Unternehmen mitzumachen.«

Während die sechs Männer die dünneren Kuverts aufrissen, fuhr Tony fort: »Sollten Sie der Meinung sein, daß sich das Risiko für diese Bezahlung nicht lohnt, muß ich Sie bitten, sofort zu gehen. Ich rechne damit, daß jene, die bleiben werden, Vertrauen in Ihre Verschwiegenheit haben, denn es dürfte Ihnen ja wohl klar sein, daß unser Leben dann in Ihren Händen liegt.«

»Und Ihres in unseren«, sagte der Direktor, der sich damit zum erstenmal zu Wort meldete.

Ein nervöses Lachen wurde rund um den Tisch laut, als jeder der sechs Männer auf den noch nicht unterschriebenen Scheck blickte, der vor ihm lag.

»Diese Summe«, erklärte Tony, »werden Sie erhalten, falls unser Plan mißlingt. Gelingt er, bekommen Sie das Dreifache.«

»Entsprechend der Haftstrafe, falls wir erwischt werden«, brummte Bruno Morelli. Auch er öffnete jetzt zum erstenmal den Mund.

»Ich will es zusammenfassen, meine Herren«, sagte Cavalli, ohne auf die Zwischenbemerkung einzugehen. »Wenn Sie sich entschließen, sich unserem Einsatzteam anzuschließen, werden Sie noch heute abend, bevor wir uns trennen, zehn Prozent der genannten Summe als Vorschuß bekommen, den Rest innerhalb von sieben Tagen nach Erledigung des Auftrags. Sie wird auf eine Bank Ihrer Wahl überwiesen, egal in welchem Land.

Bevor Sie Ihre Entscheidung treffen, möchte ich, daß Sie sich noch etwas ansehen.« Wieder drückte Tony auf einen Knopf unter der Tischplatte. Diesmal öffnete sich die Tür am hinteren Ende des Zimmers. Beim Anblick, der sich ihnen bot, erhoben sich zwei der Anwesenden sofort, einer riß den Mund auf, und die übrigen drei blinzelten ungläubig.

»Meine Herren, ich freue mich, daß ich Sie heute alle hier begrüßen darf. Ich wollte Ihnen zeigen, daß auch ich an diesem Projekt beteiligt bin, und ich hoffe, Sie werden sich dafür entscheiden, sich dem Team anzuschließen. Ich muß Sie nun leider verlassen, Gentlemen«, sagte der Herr, der neben dem Direktor stand, mit dem Ozark-Akzent, der dem amerikanischen Volk in den letzten Monaten so vertraut geworden war, »damit Sie sich eingehender mit Mr. Cavallis Vorschlag befassen können. Seien Sie versichert, daß ich alles tun werde, mitzuhelfen, die Veränderungen vorzunehmen, die dieses Land braucht. Doch nun habe ich dringende Verpflichtungen. Ich bin sicher, Sie verstehen.« Der Schauspieler lächelte und schüttelte jedem der Anwesenden freundlich die Hand, ehe er das Sitzungszimmer verließ.

Spontaner Applaus setzte ein, als die Tür sich hinter ihm geschlossen hatte. Tony gestattete sich ein zufriedenes Lächeln.

»Meine Herren, mein Vater und ich werden Sie nun ein paar Minuten allein lassen, damit Sie eine Entscheidung treffen können.«

Der Direktor und der Geschäftsführer erhoben sich ohne ein weiteres Wort und schritten aus dem Zimmer.

»Was meinst du?« fragte Tony, als er seinem Vater Whisky mit Soda aus dem Schrank in seinem Arbeitszimmer einschenkte.

»Mehr Wasser«, bat sein alter Herr. »Ich habe das Gefühl, daß uns eine lange Nacht bevorsteht.«

»Aber ich habe sie doch überzeugt, oder?«

»Ich bin mir nicht sicher«, antwortete Cavalli Senior. »Ich habe während deiner Demonstration ihre Gesichter beobachtet. Sie haben bestimmt nicht an deinen Leistungen gezweifelt. Alle waren von dem Dokument und Lloyd Adams Vorstellung beeindruckt, aber von Bruno und Frank abgesehen, haben sie nichts durchblicken lassen.«

»Fangen wir mit Frank an«, schlug Tony vor.

»Erst so, dann so. Du kennst ihn ja. Aber er liebt Geld zu sehr, als daß er sich ein so gutes Angebot entgehen ließe.«

»Bist du sicher?«

»Es ist nicht nur das Geld«, erklärte sein Vater. »Frank muß an dem betreffenden Tag ja nicht dabei sein, nicht wahr? Er bekommt seinen Anteil, egal was passiert. Mir ist noch nie ein Anwalt untergekommen, der einen guten Frontoffizier abgäbe. Diese Kerle sind zu sehr daran gewöhnt, bezahlt zu werden, gleich, ob sie gewinnen oder verlieren.«

»Wenn du recht hast, könnte sich Al Calabrese als Problem erweisen. Er hat am meisten zu verlieren.«

»Als unser Gewerkschaftsführer wird er ganz sicher die meiste Zeit im Rampenlicht stehen, aber ich schätze, er wird der Herausforderung nicht widerstehen können.«

»Und was ist mit Bruno? Wenn...«, begann der Geschäftsführer, wurde jedoch unterbrochen, als die Tür aufschwang und Al Calabrese ins Arbeitszimmer trat. »Wir haben gerade von Ihnen gesprochen, Al.«

»Nicht zu höflich, hoffe ich.«

Tony blickte ihn offen an. »Nun, das hängt davon ab...«

»Ob ich mitmache?«

»Oder nicht«, fügte der Direktor hinzu.

»Ich stecke bis zum Hals drin, das ist die Antwort«, sagte Al lächelnd. »Also kann ich nur hoffen, daß Sie einen narrensicheren Plan haben.« Er wandte sich Tony zu. »Denn ich möchte nicht den Rest meines Lebens ganz oben auf der Liste der meistgesuchten Staatsfeinde der USA stehen.«

»Und die anderen?« fragte der Direktor, als Bruno an ihnen vorbeiging, ohne auch nur gute Nacht zu sagen.

10

Als das Telefon läutete, griff Hannah nervös nach dem Hörer. »Hier ist der Empfang, Madam. Wir möchten nur fragen, ob Sie bis Mittag ausziehen oder ob Sie das Zimmer noch eine Nacht benötigen?«

»Nein, danke«, antwortete Hannah, »ich werde das Zimmer auf jeden Fall bis zwölf Uhr verlassen.«

Zwei Minuten später läutete das Telefon erneut. Es war Oberst Kratz. »Mit wem haben Sie eben telefoniert?«

»Am Empfang wollte man wissen, wann das Zimmer frei wird.«

»Ich verstehe«, sagte Kratz, dann fügte er beiläufig hinzu: »Ihr Gepäck wurde wiedergefunden.«

Hannah legte auf und erhob sich. Sie spürte, wie Adrenalin durch ihren Körper schoß, als sie sich auf ihre erste echte Bewährungsprobe vorbereitete. Sie griff nach ihrer Reisetasche, verließ das Zimmer und drehte das Schild an der Klinke auf ›Bitte saubermachen‹.

Nachdem sie die Eingangshalle erreicht hatte, mußte sie nur ein paar Minuten auf den Hotelminibus warten, der von seiner Pendelfahrt vom Flughafen zurückkehrte. Während der kurzen Fahrt saß Hannah allein ganz hinten im Bus. Am Flughafen angekommen, ging sie anweisungsgemäß direkt zum Buchladen. Dort stöberte sie herum und staunte, wie viele amerikanische und britische Autoren die Libanesen offenbar lasen.

»Wissen Sie, wo ich Geld wechseln kann, Miss?« Hannah drehte sich um und sah einen lächelnden Geistlichen, der Arabisch mit leicht amerikanischem Akzent gesprochen hatte.

Hannah entschuldigte sich auf arabisch und bedauerte, daß sie nicht wußte, wo die Wechselstube war. Aber das Mädchen am Ticketschalter wisse es bestimmt, meinte sie.

Als sie sich wieder umdrehte, bemerkte sie, daß jemand neben ihr stand. Er nahm eine Ausgabe von *The Stand* aus dem Regal und stellte statt dessen ein kleines Päckchen hinein. »Viel Glück«, wisperte er und war verschwunden, ehe sie sein Gesicht gesehen hatte.

Hannah nahm das Päckchen aus dem Regal und schlenderte aus dem Laden. Sie hielt Ausschau nach dem Abfertigungsschalter für den Flug nach Paris und stellte fest, daß die längste Schlange davor stand.

Als sie an der Reihe war, bat Hannah um einen Nichtraucherplatz.

Das Mädchen hinter dem Schalter kontrollierte ihr Ticket, dann tippte sie auf die Tastatur ihres Computerterminals. Verwundert blickte sie auf. »Waren Sie mit Ihrem bisherigen Platz nicht zufrieden, Miss Saib?«

»O doch, er ist durchaus in Ordnung«, versicherte Hannah ihr und verwünschte sich für diesen dummen Fehler. »Entschuldigen Sie, das war wohl ein Mißverständnis.«

»Sie können in etwa fünfzehn Minuten auf Flugsteig 17 einsteigen«, sagte das Mädchen lächelnd.

Ein Herr, der vortäuschte, den Stephen-King-Roman zu lesen, den er eben gekauft hatte, beobachtete, wie das Flugzeug abhob. Nachdem er seine Anweisungen befolgt hatte, trat er in die nächste Telefonzelle und rief zuerst Paris, dann Oberst Kratz an, und sagte nur: »Der Vogel ist weg.«

Auch der Geistliche beobachtete, wie Miss Saib ins Flugzeug stieg, und tätigte ebenfalls einen Anruf, jedoch nicht nach Paris oder London, sondern bei Dexter Hutchins in Langley, Virginia.

Cavalli und sein Vater kehrten in das Sitzungszimmer zurück und setzten sich wieder auf ihre Plätze an den gegenüberliegenden Tischenden.

»Zu dumm mit Bruno.« Der Direktor befeuchtete sich die Lippen. »Jetzt müssen wir jemand anderen finden, der den Degen macht.«

Cavalli öffnete einen der sechs Hefter vor ihm. Es war der

mit der Aufschrift TRANSPORT. Er schob Al Calabrese eine Kopie zu.

»Fangen wir mit dem Wagenkorso für den Präsidenten an, Al. Ich werde mindestens vier Limousinen benötigen, sechs Polizisten auf Motorrädern, zwei oder drei Regierungswagen, zwei Wagen mit Überwachungskameras und einen Nahsicherungstrupp in einem schwarzen Chevrolet Suburbian – alle müssen selbst einem Adlerauge echt erscheinen. Außerdem brauche ich einen zusätzlichen Wagen, der wie immer die Medienfritzen des Weißen Hauses befördert – die Todeswache. Vergessen Sie nicht, daß die Wagenkolonne viel größere Aufmerksamkeit auf sich ziehen wird als letzte Woche, als wir die Sirenen erst im letzten Moment einschalten mußten und dann auch nur für ein paar Sekunden. Es sind wahrscheinlich Regierungsbeamte in der Menge, Leute, die sich auskennen. Oft sind es auch Kinder, die die einfachsten Fehler entdecken und ihre Eltern darauf aufmerksam machen.«

Al Calabrese schlug seinen Hefter auf und fand Dutzende von Fotografien der Wagenkolonnen des Präsidenten, die vom Weißen Haus zum Kapitol unterwegs waren. Die Fotografien hatten einen Anhang, der genauso viele Seiten mit Notizen umfaßte.

»Wie lange wird es dauern, bis Sie alles bereit haben?« fragte Cavalli.

»Drei Wochen, vielleicht vier. Ich kann ein paar große Wagen besorgen, die durchaus geeignet sind. Außerdem eine kugelsichere Limousine, die manchmal von der Regierung gemietet wird, wenn weniger bedeutende Staatschefs die Hauptstadt besuchen. Wenn ich mich recht erinnere, war das letzte Wappen, das wir an die Wagentür malen mußten, das von Uruguay – und der arme Kerl bekam den Präsidenten nicht einmal zu Gesicht. Es reichte gerade für fünfundzwanzig Minuten mit Warren Christopher.«

»Kommen wir zum schwierigeren Teil, Al. Ich brauche eine Eskorte von sechs Polizisten auf Motorrädern, die bis ins letzte Detail echt aussehen muß.«

Nach einer kurzen Pause sagte Al: »Das könnte länger dauern.«

»So viel Zeit haben wir nicht, Al. Ein Monat ist die oberste Grenze.«

»Das ist wirklich nicht so einfach, Tony. Ich kann ja schließlich keine Annonce aufgeben, daß ich Polizisten...«

»O doch, Al. Sie alle, meine Herren, werden gleich sehen, weshalb. Die meisten von Ihnen wundern sich vielleicht, weshalb Johnny Scasiatore uns mit seiner Anwesenheit beehrt. Wie Sie wissen, ist Johnny für seine Regiearbeit an dem Film *Der ehrliche Anwalt* für einen Oscar nominiert worden.« Cavalli fügte jedoch nicht hinzu, daß die Filmstudios sich nicht mehr so um Johnny rissen wie zuvor, seit die Polizei ihn mit einer Zwölfjährigen im Bett erwischt hatte.

»So langsam wundere ich mich selbst«, gestand Johnny.

Der Geschäftsführer lächelte. »Sie sind der Mann, der unseren Plan erst durchführbar macht. Denn Sie werden bei der gesamten Operation Regie führen.«

»Sie wollen die Unabhängigkeitserklärung stehlen und gleichzeitig einen Film daraus machen?« fragte Johnny ungläubig.

Cavalli wartete, bis das Gelächter, das daraufhin ausbrach, verstummte. »Natürlich nicht. Aber jeder, der sich an diesem Tag in Washington aufhält, wird glauben, daß Sie einen Film drehen. Nicht von uns, wie wir die Unabhängigkeitserklärung austauschen, sondern vom Präsidenten, der den Kongress besucht. Daß er auf dem Weg zum Kapitol einen Abstecher zum Nationalarchiv macht, brauchen die Leute nicht zu wissen.«

»Ich blicke nicht mehr ganz durch«, gestand Frank Piemonte, der Anwalt. »Können Sie Ihr Tempo ein wenig drosseln?«

»Aber ja, Frank, denn jetzt kommen Sie an die Reihe. Ich brauche eine Genehmigung der Stadt, an einem Tag in der letzten Maiwoche die Strecke zwischen dem Weißen Haus und dem Kongress eine Stunde lang abzuriegeln. Wenden Sie sich direkt an das Amt, das Genehmigungen für Film- und Fernsehaufnahmen erteilt.«

»Was soll ich für einen Grund angeben?« fragte Piemonte.

»Daß Johnny Scasiatore, der berühmte Regisseur, den Präsidenten der Vereinigten Staaten auf dem Weg zu einer Ansprache vor einer gemeinsamen Sitzung im Kongress filmen möchte.« Piemonte blickte skeptisch. »Clint Eastwood ist es voriges Jahr auch gelungen. Es gibt also keinen Grund, weshalb Sie es nicht schaffen sollten.«

»Dann spenden Sie am besten der Pensionskasse der Washingtoner Polizei gleich 250000 Dollar«, erklärte Piemonte. »Und die Frau Bürgermeister wird wahrscheinlich dieselbe Summe für ihren Wiederwahlfonds erwarten.«

»Sie können jeden in der Stadtverwaltung bestechen, wenn Sie es für nötig halten«, erwiderte Tony. »Außerdem möchte ich, daß Sie sich um jeden Stadtpolizisten auf unserer Lohnliste kümmern – sie alle sollen glauben, daß wir einen Film über den neuen Präsidenten drehen.«

»Haben Sie eine Ahnung, was so eine Sache voraussichtlich kosten wird?« fragte Johnny Scasiatore.

»Wenn ich mir das Budget für Ihren letzten Film ansehe und was uns diese Investition eingebracht hat, würde ich sagen, ja«, entgegnete Tony. »Ach, übrigens, Al«, fügte er hinzu und wandte sich wieder dem alten Transportgewerkschaftsführer zu, »sechzig Beamte der Stadtpolizei werden im April in den Ruhestand versetzt. Sie können so viele davon anheuern, wie Sie brauchen. Sagen Sic ihnen, es handle sich um eine Massenszene, und bezahlen Sie sie doppelt.« Al Calabrese machte sich eine Notiz im Hefter.

»Also, der Schlüssel zum Erfolg der Operation«, fuhr Tony fort, »ist der halbe Block von der Kreuzung Siebte Straße und Pennsylvania Avenue zum Lieferanteneingang des Nationalarchivs.« Er breitete einen großen Stadtplan von Washington aus, schob ihn in Tischmitte und fuhr mit dem Finger die Constitution Avenue entlang. »Sobald sie aus dem Blickfeld Ihrer Kameras verschwinden, Johnny, wird es ernst.«

»Aber wie kommen wir ins Archiv rein und wieder heraus?«

»Das ist nicht mehr Ihr Problem, Johnny. Ihr Beitrag ist geleistet, sobald die sechs Motorräder und die Wagenkolonne nach rechts auf die Siebte Straße abgebogen sind. Von da ab ist es Ginos Job.«

Bis zu diesem Moment hatte Gino Sartori, ein ehemaliger Marineinfanterist, der zum Boß der besten Schutzgeld- und Erpressergang der West Side aufgestiegen war, keinen Ton gesagt. Zu oft hatte sein Anwalt ihm geraten: »Reden Sie nur, wenn ich es Ihnen sage.« Da sein Anwalt nicht zugegen war, hatte er den Rat befolgt und den Mund gehalten.

»Gino, Sie werden mich mit den schwereren Geschützen versorgen. Ich brauche acht Geheimdienstleute, die den Nahsicherungstrupp bilden sollen, am besten von der CIA geschulte Männer. Ich beabsichtige, nur etwa zwanzig Minuten im Gebäude zu sein, aber jede Sekunde erfordert größte Wachsamkeit und Alarmbereitschaft. Debbie wird weiter die Sekretärin spielen, und Angelo wird Marineuniform tragen und einen schwarzen Dokumentenkoffer. Ich spiele den Sonderberater des Präsidenten und Dollar Bill seinen Arzt.«

Sein Vater blickte stirnrunzelnd auf. »Ihr werdet mit im Gebäude sein, während die Unabhängigkeitserklärung ausgetauscht wird?«

»Ja«, antwortete Tony fest. »Ich bin der einzige, der jede Einzelheit des Plans kennt, und ich hab' weiß Gott nicht vor, dabei vom Bürgersteig aus zuzusehen.«

»Eine Frage«, warf Gino nun ein, »falls – und ich kann wirklich nur sagen: falls – ich die zwanzig Leute oder so zusammenkriege, die Sie brauchen, verraten Sie mir doch eins: Werden die einfach die Tür für uns öffnen, wenn wir vor dem Nationalarchiv ankommen, uns reinbitten und uns das Ding übergeben?«

»So ähnlich«, erwiderte Cavalli. »Mein Vater hat mir beigebracht, daß der erfolgreiche Abschluß eines Unternehmens immer von der Vorbereitung abhängt. Ich habe noch eine Überraschung für Sie.« Wieder hatte er die ungeteilte Aufmerksamkeit der Anwesenden. »Wir haben unseren eigenen Sonderberater des Präsidenten im Weißen Haus. Er heißt Rex Butterworth und wurde vom Außenhandelsministerium für sechs Monate dorthin überstellt. Er kehrt in seinen alten Job zurück, sobald der Clinton-Kandidat seine Verpflichtungen in Little Rock erfüllt hat und sich dem Stab des Präsidenten anschließen kann. Das ist ein weiterer Grund, weshalb wir die Sache im Mai durchziehen müssen.«

»Gutes Timing«, meinte Frank.

»Zufall«, entgegnete Cavalli. »Der Präsident hat zur Zeit sechsundvierzig Sonderberater, und als Clinton sein Interesse am Außenhandel äußerte, hat Butterworth sich sofort für diese Stellung gemeldet. Er hat in den letzten Jahren einige Auslandsverträge für uns eingefädelt, aber ein Ding von dieser Größenordnung hat er für uns noch nicht gedreht. Aus naheliegenden Gründen wird es auch sein letzter Einsatz sein müssen.«

»Können wir ihm trauen?« erkundigte sich Frank.

»Er ist seit fünfzehn Jahren auf unserer Lohnliste, und seine dritte Frau kommt ihn ziemlich teuer.«

»Zeigen Sie mir eine, die billig kommt«, brummte Al.

»Butterworth hat nur auf einen großen Zahltag gewartet, der ihn aus dem Schlamassel befreit. Den erwartet er sich von diesem Auftrag. Damit komme ich zu Ihnen, Mr. Vicente, als engem Freund meines Vaters und Besitzer eines der größten Frachtunternehmen in Manhattan.«

»Frachtunternehmen? Na ja, so kann man wohl sagen«, erwiderte der ältere Herr, der rechts neben dem Direktor saß, wie es ihm als seinem ältesten Freund zustand.

Tony lächelte. »Ich weiß, daß Ihre Geschäfte auch eine... inoffizielle Seite haben. Sobald wir die Unabhängigkeitserklärung haben, muß sie ein paar Tage versteckt und dann ins Ausland geschmuggelt werden.«

»Solange niemand weiß, daß sie ausgetauscht wurde und ich rechtzeitig erfahre, wohin sie geliefert werden soll, dürfte es da keine Schwierigkeiten geben.«

»Sie kriegen eine Woche«, versprach Tony.

»Zwei sind mir lieber.« Vicente zog eine Braue hoch.

»Nein, Nick, Sie erfahren es eine Woche vorher«, wiederholte der Geschäftsführer.

»Können Sie mir wenigstens einen Hinweis geben, wie weit ich das Ding fortschaffen muß?« Vicente blätterte in dem Hefter, den Tony ihm zugeschoben hatte.

»Ein paar tausend Kilometer. Und so weit es Sie betrifft, ist es eine Nachnahmesendung. Das heißt, wenn Sie nicht liefern, bekommt niemand von uns Geld.«

»Ist klar. Aber ich muß trotzdem wissen, wie der Wisch transportiert werden soll. Muß das Ding die ganze Zeit zwischen zwei Glasscheiben stecken?«

»Das weiß ich selbst noch nicht«, antwortete Tony, »aber ich hoffe, daß wir das Dokument zusammenrollen und in einem zylindrischen Behälter unterbringen können. Ich habe bereits einen Spezialanfertigung in Auftrag gegeben.«

»Erklärt das, weshalb ich mehrere Blatt leeres Papier in meiner Mappe habe?« fragte Nick.

»Ja«, antwortete Tony, »nur daß diese Bogen kein Papier sind, sondern Pergament. Jeder mißt 75,5 mal 61,6 Zentimeter, die exakte Größe der Unabhängigkeitserklärung.«

»Dann bleibt mir nur noch zu hoffen, daß nicht sämtliche Zollbeamten und Angehörigen der Küstenwache danach suchen werden.«

»Ich möchte aber, daß Sie von der Voraussetzung ausgehen, daß die ganze Welt danach sucht«, entgegnete Tony. »Sie bekommen nicht soviel Geld für einen Job, den ich durch einen Anruf bei Federal Express selbst erledigen könnte.«

»Ich hab' mir schon gedacht, daß Sie so was Ähnliches sagen würden.« Nick lächelte. »Na ja, ich hatte das gleiche Problem, als Sie den Vermeer aus Russborough klauen ließen. Der irische Zoll ist noch immer nicht dahintergekommen, wie ich das Bild aus dem Land geschafft hab'.«

Tony lächelte. »Jetzt weiß also jeder von uns, was von ihm erwartet wird. Ich schlage vor, daß wir uns von nun an mindestens zweimal die Woche treffen sollten. Sagen wir, jeden Sonntag um fünfzehn und jeden Donnerstag um achtzehn Uhr. Wir müssen sichergehen, daß jeder den Zeitplan einhält. Wenn nur einer nachhinkt, kommt das ganze Unternehmen zum Erliegen.« Tony blickte auf und sah, daß alle nickten.

Es faszinierte Cavalli immer wieder, daß organisiertes Verbrechen ebenso effizient gemanagt werden mußte wie jede legale

Gesellschaft, wenn sie Gewinn abwerfen sollte. »Also dann bis Donnerstag achtzehn Uhr, okay?«

Wieder nickten alle und kritzelten in ihre Terminkalender.

»Meine Herren, Sie dürfen nun das zweite Ihrer Kuverts öffnen.«

Wieder rissen die Männer ihre Umschläge auf und jeder zog ein dickes Bündel Tausenddollarnoten heraus.

Der Anwalt begann seine Scheine zu zählen.

»Ihre Anzahlung«, erklärte Tony. »Spesen werden am Ende jeder Woche bezahlt. Sorgen Sie für Quittungen, wann immer es möglich ist. Und Johnny«, Tony wandte sich dem Regisseur zu, »wir finanzieren hier nicht *Heaven's Gate.*« Scasiatore lächelte.

»Vielen Dank, meine Herren.« Tony erhob sich. »Dann auf Wiedersehen am Donnerstag.«

Die fünf Besucher standen ebenfalls auf und schüttelten, ehe sie gingen, Tonys Vater die Hand. Tony begleitete sie zu ihren Wagen. Als auch der letzte weggefahren war, kehrte er ins Haus zurück und fand seinen Vater im Arbeitszimmer mit einem Glas Whisky in der Hand vor der perfekten Kopie der Unabhängigkeitserklärung, die Dollar Bill hatte vernichten wollen.

11

»Calder Marshall, bitte.«

»Bedaure, der Archivar ist gerade in einer Sitzung. Darf ich nach Ihrem Namen fragen?«

»Ich bin Rex Butterworth, Sonderberater des Präsidenten. Vielleicht wäre der Archivar so freundlich, mich zurückzurufen, wenn er Zeit hat. Ich bin im Weißen Haus zu erreichen.«

Rex Butterworth legte auf. Er wartete nicht darauf zu hören, was normalerweise geschah, wenn der Angerufene erfuhr, daß der Anruf aus dem Weißen Haus kam: »Oh, ich bin sicher, daß ich ihn unterbrechen darf, Mr. Butterworth. Würden Sie bitte so liebenswürdig sein, eine Sekunde am Apparat zu bleiben?«

Doch das war nicht, was Butterworth in diesem Fall wünschte. Nein, der Sonderberater wollte unbedingt, daß Calder Marshall ihn persönlich zurückrief, denn wenn er erst einmal von der Telefonzentrale im Weißen Haus verbunden worden war, würde Marshall am Haken zappeln. Butterworth war natürlich klar, daß die Telefonistinnen seinen Namen möglicherweise gar nicht kannten, er war ja schließlich nur einer von sechsundvierzig Sonderberatern des Präsidenten und obendrein lediglich auf befristete Zeit. Ein kurzer Besuch in dem kleinen Raum, in dem die Telefonistinnen des Weißen Hauses an der Zentrale saßen, hatte dieses Problem gelöst.

Er trommelte mit den Fingerspitzen auf seinen Schreibtisch und blickte zufrieden auf die Akte vor sich. Einer der zwei Terminplaner des Präsidenten hatte ihm die benötigte Information besorgt. In der Akte stand, daß der Archivar jeden der drei letzten Präsidenten – Bush, Reagan und Carter – eingeladen hatte, das Nationalarchiv zu besuchen, aber aufgrund ›unaufschiebbarer Verpflichtungen‹ hatte keiner von ihnen die Zeit dafür finden können.

Butterworth wußte sehr wohl, daß der Präsident im Durchschnitt jede Woche siebzehnhundert Gesuche erhielt, an der einen oder anderen Festivität teilzunehmen. Auf sein letztes Schreiben vom 22. Januar 1993 hatte Mr. Marshall die Antwort bekommen, daß der Präsident bedauere, seiner freundlichen Einladung zur Zeit nicht nachkommen zu können, Mr. Clinton hoffe jedoch, recht bald Gelegenheit zu haben, auf das freundliche Angebot zurückzukommen – die übliche Antwort auf etwa eintausendsechshundertneunundneunzig ähnlicher Gesuche.

Aber jetzt sollte Mr. Marshall seinen Wunsch erfüllt bekommen. Butterworth trommelte weiter auf seinen Schreibtisch und fragte sich, wie lange es dauern würde, bis Marshall zurückrief. Weniger als zwei Minuten, schätzte er. Er gestattete sich, seine Gedanken zu den Ereignissen der vergangenen Woche zurückschweifen zu lassen.

Als Cavalli ihm die Idee unterbreitete, hatte er lauter gelacht als irgendeiner der Männer, die um den Tisch in der Fünfundsiebzigsten Straße gesessen hatten. Doch nachdem er das Pergament über eine Stunde lang studiert und den absichtlichen Fehler immer noch nicht hatte entdecken können und nachdem er dann auch noch mit Lloyd Adams bekannt gemacht worden war, hatte Butterworth – genau wie die anderen Skeptiker – begonnen, den Erfolg des Unternehmens für möglich zu halten.

In der Nacht, nachdem Cavalli ihm diesen Vorschlag gemacht hatte, dachte er im Bett lange darüber nach und kam zu dem Schluß, daß Cavalli den nächsten Schritt gar nicht ohne ihn machen konnte. Aber, was ihn viel mehr beschäftigte: Seine Rolle bei dieser Täuschung würde wahrscheinlich bereits Minuten nach Entdeckung des Diebstahls offensichtlich werden, was leicht dazu führen könnte, daß er den Rest seines Lebens hinter Gittern verbrachte. Diese Möglichkeit mußte er gegen die Tatsache abwiegen, daß er bereits siebenundfünfzig war, nur noch drei Jahre bis zu seiner Pensionierung hatte und daß seine dritte Frau eine Scheidung wollte, die er sich nicht leisten konnte. Butterworth träumte nicht mehr davon, noch höher aufzusteigen. Er versuchte sich damit abzufinden, daß er den Rest seines

Lebens vermutlich allein verbringen würde, und das mit einer mageren Regierungspension.

Auch Cavalli wußte dies alles, und als er Butterworth für seine Unterstützung eine Million Dollar bot – hunderttausend an dem Tag, da er sich einverstanden erklärte, und die übrigen neunhunderttausend noch an dem Tag, an dem der Austausch stattfand, sowie einen Flugschein in ein Land seiner Wahl, war Butterworth bereits ziemlich sicher, daß er mitmachen würde.

Den endgültigen Ausschlag gab Maria.

Bei einer Handelskonferenz in Brasilien im vergangenen Jahr hatte Butterworth ein einheimisches Mädchen kennengelernt, das ihm die meisten seiner Fragen tagsüber beantwortet hatte, den Rest während der Nacht. Er hatte Maria gleich am Morgen angerufen, nachdem Cavalli mit seinem Vorschlag an ihn herangetreten war. Maria schien sich sehr zu freuen, von ihm zu hören, und ihre Freude wuchs offenbar, als sie erfuhr, daß er beabsichtigte, den Regierungsdienst zu quittieren und sich irgendwo im Ausland niederzulassen, da er ein ›ansehnliches Vermögen‹ geerbt hatte.

Der Sonderberater des Präsidenten schloß sich am nächsten Tag Cavallis Team an.

Bereits am Ende der Woche hatte er fast die gesamten hunderttausend Dollar ausgegeben – für die Begleichung von Schulden und die ausstehenden Unterhaltszahlungen für seine ersten beiden Frauen. Mit den wenigen Tausend, die ihm geblieben waren, konnte er gar nichts anderes tun, als seinen Teil des Planes auszuführen. Er dachte nicht einen Moment daran, es sich noch mal anders zu überlegen, denn ihm war klar, daß er den Vorschuß nie zurückzahlen könnte. Er hatte nicht vergessen, daß sein Vorgänger auf Cavallis Lohnliste nur einmal versäumt hatte, eine viel kleinere Summe zurückzubezahlen, nachdem er gewisse Versprechen gegeben hatte. Dieses eine Mal hatte genügt. Cavallis Vater hatte den Mann unter dem World Trade Center begraben lassen, nachdem er den zugesagten Bauauftrag für eben dieses Gebäude nicht hatte beschaffen können. Butterworth wollte ein derartiges Ende unter allen Umständen vermeiden.

Im Lauf der Jahre hatte Butterworth der Familie Cavalli gute Dienste geleistet. Er hatte kurzfristige Besprechungen mit Politikern arrangiert; hatte den richtigen Leuten in Washington die richtigen Worte zugeflüstert, hatte die Cavallis mit Insiderinformation versorgt. Dadurch war sein Einkommen in Höhen geschnellt, die der hohen Meinung entsprachen, welche Butterworth von sich selbst hatte.

Das Telefon auf Butterworth' Schreibtisch läutete wie vorhergesehen, noch ehe zwei Minuten verstrichen waren, aber er ließ es ein paarmal klingen, ehe er zum Hörer griff. Die Sekretärin, die ihm zur Verfügung gestellt worden war, meldete, daß ihn ein Mr. Marshall sprechen wolle, und fragte, ob sie durchstellen solle.

»Ja, danke, Miss Daniels.«

»Mr. Butterworth?« fragte der Anrufer.

»Am Apparat.«

»Hier spricht Calder Marshall vom Nationalarchiv. Ein Mitarbeiter sagte mir, daß Sie mich angerufen haben, als ich in einer Sitzung war. Tut mir leid, daß Sie mich nicht erreicht haben.«

»Schon gut, Mr. Marshall. Ich wollte mich nur erkundigen, ob Sie vielleicht ins Weiße Haus kommen könnten. Ich würde gern eine vertrauliche Angelegenheit mit Ihnen besprechen.«

»Natürlich, Mr. Butterworth! Welche Zeit wäre Ihnen recht?«

»Ich stecke diese Woche bis zum Hals in Arbeit«, behauptete Butterworth, während er auf die leeren Seiten seines Terminkalenders blickte. »Aber der Präsident ist Anfang nächster Woche nicht im Haus. Vielleicht könnten wir für dann einen Termin festlegen.«

Eine Pause setzte ein, während der Marshall, wie Butterworth annahm, seinen Terminkalender konsultierte. »Würde Ihnen Dienstag um zehn Uhr passen?« fragte der Archivar schließlich.

»Lassen Sie mich rasch in meinem anderen Terminplan nachsehen«, sagte Butterworth und starrte ins Leere. »Ja, das ließe sich einrichten. Ich habe zwar einen Termin um halb elf, aber bis dahin dürften wir alles durchgegangen sein, was ich mit Ihnen besprechen möchte. Vielleicht wären Sie so freundlich, den Eingang des Gebäudes an der Pennsylvania Avenue zu benutzen. Ich werde Sie dort von jemandem abholen lassen, der Sie in mein Büro bringt, nachdem Sie die Sicherheitskontrolle hinter sich haben.«

»Der Eingang an der Pennsylvania Avenue«, wiederholte Marshall. »Ja, natürlich.«

»Danke, Mr. Marshall. Ich freue mich, Sie am nächsten Dienstag um zehn Uhr zu sehen.« Damit legte Butterworth auf.

Der Sonderberater des Präsidenten lächelte, als er Cavallis Privatnummer wählte.

Scott versprach Dexter Hutchins, daß er da sein würde, wenn Dexters Sohn für sein Aufnahmegespräch nach Yale kam.

»Er gestattet mir mitzukommen«, sagte Dexter. »Das gibt mir die Gelegenheit, Sie über unser kleines Israeliproblem auf den neuesten Stand zu bringen. Und vielleicht habe ich sogar etwas, das Sie reizen könnte.«

»Dexter, wenn Sie hoffen, daß ich als Gegenleistung für einen Einsatz die Aufnahme Ihres Sohnes ermöglichen kann, sage ich Ihnen lieber gleich, daß ich absolut keinen Einfluß auf die Entscheidungen des Rektorats habe.« Dexters Lachen knisterte durch die Leitung. »Aber natürlich werde ich Sie beide gern herumführen und Ihrem Jungen helfen, soweit ich es kann.«

Dexter Junior hätte seinem Vater kaum ähnlicher sehen können: Er war etwa eins fünfundsiebzig, stämmig, hatte starken Bartwuchs und die Angewohnheit, alles, was sich bewegte, »Sir« zu nennen. Als er sich nach einem einstündigen Spaziergang über den Campus zu seinem Gespräch im Rektorat begab, nahm der Professor für Verfassungsrecht den Stellvertretenden Direktor der CIA mit in sein Büro.

Noch ehe die Tür geschlossen war, hatte Dexter sich eine Zigarre angezündet. Nach ein paar Zügen fragte er: »Was sagt Ihnen die verschlüsselte Nachricht unseres Agenten in Beirut?«

»Soviel, daß jeder, der zum Geheimdienst geht, irgendeinen ungewöhnlichen persönlichen Grund dafür hat. Bei mir sind es mein Vater und meine Pfadfinderentschlossenheit, die moralische Bilanz auszugleichen. In Hannah Kopecs Fall hat Saddam Hussein ihre Familie ausgelöscht, und sie hat sich sofort dem Mossad zur Verfügung gestellt. Das ist eine explosive Motivation. Ich würde ihr nicht über den Weg laufen wollen.«

»Aber genau das ist es, was ich mir von Ihnen erhoffe«, entgegnete Dexter. »Sie sagen immer, Sie möchten sich im Einsatz bewähren. Nun, das könnte Ihre Chance sein.«

»Höre ich richtig?«

»Das Wintersemester ist doch in kürze zu Ende, oder?«

»Ja. Aber das bedeutet nicht, daß ich nicht genug zu tun habe.«

»Oh, ich verstehe. Zwölfmal im Jahr ein zufriedener Amateur, wenn es Ihnen paßt. Aber in dem Moment, wo Sie sich vielleicht die Hände schmutzig machen...«

»Das habe ich nicht gesagt.«

»Also, dann hören Sie mir mal gut zu. Erstens wissen wir, daß Hannah Kopec eins von acht Mädchen war, das von hundert ausgewählt und für einen sechsmonatigen Arabischlehrgang nach London geschickt wurden. Und zwar nach einer intensiven einjährigen Grundausbildung in Herzliyah, wo die Anwärter die übliche Selbstverteidigung, Feldeinsatz- und Überwachungsarbeit lernen. Ihre Bewertung war ausgezeichnet. Zweitens haben wir ein Gespräch mit der Frau ihres Betreuers in Sainsburys in Camden Town geführt, wo immer zum Teufel das ist. Ergebnis: Hannah Kopec hat ganz plötzlich ihr Zimmer gekündigt, obwohl sie mit ziemlicher Sicherheit als Mitglied des Trupps, der für das Attentat auf Saddam bestimmt ist, nach Israel zurückkehren sollte. Da haben wir sie aus den Augen verloren. Und dann tritt einer dieser Glücksfälle ein, zu denen gute Ermittlungsarbeit manchmal führt. Einer unserer Agenten, der in Heathrow arbeitet, sieht sie im Duty-Free-Shop, wo sie billiges Parfüm kauft.

Nachdem Kopec an Bord der Maschine mit Flugziel Libanon gegangen ist, ruft der Agent unseren Mann in Beirut an, der sie vom Augenblick ihrer Ankunft an beschattet. Was gar nicht so einfach war, wie ich hinzufügen möchte. Wir haben sie mehrere Stunden lang aus den Augen verloren. Und dann taucht sie plötzlich wie aus dem Nichts wieder auf, diesmal als Karima Saib, von der Bagdad glaubt, sie sei unterwegs nach Paris als zweite Sekretärin des Botschafters. Inzwischen wurde die echte Miss Saib am Beiruter Flughafen entführt und wird jetzt in einem Haus irgendwo jenseits der Grenze am Stadtrand von Tel Aviv festgehalten.«

»Worauf wollen Sie hinaus, Dexter?«

»Geduld, Professor.« Der CIA-Mann zündete sich seine Zigarre wieder an, die seit mehreren Minuten erloschen war. »Nicht alle sind mit Ihrem akademischen Scharfsinn gesegnet.«

»Machen Sie weiter«, bat Scott lächelnd, »denn mein akademischer Scharfsinn wurde noch nicht beansprucht.«

»Jetzt komme ich zu dem Teil, der Ihnen gefallen wird. Hannah Kopec wurde nicht in die irakische Interessenvertretung der jordanischen Botschaft in Paris eingeschleust, um zu spionieren.«

»Warum dann überhaupt die ganze Mühe, sie dort unterzubringen? Und wie können Sie dessen so sicher sein?« fragte Scott.

»Weil der Mossad-Agent in Paris – nun, wie soll ich es bezeichnen – so nebenbei auch ein bißchen für uns arbeitet, und er wußte überhaupt nichts von ihr.«

Scott runzelte die Stirn. »Aber weshalb wurde das Mädchen dann in der Botschaft untergebracht?«

»Das wissen wir nicht, aber wir würden es verdammt gern herausfinden. Wir glauben, daß Rabin den Startschuß zum Attentat auf Saddam nicht geben kann, solange die Kopec noch in Frankreich ist. Wir müssen deshalb wenigstens herauskriegen, wann sie in Israel zurückerwartet wird. Und da kommen Sie ins Spiel.«

»Aber Sie haben doch bestimmt schon jemanden in Paris.«

»Sogar mehrere Agenten, aber der Mossad kennt jeden schon aus hundert Meter Entfernung und die Iraker aus zehn, wie ich annehme. Also, wenn Hannah Kopec in Paris ist, ohne daß der Mossad-Mann etwas davon weiß, möchte ich, daß Sie sich in Paris aufhalten, ohne daß unsere Leute es wissen. Das heißt, falls Sie sich so lange von Susan Anderson losreißen können.«

»Sie hat sich an dem Tag, als ihr Freund von seiner Konferenz zurückkehrte, von mir losgerissen. Ich weiß nicht, woran es liegt, daß ich kein Glück bei Frauen habe. Sie hat mich vergangene Woche angerufen, um mir zu sagen, daß sie nächsten Monat heiratet.«

»Ein Grund mehr für Sie, nach Paris zu reisen.«

»Sieht mir nicht sehr erfolgversprechend aus.«

»Wer weiß. Jedenfalls möchte ich ungern auf der Titelseite der *New York Times* von einem weiteren brillanten Coup der Israeli lesen und dem Präsidenten dann erklären müssen, weshalb die CIA nichts davon wußte.«

»Aber wo soll ich überhaupt ansetzen?«

»Wenn sich eine günstige Gelegenheit bietet, versuchen Sie Verbindung mit Kopec aufzunehmen. Sagen Sie ihr, Sie seien der Mossad-Mann in Paris.«

»Das würde sie doch nie glauben...«

»Warum nicht? Sie weiß ja nicht, wer der Agent ist, nur daß es einen gibt. Scott, ich muß wissen...«

Die Tür schwang auf, und Dexter Junior kam herein.

»Wie ist es gelaufen?« fragte sein Vater. Der junge Mann ging durchs Zimmer und ließ sich wortlos in einen Sessel fallen.

»So schlimm, Sohn?«

»Mr. Marshall, wie schön, Sie kennenzulernen.« Butterworth reichte dem Archivar der Vereinigten Staaten die Hand.

»Ich freue mich, Sie kennenzulernen, Mr. Butterworth«, versicherte Calder Marshall ihm nervös.

»Freut mich, daß Sie sich die Zeit nehmen konnten, rüberzukommen. Bitte setzen Sie sich doch«, forderte Butterworth ihn auf.

Butterworth hatte das Rooseveltzimmer im Westflügel für ihre Besprechung gebucht. Es hatte ihn viel Mühe gekostet, eine besonders pflichtbewußte Sekretärin zu überreden, die Mr. Butterworth' Position nur zu gut kannte. Widerstrebend erklärte sie sich schließlich einverstanden, ihm das Zimmer für eine halbe Stunde zu überlassen, aber nur, weil sein Besucher der Archivar der Vereinigten Staaten war. Auch seine zweite Bitte erfüllte sie ihm, da der Präsident an diesem Tag auswärts sein würde. Der Sonderberater hatte sich ans Kopfende eines Tisches für üblicherweise vierundzwanzig Personen gesetzt und bedeutete Mr. Marshall nun, rechts von ihm Platz zu nehmen, gegenüber Tade Stykals Bild *Theodore Roosevelt im Sattel*.

Butterworth schätzte den Archivar auf knapp über eins achtzig, und er war so dünn, wie die meisten halb so alten Frauen gern wären. Von einem Halbkranz grauer Haarbüschel abgesehen war er nahezu kahl. Er trug einen schlecht sitzenden Anzug, der aussah, als würde er gewöhnlich nur an Sonntagen aus dem Schrank genommen. Aus seiner Akte wußte Butterworth, daß der Archivar jünger war als er, aber selbstgefällig dachte er, daß niemand das glauben würde, wenn man sie nebeneinander sähe.

Er muß schon im mittleren Alter geboren worden sein, dachte der Sonderberater, aber seine Meinung über den Verstand des Mannes war alles andere als abfällig. Nach einem Abschluß *magna cum laude* von der Duke-Universität hatte Marshall ein Buch über die Geschichte der Verfassungsurkunde geschrieben, das mittlerweile als Pflichtlektüre für jeden Studenten der amerikanischen Geschichte betrachtet wurde. Es hatte ihm ein kleines Vermögen eingebracht – was man aus seiner Kleidung jedoch nicht geschlossen hätte, dachte Butterworth.

Vor sich auf dem Tisch hatte er einen Ordner liegen, der den Stempel ›Vertraulich‹ trug, und darüber stand in fetten Lettern CALDER MARSHALL. Obwohl der Archivar eine dicke Hornbrille trug, war Butterworth überzeugt, daß er das nicht übersehen konnte.

Der Sonderberater machte eine Pause, ehe er mit einer Rede begann, die er ebenso sorgfältig vorbereitet hatte wie der Präsident seine Antrittsrede. Marshall hatte die Finger verschränkt und wartete ungeduldig, daß Butterworth fortfuhr.

»Während der vergangenen sechzehn Jahre«, begann der Sonderberater, »reichten Sie mehrere Gesuche um einen Besuch des Präsidenten im Nationalarchiv ein.« Butterworth freute sich, als er bemerkte, daß Marshall hoffnungsvoll aufblickte. »Und wissen Sie was? Unser neuer Präsident möchte Ihre Einladung annehmen.« Mr. Marshalls Lächeln verstärkte sich. »Präsident Clinton bat mich während unseres letzten wöchentlichen Meetings, Ihnen privat etwas auszurichten. Er hofft, Sie werden verstehen, daß es streng vertraulich bleiben muß.«

»Streng vertraulich. Natürlich.«

»Der Präsident ist überzeugt, daß er sich auf Ihre Diskretion verlassen kann, Mr. Marshall. Ich glaube, ich kann Ihnen deshalb mitteilen, daß wir versuchen, während der letzten Woche dieses Monats ein wenig Zeit frei zu halten, damit der Präsident Ihr Archiv besuchen kann, doch bis jetzt ist es noch nicht offiziell eingeplant.«

»Noch nicht offiziell eingeplant. Natürlich.«

»Präsident Clinton möchte, daß es ein rein privater Besuch wird, von dem Öffentlichkeit und Presse ausgeschlossen sind.«

»Öffentlichkeit und Presse ausgeschlossen. Natürlich.«

»Nach dem Anschlag im World Trade Center kann man nicht vorsichtig genug sein.«

»Kann man nicht vorsichtig genug sein. Natürlich.«

»Und ich wäre Ihnen verbunden, wenn Sie auch Ihren engsten Mitarbeitern gegenüber nichts von diesem Besuch verlauten ließen, bis wir einen Termin festsetzen konnten. Von solchen Dingen sickert gern etwas durch, und dann müßten wir den Besuch möglicherweise aus Sicherheitsgründen abblasen.«

»Abblasen. Natürlich. Aber wenn es sich um einen privaten Besuch handelt – gibt es vielleicht etwas Spezielles, das der Präsident sehen möchte? Oder sollen wir uns nur auf die übliche Führung vorbereiten?«

»Ich bin froh, daß Sie diese Frage stellen«, erwiderte Mr. Butterworth und öffnete den Ordner vor ihm. »Der Präsident hat nur eine besondere Bitte, alles andere überläßt er Ihnen.«

»Überläßt er mir. Natürlich.«

»Er möchte die Unabhängigkeitserklärung sehen.«

»Die Unabhängigkeitserklärung. Kein Problem.«

»Das ist nicht die ganze Bitte«, sagte Butterworth.

»Nicht die ganze Bitte?«

»Nein. Der Präsident möchte die Erklärung sehen. Aber nicht so, wie er sie als Student von Georgetown zu Gesicht bekam, unter einer dicken Glasscheibe. Er würde es begrüßen, wenn der Rahmen entfernt werden könnte, damit er das Pergament selbst studieren kann. Er würde sich sehr freuen, falls Sie ihm diese Bitte, wenngleich nur für wenige Augenblicke, erfüllen könnten.«

Diesmal sagte der Archivar nicht sofort: »Natürlich«; statt dessen: »Äußerst ungewöhnlich.« Dann fügte er hinzu: »Würde sich freuen, falls ich ihm diese Bitte, wenngleich nur für wenige Augenblicke, erfüllen könnte.« Erst nach längerer Pause fuhr er fort: »Ich bin sicher, daß sich das machen läßt. Natürlich.«

»Danke«, sagte Mr. Butterworth und bemühte sich, nicht zu erleichtert zu klingen. »Ich bin überzeugt, daß der Präsident das zu würdigen weiß. Und wenn ich Sie noch einmal erinnern darf: zu niemandem ein Wort, bis das Datum feststeht.«

Butterworth erhob sich und warf einen Blick auf die Standuhr an der hinteren Wand. Die Besprechung hatte zweiundzwanzig Minuten gedauert. Er würde das Konferenzzimmer verlassen haben, ehe die pflichtbewußte Sekretärin ihn hinauswarf.

Der Sonderberater des Präsidenten geleitete seinen Gast zur Tür.

»Der Präsident meinte, falls Sie gern das Ovale Zimmer sehen möchten, wenn Sie schon mal hier sind, soll ich es Ihnen zeigen.«

»Das Ovale Zimmer? Natürlich, natürlich!«

12

Man hatte Hamid Al Obaydi nackt mitten im Zimmer stehenlassen. Nachdem zwei der vier Wächter ihm die Kleider weggenommen hatten, durchsuchten die beiden anderen sie minuziös nach irgend etwas, was das Leben ihres Präsidenten gefährden könnte.

Auf ein Kopfnicken des offenbar ranghöchsten Wächters öffnete sich eine Seitentür, und ein Arzt betrat das Zimmer, gefolgt von einem Sanitäter, der mit einer Hand einen Stuhl trug und in der anderen einen Gummihandschuh hielt. Er stellte den Stuhl hinter Al Obaydi ab, und der Arzt forderte ihn auf, sich zu setzen. Al Obaydi tat es. Der Arzt untersuchte seine Nägel und Ohren, ehe er ihn aufforderte, den Mund weit zu öffnen. Dann klopfte er mit einem Spatel auf jeden Zahn. Schließlich schob er ihm eine Klammer zwischen die Kiefer, die den Mund weit offenhielt, und untersuchte gründlich jede Plombe, jeden Zahnzwischenraum. Als er nichts Verdächtiges gefunden hatte, entfernte er die Klammer wieder. Danach ersuchte er Al Obaydi aufzustehen, sich umzudrehen, die Beine zu spreizen, ohne die Knie zu biegen und sich vorzubeugen, bis seine Hände den Stuhlsitz berührten. Al Obaydi hörte, wie der Arzt den Gummihandschuh über die Rechte zog, und spürte einen plötzlichen scharfen Schmerz, als zwei Finger in sein Rektum gestoßen wurden. Unwillkürlich schrie er auf, und die Wachen ihm gegenüber fingen zu lachen an. Die Finger wurden ebenso abrupt herausgezogen, und der scharfe Schmerz durchzuckte ihn noch einmal.

»Danke«, sagte der Arzt, als habe er lediglich Al Obaydis Temperatur bei einer leichten Erkältung gemessen. »Sie dürfen sich wieder anziehen.« Al Obaydi bückte sich, um seine Hose aufzuheben, während der Arzt mit dem Sanitäter das Zimmer verließ.

Beim Anziehen fragte sich Al Obaydi, ob jedes Mitglied des Sicherheitsrats jedesmal der gleichen demütigenden Prozedur unterzogen wurde, wenn Saddam eine Sitzung des Revolutionären Kommandorats einberief.

Die Order, nach Bagdad zurückzukehren, um Sayedi auf den neuesten Stand zu bringen, wie sein Vorgesetzter bei der UNO es genannt hatte, machte Al Obaydi ziemlich angst, obwohl er nach seinem erst kürzlichen Treffen mit Cavalli überzeugt war, daß er die Antworten auf alle Fragen hatte, die ihm der Präsident möglicherweise stellen würde.

Nachdem Al Obaydi Bagdad nach einer schier endlosen Reise durch Jordanien erreicht hatte – Direktflüge waren aufgrund der UN-Sanktionen eingestellt worden –, hatte man ihm nicht einmal gestattet, sich auszuruhen oder sich auch nur frischzumachen. Er war in einem schwarzen Mercedes direkt zum Baath-Hauptquartier gebracht worden.

Nachdem Al Obaydi sich fertig angezogen hatte, musterte er sich in einem kleinen Wandspiegel. Seine Kleidung war zu diesem Anlaß bescheiden, verglichen mit den Sachen, die er in seinem New Yorker Apartment gelassen hatte: Anzüge von Sak an der Fifth Avenue, Pullover von Valentino, Schuhe von Church und eine goldene Cartieruhr. Statt sich für irgend etwas davon zu entscheiden, hatte er die billige arabische Kleidung aus der untersten Kommodenschublade in Manhattan hervorgeholt.

Als Al Obaydi sich vom Spiegel abwandte, bedeutete ihm einer der Wächter zu folgen, nachdem die Tür am Zimmerende sich zum erstenmal geöffnet hatte. Der Kontrast zu dem spartanisch eingerichteten Untersuchungszimmer war völlig unerwartet. Ein Korridor mit Wandmalerei und dicken Läufern wurde von Lüstern, die in kurzen Abständen angebracht waren, hell beleuchtet.

Der Botschaftssekretär folgte dem Wächter der Gang entlang und wurde sich bei jedem Schritt der schweren goldfarbenen Tür am Ende des Korridors bewußt. Aber als sie nur noch wenige Schritte davon entfernt waren, öffnete der Wächter eine Seitentür und führte den Besucher in ein Vorzimmer, das nicht weniger prunkvoll war als der Korridor.

Al Obaydi wurde allein gelassen, doch kaum hatte er auf dem großen Sofa Platz genommen, wurde die Tür erneut geöffnet. Al Obaydi sprang auf, doch nur eine junge Frau betrat das Zimmer. Sie trug ein Tablett, auf dem eine kleine Tasse mit türkischem Kaffee stand.

Sie stellte den Kaffee auf das Tischchen neben dem Sofa, verbeugte sich und ging so stumm, wie sie gekommen war. Al Obaydi betrachtete die Tasse und ihm wurde bewußt, daß er es sich im Westen nicht nur angewöhnt hatte, Cappuccino zu trinken, sondern ihn auch vorzog. Er schlürfte die schwarze Flüssigkeit mit dem schlammigen Bodensatz lediglich aus Nervosität, um überhaupt etwas zu tun.

Eine Stunde schlich dahin. Er wurde immer nervöser, denn nicht einmal etwas zu lesen gab es in diesem Zimmer, und der einzige Blickfang war das riesige Porträt Saddam Husseins an der gegenüberliegenden Wand. Al Obaydi verbrachte die Zeit damit, noch einmal alles bis ins Detail durchzugehen, was Cavalli ihm erzählt hatte. Er wünschte sich, er könnte noch einmal im Ordner in seinem kleinen Diplomatenkoffer nachsehen, doch den hatten die Wächter ihm abgenommen, ehe sie ihn zum Untersuchungszimmer gebracht hatten.

Während der zweiten Stunde begann sein Selbstvertrauen zu schwinden. Während der dritten fragte er sich, ob er das Gebäude je lebend verlassen würde.

Plötzlich schwang die Tür auf, und Al Obaydi erkannte den rot-gelben Blitz an der Uniform eines Offiziers von Saddams Leibgarde, der Hemaya.

»Der Präsident will Sie jetzt sehen«, sagte der junge Offizier lediglich. Al Obaydi erhob sich und folgte ihm rasch den Korridor entlang zu der goldfarbenen Tür.

Der Offizier klopfte, öffnete die schwere Tür und trat zur Seite, um dem Botschaftssekretär zur Vollversammlung des Revolutionären Kommandorats Zutritt zu gewähren.

Al Obaydi stand stramm und wartete wie ein Häftling auf der

Anklagebank, der hoffte, der Richter würde ihm wenigstens gestatten, sich zu setzen. Er blieb stehen, denn er wußte sehr wohl, daß niemand dem Präsidenten die Hand gab, wenn er nicht dazu aufgefordert wurde. Er ließ den Blick über den zwölfköpfigen Rat schweifen. Dabei entging ihm nicht, daß nur zwei Männer Zivilkleidung trugen: Ministerpräsident Tarek Aziz, und der Generalstaatsanwalt Nakir Farrar. Die übrigen zehn Mitglieder hatten Militäruniform an, allerdings ohne Handfeuerwaffen. Die einzige Waffe – von jenen abgesehen, die General Hamil, der Kommandant der Leibgarde, und die beiden bewaffneten Soldaten unmittelbar hinter Saddam trugen – lag auf dem Tisch vor dem Staatspräsidenten, dort, wo andere Staatsoberhäupter bei einer Sitzung ihren Notizblock liegen hätten.

Al Obaydi wurde unangenehm bewußt, daß die Augen des Staatspräsidenten seit seinem Eintreten keinen Moment von ihm gewichen waren. Saddam bedeutete dem Botschaftssekretär durch einen Wink mit seiner Coheba-Zigarre, sich auf den leeren Platz am gegenüberliegenden Ende des Tisches zu setzen.

Der Außenminister blickte den Staatspräsidenten an, der daraufhin nickte; dann wandte er seine Aufmerksamkeit dem Mann zu, der nervös am Tischende saß.

»Das, Herr Präsident, ist Hamid Al Obaydi, wie Sie wissen, unser Botschaftssekretär bei den Vereinten Nationen, den Sie mit der Verantwortung beehrten, Ihren Befehl durchzuführen, den amerikanischen Ungläubigen die Unabhängigkeitserklärung zu entwenden. Auf unsere Anweisung hin ist er nach Bagdad gekommen, um Sie persönlich zu unterrichten, welche Fortschritte er auf seiner Mission gemacht hat. Ich hatte noch nicht die Gelegenheit, mit ihm zu sprechen, Herr Präsident, und ich hoffe, Sie werden mir verzeihen, wenn ich, wie gewiß auch Sie, mein größtes Interesse an diesen Informationen bekunde und Sie bitte, den Botschaftssekretär befragen zu dürfen.«

Saddam winkte wieder mit seiner Zigarre, um dem Außenminister zu bedeuten, mit der Befragung zu beginnen.

»Vielleicht könnte ich damit anfangen, Herr Botschaftssekretär« – Al Obaydi wunderte sich über diese formelle Anrede, da ihre beiden Familien sich seit Generationen kannten; aber er wußte wohl, daß in Saddams Umfeld freundschaftliche Beziehungen allzu leicht als Verschwörung interpretiert wurden –, »daß ich Sie bitte, uns zu berichten, wie weit die Verwirklichung des genialen Einfalls unseres Herrn Staatspräsidenten gediehen ist.«

»Vielen Dank, Herr Außenminister«, antwortete Al Obaydi, als wäre er dem Mann nie zuvor begegnet. Er wandte sich wieder Saddam zu, dessen schwarze Augen auf ihm ruhten.

»Darf ich damit beginnen, Herr Präsident, Ihnen zu versichern, welche Ehre es für mich ist, mit dieser Aufgabe betraut worden zu sein, vor allem, da die Idee von Ihrer Exzellenz persönlich stammt.« Jedes Mitglied des Rates konzentrierte seine Aufmerksamkeit nun auf den Botschaftssekretär, doch Al Obaydi entging nicht, daß alle immer wieder verstohlen zu Saddam blickten, um seine Reaktion zu beobachten.

»Ich freue mich, berichten zu können, daß die Mannschaft unter Leitung von Herrn Antonio Cavalli…«

Saddam hob die Hand und blickte den Generalstaatsanwalt an, der eine dicke Akte öffnete, die vor ihm lag.

Nakir Farrar, der Generalstaatsanwalt, war nach Saddam der meistgefürchtete Mann im irakischen Regime. Jeder kannte seinen Ruf. Er hatte in Oxford Jura studiert und *summa cum laude* promoviert, war Präsident der Studentenschaft gewesen und Vorstandsmitglied im Lincoln's Inn. Bei dieser Anwaltskammer war Al Obaydi ihm zum erstenmal begegnet. Nicht daß Farrar ihn je beachtet hätte. Man hatte darauf gesetzt, daß er der erste Iraker sein würde, der es schaffte, Kronanwalt zu werden. Doch dann kam es zur Invasion der 19. Provinz, und die Briten wiesen den Himmelsstürmer aus, trotz mehrerer Interventionen von hohen Stellen. Farrar kehrte in die Stadt zurück, die er mit elf Jahren verlassen hatte, und stellte seine bemerkenswerte Begabung sofort in Saddam Husseins persönliche Dienste. Innerhalb eines Jahres hatte Saddam ihn zum Generalstaatsanwalt erhoben. Ein Titel, den Farrar selbst gewählt hatte, wie man munkelte.

»Cavalli ist ein New Yorker Gangsterboß, Herr Präsident, der als Jurist mit eigener Anwaltspraxis eine legitime Fassade für eine derartige Operation bieten kann.«

Saddam nickte und wandte seine Aufmerksamkeit wieder Al Obaydi zu.

»Herr Cavalli hat die Vorbereitungen abgeschlossen, und seine Leute sind bereit, den Auftrag des Herrn Präsidenten auszuführen.«

»Steht schon ein Zeitpunkt fest?« fragte Farrar.

»Ja, Herr Generalstaatsanwalt. Der 25. Mai. Clinton hat für diesen Tag einen vollen Terminplan im Weißen Haus. Am Vormittag mit seinen Redenschreibern, am Nachmittag mit der gesundheitspolitischen Arbeitsgruppe seiner Frau, und er« – sein Vorgesetzter, der irakische Botschafter bei der UNO, hatte Al Obaydi gewarnt, Clinton nie als ›Präsident‹ zu bezeichnen – »wird deshalb an diesem Tag an keinerlei öffentlichen Veranstaltungen teilnehmen, die unseren Auftrag unmöglich gemacht hätten.«

»Sagen Sie mir noch eines, Botschaftssekretär«, wandte der Generaltsaatsanwalt sich nun wieder an Al Obaydi, »ist es Cavallis Anwalt gelungen, eine Genehmigung für die Abriegelung der Straße zwischen dem Weißen Haus und dem Nationalarchiv zu bekommen, während Clinton mit diesen Treffen im Weißen Haus beschäftigt sein wird?«

»Nein, Herr Generalstaatsanwalt«, antwortete Al Obaydi. »Die Stadtverwaltung hat jedoch Filmaufnahmen auf der Pennsylvania Avenue östlich der Dreizehnten Straße genehmigt. Allerdings kann die Straße nur für fünfundvierzig Minuten gesperrt werden. Offenbar war diese Bürgermeisterin nicht so leicht zu überzeugen wie ihr Amtsvorgänger.«

Einige Mitglieder des Rates blickten erstaunt auf. »Nicht so leicht zu überzeugen?« wiederholte der Außenminister.

»Nun, vielleicht wäre ›überreden‹ ein besseres Wort dafür.«

»Und welcher Art war diese Überredung?« fragte General Hamil, der rechts neben dem Staatspräsidenten saß und nur eine einzige Art von Überredung kannte.

»Eine 250 000-Dollar-Spende für ihren Wiederwahlfonds.«

Saddam fing zu lachen an, also folgten alle seinem Beispiel.

»Und der Archivar, glaubt er immer noch, daß es tatsächlich Clinton ist, der ihn besuchen wird?« fragte der Generalstaatsanwalt.

»Ja«, antwortete Al Obaydi. »Kurz vor meinem Abflug ließ Cavalli das Gebäude von acht seiner Leute überprüfen, die sich als Erkundungstrupp des Sicherheitsdiensts ausgaben. Der Archivar hätte nicht hilfsbereiter sein können. Cavalli hatte genug Zeit, sich ein genaues Bild zu machen. Diese Übung müßte ihm den Austausch der Unabhängigkeitserklärung am 25. Mai sehr erleichtern.«

»Aber falls, und ich sage ausdrücklich ›falls‹, es ihnen gelingt, das Original hinauszuschmuggeln, wie wollen sie es Ihnen dann übergeben?« fragte der Generalstaatsanwalt. »Sind dafür ebenfalls Vorkehrungen getroffen?«

»Ja«, erwiderte Al Obaydi zuversichtlich. »Mir wurde mitgeteilt, der Herr Präsident möchte, daß das Dokument Barzan al Takriti, unserem hochverehrten Botschafter bei den Vereinten Nationen in Genf, geliefert wird. Sobald er es erhalten hat, und keine Minute zuvor, gebe ich die Genehmigung für die endgültige Zahlung.«

Der Staatspräsident nickte zustimmend. Dieser hochverehrte Botschafter in Genf war schließlich sein Halbbruder.

Der Generalstaatsanwalt setzte seine Befragung fort. »Aber wie können wir sichergehen, daß wir wirklich das Original erhalten und nicht eine geschickte Kopie?« fragte er. »Was soll sie davon abhalten, uns etwas vorzuspielen und das Nationalarchiv zu betreten und wieder zu verlassen, ohne das Dokument tatsächlich auszutauschen?«

Zum erstenmal verzogen Al Obaydis Lippen sich zu einem Lächeln. »Ich traf Vorkehrungen, Herr Generalstaatsanwalt, und verlangte einen hieb- und stichfesten Beweis. Nach dem Austausch wird die Unabhängigkeitserklärung weiterhin der Öffentlichkeit zugängig sein. Sie dürfen sich darauf verlassen, daß ich mich unter die Besucher mischen werden.«

»Aber Sie haben meine Frage nicht beantwortet«, sagte der Generalstaatsanwalt scharf. »Wie wollen Sie erkennen, ob unser Dokument wirklich das echte ist?«

»Weil sich auf dem von Timothy Matlock geschriebenen Originaldokument ein einfacher orthographischer Fehler befindet, der auf Bill O'Reillys Kopie ausgebessert ist.«

Der Generalstaatsanwalt lehnte sich widerstrebend auf seinem Stuhl zurück, als sein Herr und Gebieter die Hand hob.

»Ebenfalls ein Krimineller, Exzellenz«, erklärte der Außenminister. »Der Fälscher, der die Kopie des Dokuments angefertigt hat.«

»Aha«, sagte der Generalstaatsanwalt und beugte sich wieder vor. »Wenn sich am 25. Mai der orthographische Fehler noch auf dem im Nationalarchiv ausgestellten Dokument befindet, werden Sie wissen, daß wir nur eine Fälschung haben, und Sie werden keinen weiteren Cent mehr bezahlen. Richtig?«

»Ja, Herr Generalstaatsanwalt«, versicherte ihm Al Obaydi.

»Welches Wort ist auf dem Original falsch geschrieben?« fragte der Generalstaatsanwalt nun.

Als der Botschaftssekretär es ihm mitgeteilt hatte, sagte Nakir Farrar lediglich: »Wie passend.« Dann schloß er die Akte vor sich.

»Trotzdem bleibt es erforderlich, daß ich sofort auf die Bezahlung zurückgreifen kann«, fuhr Al Obaydi fort, »wenn ich mich vergewissert habe, daß sie ihren Auftrag ausgeführt haben und wir im Besitz des Originals sind.«

Der Außenminister blickte zu Saddam, der wieder nickte.

»Es wird am 25. Mai an Ort und Stelle sein«, sagte der Außenminister zu Al Obaydi und blickte ihn stumm an. Der Botschaftssekretär wußte nicht so recht, ob man von ihm nun erwartete, daß er ging, oder ob man ihm weitere Fragen stellen wollte. Da er ein vorsichtiger Mann war, blieb er schweigend sitzen.

»Bestimmt sind Sie neugierig, Hamid, warum ich diesem nutzlosen Fetzen Papier solchen Wert beimesse.« Da der Botschaftssekretär dem Präsidenten noch nie zuvor persönlich begegnet war, überraschte es ihn, von ihm beim Vornamen genannt zu werden.

»Es steht mir nicht zu, Ihre Überlegungen zu hinterfragen, Exzellenz«, antwortete Al Obaydi.

»Trotzdem«, fuhr Saddam fort, »wäre es erstaunlich, wenn es Sie nicht interessieren würde, warum ich bereit bin, einhundert Millionen Dollar auszugeben und obendrein das Risiko eines internationalen Skandals einzugehen, falls Sie versagen sollten.«

Das Wörtchen ›Sie‹ bereitete Al Obaydi leichtes Unbehagen.

»Ich gestehe, es wäre eine Ehre, es zu wissen, Sayedi, falls Sie es für richtig halten, einen so Unwürdigen einzuweihen.«

Zwölf Mitglieder des Rates blickten zum Präsidenten, um seine Reaktion auf die Bemerkung des Botschaftssekretärs einzuschätzen. Al Obaydi spürte sofort, daß er zu weit gegangen war.

Während des nun folgenden und, wie er glaubte, längsten Schweigens in seinem Leben saß er vor Furcht völlig reglos.

»Dann werde ich Ihnen mein Geheimnis anvertrauen, Hamid«, sagte Saddam, und seine schwarzen Augen schienen sich in die des Botschaftssekretärs zu bohren. »Als ich die 19. Provinz für mein geliebtes Volk eroberte, sah ich mich plötzlich nicht mehr im Krieg mit den dortigen Verrätern, sondern mit den vereinten Kräften der westlichen Welt – trotz einer kurz zuvor getroffenen Vereinbarung mit der amerikanischen Botschafterin. Warum, mußte ich fragen, wenn alle Welt wußte, daß Kuwait von ein paar korrupten Familien regiert wurde, die sich kaum für das Wohlergehen ihres eigenen Volkes interessieren. Ich sage Ihnen warum. Mit einem Wort: Öl. Hätte die 19. Provinz Kaffee exportiert, hätte sich nicht einmal ein mit einem Katapult bewaffnetes amerikanisches Ruderboot am Golf sehen lassen.«

Der Außenminister lächelte und nickte.

»Und wer waren die Führer dieser unheiligen Allianz gegen mich? Thatcher, Gorbatschow und Bush. Das ist noch keine drei Jahre her. Und was ist seither passiert? Die Thatcher wurde durch einen Coup ihrer eigenen Parteifreunde abgesetzt; Gorbatschow wurde von einem Mann entmachtet, den er selbst vor einem Jahr gefeuert hatte, und dessen eigene Position jetzt wackelt; Bush hat durch das amerikanische Volk eine demütigende Niederlage erlitten. Während ich der oberste Führer und Präsident meines Landes bleibe.«

Heftiger Applaus setzte ein, der jedoch in dem Moment verstummte, da Saddam weiterredete.

»Das wäre natürlich für die meisten eine ausreichende Genugtuung. Aber nicht für mich, Hamid. Weil Bush von diesem Clinton abgelöst wurde, der nichts aus den Fehlern seines Vorgängers gelernt hat, und der nun ebenfalls meine Souveränität in Frage stellen will. Doch diesmal beabsichtige ich, ihn und seine amerikanischen Ungläubigen zu demütigen, lange ehe sie Gelegenheit dazu haben. Deshalb werde ich auf eine Weise vorgehen, die es Clinton sein Leben lang unmöglich machen wird, auch nur eine Spur Glaubwürdigkeit wiederzugewinnen. Ich habe vor, Clinton und das amerikanische Volk vor der ganzen Welt lächerlich zu machen.«

Elf Köpfe nickten eifrig.

»Sie konnten bereits feststellen, daß es mir gelungen ist, mich der Habgier dieser Ungläubigen zu bedienen, um das Dokument an mich zu bringen, das sie in der Geschichte ihrer Nation am höchsten schätzen. Und Sie, Hamid, sind der Erwählte, der dafür sorgen wird, daß meine Genialität in aller Munde ist.« Al Obaydi senkte den Kopf.

»Sobald ich mich im Besitz der Unabhängigkeitserklärung befinde, werde ich geduldig auf den 4. Juli warten, an dem ganz Amerika den Unabhängigkeitstag feiert.« Während der Präsident eine Pause machte, gab niemand im Zimmer den leisesten Laut von sich.

»Auch ich werde den Unabhängigkeitstag feiern, nicht in Washington oder New York, sondern auf dem Tahrir Platz, umgeben von meinem geliebten Volk. Und dann werde ich, Saddam Hussein, Staatspräsident des Irak, vor den Medien der ganzen Welt die amerikanische Unabhängigkeitserklärung zu Asche verbrennen.«

Hannah lag wach auf ihrer Pritsche und fühlte sich ähnlich wie vor etwa dreizehn Jahren, als sie ihre erste Nacht im Internat verbracht hatte.

Sie hatte Karima Saibs Koffer an der Gepäckausgabe des Charles-de-Gaulle-Flughafens abgeholt und sich gegraut vor dem, was sie darin finden würde.

Wie vereinbart, brachte ein Fahrer sie zu ihrem neuen Arbeitsplatz. Aber er hatte kein Wort mit ihr gesprochen; so hatte Hannah keine Ahnung, was sie erwartete, als der Wagen vor der jordanischen Botschaft anhielt. Hannah war überrascht, wie groß das Gebäude war.

Das schöne alte Haus, das am Boulevard Maurice Barrès lag, ein Stück von der Straße entfernt, war das Zuhause des verstorbenen Aga Khan gewesen. Der irakischen Vertretung waren zwei Stockwerke überlassen worden – ein Beweis dafür, daß die Jordanier es sich mit Saddam nicht verderben wollten.

Als Hannah den irakischen Teil des Gebäudes betrat, begegnete sie als erstem Abdul Kanuk, dem Verwaltungschef. Er sah, weiß Gott, nicht wie ein Diplomat aus, und als er den Mund öffnete, wurde ihr bewußt, daß er keiner war. Kanuk sagte ihr, daß der Botschafter und seine erste Sekretärin Muna Ahmed bei einer Besprechung waren und daß Hannah einstweilen auspacken und auf ihrem Zimmer warten solle, bis sie gerufen wurde.

Ihr Quartier war gerade groß genug für ein Bett und zwei Koffer. Sie vermutete, daß es eine Abstellkammer gewesen war, bevor die irakische Delegation einzog. Als sie schließlich Karima Saibs Koffer öffnete, stellte sie rasch fest, daß ihr von den Sachen nur die Schuhe paßten. Hannah wußte nicht, ob sie erleichtert sein sollte, wegen Saibs Geschmack, oder besorgt, weil sie so wenige eigene Sachen zum Anziehen dabei hatte.

Muna Ahmed, die erste Sekretärin, setzte sich zu einem späten Abendessen zu Hannah in die Küche. Es hatte den Anschein, als würden Sekretärinnen in der Botschaft wie Dienstboten behandelt. Es gelang Hannah, Muna weiszumachen, daß es hier besser war, als sie erwartet hatte, vor allem im Hinblick darauf, daß sie hier nur Gäste im Haus der jordanischen Botschaft waren. Muna erklärte ihr, soweit es das diplomatische Corps Frankreichs betraf, würde der irakische Botschafter lediglich als Leiter der Interessenvertretung angesehen, sie aber müßten ihn auf jeden Fall mit ›Exzellenz‹ oder ›Herr Botschafter‹ anreden.

Während der ersten Tage in ihrer neuen Stellung saß Hannah im Vorzimmer des Botschafters Muna am Schreibtisch gegenüber. Die meiste Zeit verbrachte sie damit, Däumchen zu drehen. Ihr wurde rasch klar, daß niemand ihr sonderliche Aufmerksamkeit schenkte, solange sie die Arbeit erledigte, die der Botschafter auf seinem Diktiergerät für sie bestimmt hatte. Tatsächlich wurde es bald zu Hannahs größtem Problem, langsamer zu arbeiten, damit Muna als die Tüchtigere erschien. Das einzige was Hannah ständig vergaß, war, ihre Fensterglasbrille zu tragen.

An den Abenden, beim Essen in der Küche, erfuhr sie von Muna alles, was von einer Irakerin im Ausland erwartet wurde, einschließlich, wie man den Annäherungsversuchen Abdul Kanuks entgehen konnte. Bereits in der zweiten Woche hatte sie sich weitgehend eingearbeitet und bemerkte, daß der Botschafter sich immer mehr auf ihre Fähigkeiten verließ. Sie bemühte sich, nicht zuviel Initiative zu zeigen.

Außerhalb ihrer Arbeitsstunden erwartete man von Hannah und Muna, daß sie im Haus blieben. Nachts durften sie es überhaupt nicht verlassen, es sei denn, der Verwaltungschef begleitete sie, worauf beide jedoch gern verzichteten. Muna interessierte sich weder für Musik, Theater, ja nicht einmal für einen Cafébesuch; am liebsten blieb sie auf ihrem Zimmer und las die Reden Saddam Husseins.

Als die Zeit langsam verstrich, hoffte Hannah, daß der Pariser Mossad-Agent sich allmählich mit ihr in Verbindung setzte, so daß man sie schnellstmöglich abziehen und nach Israel zurückschicken konnte, um sie für ihre Mission zu schulen. Leider hatte sie nicht die leiseste Ahnung, wer der Mossad-Mann war. Sie fragte sich oft, ob der Mossad einen Agenten in der Botschaft hatte, und wenn sie allein auf ihrem Zimmer war, überlegte sie, wer er sein könnte. Der Chauffeur? Zu träge. Der Gärtner? Zu beschränkt. Die Köchin? Durchaus möglich – das Essen war so schlecht, daß man fast vermuten sollte, die Frau habe nie richtig kochen gelernt. Abdul Kanuk, der Verwaltungschef? Wohl kaum, schließlich erwähnte er mindestens dreimal täglich, daß er ein Vetter von Barzan al Takriti war, Saddams Halbbruder und UN-Botschafter in Genf. Außerdem war Kanuk die größte Klatschbase in der Botschaft – von ihm erfuhr Hannah an einem Abend mehr über Saddam Hussein und sein näheres Umfeld als vom Botschafter in einer Woche. Tatsächlich sprach der Botschafter in ihrem Beisein kaum über Sayedi, und wenn, dann zurückhaltend und respektvoll.

Während der zweiten Woche wurde Hannah der Gattin des Botschafters vorgestellt. Hannah bemerkte rasch, daß die Frau sich sehr unabhängig gab, was wohl daran lag, daß sie halb Türkin war. Jedenfalls betrachtete sie es nicht als ihre Pflicht, sich ausschließlich auf dem Gelände der Botschaft aufzuhalten, sondern unternahm so einiges, das nach irakischen Maßstäben als extrem betrachtet wurde. Beispielsweise begleitete sie ihren Gemahl zu Cocktailparties. Und man erzählte, daß sie sich sogar selbst einen Drink eingeschenkt hatte, ohne dazu aufgefordert worden zu sein. Doch was für Hannah viel wesentlicher war: Die Frau Botschafterin ging zweimal die Woche ins öffentliche Schwimmbad am Boulevard Lannes. Der Botschafter erklärte sich nach einiger Überredung einverstanden, daß seine neue Sekretärin seine Frau dorthin begleitete.

Scott kam an einem Sonntag in Paris an. Er hatte den Schlüssel zu einer kleinen Wohnung an der Avenue de Messine bekommen, und man hatte bei der Société Générale am Boulevard Haussmann unter dem Namen Simon Rosenthal ein Konto für ihn eröffnet.

Er sollte erst in Langley anrufen oder dorthin faxen, wenn er die Mossad-Agentin zu Gesicht bekommen hatte. Kein Geheimdienstmann war von seiner Existenz informiert worden, und er sollte mit keinem Agenten Kontakt aufnehmen, den er aufgrund früherer Zusammenarbeit bereits kannte.

Scott verbrachte die ersten zwei Tage damit, nach Möglichkeiten zu suchen, wie er den Eingang zur Jordanischen Botschaft beobachten konnte, ohne von irgend jemandem im Gebäude bemerkt zu werden. Er stellte fest, daß es von neun Stellen aus möglich war.

Gegen Ende der Woche wurde ihm zum erstenmal so richtig klar, was Agenten mit der Bezeichnung ›Stunden der Einsamkeit‹ meinten. Er stellte fest, daß er sogar einige seiner Studenten zu vermissen begann.

Er entwickelte einen Tagesablauf. Vor dem Frühstück joggte er acht Kilometer im Park Monceau, ehe er die Vormittagswache antrat. Am Spätnachmittag verbrachte er jeden Tag zwei Stunden in einem Fitneß-Center an der Rue de Berne, bevor er sich ein Abendessen bereitete, das er allein zu sich nahm.

In Scott wuchsen allmählich Zweifel, daß die Mossad-Agentin das Botschaftsgelände je verließ. Er fragte sich sogar, ob Miss Kopec sich überhaupt dort aufhielt. Die Gattin des Botschafters schien die einzige Frau zu sein, die kam und ging, wie es ihr gefiel.

Und dann, am Dienstag seiner zweiten Woche, verließ eine zweite Frau das Gebäude. Sie begleitete die Gemahlin des Botschafters. War das Hannah Kopec? Scott konnte sie nur ganz flüchtig sehen, bevor der Wagen verschwand.

Er folgte dem von einem Chauffeur gefahrenen Mercedes und hielt sich immer seitlich hinter ihm, so daß es dem Fahrer des Botschafters schwerfallen würde, den Verfolger im Rückspiegel zu entdecken. Die beiden Damen wurden vor dem Hallenbad am Boulevard Lannes abgesetzt. Scott beobachtete sie beim Aussteigen. Auf den Fotos, die man ihm in Langley gezeigt hatte, war Hannah Kopec mit langem schwarzem Haar zu sehen gewesen. Jetzt trug sie ihr Haar sehr kurz, aber es gab keinen Zweifel: Sie war es.

Scott fuhr etwa hundert Meter die Straße weiter, bog nach rechts ab und parkte. Dann schlenderte er zurück, betrat die Badeanstalt, erstand für zwei Franc eine Eintrittskarte für Zuschauer. Er stieg die Galerie hinauf. Als er einen geeigneten Platz auf der Tribüne gefunden hatte, zog die Mossad-Agentin bereits ihre Bahnen durchs Becken. Scott bemerkte rasch, daß sie körperlich topfit war, obwohl man die irakische Version eines

Badeanzugs keineswegs als vorteilhaft bezeichnen konnte. Sie schwamm erst langsamer, als die Frau des Botschafters am Beckenrand erschien; von da an paddelte sie lediglich gemächlich von einer Seite des Beckens zur anderen.

Als die Frau des Botschafters nach etwa vierzig Minuten das Becken wieder verlassen hatte, nahm die Kopec ihren olympiareifen Schwimmstil wieder auf und schaffte zwei Bahnen in gut einer Minute. Nach zehn Bahnen stieg sie aus dem Becken und verschwand in Richtung Umkleidekabinen.

Scott wartete in seinem Wagen, bis die beiden Damen wieder zum Vorschein kamen. Er ließ den Mercedes an sich vorüber und folgte ihm dann zurück zur Botschaft.

An diesem Abend schickte er Dexter Hutchins ein Fax nach Langley und berichtete, daß er Hannah gesehen hatte und versuchen würde, mit ihr Kontakt aufzunehmen.

Am nächsten Morgen kaufte er sich eine Badehose.

Am Donnerstag fiel er Hannah zum erstenmal auf. Er schwamm in gleichmäßigem Kraul und legte eine Bahn in ungefähr dreißig Sekunden zurück. Hannah hielt ihn für einen ehemaligen Leistungssportler; sie versuchte, sein Tempo mitzuhalten, doch nach fünf Längen zog er ihr davon. Interessiert beobachtete sie, wie er sich nach etwa einem weiteren Dutzend Bahnen aus dem Becken stemmte und zum Herrenumkleideraum ging.

Am Montag der folgenden Woche erklärte die Frau des Botschafters Hannah, daß sie am nächsten Tag nicht wie üblich mit ihr schwimmen gehen könne, da sie ihren Gemahl nach Genf zu einem Besuch bei Saddam Husseins Halbbruder begleiten müsse. Hannah hatte bereits vom Verwaltungschef von dieser Reise gehört, dem offenbar sogar die kleinsten Einzelheiten bekannt waren.

»Ich verstehe nicht, warum der Botschafter Sie nicht ebenfalls mitnimmt«, sagte die Köchin an diesem Abend. Der Verwaltungschef schwieg etwa zwei Minuten, bis Muna die Küche verlassen hatte, um sich auf ihr Zimmer zu begeben. Dann verriet er Hannah etwas, das sie sehr beunruhigte.

Am folgenden Tag bekam sie die Erlaubnis, ohne Begleitung schwimmen zu gehen. Sie war froh, einen Vorwand zu haben, aus dem Haus zu kommen, um so mehr, da Kanuk in Abwesenheit des Botschafters die Verantwortung übernommen hatte. Er brauchte den Mercedes selbst; deshalb nahm Hannah die Métro zum Boulevard Lannes. Sie war enttäuscht, den guten Schwimmer nirgends zu sehen, als sie mit ihren dreißig Bahnen begann. Nachdem sie damit fertig war, hielt sie sich müde und ein wenig außer Atem am Beckenrand fest. Plötzlich bemerkte sie, daß er auf der äußeren Bahn in ihre Richtung geschwommen kam. Am Beckenende wendete er geschmeidig und sagte im Vorbeischwimmen deutlich: »Gehen Sie nicht weg, Hannah, ich bin gleich zurück.«

Hannah stutzte. Vielleicht hatte der Kerl ihr Gesicht erkannt, das von den Titelseiten vieler Modezeitschriften gelächelt hatte, und ihre erste Reaktion war, rasch zu verschwinden. Dann aber trat sie weiter Wasser und wartete auf seine Rückkehr, denn es konnte ja sein, daß er der Mossad-Agent war, den Kratz erwähnt hatte.

Mit wachsender Beunruhigung beobachtete sie ihn, als er wieder auf sie zuschwamm. Als er den Beckenrand erreichte, hielt er inne und fragte: »Sind Sie allein?«

»Ja«, antwortete sie.

»Ich hab' mich schon gewundert, daß ich die Frau des Botschafters nirgends gesehen habe. Sie bewegt sehr viel Wasser, ohne sonderlich voranzukommen. Übrigens, ich bin Simon Rosenthal. Oberst Kratz wies mich an, Sie zu kontaktieren. Ich habe eine Nachricht für Sie.«

Hannah kam sich komisch vor, wie sie dem Mann die Hand schüttelte, während sie sich beide am Beckenrand festhielten.

»Kennen Sie die Avenue Bugeaud?«

»Ja.«

»Gut. Dann treffen wir uns in fünfzehn Minuten in der Bar de la Porte Dauphine.«

Er zog sich mit einer geschmeidgen Bewegung aus dem Becken und verschwand zum Herrenumkleideraum, ehe Hannah die Gelegenheit hatte, ihm zu antworten.

Eine Viertelstunde später betrat Hannah die Bar de la Porte Dauphine. Sie schaute sich um und hätte ihn hinter einem der hochlehnigen Holzstühle, direkt unter der großen, farbenfrohen Wandmalerei fast nicht bemerkt.

Er erhob sich, um sie zu begrüßen, dann bestellte er noch einen Kaffee. Er sagte, daß sie nur ein paar Minuten miteinander sprechen konnten, weil Hannah möglichst umgehend zur Botschaft zurückkehren sollte.

Während sie ihren ersten richtigen Kaffee seit Wochen nippte, betrachtete Hannah den Mann eingehender, und erinnerte sich, wie schön es war, in netter Gesellschaft zu plaudern. Sein nächster Satz aber riß sie in die brutale Wirklichkeit zurück.

»Kratz beabsichtigt, Sie bald aus Paris abzuziehen.«

»Gibt es einen bestimmten Grund dafür?« erkundigte sie sich.

»Das Datum für die Bagdad-Operation wurde festgesetzt.«

»Gott sei Dank!« entfuhr es Hannah.

»Wieso diese Erleichterung?« wagte Scott seine erste Frage.

»Der Botschafter erwartet, nach Bagdad zurückgerufen zu werden, weil er einen anderen Posten bekommen soll. Er beabsichtigt, mich mitzunehmen«, erklärte Hannah. »Jedenfalls erzählt der Verwaltungschef das allen, außer Muna.«

»Ich werde Kratz warnen.«

»Übrigens, Simon, ich habe ein paar Detailinformationen, die für Kratz nützlich sein dürften.«

Er nickte und hörte zu, als Hannah ihm Einzelheiten über die interne Organisation der Botschaft berichtete und über das Kommen und Gehen von Diplomaten und Geschäftsleuten, die sich in der Öffentlichkeit gegen Saddam aussprachen, während sie gleichzeitig Geschäfte mit ihm machen wollten.

Nach wenigen Minuten unterbrach Scott sie und riet ihr: »Es ist besser, wenn Sie jetzt in die Botschaft zurückkehren, ehe man Sie möglicherweise vermißt.« Er ertappte sich dabei, daß er hinzufügte: »Ich werde mich um ein weiteres Treffen bemühen, sobald es möglich ist.«

Sie erhob sich lächelnd und ging, ohne einen Blick zurückzuwerfen.

Am Abend schickte Scott eine verschlüsselte Nachricht an Dexter Hutchins in Virginia, um ihm mitzuteilen, daß er Verbindung zu Hannah Kopec aufgenommen hatte.

Eine Stunde später traf aus Langley ein Fax mit nur einer Anweisung ein.

13

Am 25. Mai 1993 ging die Sonne wenige Minuten nach fünf Uhr über dem Kapitol auf. Ihre Strahlen wanderten über den Rasen des Weißen Hauses und stahlen sich Minuten später in das Ovale Zimmer. Ein paar hundert Meter entfernt rieb sich Cavalli hinter seinem Rücken die Hände.

Den ganzen gestrigen Tag hatte er in Washington zugebracht und zum hundertsten Mal, wie ihm vorkam, alles bis ins letzte Detail überprüft. Er mußte damit rechnen, daß irgend etwas schiefging, und was immer es auch sein mochte, er würde automatisch die Verantwortung dafür übernehmen müssen.

Johnny Scasiatore kam herüber und reichte Cavalli eine Tasse dampfenden Kaffee.

»Ich hatte keine Ahnung, daß es in Washington so kalt ist«, sagte Tony zu Johnny, der eine Schafpelzjacke trug.

»So früh am Morgen ist es fast überall auf der Welt kalt«, erwiderte Johnny. »Da können Sie jeden Regisseur fragen.«

»Brauchen Sie wirklich sechs Stunden Vorbereitung für nur drei Minuten Aufnahme?« fragte Cavalli ungläubig.

»Zwei Stunden Vorbereitung für eine Minute Aufnahme ist die Regel. Und vergessen Sie nicht, wir müssen diese eine Szene zweimal drehen, unter ziemlich ungewöhnlichen Umständen.«

Cavalli stand an der Ecke Dreizehnte Straße und Pennsylvania Avenue und beäugte die etwa fünfzig Personen von Johnnys Team. Ein paar verlegten Schienen auf dem Bürgersteig, die einer Kamera gestatten würden, den sechs Wagen zu folgen, wie sie langsam die Pennsylvania Avenue entlangfuhren. Andere befestigten Bogenlampen entlang der Siebenhundert-Meter-Strecke. Ein 200-kw-Generator, der um vier Uhr an diesem Morgen ins Herz der Hauptstadt transportiert worden war, würde den Strom liefern. Die Tonausrüstung wurde überprüft, um sicherzustellen, daß jeg-

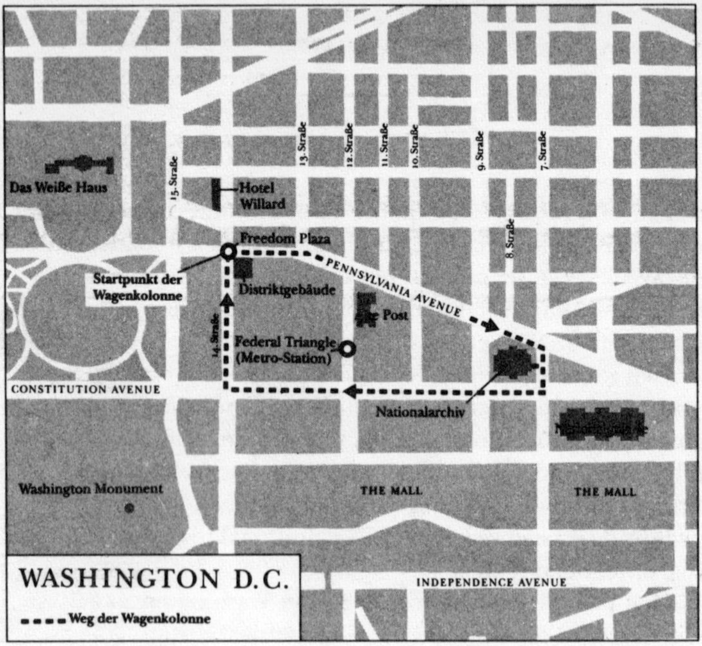

liches Geräusch auf das Band kam – Schritte auf dem Pflaster, das Zuschlagen von Wagentüren, das Rumpeln der Metro, ja sogar das Schlagen der Uhr am Turm der Alten Post.

»Ist dieser Aufwand wirklich notwendig?« fragte Cavalli.

»Wenn Sie möchten, daß alle außer uns überzeugt sind, daß wir einen Film drehen, können Sie sich keine halben Sachen leisten. Ich werde die Sache so professionell aufziehen, daß jeder, der uns zusieht, ob Profi oder Amateur, den Film eines Tages auf der Leinwand erwartet. Ich bezahle sogar den Tariflohn für alle Statisten.«

»Dem Himmel sei Dank, daß meine Leute keine Gewerkschaft haben«, brummte Cavalli. Die Sonne schien nun voll auf sein Gesicht – einundzwanzig Minuten, nachdem der Präsident ihre Wärme beim Frühstück im Weißen Haus genossen haben mochte.

Cavalli blickte auf die Kontrolliste auf seinem Klemmbrett. Al Calabrese hatte bereits alle zwölf Wagen am Straßenrand bereit stehen. Die Fahrer standen beisammen und tranken Kaffee im Windschatten der Freedom Plaza. Die Morgensonne spiegelte sich auf den sechs Limousinen, und die Passanten – Reinigungspersonal, das die Diensträume verließ, und Pendler, die von der Metro-Station Federal Triangle heraufkamen – hielten an, um den ungewohnten Anblick zu bestaunen. Ein Maler gab dem präsidialen Siegel am dritten Wagen gerade den letzten Schliff, während ein Mädchen die verschnürte Flagge am rechten Kotflügel entrollte.

Cavalli drehte sich um und sah einen Polizeilastwagen mit heruntergeklappter Rückwand vor dem Distriktgebäude stehen. Gerätschaften wurden ausgeladen und Absperrungen auf dem Bürgersteig errichtet, um während der kritischen drei Aufnahmeminuten ahnungslose Passanten von der Szene fernzuhalten.

Lloyd Adams hatte den gestrigen Tag damit verbracht, ein letztes Mal seinen Text durchzugehen und in einem weiteren Buch über die Geschichte der Unabhängigkeitserklärung zu schmökern. Nachts hatte er sich im Bett zum x-tenmal eine Videoaufnahme von Bill Clinton bei seinem Spaziergang auf der Georgia Avenue angesehen, die Art und Weise studiert, wie er den Kopf leicht neigte und unbewußt an der Unterlippe nagte. Außerdem hatte er Clintons Südstaatenakzent geprobt. Am Montag zuvor hatte Adams sich einen Anzug gekauft, der jenem glich, den der Präsident bei der Begrüßung des britischen Premierministers im Februar getragen hatte. Von der Stange im Kaufhaus Dillard. Er wählte dazu eine rot-weiß-blaue Krawatte ähnlich der, die Clinton auf dem Titelblatt der Märzausgabe von *Vanity Fair* trug. Das Tüpfelchen auf dem *i* der Ausstattung war eine Timex Ironman. Während der vergangenen Woche war eine zweite Perücke für ihn angefertigt worden, deren Haar eine Spur grauer war als bei der anderen und mit der Adams sich wohler fühlte. Der Regisseur und Cavalli hatten ihn gestern abend einer Generalprobe unterzogen, die fehlerlos abgelaufen war – allerdings hatte Johnny kritisiert, daß Adams den Zusammenbruch am Ende der Szene zu übertrieben gespielt hatte. Aber Cavalli war überzeugt, daß der Archivar viel zu überwältigt sein würde, es zu bemerken.

Cavalli ersuchte Al Calabrese, seine Leute noch einmal genau aufzuzählen. Al versuchte, nicht ungehalten zu klingen, denn er hatte Cavalli diesen Wunsch jedesmal während der letzten drei Vorstandssitzungen bis ins kleinste Detail erfüllt. »Zwölf Fahrer, sechs Mann Motorradeskorte«, begann er. »Vier davon sind Expolizisten oder -militärpolizisten, und alle haben früher schon mal für mich gearbeitet. Doch da keiner das Nationalarchiv betreten wird, haben wir ihnen lediglich gesagt, daß sie für Dreharbeiten gebraucht werden. Nur die Jungs, die Gino Sartori direkt unterstehen, wissen, was wir tatsächlich vorhaben.«

»Aber weiß jeder von ihnen auch genau, was er zu tun hat, sobald wir am Archiv ankommen?«

»Davon können Sie ausgehen!« versicherte ihm Al. »Wir haben es gestern gut ein halbes dutzendmal geprobt. Zuerst an einer Stadtkarte in meinem Büro; dann sind wir am Nachmittag hierhergekommen und die Strecke zu Fuß gegangen. Solange sie gefilmt werden, schleichen die Jungs die Pennsylvania Avenue mit fünfzehn Stundenkilometern entlang und setzen dann ihre Fahrt bis zur Siebten Straße fort. Dort biegen sie rechts ab und verschwinden aus dem Blickfeld. Niemand kann sie dann mehr sehen, auch die Polizei nicht. Danach biegen sie wieder nach rechts ab, zum Lieferanteneingang des Nationalarchivs, wo sie dann vor der Laderampe halten. Angelo, Dollar Bill, Debbie, Sie und der Nahsicherungstrupp verlassen die Wagen und begleiten den Schauspieler ins Gebäude, wo Mr. Calder ihn empfangen wird.

Sobald Ihre Gruppe das Gebäude betreten hat, werden die Wagen rückwärts zur Siebten Straße und nach rechts zur Constitution Avenue fahren, dann wieder nach rechts auf die Vierzehnte Straße, bevor sie an die Stelle zurückkehren, wo mit den Dreharbeiten begonnen wurde. Bis dahin wird Johnny für die zweite Aufnahme bereit sein. Auf ein Zeichen von Ihnen, daß der Austausch des Dokuments stattgefunden hat, legen wir sofort los, und zwar mit den dreizehn Mann, die wir zuvor am Nationalarchiv abgesetzt haben.«

»Und wenn alles nach Plan verläuft, haben wir auch die Unabhängigkeitserklärung«, sagte Cavalli. »Und was geschieht dann?« Er wollte sichergehen, daß sich seit ihrer letzten Vorstandssitzung in New York nichts geändert hatte.

»Die Limousinen verlassen Washington auf sechs verschiedenen Routen«, fuhr Al fort. »Drei kehren am Nachmittag in die Hauptstadt zurück, nachdem sie die Kennzeichen geändert haben; zwei andere fahren nach New York weiter; und eine – das Fahrzeug mit der Unabhängigkeitserklärung – begibt sich zu dem nur Ihnen bekannten Bestimmungsort.«

»Wenn alles so glatt verläuft, Al, haben Sie sich Ihr Geld wahrhaftig verdient. Aber so glatt wird es nicht laufen, und dann werden wir herausfinden, wie gut Sie wirklich sind.« Er nickte, als Al ging, um sich eine Tasse Kaffee geben zu lassen und zu seinen Leuten zurückzukehren.

Cavalli schaute auf seine Uhr. Zweiundzwanzig Minuten nach sieben. Als er aufblickte, sah er Johnny mit rotem Gesicht auf ihn zukommen. Dem Himmel sei Dank, daß ich nicht in Hollywood arbeiten muß, dachte Cavalli.

»Ich hab' Schwierigkeiten mit einem Polizisten. Der Kerl sagt, daß ich meine Beleuchtungsanlage nicht vor neun Uhr dreißig auf dem Bürgersteig aufstellen darf. Das bedeutet, ich kann erst nach zehn Uhr mit dem Filmen anfangen, und wenn ich von vornherein bloß fünfundvierzig Minuten habe...«

»Beruhigen Sie sich, Johnny«, sagte Cavalli und überflog seine Personalliste. Dann blickte er auf und schaute sich in der Statistenmenge um, die sich von der Freedom Plaza auf den Bürgersteig begab, bis er den Gesuchten entdeckt hatte. »Sehen Sie den vornehmen Herrn mit dem grauen Haar, der sein Glück bei Debbie versucht?« Er zeigte auf den Mann.

»Ja«, brummte Johnny.

»Das ist Tom Newbolt, ehemals stellvertretender Chef der Washingtoner Stadtpolizei und jetzt als Sicherheitsberater tätig. Wir haben ihn für heute engagiert. Gehen Sie zu ihm und erklären Sie ihm Ihr Problem. Dann werden wir herausfinden, ob er die fünftausend Dollar wert ist, die seine Firma mir berechnet.«

Cavalli lächelte, als Johnny auf Newbolt zustürmte.

Angelo beugte sich über den Schlafenden. Er packte Dollar Bill bei den Schultern und schüttelte ihn heftig.

Der kleine Ire rülpste und grunzte wie ein alter Traktor. Angelo beugte sich noch tiefer über ihn und rümpfte die Nase, denn Dollar Bill roch, als hätte er die Nacht in der hiesigen Brauerei zugebracht.

Jetzt wurde Angelo klar, daß er diesen Schluckspecht gestern abend nicht einen Moment aus den Augen hätte lassen dürfen. Wenn er den Kerl nicht rechtzeitig zum Archiv brachte, würde Cavalli sie beide umbringen. Angelo wußte sogar, wen Cavalli damit betrauen und wie sie es machen würde. Er schüttelte Bill immer heftiger, doch dessen Augen blieben hartnäckig geschlossen.

Um acht Uhr jaulte eine Sirene, und das Aufnahmeteam machte eine Frühstückspause.

»Dreißig Minuten. Gewerkschaftsvorschrift«, erklärte Johnny, als Cavalli ihn düster anstarrte. Das Team scharte sich um einen geparkten Anhänger, wo Eier, Schinken und Weißbrot ausgeteilt wurden. Cavalli mußte zugeben, daß die neugierige Menge, die sich hinter der Polizeiabsperrung auf dem Bürgersteig gesammelt hatte, offenbar nicht im geringsten daran zweifelte, daß es sich hier um eine echte Filmcrew handelte, die sich auf die Dreharbeiten vorbereitete.

Cavalli beschloß, die halbstündige Pause zu nutzen, um sich persönlich zu vergewissern, daß die Wagenkolonne vom Drehort aus von niemandem auf der Pennsylvania Avenue mehr gesehen werden konnte, sobald sie in die Siebte Straße abgebogen war.

Er entfernte sich rasch von dem Trubel. Als er die Ecke zur

Siebten Straße erreichte, bog er nach rechts ab. Es war, als würde er eine völlig andere Welt betreten. Er schloß sich einer Schar Passanten an, die offenbar nicht die leiseste Ahnung hatten, was sich etwa einen halben Kilometer von ihnen entfernt abspielte. Hier war Washington wie an jedem anderen Dienstagmorgen. Cavalli freute sich, als er Andy Borzello auf der Bank der Busstation nahe der Laderampe des Nationalarchivs sitzen und die *Washington Post* lesen sah.

Als Cavalli zurückkehrte, hatte die Filmcrew die Arbeit wieder aufgenommen und nahm die letzten Checks vor. Keiner wollte die Schuld haben, falls die Aufnahmen wiederholt werden mußten.

Die Menge der Neugierigen wuchs von Minute zu Minute, und die Polizei mußte ständig aufs neue erklären, daß hier ein Film gedreht wurde – aber in frühestens zwei Stunden. Einige Zuschauer verschwanden daraufhin enttäuscht von der Bildfläche, worauf andere ihre Plätze einnahmen und der Polizei die gleichen Fragen stellten.

Cavallis schnurloses Telefon läutete. Er drückte auf den Sprechknopf und wurde von einer Stimme mit Brooklyner Akzent begrüßt. Der Direktor war am Telefon vorsichtig und erkundigte sich lediglich, ob es irgendwelche Probleme gäbe.

»Mehrere«, gestand Tony. »Aber bisher keine, mit denen wir nicht gerechnet hätten oder die wir nicht beheben könnten.«

»Denk daran, das Ganze lieber abzublasen, wenn du mit der Reaktion auf deinen Anruf um neun nicht zufrieden bist. Und er darf auf keinen Fall ins Weiße Haus zurückkehren.« Er beendete das Gespräch. Tony wußte, daß sein Vater in beiden Punkten recht hatte. Wieder blickte er auf die Uhr. Fünf nach halb neun. Er schlenderte zu Johnny hinüber.

»Ich gehe zum Willard, werde aber nicht lange brauchen. Machen Sie hier weiter. Übrigens, wie ich sehe, haben Sie Ihr Zeug jetzt auf dem Bürgersteig.«

Johnny grinste. »Ein Wort von Newbolt, und der Bulle hat uns sogar beim Schleppen geholfen.«

Cavalli lächelte und schlenderte in Richtung Nationaltheater, auf dem Weg zum Hotel Willard. Gino Sartori kam gerade aus der entgegengesetzten Richtung.

»Gino!« Cavalli blieb vor dem ehemaligen Marineinfanteristen stehen. »Sind Ihre Männer bereit?«

»Jeder einzelne von den Hundesöhnen.«

»Und können Sie garantieren, daß sie schweigen werden?«

»Wie ein Grab. Sofern sie nicht ihr eigenes schaufeln wollen.«

»Und wo sind sie jetzt?«

»Sie kommen aus acht verschiedenen Richtungen. Alle müssen sich um halb zehn bei mir melden. In eleganten dunklen Anzügen mit dezenter Krawatte und Revolverhalftern, die so gut wie nicht auffallen.«

»Geben Sie mir sofort Bescheid, wenn sich alle gemeldet haben.«

»Mach' ich«, versicherte ihm Gino.

Cavalli setzte den Weg zum Hotel Willard fort und beschleunigte seine Schritte nach einem erneuten Blick auf die Uhr.

Er betrat die Eingangshalle und fand dort Rex Butterworth vor, der nervös hin und her stapfte, als bestünde sein einziger Lebenszweck darin, den blaugoldenen Teppich abzutreten. Als er Cavalli bemerkte, wirkte er erleichtert. Cavalli dirigierte ihn zum Fahrstuhl.

»Ich habe Ihnen doch gesagt, Sie sollen sich in die Ecke setzen und warten und nicht jedem möglichen freiberuflichen Journalisten, der auf eine Story scharf ist, vor der Nase herummarschieren.«

Butterworth murmelte eine Entschuldigung, während Cavalli die Stockwerknummer drückte. Beide schwiegen, bis sie ungestört im Zimmer 1137 waren, in dem Cavalli übernachtet hatte.

Nun, da sie allein waren, musterte Cavalli Rex Butterworth eingehender. Der Mann schwitzte, als wäre er die elf Stockwerke hinaufgerannt und nicht in einem Fahrstuhl gefahren.

»Beruhigen Sie sich«, sagte Cavalli. »Sie haben Ihre Rolle bis jetzt gut gespielt. Nur noch ein Anruf, dann sind Sie fertig. Sie werden in Ihrem Flugzeug nach Rio sitzen, ehe die ersten

Motorradpolizisten das Nationalarchiv erreicht haben. Wissen Sie jetzt, was Sie Marshall sagen müssen?«

Butterworth zog ein paar handgeschriebene Notizen aus seiner Tasche und murmelte irgend etwas, dann sagte er: »Ja, ich bin bereit.« Dabei zitterte er wie Wackelpudding.

Cavalli wählte die Privatnummer von Marshalls Büro im nur fünfhundert Meter entfernten Nationalarchiv. Als er das erste Freizeichen hörte, reichte er Butterworth den Hörer. Beide lauschten dem nicht enden wollenden Läuten. Schließlich nahm Cavalli den Hörer zurück, um ihn wieder aufzulegen. Sie würden es in ein paar Minuten noch einmal versuchen müssen. Doch plötzlich hörten sie ein Klicken, und eine Stimme meldete sich mit: »Calder Marshall.«

Cavalli lief ins Badezimmer, um am zweiten Apparat mitzuhören.

»Guten Morgen, Mr. Marshall. Hier ist Rex Butterworth im Weißen Haus. Ich möchte mich nur vergewissern, daß bei Ihnen alles vorbereitet ist.«

»Selbstverständlich, Mr. Butterworth. Meine sämtlichen Mitarbeiter wurden angewiesen, Punkt neun Uhr an ihren Arbeitsplätzen zu sein. Ich habe die meisten von ihnen bereits gesehen, aber nur mein Stellvertreter und unser Konservator wissen, was für ein großer Tag heute ist. Ich habe alle gebeten, heute auf keinen Fall zu spät zu kommen.«

»Sehr gut«, lobte Butterworth. »Der Präsident hält den Zeitplan ein. Wir nehmen an, daß wir um zehn Uhr bei Ihnen sein werden. Leider wird der Präsident bereits um elf Uhr wieder im Weißen Haus erwartet.«

»Um elf Uhr, natürlich«, sagte der Archivar. »Ich hoffe nur, wir können ihm in fünfzig Minuten das ganze Haus zeigen. Sie werden verstehen, daß meine Mitarbeiter ihn alle gern sehen möchten.«

»Ja, dann können wir wirklich nur hoffen, daß fünfzig Minuten genügen, ihnen die Chance zu geben«, entgegnete Butterworth. »Darf ich annehmen, daß es keine Schwierigkeiten wegen der persönlichen Bitte des Präsidenten geben wird?«

»Nicht daß ich wüßte«, versicherte ihm Marshall. »Der Konservator fühlt sich geehrt, daß er das Glas entfernen darf, damit der Präsident das Pergament in seiner Originalform studieren kann. Wir werden die Unabhängigkeitserklärung im Tresor aufbewahren, bis der Präsident das Haus verlassen hat. Ich hoffe, das Dokument bereits wenige Minuten später wieder der Öffentlichkeit präsentieren zu können.«

»Hört sich an, als hätten Sie alles gut im Griff, Mr. Marshall«, lobte Butterworth, dem der Schweiß übers Gesicht strömte. »Ich muß jetzt zum Präsidenten, und ich fürchte, ich werde den Rest des Vormittags nicht zu erreichen sein. Aber unterhalten wir uns doch am Nachmittag, dann können Sie mir erzählen, wie alles gelaufen ist.«

Cavalli legte den Hörer auf den Badewannenrand und stürmte zurück ins Schlafzimmer, wo er dicht vor dem Sonderberater des Präsidenten anhielt. Butterworth sah zu Tode verängstigt aus. Cavalli schüttelte heftig den Kopf.

»Oh, ich sehe gerade auf meinem Terminkalender, daß es heute doch nicht mehr gehen wird, Mr. Marshall. Ich habe meiner Frau versprochen, etwas früher nach Hause zu kommen, um ihr beim Kofferpacken zu helfen. Wir fahren morgen in Urlaub.«

»Oh, wohin reisen Sie denn?« fragte Marshall arglos.

»Zu meiner Mutter nach Charleston. Aber ich bin sicher, daß der Besuch des Präsidenten im Archiv ein voller Erfolg wird. Wie wär's, wenn wir uns mal treffen, sobald ich zurück bin?«

»Ich würde mich sehr darüber freuen«, versicherte ihm Marshall. »Und ich wünsche Ihnen einen angenehmen Urlaub in South Carolina. Dort dürften die Azaleen noch in voller Blüte stehen.«

»Ja, wahrscheinlich«, sagte Butterworth, während er sah, wie Cavalli einen Finger über seine Kehle zog. »Mein anderer Apparat läutet«, fügte er rasch hinzu und legte ohne ein weiteres Wort auf.

»Sie haben zu viel gesagt, Sie Narr! Wir wollen doch nicht, daß er versucht, wieder mit Ihnen in Verbindung zu treten.«

Butterworth blickte ihn verstört an.

»Wie lange wird es dauern, bis man sich im Weißen Haus Gedanken macht, wo Sie abgeblieben sind?« fragte Cavalli.

»Eine Woche mindestens«, antwortete Butterworth. »Mein Jahresurlaub ist tatsächlich fällig, und sogar mein Chef glaubt, daß ich nach Charleston will.«

»Gut, das haben Sie richtig gemacht«, sagte Cavalli, während er Butterworth ein Flugticket nach Rio de Janeiro aushändigte und eine Bestätigung der Banco do Brazil, daß dort neunhunderttausend Dollar hinterlegt worden waren.

»Ich muß zu den Filmleuten zurück«, erklärte Cavalli. »Bleiben Sie noch zehn Minuten hier und beruhigen Sie sich, bevor Sie ein Taxi zum Flughafen nehmen. Und geben Sie in Brasilien nicht gleich das ganze Geld für ein Mädchen aus. Und noch was, Rex, kommen Sie nicht auf den Gedanken, je zurückzukehren. Wenn Sie das täten, würde nicht nur das FBI Sie am Flughafen erwarten.«

Irgendwie war es Angelo geglückt, Dollar Bill in einen Anzug zu zwängen, aber er roch immer noch umwerfend nach Guinness, und ganz bestimmt sah er nicht wie der Leibarzt des Präsidenten aus – eher wie jemand, der selbst einen Arzt brauchte.

»Tut mir leid, Kumpel. Tut mir echt leid«, wiederholte Dollar Bill ständig. »Ich hoffe, Sie kriegen deshalb keine Schwierigkeiten.«

»Ganz sicher sogar, wenn Sie es nicht schaffen, nüchtern zu werden, Ihre Rolle zu spielen und dafür zu sorgen, daß das Pergament in seinen Spezialzylinder kommt. Wenn Cavalli herausfindet, daß ich vergangene Nacht nicht auf Sie aufgepaßt habe, sind Sie ein toter Mann und, was noch schlimmer ist, ich auch.«

»Beruhigen Sie sich, Junge. Machen Sie mir 'ne Bloody Mary. Zwei Teile Tomatensaft und ein Teil Wodka. Sie werden schon sehen, im null Komma nichts bin ich auf dem Damm.«

Als Cavalli die Tür von Zimmer 1137 schloß, kam eine Frau in seine Richtung, die einen Wäschewagen schob.

Cavalli nahm den Fahrstuhl ins Parterre und verließ sofort das Hotel. Als er aus dem Willard trat und den Platz überquerte, der das Hotel von der Pennsylvania Avenue trennte, sah er, daß der Verkehr auf der Fünfzehnten Straße sich auf etwa einen dreiviertel Kilometer staute.

Al und Johnny kamen aus entgegengesetzten Richtungen auf ihn zugerannt. »Was ist los?« waren Cavallis erste Worte.

»Normaler Vormittagsverkehr von Virginia, versichert uns die Polizei. Allerdings blockieren wir mit unseren zwölf Fahrzeugen und sechs Begleitmotorrädern anderthalb Fahrspuren.«

»Verdammt, mein Fehler«, fluchte Cavalli. »Damit hätte ich rechnen müssen. Also, was schlagen Sie vor, Al?«

»Ich schicke meine Jungs zur Atlantic-Tiefgarage an der Dreizehnten Straße, bis die Polizei den Verkehr wieder in Gang gebracht hat, und lass' sie erst zurückkommen, kurz bevor es losgeht.«

»Es ist ein Risiko, verdammt«, jammerte Johnny. »Ich darf nur eine Dreiviertelstunde filmen, keine Sekunde länger! Da sind die Burschen stur wie die Ochsen.«

»Aber wenn meine Wagen bleiben, wo sie sind, werden Sie gar nicht erst anfangen können«, gab Al zu bedenken.

»Okay, Al, schaffen Sie die Wagen weg. Aber Sie müssen pünktlich um neun Uhr fünfzig zurück sein!« Cavalli blickte auf seine Uhr. »In genau siebenundzwanzig Minuten.«

Al rannte sofort zu den geparkten Wagen hinüber.

Dann wandte Cavalli sich an den Regisseur. »Um wieviel Uhr wollen Sie unseren Hauptdarsteller auftreten lassen«

»Um neun Uhr fünfzig. Beziehungsweise wenn der letzte Wagen zurück an Ort und Stelle ist. Er wird in dem Wohnwagen da drüben zurechtgemacht.« Johnny deutete mit dem Finger dorthin.

Cavalli beobachtete, wie die sechste Limousine wegfuhr, und atmete erleichtert auf, als der Verkehr wieder zu fließen begann.

»Und was wird aus Ginos Geheimdienstleuten, jetzt, da die Wagen weg sind?«

»Die meisten haben sich unter die Komparsen gemischt, aber sie sehen nicht besonders überzeugend aus.«

Cavallis schnurloses Telefon begann zu läuten.

»Ich muß zurück, oder Sie kriegen gar keinen Film«, sagte Johnny.

Cavalli nickte und sagte »Ja« ins Telefon, während der Regisseur davoneilte. Irgend etwas heischte flüchtig um seine Aufmerksamkeit, als er sich auf die Stimme am anderen Ende zu konzentrieren versuchte.

»Der Hubschrauber ist bereit für den Start um Punkt zehn, Boß. Aber um sieben Minuten nach zehn endet die Starterlaubnis. Danach läßt die Verkehrspolizei ihn nicht mehr aufsteigen, egal, wieviel Sie dem Polizeiverein gespendet haben.«

»Trotz einiger Probleme sind wir noch im Zeitplan«, antwortete Cavalli ihm, »also starten Sie um zehn und halten Sie sich einfach über der Strecke. Marshall und seine Leute müssen den Helikopter sehen und hören können, wenn wir am Archiv ankommen. Alles andere ist mir egal.«

»Okay, Boß, hab' verstanden.«

Wieder blickte Cavalli auf die Uhr. Es war sechsunddreißig Minuten nach neun, und der Verkehr floß wieder reibungslos. Er ging hinüber zu dem Polizeibeamten, der die Aufnahmen für die Film- und Fernsehabteilung der Stadtverwaltung koordinierte.

»Machen Sie sich keine Sorgen«, sagte der Lieutenant, noch ehe Cavalli den Mund geöffnet hatte. »Um neun Uhr neunundfünfzig wird der Verkehr umgeleitet sein. Ich verspreche Ihnen, daß Sie pünktlich beginnen können.«

»Danke, Officer«, sagte Cavalli und rief rasch Al Calabrese an. »Sie können anfangen, Ihre Jungs wieder in Position zu bringen...«

»Numero eins ist bereits in Begleitung von zwei Motorradpolizisten losgefahren. Numero zwo wird sich gleich in Bewegung setzen; danach folgen die Wagen in Zwanzig-Sekunden-Abständen.«

»Sie hätten General werden sollen«, lobte Cavalli.

»Ich war wohl nicht ganz der Stoff, aus dem man Generäle macht.«

Plötzlich war die Pennsylvania Avenue in helles Licht getaucht. Wie alle anderen beschirmte Cavalli die Augen, und dann – so abrupt, wie es aufgeflammt war – erlosch das Licht wieder, und die Morgensonne wirkte plötzlich wie eine schwache Glühbirne.

»Gut!« hörte Cavalli den Regisseur brüllen. »Nur eine hat nicht gebrannt. Die siebte rechts.«

Cavalli stand auf dem Bürgersteig und blickte zur Ecke der Dreizehnten Straße, wo er die erste von Als Limousinen, begleitet von zwei Motorradpolizisten, durch den Verkehr rollen sah. Der Anblick der auf Hochglanz polierten schwarzen Limousine ließ zum erstenmal so etwas wie Nervosität in ihm aufsteigen.

Ein großer, gutgebauter, kahlköpfiger Mann mit dunkler Brille, dunkelblauem Anzug, weißem Hemd und einer rot-weiß-blau gestreiften Krawatte kam auf ihn zu. Er blieb neben Cavalli stehen, als der erste der beiden Motorradpolizisten und der vorderste Polizeiwagen an den Straßenrand fuhren.

»Wie fühlen Sie sich?« fragte Cavalli.

»Wie bei allen Premieren«, erwiderte Lloyd Adams. »Sobald sich der Vorhang hebt, bin ich mein Lampenfieber los.«

»Gestern abend sind Sie mit Ihrem Text nicht ein einziges Mal ins Stocken gekommen.«

»Mein Text ist nicht das Problem«, entgegnete Adams. »Wegen Marshall mach' ich mir Sorgen.«

»Wie meinen Sie das?«

»Er war bei unseren Proben nicht dabei«, antwortete der Schauspieler, »also kennt er seinen Einsatz nicht.«

Der zweite Wagen folgte, ebenfalls von zwei Motorradpolizisten begleitet, als Al Calabrese über den Bürgersteig gelaufen kam und Lloyd Adams zu dem Wohnwagen ging.

»Schaffen Sie es noch in neun Minuten?« fragte Cavalli ihn und blickte wieder auf die Uhr.

»Solange Chief Thomas' Leute nicht wie üblich die Dinge komplizieren.« Al zuckte die Schultern und ging weiter zu den

Wagen, wo er sofort Anweisung gab, die präsidiale Flagge am dritten Fahrzeug wieder zu entfalten, und nach möglichen Schmutzflecken und Spritzern Ausschau hielt, die bei der Fahrt um den Block entstanden sein mochten.

Der Aufnahmewagen rollte heran. Scasiatore schwang sofort auf seinem Regiestuhl herum und gab bekannt, daß der Schauspieler, die Sekretärin, den Lieutenant und den Arzt sich bereitmachen sollten, in den dritten und vierten Wagen einzusteigen.

Als der Regieassistent nach dem Lieutenant und dem Arzt rief, wurde Cavalli plötzlich bewußt, daß er Dollar Bill und Angelo nirgendwo gesehen hatte. Vielleicht hatten sie im Wohnwagen gewartet.

Die vierte Limousine fuhr heran, während Cavalli nach Angelo Ausschau hielt.

Wieder ertönte die Sirene für mehrere Sekunden, diesmal, um die Filmcrew darauf aufmerksam zu machen, daß sie noch zehn Minuten bis zum Beginn der Dreharbeiten hatte. In dem Lärm hätte Cavalli fast sein Telefon überhört.

»Ich bin's, Andy. Wollte Ihnen bloß Bescheid geben, Boß, daß ich noch vor dem Nationalarchiv sitze und nicht mehr los ist als vor einer Stunde, als Sie hier waren.«

»Wenigstens einer, der auf Draht ist«, lobte Cavalli.

»Zwanzig, höchstens dreißig Leute treiben sich hier rum, das ist alles.«

»Freut mich. Aber rufen Sie mich jetzt nicht mehr an. Nur wenn was schiefgeht.« Cavalli schaltete ab und versuchte, sich zu erinnern, was ihm Sorgen gemacht hatte, ehe das Telefon geklingelt hatte. Elf Fahrzeuge und sechs Motorradpolizisten waren nun vorgefahren. Ein Wagen fehlte noch. Aber das war es nicht. Irgendwas, an das er sich einfach nicht erinnern konnte, ließ ihm keine Ruhe. Er wurde wieder abgelenkt, als ein Polizeibeamter, der mitten auf der Pennsylvania Avenue stand, mit voller Lautstärke brüllte, daß er jetzt bereit sei, den Verkehr aufzuhalten, wann immer der Regisseur es wollte. Johnny stellte sich auf seinen Sitz und deutete verzweifelt auf den zwölften Wagen, der ungefähr zweihundert Meter entfernt im Verkehr feststeckte.

»Wenn Sie den Verkehr jetzt umleiten«, brüllte Johnny, »ist für den dort der Korso vorüber!«

Der Polizist blieb in der Straßenmitte stehen und winkte den Verkehr durch, so schnell er konnte, in der Hoffnung, die Limousine dadurch rascher heranzuholen, aber es brachte so gut wie gar nichts.

»Statisten auf die Straße!« brüllte Johnny, und mehrere Personen, die Cavalli für Passanten gehalten hatte, traten auf den Bürgersteig und begannen professionell auf und ab zu gehen.

Wieder stieg Johnny auf seinen Sitz, und diesmal wandte er sich an die Menge, die sich an die Absperrung drängte. Sein Assistent reichte ihm ein Megaphon.

»Meine Damen und Herren«, begann er. »Wir drehen jetzt eine Szene für einen Film: der Präsident auf dem Weg zu einer Ansprache vor dem Kongreß. Ich wäre Ihnen verbunden, wenn Sie winken, klatschen und rufen würden, als hätten Sie den echten Präsidenten vor sich. Danke!« Spontaner Beifall brach aus, und Cavalli lachte zum erstenmal an diesem Morgen. Er hatte nicht bemerkt, daß der ehemalige stellvertretende Polizeichef während des Aufrufs von hinten an ihn herangetreten war. Er flüsterte ihm ins Ohr: »Das wird Sie einiges kosten, wenn's nicht gleich klappt.«

Cavalli drehte sich zu dem ehemaligen Kripomann um und bemühte sich, sein Erschrecken nicht zu zeigen.

»Die Aufnahmen, meine ich. Wenn Sie sie nicht heute vormittag im Kasten haben, wird es verdammt schwer, eine Genehmigung für eine Wiederholung dieses Spektakels zu kriegen.«

»Das weiß ich selbst«, brummte Cavalli gereizt. Er wandte seine Aufmerksamkeit wieder Johnny zu, der von seinem Sitz herunterkletterte und auf dem Kamerawagen Posten bezog, um mit dem Drehen anzufangen, sobald der zwölfte Wagen an seinem Platz war. Wieder reichte der Regieassistent Johnny das Megaphon.

»Das ist eine letzte Kontrolle! Überprüfen Sie Ihre Positionen! Das ist eine letzte Kontrolle! Sind in Wagen eins alle bereit?« Ein Hupen bestätigte es. »Wagen zwei?« Ein neuerliches

Hupen. »Wagen drei?« Auch der Chauffeur von Lloyd Adams' Wagen hupte. Cavalli blickte durch das Fenster, als der kahlköpfige Schauspieler den Deckel seines Perückenkoffers abnahm. »Wagen vier?« Wagen vier hupte nicht.

»Sind alle in Wagen vier, die in Wagen vier sein sollen?« schnappte der Regisseur.

Da wußte Cavalli, was ihn so mit Unruhe erfüllte, ohne daß er den Grund dafür kannte: Er hatte den ganzen Morgen weder Angelo noch Dollar Bill gesehen hatte. Er hätte sich eher vergewissern müssen! Er war schon auf dem Weg zum Regisseur, als ein Marineleutnant aus einem Wagen sprang, den er mitten auf der Straße angehalten hatte. Der Mann war eins achtzig, hatte einen Bürstenhaarschnitt und trug eine weiße Paradeuniform mit einem Degen an der Seite; an der Brust steckten Orden und Ehrenzeichen für Einsätze in Panama und am Golf. In der Rechten hielt er eine schwarze Schatulle. Ein Polizist rannte hinter ihm her, während Dollar Bill mit einer kleinen Ledertasche langsamer in einigen Metern Abstand folgte.

Als Cavalli sah, was geschehen war, wechselte er die Richtung und schritt ruhig zur Straßenmitte. Der Marineoffizier blieb neben ihm stehen.

»Was, zum Teufel, tun Sie eigentlich?« brüllte Cavalli ihn an.

»Wir sind im Verkehr steckengeblieben«, sagte Angelo lahm.

»Wenn diese Operation Ihretwegen schiefgeht...«

Angelos Gesicht nahm fast die Farbe seiner Uniform an, als er daran dachte, was Bruno Morelli zugestoßen war.

»Und der Degen?« schnaubte Cavalli.

»Könnte nicht besser passen.«

»Und unser Arzt? Ist er in Ordnung?«

»Er wird seine Rolle spielen, das verspreche ich Ihnen.« Angelo blickte über die Schulter.

»In welchem Wagen sitzen Sie beide?«

»Nummer vier. Direkt hinter dem Präsidenten.«

»Dann steigen Sie sofort ein!«

»Entschuldigung, Entschuldigung«, keuchte Dollar Bill, als er atemlos ankam. »Meine Schuld, nicht Angelos. Entschuldigung, Entschuldigung«, wiederholte er, während ihm der Lieutenant, der seinen Degen umklammerte, die hintere Tür öffnete. Als Dollar Bill Platz genommen hatte, stieg Angelo zu ihm ein und schlug die Tür hinter sich zu.

Der Polizist, der Angelo verfolgt hatte, holte seinen Block hervor, gerade als Cavalli sich umdrehte und nach Tom Newbolt Ausschau hielt. Tom rannte bereits über die Straße auf sie zu.

»Überlassen Sie ihn mir«, war alles, was er sagte.

Der zweite Wagen mit Überwachungskameras kam mit kreischenden Bremsen am Schluß der Kolonne zum Stehen. »Entschuldigung, Boß«, sagte der Fahrer. »Irgend so ein Idiot hat seinen Wagen direkt vor mir stehenlassen.« Die Uhr auf dem Turm der Alten Post schlug zehn. In diesem Augenblick gab der leitende Polizeibeamte das Zeichen, und mehrere Polizisten traten hinaus auf die Straße. Einige stoppten den Verkehr, der die Pennsylvania Avenue herunterströmte, während andere Umleitungsschilder aufstellten, um die Wagen vom Drehort wegzulotsen.

Cavalli wandte seine Aufmerksamkeit dem anderen, nur etwa dreiviertel Kilometer entfernten Ende der Pennsylvania Avenue zu. Dort bewegte sich der Verkehr wieder langsam, Stoßstange an Stoßstange.

»Machen Sie schon!« brüllte er, nachdem er auf die Uhr geblickt hatte und ungeduldig auf das Okay wartete.

»Nur noch einen Moment«, brüllte der Einsatzleiter von der Straßenmitte zurück.

Cavalli blickte auf und sah den blau-weißen Polizeihubschrauber mit dröhnenden Rotoren über ihnen.

Weder er noch der Einsatzleiter der Polizei sagten mehr etwas, bis sie etwa zwei Minuten später ein dreimaliges Pfeifen vom Ende der Pennsylvania Avenue hörten. Cavalli blickte auf seine Uhr. Sie hatten sechs kostbare Minuten verloren.

»Ich bring' Angelo um«, sagte er. »Wenn...«

»Die Straße ist frei!« rief der Polizeibeamte. Er drehte sich zu Cavalli um, der den Daumen emporreckte und so dem Regisseur das Zeichen gab.

»Sie haben noch neununddreißig Minuten«, rief der Polizeibeamte. »In der Zeit können Sie die Szene zweimal drehen, wenn es sein muß.«

Aber Cavalli hörte die letzten Worte nicht mehr, als er zum zweiten Wagen rannte, die Tür aufriß und sich auf den Beifahrersitz fallen ließ.

Plötzlich beunruhigte ihn etwas. Er spähte aus dem Seitenfenster und ließ den Blick wieder über die Menschenmenge schweifen.

»Scheinwerfer!« brüllte der Regisseur, und die Pennsylvania Avenue erstrahlte wie das Kaufhaus Macy am Heiligen Abend.

Die Limousinen und Motorräder starteten und ließen die Motoren aufheulen. Die Statisten spazierten auf und ab, während die Polizei den Verkehr umleitete. Der Regisseur blickte über die Schulter, um nach den Scheinwerfern zu sehen und sich zu vergewissern, daß auch der siebte jetzt funktionierte.

»Dreißig Sekunden!« Johnny blickte den Fahrer des ersten Wagens an und rief durchs Megaphon: »Fahren Sie langsam. Vergessen Sie nicht, daß mein Kamerawagen beim Rückwärtsfahren nur fünfzehn Stundenkilometer schafft. Und, Passanten...« Der Regisseur blickte den Bürgersteig entlang. »Bitte gehen Sie ganz normal. Sie laufen ja rum, als wollten Sie sich für eine Rolle in Hamlet bewerben.«

Dann wandte der Regisseur sich der Zuschauermenge zu. »Ihr da, hinter der Absperrung! Laßt mich nicht hängen! Klatscht, ruft, winkt. Und bitte, meine Damen und Herren, denken Sie daran, daß wir das Ganze in etwa zwanzig Minuten wiederholen, also bleiben Sie, wenn es möglich ist.« Er wandte sich wieder dem vordersten Wagen zu. »Fünfzehn Sekunden«, rief er. »Hals- und Beinbruch!«

Tony starrte Scasiatore an und hätte ihn am liebsten hypnotisiert, damit er weitermachte. Sie waren inzwischen bereits acht Minuten zu spät – was allerdings bei diesem Präsidenten, wie Tony zugeben mußte, alles nur um so authentischer aussehen ließ.

»Zehn Sekunden. Neun, acht, sieben, sechs, fünf, vier, drei, zwei, eins – *Action!*«

Die Frau, die den Wäschewagen den Korridor entlangschob, ignorierte das Schild ›Bitte nicht stören‹ an der Tür von Zimmer 1137 und trat ein, ohne anzuklopfen.

Ein ziemlich dicker Mann saß schweißgebadet auf der Bettkante. Er drückte einige Nummern auf dem Telefon, als er sich umdrehte und die Frau sah.

»Verschwinden Sie, dumme Gans«, knurrte er, wandte sich wieder dem Apparat zu und konzentrierte sich darauf, die Nummer noch einmal zu wählen.

Mit drei lautlosen Schritten war die Frau hinter ihm. Er drehte sich ein zweites Mal um, als sie sich herunterbeugte, die Telefonschnur mit beiden Händen nahm und sie um seinen Hals schlang. Er hob protestierend einen Arm, doch schon zog sie mit einem Ruck die Schnur fest. Der Mann sackte nach vorn und fiel vom Bett auf den Vorleger, gerade als die Automatenstimme im Hörer sagte: »Der AT&T-Telefonservice dankt Ihnen für Ihr Vertrauen. Auf Wiederhören.«

Der Frau wurde bewußt, daß es ziemlich unprofessionell gewesen war, die Telefonschnur zu benutzen. Aber niemand schimpfte sie eine dumme Gans!

Sie legte den Hörer auf, bückte sich, hob den Sonderberater des Präsidenten auf ihre Schulter und ließ ihn in den Wäschekorb plumpsen. Sicher hätte niemand geglaubt, daß eine so schmächtige Frau ein solches Gewicht heben könnte. Aber ihr Studium der theoretischen Physik hatte sie in die Lage versetzt, in ihrem erwählten Beruf die Dreh- und Hebelgesetze in die Praxis umzusetzen.

Sie öffnete die Tür und blickte den Korridor hinauf und hinunter. Um diese Stunde war nicht damit zu rechnen, daß sich hier viele Personen aufhielten. Sie schob den Wäschewagen den Gang entlang zum Lastenaufzug, blieb vor der Tür des Aufzugs stehen und wartete geduldig. Als der Aufzug da war, drückte sie den Knopf für die Tiefgarage. Dort rollte sie den Wäschewagen zu einem Honda Accord, dem zweithäufigsten Wagen in Amerika.

Im Schutz eines Pfeilers wuchtete sie den Sonderberater rasch aus dem Korb in den Kofferraum. Dann fuhr sie den Wäschewagen zum Aufzug zurück, zog ihre dunkle, weite Arbeitskleidung aus, warf sie in den Korb, aus dem sie ihre Einkaufstasche mit den langen Schnurgriffen zog, und schickte den Wäschewagen per Aufzug in den fünfundzwanzigsten Stock.

Bevor sie in ihren Wagen stieg, strich sie ihr Laura-Ashley-Kleid glatt und schob die Einkaufstasche unter den Fahrersitz. Sie fuhr auf die Fahrspur hinaus und war noch nicht weit gekommen, als ein Verkehrspolizist sie anhielt.

Sie kurbelte das Fenster herunter.

»Richten Sie sich nach den Umleitungsschildern«, sagte er, ohne sie anzublicken.

Sie schaute auf die Uhr am Armaturenbrett. Es war sieben Minuten nach zehn.

14

Als der Polizeiwagen an der Spitze der Kolonne langsam vom Bordstein losfuhr, rollte der Kamerawagen samt Regisseur mit gleicher Geschwindigkeit auf seinen Schienen rückwärts. Die Menge hinter der Absperrung fing zu winken und begeistert zu rufen an. Wäre wirklich ein Film gedreht worden, hätte der Regisseur bereits nach zwanzig Sekunden »Schnitt!« gerufen, denn dieser Idiot von leitendem Polizeibeamten stand immer noch mit in die Hüften gestemmten Fäusten mitten auf der Straße, als wäre er der Star des Films.

Cavalli bemerkte ihn überhaupt nicht, so angespannt konzentrierte er sich auf die Straße vor ihnen. Er rief Andy an, der, wie er wußte, noch auf der Bank an der Siebten Straße saß und die *Washington Post* las.

»Hier ist nicht viel los, Boß. An der Rampe sind ein paar Leute, aber auf der Straße interessiert sich niemand dafür. Ist bei Ihnen alles in Ordnung? Sie haben sich verspätet.«

»Ja, ich weiß, aber in sechzig Sekunden müßten wir da sein«, entgegnete Cavalli, während der Regisseur eben das Ende der Schienen erreichte und den Daumen in die Luft hob, um anzuzeigen, daß die Wagen nun auf vierzig Stundenkilometer beschleunigen durften. Dann sprang er rasch vom Kamerawagen und ging langsam die Pennsylvania Avenue zurück, um sich auf die zweite Aufnahme vorzubereiten.

Cavalli schaltete das Telefon ab und holte tief Atem, als die Wagenkolonne an der Neunten Straße vorbeikam. Er blickte zum Roosevelt-Denkmal auf dem Rasen vor dem Haupteingang zum Archiv. Der erste Wagen bog an der Siebten Straße nach rechts ab; nur noch ein halber Block bis zur Auffahrt zur Laderampe. Die vorderen Motorräder wurden schneller, und als sie sich auf Andys Höhe befanden, bogen sie rechts zur Rampe ab.

Die übrigen Wagen der Kolonne bildeten unmittelbar gegenüber dem Lieferanteneingang eine Reihe, während die dritte Limousine die Rampe hinunter zur Verladestelle fuhr.

Die Männer vom Nahsicherungstrupp waren die ersten aus dem Wagen, und acht von ihnen bildeten mit den Gesichtern nach außen rasch einen Ring um den dritten Wagen.

Nachdem die acht Männer ein paar Sekunden lang das Terrain sondiert hatten, sprang Cavalli aus dem zweiten Wagen, rannte zu ihnen hinüber und öffnete die hintere Tür des dritten Wagens, um Lloyd Adams aussteigen zu lassen.

Calder Marshall wartete am Lieferanteneinang und eilte nun herbei, um den Präsidenten zu begrüßen.

»Ich freue mich, Sie kennenzulernen, Mr. Marshall«, sagte der Schauspieler und reichte ihm die Hand. »Dieser Besuch lag mir schon lange am Herzen.«

»Genau wie uns, Mr. President. Ich darf Sie, auch im Namen meiner Mitarbeiter, im Nationalarchiv der Vereinigten Staaten willkommen heißen. Würden Sie mir bitte folgen?«

Lloyd Adams und sein Gefolge traten direkt hinter Marshall in den kahlen Lastenaufzug. Während einer der Geheimdienstleute den Finger auf den Aufzugknopf gedrückt hielt, befahl Cavalli der Kolonne, zum Ausgangspunkt zurückzukehren. Sechs Motorräder und die zwölf Wagen fuhren ab und nahmen den gleichen Weg zurück zum Regisseur für die zweite Aufnahme.

Die ganze Aktion – vom Aussteigen des Schauspielers bis zur Abfahrt der Kolonne – hatte keine zwei Minuten gedauert, doch Cavalli sah bestürzt, daß sich auf der anderen Straßenseite bereits eine kleinere Menschenmenge angesammelt hatte, vermutlich in der zutreffenden Annahme, daß sich hier etwas Wichtiges abspielte. Er konnte nur hoffen, daß Andy mit dem Problem zurechtkam.

Cavalli stieg rasch in den Aufzug und zwängte sich hinter Adams. Marshall war damit beschäftigt, dem Präsidenten zu erläutern, wie die Unabhängigkeitserklärung nach langen Irrwegen ins Nationalarchiv gelangt war.

»Die meisten Amerikaner wissen, daß John Adams und Thomas Jefferson die Erklärung aufsetzten, die am 4. Juli 1776 vom Kongreß gebilligt wurde. Doch nur wenigen ist bekannt, daß beide, also der zweite und dritte Präsident der Vereinigten Staaten, am selben Tag starben, dem 4. Juli 1826, fünfzig Jahre nach der offiziellen Unterzeichnung.« Die Fahrstuhltür öffnete sich im Erdgeschoß. Marshall trat auf den Marmorboden des Korridors hinaus und führte die Besucher zu seinem Büro.

»Die Unabhängigkeitserklärung hatte eine lange und dramatische Odyssee hinter sich, Mr. President, bevor sie sichere Zuflucht in diesem Haus fand.«

Als sie die fünfte Tür links erreichten, bat Marshall den Präsidenten und seine Begleiter in sein Büro, wo Kaffee auf sie wartete. Zwei Geheimdienstagenten traten mit ein, die restlichen sechs blieben auf dem Korridor.

Lloyd Adams nippte seinen Kaffee, während Marshall seine Tasse nicht anrührte und statt dessen mit seinem Geschichtsunterricht fortfuhr: »Nach der Unterzeichnungszeremonie wurde die Unabhängigkeitserklärung am 2. August 1776 in Philadelphia deponiert, doch da die Gefahr bestand, die Briten könnten sich ihrer bemächtigen, brachte man sie in einem Planwagen nach Baltimore.«

»Faszinierend«, sagte Adams in gedehntem Südstaatenakzent. »Aber selbst wenn sie von der britischen Infanterie erobert worden wäre, hätte es doch zweifellos Kopien gegeben?«

»Selbstverständlich, Mr. President. Tatsächlich haben wir eine sehr gute Kopie von William J. Stone hier im Hause. Doch das Original blieb bis 1777 in Baltimore, ehe es in das verhältnismäßig sichere Philadelphia zurückgebracht wurde.«

»Wieder in einem Planwagen?« fragte der Präsident.

»In der Tat«, erwiderte Marshall, ohne zu bemerken, daß sein Gast es humorvoll meinte. »Wir kennen sogar den Namen des Kutschers: ein Mr. Samuel Smith. Dann, im Jahre 1800, wurde die Unabhängigkeitserklärung, auf Anweisung von Präsident Adams, in die Stadt Washington gebracht, wo sie zuerst ihre Heimstatt im Schatzamt fand. Doch zwischen 1800 und 1814 mußte sie innerhalb der Stadt mehrmals umziehen, bis sie schließlich in dem ehemaligen Gebäude des Kriegsministeriums an der Siebzehnten Straße untergebracht wurde.«

»Eine schlimme Zeit, dieser schreckliche Krieg mit den Briten«, warf der Schauspieler ein.

Cavalli war erfreut, daß der Schauspieler nicht nur seinen Text gelernt, sondern sich auch so gründliche Geschichtskenntnisse angeeignet hatte.

»Ja, das stimmt, Mr. President«, bestätigte der Archivar. »Und als die britische Flotte in der Chesapeake Bay erschien, befahl der Außenminister James Monroe, die Unabhängigkeitserklärung anderswo in Sicherheit zu bringen. Denn wie Sie sicher wissen, Mr. President, ist der Außenminister, nicht der Präsident, für die sichere Verwahrung dieses Dokuments verantwortlich.«

Lloyd Adams wußte es, war aber nicht sicher, ob es auch der Präsident gewußt hätte. Deshalb beschloß er, vorsichtig zu sein. »Ach, tatsächlich, Mr. Marshall? Hat Warren Christopher sich die Unabhängigkeitserklärung denn auch schon mal angeschaut?«

»Der Herr Außenminister hatte die Güte, uns kurz nach seiner Amtseinführung zu besuchen«, erwiderte Marshall.

»Aber er hatte doch wohl nicht vor, das Dokument woanders hinbringen zu lassen?« sagte der Schauspieler.

Marshall, Cavalli, der Lieutenant und der Arzt lachten pflichtschuldigst. Dann fuhr Marshall fort:

»Monroe wußte, daß die Briten nach Washington vorrückten. Deshalb sandte er die Unabhängigkeitserklärung den Potomac aufwärts nach Leesburg in Virginia.«

»Am 24. August«, sagte Adams, »als das Weiße Haus dem Erdboden gleichgemacht wurde.«

»Exakt«, sagte Marshall. »Sie sind ausgezeichnet informiert, Sir.«

»Ehre, wem Ehre gebührt«, entgegnete der Schauspieler. »Mein Sonderberater Rex Butterworth hat mich ausführlich mit der Materie vertraut gemacht.«

Marshall nickte bei Erwähnung dieses Namens, aber Cavalli fragte sich, ob der Schauspieler nicht ein bißchen zu dick auftrug.

»In jener Nacht«, fuhr Marshall fort, »als das Weiße Haus in Flammen stand, wurde die Unabhängigkeitserklärung, dank Monroes Voraussicht, sicher in Leesburg untergebracht.«

»Und wann kam das Dokument nach Washington zurück?« fragte Adams, der dem Archivar das genaue Datum mühelos hätte nennen können.

»Erst nach mehreren Wochen, Sir. Genau gesagt, am 17. September 1814. Von einem Ausflug nach Philadelphia zur Jahrhundertfeier und seiner Aufbewahrung in Fort Knox während des Zweiten Weltkriegs abgesehen, blieb die Unabhängigkeitserklärung seither in Washington.«

»Aber nicht in diesem Haus«, warf Adams ein.

»Stimmt, Mr. President, Sie haben wieder mal recht. Das Dokument hatte mehrere Bleiben, bevor es sein endgültiges Zuhause hier bei uns fand. Am schlimmsten erging es der Unabhängigskeiterklärung im Patentamt, wo sie einem Fenster gegenüber aufgehängt und jahrelang ungeschützt der Sonne ausgesetzt war, was zu Schäden am Pergament führte, die leider nicht mehr zu beheben sind.«

Bill O'Reilly stand in der Ecke und erinnerte sich, wie viele Stunden Arbeit ihn dieses Dokument gekostet hatte und wie viele Kopien er während des Vorbereitungsstadiums hatte vernichten müssen. Dabei hätte man doch gerade von den Mitarbeitern des Patentamtes ein bißchen mehr Einfallsreichtum erwarten dürfen.

»Wie lange hing sie dort?« fragte Adams.

»Fünfunddreißig Jahre«, antwortete Marshall mit einem Seufzer, der verriet, daß er ebenso verärgert wie Bill über diese unverzeihliche Gedankenlosigkeit seiner Vorgänger war. »1877 wurde die Unabhängigkeitserklärung in die Bibliothek des Außenministeriums gebracht. Nun müssen Sie wissen, daß zu jener Zeit das Rauchen überall üblich war. Und zu allem Überfluß befand sich in jenem Raum auch noch ein offener Kamin. Und ich möchte hinzufügen, daß in jenem Gebäude nur wenige Monate, nachdem das Dokument wieder einmal fortgeschafft worden war, ein Feuer ausbrach.«

»Das war knapp«, stellte Adams fest.

»Nach dem Krieg«, fuhr Marshall fort, »wurde die Unabhängigkeitserklärung von Fort Knox in einem Salonwagen nach Washington in die Kongreßbibliothek gebracht.«

»Ich hoffe, sie wurde nicht erneut schädlichen Einflüssen ausgesetzt«, sagte Adams in dem Augenblick, als Cavallis Telefon läutete.

Cavalli trat in eine Ecke und hörte den Regisseur, der ihm sagte: »Wir sind wieder startbereit. Es kann losgehen, wann immer Sie soweit sind.«

»Ich rufe Sie an, sobald ich Sie brauche«, entgegnete Cavalli lediglich. Er schaltete sein Telefon ab und kehrte zu den anderen zurück. Der Archivar erzählte soeben:

»... in einer Vitrine mit Thermopanescheiben und einem Ultraviolettfilter.«

»Faszinierend. Und wann kam das Dokument schließlich hierher?«

»Am 13. Dezember 1952. Es wurde von einer Eskorte bewaffneter Marineinfanteristen in einem Panzer von der Kongreßbibliothek hierher ins Nationalarchiv transportiert.«

»Zuerst ein Planwagen, dann ein Panzer«, sagte der Schauspieler, der bemerkte, daß Cavalli immer wieder auf seine Uhr schaute. »Ich glaube, ich sollte mir jetzt die Unabhängigkeitserklärung in ihrer ganzen Pracht ansehen.«

»Natürlich, Mr. President«, sagte der Archivar.

Marshall führte sie zurück auf den Korridor. »Die Unabhängigkeitserklärung ist normalerweise in der Rotunde im Erdgeschoß ausgestellt, aber wir werden sie im Tresor ansehen, wo sie des Nachts aufbewahrt wird.«

Als sie das Gangende erreichten, führte der Archivar den Präsidenten eine Treppe hinunter, während Cavalli sich den Weg einprägte, auf dem sie am schnellsten aus dem Haus gelangen würden, falls es Schwierigkeiten gab. Er war erfreut, daß der Archivar seine Anweisungen befolgt und das Personal aus den Korridoren verbannt hatte.

Am Fuß der Treppe hielten sie vor einer gewaltigen Stahltür

an, wo ein ältlicher Herr in langem weißem Kittel auf sie wartete. Seine Augen leuchteten auf, als er den Schauspieler sah.

»Das ist Mr. Mendelssohn«, stellte Marshall den Alten vor. »Mr. Mendelssohn ist der Oberkonservator und, wie ich zugeben muß, der wirkliche Experte, was das Dokument angeht. Er kann Ihnen alles über die Unabhängigkeitserklärung berichten. Anschließend zeige ich Ihnen den Rest des Gebäudes.«

Der Schauspieler trat näher und reichte dem Alten die Hand. »Freut mich Sie kennenzulernen, Mr. Mendelssohn.«

Der Oberkonservator verbeugte sich, schüttelte dem Schauspieler die Hand und schob die Stahltür auf.

»Bitte folgen Sie mir, Mr. President«, bat er mit mitteleuropäischem Akzent.

Sobald sie sich in dem winzigen Tresorraum befanden, beobachtete Cavalli, wie seine Leute sich in einem kleinen Kreis verteilten und alles überprüften, außer dem Präsidenten. Auch Bill O'Reilly, Angelo und Debbie nahmen ihre Plätze ein, wie sie es am gestrigen Abend geprobt hatten.

Cavalli blickte rasch zu Dollar Bill, der aussah, als brauchte er selbst einen Arzt.

Mendelssohn führte den Schauspieler zu einem massiven Betonblock, der einen großen Teil der hinteren Wand einnahm.

Er tippte auf den Beton und erklärte, daß diese schützende Umhüllung zu einer Zeit errichtet worden war, als die Nation in Angst vor einem Atomkrieg lebte.

»Die Unabhängigkeitserklärung befindet sich umgeben von fünf Tonnen ineinandergreifender Metallplatten in diesem fünfundfünfzig Tonnen schweren Tresor aus Beton und Stahl, den Sie hier sehen. Ich kann Ihnen versichern, Mr. President«, fügte Mendelssohn hinzu, »selbst wenn die Stadt dem Erdboden gleichgemacht würde, bliebe das Dokument unbeschädigt.«

»Beeindruckend«, sagte Adams. »Außerordentlich beeindruckend.«

Cavalli blickte wieder auf die Uhr. Es war jetzt vierundzwanzig Minuten nach zehn, und sie befanden sich bereits siebzehn Minuten im Archiv. Obwohl die Limousinen warteten, blieb ihm keine Wahl, als den Konservator gewähren zu lassen. Ihre Gastgeber wußten ja, daß dem Präsidenten nur eine begrenzte Zeit zur Verfügung stand, und hofften zudem, ihm noch den Rest des Hauses zeigen zu können.

»Das gesamte System arbeitet elektronisch, Mr. President«, erklärte der Konservator eifrig. »Auf einen Knopfdruck wird die Unabhängigkeitserklärung, die stets aufrecht ausgestellt und aufbewahrt wird, aus diesem Untergeschoß durch elektronisch gekoppelte, selbstöffnende Türen nach oben befördert, wo sie in einem Kasten aus massiver Bronze ausgestellt und durch ballistisch getestetes Panzerglas und lamellierten Kunststoff geschützt wird. Die Ultraviolettfilter in dem Laminat verleihen der inneren Schicht einen leicht grünlichen Farbton.« Der Schauspieler wirkte verwirrt, doch Mr. Mendelssohn schien es nicht zu bemerken. »Wir befinden uns augenblicklich sechseinhalb Meter unter der Ausstellungshalle. Da die Mechanik sich manuell bedienen läßt, bin ich in der Lage, die Maschinerie zu jedem Zeitpunkt anzuhalten. Mit Ihrer Erlaubnis, Mr. Marshall.«

Der Archivar nickte, und der Konservator drückte auf einen Knopf, den weder der Schauspieler, noch Cavalli bisher bemerkt hatten. Die Fünftonnenplatten begannen über ihren Köpfen auseinanderzugleiten, und ein plötzliches Surren und Klicken erklang, als das massive Messinggehäuse des Pergaments seine tägliche Reise nach oben begann. Als der Rahmen Schreibtischhöhe erreichte, drückte Mr. Mendelssohn auf einen zweiten Knopf, und das Geräusch verstummte sogleich. Dann deutete er einladend in die Richtung des Gehäuses.

Lloyd Adams trat einen Schritt nach vorn und blickte auf das historische Dokument.

»Mr. President, um Ihrem persönlichen Wunsch entsprechen zu können, haben nun auch wir eine kleine Bitte an Sie.«

Der Schauspieler war nicht sicher, was er sagen sollte, und blickte zu Cavalli im Hintergrund.

»Und worum handelt es sich bei dieser kleinen Bitte?« fragte Cavalli, der fürchtete, den Plan so kurz vor Erreichen des Ziels noch ändern zu müssen.

»Nur, daß Ihre Begleiter sich freundlicherweise zur Wand umdrehen, während der Archivar und ich das Gehäuse öffnen«, antwortete Mr. Mendelssohn.

Cavalli zögerte, denn er wußte, daß der Geheimdienst nie zulassen würde, daß seine Agenten den Präsidenten auch nur eine Sekunde aus den Augen ließen.

»Ich werde es Ihnen leichter machen, Mr. Mendelssohn«, sagte Adams, »und als erster Ihrer Bitte nachkommen.« Der Schauspieler wandte sich von dem Dokument ab, und die anderen folgten seinem Beispiel.

In der kurzen Zeit, während das Team nicht sehen konnte, was sich hinter ihnen abspielte, hörte Cavalli zwölfmal ein Klicken und das übertriebene Ächzen zweier Männer, die es nicht gewohnt waren, schwere Dinge zu bewegen.

»Vielen Dank, Mr. President«, sagte Calder Marshall, »ich hoffe, wir haben Ihnen keine zu großen Umstände gemacht.«

Die dreizehn Besucher drehten sich zu dem massiven Rahmen um. Das Bronzegehäuse war aufgeklappt, so daß es wie ein geöffnetes Buch aussah.

Lloyd Adams trat näher, Cavalli und Dollar Bill hielten sich einen Schritt hinter ihm, um das Original zu bewundern, während Marshall und der Konservator unentwegt auf das alte Pergament starrten. Urplötzlich taumelte der Schauspieler rückwärts, krallte die Hand um die Kehle und sank zu Boden. Sofort scharten sich vier der Geheimdienstleute um Adams, während die anderen vier den Archivar und den Konservator aus dem Tresor auf den Korridor drängten, ehe die beiden einen Ton hervorbrachten. Tony mußte zugeben, daß Johnny recht hatte – es war wirklich übertrieben geschauspielert.

Kaum war die Tür geschlossen, drehte Cavalli sich zu Dollar Bill um, der neben dem Lieutenant aufgeregt auf das Dokument starrte.

»An die Arbeit, Angelo«, sagte der Ire. Er streckte die Finger aus. Der Lieutenant nahm ein Paar Gummihandschuhe aus der Arzttasche und streifte sie Bill über die Hände. Der Ire ließ die Finger kreisen wie ein Pianist vor seinem ersten Griff in die

Tasten. Angelo beugte sich wieder über die Tasche, holte ein langes, dünnes Messer heraus und legte den Griff fest in Bills Rechte.

Während dieser Vorbereitungen hatte der Fälscher den Blick keine Sekunde von dem Dokument genommen. Alle im Tresor waren so still, daß ein Vergleich mit einer Gruft treffend gewesen wäre, als der Ire sich über das Pergament beugte, die Klinge vorsichtig unter die obere rechte Ecke schob und sie behutsam anhob. Das gleiche tat er mit der linken oberen Ecke. Dann gab Bill das Messer Angelo zurück und machte sich daran, das Pergament langsam so eng zusammenzurollen wie möglich, ohne es zu beschädigen.

Gleichzeitig kippte Angelo den Griff seines Zierdegens zurück und streckte den langen Schaft vor sich aus. Cavalli nahm vorsichtig Dollar Bills Kopie aus dem speziell angefertigten Gehäuse, in dem sich normalerweise die Degenklinge befinden müßte.

Cavalli und Dollar Bill tauschten die Pergamente. Während Cavalli das Original der Unabhängigkeitserklärung Zentimeter um Zentimeter in die Scheide des Zierdegens schob, rollte Dollar Bill vorsichtig seine Fälschung auf die hintere Platte des laminierten Glases. Die feuchte Chemikalie verhinderte, daß das Dokument verrutschte. Der Fälscher schnupperte. Der starke Geruch verriet seiner feinen Nase, daß es sich um Thymol handelte. Dann bedachte er seine Kopie mit einem letzten, langen Blick und überprüfte noch einmal die orthographische Korrektur, ehe er einen Schritt zurück tat, um sein Meisterwerk der sorgfältigen Behandlung im Nationalarchiv und seinem Betongefängnis zu überlassen.

Als alles erledigt war, schritt Dollar Bill rasch zu Lloyd Adams hinüber. Debbie hatte ihm bereits den Kragen geöffnet, die Krawatte gelockert und helle Grundierung auf seinem Gesicht verteilt. Der Fälscher kniete sich neben den Schauspieler, zog die Gummihandschuhe aus und warf sie in die Arzttasche, die voller Schminkutensilien war, während Cavalli auf seinem drahtlosen Telefon eine Nummer wählte.

Noch vor dem ersten Läuten wurde am anderen Ende abgehoben, und Cavalli hatte Mühe, die leise Stimme zu hören.

»Aufnahme zwei«, sagte Cavalli mit fester Stimme und schaltete ab; dann deutete er zur Tür. Einer der Geheimagenten schwang die Stahltür weit auf. Cavalli beobachtete gespannt Mr. Mendelssohn, der hereinstürmte und direkt zu dem Messinggehäuse rannte, während Marshall kreidebleich und zitternd zum Präsidenten stürmte.

Erleichtert stellte Cavalli fest, daß sich ein Lächeln über das Gesicht des Konservators legte, während er sich über die Kopie der Unabhängigkeitserklärung beugte. Mit Angelos Hilfe schloß er das Gehäuse, bedachte das Pergament noch einmal mit einem liebevollen Blick und ließ rasch die zwölf Verschlüsse einschnappen. Schließlich drückte er auf einen Knopf, und das Surren und Klicken begann aufs neue, als das massive Messinggehäuse langsam wieder im Boden verschwand.

Cavalli wandte seine Aufmerksamkeit dem Schauspieler zu, dem gerade zwei der Geheimagenten aufhalfen, während Dollar Bill seine Arzttasche schloß.

»Mit welcher Chemikalie ist das Pergament behandelt?« fragte er.

»Thymol«, antwortete der Archivar.

»Natürlich! Damit hätte ich rechnen müssen. Bei der Allergie des Präsidenten mußte es ja zu dieser Reaktion kommen. Aber machen Sie sich keine unnötigen Sorgen. Wenn wir ihn so schnell wie möglich an die frische Luft bringen, wird er sich rasch erholen.«

»Gott sei Dank!« rief Marshall, der immer noch nicht zu zittern aufgehört hatte.

»Amen«, murmelte der Ire, während der Schauspieler zur Tür geleitet wurde.

Marshall rannte sogleich voraus und führte die Besucher die Treppe hinauf. Die Geheimdienstmänner folgten dichtauf.

Cavalli ließ Lloyd Adams hinter sich herstolpern, während er sich beeilte, den Archivar einzuholen. »Niemand – ich betone – absolut niemand darf von diesem Vorfall erfahren!« beschwor er den Archivar. »Es könnte für den Präsidenten, der erst so kurz im Amt ist, unabsehbare Folgen haben – vor allem, wenn man bedenkt, was Mr. Bush nach seinem Japanbesuch durchgemacht hat.«

»Nach seinem Japanbesuch? Natürlich, natürlich.«

»Wenn einer Ihrer Mitarbeiter fragen sollte, weshalb der Präsident die Besichtigung des Archivs nicht zu Ende führte, dann bleiben Sie dabei, daß er in dringender Sache ins Weiße Haus zurückgerufen wurde.«

»In dringender Sache zurückgerufen. Natürlich«, versicherte ihm Marshall, der jetzt bleicher war als der Schauspieler.

Erleichtert stellte Cavalli fest, daß man sich immer noch an seine ursprüngliche Anweisung hielt, das Personal während des Präsidentenbesuchs nicht auf die Korridore zu lassen.

Sie stiegen alle in den Lastenaufzug und fuhren zur Laderampe hinunter. Cavalli sprang als erster hinaus und rannte vor den anderen her die Rampe zur Siebten Straße hinauf.

Er war verärgert, als er bemerkte, daß sich immer noch eine kleinere Menge Zuschauer auf dem Bürgersteig gegenüber aufhielten, während von der Wagenkolonne nichts zu sehen war. Besorgt spähte er nach rechts, wo Andy nun auf der Bank stand und zur Pennsylvania Avenue deutete. Cavalli drehte sich in diese Richtung und sah den ersten Motorradpolizisten in die Siebte Straße einbiegen.

Er rannte die Rampe wieder hinunter zu Lloyd Adams, der von zwei Geheimagenten gestützt an einem Federal-Express-Lieferwagen lehnte.

»Beeilen wir uns«, sagte Cavalli. »Da draußen hat sich eine kleine Zuschauermenge angesammelt. Die Leute werden allmählich neugierig.« Er wandte sich dem Archivar zu, der neben dem Konservator auf der Rampe stand.

»Bitte vergessen Sie nicht: Der Präsident wurde in dringender Sache ins Weiße Haus zurückgerufen.« Beide nickten heftig, während Cavalli wieder die Rampe hinauflief. Vier der Geheimdienstleute eilten vorwärts, als der dritte Wagen mit laufendem Motor unten an der Rampe hielt.

Cavalli öffnete die Wagentür und winkte dem Schauspieler zu, schnell einzusteigen. Die vordersten Motorradpolizisten stoppten den Verkehr, als der letzte Wagen an der Einfahrt zum Lieferanteneingang hielt. Während man Lloyd Adams in die Limousine half, fing die kleine Zuschauermenge auf der anderen Straßenseite zu winken und zu klatschen an.

Ein Geheimdienstmann deutete mit einem Nicken auf das Gebäude zurück. Angelo sprang in den zweiten Wagen, ohne die Hand von seiner Degenscheide zu nehmen. Bill und die Sekretärin stiegen in die vierte Limousine. Als Cavalli zu Angelo auf den Rücksitz des zweiten Wagens gesunken war und das Zeichen zum Losfahren gegeben hatte, befand sich die Motorradeskorte bereits mitten auf der Siebten Straße und stoppte den Verkehr, damit die Wagenkolonne ungehindert zur Constitution Avenue fahren konnte.

Als die Sirenen heulten und die Limousinen die Siebte Straße entlangfuhren, blickte Cavalli zurück und stellte erleichtert fest, daß weder Marshall noch Mendelssohn noch zu sehen waren.

Dann galt seine Aufmerksamkeit der Ostseite der Siebten Straße, wo Andy der Menge erklärte, daß sie nicht den Präsidenten gesehen hatten, sondern nur Zeugen einer Filmprobe gewesen waren. Die meisten Zuschauer machten keinen Hehl aus ihrer Enttäuschung, und die Menge zerstreute sich.

War da nicht ein Gesicht in der Menge, das er kannte?

Während Cavallis Limousine die Constitution Avenue hinunterbrauste, bog der Polizeiwagen an der Spitze bereits auf die Vierzehnte Straße ab, begleitet von zwei der Motorradpolizisten. Die Sirenen waren inzwischen abgeschaltet, und der Rest des Korsos löste sich nach und nach auf, bis auch der letzte Wagen die ihm zugeteilte Kreuzung erreicht hatte.

Die erste Limousine fuhr nach rechts auf die Neunte Straße und dann sofort wieder nach rechts auf die Pennsylvania Avenue und von dort weiter in Richtung Kapitol. Der dritte Wagen blieb auf der mittleren Spur der Constitution Avenue, während der vierte nach links auf die Zwölfte Straße abbog und der sechste nach rechts auf die Dreizehnte.

Das fünfte Fahrzeug bog links auf die Dreiundzwanzigste Straße ein, überquerte die Memorial Bridge und folgte den Wegweisern zur Old Town, während die zweite Limousine auf der Vierzehnten nach links fuhr, zum Jefferson Memorial und dem George Washington Parkway.

Cavalli, der auf dem Rücksitz dieses zweiten Wagens saß, rief den Regisseur an. »Es hat alles geklappt«, sagte er nur.

15

Scott hoffte inbrünstig, daß die Frau des Botschafters am Donnerstag unabkömmlich war oder sich vielleicht sogar noch in Genf aufhielt. Er erinnerte sich an Dexter Hutchins' Worte: »Geduld ist für CIA-Leute keine Tugend, sondern neun Zehntel ihres Jobs.«

Als er am Ende des Schwimmbeckens verhielt, sagte ihm Hannah, daß die Frau des Botschafters noch nicht aus der Schweiz zurückgekehrt war. Sie machten sich gar nicht mehr die Mühe, noch eine Bahn zu schwimmen, sondern verabredeten sich im Vergnügungspark im Bois de Vincennes.

In dem Moment, als er sie die Straße überqueren sah, wollte er sie berühren. Im CIA-Lehrbuch gab es keine Anweisungen, wie man sich in einem solchen Fall zu verhalten hatte, und während der vergangenen neun Jahre hatte kein Agent ein ähnliches Problem bei ihm zur Sprache gebracht.

Hannah berichtete ihm, was sich in der Botschaft tat, und fügte hinzu, daß in Genf irgendwas Größeres im Gange sei, daß sie aber leider noch nichts Genaues wisse. Auf Hannahs Frage versicherte Scott ihr, daß er Kratz alles gemeldet habe und daß es nicht mehr lange dauern würde, bis man sie herausholte. Sie schien sich darüber zu freuen.

Als sie sich über andere Dinge zu unterhalten begannen, riet ihm seine Ausbildung, daß Hannah jetzt eigentlich umgehend zur Botschaft zurückkehren müßte. Diesmal jedoch überließ Scott ihr die Entscheidung. Sie schien sich zum erstenmal ein wenig zu entspannen, ja, sie lachte sogar bei Scotts Geschichten über die Pariser Machos, mit denen er jeden Abend im Fitneß-Center zusammen schwitzte.

Es waren schöne Stunden im Vergnügungspark, vor allem für Hannah. Sie schoß an einer Bude einen Teddy, Scott traf nichts; und auf der Achterbahn wurde ihr nicht übel, aber Scott.

»Warum kaufst du Zuckerwatte?« fragte er.

»Weil uns dann niemand für Agenten halten wird«, antwortete sie, »sondern für ein Liebespaar.«

Zwei Stunden später trennten sie sich, und er küßte sie auf die Wange. Zwei Profis, die sich wie Amateure benahmen. Er entschuldigte sich. Sie lachte und verschwand.

Kurz nach zehn Uhr gesellte Al Obaydi sich zu einer kleinen Menschenmenge, die sich auf dem Bürgersteig gegenüber einem Seiteneingang des Nationalarchivs gesammelt hatte. Er mußte zwanzig Minuten warten, ehe die Tür wieder aufging und Cavalli die Rampe hinaufgerannt kam, gerade als die Wagenkolonne wieder an der Ecke Siebte Straße auftauchte. Auf ein Zeichen Cavallis eilten alle zu den wartenden Wagen. Al Obaydi wollte seinen Augen nicht trauen. Die Menge fiel tatsächlich auf den Schwindel herein und begann zu winken und klatschen.

Als der erste Wagen um die Ecke verschwand, erklärte ein Mann, der seit Stunden alles beobachtete, daß sie nicht den Präsidenten gesehen hätten, sondern lediglich eine Filmprobe.

Al Obaydi lächelte über diesen doppelten Schwindel, während die enttäuschte Menge sich auflöste. Er überquerte die Siebte Straße und reihte sich in eine lange Schlange von Touristen, Schülern und Neugierigen ein, welche die Unabhängigkeitserklärung sehen wollten.

Die neununddreißig Stufen hinaufzusteigen dauerte ebenso viele Minuten. Als der Botschaftssekretär endlich die Rotunde betrat, war der Menschenstrom zu einem Nebenfluß geworden, der durch die Marmorhalle zu einer dünnen Schlange neun weitere Stufen hinauf strömte und unter den forschenden Augen von Thomas Jefferson und John Hancock als Rinnsal endete. Vor ihm befand sich das schwere Messinggehäuse mit der Unabhängigkeitserklärung.

Al Obaydi bemerkte, daß jedem nur wenige Augenblicke zur Betrachtung des historischen Dokuments zur Verfügung standen. Als er auf die unterste Stufe stieg, begann sein Herz schneller zu schlagen, aber aus einem anderen Grund als bei den anderen Schaulustigen. Er holte eine Brille aus seiner Brusttasche, deren Gläser die kleinste Schrift vierfach vergrößerten.

Der Botschaftssekretär schritt zur Mitte der obersten Stufe und starrte auf die Unabhängigkeitserklärung. Seine unmittelbare Reaktion war Entsetzen. Das Dokument war so vollkommen, daß es nur das echte sein konnte. Cavalli hatte ihn hereingelegt. Schlimmer noch, es war ihm gelungen, durch eine geschickte Täuschung zehn Millionen Dollar zu ergaunern.

Al Obaydi vergewisserte sich, daß ihn die Wächter links und rechts des Gehäuses kaum beachteten, erst dann setzte er die Brille auf.

Er beugte sich so weit vor, daß seine Nase die Glasscheibe fast berührte, und suchte nach dem einen Wort, das richtig geschrieben sein mußte, wenn sie auch nur noch einen einzigen Cent bekommen wollten.

Seine Augen weiteten sich, als er zu dem Satz kam: *Auch haben wir es nicht an unserer Achtsamkeit gegen unsere Britischen Brüder ermangeln lassen.*

Die Frau des Botschafters kehrte am folgenden Freitag mit ihrem Mann aus Genf zurück. Hannah und Scott war es gelungen, an diesem Vormittag ein paar Stunden zusammenzusein.

Noch keine drei Wochen waren vergangen, seit er sie zum erstenmal in der Badeanstalt am Boulevard Lannes gesehen hatte, und nur gute zwei Wochen seit der hastig arrangierten Verabredung im Café an der Avenue Bugeaud. Dann hatten die Lügen begonnen, kleine zunächst, doch sie wuchsen, bis sie zu einem komplizierten Gespinst aus Täuschungen geworden waren. Jetzt sehnte Scott sich danach, Hannah die Wahrheit zu sagen. Doch das wurde mit jedem Tag unmöglicher.

In Langley war man höchst erfreut über die verschlüsselten Meldungen, und Dexter hatte Scott zu seiner erstklassigen Arbeit gratuliert. »Kann mich nicht erinnern, je einen so guten Neuling im Außendienst gehabt zu haben«, gestand Dexter. Doch Scott hatte keinen Kode gefunden, dem stellvertretenden Direktor mitzuteilen, daß er sich verliebt hatte.

Er hatte Hannahs Akte von vorn bis hinten eingehend studiert, doch sie gab keinen Hinweis auf ihr wirkliches Wesen. Wie sie lächelte, ein Lächeln, das ansteckte, wie traurig oder verärgert man auch sein mochte. Ein Verstand, der stets faszinierend war – und fasziniert von allem, was rings um sie vorging. Doch vor allem waren es ihre Wärme und Sanftheit, die Scott die Stunden der Trennung von ihr wie eine Ewigkeit erscheinen ließen.

Und immer, wenn er mit ihr zusammen war, fühlte er sich so unreif wie seine Studenten. Ihre heimlichen Rendezvous hatten selten länger als eine Stunde, höchstens zwei gedauert, doch gerade das machte jedes um so kostbarer.

Hannah erzählte Scott mit entwaffnender Offenheit und Ehrlichkeit über sich, während er ihr nichts als Lügen auftischte, sich für einen Mossad-Agenten ausgab, der sich seines Auftrags in Paris wegen als Schriftsteller tarnte. Seine Lügen waren das eine Problem – in einer Spirale ohne Ende führte jede Lüge zu einer weiteren. Und Hannahs Vertrauen war das andere – sie glaubte ihm jedes Wort.

Als er an diesem Abend heimkehrte, traf er eine Entscheidung, von der er wußte, daß man sie in Langley nicht billigen würde.

Als der Wagen sich in die Außenspur des George Washington Memorial Parkway einfädelte, um zum Flughafen zu gelangen, spähte der Fahrer in den Rückspiegel und bestätigte, daß niemand ihnen folgte. Cavalli fiel ein Stein vom Herzen, obwohl er zwei verschiedene Pläne für den Fall ausgearbeitet hatte, daß man sie mit der Unabhängigkeitserklärung erwischte. Ihm war von Anfang an klar gewesen, daß er sich so rasch wie nur möglich vom Tatort entfernen mußte. Der Plan sah vor, daß er Nick Vicente das Dokument spätestens zwei Stunden nach dem Austausch übergeben mußte.

»Verlieren wir keine Zeit.« Cavalli wandte sich Angelo zu, der ihm gegenüber saß. Angelo löste die Degenscheide vom Gürtel. Dann blickten die beiden Männer einander wie japanische Sumoringer an. Jeder wartete, daß der andere anfing. Angelo klemmte sich den Degen zwischen die Beine; der Griff war auf seinen Boß gerichtet. Cavalli beugte sich vor und löste den Griff von der Klinge. Dann zog er mit den Nägeln seines rechten Daumens und Zeigefingers den dünnen schwarzen Kunststoffzylinder aus der Scheide. Angelo setzte den Griff wieder auf und hängte den Degen zurück an seinen Gürtel.

Cavalli hielt den siebenundsechzig Zentimeter langen Zylinder in den Händen.

»'ne große Versuchung, einen Blick darauf zu werfen«, meinte Angelo.

»Im Augenblick gibt es Wichtigeres zu tun«, entgegnete Cavalli und legte den Zylinder neben sich auf den Sitz. Er langte nach dem Autotelefon, drückte eine einzelne Taste und wartete.

»Ja?« sagte eine vertraute Stimme.

»Ich bin unterwegs und habe etwas zu verschicken, wenn ich ankomme.« Längeres Schweigen folgte diesen Worten, und Cavalli fragte sich bereits, ob die Verbindung unterbrochen war.

»Das hast du gut gemacht«, hörte er schließlich. »Aber kannst du den Zeitplan einhalten?«

Cavalli blickte aus dem Fenster. Das Ausfahrtschild zur Bundesstraße 395 war kurz zu sehen. »Ich würde sagen, wir haben noch zwei Minuten bis zum Flughafen. Wenn wir es bis zur reservierten Startzeit schaffen, dürfte ich gegen ein Uhr bei dir sein.«

»Gut, dann lasse ich Nick zu uns kommen, damit der Vertrag übernommen und unserem Klienten geschickt werden kann. Also, wir erwarten dich gegen eins.«

Cavalli legte auf und sah amüsiert, daß Angelo nur Slip und Unterhemd trug. Er lächelte und wollte gerade eine Bemerkung darüber machen, als das Telefon läutete. Cavalli griff nach dem Hörer.

»Ja?«

»Ich bin's, Andy. Das Dokument ist wieder ausgestellt, und die Besucherschlangen sind so lang wie immer. Ich dachte, das interessiert Sie vielleicht. Übrigens, während Sie im Gebäude waren, stand die ganze Zeit ein Araber in der Menge. Er hat sich dann in die Schlange gestellt, um sich die Unabhängigkeitserklärung anzuschauen.«

»Gut gemacht, Andy. Kommen Sie nach New York zurück. Sie können mir dann morgen alles Nähere erzählen.«

Cavalli legte auf und dachte über Andys neue Information nach, während Angelo seine Krawatte mit einem Windsorknoten band, mit der ein Lieutenant sich nicht einmal als Leiche sehen lassen würde. Seine Hose hatte er immer noch nicht an.

Die getönte Scheibe zwischen Chauffeur und Fahrgästen glitt hinunter.

»Wir sind gleich an der Learjet-Abfertigungshalle, Sir. Uns ist die ganze Zeit niemand gefolgt.«

»Gut«, bedankte Cavalli sich, während Angelo hastig in seine Hose schlüpfte. »Sobald Sie die Kennzeichen gewechselt haben, fahren Sie nach New York zurück.«

Der Fahrer nickte, und die Limousine hielt vor einem kleineren Flughafengebäude.

Cavalli griff nach dem Plastikzylinder, sprang aus dem Wagen, rannte durch das Abfertigungsgebäude und hinaus aufs Flugfeld. Hastig hielt er nach dem weißen Learjet Ausschau. Dann entdeckte er die Maschine. Eine Tür öffnete sich, und die Einstiegstreppe wurde herabgelassen. Cavalli rannte darauf zu. Angelo folgte ihm und versuchte trotz des Winds in seine Jacke zu schlüpfen.

Der Flugkapitän erwartete sie auf der obersten Stufe der hydraulischen Treppe. »Da haben Sie's aber gerade noch geschafft.« Cavalli lächelte. Als er und Angelo Platz genommen und ihre Sicherheitsgurte eingeklickt hatten, drückte der Kapitän auf einen Knopf, und die Treppe wurde eingefahren.

Während das Flugzeug über dem Kennedy Center kurvte, servierte der Steward ihnen Champagner. Cavalli lehnte ein zweites Glas ab. Er konzentrierte sich auf die noch bevorstehenden Aufgaben, bis seine Rolle bei diesem Auftrag beendet war. Seine Gedanken wandten sich wieder Al Obaydi zu. Er fragte sich, ob er den Mann etwa unterschätzt hatte.

Siebenundfünfzig Minuten später landete der Learjet auf

dem La-Guardia-Flughafen in New York. Cavallis Fahrer wartete bereits am Wagen, um seinen Boß und Angelo in die City zu bringen.

Während der Fahrer ständig Spuren und Richtung auf dem Highway wechselte, der sie schließlich nach Westen zur Triborough Bridge bringen würde, blickte Cavalli auf die Uhr. Nur anderthalb Stunden nachdem sie sich am Lieferanteneingang des Nationalarchivs von Calder Marshall verabschiedet hatten, steckten sie nun im Verkehrsgewühl in Richtung Manhattan. Ungefähr die Zeit, die ein Bankier aus der Wall Street für sein Mittagessen brauchte, dachte Cavalli.

Kurz vor ein Uhr mittags wurde er vor dem Haus seines Vaters in der Fünfundsiebzigsten Straße abgesetzt, während Angelo weiter zu ihrem Büro in der Wall Street fuhr, um die zu ewartenden Anrufe entgegenzunehmen, denn jeder, der am Coup beteiligt war, hatte sich dort zu melden und Bericht zu erstatten.

Der Butler hielt Tony die Haustür von Nummer 23 auf. »Darf ich Ihnen das abnehmen, Sir?« fragte er mit einem Blick auf den Plastikzylinder.

»Nein, danke, Martin«, antwortete Tony. »Das brauche ich noch. Wo ist mein Vater?«

»Im Sitzungszimmer mit Mr. Vicente, der vor ein paar Minuten gekommen ist.«

Tony rannte die Treppe zum Keller hinunter und den Korridor entlang. Im Sitzungszimmer fand er seinen Vater am Kopfende des Tisches in ein Gespräch mit Nick Vicente vertieft. Der Direktor erhob sich, um seinen Sohn zu begrüßen, und Tony reichte ihm den Plastikzylinder.

»Heil dir, siegreicher Held!« waren seines Vaters erste Worte. »Hättest du das Gleiche für Georg III. getan, würdest du jetzt zum Ritter geschlagen. ›Erhebt Euch, Sir Anthony.‹ Statt dessen wirst du dich mit hundert Millionen Dollar begnügen müssen. Ist es gestattet, daß ein alter Mann sich das Original ansieht, ehe Nick es wegbringt?«

Cavalli lachte und nahm den Deckel des Zylinders ab, bevor er das Pergament behutsam herauszog und auf den Sitzungstisch legte. Dann rollte er zweihundert Jahre Geschichte auf. Die drei Männer beugten sich über die Urkunde und überprüften rasch die Schreibweise von ›Britisch‹.

»Großartig«, sagte Tonys Vater nur und fuhr sich über die Lippen.

»Interessant, daß so wenig Platz für die Unterschriften gelassen wurde«, bemerkte Nick Vicente, nachdem er das Dokument mehrere Minuten betrachtet hatte.

»Wenn alle ihre Namen so groß geschrieben hätten wie John Hancock, wäre das Ding doppelt so lang geworden«, sagte der Direktor just in dem Augenblick, als das Telefon auf dem Sitzungstisch zu läuten begann.

Der Direktor drückte auf eine Taste der Gegensprechanlage. »Ja, Martin?«

»Ein Mr. Al Obaydi ist auf der Privatleitung. Er möchte gern mit Mr. Tony sprechen.«

»Danke, Martin«, sagte der Direktor, während Tony sich bereits vorbeugte, um nach dem Hörer zu greifen. »Nimm das Gespräch bitte in meinem Büro entgegen, dann kann ich an dem Apparat hier mithören.«

Tony nickte und ging ins angrenzende Zimmer zum Telefon auf dem Schreibtisch seines Vaters. »Antonio Cavalli«, meldete er sich.

»Hier ist Hamid Al Obaydi. Ihr Vater meinte, ich solle um diese Zeit noch einmal anrufen.«

»Wir haben das gewünschte Dokument«, sagte Cavalli lediglich.

»Ich gratuliere, Mr. Cavalli.«

»Sind Sie bereit, die Bezahlung wie abgemacht vorzunehmen?«

»Alles zu seiner Zeit. Erst müssen Sie das Dokument noch an eine von uns gewählte Adresse liefern, Mr. Cavalli. Gewiß erinnern Sie sich an diesen Teil unserer Abmachung.«

»Und wie lautet diese Adresse?« erkundigte sich Cavalli.

»Ich komme morgen um zwölf Uhr in Ihr Büro, dann erhalten Sie Ihre Anweisungen.« Er machte eine Pause. »Unter anderem.« Damit legte er auf.

Cavalli ließ den Hörer auf die Gabel sinken und überlegte, was Al Obaydi mit ›unter anderem‹ gemeint haben könnte. Er ging langsam ins Sitzungszimmer zurück, wo sein Vater und Nick immer noch die Unabhängigkeitserklärung bestaunten. Tony sah, daß sie das Pergament zu sich herumgedreht hatten.

»Was glaubst du, hat er mit ›unter anderem‹ gemeint?« fragte Tony.

»Ich habe keine Ahnung«, antwortete sein Vater mit einem letzten Blick auf die kostbare Urkunde, ehe er sie behutsam zusammenrollte.

»Tja, ich werde es morgen erfahren«, sagte Tony, als sein Vater ihm das Dokument reichte. Tony schob es vorsichtig in den Plastikzylinder zurück.

»Also, wo wird sein endgültiger Bestimmungsort sein?« fragte Nick.

»Morgen um zwölf Uhr werde ich Näheres wissen«, erwiderte Tony und wunderte sich ein wenig, daß sein Vater seinem ältesten Freund nicht gesagt hatte, um was es bei dem Telefongespräch gegangen war.

16

Als die Morgensonne die ersten Strahlen ins Zimmer schickte, lag er auf der Seite, den Kopf in die Hand gestützt, und betrachtete sie. Sie bewegte sich, wachte jedoch nicht auf, als Scotts Finger sanft ihren Rücken entlangfuhr. Er konnte es kaum erwarten, daß sie die Augen öffnete und seine Erinnerungen an die vergangene Nacht auffrischte.

Von Anfang an hatte er Hannah umwerfend attraktiv gefunden, selbst in der reizlosen Kleidung, die Karima Saibs Geschmack ihr aufzwang, wenn sie die jordanische Botschaft verließ. Manche Verpackungen erfüllen nicht die Erwartung an den Inhalt, dachte Scott. Aber in diesem Fall waren die Erwartungen weit übertroffen worden. Als Hannah zum erstenmal das billige Kostüm auszog, das sie an diesem Tag trug, vermochte Scott kaum zu glauben, daß eine Frau so schön sein konnte.

Er zog die dünne Decke von ihr und bewunderte den Anblick, der ihm in der Nacht den Atem geraubt hatte. Sein Blick glitt über ihr kurz geschorenes Haar, und er fragte sich, wie die Locken aussehen mochten, wenn sie bis auf ihre Schultern fielen. Dann wanderten seine Augen weiter, den Nacken hinunter, über die glatte, fast bronzene Haut ihres Rückens und schließlich über die langen, schlanken Beine.

Seine Hände waren wie die eines Kindes, das ein Paket mit Geschenken geöffnet hat und gleich mit allen auf einmal spielen will. Er strich mit dem Finger die Schulter entlang bis zur Halsbeuge und hoffte, sie würde sich umdrehen. Er rückte ein wenig näher an sie heran, beugte sich über sie und zog mit dem Finger sanfte Kreise um ihren festen Busen. Die Kreise wurden immer kleiner, bis er die weichen Brustwarzen erreichte. Er hörte Hannah seufzen, und endlich drehte sie sich um und fiel ihm in die Arme. Ihre Finger klammerten sich um seine Schultern, als er sie an sich zog.

»Das ist nicht fair, du nutzt meinen Zustand aus«, murmelte sie verschlafen, während seine Hand an der Innenseite ihres Schenkels hinaufglitt.

»Verzeih«, bat er. Er zog die Hand zurück und küßte Hannah auf die Wange.

»Du sollst dich nicht entschuldigen, Simon, du sollst meinen Zustand ausnutzen!« Sie schmiegte sich dichter an ihn, während er ihrer Aufforderung begeistert nachkam und ihre Haut streichelte, eine Entdeckungsreise zu immer neuen Schätzen.

Als er in sie eindrang, seufzte sie, aber anders als in der Nacht zuvor – ein Seufzer der Morgenliebe, ruhiger und sanfter als ihr nächtliches Verlangen, doch ebenso wundervoll.

Für Scott war es eine neue Erfahrung gewesen. Obwohl er öfter Sex gehabt hatte, als er sich erinnern wollte, war es nie so wundersam erregend gewesen.

Als sie sich voneinander gelöst hatten, legte sie den Kopf an seine Schulter, und er streichelte ihr über die Wange und wünschte sich, die nächste Stunde würde nicht so schnell vergehen. Er haßte den Gedanken, daß Hannah zur Botschaft zurückkehren mußte. Er wollte sie mit niemandem teilen.

Das Zimmer war nun von Sonnenschein durchflutet, und er fragte sich, wann sie wieder eine ganze Nacht miteinander verbringen würden.

Der Leiter der diplomatischen Vertretung war in dringender Sache fast umgehend wieder nach Genf zurückgerufen worden. Er hatte nur eine Sekretärin mitgenommen, und Hannah war das Wochenende über auf sich allein gestellt. Sie hätte gern gewußt, worum es in Genf ging, um Simon mehr Informationen für Kratz geben zu können.

Hannah hatte ihre Kammer in der Botschaft zugesperrt und verriegelt und das Gebäude über die Feuerleiter verlassen. Gestern abend hatte sie Scott lächelnd erzählt, daß sie sich wie ein Schulmädchen gefühlt hatte, das sich nachts aus dem Schlafsaal stahl, um an einer Mitternachtsparty teilzunehmen.

»Die schönste Party meines Lebens«, waren Scotts letzte Worte gewesen, ehe sie eng umschlungen einschliefen.

Der Tag hatte mit einem gemeinsamen Einkaufsbummel am Boulevard Saint-Michel begonnen. Hannah hatte sich Kleider gekauft, die sie nicht tragen konnte; Scott hatte sich eine Krawatte zugelegt, an die er keinen Blick verschwendet hätte, bevor er Hannah kennenlernte. In einem Bistro hatten sie eine Kleinigkeit zu Mittag gegessen und sich zwei Stunden Zeit für den Salat und eine Flasche Wein gelassen. Dann waren sie händchenhaltend, wie es sich für Liebende gehört, die Champs-Élysées entlanggeschlendert und hatten sich in die Warteschlange für die Clodion-Ausstellung im Louvre eingereiht. Scott hatte die Ausstellung als Gelegenheit betrachtet, mit seinen Kenntnissen anzugeben – um dann festzustellen, daß sie mehr von Malerei verstand als er. Er kaufte ihr im Andenkenladen am Eiffelturm einen komischen Touristenhut, und ihm wurde wieder einmal bewußt, daß Hannah tragen konnte, was sie wollte – sie sah immer umwerfend gut aus.

Im Maxim aßen sie zu Abend, aber nur einen Gang; denn inzwischen wußten beide, daß sie eigentlich nichts anderes wollten, als zu seiner kleinen Wohnung am linken Seineufer zurückzukehren.

Er erinnerte sich nun, daß er wie gebannt dagestanden hatte, als Hannah ein Kleidungsstück nach dem anderen auszog, ohne daß er sich rührte, worauf sie so verlegen geworden war, daß sie angefangen hatte, ihn auszuziehen.

Bei allen Frauen, einschließlich den nymphomanischen Studentinnen, mit denen Scott hin und wieder eine Nacht verbracht oder eine Beziehung gehabt hatte, ja, selbst bei den Frauen, die er zu lieben geglaubt hatte – einen solchen Höhenflug hatte er noch nie erlebt. Und er entdeckte noch etwas, das er nie zuvor verspürt hatte: Das Glücksgefühl, einfach nur in ihren Armen zu liegen, war ebenso berauschend wie die Leidenschaft zuvor.

Sein Finger fuhren sanft ihren Nacken hinab. »Wann mußt du zurück sein?« fragte er wispernd.

»Spätestens eine Minute, bevor der Botschafter kommt.«

»Und wann wird er zurückerwartet?«

»Sein Flugzeug aus Genf müßte planmäßig um elf Uhr zwanzig landen. Also sollte ich noch vor zwölf an meinem Schreibtisch sitzen.«

»Dann haben wir ja Zeit, uns noch einmal zu lieben«, murmelte er und legte ihr den Finger auf die Lippen.

Sie biß sanft hinein.

»Autsch!« rief er übertrieben.

»Nur einmal?« fragte sie.

Debbie führte den Botschaftssekretär um zwanzig nach zwölf in Cavallis Büro. Keiner der beiden Männer machte eine Bemerkung über Al Obaydis Verspätung. Tony deutete auf den Stuhl vor seinem Schreibtisch und wartete, bis sein Besucher Platz genommen hatte. Zum erstenmal fühlte er sich in der Gegenwart des Arabers seltsam nervös.

»Wie ich schon gestern erwähnte, befindet sich das von Ihnen gewünschte Dokument nun in unserem Besitz«, begann Cavalli. »Wir sind bereit, es gegen den vereinbarten Betrag zu übergeben.«

»Ah, ja, neunzig Millionen Dollar«, sagte der Iraker. Er drückte die Fingerspitzen unter dem Kinn aneinander und überlegte seinen nächsten Satz. »Bar bei Lieferung, wenn ich mich recht entsinne.«

»Stimmt«, bestätigte Cavalli. »Sie brauchen uns jetzt nur noch zu sagen, wann und wo.«

»Das Dokument soll am kommenden Dienstag noch vor zwölf Uhr in Genf sein. Der Empfänger ist ein Monsieur Pierre Dummond vom Bankhaus Dummond & Cie.«

»Aber dann bleiben mir nur sechs Tage, einen sicheren Weg zu finden, das Dokument aus dem Land zu bringen und…«

»Wenn ich mich recht an die Schöpfungsgeschichte erinnere, hat Ihr Gott in einer solchen Zeitspanne die Welt erschaffen. Eine so verrückte Geschichte, daß mich das zweite Buch Mose schon gar nicht mehr interessiert hat.«

»Das Dokument wird bis Dienstag mittag in Genf sein«, versicherte Cavalli.

Gut«, erwiderte Al Obaydi. »Und wenn Monsieur Dummond von der Echtheit des Dokuments überzeugt ist, wird er in unserem Auftrag die neunzig Millionen Dollar an eine Bank Ihrer Wahl überweisen. Falls Sie jedoch nicht liefern oder das Dokument sich als Fälschung erweist, werden wir zehn Millionen Dollar abschreiben müssen, ohne dafür mehr vorweisen zu können als einen Dreiminutenfilm eines weltberühmten Regisseurs. In diesem Fall wird ein Päckchen wie dieses mit der Post an den Direktor des FBI und an die oberste Finanzbehörde der Vereinigten Staaten gehen.«

Al Obaydi holte ein dickes Kuvert aus seiner Brusttasche und warf es über die Schreibtischplatte. Cavalli verzog keine Miene, als der Botschaftssekretär sich daraufhin erhob, knapp verbeugte und ohne ein weiteres Wort das Büro verließ.

Cavalli zweifelte nicht daran, daß er jetzt erfahren würde, was das rätselhafte ›unter anderem‹ bedeutete.

Er riß den dicken gelben Umschlag auf und breitete den Inhalt auf dem Schreibtisch aus. Es waren Dutzende von Fotografien und Dokumente, an die eine Liste mit Seriennummern von Banknoten geheftet war. Cavalli betrachtete die Fotos, die ihn im Gespräch mit Al Calabrese auf dem Bürgersteig vor dem National Café zeigten, mit Gino Sartori mitten auf dem Freiheitsplatz und mit dem Regisseur auf dem Kamerawagen, während sie sich mit dem Polizeichef der Stadt Washington unterhielten. Al Obaydi hatte sogar eine Aufnahme von Rex Butterworth, wie er das Hotel Willard betrat, und eine von dem Schauspieler, während er kahlköpfig im dritten Wagen saß, und wie er später an der Liefereinfahrt des Nationalarchives in die Limousine stieg.

Cavalli begann mit den Fingern auf den Schreibtisch zu trommeln. Plötzlich erinnerte er sich, daß gestern irgend etwas am Rand seines Unterbewußtseins genagt hatte, irgendein flüchtiger Eindruck. Es war Al Obaydi gewesen, den er in der Menge gesehen hatte. Er hatte den Iraker unterschätzt. Jetzt war vielleicht der richtige Zeitpunkt, ihren Mann im Libanon anzurufen und über das Schweizer Bankkonto zu informieren, das sie auf den Namen des Botschaftssekretärs eröffnet hatten.

Nein. Das mußte warten, bis die neunzig Millionen bezahlt waren.

»Was soll ich tun, Simon, wenn er mir die Stellung anbietet?«

Scott zögerte. Er hatte keine Ahnung, was der Mossad-Agent von Hannah erwartete. Er wußte nur, was er ihr raten wollte. Es hatte keinen Sinn, Dexter Hutchins diese Frage zu stellen, denn er wußte, man würde in Langley nicht zögern, ihn anzuweisen, Hannah weiterhin für ihre Zwecke zu benutzen.

Hannah wandte sich den paar Quadratmetern zu, die Scott lachend seine Küche nannte.

»Vielleicht könntest du Oberst Kratz fragen, was ich tun soll«, schlug sie vor, als er nicht antwortete. »Erklär ihm, der Botschafter möchte, daß ich Munas Stellung übernehme, aber daß sich noch ein weiteres Problem ergeben hat.«

»Welches?« fragte Scott besorgt.

»Die Amtszeit des Botschafters endet Anfang nächsten Monats. Es könnte natürlich sein, daß man ihn ersucht, in Paris zu bleiben, aber der Verwaltungschef erzählt allen, daß der Botschafter nach Bagdad zurückgerufen und zum stellvertretenden Außenminister befördert wird.«

Scott sagte immer noch nichts.

»Was ist los, Simon? Kannst du so früh am Morgen noch keine Entscheidung treffen?« Scott blieb auch jetzt stumm. »Sieht so aus, als würde ich dir nicht nur im Bett die Sprache verschlagen«, spottete sie.

Scott beschloß, ihr jetzt alles zu gestehen. Er wollte keine Minute mehr warten. Er trat aus der Küche, nahm sie in die Arme und strich über ihr Haar. »Hannah, ich muß dir…«, hatte er bereits begonnen, als das Telefon läutete. Er ließ sie los und nahm den Hörer ab.

Scott hörte kurz zu, ehe er zu Dexter Hutchins sagte: »Ja, sicher. Ich muß es mir überlegen. Ich ruf' Sie zurück.« Wieso schläft der Mann um diese Zeit nicht, dachte er und legte auf.

»Eine andere Frau, Liebling?« fragte Hannah lächelnd.

»Mein Verleger möchte wissen, wann mein Manuskript fertig ist. Es ist bereits überfällig.«

»Und was wirst du ihm sagen?«

»Daß ich zur Zeit anderes im Kopf habe.«

»Nur zur Zeit?« Sie drückte einen Finger auf seine Nase.

»Vielleicht für immer«, gab er zu.

Sie küßte ihn sanft auf die Wange und flüsterte: »Ich muß zur Botschaft zurück, Simon. Begleite mich lieber nicht hinunter, es ist zu riskant.«

Er nahm sie in die Arme und wollte protestieren, beließ es dann aber bei der Frage: »Wann werde ich dich wiedersehen?«

»Sobald die Frau des Botschafters wieder schwimmen möchte«, antwortete Hannah und löste sich aus seiner Umarmung. »Aber ich werde sie daran erinnern, wie gut es für ihre Figur ist und daß sie es vielleicht öfter tun sollte.« Sie lachte und ging.

Scott stand am Fenster und wartete, bis sie aus dem Haus kam. Es machte ihm zu schaffen, daß er sie nicht einfach anrufen oder ihr schreiben oder sie sonstwie erreichen konnte, wenn er sie vermißte. Er sehnte sich danach, ihr Blumen zu schicken und Briefe und Kärtchen, nur um ihr zu sagen, wie sehr er sie liebte.

Hannah rannte auf den Bürgersteig. Lächelnd blickte sie zu Scott hinauf und warf ihm ein Kußhändchen zu, bevor sie um die Ecke verschwand.

Ein anderer Mann, durchfroren und müde von stundenlangem Warten, beobachtete Hannah ebenfalls, jedoch nicht durch das Fenster eines warmen Zimmers, sondern von einem Türeingang auf der anderen Straßenseite aus.

In dem Moment, als Scott vom Fenster verschwand, trat der Mann auf die Straße und folgte der zweiten Sekretärin des Botschafters unauffällig nach.

17

»Ich glaube Ihnen nicht!« sagte sie.

»Ich fürchte, Sie wollen mir nicht glauben«, entgegnete Kratz, der an diesem Morgen von London herübergeflogen war.

»Aber er kann unmöglich für irgendeinen Feind Israels arbeiten!«

»Wie erklären Sie sich dann, daß er sich Ihnen gegenüber als Mossad-Agent ausgibt?«

Während der letzten zwei Stunden hatte Hannah versucht, eine logische Erklärung zu finden, weshalb Simon sie getäuscht haben könnte, aber sie mußte zugeben, daß ihr kein überzeugender Grund eingefallen war.

»Haben Sie uns alles gesagt, was Sie ihm berichtet haben?« fragte Kratz scharf.

»Ja«, antwortete sie und schämte sich plötzlich. »Aber haben Sie sich bei allen Geheimdiensten erkundigt, die auf unserer Seite sind?«

»Natürlich«, erwiderte Kratz. »Niemand in Paris hat je von diesem Mann gehört. Weder die Franzosen noch die Briten und schon gar nicht die CIA. Der hiesige Leiter hat mir persönlich versichert, daß sie nie jemanden namens Simon Rosenthal auf ihrer Lohnliste hatten.«

»Und was geschieht jetzt mit mir?« fragte Hannah.

»Möchten Sie weiter für unser Land arbeiten?«

Sie funkelte ihn an. »Das wissen Sie doch genau.«

»Und wollen Sie immer noch im Einsatzteam für Bagdad bleiben?«

»Natürlich! Meinen Sie, ich habe das alles auf mich genommen, um bei der Ausführung des Plans nicht dabei zu sein?«

»Also werden Sie sich auch an den Schwur halten, den Sie im Beisein Ihrer Kollegen in Herzliyah abgelegt haben?«

»Nichts könnte mich davon abhalten, diesen Schwur zu brechen. Das wissen Sie. Sie brauchen mir nur zu sagen, was ich tun soll.«

»Töten Sie Rosenthal.«

Scott war glücklich, als Hannah ihm am Donnerstagnachmittag sagte, daß sie sich am Freitagabend zum Dinner aus der Botschaft stehlen und möglicherweise sogar über Nacht bleiben konnte. Der Botschafter war offenbar schon wieder nach Genf gerufen worden. Irgend etwas Großes bahnte sich an, doch Hannah wußte immer noch nicht, was.

Scott hatte bereits beschlossen, daß er dreierlei tun würde, sobald sie sich wieder trafen. Erstens würde er das Abendessen selbst kochen, trotz Hannahs Bemerkung über seine unzulängliche Küche. Zweitens würde er ihr die Wahrheit über sich selbst gestehen, und wenn sie noch so oft unterbrochen werden sollten. Und drittens...

Er fühlte sich so entspannt wie seit langem nicht mehr, nachdem er sich entschieden hatte, »sein Gewissen zu erleichtern«. So hatte seine Mutter es immer genannt, wenn er irgend etwas ausgefressen und geglaubt hatte, unentdeckt damit durchzukommen. Natürlich war klar, daß man ihn in die Staaten zurückbeordern würde, sobald er Dexter informiert hatte, was geschehen war, und daß man ihn ein paar Wochen später ohne Aufhebens aus dem Dienst entlassen würde. Aber das machte ihm nichts mehr aus, denn drittens – und das war am wichtigsten für ihn – würde er Hannah bitten, seine Frau zu werden und mit ihm nach Amerika zu kommen.

Scott verbrachte den Nachmittag damit, sich auf dem Markt nach allem umzusehen, was er brauchte: frisch gebackenes Knoblauchbrot, frische Waldpilze, zarte Lammkoteletts und kleine saftige Orangen. Damit kehrte er in die Wohnung zurück, um ein Festmahl zuzubereiten, das Hannah nie vergessen sollte. Er hatte sogar eine Rede vorbereitet, und er hoffte, daß Hannah ihm mit der Zeit vergeben konnte.

Abends ertappte Scott sich dabei, daß er alle paar Sekunden

auf die Küchenuhr blickte. Er fühlte sich wie betrogen, wenn Hannah sich auch nur ein paar Minuten verspätete. Zu ihrer letzten Verabredung war sie nicht erschienen, aber Scott wußte natürlich, daß sie keine Möglichkeit hatte, ihm Bescheid zu geben, falls etwas Unerwartetes dazwischenkam. Um so erleichterter war er, als sie an diesem Abend beim letzten Gongschlag um acht klingelte.

Scott lächelte, als er Hannah aus ihrem Mantel half und sah, daß sie das Kleid trug, das er bei ihrem ersten Einkaufsbummel für sie ausgewählt hatte. Es war ein knöchellanges blaues Kleid, das lose von den Schultern fiel und in dem sie ebenso elegant wie sexy aussah.

Er nahm sie stürmisch in die Arme und wunderte sich über ihre Reaktion. Sie wirkte distanziert, beinahe kühl. Oder war er überempfindlich? Hannah befreite sich aus seinen Armen und blickte auf den für zwei Personen gedeckten Tisch mit der rotweißkarierten Decke und dem bunt zusammengewürfelten Besteck.

Scott schenkte ihr ein Glas Weißwein ein, den er für den ersten Gang gewählt hatte, ehe er in die Küche verschwand, um letzte Hand an die Ergebnisse seiner kulinarischen Bemühungen zu legen; nur allzusehr war ihm bewußt, wie wenig Zeit Hannah und er immer zusammen hatten.

»Was kochst du?« fragte sie mit stumpfer Stimme.

»Wart's ab«, antwortete er. »Aber soviel kann ich dir schon verraten: Das Rezept für die Vorspeise habe ich gelernt, als...« Er unterbrach sich. »Ich noch ein kleiner Junge war«, fügte er lahm hinzu.

Er bemerkte nicht, daß sie das Gesicht verzog, weil er den ursprünglichen Satz nicht zu Ende geführt hatte.

Kurz davor saßen sie vor zwei Tellern mit dampfend heißen Waldpilzen und einem Stück Knoblauchbrot am Tisch. »Ist nicht zuviel Knoblauch drin«, versicherte er ihr, »aus naheliegenden Gründen.«

Keine schlagfertige oder witzige Bemerkung kam, und Scott fragte sich, ob sie vielleicht doch nicht über Nacht würde bleiben können und darüber enttäuscht war. Achselzuckend konzentrierte er sich auf das Abendessen und darauf, seine Rede hinter sich zu bringen.

»Ich wollte, wir könnten aus Paris rausfahren und uns Versailles ansehen wie normale Leute«, sagte er, während er mit der Gabel einen Pilz aufspießte.

»Das wäre schön«, murmelte sie.

»Oder noch besser…«

Sie hob den Kopf und blickte ihn an.

»Ein Wochenende im Colmendor. Ich hab's mir schon vor langer Zeit vorgenommen, als ich das Leben von Matisse studierte, damals in…« Wieder zögerte er, und sie senkte den Kopf. »Und das ist nur Frankreich«, versuchte er sich zu fangen. »In Italien könnten wir ein ganzes Leben damit verbringen. Es gibt dort hundert Colmendors.«

Er blickte sie hoffnungsvoll an, aber sie nahm die Augen nicht von dem halbvollen Teller.

Was hatte er falsch gemacht? Oder hatte *sie* Angst, *ihm* etwas zu sagen? Mein Gott, vielleicht wird sie nach Bagdad versetzt. Dabei wollte er ihr so gern Venedig, Florenz und Rom zeigen. Wenn sie sich Sorgen wegen einer Versetzung nach Bagdad machte, würde er alles in seiner Macht tun, sie umzustimmen.

Er räumte die Teller ab und kehrte Augenblicke später mit dem saftigen Lamm Provençal zurück. »Madames Lieblingsgericht, wenn ich mich recht erinnere.« Aber auch jetzt dankte sie ihm nur mit einem schwaches Lächeln.

»Was ist los, Hannah?« fragte er, als er sich ihr gegenübersetzte. Er beugte sich vor, um ihre Hand zu berühren, doch sie zog sie rasch vom Tisch.

»Ich bin nur ein wenig müde«, antwortete sie nicht sehr überzeugend. »Es war eine anstrengende Woche.«

Scott versuchte, sie auf andere Gedanken zu bringen. Er redete über das Theater, über die Clodion-Ausstellung im Louvre und sogar über Clintons Versuche, die drei noch lebenden Beatles zusammenzubringen, doch Hannah reagierte kaum. Sie aßen stumm weiter, bis sein Teller leer war.

»Und jetzt, um alles abzurunden, mein *pièce de résistance.*« Er erwartete eine scherzhafte Bemerkung über seine Pose als *maître de cuisine*, aber sie lächelte wieder nur schwach und flüchtig, und ihre wunderschönen dunklen Augen blickten ihn traurig an. Er verschwand in die Küche und kehrte sofort mit einer Schüssel frisch geschälter Orangen in einem Hauch Cointreau zurück. Er servierte Hannah die Köstlichkeit und hoffte, es würde ihre Stimmung heben. Doch während er mit seinem Monolog fortfuhr, blieb Hannah von seinen Worten unberührt.

Schließlich räumte er die Schälchen ab, seines leer, ihres kaum berührt, und brachte frischen Kaffee. Hannahs war genau so, wie sie ihn am liebsten mochte: schwarz mit einem Hauch Sahne, die obendrauf schwamm, und ohne Zucker. Scotts Kaffee war schwarz und dampfend und mit viel zuviel Zucker.

Gerade, als er sich ihr wieder gegenübersetzte, entschlossen, ihr nun die Wahrheit zu gestehen, bat sie um etwas Zucker. Scott sprang auf, ein bißchen überrascht, kehrte in die Küche zurück, schüttete etwas Zucker in ein Schüsselchen, steckte einen Teelöffel hinein und kam zurück – in dem Moment, als Hannah ihre winzige Abendtasche schloß.

Nachdem er sich wieder gesetzt und den Zucker auf den Tisch gestellt hatte, lächelte er sie an. Nie zuvor hatte er eine solche Traurigkeit in ihren Augen gesehen. Er schenkte ihnen beiden Cognac ein, drehte seinen im Schwenker, nahm einen Schluck Kaffee, und blickte sie wieder an. Sie hatte weder ihren Kaffee noch ihren Cognac angerührt, und auch der Zucker, um den sie ihn gebeten hatte, war bis jetzt unangetastet geblieben.

»Hannah«, begann Scott leise, »ich muß dir etwas Wichtiges sagen… ich wünschte, ich hätte es längst getan.« Er blickte sie an und stellte fest, daß sie den Tränen nahe war. Er hätte sie gern nach dem Grund gefragt, befürchtete aber, daß er ihr nie mehr die Wahrheit sagen würde, wenn er jetzt das Thema wechselte.

»Ich heiße nicht Simon Rosenthal«, sagte er.

Hannah schien überrascht, aber nicht so sehr, wie Scott es erwartet hatte – eher besorgt als neugierig. Er nahm einen Schluck Kaffee; dann fuhr er fort: »Ich habe dich vom ersten Tag an belogen, und je mehr ich mich in dich verliebte, desto mehr log ich.«

Sie sagte kein Wort, und Scott war ihr dankbar dafür, denn bei diesem Anlaß mußte er ohne Unterbrechung fortfahren, genau wie bei seinen Vorlesungen. Seine Kehle war ein bißchen trocken geworden; deshalb trank er erst einmal einen großen Schluck Kaffee.

»Ich heiße in Wirklichkeit Scott Bradley. Ich bin Amerikaner, aber nicht aus Chicago, wie ich dir bei unserer ersten Begegnung gesagt habe. Ich stamme aus Denver.« Hannahs Augen blickten verwirrt, doch auch jetzt unterbrach sie ihn nicht.

»Ich bin kein Mossad-Agent, der in Paris ein Reisebuch schreibt. Das war die größte Lüge, allerdings muß ich gestehen, daß die Wahrheit noch viel ungewöhnlicher ist.« Er nahm ihre Hand, und diesmal zog Hannah sie nicht zurück. »Bitte, laß mich erklären. Vielleicht kannst du mir dann verzeihen.« Seine Kehle fühlte sich plötzlich noch trockener an. Er trank seinen Kaffee aus, goß sich rasch noch eine Tasse ein und nahm einen Teelöffel Zucker mehr als sonst. Hannah hatte ihren Kaffee immer noch nicht angerührt. »Ich bin in Denver geboren und habe dort die Schule besucht und später Jura studiert. Mein Vater war Anwalt und kam wegen Betrug ins Gefängnis. Ich habe mich so sehr geschämt, daß ich nach dem Tod meiner Mutter eine Professur an der Beiruter Universität annahm, weil ich niemandem, den ich kannte, mehr in die Augen schauen konnte.« Hannah blickte auf, und ihre Augen zeigten Mitgefühl. Das gab Scott den Mut weiterzureden.

»Ich arbeite gar nicht für den Mossad und habe es auch nie getan.« Ihre Lippen waren schmal geworden. »Mein wirklicher Job ist bei weitem nicht so romantisch. Von Beirut kehrte ich nach Amerika zurück und wurde auch dort Professor an einer Uni.« Hannah wirkte verwirrt und dann plötzlich ängstlich.

»O ja«, seine Zunge wurde schwer, »diesmal sage ich wirklich die Wahrheit. Ich lehre Verfassungsrecht in Yale. Seien wir doch mal ehrlich, niemand würde so eine Geschichte erfinden«, fügte er hinzu und versuchte zu lachen.

Wieder nahm er einen Schluck Kaffee. Er schmeckte nicht mehr so bitter wie die erste Tasse.

»Aber ich bin auch... wie sagt man in der Branche... ein Freizeitspion, und wie sich nun gezeigt hat, kein guter. Obwohl ich viele Jahre andere ausgebildet und gelehrt habe, wie es gemacht werden soll...« Er hielt kurz inne. »Aber das war eben nur Theorie.«

Sie wirkte noch besorgter.

»Du brauchst keine Angst zu haben«, versuchte er, sie zu beruhigen. »Ich arbeite für die Guten, obwohl das wohl auch davon abhängt, von welcher Seite man es sieht. Ich bin momentan als Agent der CIA im Einsatz.«

»Der... CIA?« stammelte sie ungläubig. »Aber man hat mir gesagt...«

»Was hat man dir gesagt?« fragte er rasch.

»Ach, nichts«, antwortete sie und senkte den Kopf.

Hatte sie bereits von seiner Tarnung gewußt oder nur geargwöhnt, daß seine Story nicht stimmen konnte? Es war ihm egal. Er wollte der Frau, die er liebte, alles über sich erzählen. Keine Lügen mehr. Keine Geheimnisse. »Ich will alles gestehen und nicht übertreiben«, fuhr er fort. »Ich fahre zwölfmal im Jahr nach Virginia, um mit den Agenten die Probleme zu diskutieren, die sie im Einsatz hatten. In der realitätsfernen Geborgenheit von Langley war ich voller kluger Ideen, wie ich ihnen helfen könnte. Aber jetzt, da ich selbst mit einigen dieser Probleme konfrontiert wurde, vor allem, nachdem ich selbst solche Fehler gemacht habe, werde ich die Leute mit mehr Respekt behandeln.«

»Es darf nicht wahr sein!« sagte sie plötzlich. »Sag mir, daß du das alles nur erfindest, Simon.«

»Nein, Hannah. Diesmal ist es die Wahrheit. Du mußt mir glauben. Erst nach jahrelangen Gesuchen und Bitten, mich im Einsatz bewähren zu dürfen – bei meinem theoretischen Wissen war ich überzeugt, daß ich großartige Arbeit leisten würde, wenn man mir nur die Chance gäbe –, hat man mich endlich nach Paris geschickt. Mich, Scott Bradley, Professor für Verfassungsrecht, der beste in den Augen meiner bewundernden Studenten in Yale und der höheren CIA-Leute in Langley. Aber nach diesem Einsatz wird es bestimmt keine Beifallsstürme geben, da können wir beide sicher sein.«

Hanna war aufgestanden und starrte zu ihm hinunter. »Sag mir, daß es nicht wahr ist, Simon«, flehte sie. »Es darf nicht wahr sein! Warum bist du hinter mir her? Warum ich?«

Auch er stand jetzt auf und nahm sie in die Arme. »Ich bin nicht hinter dir her, ich habe mich in dich verliebt. Meine... meine Leute mußten herausfinden, weshalb der Mossad dich... dich in die irakische Vertretung in der jordanischen Botschaft eingeschleust hat.« Es fiel ihm schwer, die Worte zu finden, und er verstand nicht, weshalb er so schläfrig war.

»Aber warum du?« fragte sie und hielt ihn zum erstenmal an diesem Abend fest. »Warum kein regulärer CIA-Agent?«

»Weil... weil wir jemanden einsetzen wollten, der... der von keinem der Profis erkannt würde.«

»O mein Gott! Wem soll ich glauben?« rief sie, löste sich aus seiner Umarmung. Sie starrte ihn hilflos an.

»Du kannst mir glauben, weil ich dir beweisen... beweisen werde, daß alles stimmt, was ich gesagt habe.« Scott fühlte sich schwindelig, als er taumelnd zum Sideboard ging und sich bückte, um die unterste Schublade herauszuziehen. Er kramte kurz darin; dann brachte er eine Ledermappe mit den goldgeprägten Initialen S. B. an der oberen rechten Ecke zum Vorschein. Er lächelte triumphierend und drehte sich um. Es gelang ihm, ruhig stehen zu bleiben, indem er sich mit einer Hand an der Kommode festhielt. Er blickte auf die verschwimmende Gestalt der Frau, die er liebte, konnte jedoch ihren verzweifelten Gesichtsausdruck schon nicht mehr sehen. Benommen versuchte er, sich zu erinnern, wieviel er ihr bereits gesagt hatte und was sie noch wissen mußte.

»Oh, mein Liebling, was habe ich getan!« rief Hannah mit flehenden Augen.

»Nichts. Es ist alles meine Schuld«, versicherte Scott ihr. »Aber wir haben noch unser ganzes gemeinsames Leben, um darüber zu lachen. Das war ein Heiratsantrag. Ein bißchen unbeholfen, das geb' ich zu, aber glaub mir, ich liebe dich über alles. Doch das weißt du ja längst«, fügte er hinzu und versuchte, einen Schritt in ihre Richtung zu machen.

Sie starrte ihn immer noch hilflos an, als er vorwärts taumelte, ehe er einen zweiten Schritt tun konnte. Dann versuchte er es noch einmal, doch diesmal stolperte er, fiel über den Tisch und landete schließlich krachend auf dem Boden vor ihren Füßen.

»Ich kann's dir nicht verdenken, wenn du nicht dasselbe empfindest wie...«, waren seine letzten Worte, als die Ledermappe aufsprang und ihr Inhalt sich rings um die plötzlich erstarrte Gestalt verteilte.

Hannah fiel auf die Knie und nahm seinen Kopf in die Hände, während sie unkontrolliert schluchzte. »Ich liebe dich, Simon. Natürlich liebe ich dich! Warum hast du mir das alles nicht früher gesagt?«

Ihr Blick fiel auf ein kleines Foto in seiner Hand. Sie entriß es ihm. Auf der Rückseite stand: *Katherine Bradley – Sommer 1966.* Das mußte seine Mutter sein. Hannah hob den Reisepaß auf, der neben seinem Kopf gelandet war. Sie schlug ihn rasch auf und las mit tränenverschleierten Augen: Geburtsdatum: 11.7.56. Beruf: Universitätsprofessor. Sie blätterte weiter, und ein Bild aus dem *Paris Match* fiel heraus. Sie starrte auf ihr Konterfei in einem Kostüm von Ungaro aus der Frühjahrskollektion 1990.

»Nein, nein! Laß es nicht wahr sein«, flüsterte Hannah und nahm Scott wieder in die Arme. »Laß es nur weitere Lügen sein.« Und dann fiel ihr Blick auf ein Kuvert, auf dem lediglich *Hannah* stand. Sie legte Scotts Kopf behutsam auf den Boden zurück und riß den Umschlag auf.

Meine geliebte Hannah,
ich habe lange darüber nachgedacht, wie ich diesen Brief beginnen soll, aber es ist eigentlich ganz einfach: Ich liebe Dich! Und genauso wichtig ist, daß ich nie eine andere geliebt habe. Und ich weiß, daß ich nie wieder jemanden so lieben kann.

»Nein!« schrie sie. »Nein!« Und konnte den Brief blind vor Tränen kaum erkennen.

Du bist nicht nur meine Liebste, sondern auch mein bester Freund. Nie mehr wird es eine andere für mich geben. Schon der Gedanke, daß wir den Rest unseres Lebens zusammensein werden, macht mich glücklich, und ich frage mich, wie ich dieses Glück verdient habe.

»Lieber Gott, nein!« wimmerte sie, während ihr Kopf auf seine Brust fiel. »Ich liebe dich auch, Simon. Ich liebe dich so sehr!«

Ich möchte drei Töchter und zwei Söhne haben. Aber ich muß Dich warnen – mit weniger gebe ich mich nicht zufrieden! Über Enkel können wir uns ja später noch unterhalten. Ich fürchte zwar, ich werde im Alter ein bißchen reizbar und langweilig, aber ich werde nie aufhören, Dich zu lieben. Laß uns nicht warten.

»Nein, nein, nein…«, wimmerte Hannah und beugte sich hinunter, um ihn zu küssen. Plötzlich sprang sie auf und rannte zum Telefon. Sie wählte eine kurze Nummer und betete dabei: »Lieber Gott, laß diese eine Tablette nicht stark genug sein!« Dann schrie sie ins Telefon: »Nehmt doch endlich ab!«

In diesem Moment schwang Scotts Wohnungstür auf. Hannah drehte sich um und sah Kratz mit einem Mann, den sie nicht kannte, ins Zimmer stürmen.

Sie ließ das Telefon fallen, rannte auf die beiden zu, stürzte sich auf Kratz und warf ihn zu Boden.

»Bastard!« brüllte sie. »Sie Bastard! Sie haben mich den einzigen Mann umbringen lassen, den ich je geliebt habe! Ich hoffe, Sie schmoren in der Hölle!« schrie sie, während sie mit den Fäusten auf sein Gesicht hämmerte.

Der Unbekannte stieß Hannah zur Seite, dann hoben die Männer Scotts schlaffen Körper auf und trugen ihn aus dem Zimmer.

Hannah blieb weinend in der Ecke liegen.

Nach einer Stunde kroch sie zum Tisch zurück, öffnete ihre Tasche und holte die zweite Tablette heraus.

18

»Weißes Haus.«

»Mr. Butterworth, bitte.«

Nach längerem Schweigen antwortete die Telefonistin. »Ich finde hier niemanden mit diesem Namen. Einen Moment, ich verbinde Sie mit dem Personalbüro.«

»Personalbüro«, meldete sich eine Frauenstimme. »Kann ich Ihnen helfen?«

»Ich versuche, Rex Butterworth zu erreichen, den Sonderberater des Präsidenten.«

»Darf ich um Ihren Namen bitten?«

»Calder Marshall, Leiter des Archivs.«

»Welchen Archivs?«

»Der Vereinigten Staaten.«

Wieder setzte längeres Schweigen ein.

»Der Name Butterworth sagt mir nichts, Sir, aber ich bin sicher, Sie wissen, daß der Präsident mehr als vierzig Sonderberater hat.«

»Nein, das wußte ich nicht«, gestand Marshall.

Und wieder folgte ein langes Schweigen.

»Nach unseren Unterlagen«, sagte die Frauenstimme schließlich, »ist er ins Handelsministerium zurückgekehrt. Er war nur vorübergehend abgestellt.«

»Hätten Sie vielleicht eine Nummer, wo ich ihn erreichen könnte?«

»Nein. Aber wenn Sie die Auskunft im Handelsministerium anrufen, kann man Ihnen bestimmt weiterhelfen.«

»Haben Sie vielen Dank.«

»Freut mich, daß ich Ihnen behilflich sein konnte, Sir.«

Hannah konnte sich später nicht erinnern, wie lange sie zusammengekauert in der Ecke von Simons Zimmer gelegen hatte. In ihren Gedanken weigerte sie sich, ihn Scott zu nennen. Für sie würde er immer Simon bleiben. Ein oder zwei Stunden hatte sie auf dem Boden gelegen, schätzte sie. Sie hatte jeden Zeitbegriff verloren. Sie erinnerte sich jedoch, daß sie zur Zimmermitte zurückgekrochen und dem umgekippten Tisch und den Stühlen ausgewichen war und daß es wie nach einer Kneipenschlägerei ausgesehen hatte.

Sie hatte die Tablette aus ihrer Tasche genommen und sie in der Toilette hinuntergespült – die mechanische Handlung einer gut gedrillten Agentin. Sie raffte sich auf und begann in dem Durcheinander nach Fotografien zu suchen und natürlich nach dem Brief. Diese Andenken schob sie in ihr Täschchen und versuchte, mit Hilfe eines umgekippten Stuhls wieder auf die Füße zu kommen.

Später in der Nacht lag sie in ihrem Bett in der Botschaft und starrte an die weiße Decke ihrer Kammer, ohne sich erinnern zu können, wann sie hierhergekommen war, welchen Weg sie genommen hatte, ja, nicht einmal, ob sie über die Feuerleiter oder durch die Tür hereingekommen war. Sie fragte sich, wie viele Nächte vergehen würden, ehe es ihr wieder gelang, mehr als nur ein paar Minuten durchgehend zu schlafen. Wieviel Zeit mußte vergehen, bevor nicht mehr jeder zweite Gedanke Simon galt?

Sie wußte, daß der Mossad sie herausholen, verstecken und schützen wollte – wie sie es sahen –, bis die französische Polizei die Ermittlungen abgeschlossen hatte. Die Regierungen würden ihre diplomatischen Hälse aus ihren diplomatischen Schlingen ziehen. Die Amerikaner würden hohe Forderungen für die Ermordung eines ihrer Agenten stellen, aber schließlich würden alle wieder zufrieden sein. Man würde die Akten von Hannah Kopec und Professor Scott Bradley alias Simon Rosenthal schließen und in irgendeinem Schrank verstauben lassen. Sie waren nur Nummern, austauschbar, ersetzbar.

Sie fragte sich, was man mit Simons Leiche anstellen würde – der Leiche des Mannes, den sie liebte. Ein ehrenhaftes, aber anonymes Grab, vermutete sie. Man würde argumentieren, daß es aufgrund höherer Interessen keine andere Möglichkeit gegeben hätte. Wo immer die Geheimdienste Simon begruben, man würde nie zulassen, daß sie sein Grab fand; soviel stand fest.

Dabei hätte Hannah die Tablette gar nicht erst in Simons Kaffee getan, wenn Kratz nicht immer und immer wieder von den neununddreißig Scuds geredet hätte, die auf Israel niedergegangen waren; vor allem von der einen, die Hannahs Mutter, ihren Bruder und ihre Schwester getötet hatte.

Sie hätte vielleicht sogar im letzten Moment einen Rückzieher gemacht. Aber man hatte ihr gedroht, daß es ein anderer täte, falls sie sich weigerte. Und man hatte Hannah versichert, daß Simon dann einen viel unangenehmeren Tod erleiden würde.

Gerade als Hannah sich dazu durchgerungen hatte, die Tablette aus ihrer Tasche zu nehmen, hatte sie Simon einen letzten Strohhalm hingehalten, als sie um den Zucker bat. Warum hatte er nicht nach diesem Strohhalm gegriffen? Warum hatte er nicht gefragt, seit wann sie ihren Kaffee süß trank; oder sie mit der Frage aufgezogen, ob sie denn nicht mehr auf ihr Gewicht achtete? Oder irgendwas, das sie dazu gebracht hätte, es sich noch einmal zu überlegen? Und warum hatte Simon überhaupt so lange damit gewartet, ihr die Wahrheit zu sagen?

Wenn er nur geahnt hätte, daß auch sie ihm so vieles zu erzählen hatte. Der Botschafter war in den Irak zurückgerufen worden – eine Beförderung, hatte er erklärt. Er sollte, wie Kanuk jedem erzählt hatte, Stellvertreter des Außenministers werden, was bedeutete, daß er in Abwesenheit von Muhammad Saeed Al-Zahiaf direkt mit Saddam Hussein zusammenarbeiten würde.

Sein Nachfolger als Botschafter sollte ein gewisser Hamid Al Obaydi werden, zur Zeit Mitglied der irakischen Delegation bei den Vereinten Nationen in New York, ein Mann, der sich erst kürzlich durch ›eine bedeutsame Tat‹ für den Irak ausgezeichnet hatte – was für eine Tat es gewesen war, sollte Hannah erst noch erfahren. Der Botschafter hatte ihr die Wahl gelassen, als Sekretärin Al Obaydis in Paris zu bleiben oder mit ihm in den Irak zurückzukehren und dort weiter für ihn zu arbeiten. Noch vor wenigen Tagen hätte der Mossad dies als eine einzigartige Chance angesehen.

Hannah hatte Simon so gern sagen wollen, daß Saddam ihr jetzt egal war, daß Simon es ihr durch ihre Liebe ermöglicht hatte, ihren Haß auf die Scuds zu überwinden, und daß nun selbst der Tod ihrer Familie eine Wunde war, die mit der Zeit vielleicht heilen würde. Hannah hatte gewußt, daß sie niemanden mehr töten konnte, falls sie jemanden fand, für den sie leben wollte.

Doch nun, da Simon tot war, war ihr Wunsch nach Rache stärker als je zuvor.

»Handelsministerium.«

»Rex Butterworth, bitte.«

»Welche Abteilung?«

»Ich fürchte, ich verstehe nicht«, sagte der Archivar.

»In welcher Abteilung ist Mr. Butterworth?« fragte die Telefonistin und betonte jedes Wort so langsam, als würde sie mit einem Vierjährigen sprechen.

»Ich habe keine Ahnung«, gestand der Archivar.

»Der Name Butterworth ist hier nirgends aufgezeichnet.«

»Aber im Weißen Haus sagte man mir…«

»Es ist mir egal, was man Ihnen im Weißen Haus gesagt hat! Wenn Sie nicht wissen, in welcher Abteilung…«

»Würden Sie mich bitte mit dem Personalbüro verbinden?«

»Einen Moment.«

Der Moment wurde zu Minuten. »Personalbüro.«

»Hier spricht Calder Marshall, Archivar der Vereinigten Staaten. Dürfte ich bitte mit dem Personalchef sprechen?«

»Bedauere, er ist auf Urlaub. Möchten Sie mit seiner Vertretung sprechen, Mrs. Alexa Wagner?«

»Ja, bitte.«

»Dann rufen Sie morgen noch einmal an. Sie ist heute leider nicht im Haus.«

»Ja«, antwortete Marshall seufzend.

»Freut mich, daß ich Ihnen behilflich sein konnte, Sir.«

Als Kratz' Wagen vor der Herzklinik am Bois Gilbert mit quietschenden Reifen zum Stehen kam, warteten drei Ärzte, zwei

Pfleger und eine Krankenschwester an den Eingangsstufen. Die Botschaft mußte sämtliche Hebel in Bewegung gesetzt haben.

Die zwei Pfleger rannten herbei, hoben den Patienten vorsichtig und gekonnt aus dem Rücksitz, trugen ihn rasch die Stufen hoch und legten ihn auf das bereitstehende fahrbare Bett.

Noch während sie das Bett den Korridor entlangrollten, fingen die drei Ärzte bereit mit der Untersuchung an. Die Schwester zog Scott rasch Hose und Hemd aus, und der erste Arzt öffnete ihm den Mund, um seine Atmung zu überprüfen. Der zweite, ein Facharzt, horchte nach dem Herzschlag, während der dritte seinen Blutdruck maß. Keiner machte ein sonderlich hoffnungsvolles Gesicht.

Der Kardiologe wandte sich an den Mossad-Chef und sagte schroff: »Vergeuden Sie keine Zeit mit Ausflüchten. Wie ist das passiert?«

»Wir haben ihn vergiftet. Aber er war der Falsche, weil...«

»Interessiert mich nicht«, brummte der Arzt. »Womit haben Sie ihn vergiftet?«

»Ergotoxin«, sagte Kratz.

Der Kardiologe wandte sich an einen seiner Assistenten. »Rufen Sie im Hospital Vidal an, und lassen Sie sich Einzelheiten über den Vergiftungsverlauf und über das Gegenmittel geben – schnell«, fügte er hinzu, während die Pfleger durch die Gummitür in einen Operationssaal stürmten. Dem ersten Arzt war es gelungen, die ganze Zeit Scotts Mund offenzuhalten. Er hatte Scotts Zunge heruntergepreßt, damit der Patient nicht erstickte. Als sie im Operationssaal waren, schob der Arzt einen abgewinkelten durchsichtigen Plastikschlauch von etwa zwölf Zentimeter Länge in Scotts Schlund, um die Zunge festzukeilen.

Danach drückte die Schwester eine Maske auf Scotts Nase und Mund, die mit dem Sauerstoffbehälter an der Wand verbunden war. An einer Seite der Maske befand sich ein Gummibeutel, den die Schwester alle drei bis vier Sekunden mit der Linken zusammenquetschte, während sie mit der Rechten Scotts Kopf ruhighielt. Scotts Lungen füllten sich sogleich mit Sauerstoff.

Der Kardiologe legte das Ohr auf Scotts Brustkorb. Noch immer konnte er nichts hören. Er hob den Kopf und nickte einem Pfleger zu, der Scott an verschiedenen Stellen Salbe auf die Brust schmierte, auf die eine Schwester dann kleine Elektrodenplättchen preßte. Die Drähte an den Plättchen wurden mit einem Monitor neben der Liege verbunden.

Die dünne Linie auf dem Monitor, die Stärke und Rhythmus des Herzschlags wiedergab, zeigte einen schwachen Ausschlag.

Der Kardiologe lächelte unter seiner Maske, während die Schwester fortfuhr, Sauerstoff in Mund und Nase des Patienten zu pumpen.

Plötzlich, übergangslos erklang ein schriller Ton von der Herz-Lungen-Maschine. Alle Köpfe im Operationssaal rückten sofort zum Monitor herum, auf dem nun von einer Seite zur anderen eine dünne gerade Linie verlief.

»Herzstillstand!« rief der Kardiologe. Er stürmte zu Scott, drückte die Handballen auf dessen Brustbein und preßte rhythmisch mit der Kraft beider Arme, um Blut durch das Herz zu pumpen und den Patienten ins Leben zurückzuholen.

Ein Pfleger schob den Defibrillator herbei. Der Kardiologe drückte zwei große Elektroden vorn und seitwärts an Scotts Brust.

»Zweihundert Joule«, befahl er. »Treten Sie zur Seite!« Alle machten einen Schritt zurück, als der Elektroschock Scotts Körper durchschüttelte.

Sie starrten auf den Monitor. Nichts. Sofort begann der Kardiologe wieder mit der Herzmassage, doch die dünne grüne Linie blieb so gerade wie mit dem Lineal gezogen. »Zweihundert Joule! Treten Sie zur Seite!« wiederholte er. Alle beobachteten die Wirkung des Elektroschocks, aber die Linie auf dem Monitor blieb hartnäckig gerade. Sofort preßte der Facharzt Scotts Brust wieder mit den Händen.

»Dreihundertundsechzig Joule! Treten Sie zur Seite!« sagte er verzweifelt, aber die Schwester, die die Schaltung vornahm, wußte, daß der Patient bereits tot war.

Der Facharzt drückte auf den Knopf, und alle schauten zu,

wie der größtmögliche Stromstoß durch Scotts Körper zuckte. Dann schauten sie wieder auf den Monitor – und die reglose grüne Linie.

»Wir haben ihn verloren«, wollte der Kardiologe gerade sagen, als sie sahen, wie die Linie kaum merklich zuckte. Schnell sprang der Arzt wieder vor und bearbeitete Scotts Brust mit den Handballen, während die Linie unregelmäßig ausschlug.

»Dreihundertsechzig Joule. Treten Sie zur Seite!« rief er erneut. Der Knopf wurde gedrückt, und alle wandten sich aufs neue dem Monitor zu. Der Ausschlag der Linie wurde gleichmäßig. Der jüngste Arzt jubelte auf.

Der Kardiologe fand eine Vene in Scotts linkem Arm, stach eine Nadel hinein und ließ eine Kanüle herausragen, an die rasch ein Schlauch für eine Tropfinfusion mit Salzlösung angehängt wurde.

Ein anderer Arzt kam in den Saal gestürmt und meldete seinem Chef: »Das Gegenmittel ist GTN.«

Sofort rannte eine Schwester zum Giftschrank und brachte eine Ampulle mit Glyceryltrinitrat. Der Facharzt zog die bereitgehaltene Injektionsnadel auf und spritzte ein wenig von der bläulichen Flüssigkeit in die Luft; dann pumpte er das Gegenmittel in ein Seitenventil des intravenösen Infusionsgeräts. Schließlich wandte er sich dem Monitor zu. Die Linie pulsierte rhythmisch und gleichmäßig.

Der Kardiologe wandte sich an die Oberschwester und fragte: »Glauben Sie an Wunder?«

»Nein«, antwortete sie. »Ich bin Jüdin. Wunder sind nur was für Christen.«

Hannah schmiedete einen Plan, der keine Einmischung von Kratz' zulassen würde. Sie hatte sich entschieden, das Angebot des Botschafters anzunehmen und ihn als seine erste Sekretärin nach Bagdad zu begleiten.

Im Lauf der nächsten Stunden nahm ihr Plan Gestalt an. Natürlich war ihr klar, daß es Probleme geben würde. Nicht von irakischer Seite, sondern durch ihre eigenen Leute. Sie wußte, daß sie den Versuch des Mossad verhindern mußte, sie herauszuholen. Das wiederum bedeutete, daß sie die Botschaft bis zum Flug nach Bagdad nicht für einen Moment verlassen durfte. Sie würde all ihr Wissen, alle Tricks und Schliche anwenden, die der Mossad ihr in den letzten zwei Jahren beigebracht hatte, um ihr Ziel zu erreichen.

Im Irak würde sie sich unentbehrlich für den Botschafter machen und den richtigen Zeitpunkt abwarten. Und, wenn ihr Vorhaben geglückt war, mit Freuden den Märtyrertod sterben.

Nun, da Simon nicht mehr lebte, hatte sie nur noch einen Lebenszweck: Saddam Hussein zu töten.

»Handelsministerium.«

»Alexa Wagner, bitte.«

»Wen?«

»Alexa Wagner, Personalbüro.«

»Einen Moment, bitte.« Wieder dauerte der Moment eine ganze Weile.

»Personalbüro.«

»Hier ist Calder Marshall, Archivar der Vereinigten Staaten. Ich habe bereits gestern angerufen, um mit Mrs. Wagner zu sprechen. Sie haben mir gesagt, ich soll es heute noch einmal versuchen.«

»Ich? Ich war gestern gar nicht hier, Sir.«

»Ach? Dann muß es eine Ihrer Kolleginnen gewesen sein. Ist Mrs. Wagner zu sprechen?«

»Einen Augenblick, bitte.«

Wie schon der Moment, dauerte auch der Augenblick eine ganze Weile.

»Alexa Wagner«, meldete sich eine forsche Frauenstimme.

»Mrs. Wagner, ich bin Calder Marshall, Archivar der Vereinigten Staaten, und es ist außerordentlich wichtig, daß ich mit Mr. Rex Butterworth spreche, der vor kurzem vom Handelsministerium zum Weißen Haus abgestellt wurde.«

»Sind Sie ein ehemaliger Arbeitgeber von Mr. Butterworth?« erkundigte sich die forsche Stimme.

»Nein«, erwiderte Marshall.

»Ein Verwandter?«

»Nein.«

»Ich fürchte, dann kann ich Ihnen nicht helfen, Mr. Marshall.«

»Wieso nicht?« erkundigte sich der Archivar.

»Weil die Geheimhaltungsverordnung uns verbietet, private Auskünfte über Regierungsangestellte zu erteilen.«

»Könnten Sie mir bitte den Namen des Abteilungsleiters geben, oder fällt das auch unter die Geheimhaltung?«

»Dick Fielding«, sagte die forsche Stimme abrupt.

»Danke für die Auskunft«, sagte der Archivar.

Der Hörer wurde aufgelegt.

Als Scott zu sich kam, galt sein erster Gedanke Hannah. Dann schlief er.

Beim zweiten Erwachen konnte er nur verschwommene Gestalten sehen, die sich offenbar über ihn beugten. Dann schlief er.

Als er das nächste Mal erwachte, war es dunkel, und er war allein. Er fühlte sich sehr schwach und sehr schlapp, und es gelang ihm nicht, sich zu erinnern, was geschehen war. Dann schlief er.

Beim nächsten Erwachen konnte er Stimmen hören, beruhigend, sanft; aber so sehr er sich bemühte, konnte er die Worte doch nicht verstehen. Dann schlief er.

Als er erwachte, hatte man ihn mit Kopfkissen im Rücken aufgesetzt. Irgend jemand versuchte, ihm eine warme Flüssigkeit, die nach nichts schmeckte, mit Hilfe eines Plastiktrinkhalms einzuflößen. Dann schlief er.

Als er erneut erwachte, fragte ihn ein Mann mit langem, weißem Kittel, einem Stethoskop und deutlichem Akzent: »Können Sie mich hören?« Er versuchte zu nicken, schlief aber ein.

Beim nächsten Erwachen lauschte ein anderer Arzt – diesmal konnte Scott ihn deutlich sehen – aufmerksam, als er seine ersten Worte probierte. »Han-nah, Han-nah.« Dann schlief er.

Er erwachte wieder, und diesmal beugte sich eine attraktive Frau mit kurzem dunklem Haar und freundlichem Lächeln über ihn. Er erwiderte ihr Lächeln und erkundigte sich nach der Uhrzeit. Das mochte der Frau zwar seltsam vorgekommen sein, aber er wollte es nun mal wissen.

»Kurz nach drei Uhr früh«, gab die Nachtschwester Auskunft.

»Wie lange bin ich schon hier?«

»Etwas über eine Woche. Sie sind dem Tod gerade noch von der Schippe gesprungen. Wenn Ihre Freunde auch nur einen Moment später gekommen wären, dann...« Dann schlief er.

Als Scott erwachte, teilte der Arzt ihm mit, daß sie bei seinem Eintreffen schon gedacht hatten, es sei zu spät, und daß er zweimal klinisch tot gewesen war. »Ein Gegenmittel und Elektrostimulation des Herzens, kombiniert mit einem ungeheuren Lebenswillen haben Ihnen geholfen«, sagte er und fügte lächelnd hinzu: »Und daß Sie Christ sind, wie eine Schwester meinte.«

Scott erkundigte sich, ob jemand namens Hannah hiergewesen sei, um ihn zu besuchen. Der Arzt warf einen Blick auf das Krankenblatt am Kopfende des Bettes. Scott erfuhr, daß er nur zwei Besucher gehabt hatte, beides Männer. »Dafür kommen sie aber jeden Tag«, sagte der Arzt. »Danke«, murmelte Scott. Dann schlief er.

Als er erwachte, standen die beiden Männer, die der Arzt erwähnt hatte, an seinem Bett. Scott lächelte Dexter Hutchins zu, der sich bemühte, nicht in Tränen auszubrechen. Männer weinen nicht, wollte Scott sagen, erst recht nicht, wenn sie für die CIA arbeiten. Er wandte sich dem anderen Mann zu. Nie zuvor hatte er ein so schuldgequältes Gesicht und derart von Schlafmangel gerötete Augen gesehen. Scott wollte den Mann fragen, was ihm so zu schaffen machte. Dann schlief er.

Als er wieder erwachte, waren die beiden Männer immer noch da. Sie dösten auf unbequemen Stühlen vor sich hin.

»Dexter«, flüsterte er, und sofort wachten beide auf. »Wo ist Hannah?«

Der andere Mann, der, wie Scott jetzt bemerkte, ein blaues Auge und eine gebrochene Nase hatte, ließ sich Zeit mit der Antwort. Und dann schlief Scott und wollte nie wieder aufwachen.

19

Antonio Cavalli trug sich gegen Mittag im Hôtel de la Paix ein. Er hatte eine bescheidene Suite mit Ausblick auf den See gebucht. Weder teuer noch auffällig.

Als er seinen kleinen Koffer ausgepackt und seinen Anzugbeutel aufgehängt hatte, trat er ans Fenster und bewunderte den Springbrunnen in der Mitte des Sees, dessen Wasser wie ein Geysir in die Höhe schoß.

Am Tag zuvor hatte er ein Taxi zum John-F.-Kennedy-Flughafen genommen und war mit der British Airways, Touristenklasse, nach Europa geflogen. Das Flugzeug war in London zwischengelandet, wo die meisten Passagiere die Maschine verlassen hatten, das Flugpersonal ausgetauscht worden war und neue Passagiere für den Flug nach Genf an Bord gekommen waren.

Um fünf vor elf war Cavalli dort eingetroffen. Ein Taxi hatte ihn zum Hôtel de la Paix gebracht.

Cavalli war überzeugt, daß er auf keinem Abschnitt seiner Reise beschattet worden war und daß niemand, außer seinem Vater und Nick Vicente, genau wußte, wo er sich aufhielt. Nach einem leichten Mittagessen machte er zwei Anrufe, ehe er das *Bitte-nicht-stören*-Schild an die Tür hängte. Er konnte im Flugzeug einfach nicht schlafen.

Kurz nach zwanzig Uhr ging er zum Abendessen hinunter. Ungeachtet der Empfehlung des Obers wählte er seinen Platz selbst. Er setzte sich an ein Fenster in einer Ecke, wo nur der aufmerksamste Kellner ihn überhaupt bemerken würde.

Während er an einem Steak à la Anglais herumsäbelte, fragte er sich, wo Nick wohl in diesem Augenblick sein mochte und, was noch wichtiger war, wie er die Unabhängkeitserklärung aus New York geschmuggelt hatte, so daß sie morgen gegen zwölf Uhr bei Dummond & Cie. sein würde. Cavalli hatte bereits angerufen und für elf Uhr, eine Stunde vor Eintreffen des Dokuments, einen Termin mit seinem eigenen Bankier, Monsieur Franchard, vereinbart. Kurz nach zweiundzwanzig Uhr bot der Ober ihm Kaffee an, doch Cavalli winkte ab und ließ sich die Rechnung bringen. Er bezahlte bar und gab ein Trinkgeld, ehe er sich wieder auf sein Zimmer zurückzog.

Als er die Tür öffnete, wunderte er sich nicht, daß ein Umschlag mit der Aufschrift *Privat* auf dem Teppich lag.

Er vermutete, daß es sich um eine dieser Mitteilungen der Hotelleitung handelte, die ihn willkommen hieß und gleichzeitig bedauerte, ihn nicht persönlich angetroffen zu haben. Die anonyme Hotelleitung hoffte für gewöhnlich, daß ihn eine Flasche Sekt und ausgesuchte Pralinen mit Empfehlungen des Hauses für die Unhöflichkeit entschädigen würden. Cavalli warf den Umschlag auf das Bett, denn er war der Meinung, daß solche ›Empfehlungen des Hauses‹ nur bedeuteten: »Keine Angst, wir finden schon eine Möglichkeit, es auf die Rechnung zu setzen.«

Nachdem er sich ausgezogen hatte, legte er sich ins Bett und drückte auf mehrere Knöpfe der Fernbedienung, bevor er CNN hereinbekam. Warum kann dieser Sender nicht in jedem Land die gleiche Nummer haben, fragte er sich verärgert.

Er schaute eine Zeitlang zu, mußte jedoch feststellen, daß mehr darüber berichtet wurde, wie Hillary Clinton für den ersten Rausschmiß eines höheren Beamten im Weißen Haus gesorgt hatte, als über den Abschuß eines irakischen Jägers in der Flugverbotzone. Es sah ganz so aus, als wäre Clinton entschlossen, Saddam zu beweisen, daß er ebenso hart war wie Bush.

Aber Cavalli war noch so müde von dem Flug, daß er den Fernseher abschaltete, um zu schlafen. Während er das viel zu harte Kopfkissen mit ein paar Schlägen in Form brachte, fiel sein Blick auf den Umschlag, der noch auf der anderen Seite des Bettes lag. Er riß ihn auf und stellte fest, daß die Karte darin nicht von der Hotelleitung stammte, sondern eine Bestätigung seiner ›Verabredung zum Tee‹ mit seinem Bankier Monsieur Franchard am kommenden Vormittag um elf Uhr war.

Er lachte und wollte gerade ausprobieren, ob er es schaffte, die Karte in den Papierkorb an der hinteren Zimmerecke zu werfen, als er bemerkte, daß unten auf der Karte ein paar Worte gekritzelt waren:

Ich hoffe, Dir sagt die Marke zu. Viel Spaß.
N. V.

»Handelsministerium.«

»Den Minister, bitte.«

»Wer ist am Apparat?«

»Marshall, Calder Marshall.«

»Erwartet der Herr Minister Ihren Anruf?«

»Nein.«

»Mr. Fielding nimmt nur Anrufe von Personen entgegen, die sich vorher angemeldet haben.«

»Was ist mit seiner Sekretärin?« erkundigte sich Marshall.

»Sie nimmt nie Anrufe entgegen.«

»Wie komme ich dann zu einem Gesprächstermin mit Mr. Fielding?«

»Da müssen Sie erst mit Miss Zelumski von der Reservierungsabteilung sprechen.«

»Könnte ich dann bitte zu Miss Zelumski durchgestellt werden, oder brauche ich erst einen Termin, um mit ihr reden zu dürfen?«

»Ihrem Sarkasmus können Sie sich sparen, Sir. Ich tue nur meine Pflicht.«

»Entschuldigen Sie. Aber könnten Sie mich denn zu Miss Zelumski durchstellen?«

»Einen Moment, bitte.«

Marshall wartete. Und wartete.

»Reservierungen, Zelumski.«

»Ich hätte gern einen Termin für einen Anruf bei Mr. Fielding.«

»Inland, Vorzugsstatus oder Ausland?« erkundigte sich eine gelangweilt klingende Stimme.

»Äh... persönlich.«

»Kennt Mr. Fielding Sie?«

»Nein.«

»Dann kann ich Ihnen nicht helfen. Ich bin nur für Inland, Vorzugsstatus oder Ausland zuständig.«

Der Archivar legte auf, ehe Miss Zelumski sagen konnte: »Freut mich, daß ich Ihnen behilflich sein konnte, Sir.«

Nach einem kleinen Frühstück auf seinem Zimmer packte Cavalli seinen Koffer und den Kleiderbeutel, bevor er hinunterging. Der Portier beantwortete seine Fragen in perfektem Englisch. In der Schweiz wußten Hotelportiers genau, wo die Bankhäuser sich befanden, so wie ihre Londoner Kollegen einem den Weg zu jeder Kneipe und jedem Fußballstadion erklären konnten.

Als Cavalli das Hotel verließ und den kurzen Weg zur Bank zu Fuß zurücklegte, konnte er das Gefühl nicht loswerden, daß irgend etwas nicht stimmte. Und dann wurde ihm bewußt, daß die Straßen sauber waren, die Passanten gutgekleidet, freundlich und ruhig. In jeder Beziehung ein Gegensatz zu New York.

Als er die Eingangstür der Bank erreichte, drückte er auf den unauffälligen Knopf unter dem gleichermaßen unauffälligen Messingschild ›Franchard & Cie.‹.

Ein Portier öffnete ihm. Cavalli trat in eine Eingangshalle mit marmornen Säulen von vollkommenen Proportionen.

»Vielleicht möchten Sie sich direkt zum neunten Stock hinaufbegeben, Mr. Cavalli? Ich glaube, Monsieur Franchard erwartet Sie bereits.«

Cavalli war bisher nur zweimal in diesem Haus gewesen. Wie machten diese Schweizer das bloß? Und der Portier hatte recht. Als Cavalli aus dem Fahrstuhl stieg, wartete der Bankdirektor bereits auf ihn, um ihn zu begrüßen.

»Guten Morgen, Mr. Cavalli«, sagte er. »Wollen wir in mein Büro gehen?«

Das Büro des Direktors war ein bescheidener, geschmackvoll eingerichteter Raum. Schweizer Bankiers wollten ihre Kunden nicht mit aufdringlichem Reichtum verscheuchen.

Cavalli wunderte sich, daß ein großes braunes Paket, dessen Inhalt nicht zu erraten war, mitten auf dem Sitzungstisch lag.

»Das kam heute vormittag für Sie an«, erklärte der Bankier. »Ich dachte, es hat möglicherweise etwas mit unserem Treffen zu tun.«

Cavalli lächelte und zog das Paket zu sich heran. Er riß ungeduldig das braune Packpapier ab. Darunter kam eine Kiste zum Vorschein. Sie trug den Aufdruck: TEE: BOSTON. Mit Hilfe eines schweren silbernen Brieföffners, den er von einem Beistelltischchen nahm, stemmte er langsam den Deckel auf. Er bemerkte nicht, wie der Bankier leicht das Gesicht verzog.

Cavalli blickte in die Kiste. Styroporverpackungsmaterial quoll ihm entgegen. Er schaufelte es mit beiden Händen heraus und verstreute es auf der ganzen Tischplatte.

Der Direktor schob ihm hastig einen großen Papierkorb zu, den Cavalli jedoch ignorierte, während er weiter schaufelte, bis er endlich zu einigen in Seidenpapier gewickelten Gegenständen vorgedrungen war.

Er wickelte ein Stück aus und hielt eine Teetasse in den Bundesfarben des ersten amerikanischen Kongresses in der Hand.

Es dauerte mehrere Minuten, bis er das gesamte Teeservice, Stück um Stück, ausgepackt und vor dem verdutzten Bankier aufgestellt hatte. Aber auch Cavalli machte einen leicht verwirrten Eindruck. Er suchte noch weiter in der Kiste, brachte einen Umschlag zum Vorschein und las seinen Inhalt laut vor:

Sie haben eine gute Wahl getroffen! Das ist eine Kopie des berühmten Teeservices, das 1777 von Pearson und Sohn aus Anlaß der Bostoner Teeparty hergestellt wurde. Jedem Service ist eine authentische Kopie der Unabhängigkeitserklärung beigefügt. Ihr Service hat die Nummer 20917 und wurde bei uns unter dem Namen J. Hancock registriert.

Das Schreiben war von dem gegenwärtigen Firmeninhaber, H. William Pearson, unterzeichnet und beurkundet.

Cavalli lachte laut heraus, während er sich tiefer in der Holzkiste grub und weiteres Verpackungsmaterial auf den Tisch schaufelte, bis er schließlich auf einen Kunststoffzylinder stieß. Er kam nicht umhin zu bewundern, wie Nick Vicente den amerikanischen Zoll überlistet hatte. Der Bankier saß mit offenem Mund da und staunte.

Cavalli legte den Zylinder auf den Tisch. Dann erklärte er genau, wie das Treffen um zwölf Uhr ablaufen sollte.

Der Bankier nickte hin und wieder und machte sich vereinzelte Notizen auf einem Block.

»Außerdem möchte ich, daß dieser Zylinder einstweilen im Tresor untergebracht wird. Der Schlüssel dafür soll Mr. Al Obaydi ausgehändigt werden. Aber erst dann und nur dann, wenn die gesamte Summe eingegangen ist. Überweisen Sie das Geld anschließend auf mein Konto Nummer drei Ihrer Züricher Filiale.«

»Könnten Sie mir bitte sagen, wie hoch die Summe ist, die Sie von Mr. Al Obaydi erwarten?« erkundigte sich der Bankier.

»Neunzig Millionen Dollar«, antwortete Cavalli.

Der Bankier zuckte mit keiner Wimper.

Der Archivar suchte den Namen des Handelsministers in seinem Regierungstelefonbuch, dann hob er den Hörer ab und drückte auf eine Taste. 482-2000 war nun zur Wahlwiederholung gespeichert.

»Handelsministerium.«

»Dick Fielding, bitte.«

»Einen Augenblick.«

»Vorzimmer des Direktors.«

»Hier spricht Minister Brown.«

Der Archivar mußte nur Augenblicke warten, bis er durchgestellt wurde.

»Guten Morgen, Herr Minister«, sagte eine geschäftsmäßige Stimme.

»Guten Morgen, Mr. Fielding. Hier ist Calder Marshall, Archivar der Vereinigten Staaten von Amerika.«

»Ich dachte...«

»Sie dachten...?«

»Ich habe wohl zum falschen Hörer gegriffen. Wie kann ich Ihnen behilflich sein, Mr. Marshall?«

»Ich versuche, einen Ihrer Mitarbeiter ausfindig zu machen. Rex Butterworth.«

»Da kann ich Ihnen leider nicht helfen.«

»Wieso? Sind auch Sie durch die Geheimhaltungsverordnung gebunden?«

Fielding lachte. »Ich wollte, ich wäre es.«

»Ich verstehe nicht«, gestand der Archivar.

»Vergangene Woche haben wir Butterworth eine Sondervergütung geschickt. Wir erhielten sie mit der Bemerkung ›neue Anschrift unbekannt‹ zurück.«

»Aber er ist doch verheiratet.«

»Seiner Frau ist es mit ihrem letzten Brief genauso ergangen.«

»Und seine Mutter in South Carolina?«

»Ist seit Jahren tot.«

»Danke«, sagte Calder Marshall und legte auf. Er wußte genau, wen er als nächstes anrufen mußte.

Dummond & Cie. war eines von Genfs moderneren Bankhäusern. Es war 1781 gegründet worden. Seither hatte die Bank mehr als zweihundert Jahre lang das Geld anderer Leute verwaltet, ohne religiöse oder rassische Vorurteile. Dummond & Cie. war gleichermaßen bereit gewesen, mit arabischen Scheichs, jüdischen Geschäftsleuten, Nazi-Gauleitern und britischen Aristokraten in Geschäftsbeziehung zu treten, grundsätzlich mit jedem, der ihrer Dienste bedurfte. Das war eine Politik, die Dividenden in jeder Handelswährung der Welt abgeworfen hatte.

Die Bank befand sich in einem zwölfstöckigen Gebäude, gleich neben der Place de la Fusterie. Das Treffen, das für Dienstag mittag vereinbart war, sollte im Sitzungszimmer in der zehnten Etage stattfinden, dem Stockwerk unter dem Büro des Direktors.

Der Bankdirektor, Pierre Dummond, hatte diesen Posten bereits seit neunzehn Jahren inne, aber selbst ihm war nur selten eine ungewöhnlichere Geschäftsverbindung untergekommen als die zwischen einem gebildeten Araber aus dem Irak und dem Sohn eines ehemaligen Mafiaanwalts aus New York.

Am Sitzungstisch hatten sechzehn Personen Platz, doch bei diesem Treffen waren nur vier anwesend. Pierre Dummond saß in der Mitte an einer der langen Seiten des Tisches unter dem Porträt seines Onkels François Dummond, des früheren Bankdirektors. Sein Nachfolger trug einen eleganten dunklen Maßanzug, der ebenso passend für jeden Direktor der achtundvierzig Banken im Umkreis von anderthalb Kilometern gewesen wäre. Sein Hemd war von einem Blauton, der nicht von der mailändischen Mode beeinflußt war, und sein Binder war so dezent, daß nur ein erstaunlich guter Beobachter sich an seine Farbe oder sein Muster erinnert hätte, selbst kurz nach Verlassen des Zimmers.

Zu Monsieur Dummonds Rechten saß sein Kunde, Mr. Al Obaydi, dessen Kleidung, wenngleich etwas modischer, doch ebenso konservativ war.

Monsieur Dummond gegenüber hatte der Direktor von Franchard & Cie. Platz genommen, der – wie jedem Beobachter auffallen mußte – offenbar denselben Schneider hatte wie Monsieur Dummond. Zu Franchards Linker saß Antonio Cavalli, der im zweireihigen Armani-Anzug aussah, als hätte er sich in die falsche Sitzung verirrt.

Die kleine Uhr auf dem Louis-Phillippe-Kaminsims hinter Monsieur Dummond schlug zwölfmal. Der Direktor räusperte sich und begann:

»Meine Herren, der Zweck dieses Treffens, das auf unsere Anregung, aber mit Ihrem Einverständnis, angesetzt wurde, besteht darin, ein seltenes Dokument gegen eine vereinbarte Geldsumme auszutauschen.« Monsieur Dummond schob seine Halbmondbrille höher die Nase hinauf. »Verständlicherweise muß ich zuerst Sie, Mr. Cavalli, fragen, ob Sie dieses Dokument in Ihrem Besitz haben.«

»Nein, Monsieur Dummond«, warf Monsieur Franchard ein, wie mit Cavalli abgesprochen. »Er hat dieses Dokument unserer

Bank zur Aufbewahrung anvertraut. Aber ich habe die Vollmacht, es sofort nach Erhalt der Summe zu übergeben.«

»So war es nicht ausgemacht«, sagte Dummond, der sich vorbeugte und schockiert tat, ehe er hinzufügte: »Die Regierung meines Klienten hat nicht die Absicht, auch nur einen weiteren Cent zu bezahlen, ohne das Dokument gründlich überprüft zu haben. Sie hatten sich einverstanden erklärt, es am Mittag hier zu übergeben. Wir müssen uns in jedem Fall seiner Echtheit vergewissern.«

»Das ist meinem Klienten klar«, versicherte ihm Monsieur Franchard. »Sie sind uns zu jeder Ihnen genehmen Zeit in meinem Büro willkommen, wo Sie eine solche Überprüfung vornehmen können. Danach – und sobald Sie die vereinbarte Summe transferiert haben – erhalten Sie das Dokument.«

»Das ist alles schön und gut«, entgegnete Dummond und schob die Brille aufs neue die Nase hoch, »aber Ihr Klient hat die ursprüngliche Vereinbarung nicht eingehalten, was meines Erachtens der Regierung meines Klienten erlaubt« – er betonte das Wort ›Regierung‹ –, »ihre Position neu zu erwägen.«

»Mein Klient hielt es den Umständen entsprechend für angemessen, seine Interessen zu schützen und das Dokument zur sicheren Verwahrung in seiner eigenen Bank zu deponieren«, erwiderte Monsieur Franchard sogleich.

Jeder, der die beiden Bankiers bei diesem Wortgefecht beobachtete, hätte sich vielleicht gewundert, daß sie jeden Samstagabend miteinander Schach spielten, wobei Monsieur Franchard jedesmal gewann, und Tennis nach dem Mittagessen an den Sonntagen, wobei er jedesmal verlor.

Al Obaydi öffnete zum erstenmal den Mund. »Ich kann diese Änderung nicht akzeptieren. Meine Regierung hat mich beauftragt, nur weitere vierzig Millionen zu bezahlen, falls die ursprüngliche Abmachung auf irgendeine Weise nicht eingehalten wird.«

»Aber das ist lächerlich!« Cavallis Stimme hob sich mit jedem Wort. »Es geht um eine Abweichung von wenigen Stunden und eine Entfernung von nicht einmal einem Kilometer.

Wie Sie sehr wohl wissen, wurden neunzig Millionen Dollar vereinbart!«

»Aber Sie haben sich nicht an diese Vereinbarung gehalten«, entgegnete Al Obaydi, »deshalb haben die ursprünglichen Bedingungen für meine Regierung keine Gültigkeit mehr.«

»Keine neunzig Millionen, kein Dokument!« Cavalli schlug mit der Faust auf den Tisch.

»Wir wollen doch realistisch sein, Mr. Cavalli«, sagte Al Obaydi. »Das Dokument hat keinen Wert mehr für Sie, und ich habe das Gefühl, daß Sie ursprünglich ohnehin mit fünfzig Millionen einverstanden gewesen wären.«

»Das steht nicht zur...«

Monsieur Franchard tippte Cavalli auf den Arm. »Ich würde gern unter vier Augen mit meinem Klienten sprechen und, wenn Sie gestatten, Ihr Telefon benutzen.«

»Selbstverständlich«, erwiderte Monsieur Dummond und erhob sich. »Wir werden Sie allein lassen. Bitte drücken Sie auf den Knopf unter der Tischplatte, wenn Mr. Al Obaydi und ich zurückkommen können.«

Monsieur Dummond und sein Klient verließen das Zimmer ohne ein weiteres Wort.

»Er blufft«, sagte Cavalli. »Er wird bezahlen. Das weiß ich!«

»Das glaube ich nicht«, widersprach Franchard.

»Wieso?«

»Weil sie die Worte ›meine Regierung‹ beziehungsweise ›die Regierung meiner Klienten‹ benutzt haben.«

»Ja, und?«

»Dieses Wort wurde viermal wiederholt«, erklärte Franchard, »und ich schließe daraus, daß Mr. Al Obaydi die endgültige Entscheidung aus der Hand genommen wurde und seine Regierung nur vierzig Millionen bei Dummond & Cie. deponiert hat.«

Cavalli ging im Zimmer auf und ab und blieb schließlich beim Telefon auf einem Beistelltischchen stehen.

»Ich nehme an, der wird abgehört.« Er deutete auf den Apparat.

»Nein, Mr. Cavalli.«

»Wie können Sie so sicher sein?«

»Monsieur Dummond und ich haben mehrere größere Geschäfte laufen, und er würde unsere gute Beziehung bestimmt nicht wegen einer einzelnen Transaktion aufs Spiel setzen. Außerdem, auch wenn er heute auf der anderen Seite des Tisches sitzt, hindert ihn das ebensowenig wie jeden anderen Schweizer Bankier daran, in Ihnen einen potentiellen Kunden zu sehen.«

Cavalli schaute auf die Uhr. In New York war es jetzt zwanzig nach sechs morgens. Sein Vater war bestimmt schon seit einer Stunde auf. Er gab die vierzehnstellige Nummer ein und wartete.

Sein Vater hob ab und klang hellwach. Er hörte aufmerksam zu, als sein Sohn berichtete, was im Sitzungszimmer der Bank gesprochen worden war. Cavalli erklärte ihm auch, wie Monsieur Franchard die Situation einschätzte. Der Direktor von *Skills* überlegte nicht lange, welchen Rat er seinem Sohn geben sollte. Es war ein Rat, der Tony überraschte.

Er legte auf und teilte Monsieur Franchard die Meinung seines Vaters mit.

Franchard nickte, als hätte er mit dieser Antwort des Älteren gerechnet.

»Dann wollen wir weitermachen«, sagte Cavalli zögernd. Monsieur Franchard drückte auf den Knopf unter der Tischplatte.

Monsieur Dummond und sein Klient betraten wenige Augenblicke später das Zimmer und kehrten auf ihre vorherigen Plätze zurück. Dummond schob wieder seine Halbmondbrille die Nase hinauf, spähte über den Rand hinweg und wartete, daß Monsieur Franchard zu reden begann.

»Falls die Transaktion innerhalb einer Stunde abgeschlossen wird, geben wir uns mit vierzig Millionen zufrieden. Wenn nicht, ist das Geschäft geplatzt, und das Dokument wird in die Vereinigten Staaten zurückgeschickt.«

Dummond nahm seine Brille ab und wandte sich seinem Klienten zu. Er war erfreut, daß Franchard die Bedeutung der Worte ›meine Regierung‹ verstanden hatte. Er hatte Al Obaydi empfohlen, diese Formulierung so oft wie möglich zu verwenden.

»Ist dort das Weiße Haus?«

»Ja, Sir.«

»Dürfte ich bitte mit der Terminplanerin des Präsidenten sprechen?«

»Würden Sie mir bitte Ihren Namen nennen?«

»Marshall, Calder Marshall, Leiter des Archivs der Vereinigten Staaten. Und bevor Sie mich fragen, jawohl, ich kenne sie. Und jawohl, sie erwartet meinen Anruf.«

Stille am anderen Ende der Leitung. Marshall fragte sich, ob er getrennt worden war.

»Patty Watson.«

»Patty, hier ist Calder Marshall. Ich bin der Leiter des Archivs…«

»… der Vereinigten Staaten.«

»Ich kann's nicht glauben.«

»O doch, ich bin eine Ihrer Verehrerinnen, Mr. Marshall. Ich habe Ihr Buch über die Geschichte der Verfassung, Menschenrechte und Unabhängigkeitserklärung gelesen. Wie kann ich Ihnen behilflich sein? – Sind Sie noch dran, Mr. Marshall?«

»Ja, Patty. Könnten Sie mir bitte sagen, welche Termine der Präsident am Vormittag des 25. Mai hatte?«

»Selbstverständlich, Sir. Einen Augenblick bitte, ich sehe sofort nach.«

Der Archivar mußte nicht lange warten.

»Ah, ja, 25. Mai. Der Präsident hat den Vormittag im Ovalen Zimmer mit seinen Redenschreibern David Kusnet und Carolyn Curiel verbracht. Sie haben den Text für seine Ansprache über GATT vor der Chicagoer Gesellschaft für auswertige Beziehungen vorbereitet, die er am nächsten Tag gehalten hat. Zu Mittag aß er mit Senator Mitchell. Um fünfzehn Uhr…«

»Ist Präsident Clinton den ganzen Vormittag im Weißen Haus geblieben.«

»Ja, Sir. Er hat es den ganzen Tag nicht verlassen. Den Nachmittag verbrachte er mit Mrs. Clinton bei Gesprächen mit ihrer Gesundheits-Sonderkommission.«

»Könnte er das Haus verlassen haben, ohne daß Sie es wüßten, Patty?«

Die Terminplanerin lachte. »Unmöglich, Sir. Wenn, hätte der Secret Service mir sofort Bescheid gegeben.«

»Vielen Dank, Patty.«

»Freut mich, daß ich Ihnen behilflich sein konnte, Sir.«

Gleich nach dem Treffen bei Dummond & Cie. kehrte Cavalli in sein Hotelzimmer zurück, um auf Franchards telefonische Bestätigung zu warten, daß die vierzig Millionen Dollar auf sein Konto Nummer drei in Zürich überwiesen waren.

Sofern die Transaktion innerhalb einer Stunde über die Bühne lief, konnte er den Flug um sechzehn Uhr fünfundvierzig von Genf nach London nehmen und die Frühabendmaschine nach New York erwischen.

Nachdem zwanzig Minuten vergangen waren und immer noch kein Anruf erfolgt war, wurde Cavalli ein wenig, nach dreißig Minuten ziemlich unruhig, und nach vierzig Minuten sehr nervös. Nach fünfzig schritt er im Zimmer hin und her, starrte hinaus auf den Springbrunnen und blickte alle paar Sekunden auf die Uhr.

Als das Telefon endlich läutete, riß er den Hörer hoch.

»Mr. Cavalli?« erkundigte sich eine Stimme.

»Am Apparat.«

»Hier Franchard. Das Dokument wurde als echt anerkannt und mitgenommen. Es interessiert Sie vielleicht, daß Mr. Al Obaydi ein Wort auf der Urkunde ziemlich lange studierte, ehe er sein Einverständnis zum Transfer gab. Die vereinbarte Summe wurde Ihrem Konto Nummer drei in unserer Züricher Zweigstelle gutgeschrieben, wie Sie es wünschten.«

»Vielen Dank, Monsieur Franchard«, sagte Cavalli ohne weiteren Kommentar.

»Stets zu Diensten, Mr. Cavalli. Können wir sonst noch irgend etwas für Sie tun, während Sie hier sind?«

»Ja«, antwortete Cavalli. »Ich möchte eine Viertelmillion Dollar auf eine Bank auf den Cayman-Inseln überweisen.«

»Gleicher Name und gleiches Konto wie bei den letzten drei Überweisungen?« fragte der Bankier.

»Ja«, antwortete Cavalli. »Und von dem Züricher Konto, das wir auf den Namen Hamid Al Obaydi eröffnet haben, möchte ich hunderttausend Dollar abheben und...«

Monsieur Franchard notierte sich die weiteren Anweisungen seines Klienten.

»Außenministerium.«

»Könnte ich wohl mit dem Minister sprechen?«

»Einen Augenblick, bitte.«

»Vorzimmer des Außenministers.«

»Hier ist Calder Marshall. Ich bin der Leiter des Archivs der Vereinigten Staaten. Es ist außerordentlich wichtig, daß ich mit Mr. Christopher spreche.«

»Ich verbinde Sie mit seinem persönlichen Assistenten, Sir.«

»Danke.« Marshall mußte nur sehr kurz warten.

»Hier Jack Leigh, zweiter persönlicher Assistent des Außenministers. Was kann ich für Sie tun, Sir?«

»Äh... Mr. Leigh, wie viele persönliche Assistenten hat der Außenminister?«

»Fünf, Sir. Aber nur einer steht über mir.«

»Ich muß dringend mit Mr. Christopher sprechen.«

»Er ist zur Zeit leider nicht in seinem Büro. Vielleicht könnte Ihnen der stellvertretende Büroleiter helfen?«

»Nein, Mr. Leigh, das kann er nicht!«

»Ich werde dem Herrn Minister ausrichten, daß Sie angerufen haben, Sir.«

»Danke, Mr. Leigh. Wären Sie bitte so freundlich, ihm noch etwas auszurichten?«

»Selbstverständlich, Sir.«

»Bitte sagen Sie ihm, daß meine Kündigung spätestens morgen um neun Uhr auf seinem Schreibtisch liegen wird. Mit diesem Anruf wollte ich mich vorab für die Unannehmlichkeit entschuldigen, die es für den Präsidenten zweifellos mit sich bringen wird, vor allem, da er erst so kurz im Amt ist.«

»Sie haben doch mit niemandem von den Medien darüber gesprochen, oder, Sir?« erkundigte sich der zweite persönliche Assistent. Seine Stimme klang beunruhigt.

»Nein, Mr. Leigh, und vor morgen mittag werde ich es auch nicht tun. Das dürfte dem Minister genug Zeit geben, Antworten auf die Fragen vorzubereiten, welche die Presse ihm und dem Präsidenten zweifellos stellen wird, sobald sie den Grund für meine Kündigung erfährt.«

»Ich werden den Minister ersuchen, Sie so schnell wie möglich zurückzurufen, Sir.«

»Vielen Dank, Mr. Leigh.«

»Freut mich, daß ich Ihnen behilflich sein konnte, Sir.«

Sie flog an diesem Vormittag zu den Cayman-Inseln und nahm ein Taxi zur Barclays Bank in Georgetown. Sie stellte fest, daß ihrem Konto drei Überweisungen von je zweihundertfünfzigtausend Dollar gutgeschrieben waren. Die erste war am 9. März erfolgt, die zweite am 27. April, die dritte am 30. Mai.

Eine stand noch aus. Aber Cavalli erfuhr vom Ableben T. Hamilton McKenzies wahrscheinlich erst, wenn er aus Genf zurück war.

»Und wir haben auch wieder mal ein Päckchen für Sie, Miss Webster«, sagte der lächelnde Einheimische hinter dem Schalter.

Viel zu vertraulich, dachte sie. Es war wieder einmal an der Zeit, ein Konto auf einer anderen Bank, in einem anderen Land und unter einem anderen Namen zu eröffnen. Sie steckte das Päckchen in ihre Einkaufstasche, schlang sie über die Schulter und ging ohne ein Wort.

Sie öffnete das Päckchen erst, als sie nach einem geruhsamen Mittagessen in einem Hotel, in dem sie bestimmt nie ein Zimmer nehmen würde, einen Kaffee bestellt hatte. Vorsichtig schnitt sie das dicke gelbliche Kuvert mit dem Brotmesser auf und leerte den Inhalt auf dem Tisch aus.

Die üblichen Fotografien aus verschiedenen Perspektiven sowie ehemalige und gegenwärtige Adressen, Gewohnheiten und bevorzugte Lokalitäten des zu Eliminierenden.

Sie studierte die Bilder, die einen kleinen fetten Mann auf einem Barhocker zeigten. Er sah ziemlich harmlos aus. Der Vertrag war immer gleich. Erledigungen innerhalb von vierzehn Tagen. Honorar zweihundertfünfzigtausend Dollar, zahlbar auf anzugebendes Konto.

Diesmal führte ihr Auftrag sie nicht nach Columbus oder Washington D. C., sondern nach San Francisco. Sie war seit Jahren nicht mehr an der Westküste gewesen, und sie versuchte sich zu erinnern, ob es dort Laura-Ashley-Mode gab.

»Nationalarchiv.«

»Mr. Marshall, bitte.«

»Darf ich um Ihren Namen bitten?«

»Christopher. Warren Christopher.«

»Von welcher Dienststelle?«

»Ich glaube, das weiß Mr. Marshall.«

»Ich stelle Sie durch, Sir.«

Der Außenminister wartete geduldig.

»Calder Marshall.«

»Calder, hier Warren Christopher.«

»Guten Morgen, Herr Minister.«

»Guten Morgen, Calder. Ich habe soeben Ihr Kündigungsschreiben gelesen.«

»Gut, Sir. Unter diesen Umständen konnte ich nichts anderes tun.«

»Gewiß sehr lobenswert, aber haben Sie sonst noch jemanden ins Vertrauen gezogen?«

»Nein, Sir. Ich beabsichtigte, meinen Mitarbeitern um elf Uhr Bescheid zu geben und um zwölf Uhr mit der Presse zu sprechen, wie ich schon in meinem Brief schrieb. Ich hoffe, das ist Ihnen recht.«

»Bevor Sie diesen Schritt unternehmen – hätten Sie Zeit für eine Besprechung mit dem Präsidenten und mir?«

Marshall zögerte nur, weil es völlig unerwartet für ihn kam.
»Selbstverständlich, Sir. Welche Zeit würde Ihnen passen?«
»Sagen wir, zehn Uhr?«
»Ja, Sir. Wohin soll ich kommen?«
»Zum Nordeingang des Weißen Hauses.«
»Zum Nordeingang des Weißen Hauses. Natürlich.«
»Jack Leigh, mein persönlicher Assistent, wird Sie am Empfang im Westflügel erwarten und zum Ovalen Zimmer führen.«
»Zum Ovalen Zimmer. Natürlich.«
»Und, Calder...«
»Ja, Herr Minister?«
»Bitte kein Wort über Ihre Kündigung zu irgend jemandem, bevor der Präsident mit Ihnen gesprochen hat.«
»Bevor der Präsident mit mir gesprochen hat. Natürlich.«
»Danke, Calder.«
»Freut mich, daß ich Ihnen behilflich sein konnte, Sir.«

20

»Zunächst möchte ich Ihnen allen danken, daß Sie so kurzfristig zu diesem Treffen kommen konnten«, begann der Außenminister. »Vor allem Ihnen, Mr. Bradley, obwohl Sie sich erst kürzlich von...«, Christopher zögerte einen Moment, »... einem beinahe tödlichen Unfall erholt haben. Wir alle sind sehr erfreut über Ihre rasche Genesung. Ich möchte auch Oberst Kratz willkommen heißen, den israelischen Regierungsvertreter, und Dexter Hutchins, den stellvertretenden Direktor der CIA.

Nur zwei meiner Mitarbeiter sind heute bei mir: Jack Leigh, mein persönlicher Assistent, und Susan Anderson, eine meiner erfahrenen Nahostberater. Der Grund für die beschränkte Teilnehmerzahl bei diesem Treffen wird Ihnen gleich verständlich sein. Die Angelegenheit, die wir besprechen werden, ist außerordentlich heikel, und je weniger Außenstehende davon erfahren, desto besser. In diesem Fall zu sagen: ›Schweigen ist Gold‹, würde bedeuten, daß wir den Wert des Goldes neu festlegen müßten.

Ich möchte jetzt den stellvertretenden Direktor der CIA bitten, uns auf den neuesten Stand zu bringen. Bitte, Dexter.«

Dexter Hutchins klappte seinen Aktenkoffer auf und holte einen Hefter heraus. Er trug den Stempelaufdruck: FÜR DEN DIREKTOR. STRENG GEHEIM! Hutchins legte die Akte vor sich auf den Tisch und schlug sie auf.

»Vor zwei Tagen meldete Mr. Marshall, der Leiter des Archivs der Vereinigten Staaten, dem Außenminister, daß die Unabhängigkeitserklärung aus dem Nationalarchiv gestohlen, genauer gesagt, gegen eine hervorragende Fälschung ausgetauscht worden sei, was nicht nur seinem fachmännischen Blick entgangen war, sondern auch dem des Konservators, Mr. Mendelssohn.

Erst als Mr. Marshall versuchte, einen gewissen Mr. Butterworth zu erreichen, der dem Weißen Haus vorübergehend als Sonderberater des Präsidenten zugeteilt worden war, wurde er mißtrauisch.«

»Dürfte ich kurz darauf hinweisen, Mr. Hutchins«, warf Jack Leigh ein, »daß die Presse, falls sie je Wind davon bekommt, Mr. Butterworth ausschließlich als ›Sonderberater des Präsidenten‹ bezeichnen wird, ungeachtet des Umstandes, daß er im Handelsministerium beschäftigt war.«

Warren Christopher nickte bestätigend.

»Als Calder Marshall erfuhr, daß Butterworth nach seinem Urlaub nicht ins Amt zurückgekommen ist«, fuhr Dexter Hutchins fort, »und daß er keine Nachsendeadresse hinterlassen hat, wurde Mr. Marshall verständlicherweise mißtrauisch. Unter den gegebenen Umständen hielt er es für ratsam, die Unabhängigkeitserklärung von Mr. Mendelssohn genauestens überprüfen zu lassen. Nachdem das Pergament mehreren Tests unterzogen worden war – Sie alle haben einen entsprechenden Bericht darüber erhalten –, kam er zu dem Schluß, daß es sich nach wie vor um das Originaldokument handelte.

Aber Mr. Marshall, ein sehr vorsichtiger Mann, blieb skeptisch und setzte sich mit der Terminplanerin des Präsidenten, Miss Patty Watson, in Verbindung – auch darüber haben Sie einen Bericht erhalten. Nach diesem Gespräch ersuchte Mr. Marshall den Konservator um eine nochmalige, peinlichst genaue Überprüfung der Unabhängigkeitserklärung.

Mr. Mendelssohn machte sich am selben Abend an die zeitraubende Arbeit, jedes einzelne Wort des Dokuments mit der Lupe zu prüfen. Als er zu dem Satz gelangte, *Auch haben wir es nicht an unserer Achtsamkeit gegen unsere Britischen Brüder ermangeln lassen,* wurde ihm bewußt, daß das Wort ›Britisch‹ korrekt geschrieben war, nicht mit zwei *t* wie in dem von Timothy Matlock angefertigten Originaldokument. Als Mr. Mendelssohn dem Archivar dies mitteilte, schickte Mr. Marshall sogleich sein Kündigungsschreiben an den Außenminister. Auch davon haben Sie alle eine Kopie bekommen.«

»Wenn ich Sie hier unterbrechen dürfte, Dexter«, warf

Außenminister Christopher ein. »Nur zu Ihrer Information: Der Präsident und ich haben gestern im Ovalen Zimmer mit Mr. Marshall gesprochen. Er war äußerst kooperativ und versicherte uns, daß er und sein Kollege, Mr. Mendelssohn, bis auf weiteres darüber schweigen und nichts unternehmen werden. Er fügte jedoch hinzu, daß es ihm außerordentlich widerstrebe, der Öffentlichkeit eine Fälschung zu präsentieren. Der Präsident und ich mußten ihm eine Zusage machen: Falls das Originaldokument nicht wiederbeschafft werden kann, bevor sein Verschwinden öffentlich bekannt wird, werden wir bestätigen, daß Mr. Marshall am 25. Mai 1993 seine Kündigung eingereicht hat und daß ich, als Verantwortlicher für die Sicherheit der Unabhängigkeitserklärung, diese Kündigung angenommen habe. Des weiteren ersuchte Mr. Marshall um eine schriftliche Bestätigung, daß er auf keine Weise versucht habe, seine Mitarbeiter oder die Nation, der er dient, zu täuschen. ›Vertuschen ist nicht mein Stil‹, waren seine letzten Worte, ehe er das Ovale Zimmer verließ.

Daß ein Staatsdiener es fertigbringen kann«, fuhr Christopher fort, »dem Präsidenten und seinem Außenminister das Gefühl moralischer Unterlegenheit zu vermitteln, hat Mr. Marshall mit beachtlicher Würde bewiesen. Doch das ändert nichts an der Tatsache, daß die Medien – falls wir das Dokument nicht wiederbeschaffen, bevor der Diebstahl öffentlich bekannt wird – den Präsidenten und mich auf kleiner Flamme rösten werden. Und noch etwas steht fest: Die Republikaner werden sich mit Dole an der Spitze in aller Öffentlichkeit die kollektiven Hände waschen. Bitte fahren Sie fort, Dexter.«

»Auf Anweisung des Außenminister haben wir in Langley unverzüglich eine kleine Sonderkommission zusammengestellt, um jeden Aspekt dieses Problems durchzugehen. Aber wir erkannten rasch, daß wir unter außerordentlich beschränkten Bedingungen arbeiten müssen. Zum Beispiel konnten wir aufgrund der erforderlichen Diskretion in dieser Angelegenheit nicht, wie wir es unter normalen Umständen automatisch tun, Auskunft vom FBI einholen oder mit der Polizei zusammenarbeiten. Denn beides hätte uns mit Sicherheit auf die Titelseite der *Washington Post* gebracht. Wir dürfen nicht vergessen, daß das FBI noch wegen der Waco-Belagerung verstimmt ist, und dort würde man nichts lieber sehen, als von der CIA in den Schlagzeilen abgelöst zu werden.

Das nächste Problem bestand darin, daß wir äußerst behutsam mit jenen Personen verfahren mußten, die wir gewöhnlich zur Befragung zu uns bringen, um sie nicht mit der Nase auf den wahren Grund zu stoßen. Dennoch ist es uns gelungen, einige Hinweise zu bekommen, ohne offizielle Vernehmungen durchführen zu müssen. Bei einer Routineüberprüfung städtischer Genehmigungsunterlagen stellten wir fest, daß am gleichen Tag, an dem das Dokument ausgetauscht wurde, Filmaufnahmen gemacht wurden. Der Regisseur war Johnny Scasiatore, der zur Zeit wegen unsittlichen Verhaltens unter Anklage steht und auf Kaution frei ist. Drei weitere Beteiligte haben ein Vorstrafenregister. Und einige dieser Leute passen auf Mr. Marshalls und Mr. Mendelssohns Beschreibung der Gruppe, die sich im Nationalarchiv als die Begleiter des Präsidenten ausgaben. Zu diesen Personen gehörte ein gewisser Bill O'Reilly, ein bekannter Fälscher, der mehr als einmal Haftstrafen absaß, sowie ein Schauspieler, der den Präsidenten so überzeugend darstellte, daß sowohl Mr. Marshall als auch Mr. Mendelssohn nicht im geringsten an seiner Echtheit zweifelten.«

»Aber es läßt sich doch bestimmt herausfinden, wer dieser Mann war«, meinte Christopher.

»Wir haben es bereits herausgefunden. Er heißt Lloyd Adams. Aber wir können es nicht wagen, ihn einer Befragung zu unterziehen.«

»Wie haben Sie ihn gefunden?« erkundigte sich Leigh. »Es gibt doch bestimmt viele Schauspieler, die den Präsidenten einigermaßen glaubhaft nachahmen können.«

»Gewiß, aber nur einen, der während der letzten Monate von Amerikas führender Kapazität auf dem Gebiet der plastischen Chirurgie operiert wurde. Wir haben Grund zu der Annahme, daß die Drahtzieher dieses Unternehmens den Chirurgen und seine Tochter ermorden ließen. Seine Frau hat dem Polizeichef ihres Wohnorts alles mitgeteilt, was sie wußte.

Doch aus der ganzen Operation wäre ohne die Insiderhilfe von Mr. Rex Butterworth nichts geworden. Butterworth wurde am Vormittag des 25. Mai zum letztenmal gesehen und ist seither wie vom Erdboden verschluckt. Er hatte einen Flug nach Brasilien gebucht, den er jedoch nicht angetreten hat. Wir haben auf dem ganzen Globus Agenten, die nach ihm fahnden.«

»Das alles ist nicht von Bedeutung, wenn wir nicht schleunigst herausfinden, wo sich das Original der Unabhängigkeitserklärung gegenwärtig befindet und wer sie gestohlen hat«, sagte Christopher.

»Tja, das ist die schlechte Nachricht«, fuhr Dexter fort. »Unsere Agenten verbringen viel Zeit mit Routineermittlungen, was ein Großteil der Amerikaner für eine Verschwendung von Steuergeldern hält. Doch hin und wieder zahlt es sich aus.«

»Wir sind ganz Ohr«, versicherte ihm Christopher.

»Die CIA observiert gewisse ausländische Diplomaten bei den Vereinten Nationen in New York. Natürlich käme es zu einem Entrüstungssturm sondergleichen, wenn das herauskäme. Die Iraker, zum Beispiel, werden rund um die Uhr von unseren Leuten beschattet. Das Problem ist, daß wir innerhalb des UN-Gebäudes nicht operieren können, denn falls wir dort ertappt würden, käme es zu einem internationalen Eklat. Deshalb kommt es dann und wann vor, daß uns der eine oder andere durch die Maschen schlüpft.

Aber wir glauben nicht, daß es ein Zufall war, daß der irakische Botschaftssekretär, ein gewisser Hamid Al Obaydi, sich ausgerechnet an dem Tag in Washington aufhielt, als die Unabhängigkeitserklärung ausgetauscht wurde, und daß er während der Dreharbeiten des angeblichen Filmteams mehrmals fotografierte. Der Agent, der Al Obaydi beschattete, hat gemeldet, daß sich der Observierte um zehn Uhr siebenunddreißig, nachdem die Unabhängigkeitserklärung wieder für die Besucher ausgestellt war, in der Besucherschlange anstellte und über eine Stunde geduldig wartete, bis er das Dokument besichtigen konnte. Und jetzt kommt der Clou. Er betrachtete das Dokument eingehend, dann setzte er eine Brille auf und studierte es ein zweites Mal.«

»Vielleicht ist er kurzsichtig«, meinte Susan.

»Unser Agent berichtete, daß er den Mann nie zuvor mit Brille gesehen hat«, entgegnete Dexter Hutchins. »Aber jetzt kommt erst die *wirklich* schlechte Neuigkeit.«

»Das war sie nicht?« fragte Christopher.

»Nein, Sir. Al Obaydi flog eine Woche später nach Genf, wo er von unserem dort stationierten Agenten beobachtet wurde, als er eine Bank verließ.« Dexter warf einen Blick auf seine Notizen. »Franchard & Cie. Er trug einen Plastikzylinder von, ich zitiere, ›etwa sechzig Zentimeter Länge und gut fünf Zentimeter Durchmesser‹.«

»Wer soll das dem Präsidenten beibringen?« Christopher legte die Hände auf die Augen. »Und wie?«

»Al Obaydi brachte den Zylinder per Wagen direkt zum Palais des Nations, und seither wurde er nicht mehr gesehen.«

»Und Barzan al Takriti, Saddams Halbbruder, ist der irakische Delegierte bei den Vereinten Nationen in Genf«, warf Susan ein.

»Erinnern Sie mich nicht daran«, murmelte Christopher. »Aber es würde mich interessieren, warum Ihr Agent diesem Al Obaydi den Zylinder nicht entriß, wenn doch offensichtlich war, um was es sich handelte? Ich hätte schon eine Möglichkeit gefunden, die Schweizer zu besänftigen.«

»Das hätten wir bestimmt getan, wenn wir auch nur die geringste Ahnung gehabt hätten, was der Mann mit sich herumtrug. Aber zu dem Zeitpunkt wußten wir ja nicht einmal, daß man die Unabhängigkeitserklärung gestohlen hatte, und unsere Überwachung war reine Routine.«

»Dann ist Ihre *wirklich* schlechte Nachricht, daß das Dokument inzwischen bereits in Bagdad sein könnte?« warf Leigh ein.

Mehrere Sekunden sagte niemand ein Wort.

»Gehen wir vom Schlimmsten aus«, sagte der Außenminister schließlich. »Die Unabhängigkeitserklärung befindet sich in Saddams Besitz. Was wird sein nächster Schritt sein? Scott,

Sie sind unser Logikspezialist. Können Sie sich denken, was er vorhat?«

»Nein, Sir. Saddam ist undurchschaubar. Aber in letzter Zeit hat mich zweierlei an seinem Verhalten sehr beunruhigt. Wir schießen zwei seiner Kampfflugzeuge in der Flugverbotzone ab, um die Schiiten zu beschützen, und wie reagiert er? Nicht mit dem üblichen Wutgeschrei und einem Massaker von Unschuldigen. Nein! Die Reaktion ist eine gemäßigte, vernünftige Erklärung des irakischen UNO-Botschafters. Warum? Die Presse meint, weil Saddam hoffe, Clinton werde auf Dauer nachgiebiger sein, als es Bush war. Ich bin da anderer Meinung. Ich vermute, Saddam hat erkannt, daß Clintons Einstellung sich nicht sehr von der Bushs unterscheidet. Ich bin eher der Meinung, Saddam bildet sich ein, mit der Unabhängigkeitserklärung eine so mächtige Waffe in der Hand zu haben, daß er die USA und vor allem den Präsidenten demütigen kann, wie und wann es ihm gefällt.«

»Wie und wann, Scott? Wenn wir das wüßten...«

»Da habe ich zwei Theorien, Sir«, antwortete Scott.

»Lassen Sie uns beide hören.«

»Aber keine wird Ihnen sehr gefallen, Herr Minister.«

»Ich möchte sie trotzdem hören.«

»Als erstes wird er eine Pressekonferenz einberufen, zu der er Medienvertreter aus der ganzen Welt einlädt. Er wählt einen öffentlichen Platz in Bagdad aus, wo er rundum von seinen Leuten umgeben und sicher ist, und dann zerreißt oder verbrennt er die Unabhängigkeitserklärung oder vernichtet sie sonstwie. Ich könnte mir vorstellen, daß so was ein Fernsehknüller wird.«

»Wir würden Bagdad ausradieren, wenn er das versucht!« gab Dexter Hutchins zu bedenken.

»Das bezweifle ich«, widersprach Scott. »Wie würden unsere Alliierten reagieren, die Briten, die Franzosen, ganz zu schweigen von den befreundeten arabischen Ländern, wenn wir unschuldige Zivilisten bombardieren, weil Saddam uns die Unabhängigkeitserklärung geklaut hat?«

»Sie haben recht, Scott«, pflichtete Warren Christopher ihm

bei. »Man würde den Präsidenten der Barbarei bezichtigen, wenn er unschuldige Iraker wegen einer Sache niedermetzeln läßt, die ein großer Teil der Welt allenfalls als absurden Versuch betrachten würde, sein angekratztes Image aufzupolieren. Also, *wann* wird er aller Wahrscheinlichkeit nach handeln?«

»Diese Frage ist nicht leicht zu beantworten, Sir«, antwortete Scott, »denn dazu muß man wie Saddam denken – und das ist verdammt nicht einfach, weil er imstande ist, seine Meinung von einer Stunde zur nächsten zu ändern. Aber falls er das Problem logisch durchdenkt, wird er vermutlich zwischen zwei Alternativen wählen: Entweder vernichtet er die Unabhängigkeitserklärung an einem symbolischen Datum, vielleicht einem Jahrestag, der mit dem Golfkrieg zusammenhängt, oder...«

»Oder...?« fragte Christopher.

»Oder er beabsichtigt, das Dokument als Druckmittel einzusetzen, um in den Besitz der Ölfelder in Kuwait zu kommen. Schließlich hat er immer behauptet, er hätte ohnehin eine entsprechende Abmachung mit uns gehabt.«

»Sowohl das eine wie das andere ist zu entsetzlich, um es sich auszumalen«, sagte der Außenminister. Er wandte sich an den stellvertretenden CIA-Direktor: »Arbeiten Sie schon an einem Plan zur Wiederbeschaffung des Dokuments?«

»Noch nicht, Sir«, erwiderte Dexter Hutchins. »Ich vermute, das Dokument wird in Bagdad genauso gut geschützt wie Saddam selbst, und wir haben ja auch erst vergangene Nacht erfahren, wo es sich möglicherweise befindet.«

»Colonel Kratz«, sagte Christopher nun zu dem Mossad-Agenten, der noch kein Wort geäußert hatte, »Ihr Ministerpräsident informierte uns vor ein paar Wochen, daß er einen Plan in Erwägung ziehe, das Problem Saddam in nächster Zukunft endgültig zu lösen.«

»Ja, Sir, aber er weiß von Ihrem gegenwärtigen Dilemma. Deshalb wurden unsere diesbezüglichen Aktivitäten einstweilen auf Eis gelegt, bis die Angelegenheit mit der Unabhängigkeitserklärung auf die eine oder andere Weise ein Ende gefunden hat.«

»Ich habe Mr. Rabin bereits wissen lassen, wie sehr ich seine

Unterstützung zu schätzen weiß, um so mehr, als er nicht einmal seinem eigenen Kabinett den wahren Grund für seine scheinbare Meinungsänderung nennen kann.«

»Aber wir haben unser eigenes Problem, Sir«, sagte der Israeli.

»Nicht zu glauben, Oberst.«

Das Lachen, das nun folgte, löste für einen Moment die Spannung ein wenig – aber nur für einen Moment.

»Wir haben eine Agentin ausgebildet, die als Mitglied des Teams für die Eliminierung Saddams vorgesehen war, eine Hannah Kopec.«

»Das Mädchen, das…« Statt den Satz zu beenden, warf Christopher einen raschen Blick auf Bradley.

»Ja, Sir. Miss Kopec trifft absolut keine Schuld. Aber das ist ja auch nicht das Problem. Nachdem sie an diesem Abend zur irakischen Botschaft zurückgekehrt war, gelang es uns nicht mehr, sie zu kontaktieren, um ihr Bescheid zu geben, denn während der nächsten Tage verließ sie das Gebäude kein einziges Mal, weder tagsüber noch nachts. Inzwischen hat sie den Botschafter nach Bagdad begleitet. Aber Agentin Kopec nimmt immer noch an, daß sie Scott Bradley getötet hat, und wir befürchten, daß sie nur noch ein Ziel hat: Saddam zu töten.«

»Sie wird gar nicht erst nahe genug an ihn herankommen«, warf Leigh ein.

»Ich wünschte, da wäre ich mir auch so sicher«, murmelte Scott.

»Sie ist eine mutige und einfallsreiche junge Frau«, erklärte Kratz. »Und schlimmer noch, sie hat die wirkungsvollste Waffe eines Attentäters.«

»Nämlich?« fragte Christopher.

»Sie glaubt, keinen Grund mehr zu haben, weshalb sie überleben sollte.«

»Kann das alles noch schlimmer kommen?« brummte Christopher.

»Leider ja, Sir. Miss Kopec weiß nichts vom Verschwinden der Unabhängigkeitserklärung, und wir haben keine Möglichkeit, in Verbindung mit ihr zu treten, um sie dahingehend zu informieren.«

Der Außenminister schien zu überlegen. »Colonel Kratz«, sagte er schließlich, »ich möchte Ihnen eine Frage stellen, deren Antwort Ihre persönliche Loyalität wahrscheinlich arg strapazieren wird.«

»Ja, Herr Minister?«

»Dieser Plan, Saddam zu eliminieren – wie lange arbeiten Sie schon daran?«

»Ein dreiviertel Jahr... das heißt, eigentlich fast schon ein ganzes Jahr.«

»Und der Plan erfordert, daß Sie jemanden in Saddams Palast oder Bunker schleusen?«

Kratz zögerte.

»Ja oder nein genügt«, sagte Christopher.

»Ja, Sir.«

»Meine Frage ist ganz einfach, Oberst. Dürfen wir von der Vorarbeit profitieren, die Sie in diesem Jahr geleistet haben? Um es plump zu sagen – dürfen wir Ihren Plan stehlen?«

»Ehe ich das beantworten kann, müßte ich mir erst Anweisungen von meiner Regierung holen...«

Christopher zog einen Umschlag aus seiner Brusttasche. »Ich werde Ihnen gern den Brief von Mr. Rabin zeigen, den er in dieser Angelegenheit an mich gerichtet hat. Aber gestatten Sie, daß ich ihn zuerst allen Anwesenden vorlese.«

Der Außenminister öffnete den Umschlag, zog das Schreiben heraus, setzte seine Brille auf und faltete das Blatt auseinander.

DER MINISTERPRÄSIDENT

Sehr geehrter Herr Außenminister,
Ihre Annahme ist zutreffend, daß der Ministerpräsident des Staates Israel auch der Verteidigungsminister ist und die volle Verantwortung für den Mossad trägt.

Doch ich muß gestehen, soweit es die Vorstellungen betrifft, was unse-

re zukünftigen Beziehungen zu Saddam angeht, kenne ich nur den groben Plan. Genauere Einzelheiten sind mir noch nicht bekannt.

Wenn Sie jedoch meinen, daß solche Informationen ausschlaggebend für den Erfolg oder Mißerfolg sein könnten, soweit es Ihre derzeitigen Schwierigkeiten betrifft, werde ich Colonel Kratz anweisen, Sie rückhaltlos einzuweihen.

Ihr Itzhak Rabin

Christopher drehte den Brief um und schob ihn über den Tisch. »Mr. Kratz, ich möchte Ihnen im Namen der US-Regierung versichern, daß die Information, die Sie mir geben können, möglicherweise tatsächlich ausschlaggebend für den Erfolg oder Mißerfolg unseres Unternehmens sein kann.«

ZWEITER TEIL

»Auch haben wir es nicht an unserer Achtsamkeit gegen unsere Brittischen Brüder ermangeln lassen.«

21

Die Unabhängigkeitserklärung war hinter ihm an die Wand genagelt.

Saddam hatte es sich in seinem Sessel bequem gemacht und paffte seine Zigarre. Alle am Tisch warteten, daß er etwas sagte. Er blickte den Mann zu seiner Rechten an.

»Mein Bruder, wir sind stolz auf dich. Du hast unserem Vaterland und der Baath-Partei unvergleichliche Dienste geleistet, und wenn der Augenblick gekommen ist, daß mein Volk von deinen heroischen Leistungen erfährt, wird dein Name als der eines großen Helden in die Geschichte unseres Landes eingehen.«

Al Obaydi saß am hinteren Ende des Tisches und lauschte den Worten seines Staatschefs. Er hatte die Fäuste unter dem Tisch geballt, um sein Zittern zu unterdrücken. Auf der Rückreise nach Bagdad hatte er mehrmals bemerkt, daß er beschattet wurde. Man hatte bei fast jedem Zwischenaufenthalt sein Gepäck durchsucht, jedoch nichts gefunden, weil es nichts zu finden gab. Dafür hatte Saddams Halbbruder gesorgt. Als die Unabhängigkeitserklärung sicher in der irakischen UN-Mission in Genf angelangt war, hatte man ihm nicht einmal mehr gestattet, sie dem Botschafter persönlich zu übergeben. Die Weiterbeförderung als Diplomatenpost hatte es selbst für die vereinten Bemühungen der Amerikaner und Israeli unmöglich gemacht, das Dokument abzufangen.

Saddams Halbbruder saß nun zur Rechten des Präsidenten und sonnte sich im Lob seines Sayedi.

Saddam drehte sich langsam wieder um und blickte zum anderen Tischende.

»Und ich möchte auch Hamid Al Obaydi, den ich zu unserem Botschafter in Paris ernannt habe, meine Anerkennung für seine Rolle in dieser Sache aussprechen. Sein Name darf jedoch nicht mit diesem Unternehmen in Verbindung gebracht werden, um sein Wirken als unser Vertreter im Ausland nicht zu gefährden.«

Und das war es. Saddams Halbbruder sollte als Architekt dieses Triumphes in die Geschichtsbücher eingehen, während Al Obaydi nur eine Fußnote vergönnt sein würde, über die man hinwegblätterte. Wären Al Obaydis Bemühungen mißglückt, hätte Saddams Halbbruder von der ganzen Sache gar nichts erfahren, und Al Obaydis sterbliche Überreste würden in einem unbekannten Grab verrotten. Seit Saddam gesprochen hatte, beachtete außer dem Generalstaatsanwalt keiner am Tisch mehr Al Obaydi. Das Lächeln und die Blicke aller anderen galt Saddams Halbbruder.

In diesem Augenblick, mitten in der Sitzung des Revolutionären Kommandorats, faßte Al Obaydi einen Entschluß.

Dollar Bill saß zusammengekauert auf einem Barhocker und schlürfte selig sein Lieblingsgetränk. Er war der einzige Gast in dem Etablissement, außer man rechnete diese schmächtige Frau in einem Laura-Ashley-Kleid dazu, die still in der Ecke saß. Der Barkeeper nahm an, daß sie betrunken war, da sie sich seit etwa einer Stunde nicht mehr gerührt hatte.

Dollar Bill bemerkte den Mann zunächst gar nicht, der durch die Flügeltür gestolpert kam, und würde ihn auch nicht beachtet haben, hätte er sich nicht auf den Hocker neben den seinen plumsen lassen und einen Gin Tonic bestellt. Dollar Bill hatte eine fast angeborene Abneigung gegen Gintrinker, besonders dann, wenn sie sich neben ihn setzten, obwohl genügend Plätze frei waren. Er überlegte, ob er sich woanders hinsetzen solle, entschied sich jedoch gegen diese unnötige Kraftanstrengung.

»Na, wie geht's, Alter?« fragte der Kerl neben ihm. Dollar Bill gefiel es nicht besonders, als ›Alter‹ bezeichnet zu werden, und er würdigte ihn darum keiner Antwort.

»Was'n los? Der große Schweiger, hä?« fragte der Mann mit schwerer Zunge. Der Barkeeper wandte sich in die Richtung der beiden Gäste, als er die laute Stimme hörte, dann trocknete er weiter die Gläser ab, die noch vom Mittagstrubel stehen geblieben waren.

»Keineswegs, ich bin nur mehr Respekt gewöhnt«, entgegnete Dollar Bill, ohne den Kerl eines Blickes zu würdigen.

»Ein Ire! Hätt' ich mir gleich denken können! Ein Volk dummer, ignoranter Säufer!«

»Darf ich Sie daran erinnern, Sir«, sagte Dollar Bill, »daß Irland das Land von Yeats, Shaw, Wilde, O'Casey und Joyce ist.« Er hob sein Glas und trank auf ihr Andenken.

»Kenn' ich nich'. Wohl Saufkumpane von Ihnen, hä?« Diesmal legte der junge Barkeeper das Geschirrtuch aus der Hand und begann zuzuhören.

»Ich hatte leider nicht die Ehre«, antwortete Dollar Bill. »Aber die Tatsache, daß Sie diese Herren nicht kennen, mein Freund, geschweige denn ihre Werke gelesen haben, ist Ihr Schaden, nicht meiner.«

»Beschuldigen Sie mich etwa der Ignoranz?« rief der Mann und legte eine Hand schwer auf Bills Schulter.

Dollar Bill wandte sich ihm zu, aber selbst aus dieser kurzen Distanz fiel es ihm schwer, nach allem, was er in den letzten zwei Wochen in sich hineingegossen hatte, die alkoholischen Nebel zu durchdringen. Trotzdem entging ihm nicht, daß der Mann größer war als er. So etwas hatte Dollar Bill früher nie beunruhigt.

»Nein, Sir, es war gar nicht notwendig, Sie der Ignoranz zu bezichtigen. Ihre Äußerungen sprechen für sich.«

»Das lass' ich mir nicht gefallen, Sie irischer Säufer!« entrüstete sich der Fremde. Ohne die Hand von Bills Schulter zu nehmen, holte er zu einem Schwinger aus, der Bill seitlich am Kinn traf und vom Hocker schleuderte.

Der Mann wartete, bis Bill aufgestanden war, ehe er zum zweiten Fausthieb ausholte, der den Gegner diesmal in den Magen traf. Wieder ging Dollar Bill zu Boden.

Der junge Barkeeper wählte bereits die Nummer, die sein Chef ihm für einen solchen Fall gegeben hatte. Er hoffte nur, die

Polizei würde schnell hier sein. Er beobachtete, wie es der Ire schaffte, irgendwie wieder auf die Füße zu kommen. Diesmal versuchte er selbst, einen Schwinger zu landen, doch der traf nicht, wie beabsichtigt, die Nase des Kerls, sondern zischte über dessen rechte Schulter hinweg. Die gegnerische Faust rammte seitlich in Dollar Bills Hals. Der Fälscher ging ein drittes Mal zu Boden, ein technischer K. O., wie es während seiner Zeit als Amateurboxer geheißen hätte; doch da offenbar kein Ringrichter in der Nähe war, stand er ein drittes Mal auf.

Der junge Barkeeper war sehr erleichtert, als er aus der Ferne eine Sirene hörte. Er hoffte inständig, daß der Einsatzwagen nicht zu einem anderen Schauplatz unterwegs war, als gleich darauf vier Schutzleute durch die Flügeltür stürmten.

Der erste fing Bill auf, bevor er zum vierten Mal auf dem Boden landete, während zwei andere den Fremden packten, ihm die Arme auf den Rücken drückten und ihm Handschellen anlegten. Beide wurden aus dem Lokal geschleift und hinten in den Polizeiwagen geschoben. Die Sirenen heulten wieder schrill, als die Betrunkenen weggefahren wurden.

Der Barkeeper war dankbar, daß die San Franciscoer Polizei so schnell gekommen war. Erst später in der Nacht fiel ihm ein, daß er bei seinem Anruf gar keine Adresse angegeben hatte.

Beide Männer schwiegen, bis David Kratz seinen Plan umrissen hatte.

Dexter gab als erster einen Kommentar. »Ich muß zugeben, Colonel, ich bin beeindruckt. Es könnte funktionieren.«

Scott pflichtete ihm mit einem Nicken bei, dann wandte er sich an den Mossad-Agenten, der erst vor wenigen Wochen Hannah den Befehl erteilt hatte, ihn zu töten. Seit sie eng zusammenarbeiteten, lastete diese Schuld nicht mehr so quälend auf dem Israeli, aber die Furchen auf seiner Stirn und das vorzeitig ergraute Haar waren bleibende Spuren dieser Erfahrung. Im Lauf ihrer Zusammenarbeit hatte Scott bewundernd die ungeheure Tüchtigkeit dieses Mannes erkannt, der zum Leiter der Operation bestimmt worden war.

»Ich brauche noch ein paar Antworten. Manches ist mir noch nicht ganz klar«, sagte Scott.

Der israelische Kulturattaché am Court of St. James, dem britischen Königshof, nickte.

»Sind Sie sicher, daß die Iraker den Safe ins Hauptquartier der Baath-Partei bringen wollen?«

»Sicher? Nein. Aber ich nehme es stark an«, antwortete Kratz. »Eine holländische Firma hat vor etwa drei Jahren Bauarbeiten im Keller des Hauptquartiers ausgeführt. Unter den Bauplänen befand sich einer für eine Ziegelkonstruktion, in die der Safe, den Maßen nach, genau passen würde.«

»Und der Safe ist noch in Kalmar?«

»Vor drei Wochen war er's jedenfalls noch«, erwiderte Kratz, »als einer meiner Agenten eine Routineüberprüfung vornahm.«

»Und er gehört der irakischen Regierung?« vergewisserte sich Dexter Hutchins.

»Ja, er ist bezahlt und nun rechtmäßiges Eigentum der Iraker.«

»Rechtmäßig mag ja stimmen, aber seit dem Golfkrieg hat die UNO die Sanktionen ausgeweitet, was den Import technischen Materials betrifft«, erinnerte Scott ihn.

»Ein Safe fällt schwerlich unter die Kategorie ›Kriegsmaterial‹«, meinte Dexter.

»Genau das ist auch das Argument der Iraker«, erklärte Kratz. »Als sie den Safe bei einer schwedischen Firma bestellten, haben sie unter anderem dummerweise als Bedingung genannt, daß der Safe ›auch einem nuklearen Angriff standhalten‹ muß. Das Wort nuklear genügte, die Vereinten Nationen aufhorchen zu lassen.«

»Wie wollen Sie dieses Problem umgehen?« erkundigte sich Scott.

»Jedesmal wenn die irakische Regierung eine neue Liste für Importgüter einreicht, von denen sie annimmt, daß diese Güter nicht unter die Resolution 661 des UN-Sicherheitsrates fallen, wird der Safe mit aufgeführt. Wenn die Amerikaner, die Briten und die Franzosen keinen Einspruch erheben, könnte er durchrutschen.«

»Und die israelische Regierung?«

»Würde vor der irakischen Delegation lautstark protestieren, aber nicht hinter geschlossenen Türen unseren Freunden gegenüber.«

»Also, nehmen wir einmal an, wir wären im Besitz eines gigantischen Safes, der einem nuklearen Angriff standhält. Was würde uns das nützen?« fragte Scott.

»Jemand müßte dafür sorgen, daß der Safe unbehelligt von Schweden nach Bagdad gelangt. Jemand müßte ihn installieren, wenn er dort ist, und jemand müßte Saddams Beauftragte in der Handhabung unterweisen«, erwiderte Kratz.

»Und Sie haben jemanden, der eins achtzig groß ist, den schwarzen Gürtel in Karate besitzt und fließend Arabisch spricht.«

»Wir hatten jemanden. Allerdings war die Person nur eins fünfundsiebzig groß.« Die beiden Männer blickten einander an. Scott schwieg.

»Und wie stellen Sie sich das Attentat auf Saddam vor?« fragte Dexter rasch. »Wollen Sie ihn in den Safe sperren und hoffen, daß er erstickt?«

Kratz spürte, daß der CIA-Mann mit dieser Bemerkung lediglich Scotts Gedanken von Hannah ablenken wollte, deshalb antwortete er: »Das war der ursprüngliche Plan der CIA. Aber wir haben uns für etwas Raffinierteres entschieden.«

»Nämlich?« fragte Scott.

»Den Einbau eines winzigen nuklearen Sprengkörpers.«

»Und der Safe wird im Zimmer unmittelbar neben der Sitzungskammer des Revolutionären Kommandorats stehen. Nicht schlecht«, sagte Dexter.

»Und der Sprengkörper soll von einer eins fünfundsiebzig großen, arabisch sprechenden Jüdin gezündet werden?« fragte Scott.

Kratz nickte.

Es war einige Jährchen her, seit Dollar Bill einen Knast von innen gesehen hatte, aber so lange nun auch wieder nicht, als daß er vergessen hätte, wie sehr er es verabscheute, mit Drogenhändlern, Zuhältern und mit Ganoven ganz allgemein verkehren zu müssen.

Bei seiner letzten Kneipenschlägerei war er so dumm gewesen, selbst damit anzufangen. Trotzdem war er mit einer Geldstrafe von fünfzig Dollar davongekommen. Dollar Bill war überzeugt, daß angesichts der überfüllten Haftanstalten kein Richter auf den Gedanken kommen würde, ihm diesmal die in solchen Fällen von Amts wegen empfohlenen dreißig Tage Knast aufzubrummen.

Er hatte versucht, einem der Begleitpolizisten im Wagen fünfzig Dollar zuzustecken. Normalerweise nahmen die Bullen das Geld gern an, öffneten die Wagentür und stießen einen hinaus. Bill konnte nicht verstehen, was plötzlich in die San Franciscoer Polizei gefahren war. Bei all den Gangstern und Drogensüchtigen in der Stadt sollte man doch meinen, sie hätten Wichtigeres zu tun, als sich mit Besoffenen mittleren Alters zu befassen.

Als Dollar Bill allmählich wieder nüchtern wurde, warf ihn der Gestank in der Zelle fast um, und er hoffte, er würde einer der ersten sein, die man noch am späten Abend vor den Schnellrichter brachte. Doch als die Stunden vergingen, als er zusehends nüchterner und der Gestank schlimmer wurde, fragte er sich, ob sie ihn die ganze Nacht dabehalten wollten.

»William O'Reilly!« brüllte der Polizeisergeant, während er auf die Namensliste auf seinem Klemmbrett blickte.

Bill hob die Hand.

»Hier.«

»Kommen Sie mit, O'Reilly!« bellte der Sergeant. Die Zellentür wurde knarrend geöffnet, der Ire fest am Ellbogen gepackt und den Korridor entlang in einen Gerichtssaal geführt. Bill ließ den Blick über die Reihe von Schmalspurganoven und kleinen Gaunern schweifen, die darauf warteten, vor den Richter gerufen zu werden. Die Frau, die nur wenige Schritte von ihm entfernt stand und die Hände um die geflochtenen Schnurgriffe ihrer Einkaufstasche verkrampft hatte, bemerkte er nicht.

»Schuldig. Fünfzig Dollar.«

»Ich hab' kein Geld.«

»So? Drei Tage Haft. Der nächste.«

Nachdem binnen einer Minute drei oder vier Fälle auf ähnliche Weise verhandelt worden waren, wurde der Mann, der keinerlei Respekt vor den Großen der irischen Literatur gezeigt hatte, vor den Richter gerufen.

»Betrunkenheit, Erregung öffentlichen Ärgernisses und Ruhestörung. Bekennen Sie sich schuldig?«

»Ja, Euer Ehren, schuldig.«

»Irgendwelche Vorstrafen?«

»Es sind keine bekannt«, antwortete der Sergeant.

»Fünfzig Dollar«, sagte der Schnellrichter.

Sieh mal einer an, dachte Bill. Der Kerl hat keine Vorstrafen und kann die fünfzig Piepen so mir nichts, dir nichts hinblättern.

Als Dollar Bill vor dem Richter stand, fand er ihn erstaunlich jung für sein Amt. Vielleicht bin ich jetzt wirklich ein ›Alter‹, dachte er unwillkürlich.

»William O'Reilly, Euer Ehren«, sagte der Sergeant und blickte auf seine Liste. »Betrunkenheit, Erregung öffentlichen Ärgernisses und Ruhestörung.«

»Bekennen Sie sich schuldig?«

»Schuldig, Euer Ehren.« Dollar Bill tastete nach einem kleinen Bündel Scheine in seiner Hosentasche, während er sich zu erinnern versuchte, wo die nächste Kneipe war, in der es Guinness gab.

»Dreißig Tage«, sagte der Richter, ohne den Kopf zu heben. »Der nächste.«

Zwei Personen im Gerichtssaal glaubten, falsch gehört zu haben. Eine lockerte widerstrebend die Finger um die Griffe ihrer Einkaufstasche, während die andere fassungslos stammelte: »Kaution, Euer Ehren?«

»Abgelehnt.«

22

Hannah saß allein auf dem hintersten Sitz im Flugzeug nach Amman und dachte über die Aufgabe nach, die sie sich selbst gestellt hatte.

Als sie mit der Gruppe des Botschafters Paris verlassen hatte, war sie wieder in die traditionelle Rolle einer arabischen Frau geschlüpft. Von Kopf bis Fuß war sie in eine schwarze Jaschmak gehüllt, und ihr Gesicht blieb hinter einem Puschti verborgen, der lediglich ihre Augen freiließ. Sie sagte nur etwas, wenn sie angesprochen wurde, und ergriff selbst nie das Wort. Sie war sicher, daß ihre jüdische Mutter dieses Sprechverbot höchstens ein paar Stunden durchgestanden hätte.

Ein glücklicher Zufall wollte, daß die Frau des Botschafters Hannah fragte, wo sie in Bagdad zu wohnen beabsichtige. Hannah erklärte, das wisse sie noch nicht, da ihre Mutter und ihre Schwester in Karbala lebten, sie aber nicht zu ihnen ziehen könne, wenn sie ihre Stellung in der Botschaft behalten wollte.

Kaum hatte sie es gesagt, bestand die Frau des Botschafters darauf, daß sie bei ihnen wohnte. »Unser Haus ist groß genug«, hatte sie ihr versichert, »selbst mit einem Dutzend Dienstboten.«

Als die Maschine auf dem Königin-Alia-Flughafen landete, blickte Hannah aus dem winzigen Fenster und sah eine große schwarze Limousine heranfahren, die in New York kaum weniger fehl am Platz gewirkt hätte als hier in Amman. Sie hielt neben dem Flugzeug, und ein Chauffeur in gutsitzender blauer Uniform und dunkler Brille sprang heraus.

Hannah setzte sich zum Botschafter und seiner Frau auf die Rückbank des Wagens, der in Richtung irakische Grenze losfuhr.

Als der Wagen die Zollstation erreichte, wurden sie mit Verbeugungen und militärischen Grüßen durchgewinkt, als gäbe es überhaupt keine Grenze. Anderthalb Kilometer weiter, an der zweiten Zollstation auf der irakischen Seite, verlief die Abfertigung nicht minder reibungslos, so daß sie kurze Zeit später auf die sechsspurige Schnellstraße nach Bagdad gelangten.

Während der langen Fahrt zur Hauptstadt fiel die Tachonadel kaum einmal unter die Hundert-Stundenkilometer-Marke. Hannah wurde es bald leid, auf die sonnenglühende Endlosigkeit des Sandes zu blicken, deren Eintönigkeit nur dann und wann durch einige Palmen gemildert wurde. Ihre Gedanken kehrten zu Simon zurück, und Hannah dachte wehmütig daran, was hätte werden können…

Die Klimaanlage sorgte für angenehme Kühle, und Hannah döste ein, während die Limousine ruhig dahinglitt. Ihre Gedanken wanderten von Simon zu ihrer Mutter, zu Saddam, und wieder zu Simon.

Sie erwachte abrupt, als sie den Stadtrand von Bagdad erreichten.

»Dreißig Tage! Was hab' ich denn getan, daß man mich zu dreißig Tagen verdonnert? Das möcht' ich wirklich mal wissen«, rief Dollar Bill, dem aber niemand zuhörte, denn er wurde aus dem Gerichtssaal, einen Korridor entlang zum Hintereingang geführt und in einen unauffälligen wartenden Wagen geschubst. Drei Männer mit militärisch kurzem Haarschnitt, Sonnenbrille und kleinen Kopfhörern, von denen dünne Kabel über die Hemdkragen führten, begleiteten ihn.

»Warum läßt man mich nicht gegen Kaution frei? Was ist mit meiner Berufung? Ich hab' das Recht auf einen Anwalt, verdammt! Wohin bringen Sie mich eigentlich?« Doch so viele Fragen Bill auch stellte, Antworten bekam er nicht.

Obwohl er durch die getönten Seitenscheiben nichts zu sehen vermochte, erkannte er doch über die Schulter des Fahrers hinweg, daß sie die Golden Gate Bridge erreichten. Als sie die Bundesstraße 101 entlangfuhren, schnellte die Tachonadel auf die zulässige Höchstgeschwindigkeit von fünfundfünfzig Meilen, und da blieb sie auch, bis der Wagen zwanzig Minuten später von der 101 auf die Belvedere-Ausfahrt abbog. Dollar Bill hatte keine Ahnung, wo sie sich befanden. Der Fahrer folgte einer schmalen, kurvenreichen Straße, hielt schließlich vor einem schweren, schmiedeeisernen Tor und betätigte zweimal die Lichthupe, worauf das Tor sich öffnete. Die Limousine rollte über eine lange, gerade, kiesbestreute Einfahrt.

Nach drei oder vier Minuten erreichten sie ein großes Landhaus, das Dollar Bill an seine Jugend im County Kerry erinnerte, als seine Mutter Küchenmagd in einem Herrenhaus gewesen war.

Einer von Dollar Bills Begleitern sprang aus dem Wagen und öffnete ihm die Tür. Ein anderer rannte ihnen voraus die Eingangstreppe hinauf und drückte auf eine Klingel, während der Wagen die Kieseinfahrt zurückfuhr.

Ein Butler in langer schwarzer Jacke und weißer Fliege öffnete die dicke Eichentür.

»Guten Abend, Mr. O'Reilly«, grüßte er mit unverkennbar englischem Akzent, noch ehe Dollar Bill die oberste Stufe erreichte. »Ich bin Charles. Ihr Zimmer ist gerichtet. Wenn Sie die Güte hätten, mir zu folgen, Sir.«

Dollar Bill folgte ihm stumm ins Haus und eine breite Treppe hinauf. Zwar hätte er diesem Charles gern einige Fragen gestellt, die ihm auf der Zunge brannten, aber da der Mann Engländer war, konnte man nicht mit einer ehrlichen Antwort rechnen, das war Bill klar. Der Butler führte ihn in ein kleines, schmuck eingerichtetes Schlafzimmer im ersten Stock.

»Ich hoffe, die Kleidungsstücke haben die richtige Größe, Sir«, sagte Charles, »und daß Sie alles zu Ihrer Zufriedenheit vorfinden. Das Dinner wird in einer halben Stunde serviert.«

Dollar Bill verneigte sich und verbrachte die nächsten Minuten damit, sich in der Suite umzusehen. Im Badezimmer fand er französische Seife, Rasierapparat und flauschige weiße Frottiertücher, sogar eine Zahnbürste und seine bevorzugte Zahnpasta-Marke. Er kehrte ins Schlafzimmer zurück und legte sich probeweise auf das breite Bett. Er konnte sich nicht erinnern, wann er das letzte Mal so bequem geschlafen hatte. Dann schaute er in den Kleiderschrank und fand drei Hosen und drei Jacken ähnlich jenen, die er sich ein paar Tage nach seiner Rückkehr aus Washington gekauft hatte. Woher wußten die Kerle das?

In der Herrenkommode lagen sechs Oberhemden, sechs Unterhemden, sechs Unterhosen und sechs Paar Socken. Sie hatten an alles gedacht, auch wenn Bill sich nicht für ihre Wahl der Krawatten begeistern konnte.

Dollar Bill beschloß, das Spiel mitzuspielen. Er nahm ein Bad, rasierte sich und schlüpfte in die zurechtgelegten Sachen. Charles' Hoffnung, daß sie Bill passen möchten, ging in Erfüllung.

Bill hörte einen Gong aus dem Parterre und deutete das Geräusch als Aufforderung, hinunterzukommen. Er öffnete die Tür, trat auf den Korridor und stieg die breite Treppe hinab, von wo aus er den Butler in der Eingangshalle stehen sah.

»Mr. Hutchins erwartet Sie im Wohnzimmer, Sir.«

»Wer denn sonst«, murmelte Dollar Bill. Er folgte Charles in einen großen Raum, in dem ein stämmiger Mann mit einem Zigarrenstummel im Mundwinkel vor dem offenen Kamin stand.

»Guten Abend, Mr. O'Reilly«, begrüßte er Bill. »Ich bin Dexter Hutchins. Wir sind uns noch nie begegnet, aber ich bin ein langjähriger Bewunderer Ihrer Arbeit.«

»Zu gütig, Mr. Hutchins. Darf ich fragen, womit Sie sich die unerbittlich dahinziehenden Stunden vertreiben?«

»Oh, entschuldigen Sie. Ich bin der stellvertretende Direktor der CIA.«

»Nach all den Jahren wird mir die Ehre zuteil, in einem noblen Landhaus mit dem stellvertretenden Direktor der CIA Abend zu essen, nur weil ich in eine Kneipenschlägerei verwickelt war? Welchen Aufwand betreiben Sie eigentlich, wenn Sie mit einen Massenmörder dinieren?«

»Ich muß gestehen, Mr. O'Reilly, daß es einer meiner Leute war, der Sie zu der Schlägerei provoziert hat. Doch bevor wir das Gespräch fortsetzen, was darf ich Ihnen zu trinken anbieten?«

»Ich fürchte, Charles wird mein Lieblingsgetränk nicht vorrätig haben.« Dollar Bill drehte sich zu dem Butler um.

»Bedauerlicherweise haben wir nur Guinness in Dosen, nicht vom Faß, Sir. Wenn ich es eher erfahren hätte...«

Wieder verneigte sich Dollar Bill, und der Butler ging.

»Finden Sie nicht, daß ich ein Recht habe zu erfahren, um was es eigentlich geht, Mr. Hutchins? Immerhin...«

»Selbstverständlich, Mr. O'Reilly. Ich will ehrlich sein, die Regierung benötigt Ihre Dienste, ganz zu schweigen von Ihrem fachmännischen Können«, sagte Hutchins.

»Ich hatte keine Ahnung, daß die Clinton-Regierung schon so tief gesunken ist, daß sie 'nen Fälscher braucht, um die Löcher im Budget zu stopfen«, erwiderte Dollar Bill, gerade als der Butler mit einem großen Glas Guinness zurückkam.

»Ganz so schlimm ist es nicht, aber schlimm genug«, entgegnete Hutchins. »Doch ich finde, wir sollten erst unser Dinner genießen, ehe ich Ihnen Näheres erkläre. Ich fürchte, es war ein langer Tag für Sie.«

Dollar Bill nickte und folgte dem stellvertretenden Direktor in ein kleines Eßzimmer, wo ein Tisch für zwei Personen gedeckt war. Der Butler rückte den Stuhl für Dollar Bill zurecht und erkundigte sich, als er saß: »Wie hätten Sie Ihr Steak gern, Sir?«

»Lende oder Entrecote?« fragte Dollar Bill.

»Lende.«

»Falls das Fleisch zart genug ist, dann bitten Sie den Koch, eine Kerze darunterzustellen – aber nur ein paar Sekunden.«

»Sehr wohl, Sir. Und Ihres, Mr. Hutchins? Gut durch?«

Dexter Hutchins nickte. Die erste Runde war zweifellos an Dollar Bill gegangen.

»Ich genieße dieses Rätselspiel außerordentlich«, gestand Dollar Bill und nahm einen Schluck Guiness. »Aber ich würde gern wissen, wie der Preis aussieht, falls ich das Glück habe zu gewinnen.«

»Es dürfte Sie auch interessieren, was Sie erwartet, wenn Sie das Pech haben zu verlieren.«

»Hätte wissen müssen, daß die Sache einen Haken hat«, murmelte Bill.

»Gestatten Sie mir zuerst einen kleinen Rückblick«, sagte Dexter Hutchins, als ein nur leicht gegrilltes Steak vor seinen Gast gestellt wurde. »Am 25. Mai dieses Jahres hat eine gut organisierte Gruppe von Kriminellen Washington heimgesucht und eines der ungewöhnlichsten Verbrechen in der Geschichte dieses Landes verübt.«

»Ausgezeichnet«, sagte Dollar Bill zu Charles. »Bitte richten Sie dem Koch mein Lob aus.«

»Sehr gern, Sir«, versicherte ihm Charles, der noch hinter Dollar Bills Stuhl stand.

»Die Gangster haben am hellichten Tag die Unabhängigkeitserklärung aus dem Nationalarchiv gestohlen und sie gegen eine hervorragende Fälschung ausgetauscht.«

Dollar Bill wirkte angemessen beeindruckt, hielt eine Bemerkung zu diesem Zeitpunkt jedoch für unklug.

»Wir haben die Namen verschiedener Personen, die an diesem Verbrechen beteiligt waren. Wir können aber keine Verhaftungen vornehmen, damit jene Personen, die sich zur Zeit im Besitz des Dokuments befinden, keinen Verdacht schöpfen, daß wir sie bereits im Visier haben.«

»Und was hat das mit mir zu tun?« erkundigte sich Dollar Bill nach einem weiteren Bissen vom köstlich saftigen Fleisch.

»Wir dachten, es interessiert Sie vielleicht, wer das ganze Unternehmen finanziert hat und sich nun im Besitz der Unabhängigkeitserklärung befindet.«

Bis zu diesem Moment hatte Dollar Bill nichts Neues erfahren, aber er hatte schon lange wissen wollen, wohin das Dokument verschwunden war. Angelos Geschichte von ›in private Hände, an einen exzentrischen Sammler‹ hatte er von Anfang an nicht geglaubt.

Bill blickte kauend über den Tisch auf den stellvertretenden Direktor der CIA, der nun seine volle Aufmerksamkeit besaß.

»Wir haben Grund zu der Annahme, daß die Unabhängigkeitserklärung sich zum jetzigen Zeitpunkt in Bagdad befindet, im privaten Besitz von Saddam Hussein.«

Dollar Bill ließ Messer und Gabel fallen und starrte Hutchins mit offenem Mund an. »Gibt es denn keine Ehre unter Dieben mehr?« murmelte er schließlich.

»Vielleicht doch«, erwiderte Hutchins. »Unsere einzige Hoffnung, die Unabhängigkeitserklärung an ihren rechtmäßigen Platz zurückzubringen, ruht in den Händen einer kleinen Gruppe, die bereit ist, für den Austausch des Dokuments auf ähnliche Weise ihr Leben einzusetzen, wie die Verbrecher es getan haben.«

»Wenn ich das gewußt hätte...« Dollar Bill brach ab. »Wie kann ich helfen?« fragte er leise.

»Wir benötigen dringend eine perfekte Kopie des Originals. Und wir glauben, daß Sie der einzige sind, der sie anfertigen kann.«

Dollar Bill wußte genau, daß eine perfekte Kopie an einer Wand in New York hing, aber das durfte er nicht zugeben, wollte er sich nicht in eine noch mißlichere Lage bringen.

»Da war von einem Preis die Rede«, sagte Dollar Bill.

»Und was Sie verlieren könnten«, erinnerte ihn Dexter Hutchins. »Ihr Preis besteht darin, daß Sie hier in der Sicherheit unseres Hauses an der Westküste bleiben dürfen, in einer angenehmen Umgebung, wie Sie wohl zugeben werden. Während Sie bei uns sind, werden Sie eine Fälschung der Unabhängigkeitserklärung anfertigen, die jeden Experten täuschen würde. Wenn Sie das schaffen, sind Sie ein freier Mann, und es wird keine Anklage gegen Sie erhoben.«

»Und wenn ich nicht will?«

»Werden wir Sie freilassen, und Sie können nach Belieben gehen, wohin Sie wollen, nachdem Charles uns Kaffee serviert hat.«

»Freilassen?« echote Dollar Bill ungläubig. »Ich kann gehen, wenn ich möchte?«

»Ja«, versicherte ihm der stellvertretende Direktor.

»Warum sollte ich dann nicht einfach den Rest dieses köstlichen Mahles genießen, danach in mein bescheidenes Domizil in Fairmont zurückkehren und vergessen, daß wir uns je begegnet sind?«

Der stellvertretende Direktor zog einen Umschlag aus seiner Brusttasche. Er nahm vier Fotografien heraus und schob sie Bill über den Tisch zu. Die erste zeigte ein etwa siebzehnjähriges Mädchen im Leichenschauhaus. Die zweite einen dicken toten Mann mittleren Alters, zusammengekauert im Kofferraum eines Autos. Die dritte einen stämmigen toten Mann in einem Straßengraben. Und die vierte einen älteren, vornehm aussehenden toten Herrn. Das einzig Gemeinsame an den vieren war der gebrochene Hals.

Dollar Bill schob die Fotografien zurück über den Tisch. »Vier Leichen. Na und?«

»Sally McKenzie, Rex Butterworth, Bruno Morelli und Dr. T. Hamilton McKenzie. Und wir haben allen Grund zur Annahme, daß jemand Ihnen das gleiche Happy-End bereiten möchte.«

Dollar Bill spießte die letzte Erbse von seinem Teller auf, leerte das Guinness in seinem Glas bis auf den letzten Tropfen und stierte vor sich hin, als warte er auf eine Eingebung.

»Ich brauche Pergament aus Bremen, Federn aus einem Museum in Richmond und Tinte in neun verschiedenen Schwarztönen, die eine Firma in der Cannon Street in London für mich zusammenstellen kann.«

»Sonst noch etwas?« erkundigte sich Dexter Hutchins, nachdem er Dollar Bills Einkaufsliste auf die Rückseite des Umschlags notiert hatte.

»Ob Charles wohl so freundlich wäre, mir noch ein großes Guinness zu bringen? Ich habe das Gefühl, es wird für längere Zeit mein letztes sein.«

23

Bertil Pedersson, Chefingenieur der Tresorfabrik Svenhalte, wartete an diesem Morgen am Firmentor, um Mr. Riffat und Mr. Bernstrom zu begrüßen. Ein Fax von den Vereinten Nationen hatte ihren heutigen Besuch angekündigt, und als Pedersson sich am Flughafen in Stockholm nach ihrer Ankunft erkundigte, hatte er erfahren, daß die Maschine mit einigen Minuten Verspätung gelandet war.

Als die beiden Herren aus ihrem Wagen stiegen, ging Mr. Pedersson ihnen entgegen, gab ihnen die Hand und stellte sich vor.

»Wir freuen uns, Sie endlich persönlich kennenzulernen, Mr. Pedersson«, sagte der kleinere der zwei. »Wir sind Ihnen sehr verbunden, daß Sie sich so kurzfristig Zeit für uns nehmen können.«

»Nun, um ganz ehrlich zu sein, Mr. Riffat, es war ziemlich überraschend für uns, als wir erfuhren, daß die UNO das Einfuhrverbot für Madame Bertha aufgehoben hat.«

»›Madame Bertha‹?«

»Ja, so nennen wir hier in der Fabrik den Safe. Ich kann Ihnen versichern, meine Herren, daß Bertha ein gutes Mädchen ist, obwohl Sie sie verleugnet haben. Viele Leute waren hier und haben sie bewundert, aber niemand ist ihr zu nahe getreten.« Mr. Pedersson lachte. »Ich bin sicher, daß Sie nach einer so weiten Reise neugierig auf Bertha sind, Mr. Riffat.«

Der kleine, dunkelhaarige Herr nickte, und er und sein Begleiter folgten Mr. Pedersson über den Fabrikhof.

»Sie haben schnell auf den Gesinnungswechsel der UNO reagiert, Mr. Riffat.«

»Ja, unser Staatspräsident gab den Befehl, sofort nach Aufhebung des Embargos die Lieferung des Safes nach Bagdad in die Wege zu leiten.«

Wieder lachte Mr. Pedersson. »Ganz so einfach wird das nicht sein, fürchte ich«, sagte er, als sie den Fabrikhof überquert hatten. »Madame Bertha ist nicht die beweglichste, wie Sie gleich selbst sehen werden.«

Die drei Herren schritten weiter zu einer großen, scheinbar aufgegebenen Fabrikhalle, und Pedersson trat durch eine Öffnung, wo sich früher einmal eine Tür befunden haben mußte. Es war so dunkel im Innern, daß die beiden Ausländer kaum einen Meter weit sehen konnten. Pedersson knipste eine nackte Glühbirne an, worauf ein Geräusch zu vernehmen war, das wie das Seufzen eines abgewiesenen Liebhabers klang.

»Mr. Riffat, Mr. Bernstrom, gestatten Sie mir, Sie mit Madame Bertha bekannt zu machen.« Die beiden Herren starrten auf die massive Konstruktion, die majestätisch mitten in der alten Lagerhalle stand.

»Vor der formellen Vorstellung möchte ich Sie jedoch mit Madame Berthas persönlichen Daten vertraut machen. Sie ist zwei Meter siebzig hoch, zwei Meter zehn breit und zwei Meter vierzig tief. Ihre Haut ist dicker als die jedes Politikers, fünfzehn Zentimeter massiver Stahl, um genau zu sein, und sie wiegt über fünf Tonnen. Ein Spezialist hat sie konstruiert, drei Handwerker und acht Ingenieure haben sie gebaut. Ihre Entstehung, vom Entwurf bis zur Fertigstellung, dauerte achtzehn Monate. Aber«, er flüsterte es beinahe, »sie ist ja auch fast so groß wie ein Elefant. Ich sag' das deshalb so leise, weil Bertha jedes Wort, das ich sage, hören kann, und ich will sie nicht kränken.«

Mr. Pedersson entging der verwirrte Blick der beiden Besucher. »Aber, meine Herren, Sie haben nur ihr Äußeres gesehen. Ich versichere Ihnen, daß ihr Inneres nicht weniger aufregend ist.

Als erstes muß ich Sie darauf aufmerksam machen, daß Madame Bertha niemanden einläßt, der ihr nicht persönlich vorgestellt wurde. Sie ist nicht gerade freizügig, auch wenn Sie vielleicht etwas anderes über Schwedinnen gehört haben. Bertha muß erst dreierlei über Sie wissen, ehe sie bereit ist, Ihnen ihr Innerstes zu offenbaren.«

Die beiden Gäste lauschten den Erklärungen mit wachsender Verwirrung, aber sie unterbrachen Mr. Pedersson nicht.

»Zuerst einmal, meine Herren, müssen Sie Berthas Brust studieren. Sehen Sie drei rote Lämpchen über drei kleinen Skalen? Wenn Sie den Kode von allen drei Skalen kennen, werden Sie in der Lage sein, eines der roten Lichter auf grün umzuschalten. Gestatten Sie, daß ich es Ihnen vorführe. Die drei Skalen haben jeweils einen sechsstelligen Kode. Die erste Ziffer nach rechts drehen, die zweite nach links, die dritte nach rechts, die vierte nach links, die fünfte nach rechts, die sechste nach links. Die erste Zahl für die erste Skala ist 2, die zweite 8, die dritte 0, die vierte 4, die fünfte 3 und die sechste 7. 2–8–0–4–3–7.«

»Das Datum von Sayedis Geburtstag«, sagte der hochgewachsene blonde Besucher.

»Richtig, das habe ich auch festgestellt, Mr. Bernstrom«, versicherte ihm Pedersson. »Die zweite«, fuhr er fort und wandte sich dem mittleren Drehknopf zu, »ist 1–6–0–7–7–9.« Er drehte die letzte Zahl nach links.

»Das Datum, an dem Sayedi Präsident wurde!«

»Ja, zu diesem Schluß sind wir ebenfalls gelangt, Mr. Riffat. Aber ich muß gestehen, die dritte Kombination gibt mir immer noch Rätsel auf. Zweifellos werden Sie jedoch wissen, was unser Kunde für diesen Tag plant.« Mr. Pedersson drehte die Scheibe: 0–4–0–7–9–3.

Pedersson blickte Mr. Bernstrom erwartungsvoll an, doch der zuckte die Schultern. »Ich habe keine Ahnung«, log er.

»Da kann man nichts machen«, sagte Pedersson. »Jedenfalls leuchtet nur ein Lämpchen grün, obwohl alle drei Kombinationen richtig eingegeben wurden. Die beiden anderen Lämpchen bleiben rot. Doch nun, da Sie die drei Kodes kennen, wird Bertha ein persönlicheres Verhältnis in Erwägung ziehen. Sie werden bemerken, daß unter den drei Skalen ein weißes Rechteck von der ungefähren Größe einer Hand zu sehen ist. Passen Sie jetzt gut auf.« Pedersson machte einen Schritt vorwärts und drückte die Rechte auf das weiße Rechteck. Nach mehreren Sekunden leuchtete auch das zweite Lämpchen grün auf.

»Aber selbst wenn Bertha Ihren Handabdruck kennt, wird sie Ihnen nicht gleich ihr Herz öffnen. Nicht, bevor ich zu ihr gesprochen habe. Wenn Sie genauer hinschauen, meine Herren, werden Sie sehen, daß die weiße Farbe ein feines Drahtgitter bedeckt, unter dem sich ein Stimmenaktivator befindet.« Beide Herren kamen näher, um es sich anzusehen.

»Momentan ist Bertha darauf programmiert, nur auf meine Stimme zu reagieren. Es ist völlig egal, was ich sage, denn sobald sie die Stimme erkennt, leuchtet das dritte Lämpchen grün. Doch Bertha würde sich nicht nicht herablassen, auf mich zu hören, bevor nicht die beiden ersten Lämpchen grün leuchten.«

Pedersson trat nun ganz dicht an den Safe, bis seine Lippen direkt vor dem Drahtgitter waren. »Zwei Herren sind aus Amerika gekommen, um dich zu bewundern. Sie würden gerne wissen, wie du innen aussiehst.«

Noch ehe er den letzten Satz beendet hatte, sprang das dritte Lämpchen auf grün um, und ein lautes, klickendes Geräusch war zu hören.

»Und nun, meine Herren, kommen wir zur Demonstration des Teiles, auf den meine Firma besonders stolz ist. Die Tür, die über eine Tonne wiegt, läßt sich trotz dieses Gewichts selbst von einem kleinen Kind öffnen. Unsere Firma hat ein System aus Phosphorbronze-Kugellagern entwickelt, das seiner Zeit um ein Jahrzehnt voraus ist. Bitte, Mr. Riffat, probieren Sie es doch selbst aus.«

Der kleinere der beiden Männer trat heran, langte nach dem Griff des Safes und zog daran. Sofort wurden alle drei Lämpchen wieder rot und erneut erklang ein lautes Geräusch.

Pedersson lächelte. »Sie sehen, Mr. Riffat, sofern Madame Bertha Sie nicht persönlich kennt, verschließt sie sich Ihnen und schickt Sie in den Rotlichtbezirk zurück.« Er lachte herzhaft über diesen Witz, den er bestimmt schon viele Male gemacht hatte. »Die Hand, die den Safe öffnet, muß dieselbe sein, die den Handabdrucktest bestanden hat. Eine wirklich gute Sicherheitsvorrichtung, finden Sie nicht auch?« Beide Herren nickten bewundernd, als Pedersson rasch wieder an den drei Skalen hantierte, die Hand auf das Rechteck legte und dann zu Madame Bertha sprach. Pflichtschuldig wurde ein Lämpchen nach dem anderen grün.

»Sie gestattet nun, daß ich – aber nur ich – sie öffne. Schauen Sie jetzt gut zu. Obwohl die Tür, wie ich Ihnen schon sagte, eine Tonne wiegt, kann sie mit der sanftesten Berührung geöffnet werden.«

Pedersson zog die Tonne massiven Stahls mit weniger Kraftaufwand auf, als er bei seiner Wohnungstür gebraucht hätte. Er stieg in den Safe und spazierte darin herum, zuerst mit ausgestreckten Armen, um zu zeigen, daß er die Seitenwände nicht berühren konnte, wenn er in der Mitte stand. Dann hob er die Arme und zeigte seinen Besuchern, daß er nicht bis zur Decke zu langen vermochte.

»Bitte, treten Sie ein, meine Herren«, forderte er sie von innen auf.

Die zwei Besucher kamen seiner Aufforderung vorsichtig nach.

»Sie sehen, daß in diesem Fall drei nicht einer zuviel ist.« Wieder lachte Pedersson über seinen Witz. »Und Sie werden bestimmt erfreut sein, daß man sich unmöglich aus Versehen selbst einsperren kann.« Er langte nach dem inneren Safegriff und schloß die mächtige Tür.

Zwei der drei Herren in Berthas Innerm waren von diesem Teil des Experiments nicht so begeistert.

»Sehen Sie, meine Herren«, fuhr Pedersson fort, der den Triumph in seiner Stimme nicht ganz verbergen konnte. »Bertha kann sich nicht selbst verschließen, solange meine Hand nicht auf dem äußeren Griff liegt.« Mit einem leichten Schubs schwang die Tür auf, und er stieg hinaus, dicht gefolgt von seinen zwei Kunden.

»Ich mußte einen ganzen Abend in Bertha verbringen, bevor das System völlig fertiggestellt war – unsere erste gemeinsame Nacht, könnte man sagen.« Pedersson lachte schallend und schob die Tür zu. Die drei Lämpchen leuchteten sofort wieder rot, und das laute klickende Geräusch war erneut zu hören.

Nun wandte er sich den beiden Besuchern zu. »So, meine

Herren, Sie wurden mit Madame Bertha bekannt gemacht. Wenn Sie nun so freundlich wären, mich ins Büro zu begleiten. Dort werde ich Ihnen die Frachtpapiere geben, und was viel wichtiger ist, Berthas Bibel.«

Während sie über den Hof gingen, erklärte Pedersson den beiden, daß das technische Handbuch von der Firma als streng geheim behandelt worden war. Man hatte eines auf schwedisch verfaßt, das die Firma in ihrem eigenen Safe aufbewahrte, und ein zweites auf arabisch, das er den Kunden aushändigen würde.

»Die ›Bibel‹ umfaßt zwar hundertundacht Seiten, ist jedoch so unkompliziert, daß jeder angehende Ingenieur sie versteht.« Wieder lachte er. »Wir Schweden machen alles gründlich.«

Keiner der Herren sah sich imstande, Pedersson zu widersprechen.

»Werden Sie jemanden brauchen, der Madame Bertha auf ihrer Reise begleitet?« erkundigte der Ingenieur sich hoffnungsvoll.

»Nein, danke«, kam die enttäuschende Antwort. »Ich glaube, wir kommen mit dem Transportproblem selbst zurecht.«

»Dann habe ich nur noch eine Frage«, sagte Pedersson, als sie sein Büro betraten. »Wann haben Sie vor, Bertha abzuholen?«

»Wir hatten gehofft, sie heute nachmittag mitnehmen zu können. In ihrem Fax an die Vereinten Nationen haben sie einen Kran erwähnt, der den Safe heben, und einen Karren, auf dem er über kürzere Strecken befördert werden kann.«

»Das stimmt. Der Karren wurde extra für Madame Bertha konstruiert. Ich bin sicher, daß ich bis zum Nachmittag alles für Sie bereit habe. Aber das löst das Transportproblem nicht.«

»Unser eigenes Fahrzeug wartet bereits in Stockholm.«

»Ausgezeichnet. Das wär's dann«, sagte Mr. Pedersson. »Dann muß ich nur noch mein Hand- und Stimmeprogramm löschen, damit Bertha für ihren neuen Herrn und Meister bereit ist.« Pedersson wirkte traurig. »Wir sehen uns dann am Nachmittag wieder, meine Herren.«

»Ich werde allein kommen«, erklärte Riffat. »Mr. Bernstrom fliegt nach Amerika zurück.«

Pedersson nickte und wartete, bis die beiden Herren in ihren

Wagen gestiegen waren, bevor er in sein Büro zurückkehrte. Das Telefon auf seinem Schreibtisch läutete gerade.

»Bertil Pedersson«, meldete er sich und hörte sich an, was der Anrufer zu sagen hatte. Dann legte er den Hörer auf den Tisch und rannte zum Fenster, doch der Wagen war bereits verschwunden. »Bedauere, Mr. Al Obaydi«, sagte er, »aber die beiden Herren, die sich den Safe angeschaut haben, sind gerade eben abgefahren. Aber Mr. Riffat kommt heute nachmittag noch mal her, um ihn wegzubringen. Soll ich ihm ausrichten, daß Sie angerufen haben?«

In Bagdad legte Al Obaydi den Hörer auf und dachte über das Ergebnis dieses Anrufs nach, den er eigentlich nur als Routineanruf getätigt hatte.

Als Stellvertreter des irakischen Delegierten bei den Vereinten Nationen war er dafür verantwortlich, die Sanktionenliste immer auf dem neuesten Stand zu halten. Er hatte gehofft, die Liste in dieser Woche an seinen noch nicht ernannten Nachfolger weitergeben zu können.

In den letzten zwei Tagen hatte Al Obaydi es trotz nicht angeschlossener Telefonapparate und Beamter, die nie an ihren Schreibtischen aufzufinden waren, geschafft, eine Rohfassung seines Berichts fertigzustellen.

Die problematischen Bereiche waren landwirtschaftliche Maschinen gewesen, denn der für die Sanktionen zuständige UN-Ausschuß vermutete, daß es sich um absichtlich falsch deklariertes Kriegsgerät handelte. Als schwierig hatten sich auch medizinisch-technische Geräte und Medikamente erwiesen, deren Einfuhr die UNO zum größten Teil gestattete, sowie Nahrungsmittel, welche die Iraker kaufen durften – obwohl das meiste, das über die Grenze kam, offenbar auf dem Schwarzmarkt verschwand, ehe es die Hausfrauen in Bagdad erreichte.

Eine vierte Liste trug die Überschrift: *Verschiedenes.* Dazu gehörte unter anderem ein schwerer Safe, der – wie Al Obaydi feststellte, als er seine Maße überprüfte – fast die Größe des Zimmers hatte, in dem er zur Zeit arbeitete. Wie ein interner Bericht bestätigte, war der Safe bereits vor der geplanten Befreiung Kuwaits, der neunzehnten Provinz, in Schweden angefertigt worden und wartete nun in einem Auslieferungslager in Kalmar auf seine Abholung. Al Obaydis Chef bei der UNO hatte ihm im Vertrauen gestanden, es überrasche ihn, daß der Sanktionsausschuß das Lieferverbot für den Safe aufgehoben hatte – was den Mann aber nicht davon abhielt, dem Außenminister zu versichern, daß diese Aufhebung nur seinen ›unermüdlichen geschickten Verhandlungen‹ zu verdanken sei.

Al Obaydi saß mehrere Minuten an seinem mit Akten beladenen Schreibtisch und dachte über seinen nächsten Schritt nach. Er kritzelte eine kurze Liste mit Stichworten auf den Block vor sich:

1. *Industrieministerium*
2. *Staatssicherheitsdienst*
3. *Stellvertreter des Außenministers*
4. *Kalmar*

Al Obaydi blickte auf das oberste Stichwort. Er stand immer noch in Verbindung mit einem ehemaligen Kommilitonen aus seiner Studienzeit an der Londoner Universität, der im irakischen Industrieministerium zum Staatssekretär aufgestiegen war. Al Obaydi zweifelte nicht, daß er von seinem alten Freund die benötigte Information bekommen würde, ohne sein wirkliches Motiv zu verraten.

Er wählte die Privatnummer des Staatssekretärs und freute sich, daß wenigstens ein Beamter an seinem Schreibtisch saß.

»Nadhim, ich bin's, Hamid Al Obaydi.«

»Hamid! Ich hab' schon gehört, daß du von New York zurück bist. Es heißt, du leitest jetzt die Pariser Botschaft oder was von ihr übrig ist. Aber man darf den Gerüchten in dieser Stadt auch nicht immer glauben.«

»Ausnahmsweise stimmen sie«, versicherte Al Obaydi.

»Herzlichen Glückwunsch. Also, was kann ich für Sie tun, Exzellenz?«

Al Obaydi war erheitert, daß Nadhim der erste war, der ihn

mit seinem neuen Titel anredete, auch wenn es sarkastisch geklungen hatte.

»UN-Sanktionen.«

»Und du behauptest, du wärst mein Freund?«

»Es sind nur ein paar Routinefragen. Ich muß für meinen Nachfolger alles auf den neuesten Stand bringen. Soweit ich feststellen kann, ist alles in Ordnung. Allerdings wurde in Schweden ein großer Safe für uns hergestellt, über den ich nicht viel finden kann. Ich weiß, daß wir ihn bezahlt haben, aber nicht, wie es um die Lieferung steht.«

»Wir haben nichts mehr damit zu tun, Hamid. Die Akte hat vor einem Jahr den Stempel ›Oberkommando‹ erhalten, was für gewöhnlich bedeutet, daß es eine persönliche Angelegenheit des Präsidenten geworden ist.«

»Aber einer *muß* doch die Frachtpapiere für den Transport von Kalmar nach Bagdad ausgestellt haben«, sagte Al Obaydi.

»Ich weiß nur, daß ich die Anweisung erhielt, den Vorgang an unser UN-Büro in Genf weiterzuleiten. Hast du das nicht gewußt, Hamid? Seltsam. Fällt doch eher in deine Abteilung als in meine, würde ich sagen.«

»Dann werde ich mich wohl mit Genf in Verbindung setzen und herausfinden müssen, was sie in dieser Angelegenheit unternehmen.« Al Obaydi fügte nicht hinzu, daß New York und Genf einander selten über ihre Vorhaben informierten. »Danke für deine Hilfe, Nadhim.«

»Nichts zu danken. Viel Glück in Paris, Hamid. Ich habe gehört, daß die Pariserinnen umwerfend sind, und trotz gegenteiliger Behauptungen haben sie was für Araber übrig.«

Al Obaydi legte auf und blickte auf seinen Notizblock. Er überlegte diesmal länger, ehe er sich zu dem zweiten Anruf entschloß.

Mit der Information, die er nun besaß, hätte er korrekterweise in Genf anrufen, dem Botschafter seinen Verdacht mitteilen und Saddams Halbbruder wieder mal das Lob für eine Leistung einheimsen lassen müssen, die ein anderer erbracht hatte. Er blickte auf seine Uhr. In der Schweiz war es jetzt Mittag. Er bat seine Sekretärin, eine Verbindung zu Barzan al Takriti herzustellen, denn er wußte, daß sie jedes Ferngespräch notierte. Er wartete mehrere Minuten, ehe jemand sich meldete.

»Dürfte ich mit dem Herrn Botschafter sprechen?« bat er.

»Er ist zur Zeit in einer Sitzung«, kam die übliche Antwort. »Ist es dringend? Soll ich fragen, ob ich ihn kurz stören darf?«

»Nein, nein, nicht nötig. Aber würden Sie ihm bitte ausrichten, daß Hamid Al Obaydi aus Bagdad angerufen hat und ihn um einen Rückruf ersucht.«

»Selbstverständlich«, versicherte ihm die Stimme. Al Obaydi lächelte zufrieden. Er war korrekt vorgegangen.

Dann schlug er die Sanktionsakte auf seinem Schreibtisch auf und kritzelte unter seinen Bericht: *Das Industrieministerium hat die Akte betreffs dieses Artikels direkt nach Genf gesandt. Unseren dortigen Botschafter habe ich telefonisch nicht erreichen können. Ich muß abwarten, bis er mich zurückruft. Hamid Al Obaydi.*

Al Obaydi überlegte seinen nächsten Zug außerordentlich sorgfältig. Falls er sich entschloß, etwas zu unternehmen, mußte sein Vorgehen nach außen hin wieder wie eine Routinesache erscheinen und sich innerhalb seines Aufgabenbereichs bewegen. Die geringste Abweichung von der Norm in dieser brodelnden Gerüchteküche, und nicht der Hals von Saddams Halbbruder endete in der Schlinge, sondern der seine.

Al Obaydi blickte auf die zweite Eintragung auf seiner Liste. Er wies seine Sekretärin an, ihn mit General Sabaáwi Al-Hassan zu verbinden, dem Chef des Staatssicherheitsdienstes. Diesen Posten hatten in den vergangenen sieben Monaten bereits drei verschiedene Personen inne. Der General war sofort zu sprechen, aber das irakische Regime hatte ja auch mehr Generale als Botschafter vorzuweisen.

»Guten Morgen, Herr Botschafter. Ich wollte Sie ohnehin anrufen. Wir sollten uns unterhalten, bevor Sie Ihren neuen Posten in Paris antreten.«

»Genau das ist meine Absicht«, versicherte ihm Al Obaydi. »Ich kenne meine europäischen Kollegen nämlich nicht. Es ist lange her, seit ich in diesem Teil der Welt eingesetzt war.«

»Ich muß gestehen, im Moment sind wir ziemlich spärlich

vertreten. Die meisten unserer besten Leute wurden ausgewiesen, einschließlich der sogenannten Studenten, auf die wir früher immer zurückgreifen konnten. Aber das ist kein Thema, über das wir uns am Telefon unterhalten sollten. Wann würde Ihnen mein Besuch denn angenehm sein?«

»Haben Sie heute zwischen vier und fünf Uhr Zeit?«

Nach einer kurzen Pause sagte der General: »Ich könnte gegen sechzehn Uhr zu Ihnen kommen, müßte jedoch um siebzehn Uhr wieder in meinem Büro sein. Glauben Sie, das gibt uns Zeit genug?«

»Ich bin sicher, es reicht, daß Sie mich auf den neuesten Stand bringen.« Al Obaydi legte auf. Auch das war ein Routineanruf gewesen.

Der dritte auf seiner Liste, befürchtete Al Obaydi, würde wahrscheinlich nicht so leicht zu bluffen sein.

Er verbrachte die nächsten Minuten damit, sich die Fragen einzuprägen, die er stellen wollte, bevor er eine interne Nummer wählte. Eine Frau namens Saib meldete sich am Telefon.

»Handelt es sich um ein bestimmtes Thema, über das Sie mit dem stellvertretenden Außenminister sprechen möchten?« erkundigte sie sich.

»Nein«, antwortete Al Obaydi. »Er hat mich gebeten, ihn anzurufen. Ich habe zum Wochenende ein paar Tage Urlaub, und der stellvertretende Außenminister möchte noch mit mir sprechen, bevor ich meinen neuen Posten in Paris antrete.«

»Ich rufe Sie zurück und gebe Ihnen einen Termin, sobald ich mit dem Herrn Minister darüber sprechen konnte«, versprach ihm Frau Saib.

Al Obaydi legte auf. Auch hier alles unverdächtig. Er blickte auf seinen Notizblock und schrieb ein Fragezeichen und ein weiteres Wort auf seine Liste:

4. Kalmar – ? – Genf

Binnen der nächsten achtundvierzig Stunden mußte er sich entscheiden, welche Richtung er einschlagen wollte.

Die erste Frage, welche Kratz Scott auf der Reise von Kalmar nach Stockholm stellte, galt der Bedeutung der Ziffernfolge 0–4–0–7–9–3. Er riß Scott damit aus einem Tagtraum, in dem er Hannah auf einem weißen Streitroß aus schlimmer Bedrängnis befreite. Die wirkliche Welt gefiel ihm viel weniger.

»Der 4. Juli«, antwortete er. »Saddam könnte gar keinen besseren Tag wählen, um das amerikanische Volk zu demütigen, insbesondere seinen neuen Präsidenten.«

»Jetzt wissen wir wenigstens, wieviel Zeit uns noch bleibt«, sagte Kratz.

»Ja, nur elf Tage«, erwiderte Scott. »So oder so.«

»Aber wir haben jedenfalls Madama Bertha«, sagte Kratz, um die Stimmung ein wenig zu heben.

»Und wohin wollen Sie Bertha zu ihrem ersten Stelldichein bringen?«

»An ihren Bestimmungsort«, antwortete Kratz, »das heißt, erst einmal bis Jordanien, wo Sie sich uns wieder anschließen werden. Mein gesamtes Team wartet bereits in Stockholm auf den Safe, um mit ihm die Reise nach Bagdad anzutreten. Die CIA hat den ganzen Papierkram für uns erledigt, also dürften wir unterwegs nicht aufgehalten werden. Unser erstes Problem wird die Überquerung der jordanischen Grenze sein, aber wir haben alle Dokumente, die von den Vereinten Nationen vorgeschrieben sind und ein paar Extradollar für den Zollbeamten, um sicherzustellen, daß sein Stempel auch die richtigen Seiten unserer sämtlichen Reisepässe findet.«

»Wieviel Zeit haben Sie für die Fahrt nach Jordanien veranschlagt?« Scott erinnerte sich an seinen eigenen engen Terminplan.

»Sechs oder sieben Tage, im Höchstfall acht. Ich habe ein Sechs-Mann-Team, alles erfahrene Leute. Keiner wird mehr als jeweils vier Stunden fahren müssen und hat dann sechzehn Stunden, sich auszuruhen. Auf diese Weise brauchen wir nirgendwo anzuhalten, außer zum Auftanken.« Sie kamen an einem Wegweiser vorbei, der ihnen sagte, daß es bis Stockholm noch zehn Kilometer waren.

»Ich habe also eine Woche«, murmelte Scott.

»Ja. Und wir können nur hoffen, daß Dollar Bill diese eine Woche reicht, um eine weitere perfekte Kopie der Unabhängigkeitserklärung anzufertigen«, sagte Kratz.

»Es müßte ihm beim zweitenmal eigentlich leichter fallen«, meinte Scott. »Vor allem, da er innerhalb von Stunden alles bekam, was er angefordert hatte. Man hatte sogar gleich am nächsten Morgen Tinte in neun verschiedenen Schwarztönen mit einer Concorde aus London herangeschafft.«

»Ich wünschte, wir könnten Madame Bertha mit einer Concorde befördern.«

Scott lachte. »Erzählen Sie mir mehr über Ihr Team.«

»Das beste, das ich je hatte«, sagte Kratz. »Alle haben Fronterfahrung aus mehreren offiziellen und nichtoffiziellen Kriegen. Es sind fünf Israelis und ein Kurde.«

Scott zog eine Braue hoch.

»Nur wenige Eingeweihte wissen, daß der Mossad eine arabische Abteilung hat. Sie ist nicht sehr groß, aber wenn wir die Leute erst ausgebildet haben, sind höchstens die Gurkhas noch bessere Kämpfer. Der Test wird darin bestehen, ob Sie herausfinden können, wer von ihnen der Kurde ist.«

»Wie viele überqueren die Grenze mit uns?«

»Nur zwei. Wir dürfen kein Aufsehen erregen. Nur ein Ingenieur und ein Fahrer. So wird es zumindest in den Papieren stehen. Für mich aber gibt es nur eine einzige Order: Die Leute so schnell wie möglich nach Bagdad hinein und mit der Unabhängigkeitserklärung wieder herauszubringen.«

Scott blickte geradeaus. »Und Hannah?« fragte er.

»Es wäre natürlich wunderbar, wenn Sie Hannah mit herausschaffen könnten, aber es ist nicht Teil des Auftrags. Ich halte die Chance für minimal, daß Sie Hannah überhaupt zu Gesicht bekommen.« Sie fuhren gerade an dem Schild ›WILLKOMMEN IN STOCKHOLM‹ vorbei.

Scott begann mit Berthas Bibel auf seine Knie zu klopfen.

»Vorsicht!« mahnte Kratz. »Sie muß erst noch übersetzt werden, damit Sie sich der Dame auf die rechte Weise vorstellen können. Schließlich werden es Ihre Hand und Ihre Stimme sein, denen Bertha ihr Herz öffnet.«

Scott blickte auf die einhundertundacht Seiten starke Anleitung und fragte sich, wie lange er brauchen würde, ihre Geheimnisse zu meistern, selbst nachdem sie ins Englische übersetzt waren.

Kratz bog plötzlich ohne Vorwarnung nach rechts ab und fuhr eine verlassene Straße entlang, die parallel zu nicht mehr benutzten Bahngleisen verlief. Das einzige, was Scott voraus erkennen konnte, war ein Tunnel, der aussah, als führte er nirgendwohin.

Hundert Meter vor der Einfahrt blickte Kratz in den Rückspiegel und vergewisserte sich, daß niemand ihnen folgte, dann schaltete er die Scheinwerfer dreimal ein und aus. Eine Sekunde später wurde das Signal vom jenseitigen Ende des schwarzen Lochs erwidert. Kratz drosselte die Geschwindigkeit und fuhr mit ausgeschalteten Scheinwerfern in den Tunnel. Scott sah nichts weiter als eine Fackel, die ihnen den Weg wies.

Kratz fuhr auf das Licht zu und hielt vor etwas an, das ein alter Armeelaster zu sein schien, der im Tunnelende stand.

Kratz sprang hinaus. Scott folgte ihm rasch und versuchte, sich an das Halbdunkel zu gewöhnen. Dann sah er drei Männer zu beiden Seiten des Lastwagens stehen. Der Mann, der ihnen am nächsten war, nahm Haltung an und legte die Hand an die Mütze. »Guten Morgen, Herr Oberst.«

»Guten Morgen, Feldmann. Sagen Sie Ihren Männern, sie sollen sich rühren, und kommen Sie her. Ich möchte Sie alle mit Professor Bradley bekannt machen.«

Scott hätte beinahe gelacht, weil Kratz diesen Männern gegenüber seinen akademischen Titel benutzte, doch keiner der sechs Männer, die herbeikamen, lächelte auch nur.

Nachdem Scott jedem die Hand geschüttelt hatte, ging er um den Laster herum. »Glauben Sie wirklich, daß diese alte Karre imstande ist, Madame Bertha nach Bagdad zu transportieren?« fragte er Kratz skeptisch.

»Sergeant Cohen?«

»Sir«, sagte eine Stimme aus dem Dunkel.

»Sie sind gelernter Mechaniker. Erklären Sie Professor Bradley alles!«

»Jawohl, Sir.« Ein weiterer Mann erschien aus der Düsternis. Scott konnte seine Züge nicht deutlich erkennen, da sein Gesicht voll Schmierfett war, doch aus dem Akzent des Mannes schloß Scott, daß er den größten Teil seines Lebens in London verbracht hatte. »Der Laster ist ein schweres, geländegängiges Einsatzfahrzeug und wurde in Wisconsin gebaut. Er hat fünf Gänge – vier vorwärts, einen rückwärts –, und er kann auf jedem Terrain, bei fast jedem Wetter, in so gut wie jedem Land benutzt werden. Er wiegt zwanzig Tonnen und kann bis zu zehn Tonnen Ladung transportieren. Bei einem solchen Gewicht darf man natürlich nicht riskieren, mehr als fünfzig Stundenkilometer zu fahren. Bei jeder höheren Geschwindigkeit wäre ein Bremsen unmöglich. Allerdings schafft er über zweihundert Sachen Spitze.«

»Danke, Cohen. Ein nützliches Fahrzeug, da müssen Sie mir doch recht geben«, wandte Kratz sich an Scott. »So etwas wollten wir schon seit Jahren, und plötzlich erscheinen Sie auf der Bildfläche, und Uncle Sam bietet uns sofort den Prototyp an. Aber es ist verständlich, daß die Amerikaner wählerisch sind, wem sie einen leihen. Immerhin hat er den Steuerzahler fast eine Million Dollar gekostet.«

»Dürfen wir Sie zum Mittagessen einladen, Professor?« fragte Feldmann.

»Sagen Sie bloß nicht, daß das Ding auch kochen kann!«

»Nein, Sir, dafür haben wir unseren Kurden. Aziz' Spezialität sind Hamburger und Pommes frites. Wenn man vorher noch nie welche gegessen hat, schmecken sie sogar.«

Die acht Männer setzten sich mit verschränkten Beinen auf den Boden und benutzten die Rückseite eines Backgammonbretts als Tisch. Scott konnte sich nicht erinnern, einen verbrannten Hamburger so sehr genossen zu haben. Er war froh über diese Gelegenheit, mit den Männern plaudern zu können, mit denen er bei diesem Unternehmen zusammenarbeiten würde. Kratz machte sie mit Alternativplänen vertraut, die sie in Er-

beigebracht: geduldig und bereit zu sein, da sich manchmal völlig unerwartet eine Chance ergeben konnte.

An einem frühen Donnerstagmorgen, als die meisten Mitarbeiter des Ministers bereits ihr Wochenende begonnen hatten, ergab sich eine solch unerwartete Chance. Hannah tippte gerade das Protokoll einer Sitzung ab, die der stellvertretende Minister am Vortag mit dem neuernannten Leiter der Interessenvertretung in Paris, einem Al Obaydi, gehabt hatte, als der Anruf kam. Muhammad Saeed Al Zahiaf, der Außenminister, wünschte seinen Stellvertreter zu sprechen.

Augenblicke später stürzte der Ministerstellvertreter aus seinem Büro und befahl Hannah, mitzukommen. Sie griff nach einem Notizblock und folgte dem Minister den Korridor entlang.

Obgleich sich das Büro des Außenministers am anderen Ende des Ganges befand, war Hannah nie zuvor dort gewesen. Als sie es nun mit ihrem Chef betrat, war sie überrascht, wie nüchtern und nichtssagend dieser Raum war, wenn man von dem großartigen Ausblick über den Tigris absah.

Ohne sich zu erheben, winkte der Außenminister seinem Untergebenen hastig zu, auf dem Stuhl gegenüber Platz zu nehmen, und teilte ihm rasch mit, der Präsident habe um einen ausführlichen Bericht in der Sache gebeten, die sie am vergangenen Abend bei der Sitzung des Revolutionären Kommandorats besprochen hätten. Er erklärte, daß seine eigene Sekretärin bereits über das Wochenende nach Hause gefahren sei und daß deshalb Frau Saib das Protokoll ihrer Besprechung aufnehmen solle.

Hannah konnte kaum glauben, was sie nun hörte. Hätte sie nicht gewußt, daß es sich um zwei dem Kommandorat treu ergebene Minister handelte, die dieses Gespräch führten, hätte sie alles für einen Propagandatrick gehalten. Dem Halbbruder des Präsidenten war es offenbar geglückt, das Original der amerikanischen Unabhängigkeitserklärung aus dem Nationalarchiv in Washington zu stehlen, und nun hing das Dokument an der Wand der Ratskammer.

Das Gespräch drehte sich darum, wie man die Welt mit dieser

Neuigkeit am wirkungsvollsten verblüffen könnte, und um das Datum, das so gewählt sein sollte, daß es den größtmöglichen Medienrummel hervorrufen würde. Auch Einzelheiten wurden besprochen: auf welchem Platz der Präsident seine Rede halten sollte, bevor er das Dokument öffentlich verbrannte, und ob man Peter Arnett oder Bernard Shaw vom Nachrichtensender CNN die Erlaubnis geben sollte, am Vorabend des großen Ereignisses den Präsidenten mit dem Dokument zu filmen.

Nach zwei Stunden war die Besprechung zu Ende, und Hannah kehrte mit dem stellvertretenden Außenminister in dessen Büro zurück. Ohne einen Blick in ihre Richtung wies er sie an, eine Abschrift der getroffenen Entscheidung zu machen.

Hannah brauchte den Rest des Vormittags für eine Rohfassung, die der Minister sofort durchlas. Nachdem er ein paar Änderungen und Korrekturen vorgenommen hatte, befahl er Hannah, die Abschrift schnell ins reine zu tippen und dem Außenminister zu bringen, mit der Bitte, das Protokoll, falls er damit einverstanden sei, an den Präsidenten weiterzuleiten.

Hannah kam sich hilflos vor, als sie an diesem Abend durch die Straßen Bagdads nach Hause ging. Sie überlegte, was sie tun könne, um die Amerikaner zu warnen. Gewiß planten sie irgendwelche Aktionen zur Rückgewinnung ihrer wertvollen Urkunde, oder sie würden zumindest irgendeine Art Vergeltungsschlag vorbereiten, sobald sie erführen, an welchem Tag die öffentliche Verbrennung stattfinden solle.

Wußten die Amerikaner bereits, wo das Dokument sich befand? War Kratz informiert worden? War der Mossad hinzugezogen worden? Und hatte er die Amerikaner von dem seit einem Jahr geplanten israelischen Coup informiert? Versuchte Kratz bereits, mit ihr in Verbindung zu treten? Welche Schritte hätte Simon jetzt von ihr erwartet?

Sie blieb an einem Kiosk stehen und kaufte drei Ansichtskarten, die Saddam Hussein vor dem Revolutionären Kommandorat zeigten.

Am Abend, nachdem sie sich auf ihr Zimmer zurückgezogen hatte, schrieb sie gleichlautende Botschaften an Ethel Rubin,

David Kratz und den Professor für Arabisch an der Londoner Universität. Sie hoffte, einer von ihnen würde die Bedeutung des Datums an der rechten oberen Ecke sowie des mit Kugelschreiber gezeichneten und mit kleinen Sternen ausgefüllten Rechtecks an der Wand neben Saddams Kopf erkennen.

»Wann geht die Maschine nach Stockholm?« erkundigte er sich.

»Es dürfte nicht mehr lange dauern«, antwortete die junge Frau am SAS-Schalter des Charles-de-Gaulle-Flughafens. »Sie ist eben erst von dort eingetroffen, deshalb kann ich es leider nicht genauer sagen.«

Noch eine Gelegenheit, es mir anders zu überlegen, dachte Al Obaydi. Doch nach seiner Besprechung mit dem Leiter des Staatssicherheitsdienstes sowie tags darauf mit dem Stellvertreter des Außenministers war er nun überzeugt, daß beide lediglich für Routine hielten, was er ihnen gesagt hatte. Al Obaydi hatte in das Gespräch eingeflochten, daß er noch ein paar Tage Urlaub hatte, bevor er sein neues Amt in Paris antrat.

Nachdem er sein Gepäck an der Ausgabe abgeholt hatte, gab er alle größeren Stücke zur Aufbewahrung und behielt nur eine dicke Aktentasche bei sich. Dann setzte er sich im Warteraum in eine Ecke und dachte über alles nach, was er in den vergangenen Tagen unternommen hatte.

Der Chef des Staatssicherheitsdienstes hatte ihm nicht viel zu sagen gehabt. Die Wahrheit war – auch wenn er es nicht zugeben würde –, daß er im Irak Probleme genug hatte, um sich auch noch Gedanken darüber zu machen, was im Ausland vor sich ging. Er hatte Al Obaydi eine längst überholte Liste mit Anweisungen ausgehändigt – welche Vorsichtsmaßnahmen ein irakischer Bürger in Europa ergreifen sollte, einschließlich der Mahnung, nicht bei Marks & Spencers einzukaufen und keine gesellschaftlichen Verbindungen zu Ausländern einzugehen –, und dazu eine nicht weniger überholte Fotografiensammlung bekannter Mossad- und CIA-Agenten, die auf dem Kontinent im Einsatz waren. Al Obaydi hätte sich nicht gewundert, wenn die meisten davon bereits in den Ruhestand versetzt oder friedlich im Bett gestorben wären.

Am nächsten Tag war der stellvertretende Außenminister höflich gewesen, ohne freundlich zu sein. Er hatte Al Obaydi ein paar nützliche Tips gegeben, wie er sich in Paris verhalten solle. Vor allem hatte er ihm die Namen der Botschaften genannt, die trotz der offiziellen Haltung ihrer Regierung den Kontakt zu den Irakern nicht scheuten, und jener, mit denen nicht zu reden war. Als Al Obaydi auf die jordanische Botschaft und die dortige irakische Vertretung zu sprechen kam, gab der stellvertretende Außenminister ihm einen Überblick über die Mitarbeiter. Er habe Frau Ahmed dort gelassen, erklärte er, damit Al Obaydi sich mit ihrer Hilfe rasch zurechtfinden würde. Er beschrieb sie als pflichtbewußt und fleißig, die Köchin als gräßlich, aber freundlich, und den Fahrer als dumm, aber mutig. Seine einzige, vorsichtige Warnung war, sich vor Abdul Kanuk in acht zu nehmen, dem Verwaltungschef oder ›Administrator‹ – ein wundervoller Titel, meinte der stellvertretende Außenminister, der aber nicht Kanuks wahre Position beschrieb; seine einzige Qualifikation wäre sein entferntes verwandtschaftliches Verhältnis zum Präsidenten. Der Außenministerstellvertreter war so vorsichtig, keine persönliche Meinung zu äußern, aber seine Augen verrieten Al Obaydi alles, was dieser wissen mußte. Als er ging, übergab ihm Frau Saib, die Sekretärin des Ministers, einen Hefter voll nützlicher Hinweise, beispielsweise, wie man in Paris ohne viele Freunde zurechtkam, und Lokalitäten, wo sein Besuch willkommen war, und andere, die er besser meiden sollte.

Vielleicht hätte Frau Saib auch Schweden unter der letzteren Kategorie aufführen sollen.

Al Obaydi trat diese Reise jedoch ohne große Befürchtungen an, da er nicht beabsichtigte, mehr als ein paar Stunden in Schweden zu bleiben. Er hatte sich bereits mit dem Chefingenieur der Firma Svenhalte in Verbindung gesetzt. Der Mann hatte versichert, seinen ersten Anruf nicht erwähnt zu haben, als Mr. Riffat am Nachmittag wiedergekommen war. Er bestätigte ihm auch, daß sich Madame Bertha, wie er den Safe nannte, sicher auf dem Weg nach Bagdad befand.

»Passagiere nach Stockholm...« Al Obaydi ging durch den Wartesaal zum Flugsteig und wurde nach Vorzeigen seiner Bordkarte zu einem Fensterplatz in der Touristenklasse geführt. Diesen Teil der Reise würde er nicht auf seiner Spesenabrechnung aufführen.

Während des Flugs über Nordeuropa wanderten seine Gedanken zurück nach Bagdad und zu dem Wochenende, das er mit seiner Mutter und seiner Schwester verbracht hatte. Die beiden hatten ihm geholfen, die endgültige Entscheidung zu treffen. Seine Mutter hatte absolut kein Interesse, ihr komfortables Zuhause am Stadtrand von Bagdad aufzugeben, und noch weniger, nach Paris zu ziehen. So hatte Al Obaydi sich damit abgefunden, daß es für ihn nie eine Flucht geben würde; seine einzige Zukunft lag in einer Machtposition im Außenministerium. Er zweifelte nicht daran, daß er dem Präsidenten jetzt einen Dienst erweisen konnte, der ihn in Saddams Augen unentbehrlich machen, ja, vielleicht sogar die Chance verschaffen würde, der nächste Außenminister zu werden. Immerhin hoffte der derzeitige Amtsträger, in zwei Jahren in den Ruhestand zu gehen, und plötzliche Beförderungen – ob ins Jenseits oder auf der Karriereleiter – überraschten in Bagdad niemanden.

Als das Flugzeug in Stockholm landete, bediente Al Obaydi sich seines Diplomatenstatus, um das Flughafengelände schnellstmöglich zu verlassen. Die Taxifahrt nach Kalmar dauerte über drei Stunden, die der neu ernannte Botschafter damit verbrachte, müßig aus dem schmutzigen Fenster auf den ungewohnten Anblick grüner Hügel und grauen Himmels zu schauen. Als das Taxi endlich vor dem Fabriktor von Svenhalte hielt, sah Al Obaydi als erstes einen braunbekittelten Mann, der aussah, als stünde er schon längere Zeit an diesem Fleck.

Al Obaydi fiel der besorgte Gesichtsausdruck des Mannes auf, der jedoch sofort einem Lächeln wich, als der Botschafter aus dem Wagen stieg.

»Freut mich, Sie kennenzulernen, Mr. Al Obaydi«, sagte der Chefingenieur auf englisch, die Sprache, in der eine Verständigung am leichtesten sein würde. »Ich bin Pedersson. Bitte kommen Sie doch in mein Büro.«

Nachdem Pedersson Kaffee hatte bringen lassen – wie schön, wieder Cappuccino zu bekommen, dachte Al Obaydi –, zeigte gleich seine erste Frage, wie besorgt er war.

»Ich hoffe, wir haben nichts falsch gemacht?«

»Nein, nein«, beruhigte ihn Al Obaydi, den wiederum die heraussprudelnden Worte des Chefingenieurs und seine offensichtliche Besorgnis beruhigt hatten. »Ich versichere Ihnen, ich bin nur zu einer Routineüberprüfung hier.«

»Mr. Riffat konnte alle erforderlichen Papiere vorweisen, sowohl jene der UNO als auch die Ihrer Regierung.«

Al Obaydi wurde schmerzhaft klar, daß er es mit einer Gruppe erfahrener Spezialisten zu tun hatte.

»Sie sagten, die Herren seien am Mittwochnachmittag von hier aufgebrochen?« Al Obaydi bemühte sich, gleichmütig zu klingen.

»Ja, genau.«

»Wie lange werden sie Ihrer Meinung nach bis Bagdad brauchen?«

»Mit der alten Rostmühle mindestens eine Woche. Eher zehn Tage, falls sie es mit dem Ding überhaupt schaffen.«

Al Obaydi blickte ihn verwundert an. »Alte Rostmühle?«

»Ja. Sie haben Madame Bertha mit einem alten Militärkraftfahrzeug abgeholt. Aber ich muß zugeben, der Motor hörte sich gut an. Ich habe ein paar Bilder für mein Album geschossen. Möchten Sie sie sehen?«

»Bilder von einem Lastwagen?« fragte Al Obaydi.

»Ja aus meinem Fenster. Mr. Riffat stand am Safe. Die haben gar nichts bemerkt.«

Pedersson zog eine Schreibtischschublade auf und nahm mehrere Fotos heraus. Er schob sie mit demselben Stolz über den Schreibtisch, den ein anderer vielleicht gezeigt hätte, wenn er einem Fremden Fotos von seiner Familie zeigt.

Al Obaydi studierte die Aufnahmen sorgfältig. Mehrere zeigten, wie Madame Bertha auf den Lastwagen gehievt wurde.

»Gibt es ein Problem?« erkundigte sich Pedersson.

»Nein, nein«, beruhigte Al Obaydi ihn wieder. »Wäre es möglich, Kopien von diesen Fotos zu bekommen?«

»Sie können die Aufnahmen behalten. Ich habe noch mehr davon«, sagte der Chefingenieur und deutete auf die offene Schublade.

Al Obaydi griff nach seiner Aktentasche, öffnete sie und steckte die Bilder in ein Seitenfach, ehe er selbst Fotos hervorholte.

»Da ich schon einmal hier bin, könnten Sie mir einen kleinen Gefallen tun?«

»Selbstverständlich«, versicherte ihm Pedersson.

»Ich habe hier ein paar Bilder von Regierungsbeamten. Vielleicht könnten Sie sich erinnern, ob einer dieser Männer dabei war, als Madame Bertha abgeholt wurde.«

Wieder wirkte Pedersson unsicher, aber er nahm die Fotografien und betrachtete jede einzelne eingehend. »Nein..., nein..., nein«, wiederholte er mehrmals, bis er zu einem Foto kam, das er eingehender betrachtete als die anderen. Al Obaydi lehnte sich vor.

»Ja«, murmelte Pedersson schließlich. »Allerdings dürfte dieses Bild schon ziemlich alt sein. Das ist Mr. Riffat. Er hat zwar noch die gleiche Figur, aber er sieht älter aus, und sein Haar ist grau. Ein sehr gründlicher Mann«, fügte Pedersson hinzu.

»Ja«, pflichtete Al Obaydi ihm bei, »Mr. Riffat ist ein sehr gründlicher Mann.« Er drehte das Bild um und las, was in arabischer Schrift auf der Rückseite stand. »Es wird eine große Beruhigung für meine Regierung sein, zu wissen, daß Mr. Riffat dieses Unternehmen persönlich leitet.«

Pedersson lächelte nun erleichtert, während Al Obaydi seine Tasse Kaffee leerte. »Sie haben mir sehr geholfen«, sagte der Botschafter. Ehe er aufstand, fügte er hinzu: »Ich bin überzeugt, daß meine Regierung auch künftig Ihre Dienste in Anspruch nehmen wird, doch ich wäre Ihnen verbunden, wenn Sie diese Begegnung niemandem gegenüber erwähnen würden.«

»Ganz, wie Sie möchten«, entgegnete Pedersson auf dem

Weg zurück über den Hof. Das Lächeln blieb auf seinem Gesicht, während er dem Taxi mit seinem hochrangigen Kunden nachblickte.

Aber Pederssons Gedanken paßten nicht zu seinem Gesichtsausdruck. »Irgend etwas stimmt da nicht«, murmelte er. »Ich glaube, dieser Herr ist durchaus nicht der Meinung, daß Madame Bertha sich in sicheren Händen befindet. Und ich bin überzeugt, daß er keinesfalls ein Freund von Mr. Riffat ist.«

Scott stellte überrascht fest, daß er Dollar Bill vom ersten Augenblick an mochte. Daß er auch Hochachtung für Bill empfand, nachdem er eine Probe seiner Arbeit gesehen hatte, überraschte ihn weniger.

Scott landete siebzehn Stunden nach seinem Abflug aus Stockholm in San Francisco. Der CIA-Wagen wartete am Flugplatz auf ihn, brachte ihn rasch ins Marin County und setzte ihn nach knapp einer Stunde Fahrzeit vor dem gesicherten Haus ab.

Nach ein paar Stunden Schlaf stand Scott zum Mittagessen auf. Er hoffte, Dollar Bill gleich kennenzulernen, doch zu seiner Enttäuschung war der Fälscher nirgendwo zu sehen.

»Mr. O'Reilly frühstückt um sieben Uhr und erscheint erst wieder zum Abendessen, Sir«, erklärte ihm der Butler.

»Und womit stärkt er sich in der Zwischenzeit?« fragte Scott.

»Um zwölf Uhr bringe ich ihm eine Tafel Schokolade und einen Viertelliter Wasser und um achtzehn Uhr einen Schoppen Guinness.«

Nach dem Mittagessen las Scott einen Bericht über die Ereignisse im Außenministerium während seiner Abwesenheit, den Rest der Zeit verbrachte er im Fitneßraum im Keller. Gegen siebzehn Uhr wankte er erschöpft die Treppe hinauf, mit schmerzenden Muskeln und ein paar Blutergüssen, die er dem Judoausbilder verdankte.

»Nicht schlecht für einen Sechsunddreißigjährigen«, sagte der Trainer herablassend, obwohl der Mann aussah, als wäre er nicht viel jünger.

Scott nahm ein warmes Bad, um die Schmerzen zu lindern,

und las in Madame Berthas Bibel. Die Bedienungsanleitung war bereits von sechs arabischen Gelehrten aus sechs Universitäten in einem Umkreis von achtzig Kilometern übersetzt worden. Jeder hatte zwei nicht aufeinanderfolgende Kapitel bekommen. Dexter Hutchins war seit Scotts Rückkehr wahrhaftig nicht müßig gewesen.

Als Scott, der sich immer noch ein wenig steif fühlte, zum Abendessen hinunterkam, fand er Dollar Bill mit dem Rücken zum offenen Kamin im Wohnzimmer stehend und an einem Glas Wasser nippend vor. »Was darf ich Ihnen zu trinken anbieten, Professor?« fragte der Butler ihn.

»Einen dünnen Radler«, antwortete Scott, ehe er sich Dollar Bill vorstellte. »Viel Limo, wenig Bier.«

»Sind Sie freiwillig hier, Professor, oder hat man Sie wegen Trunkenheit am Steuer festgenommen?« war Dollar Bills erste Frage. Er hatte offenbar die Absicht, es Scott ebenso schwerzumachen wie der Judolehrer.

»Freiwillig, würde ich sagen«, antwortete Scott lächelnd.

»Aus dieser Antwort kann ich lediglich schließen, daß Sie entweder einen stinklangweiligen Stoff lehren oder einen, der lebenden Sterblichen von keinem Nutzen ist«, entgegnete Dollar Bill.

»Ich lehre Verfassungsrecht«, erklärte Scott ihm, »aber mein Spezialgebiet ist Logik.«

»Das ist doch ein Widerspruch«, meinte Dollar Bill, gerade als Dexter Hutchins das Zimmer betrat.

»Ich hätte gern einen Gin Tonic, Charles«, bat Dexter und schüttelte Scott herzlich die Hand. »Tut mir leid, daß ich Sie nicht eher erreichen konnte, aber diese Burschen in Foggy Bottom haben den ganzen Nachmittag das Telefon in Beschlag genommen.«

»Es gibt viele Gründe, sich vor seinen Mitmenschen zu hüten«, bemerkte Dollar Bill, »und indem er gerade um Gin Tonic bat, hat Mr. Hutchins zwei davon demonstriert.«

Charles kehrte einen Augenblick später mit einem silbernen Tablett zurück, auf dem Scotts Gemisch aus wenig Bier und viel

Zitronenlimonade sowie Gin und Tonic Water für den stellvertretenden Direktor standen.

»Als ich auf die Universität ging, war Logik kein Thema«, sagte Dollar Bill, während Dexter Hutchins sie zum Dinner führte. »Das Trinity College in Dublin hatte nichts für dieses Fach übrig. Ich wüßte auch keine einzige Begebenheit aus der irischen Geschichte, bei der meine Landsleute sich auf Logik verlassen hätten.«

»Was haben Sie denn studiert?« fragte Scott ihn.

»Viel Fleming, ein wenig Joyce, dazu ein paar seltene Momente, die Platon und Aristoteles gewidmet waren... zu selten, um mich der Prüfungskommission zu stellen.«

»Und wie geht's mit der Unabhängigkeitserklärung voran?« erkundigte sich Dexter, als hätte er dem Gespräch überhaupt nicht zugehört.

»Ganz schön pingelig, wenn's um die Arbeitsmoral geht, unser Mr. Hutchins, nicht wahr, Professor«, sagte Dollar Bill, als ihm eine Tasse Suppe serviert wurde. »Er zählt zu den Leuten, die auf die Logik schwören. Da es im Leben so was wie ein kostenloses Abendessen aber nicht gibt, werde ich versuchen, die Frage meines Gefängniswärters zu beantworten. Heute habe ich den Text beendet, so wie ihn Timothy Matlock geschrieben hat, der Assistent des Secretary of Congress. Er hat siebzehn Stunden dafür gebraucht, wissen Sie. Ich fürchte, ich war etwas langsamer.«

Dexter ließ nicht locker. »Und wie lange, glauben Sie, werden Sie für die Unterschriften brauchen?«

»Sie sind schlimmer als Papst Julius II., der Michelangelo ständig damit gelöchert hat, wie lange es noch dauern würde, bis die Fresken an der Decke der Sixtinischen Kapelle fertig sind«, sagte Dollar Bill, als der Butler die Suppentassen wegräumte.

»Die Unterschriften«, sagte Dexter hartnäckig. »Die Unterschriften.«

»O ungeduldiger und gefühlloser Mann!«

»Shaw«, murmelte Scott.

»Ich kann Sie von Minute zu Minute besser leiden«, bemerkte Dollar Bill.

»Die Namen!« wiederholte Dexter, während Charles Irish Stew auftrug. Dollar Bill bediente sich sofort.

»Jetzt ist mir klar, weshalb Sie *stellvertretender* Direktor sind«, brummte Bill. »Wissen Sie denn nicht, daß sich auf dem Originaldokument sechsundfünzig Unterschriften befinden, von denen jede einzelne ein kleines Kunstwerk für sich ist? Gestatten Sie, daß ich es Ihnen demonstriere. – Charles, bitte Papier. Ich brauche Papier.«

Der Butler brachte einen Block, der neben dem Telefon lag, und legte ihn vor O'Reilly auf den Tisch. Dollar Bill holte einen Füllfederhalter aus seiner Brusttasche und begann zu kritzeln.

Er zeigte seinen beiden Tischpartnern, was er geschrieben hat: *Mr. O'Reilly hat die uneingeschränkte Erlaubnis, jederzeit den Firmenhubschrauber zu benutzen.*«

»Was soll das beweisen?« fragte Dexter.

»Geduld, Mr. Hutchins, Geduld«, mahnte Dollar Bill, als er sich das Blatt Papier zurückholte und mit *Dexter Hutchins* unterschrieb, dann wechselte er die Feder aus und schrieb *Scott Bradley.*

Wieder gestattete er den beiden, sich das Geschriebene anzusehen.

»Aber wie...?« fragte Scott.

»In Ihrem Fall war es einfach, Professor. Ich brauchte mir bloß das Besucherbuch anzusehen.«

»Aber ich habe mich nicht darin eingetragen«, sagte Dexter.

»Das wäre für den stellvertretenden Direktor auch reichlich merkwürdig. Aber in Ihrem Fall würde mich nichts überraschen. Nun, Sie haben die nervtötende Angewohnheit, in jedes Buch, das Sie erstanden haben, sofort das Datum und Ihren Namen zu schreiben. Ich vermute, bei Erstauflagen wäre das die beste Möglichkeit für Sie, der Nachwelt in Erinnerung zu bleiben. Doch genug dieses müßigen Geplauders. Sie können nun beide selbst sehen, welch schwierige Aufgabe vor mir liegt.« Ohne ein weiteres Wort faltete Dollar Bill seine Serviette, obwohl er sein Stew erst halb gegessen hatte, erhob sich und verließ wortlos das Zimmer. Seine Tischpartner sprangen auf und folgten ihm hastig und ebenso stumm zum Westflügel. Sie stiegen eine steinerne Treppe hinauf und betraten Dollar Bills behelfsmäßiges Atelier.

Das Pergament lag hellbeleuchtet auf einem Zeichenbrett. Beide Männer gingen darauf zu, beugten sich über das Brett und studierten den gesamten Text, unter dem sich ein großer leerer Bereich mit winzigen Bleistiftmarkierungen für die sechsundfünfzig Unterschriften befand.

Scott blickte voll Bewunderung auf die Arbeit.

»Aber warum haben Sie nicht...«

»Einen ehrbaren Beruf ergriffen?« sagte Dollar Bill und kam Scotts Frage zuvor. »Damit ich als Schulleiter in Wexford geendet oder vielleicht sogar schwindelerregende Höhen als Stadtrat von Dublin erklommen hätte? Nein, Sir, lieber sitze ich dann und wann ein paar Jährchen im Knast ab, als von meinen Mitmenschen als mittelmäßig betrachtet zu werden.«

»Wie viele Tage bleiben Ihnen noch bis zur Abreise, junger Mann?« wandte Dexter Hutchins sich an Scott.

Scott drehte sich zu ihm um. »Kratz hat heute nachmittag angerufen. Er sagt, das Team hat gestern mit der Fähre Trelleborg-Sassnitz übergesetzt und ist nun in Richtung Süden unterwegs. Die Männer hoffen, am Montagmorgen den Bosporus zu überqueren.«

»Das bedeutet, daß sie nächsten Mittwoch die irakische Grenze erreichen müßten.«

»Genau die richtige Jahreszeit, um über den Bosporus zu segeln«, warf Dollar Bill ein. »Vor allem, wenn man hofft, auf der anderen Seite ein bemerkenswertes Mädchen wiederzusehen«, fügte er hinzu und blickte Scott an. »Also sollte ich die Unabhängigkeitserklärung wohl bis Montag fertig haben, nicht wahr, Professor?«

»Spätestens!« brummte Hutchins, während Scott erstaunt zu dem kleinen Iren hinabblickte.

25

Als Al Obaydi wieder in Paris ankam, holte er seine Sachen von der 24-Stunden-Gepäckaufbewahrung ab, dann stellte er sich für ein Taxi an.

Er nannte dem Fahrer eine Adresse, ohne zu erwähnen, daß es sich dabei um den irakischen Eingang der jordanischen Botschaft handelte – das war einer von Frau Saibs Tips, was man in Paris tun und nicht tun sollte. Er hatte seine Ankunft nicht angekündigt, weil er offiziell sein Amt erst in vierzehn Tagen antreten würde. Er wäre auch sofort nach Jordanien zurückgeflogen; aber an diesem Abend gab es keinen Anschlußflug. Gleich als er Mr. Riffat erkannt hatte, war ihm klar geworden, daß er so schnell wie möglich nach Bagdad zurück und sich zum Außenminister begeben mußte – der korrekte Weg. Das würde seine Position schützen und gleichzeitig garantieren, daß der Präsident auch erfuhr, wem er die Warnung vor einem möglichen Anschlag verdankte und welcher Botschafter, wie nah verwandt er auch sein mochte, nachlässig gehandelt hatte.

Das Taxi hielt vor dem Botschaftseingang in Neuilly. Ohne Hilfe des Fahrers, der mürrisch hinter dem Lenkrad sitzen blieb, holte Al Obaydi sein Gepäck aus dem Kofferraum.

Die Tür der Botschaft öffnete sich nur ein paar Zentimeter, schwang dann jedoch weit auf. Ein etwa vierzigjähriger Mann stürmte die Treppe herunter auf Al Obaydi zu, gefolgt von zwei Mädchen und einem jüngeren Mann.

»Exzellenz, Exzellenz!« rief der Ältere. »Es tut mir leid! Sie müssen mir vergeben! Wir hatten keine Ahnung, daß Sie heute kommen!« Der Jüngere nahm die beiden großen Koffer, die zwei Mädchen die drei kleineren.

Es überraschte Al Obaydi nicht, als er hörte, daß der Mann, der als erster auf ihn zugekommen war, Abdul Kanuk war.

»Man hat uns gesagt, Sie würden erst in zwei Wochen einziehen. Wir glaubten Sie noch in Bagdad. Ich hoffe, wir erscheinen Ihnen nicht unhöflich.«

Al Obaydi machte gar nicht erst den Versuch, den Redefluß des Kriechers zu unterbrechen. Irgendwann mußte dem Mann ja von selbst die Puste ausgehen. Wie auch immer, es wäre unklug, Kanuk gleich am ersten Tag auf die Zehen zu treten.

»Möchten Eure Exzellenz sich unsere Räumlichkeiten ansehen, während die Mädchen Ihre Koffer auspacken?«

Da dieser Mann sich hier vermutlich am besten auskannte, nicht nur was die Räumlichkeiten betraf, nahm Al Obaydi das Angebot an.

Während der Verwaltungschef ihn durch das Gebäude führte, mußte Al Obaydi einen pausenlosen Strom von Klatsch und Tratsch über sich ergehen lassen. Nach wenigen Minuten hörte er gar nicht mehr hin; zuviel Wichtigeres beschäftigte ihn. Sehr bald sehnte er sich danach, zu seinem Zimmer geführt und allein gelassen zu werden, um endlich Zeit zum Nachdenken zu finden. Der nächste Flug nach Jordanien ging erst am Morgen, und bis dahin wollte er sich darüber im klaren sein, wie er dem Außenminister von seiner Entdeckung berichten sollte.

Während Kanuk ihm sein zukünftiges Büro zeigte, von dem aus man einen prächtigen Blick auf die Stadt hatte, in deren Straßen bereits der letzte Schein der Dämmerung vor dem künstlichen Licht der Nacht wich, sagte der Verwaltungschef irgend etwas, das Al Obaydi nicht ganz mitbekam. Er hatte das Gefühl, daß er wohl doch aufmerksamer zuhören hätte sollen.

»Tut mir leid, daß Ihre Sekretärin auf Urlaub ist, Exzellenz. Ebenso wie wir anderen hat Frau Ahmed Sie erst in zwei Wochen erwartet. Ich weiß, daß sie eine Woche vor Ihnen wieder in Paris zu sein plant, damit bei Ihrer Ankunft alles bereit ist, Exellenz.«

»Das ist kein Problem, Herr Administrator«, versicherte Al Obaydi ihm.

»Bestimmt kennen Sie Frau Saib, die Sekretärin des stellvertretenden Außenministers?«

»Ich bin ihr in Bagdad begegnet«, antwortete Al Obaydi.

Der Administrator nickte und schien kurz zu zögern.

Der Botschafter nutzte die Pause im bisher fast ununterbrochenen Redeschwall. »Ich glaube, ich werde mich vor dem Abendessen ein wenig hinlegen«, sagte er.

»Ich lasse Ihnen etwas aufs Zimmer bringen, Exzellenz. Wäre Ihnen zwanzig Uhr recht?«

»Ja, danke«, antwortete Al Obaydi, um das Gespräch zu beenden.

»Soll ich Ihren Paß und die Tickets in den Safe legen? So habe ich es bei Ihrem Vorgänger immer gehalten.«

»Eine gute Idee.« Al Obaydi war froh, daß er dadurch die Gelegenheit bekam, den Verwaltungschef endlich loszuwerden.

Scott legte auf und drehte sich zu Dexter Hutchins um, der sich in seinem wuchtigen Ledersessel am Schreibtisch zurücklehnte, die Hände im Nacken verschränkte und ihn fragend anblickte.

»Nun, wo ist das Team?«

»Das wollte Kratz mir aus verständlichen Gründen nicht sagen, aber nach dem, wie die Männer bisher vorangekommen sind, ist er zuversichtlich, daß sie die jordanische Grenze innerhalb der nächsten drei Tagen erreichen.«

»Dann können wir nur hoffen, daß das irakische Industrieministerium wirklich so unfähig ist, wie unsere Experten behaupten. Wenn es der Fall ist, müßten wir unseren Vorsprung noch ein paar Tage halten können. Wir haben keine Zeit verloren, als die Sanktionen aufgehoben wurden, und bis zu dem Zeitpunkt, da Sie nach Kalmar kamen, hatte Pedersson fast zwei Jahre keinen Pieps mehr von irgend jemandem gehört.«

»Stimmt. Aber ich befürchte, daß Pedersson das schwache Glied in Kratz' Kette sein könnte.«

»Bei derartigen Risiken kann es keinen absolut sicheren Plan geben«, meinte Dexter.

Scott nickte.

»Und wenn Kratz keine drei Tage mehr von der Grenze entfernt ist, werden Sie bereits Montag nacht einen Flug nach Amman nehmen müssen, vorausgesetzt natürlich, daß Mr. O'Reilly bis dahin mit den Unterschriften fertig ist.«

»Ich glaube, das ist kein Problem mehr«, entgegnete Scott.

»Wieso? Als ich mir das Pergament das letzte Mal ansah, hatte er noch eine Menge Namen zu kopieren.«

»So viele können es nicht sein«, widersprach Scott, »denn Mr. Mendelssohn ist heute von Washington herübergeflogen, um sein Gutachten abzugeben, und seine Meinung ist offenbar die einzige, an der Bill interessiert ist.«

»Dann schauen wir doch mal selbst nach«, schlug Dexter vor und stemmte sich aus dem Sessel.

Während sie das Büro verließen und den Korridor entlanggingen, fragte Dexter: »Und wie kommen Sie mit Madame Berthas Bibel voran? Ich habe mir heute morgen ein paar Seiten der Einleitung angesehen, aber ich habe immer noch keinen blassen Schimmer, weshalb die Lämpchen von rot auf grün umspringen.«

»Es gibt nur einen Menschen, der mit Madame Bertha noch intimer bekannt ist als ich, und der trauert ihr in Skandinavien nach«, sagte Scott, als sie die steinerne Treppe zu Dollar Bills Zimmer hinaufstiegen.

»Ich habe gehört, daß Charles eine Spezialhose für Sie entworfen hat.« Dexter blickte Scott an.

»Und sie könnte nicht besser passen«, antwortete Scott lächelnd.

Als sie oben angelangt waren, wollte Dexter zu Bill ins Zimmer stürmen, doch Scott tippte ihm auf die Schulter.

»Wir sollten klopfen. Er könnte...«

»Als nächstes verlangen Sie noch, daß ich ihn ›Sir‹ nenne, hm?«

Scott grinste, als Dexter leise klopfte und, nachdem kein ›Herein‹ ertönte, vorsichtig die Tür öffnete. Die beiden Männer sahen Mr. Mendelssohn mit einer Lupe über das Pergament gebeugt stehen.

»Benjamin Franklin, John Morton und George Clymer«, murmelte der Konservator.

»Ich hatte ziemliche Mühe mit Clymer«, erklärte Dollar Bill, der durch das Fenster über die Bucht schaute. »Wegen seiner verdammten Schnörkel, die ich hinkriegen mußte, ohne die Feder abzusetzen. Im Papierkorb finden Sie mindestens zweihundert Versuche.«

»Dürfen wir stören?« fragte Dexter.

Dollar Bill drehte sich um und bedeutete ihnen einzutreten.

»Guten Tag, Mr. Mendelssohn. Ich bin Dexter Hutchins, der stellvertretende Direktor der CIA.«

»Wer sonst«, brummte Dollar Bill.

Dexter ignorierte seine Bemerkung und fragte Mendelssohn: »Nun, wie ist Ihre Meinung, Sir?«

Dollar Bill schaute wieder aus dem Fenster.

»Diese Kopie ist genauso gut wie die Fälschung, die wir zur Zeit im Nationalarchiv ausstellen.«

»Sie sind außerordentlich freundlich.« Bill hatte sich ihnen wieder zugewandt.

»Aber ich verstehe nicht, weshalb Sie das Wort ›Britisch‹ richtig geschrieben haben und nicht mit zwei *t*, wie auf dem Original«, wunderte sich Mendelssohn und wandte seine Aufmerksamkeit wieder dem Dokument zu.

»Dafür gibt es zwei Gründe«, erklärte Dollar Bill, als ihn sechs Augen argwöhnisch anblickten. »Erstens kann Saddam, wenn der Austausch erfolgreich durchgeführt wird, nicht mehr behaupten, daß er das Original besitzt.«

»Clever«, lobte Scott.

»Und zweitens?« fragte Dexter, der den Motiven des kleinen Iren immer noch mißtraute.

»Wird es den Professor davon abhalten, diese Kopie zurückzubringen und sie als das Original auszugeben.«

Scott lachte. »Sie denken immer wie ein Krimineller.«

»Das sollten Sie in den nächsten Tagen besser ebenfalls tun, falls Sie Saddam Hussein übertölpeln wollen.«

Charles kam mit einem Silbertablett ins Zimmer, auf dem ein großes Glas Guinness stand.

Dollar Bill dankte Charles, nahm sich seine Belohnung vom

Tablett und ging damit zur hinteren Seite des Zimmers, ehe er sich den ersten Schluck gönnte.

»Darf ich fragen...?« begann Scott.

»Einmal hab' ich diesen gesegneten Nektar über einen 100-Dollar-Kupferstich verschüttet, an dem ich drei Monate gesessen hatte.«

»Und was haben Sie getan?« fragte Scott.

»Ich habe mich mit dem zweitbesten zufriedengegeben, und das hat mir weitere fünf Jahre Knast eingebracht.« Selbst Dexter lachte diesmal mit. »Jetzt aber hebe ich mein Glas auf Matthew Thornton, die letzte Unterschrift auf diesem Dokument. Cheers, Matt, altes Haus, wo immer du bist, trotz deiner verdammten ts!«

»Dann darf ich das Meisterwerk jetzt also mitnehmen?« erkundigte sich Scott.

»Noch nicht, junger Mann. Ich fürchte, Sie müssen meine Gesellschaft noch einen Abend ertragen«, erklärte Dollar Bill, bevor er sein Glas auf dem Fenstersims abstellte und zum Dokument zurückkehrte.

»Wissen Sie, das einzige Problem, mit dem ich kämpfe, ist die Zeit. Mr. Mendelssohn ist der Meinung, das Pergament fühlt sich 50 Jahre jung an. Als wär's aus der Zeit um 1830. Habe ich recht, Sir?«

Der Konservator nickte und hob die Arme, als wollte er sich entschuldigen, daß er gewagt hatte, einen so kleinen Schönheitsfehler überhaupt zu erwähnen.

»Und? Was kann dagegen unternommen werden?« fragte Dexter Hutchins.

Dollar Bill drehte einen Schalter, und die Xenonlampen über seinem Arbeitstisch strahlten auf das Pergament und erfüllten das Zimmer mit so grellem Licht, daß es an ein Filmatelier erinnerte.

»Gegen neun Uhr morgen früh wird das Pergament durch die Einwirkung des Xenonlichts näher an 1776 gerückt sein. Sie haben mir zwar nicht genügend Zeit gegeben, um das Dokument altersmäßig perfekt zu fälschen, aber ich bin ziemlich sicher, daß es im Irak niemanden gibt, der die paar Jährchen Abweichung feststellen könnte – es sei denn, sie haben ein C-14-Gerät zur Altersdatierung.«

»Dann können wir nur noch hoffen, daß das Original noch nicht vernichtet wurde«, sagte Dexter Hutchins.

»Da brauchen Sie keine Angst zu haben«, versicherte ihm Scott.

»Wie können Sie so sicher sein?«

»An dem Tag, an dem Saddam die Unabhängigkeitserklärung vernichtet, will er die ganze Welt als Zeugen. Davon bin ich überzeugt.«

»Dann wäre wohl ein Trinkspruch angebracht«, meinte der Ire. »Das heißt mit der gütigen Erlaubnis meines Gastgebers.«

»Ein Trinkspruch, Bill?« fragte der stellvertretende CIA-Direktor verblüfft. »Auf wen wollen Sie ihn denn ausbringen?« fragte er mißtrauisch.

»Auf Hannah«, antwortete der kleine Ire, »wo immer sie sein mag.«

»Woher wissen Sie davon?« fragte Scott. »Ich habe ihren Namen nie erwähnt.«

»Wäre auch unnötig, da Sie ihn ja überall hinkritzeln, egal, ob es sich um die Rückseite eines Kuverts handelt oder um ein beschlagenes Fenster. Sie muß eine ganz besondere Dame sein, Professor.« Er hob sein Glas und wiederholte die Worte: »Auf Hannah!«

Der Verwaltungschef saß und wartete geduldig, bis das Mädchen das Tablett mit dem Geschirr vom Abendessen des Botschafters weggeräumt hatte. Dann schloß er die Tür zu seinem Zimmer am anderen Ende des Korridors.

Er wartete noch zwei Stunden, bis er sicher sein konnte, daß das gesamte Botschaftspersonal sich zu Bett begeben hatte und er als einziger noch wach war. Dann kehrte er auf Zehenspitzen in sein Büro zurück und wählte bedächtig eine Genfer Telefonnummer. Es dauerte eine Weile, bis das Freizeichen am anderen Ende verstummte, als endlich abgehoben wurde.

»Ich muß mit dem Botschafter sprechen«, flüsterte der Verwaltungschef.

»Seine Exzellenz ist bereits zu Bett gegangen«, sagte eine Stimme. »Rufen Sie morgen früh wieder an.«

»Wecken Sie ihn. Sagen Sie ihm, Abdul Kanuk ist am Apparat, Administrator der Botschaft in Paris.«

»Wenn Sie darauf bestehen.«

»Ja, ich bestehe darauf.«

Der Administrator mußte geraume Zeit warten, ehe eine verschlafene Stimme zu hören war.

»Abdul, ich hoffe, daß es wirklich wichtig ist!«

»Al Obaydi ist unangemeldet in Paris angekommen, zwei Wochen, bevor er erwartet wurde.«

»Sie wecken mich mitten in der Nacht, um mir das zu sagen?«

»Aber er kam nicht direkt aus Bagdad, Exzellenz! Er hat einen kleinen Abstecher gemacht.«

»Woher wollen Sie das wissen?« Die Stimme hörte sich nun etwas wacher an.

»Weil ich seinen Paß in Verwahrung habe.«

»Er ist auf Urlaub, Mann!«

»Ich weiß. Aber warum sollte er den Tag in einer Stadt verbringen, die nicht gerade als Touristenattraktion bekannt ist?«

»Sie reden in Rätseln. Falls Sie mir etwas zu sagen haben, dann sagen Sie es!«

»Nach dem Stempel in seinem Paß zu urteilen, hat Al Obaydi heute Stockholm besucht, ist aber am gleichen Tag nach Paris zurückgekehrt. Hört sich das wie Urlaub an?«

»Stockholm – Stockholm – Stockholm...«, wiederholte die Stimme am anderen Ende der Leitung, als versuche sie sich der Bedeutung dieses Wortes klarzuwerden. Pause. Dann: »Der Safe! Natürlich! Er muß nach Kalmar gereist sein, um nach Sayedis Safe zu sehen. Was hat er herausgefunden, das er vor mir verheimlicht? Und weiß Bagdad, was er vorhat?«

»Ich habe keine Ahnung, Exzellenz«, antwortete der Administrator. »Ich weiß nur, daß er morgen nach Bagdad zurückfliegt.«

»Aber wenn er auf Urlaub ist, warum will er dann so rasch nach Bagdad zurück?«

»Vielleicht genügt es ihm nicht, Leiter der Interessenvertretung zu sein, Exzellenz. Könnte es sein, daß er höher hinaus will?«

Nach einer längeren Pause sagte die Stimme in Genf: »Das haben Sie gut gemacht, Abdul. Es war richtig, mich wecken zu lassen. Ich werde gleich als erstes morgen früh Kalmar anrufen. Als erstes!« wiederholte er.

»Äh... Exzellenz, Sie haben mir versprochen, falls es mir gelingt, Sie wieder auf etwas Wichtiges aufmerksam zu machen...«

Tony Cavalli teilte seinem Vater das Neueste mit, nachdem Martin ihnen beiden einen Drink serviert hatte.

»Bei einer Kneipenschlägerei festgenommen«, murmelte Cavalli Senior, nachdem er seinem Sohn aufmerksam zugehört hatte.

»Ja.« Tony nickte und legte einen Ordner auf den Tisch vor sich. »Aber das ist noch nicht alles. Bill wurde zu dreißig Tagen verknackt.«

»Dreißig Tage?« rief sein Vater ungläubig. Er hielt kurz inne, ehe er fragte: »Was für Anweisungen hast du Laura gegeben?«

»Daß sie es bis zum 15. Juli verschieben soll, wenn Dollar Bill entlassen wird.«

»Und wohin hat man ihn diesmal gesteckt? In den Bezirksknast?«

»Nein, nach den Unterlagen im Bezirksgericht von Fairmont ist er ins Staatsgefängnis gewandert.«

»Weil er an einer Rauferei beteiligt war? Das ist ein Ding der Unmöglichkeit!« sagte der Ältere. Er starrte auf die Unabhängigkeitserklärung an der Wand hinter seinem Schreibtisch und schwieg ein paar Sekunden.

»Wen haben wir drinnen?«

Tony schlug den Ordner vor sich auf und nahm ein Blatt heraus. »Einen Oberwärter und sechs Häftlinge.« Er schob das Blatt seinem Vater über den Tisch zu und freute sich, daß er diese Frage vorhergesehen hatte.

Sein alter Herr studierte die Namensliste eingehend; dann leckte er sich die Lippen. »Eduardo Bellatti dürfte in diesem Fall der Geeignetste sein.« Er blickte seinen Sohn an. »Wenn ich mich recht erinnere, wurde er zu neunundneunzig Jahren verurteilt, weil er einen Richter umgepustet hat, der uns in die Quere kam.«

»Stimmt. Ed war immer schon bereit, jemanden für eine Schachtel Zigaretten umzulegen«, erinnerte Tony sich. »Also, wenn er sich vor dem 15. Juli um Dollar Bill kümmert, würden wir auch noch eine Viertelmillion Dollar sparen.«

»Irgendwas ist faul an der Sache«, überlegte sein Vater laut und schwenkte den Whisky, von dem er noch nicht einmal genippt hatte. »Vielleicht sollten wir der ganzen Geschichte auf den Grund gehen.« Er studierte die Namensliste noch einmal.

Al Obaydi erwachte schon früh. Er konnte es kaum erwarten, nach Bagdad zu fliegen und dem Außenminister seine neuen Erkenntnisse mitzuteilen. Sobald er wieder auf irakischem Boden war, würde er einen ausführlichen Bericht schreiben. In Gedanken ging er seine nächsten Schritte immer wieder durch.

Zuerst würde er dem Außenminister erklären, daß er während einer der üblichen Prüfungen des Sanktionsausschusses herausgefunden hatte, daß der vom Präsidenten bestellte Safe bereits unterwegs nach Bagdad war. Das hatte sein Mißtrauen erregt und den schrecklichen Gedanken in ihm geweckt, daß ein Feind des Staates möglicherweise ein Attentat auf den Präsidenten plante. Da er nicht sicher war, wem er trauen konnte, hatte er die Initiative ergriffen und war der Sache in seiner Freizeit nachgegangen, ja, sogar auf eigene Kosten, um herauszufinden, wer hinter dem Komplott steckte. Schon Augenblicke, nachdem er dem Außenminister die Einzelheiten berichtet hatte, würde Saddam zweifellos erfahren, wer für den Safe verantwortlich war, und wichtiger noch, wer versäumt hatte, sich um das Wohlergehen des Präsidenten zu kümmern.

Ein Klopfen an der Tür unterbrach seine Überlegungen.

»Herein«, rief er. Ein Mädchen brachte ein Tablett mit dem Frühstück: zwei Scheiben verbrannten Toast und eine Tasse dicken türkischen Kaffee. Nachdem sie das Zimmer verlassen hatte, stand Al Obaydi auf, duschte – kalt, das allerdings unfreiwillig – und zog sich schnell an. Dann goß er den Kaffee ins Waschbecken; den Toast ließ er stehen.

Der Botschafter verließ sein Zimmer und stieg die Treppe hinunter zu seinem Büro, wo er den Administrator hinter seinem Schreibtisch stehend vorfand. Hatte der Kerl etwa auf seinem Stuhl gesessen?

»Guten Morgen, Exzellenz«, sagte Kamuk. »Ich hoffe, Sie haben gut geschlafen. Ich habe mir gerade Ihre Flugreservierung bestätigen lassen.«

»Wie zuvorkommend von Ihnen.« Aber es gelang Al Obaydi kaum, seine Gereiztheit zu verbergen.

Kanuk verbeugte sich tief. »Ich werde mich darum kümmern, daß Sie bei Ihrer Rückkehr vom Flughafen abgeholt werden und daß diesmal alles für Ihre Ankunft vorbereitet ist. Wenn Sie mich jetzt bitte entschuldigen würden, ich hole Ihren Paß.«

Al Obaydi setzte sich an seinen Schreibtisch. Er fragte sich, wie lange er der unbedeutende Leiter einer Interessenvertretung bleiben würde, wenn Saddam erst erfahren hatte, wem er sein Leben verdankte.

Tony wählte die Nummer auf seinem Privatanschluß.

Der stellvertretende Gefängnisdirektor hob ab und beantwortete Cavallis erste Frage, ob er allein sei, mit ja. Dann hörte er sich Cavallis zweite Frage aufmerksam an, ehe er antwortete:

»Falls Dollar Bill irgendwo in diesem Zuchthaus ist, dann muß er unsichtbar sein.«

»Aber in den Bezirksgerichtsakten steht, daß er in der Nacht des 16. Juni an Sie überstellt wurde.«

»Kann sein, daß er hierher überstellt wurde. Angekommen ist er jedenfalls nicht. Und es dauert keine acht Tage, um vom Gericht in San Francisco hierher zu kommen – es sei denn, man kettet die Sträflinge jetzt wieder aneinander und setzt sie zu Fuß in Marsch.« Er lachte nervös. »Wäre vielleicht gar keine so schlechte Idee.«

Cavalli lachte nicht. »Halten Sie auf jeden Fall den Mund. Aber hören Sie sich unauffällig um und geben Sie mir Bescheid, sobald Sie etwas erfahren.« Er legte auf.

Dann blieb er, nachdem seine Sekretärin fort war, gut eine Stunde an seinem Schreibtisch sitzen und überlegte, was als nächstes getan werden mußte.

26

Die zweite Krisensitzung des Außenministers und seines Stellvertreters wurde kurzfristig für Dienstag morgen anberaumt. Diesmal war ein direkter Anruf des Präsidenten der Anlaß, daß beide Minister sofort zum Palast eilten.

Hannah entnahm den verschiedenen Telefonaten, daß Saddams Halbbruder aus Genf angerufen hatte und daß der stellvertretende Außenminister seither offensichtlich in Panik war.

Sie blieb an ihrem Schreibtisch, in der Hoffnung, im Laufe des Tages noch mehr aufschnappen zu können. Während beide Minister sich im Palast aufhielten, sah sie weiter alte Unterlagen durch. Sie hatte inzwischen genug Material, um mehrere Aktenschränke des Mossad-Hauptquartiers zu füllen, aber sie konnte ihr Wissen an niemanden weitergeben.

Die beiden Minister kehrten erst am Spätnachmittag aus dem Palast zurück. Der stellvertretende Amtsträger war offenbar erleichtet, daß Frau Saib noch an ihrem Schreibtisch saß.

»Ich muß einen schriftlichen Bericht über die Beschlüsse zusammenstellen, die bei der heutigen Sitzung mit dem Präsidenten getroffen wurden«, sagte er. »Aber ich muß Sie warnen. Diese Sache ist absolut vertraulich zu behandeln! Falls irgend etwas an die Öffentlichkeit gelangt, könnten wir beide im Kerker enden... oder schlimmer.«

»Ich hoffe, Herr Minister, daß ich Ihnen nie Anlaß gegeben habe, an meiner Verschwiegenheit zu zweifeln.«

Der Minister starrte sie über den Schreibtisch hinweg an und begann, in schnellem Tempo zu diktieren.

»Der Präsident hat den Außenminister und mich heute morgen zu einer Geheimsitzung in den Palast bestellt – Datum heute. Barzan al Takriti, unser absolut zuverlässiger Botschafter in Genf, rief heute nacht unseren Präsidenten an, um ihm mitzuteilen, daß er ein Komplott einer Gruppe von Zionisten aufgedeckt hat. Diese Gruppe will versuchen, mit Hilfe eines in Schweden gestohlenen Safes illegal die irakische Grenze zu überschreiten. Der Safe sollte nach Aufhebung des Embargos gemäß den Bestimmungen der Resolution 661 des UN-Sicherheitsrates nach Bagdad geliefert werden. Der Präsident hat befohlen, daß General Hamil sich der Terroristen annimmt« – Hannah hatte den Eindruck, der stellvertretende Außenminister wäre bei diesen Worten erschaudert –, »und das Außenministerium wurde beauftragt, herauszufinden, welche Rolle Botschafter Hamid Al Obaydi bei dieser Verschwörung spielt.

Unser Botschafter in Genf hat außerdem erfahren, daß Al Obaydi am Montag, dem 28. Juni, die Firma Svenhalte in Kalmar, Schweden, ohne Anweisung seiner Vorgesetzten besuchte. Während dieses Besuchs erfuhr er, daß der Safe gestohlen wurde und sich bereits auf dem Weg nach Bagdad befindet. Al Obaydi übernachtete in unserer Pariser Interessenvertretung, wo er die Gelegenheit hatte, sowohl Genf wie Bagdad unverzüglich von dem zionistischen Komplott zu unterrichten, was er jedoch unterließ.

Al Obaydi reiste am folgenden Morgen aus Paris ab. Obwohl wir wissen, daß er an Bord eines Flugzeugs nach Jordanien ging, ist er noch nicht an der Grenze erschienen. Der Präsident hat befohlen, daß Al Obaydi, sobald er eine unserer Grenzen überquert, festgenommen und direkt zu General Hamil ins Hauptquartier des Revolutionären Kommandorats gebracht werden soll.«

Hannahs Bleistift flog über die Seiten ihres Stenoblocks, um mit dem Tempo des Ministers Schritt zu halten.

»Der Safe«, fuhr der stellvertretende Außenminister fort, »wird auf einem alten Armeekraftwagen transportiert und dürfte während der nächsten achtundvierzig Stunden an der jordanischen Grenze eintreffen.

Sämtliche Zollstationen wurden informiert, daß dieser Safe persönliches Eigentum des Präsidenten ist und daß für ungehinderte Fahrt nach Bagdad zu sorgen sei.

Nach einem längeren Gespräch mit einem Mr...«, der Minister konsultierte seine Notizen, »...Pedersson ist unser Botschafter in Genf überzeugt, daß es sich bei der Begleitgruppe des Safes um Agenten der CIA, des Mossad oder möglicherweise des britischen SAS handelt. Ebenso wie der Präsident ist der Botschafter überzeugt, daß das einzige Ziel der Infiltratoren die Wiedererlangung der Unabhängigkeitserklärung ist. Der Präsident hat befohlen, dieses Dokument nicht von der Wand der Ratskammer zu entfernen, da dies einen eingeschleusten Agenten veranlassen könnte, die Safe-Begleitgruppe zu warnen, das Land nicht zu betreten.

Zwanzig Leibgardisten des Präsidenten sind bereits zur jordanischen Grenze unterwegs«, fuhr der Minister fort. »Sie sind für die ständige Überwachung des Safes verantwortlich und haben General Hamil laufend Bericht zu erstatten.

Sobald die feindlichen Agenten festgenommen und in Gewahrsam sind, wird die Weltpresse informiert, daß die Agressoren ein Attentat auf den Präsidenten verüben wollten. Der Präsident wird sich unverzüglich über Rundfunk und Fernsehen an die Weltöffentlichkeit wenden und in einer Rede die amerikanischen und zionistischen Kriegshetzer bloßstellen. Sayedi meint, daß weder die Amerikaner noch die Israeli je die wahre Absicht ihres Eindringens in den Irak zugeben und daher nicht in der Lage sein werden, der Behauptung des Präsidenten zu widersprechen. Sayedi ist weiter der Ansicht, daß sich diese ganze Episode als außerordentlich nützlich erweisen wird; denn sollte der Attentatsversuch am gleichen Tag bekanntgegeben werden, an dem Sayedi die Unabhängigkeitserklärung verbrennt, wird den Amerikanern ein Vergeltungsschlag noch schwerer gemacht.

Ab morgen verlangt der Präsident jeden Tag um neun und um achtzehn Uhr eine Meldung über den neuesten Stand der Dinge. Sowohl der Außenminister wie auch ich haben ihm persönlich Bericht zu erstatten. Sobald Al Obaydi festgenommen ist, muß der Präsident umgehend informiert werden – zu jeder Tages- oder Nachtstunde.«

Hannahs Bleistift huschte seit mehr als zwanzig Minuten un-

unterbrochen übers Papier. Als der stellvertretende Minister endlich fertig war, versuchte sie sich der Tragweite dieser neuen Information klarzuwerden.

»Ich brauche so rasch wie möglich eine erste Abschrift dieses Berichts. Fertigen Sie keine weiteren Kopien oder Bandaufzeichnungen an und vernichten Sie die Steno-Mitschrift im Papierwolf, sobald Sie mir die Abschrift ausgehändigt haben.« Hannah nickte, und der stellvertretende Außenminister griff nach dem Hörer und wählte den Hausanschluß seines Vorgesetzten.

Hannah kehrte in ihr Büro zurück und begann das Diktat langsam in die Maschine zu tippen und sich gleichzeitig die wesentlichen Punkte einzuprägen. Fünfundvierzig Minuten später legte sie die einzige Kopie des Berichts auf den Schreibtisch des Ministers.

Er las den Text sorgfältig durch und fügte da und dort handschriftlich ein paar Worte ein. Als er schließlich überzeugt war, daß der Bericht der morgendlichen Sitzung korrekt und vollständig war, begab er sich damit zum Außenminister.

Hannah kehrte an ihren Schreibtisch zurück. Nur allzudeutlich war ihr bewußt, daß die Gruppe, die den Safe aus Schweden brachte, unaufhaltsam in Saddams Falle lief. Und wenn ihre Ansichtskarte angekommen war...

Als Al Obaydi in Jordanien landete, konnte er ein Gefühl des Triumphes nicht unterdrücken.

Sobald er den Zoll im Königin-Alia-Flughafen passiert hatte, nahm er sich das modernste Taxi, das er finden konnte – einen Chevy aus den siebziger Jahren. Der Wagen hatte keine Klimaanlage, und das Tachometer zeigte 187 000 Meilen. Er wies den Fahrer an, ihn so schnell wie möglich zur irakischen Grenze zu bringen.

Der Wagen wechselte während der sechsstündigen Fahrt zur Grenze kein einziges Mal auf die Überholspur, und des Zustands der Straßen wegen nickte Al Obaydi nie länger als ein paar Minuten ein. Auch als das Taxi endlich die Schnellstraße erreichte, konnte es wegen der Ölspuren nicht viel schneller fahren. Sie stammten von Lastwagen, die ihre Ladungen illegal in Basra erstanden hatten, um sie in Amman zum vierfachen Preis zu verkaufen. »Westliche Propaganda!« wie Al Obaydi vor der UN-Vollversammlung immer versichert hatte. Er sah auch Laster in die entgegengesetzte Richtung fahren, bis obenhin mit Lebensmittel beladen, die ohne Zweifel an Schwarzmarkthändler verkauft würden, lange bevor sie Bagdad erreichten.

Al Obaydi blickte auf die Uhr. Wenn der Fahrer dieses Tempo beibehielt, würde er die Grenze nicht mehr erreichen, bevor die Zollstation um Mitternacht schloß.

Als Scott am gleichen Tag, jedoch Stunden später, am Königin-Alia-Flughafen aus der Maschine stieg, schlug ihm eine Temperatur von fünfunddreißig Grad entgegen. Selbst in T-Shirt, Jeans und leichten Slippers fühlte er sich wie geröstet, noch ehe er das Abfertigungsgebäude erreichte. Mit Erleichterung stellte er fest, daß der Terminal klimatisiert war und daß er sein Gepäck, wie er es aus den Staaten gewöhnt war, umgehend von der Ausgabe bekam. Er blickte auf die Uhr und stellte sie auf Ortszeit um.

Der Beamte an der Paßabfertigung hatte bisher kaum schwedische Reisepässe gesehen, aber da sein Vater Ingenieur gewesen war, wünschte er Mr. Bernstrom eine erfolgreiche Reise.

Während er durch den grünen Gang schritt, hielt ihn ein Zollbeamter auf, der irgend etwas kaute und den Ausländer aufforderte, seine dicke Segeltuchtasche zu öffnen. Der Beamte wühlte darin herum, interessierte sich jedoch nur für einen langen, schmalen Pappzylinder, welcher der Länge nach ganz unten in der Tasche verkeilt war. Scott öffnete ein Ende, zog den Inhalt heraus und rollte ein großes Poster auf, das der Zollbeamte dermaßen verblüfft betrachtete, daß er sogar zu Kauen aufhörte. Er winkte Scott durch.

Scott hielt sofort Ausschau nach einem Taxi und betrachtete die bunte Mischung von Wagen, die Stoßstange an Stoßstange entlang des Bürgersteigs geparkt waren. Verglichen mit diesen Mühlen waren die New Yorker Yellow-Cabs wahre Luxusschlitten.

Scott stieg ins vorderste Taxi in der Schlange und wies den Fahrer an, ihn zum römischen Amphitheater in der Stadtmitte zu bringen. Für die gut siebzehneinhalb Kilometer nach Amman brauchten sie vierzig Minuten. Als Scott endlich vor dem Bauwerk aus dem zweiten nachchristlichen Jahrhundert abgesetzt wurde, bezahlte er mit zwei Zehndinarscheinen – genug für diese Strecke, wie die CIA-Experten in Langley ihm versichert hatten. Der Fahrer steckte das Geld ein, lächelte jedoch nicht.

Scott blickte auf die Uhr. Er hatte noch reichlich Zeit für das geplante Wiedersehen und schlenderte an dem alten Monument vorbei, das seinem Reiseführer nach einen Besuch wert war. Wie von Kratz angewiesen, ging er drei Querstraßen nach Westen. Dabei mußte er mehrmals vom Bürgersteig auf die Straße steigen, um dem Gedränge auszuweichen. An einer Shell-Tankstelle bog er nach rechts ab und ließ die lärmende Menge hinter sich. Dann bog er wieder ab, diesmal nach links und danach noch einmal nach rechts. Hier herrschte kaum noch Betrieb, dafür waren die Straßen voller Schlaglöcher. Er nahm eine weitere linke Seitenstraße, gleich darauf noch eine rechte und erreichte endlich die beschriebene Sackgasse. An ihrem Ende, als es nicht mehr weiterging, blieb er vor einem Schrottplatz stehen und lächelte über den Anblick, der sich ihm bot.

Als Al Obaydi die Grenze erreichte, war es bereits stockdunkel. Auf allen drei Fahrspuren zur Zollstation standen Laster Stoßstange an Stoßstange mit bereits für die Nacht geschlossenen Planen. Der Taxifahrer hielt an der Schranke und erklärte seinem Fahrgast, daß er sich auf der anderen Seite der Grenze ein anderes Taxi nehmen müsse. Al Obaydi dankte ihm mit einem großzügigen Trinkgeld, bevor er sich an den Kopf der Warteschlange vor dem Zollhäuschen begab. Ein schläfriger Beamter bedachte ihn mit einem müden Blick und erklärte ihm, daß die Grenze über Nacht geschlossen sei. Al Obaydi zeigte ihm seinen Diplomatenpaß, worauf der Beamte rasch sein Visum stempelte und ihn durchließ. Ihm war klar, daß er zwischen den Seiten dieses Passes keine Geldscheine finden würde.

Al Obaydi war in Hochstimmung, während er die etwa anderthalb Kilometer zwischen den beiden Grenzstationen dahinmarschierte. Er schritt zum Kopf einer weiteren Schlange und zeigte dem Beamten wieder seinen Diplomatenpaß.

»Da wartet ein Wagen auf Sie, Botschafter«, sagte der Zollbeamte lediglich und deutete lächelnd zu einer großen Limousine, die in der Nähe geparkt war. Auch der neben dem Wagen stehende Chauffeur lächelte. Er öffnete Al Obaydi die hintere Tür und legte die Fingerspitzen an die Mütze.

Al Obaydi lächelte. Der Administrator mußte den zuständigen Herren mitgeteilt haben, daß er spät abends über die Grenze kommen würde. Er dankte dem Zollbeamten, ging zur Straße hinüber und stieg in die Limousine, in der bereits jemand saß, der offenbar auf ihn gewartet hatte. Wieder begann Al Obaydi zu lächeln, als sich plötzlich ein Arm um seine Kehle legte und ihn zu Boden drückte. Ihm wurden die Hände auf den Rücken gerissen, und klickend schlossen sich Handschellen.

»Wie können Sie es wagen!« empörte sich Al Obaydi. »Ich bin Botschafter!« schrie er, als er zurück auf den Sitz geworfen wurde. »Sie wissen wohl nicht, wen Sie vor sich haben?«

»Doch«, erfolgte die Antwort. »Und darum sind Sie wegen Hochverrats verhaftet!«

Scott mußte zugeben, daß der.Spezialfastwagen, der Madame Bertha transportierte, recht gut zwischen die malerische Ansammlung alter amerikanischer Pkws und Lkws paßte, die an drei Seiten des Schrottplatzes übereinander gehäuft waren. Er rannte zu dem Laster hinüber und stieg auf der Beifahrerseite ein. Kratz war sichtlich erleichtert, als er ihn sah, und sie schüttelten einander die Hände. »Schön, Sie wiederzusehen, Sergeant Cohen«, begrüßte Scott danach den Mann hinter dem Lenkrad. »Ich darf wohl annehmen, daß Sie als Sieger aus dem Backgammon-Turnier hervorgegangen sind.«

»Mit zwei strategischen Paschwürfen beim Endspiel war die Sache für mich entschieden, Professor. Obwohl Gott allein weiß, wie der Kurde überhaupt das Halbfinale erreicht hat.« Cohen startete den Motor. »Aber weil er mein Kumpel ist, behaupten die anderen jetzt alle, daß ich bei den Würfeln ein bißchen nachgeholfen habe.«

»Und wo ist Aziz jetzt?« fragte Scott.

»Hinten, bei Madame Bertha. Der beste Platz für ihn. Aber er kennt die Gassen von Bagdad so gut wie ich die Kneipen von Brixton. Er kann sich also noch als sehr nützlich erweisen.«

Sergeant Cohen lenkte das schwere Fahrzeug vorsichtig aus dem Hof auf die Gasse. Dann wurden die Straßen allmählich breiter.

Scott blickte Kratz an. »Bleibt es bei dem Plan, der in Stockholm besprochen wurde?«

»Von zwei Nachbesserungen abgesehen«, erwiderte Kratz. »Ich habe gestern fast den ganzen Vormittag gebraucht, Bagdad anzurufen. Nach mehreren Vesuchen bekam ich endlich jemand im Industrieministerium an den Apparat, der etwas vom Safe wußte. Das ist das uralte Problem mit den Arabern: Wenn sie etwas nicht mit eigenen Augen sehen, glauben sie, es existiert gar nicht.«

»Dann wird unser erstes Ziel wohl das Ministerium sein?« fragte Scott.

Kratz nickte. »Sieht ganz so aus. Jedenfalls wissen wir jetzt, daß wir etwas haben, was die Iraker wollen. Da fällt mir ein, haben Sie das mitgebracht, was die Iraker *nicht* wollen?«

Scott zog den Reißverschluß seiner Tasche auf und holte den Pappzylinder heraus.

»Sieht nicht nach was aus, für das man sein Leben aufs Spiel setzt«, meinte Kratz, während Scott den Zylinder wieder in der Tasche verstaute.

»Und die zweite Änderung?«

Kratz griff in seine Brusttasche und brachte eine Ansichtskarte zum Vorschein: Saddam Hussein starrte Scott entgegen, in Pose für eine Ansprache vor dem Revolutionären Kommandorat. Ein kleines, mit Sternen ausgefülltes Rechteck war mit Kugelschreiber neben seinen Kopf gezeichnet worden. Scott drehte die Karte um und las die unverkennbare Schrift: »Wäre schön, wenn Sie auch hier wären.«

Scott schwieg ein paar Sekunden.

»Fällt Ihnen am Datum was auf?«

Scott blickte auf die obere rechte Ecke: *4. 7. 93*.

»Wir wissen jetzt also, wo das Dokument ist, und sie hat uns damit auch bestätigt, wann Saddam die Welt mit seinem Geheimnis beglücken will.«

»Wer ist Ethel Rubin?« fragte Scott. »Und wie sind Sie an die Karte gekommen?«

»Mrs. Rubin ist die Vermieterin, bei der Hannah in London ein Zimmer hatte. Ihr Mann ist der offizielle Vertreter des Mossad in England. Gleich nachdem die Karte angekommen war, hat er sie zur Botschaft gebracht, und dort hat man sie sofort mit der Diplomatenpost weitergeleitet. Die Karte ist heute vormittag in unserer Botschaft in Amman angekommen.«

Als sie den Stadtrand erreichten, ließ Scott den Blick über die öde Gegend schweifen, während der Laster über die ölverschmierten, schlaglochübersäten Straßen holperte.

»Tut mir leid, daß ich so langsam fahren muß, Professor«, entschuldigte sich Cohen, »aber wenn ich bei diesem Straßenzustand plötzlich bremsen müßte, würde Madame Bertha uns wahrscheinlich einen sehr unsanften Besuch im Führerhaus abstatten.«

Während Cohen schweigend zur Grenze fuhr, erläuterte Kratz jede Möglichkeit zur Ausführung des Planes, die ihm einfiel, und beschrieb schließlich noch einmal den Grundriß des Hauptquartiers der Baath-Partei.

»Und die Alarmanlage?« fragte Scott.

»Sie brauchen sich bloß zu merken, daß ein Druck auf die roten Knöpfe neben den Lichtschaltern den Alarm auslöst und gleichzeitig alle Ausgänge schließt.«

»Und Hannah?«

»Da hat sich nichts geändert. Meine vorrangige Aufgabe besteht darin, Sie hinein- und mit dem Originaldokument wieder herauszubringen. Hannah bleibt nach wie vor ein Bonus, den wir nicht nutzen können, auch wenn sie offenbar weiß, was vor sich geht.«

Dann hingen sie schweigend ihren Gedanken nach, bis Sergeant Cohen von der Straße auf einen großen Rastplatz abbog, auf dem dicht an dicht Lastwagen standen. Cohen parkte den Laster so, daß nur ein sehr neugieriger Beobachter bemerken konnte, was sie vorhatten, dann sprang er aus dem Fahrerhaus, stemmte sich über die Ladeklappe und grinste den Kurden an, der an dem Safe lehnte. Gemeinsam zogen sie die Plane ab, unter der Madame Bertha versteckt gewesen war. Scott und Kratz kletterten ebenfalls auf die Ladefläche.

»Na, was sagen Sie, Professor?« fragte Aziz.

»Abgenommen hat Bertha schon mal nicht«, stellte Scott fest, während er sich an seine nächtlichen Hausaufgaben erinnerte, mit denen er sich auf dieses einmalige Examen vorbereitet hatte.

Er streckte die Finger aus und lächelte. Die drei Lämpchen über dem weißen Rechteck glühten rot. Zuerst drehte er an allen drei Skalen – nach einer Zahlenkombination, die nur er und ein Mann in Schweden kannten. Dann drückte er die rechte Hand einige Sekunden auf das weiße Rechteck. Schließlich beugte er sich vor, bis seine Lippen das Rechteck fast berührten, und sagte leise: »Ich bin Andreas Bernstrom. Wenn du diese Stimme hörst, mußt du die Tür öffnen. Aber bei keiner anderen Stimme!« Scott wartete, während die drei anderen Männer schweigend zuschauten. Dann drehte er die Skalenscheiben. Die drei Lämpchen blieben rot.

»So, dann wollen wir mal sehen, ob ich die Anleitung richtig verstanden habe«, sagte Scott. Er biß sich auf die Lippe und trat wieder näher an Bertha heran. Erneut drehte er an der Skala. Diesmal aber richtete er sich nach den von Saddam gewählten Zahlen, und endete mit der Kombination 0–4–0–7–9–3. Das erste Lämpchen leuchtete grün auf. Azis lächelte. Scott drückte die Handfläche mehrere Sekunden auf das weiße Rechteck. Das zweite Lämpchen wurde grün.

Scott hörte Kratz seufzen, als er sich nun ganz nahe zum Safe vorbeugte. Er berührte mit den Lippen leicht das feine Drahtgitter. »Ich bin Andreas Bernstrom. Der Safe muß sich jetzt…«

Das dritte Lämpchen sprang von rot auf grün, noch ehe er den Satz beendet hatte. Cohen klatschte leise.

Scott langte nach dem Griff und zog. Die tonnenschwere Stahltür ließ sich kinderleicht öffnen.

»Nicht schlecht«, sagte Cohen anerkennend. »Was halten Sie von einer Zugabe?«

»Gut. Ich werde Sie als Versuchskaninchen benutzen. Wie wär's, wenn Sie versuchten, den Safe zu schließen, Sergeant?«

Cohen trat einen Schritt nach vorn und schob die Tür mit beiden Händen zu. Sofort blinkten die drei Lämpchen rot.

»Ganz einfach, wenn man's erst raushat«, stellte er fest.

Scott lächelte und zog die Tür mit dem kleinen Finger wieder ganz auf. Cohen starrte offenen Mundes, als die Lämpchen erneut grün erstrahlten.

»Die roten Lichter mögen zwar einladend wirken«, sagte Scott, »aber Bertha wird immer nur einem Herrn dienen. Außer mir kann jetzt niemand den Safe schließen.«

»Und ich hatte gehofft, es läge daran, daß er ein Jude ist«, murmelte Aziz.

Scott lächelte, schloß die Safetür, drehte die Skalen und wartete, bis alle drei Lämpchen wieder rot glühten.

»Fahren wir los«, sagte Kratz. Scott hatte den Eindruck, daß seine Stimme ein klein wenig gereizt klang – oder waren es die ersten Anzeichen von Anspannung? Aziz warf die Plane wieder über Madame Bertha, während seine Kameraden von der Ladefläche sprangen und zum Fahrerhaus zurückkehrten.

Niemand sagte etwas, während sie zur Grenze fuhren, bis Cohen einen Schwall jiddischer Verwünschungen ausstieß, als er die Lkw-Schlange vor ihnen sah. »Wir werden die ganze Nacht warten müssen«, brummte er.

»Und den größten Teil des Vormittags, nehme ich an«, fügte Kratz hinzu. »Also finden wir uns am besten damit ab.« Sie hielten am Ende der Schlange.

»Wie wär's, wenn ich einfach nach vorn fahre und mich durchzubluffen versuche?« sagte Cohen. »Ein paar Dollar müßten doch…«

»Nein.« Kratz schüttelte den Kopf. »Von jetzt an dürfen wir auf keinen Fall unnötig Aufmerksamkeit auf uns lenken, bis wir über diese Grenze zurückkehren.«

Im Laufe der nächsten Stunde – der Laster kam höchstens zweihundert Meter voran – ging Kratz seinen Plan noch einmal durch und besprach jede Situation, die sich ergeben mochte, wenn sie in Bagdad waren.

Eine weitere Stunde verging. Scott genoß den wohltuend kühlen Abendwind, mußte das Fenster aber bald hochkurbeln, wenn er nicht frieren wollte. Er döste, und im Halbschlaf wanderten seine Gedanken zwischen Hannah, der Unabhängigkeitserklärung und der Frage hin und her, wen von beiden er lieber mit nach Hause bringen würde. Ihm wurde klar, daß sich Kratz diese Frage nicht stellte. Der Israeli war sicher, daß Scott sich nur des Dokumentes wegen freiwillig diesem Himmelfahrtskommando angeschlossen hatte.

»Was hat dieser Kerl da vorne vor?« flüsterte Cohen.

Scott fuhr aus dem Halbschlaf und blickte auf einen Uniformierten, der mit dem Fahrer des Wagens vor ihnen sprach.

»Das ist ein Zollbeamter«, erklärte Kratz. »Er überprüft nur, ob die Fahrer die erforderlichen Papiere für den Grenzübertritt haben.«

»Den meisten Fahrern genügen wahrscheinlich zwei rote Geldscheine«, murmelte Cohen.

»Er kommt!« warnte Kratz. »Versuchen Sie, so gelangweilt dreinzuschauen wie er.«

Der Beamte kam zum Fahrerhaus und sah Cohen nicht einmal an, als dieser die Hand durchs Fenster streckte.

Cohen händigte ihm die Papiere aus, die sie von den CIA-Experten in Langley bekommen hatten. Der Beamte las sie durch; dann ging er langsam um den Laster herum. Als er zur Fahrerseite zurückkam, brüllte er Cohen einen Befehl zu, den aber keiner von ihnen verstand.

Cohen blickte Kratz hilfesuchend an, doch eine Stimme von der Ladefläche rettete sie.

»Er hat gesagt, wir sollen ganz nach vorn fahren.«

»Warum?« fragte Kratz mißtrauisch. Aziz stellte dem Beamten die Frage.

»Wir haben Vorrang wegen des von Saddam unterzeichneten Schreibens.«

»Und wem haben wir das zu verdanken?« fragte Kratz, der nicht so recht überzeugt war.

»Bill O'Reilly«, erklärte Scott, »der es wirklich bedauerte, daß er uns nicht begleiten konnte, bis er erfahren hat, daß es völlig unmöglich ist, irgendwo im Irak Guinness vom Faß zu bekommen.«

Kratz nickte. Sergeant Cohen gehorchte den Anweisungen des Beamten, der ihn auf die Gegenfahrbahn dirigierte. Dann begann Cohen die ziemlich unsichere Fahrt zum Kopf der Schlange. Bereits abgefertigte Laster, die sich auf der anderen Straßenseite Richtung Amman in Bewegung gesetzt hatten, mußten auf den losen Schotter am Straßenrand ausweichen, sofern sie nicht frontal mit Madame Bertha zusammenstoßen wollten.

Als Cohen die letzten paar Meter zum Grenzposten hinter sich gebracht hatte, stürmte ein wütender Beamter aus dem Zollhäuschen und fuchtelte mit der Faust. Wieder rettete Aziz die Situation, indem er Kratz empfahl, das Schreiben vorzuweisen.

Nach einem Blick auf die Unterschrift öffnete sich die Faust des Zollbeamten, und die Fingerspitzen fuhren zackig an den Mützenrand.

Dann sagte er nur noch: »Die Pässe, bitte.«

Kratz reichte ihm drei schwedische Pässe und einen irakischen Reisepaß. An die erste Seite eines jeden waren zwei rote Scheine geheftet. »Bezahlen Sie nie mehr als den erwarteten Betrag«, hatte Kratz sein Team gewarnt. »Das würde nur Mißtrauen erwecken.«

Die vier Pässe verschwanden im Zollhäuschen, wo sie abgestempelt und vom selben Beamten zurückgebracht, der die Männer sogar mit einem Hauch von Lächeln bedachte. Die Schranke der jordanischen Grenzstation schwang hoch, und der Lastwagen begann seine Anderthalbkilometerfahrt zur irakischen Grenzkontrolle.

27

Al Obaydi wurde von zwei Gardisten zur Ratskammer gezerrt und auf einen Stuhl gestoßen, der mehrere Meter vom langen Tisch entfernt stand.

Er hob den Kopf und ließ den Blick über die zwölf Männer des Revolutionären Kommandorats wandern. Außer dem Generalstaatsanwalt blickte ihm nicht einer in die Augen.

Was hatte er verbrochen, daß diese Männer beschlossen hatten, ihn an der Grenze verhaften, ihm Handschellen anlegen, ihn ins Gefängnis werfen und auf dem kahlen Steinboden schlafen zu lassen? Ja, daß sie ihm nicht einmal die Möglichkeit gegeben hatten, eine Toilette zu benutzen?

Er trug immer noch seinen Reiseanzug und saß in seinen eigenen Exkrementen.

Saddam hob eine Hand, und der Generalstaatsanwalt lächelte.

Doch Al Obaydi fürchtete Nakir Farrar nicht. Er war unschuldig, welche Anklage sie sich auch aus den Fingern gesogen hatten. Obendrein verfügte er über Information, die diese Männer benötigten.

Der Generalstaatsanwalt erhob sich langsam.

»Ihr Name ist Hamid Al Obaydi?«

»Ja«, antwortete Al Obaydi und blickte ihn fest an.

»Sie werden des Hochverrats und des Diebstahls von Regierungseigentum beschuldigt. Was haben Sie dazu zu sagen?«

»Ich bin unschuldig. Allah ist mein Zeuge.«

»Wenn Allah Ihr Zeuge ist, wird er sicher nichts dagegen haben, wenn ich Ihnen ein paar einfache Fragen stelle.«

»Ich werde gern jede Frage beantworten.«

»Als Sie diesen Monat aus New York zurückkehrten, haben Sie Ihren Dienst hier im Außenministerium fortgesetzt. Ist das richtig?«

»Ja.«

»Und es gehörte zu Ihren Pflichten, sich über den Stand der UN-Sanktionen gegen unsere Regierung auf dem laufenden zu halten?«

»Ja, das gehörte zu meinen Pflichten als stellvertretender Delegierter bei den Vereinten Nationen.«

»So ist es. Und als Sie diese Überprüfungen vornahmen, haben Sie festgestellt, daß die Einfuhrsperre für gewisse Importgüter aufgehoben worden war. Trifft das zu?«

»Ja«, erwiderte Al Obaydi zuversichtlich.

»Gehörte ein Safe zu diesen Einfuhrgütern?«

»Ja«, bestätigte Al Obaydi.

»Als Sie das erfuhren, was haben Sie getan?«

»Mit der schwedischen Firma telefoniert, die den Safe gebaut hat, um den letzten Stand der Dinge für meine Berichte zu erfahren.«

»Und was haben Sie erfahren?«

Al Obaydi zögerte, weil er keine Ahnung hatte, wieviel der Generalstaatsanwalt wußte.

»Was haben Sie erfahren?« wiederholte Farrar.

»Daß ein Mr. Riffat den Safe abgeholt hat.«

»Kannten Sie diesen Mr. Riffat?«

»Nein.«

»Was haben Sie als nächstes getan?«

»Ich habe das Industrieministerium angerufen, da ich annahm, es sei für den Safe zuständig.«

»Und was hat man Ihnen dort gesagt?«

»Daß man für den Safe nicht zuständig sei.«

»Hat man Ihnen gesagt, wer denn nun dafür zuständig ist?« fragte der Generalstaatsanwalt.

»Ich kann mich nicht mehr genau erinnern.«

»Nun, dann werde ich versuchen, Ihr Gedächtnis aufzufrischen – oder soll ich den Staatssekretär rufen, mit dem Sie an jenem Vormittag telefonierten?«

»Ich glaube, er hat gesagt... jemand anders ist für den Safe zuständig«, erwiderte Al Obaydi.

Der Generalstaatsanwalt wiederholte: »Hat er erwähnt, wer es denn nun ist?«

»Er sagte sinngemäß, daß der Vorgang nach Genf weitergeleitet worden sei.«

»Es dürfte Sie interessieren, daß die schriftliche Aussage des Beamten genau das bestätigt.«

Al Obaydi senkte den Kopf.

»Nachdem Sie erfahren hatten, daß die Akte nach Genf weitergeleitet worden war, was haben Sie da als nächstes unternommen?«

»Ich rief in Genf an. Dort sagte man mir, der Botschafter befände sich in einer Sitzung. Ich bat, ihm auszurichten, daß ich angerufen habe«, sagte Al Obaydi zuversichtlich, »und ihn zu ersuchen, ob er so freundlich wäre, mich zurückzurufen.«

»Hatten Sie denn tatsächlich damit gerechnet, daß er zurückrufen würde?«

»Ich nahm es an.«

»Sie nahmen es an. Also, was haben Sie in Ihrem Bericht in der Sanktionenakte geschrieben?«

»Bericht?« fragte Al Obaydi.

»Ja, Sie haben für Ihren Nachfolger einen Bericht verfaßt. Was haben Sie ihm über diese Sache mitgeteilt?«

»Ich erinnere mich nicht«, antwortete Al Obaydi.

»Dann gestatten Sie, daß ich Ihr Gedächtnis noch einmal auffrische.« Der Generalstaatsanwalt hob einen dünnen braunen Ordner vom Tisch. »›Das Industrieministerium hat die Akte betreffs dieses Artikels direkt nach Genf gesandt. Unseren dortigen Botschafter habe ich telefonisch nicht erreichen können. Ich muß abwarten, bis er mich zurückruft. Hamid Al Obaydi.‹ Haben Sie das geschrieben?«

»Ich kann mich nicht erinnern.«

»Sie können sich nicht erinnern, was der Staatssekretär zu Ihnen gesagt hat; Sie können sich nicht erinnern, was Sie in Ihrem eigenen Bericht geschrieben haben, als möglicherweise Staatseigentum gestohlen wurde oder gar Schlimmeres... Aber darauf werde ich später zurückkommen. Vielleicht möchten Sie Ihre eigene Handschrift identifizieren?« Der Generalstaatsanwalt ging mit dem betreffenden Blatt zu Al Obaydi und hielt es ihm vors Gesicht. »Ist das Ihre Schrift?«

»Ja. Aber ich kann es erklären.«

»Und unten auf der Seite? Ist das Ihre Unterschrift?«

Al Obaydi lehnte sich vor, betrachtete die Unterschrift und nickte.

»Ja oder nein?« brüllte der Staatsanwalt.

»Ja«, sagte Al Obaydi leise.

»Haben Sie am selben Tag General Al-Hassan aufgesucht, den Chef des Staatssicherheitsdienstes?«

»Nein. Er hat mich aufgesucht.«

»Ah, mein Fehler. Er hat Sie aufgesucht.«

»Ja«, bestätigte Al Obaydi.

»Haben Sie ihn darauf aufmerksam gemacht, daß ein Staatsfeind in Richtung Irak unterwegs ist, der eine Möglichkeit gefunden hat, die Grenze zu überqueren und der vielleicht ein Attentat auf unseren Staatspräsidenten beabsichtigt?«

»Das konnte ich nicht wissen.«

»Aber Sie müssen doch den Verdacht gehabt haben, daß etwas Ungewöhnliches vor sich ging?«

»Zu dem Zeitpunkt war ich mir dessen nicht sicher.«

»Haben Sie General Hassan Ihre Zweifel mitgeteilt?«

»Nein.«

»Weil Sie ihm nicht trauten?«

»Weil ich ihn vorher nicht kennengelernt hatte. Wir sind uns zum erstenmal begegnet. Der vorherige...« Al Obaydi bedauerte die Worte, kaum daß sie ihm über die Lippen gekommen waren.

»Was wollten Sie sagen?« fragte der Generalstaatsanwalt.

»Nichts.«

»Aha. Also, kommen wir zum nächsten Tag, als Sie den stellvertretenden Außenminister besuchten – in diesem Fall bin ich mir sicher, daß nicht er Sie besuchte.« Diese Bemerkung wurde mit Lächeln ringsum am Tisch quittiert, was Al Obaydi jedoch nicht sah.

»Ja, ein Routinebesuch, um über meine Versetzung nach Paris zu reden. Er war ja zuvor Botschafter in Frankreich.«

»Richtig. Aber ist er nicht auch Ihr unmittelbarer Vorgesetzter?«

»Ja«, antwortete Al Obaydi.

»Und haben Sie mit *ihm* über Ihren Verdacht gesprochen?«

»Ich war nicht sicher, ob es überhaupt etwas gab, das ich ihm hätte mitteilen sollen.«

Der Generalstaatsanwalt hob die Stimme: »Haben Sie mit ihm über Ihren Verdacht gesprochen?«

»Nein, das habe ich nicht.«

»Durften Sie auch ihm nicht trauen? Oder haben Sie ihn nicht gut genug gekannt?«

»Ich war mir nicht sicher. Ich wollte erst Beweise.«

»Aha. Sie wollten erst Beweise. Was taten Sie als nächstes?«

»Ich bin nach Paris geflogen«, erwiderte Al Obaydi.

»Am nächsten Tag?« fragte der Generalstaatsanwalt.

»Nein«, gestand Al Obaydi zögernd.

»Vielleicht am übernächsten? Oder dem Tag darauf?«

»Könnte sein.«

»Inzwischen war der Safe unterwegs nach Bagdad. Ist das richtig?«

»Ja, aber...«

»Und Sie hatten noch immer niemanden darüber informiert? Trifft das zu?«

Al Obaydi schwieg.

»Trifft das zu?« schrie Farrar.

»Ja. Aber es war immer noch genug Zeit...«

»Genug Zeit wofür?« fragte der Generalstaatsanwalt.

Al Obaydi senkte den Kopf.

»Für Sie, sich in unserer Pariser Botschaft in Sicherheit zu bringen?«

»Nein«, sagte Al Obaydi, »ich flog weiter nach...«

»Ja?« sagte Farrar. »Sie flogen wohin weiter?«

Al Obaydi erkannte, daß er in die Falle getappt war.

»Nach Schweden?«

»Ja«, antwortete Al Obaydi, »aber nur, weil...«

»Sie sich vergewissern wollten, daß der Safe wirklich unterwegs war? Oder, weil Sie einfach Urlaub machen wollten, wie Sie zum Außenminister gesagt haben?«

»Nein, aber...«

»›Ja, aber‹, ›nein, aber‹. Haben Sie in Schweden Urlaub gemacht, oder waren Sie in Staatsangelegenheiten dort?«

»In Staatsangelegenheiten.«

»Warum sind Sie dann Touristenklasse geflogen und haben die Ausgaben nicht bei den Spesen aufgeführt?«

Al Obaydi schwieg.

Der Staatsanwalt lehnte sich vor. »Weil Sie nicht wollten, daß irgend jemand erfuhr, daß Sie in Schweden waren, während Ihre Vorgesetzten Sie in Paris wähnten?«

»Ja. Aber ich hätte es schon noch...«

»Etwa, nachdem es zu spät gewesen wäre? Wollen Sie uns das damit sagen?«

»Nein, das nicht.«

»Warum haben Sie nicht unseren Botschafter in Genf angerufen? Er hätte Ihnen die Ausgaben und die Mühe ersparen können. Haben Sie ihn nicht angerufen, weil Sie auch ihm nicht trauten? Oder vielleicht traute er Ihnen nicht?«

»Weder noch!« rief Al Obaydi. Er sprang auf, doch die Gardisten packten ihn bei den Schultern und drückten ihn unsanft auf den Stuhl zurück.

»Nun, da Sie Ihren Gefühlen ein bißchen Luft gemacht haben«, sagte der Staatsanwalt ruhig, »können wir vielleicht fortfahren. Sie sind also nach Schweden geflogen, genau gesagt, nach Kalmar, zu einer Verabredung mit einem Mr. Pedersson, den anzurufen Sie offenbar keine Hemmungen hatten.« Der Staatsanwalt konsultierte wieder seine Notizen. »Und was war der Zweck dieses Besuchs, wenn ich fragen darf? Um eine Urlaubsreise hat es sich ja nicht gehandelt, wie Sie bereits sagten.«

»Ich wollte herausfinden, wer den Safe gestohlen hat.«

»Wollten Sie sich nicht vielmehr vergewissern, daß der Safe den Weg nahm, den Sie geplant hatten?«

»Ganz sicher nicht!« protestierte Al Obaydi heftig. »Immerhin habe ich herausgefunden, daß Riffat der Mossad-Agent Kratz ist.«

»Sie wußten, daß Riffat ein Mossad-Agent ist?« fragte der Staatsanwalt und täuschte Fassungslosigkeit vor.

»Ja. Ich habe es in Kalmar herausgefunden.«

»Aber zu Mr. Pedersson haben Sie gesagt, Mr. Riffat sei ein gründlicher und verläßlicher Mann. Richtig? Da haben wir also endlich jemanden, dem Sie trauen.«

»Ich wollte nur nicht, daß Pedersson erfuhr, was ich herausgefunden hatte.«

»Ich glaube, Sie wollten nicht, daß *irgend jemand* erfuhr, was Sie herausgefunden hatten, wie ich noch beweisen werde. Was haben Sie als nächstes getan?«

»Ich flog nach Paris zurück.«

»Verbrachten Sie die Nacht in der Botschaft?«

»Ja, aber nur um dort zu übernachten, ehe ich nach Jordanien zurückflog.«

»Auf Ihre Reise nach Jordanien werde ich noch zu sprechen kommen. Was ich zunächst einmal wissen möchte: Warum haben Sie nicht sofort, als Sie in der Botschaft zurück waren, unseren Gesandten in Genf angerufen und ihm berichtet, was Sie herausgefunden haben? Der Botschafter war nicht nur erreichbar, er hat sogar einen Anruf von einem anderen Angehörigen unserer Pariser Interessenvertretung bekommen, nachdem Sie zu Bett gegangen waren.«

Plötzlich war Al Obaydi klar, wie Farrar das alles wissen konnte. Er bemühte sich, seine Gedanken zu sammeln.

»Ich hatte nichts anderes im Sinn, als nach Bagdad zu fliegen, um den Außenminister von der Gefahr zu unterrichten, mit der Sayedi möglicherweise rechnen mußte.«

»Sie sind also nach Hause geeilt, um den Außenminister zu warnen und haben auf dem Heimweg in Paris übernachtet, machten sich jedoch nicht die Mühe, irgend jemanden in Bagdad oder in Genf zu verständigen?«

»Nein. Ich wollte einen vollständigen Bericht vorlegen.«

»Und wo ist dieser vollständige Bericht?«

»Ich wollte ihn auf der Fahrt von Jordanien nach Bagdad schreiben.«

»Wie praktisch. Und haben Sie Ihrem verläßlichen Freund, Mr. Riffat, geraten, das Industrieministerium anzurufen, um festzustellen, ob er erwartet würde?«

»Nein«, sagte Al Obaydi. »Wenn irgendeine dieser Verdächtigungen begründet wäre«, fügte er hinzu, »warum hätte ich mich dann so dafür einsetzen sollen, daß unser Staatspräsident die Unabhängigkeitserklärung bekommt?«

»Wie gut, daß Sie dieses Dokument erwähnen«, sagte der Generalstaatsanwalt. »Ich bin mir nämlich über die Rolle, die Sie in dieser Angelegenheit spielten, nicht ganz klar. Doch gestatten Sie zuvor eine andere Frage: Haben Sie unserem Botschafter in Genf soweit getraut, daß Sie ihm das Dokument zur Weiterleitung nach Bagdad übergaben?«

»Ja.«

»Und ist es wohlbehalten in Bagdad angekommen?« Der Staatsanwalt warf einen schnellen Blick auf das mitgenommene Pergament, das noch immer an der Wand hinter Saddams Platz genagelt hing.

»Ja.«

»Warum haben Sie unserem Botschafter in Genf dann nicht anvertraut, was Sie über den Safe erfahren hatten? Noch dazu, da Sie wußten, daß es unter seine Zuständigkeit fiel.«

»Das war etwas anderes.«

»Das war es allerdings. Ich werde dem Rat den Unterschied erklären. Wie wurde die Unabhängigkeitserklärung bezahlt?«

»Ich verstehe nicht«, sagte Al Obaydi.

»Dann will ich Ihnen helfen. Wie wurde die Bezahlung abgewickelt?«

»Bei Vertragsabschluß sollten zehn Millionen Dollar bezahlt werden. Weitere vierzig Millionen bei Übergabe des Dokuments.«

»Und wieviel von diesem Geld – Staatsgeld! – haben Sie für sich behalten?«

»Nicht einen Cent!«

»Nun, dann wollen wir feststellen, ob das auch wirklich stimmt. Wo wurden diese immensen Summen übergeben?«

»Der Vorschuß wurde in einer Bank in New Jersey einbezahlt, die restliche Summe ging an Dummond & Cie., eine unserer Schweizer Banken.«

»Und Sie bestanden darauf, daß der Vorschuß von zehn Millionen Dollar, wenn ich es recht verstehe, bar bezahlt werden sollte?«

»Das stimmt nicht«, entgegnete Al Obaydi. »Die andere Seite bestand auf Barzahlung.«

»Wie praktisch. Aber auch hier haben wir nur Ihr Wort, denn unser Botschafter in New York hat ausgesagt, Sie wären es gewesen, der auf Barzahlung des Vorschusses beharrt habe. Vielleicht hat auch er Sie falsch verstanden. Doch kommen wir auf die Bezahlung nach Vertragsabschluß zu sprechen. Verbessern Sie mich, falls ich Sie mißverstanden habe.« Er machte eine Pause. »Das Geld ging direkt an Franchard & Cie.?«

»Das stimmt«, bestätigte Al Obaydi.

»Und haben Sie – wie sollen wir es nennen? – eine Provision bekommen? Bei beiden Bezahlungen? Oder nur bei der ersten oder zweiten?«

»Ich habe kein Geld bekommen!«

»Aber es wäre schwierig für Sie, das Gegenteil zu beweisen, da der Vorschuß in bar bezahlt wurde! Was die Restzahlung betrifft...« Der Staatsanwalt machte eine Pause, um die Bedeutung seiner Worte einwirken zu lassen.

»Ich habe keine Ahnung, wovon Sie reden!« sagte Al Obaydi heftig.

»Dann dürfte es sich um eine weitere Gedächtnislücke bei Ihnen handeln. Denn während Ihrer Abwesenheit, als Sie von Paris zurückeilten, um den Präsidenten vor der drohenden Gefahr zu warnen, erhielten Sie eine Benachrichtigung von Franchard & Cie., die auf dem Schreibtisch unseres stellvertretenden Außenministers landete, da sie an unseren Botschafter in Paris adressiert war.«

»Ich habe mich nicht an Franchard & Cie. gewandt.«

»Das habe ich auch nicht gesagt.« Der Generalstaatsanwalt trat bis auf einen Viertelmeter an Al Obaydi heran. »*Die* haben sich mit *Ihnen* in Verbindung gesetzt. Ich will damit sagen, daß sie den vom 25.6.1993 datierten Auszug eines auf den Namen Al Obaydi geführten Kontos an Sie gesandt haben. Er zeigt, daß am 18.2.1993 der Betrag von einer Million Dollar einbezahlt worden ist.«

»Das ist nicht möglich!« sagte Al Obaydi bestürzt.

»Nicht möglich?« Der Generalstaatsanwalt hielt ihm eine Kopie des Auszugs unter die Nase.

»Aber es ist leicht zu erklären! Die Cavallis versuchen sich zu rächen, weil wir nicht die gesamten hundert Millionen bezahlt haben, wie es ursprünglich vereinbart war.«

»Rache, behaupten Sie? Das Geld ist nicht echt? Es existiert nicht? Das ist nur Stück Papier? Wir bilden es uns nur ein?«

»Ja«, rief Al Obaydi. »Ich sage die Wahrheit.«

»Dann können Sie vielleicht auch erklären, weshalb am Tag, nachdem Sie bei Franchard & Cie. gewesen sind, hunderttausend Dollar vom Konto abgehoben wurden?«

»Das ist nicht möglich!«

»Noch eine Unmöglichkeit? Noch etwas, das wir uns nur einbilden? Dann haben Sie auch diesen Überweisungsschein über hunderttausend Dollar nicht gesehen, den die Bank Ihnen ein paar Tage später sandte? Die Unterschrift darauf hat eine erstaunliche Ähnlichkeit mit der auf dem Sanktionenbericht, die Sie bereits als Ihre Unterschrift identifiziert haben.«

Der Staatsanwalt hielt Al Obaydi beide Scheine so vors Gesicht, daß sie fast seine Nasenspitze berührten. Al Obaydi blickte auf die zwei Unterschriften, und ihm wurde bewußt, was Cavalli getan haben mußte. Der Staatsanwalt unterzeichnete das Todesurteil bereits, bevor Al Obaydi eine Chance erhalten hatte, alles zu erklären.

»Und nun werden Sie den Rat zweifellos bitten, zu glauben, daß Cavalli auch Ihre Unterschrift fälschte?«

Ein Lachen kam am Tisch auf, und Al Obaydi vermutete, der Staatsanwalt wußte, daß er die Wahrheit gesagt hatte.

»Ich habe genug gehört«, sagte die eine Person im Raum, die es wagen konnte, den Generalstaatsanwalt zu unterbrechen.

In einem verzweifelten Versuch, die Aufmerksamkeit des Präsidenten auf sich zu lenken, blickte Al Obaydi auf, doch außer dem Generalstaatsanwalt blickten alle Ratsmitglieder zum Kopf des Tisches und nickten zustimmend.

»Der Rat hat dringendere Angelegenheiten zu besprechen.« Der Präsident machte eine Bewegung, als würde er eine lästige Fliege verscheuchen.

Zwei Soldaten traten heran und entfernten Al Obaydi aus Saddams Augen.

»Das war viel leichter, als ich angenommen hatte«, sagte Cohen, nachdem die irakische Zollstation hinter ihnen lag.

»Etwas zu leicht«, murmelte Kratz.

Und Scott meinte: »Wie schön zu wissen, daß wir einen Optimisten und einen Pessimisten unter uns haben.«

Auch auf der Hauptverkehrsstraße achtete Cohen darauf, daß er nicht schneller als achtzig Stundenkilometer fuhr. Bei den entgegenkommenden Lastern brannten von den vier Scheinwerfern kaum einmal mehr als zwei, und manche konnte man aus der Ferne für Motorräder halten; so wurde das Überholen zum Risiko. Am wachsamsten jedoch mußte Cohen bei den vor ihnen fahrenden Lkws sein, denn schon ein rotes Rücklicht war ein Luxus.

Kratz hatte eingesehen, daß es zu anstrengend war, die knapp fünfhundert Kilometer von der Grenze bis nach Bagdad ohne Unterbrechung zu fahren; deshalb hatte er beschlossen, etwa fünfundsechzig Kilometer vor der irakischen Hauptstadt eine Rast einzulegen. Scott fragte Cohen, wann sie ihren Rastplatz erreichen würden.

»Vorausgesetzt, wir prallen nicht gegen einen mitten auf der Straße geparkten Laster oder versinken in einem Schlagloch, spätestens gegen vier oder fünf Uhr.«

»Mir gefallen diese vielen Militärfahrzeuge auf der Straße nicht. Was hat das wohl zu bedeuten?« fragte Kratz, der seit der Grenzüberquerung noch kein Auge zugetan hatte.

»Ein Bataillon unterwegs zu einem neuen Standort, würde ich sagen, Sir. Nichts Ungewöhnliches. Ich glaube nicht, daß wir uns deshalb Sorgen zu machen brauchen. Wenn sie die gleiche Richtung hätten wie wir, sähe die Sache allerdings anders aus.«

»Hoffentlich haben Sie recht«, murmelte Kratz.

»Sie würden keinen Gedanken an die Militärfahrzeuge verschwenden, wenn Sie die Grenze legal überschritten hätten«, meinte Scott.

»Möglich.« Kratz wandte sich wieder Cohen zu. »Aber geben Sie mir sofort Bescheid, Sergeant, wenn Ihnen irgend etwas Ungewöhnliches auffällt.«

»Sie meinen, wie eine Frau, die es wert ist, daß man ihr nachschaut?«

Kratz ging nicht darauf ein. Er drehte sich zu Scott herum, um ihn etwas zu fragen, mußte jedoch feststellen, daß der wieder eingenickt war. Er beneidete ihn um seine Fähigkeit, zu jeder Zeit und in jeder Lage schlafen zu können, sogar unter einer solchen nervlichen Belastung.

Sergeant Cohen fuhr die Nacht durch. Dann und wann mußte er Überbleibseln des Krieges ausweichen, ausgebrannten Panzern oder großen Bombentrichtern. Sie kamen durch winzige Städte und scheinbar unbewohnte, schlafende Dörfer, bis Cohen kurz nach vier Uhr früh von der Hauptverkehrsstraße auf einen schmalen Weg abbog, auf dem kein Platz für Gegenverkehr war.

Nachdem sie etwa zwanzig Minuten gefahren waren, endete der Weg auf einem Felsüberhang.

»Nicht mal ein Geier würde uns hier finden«, behauptete Cohen und stellte den Motor ab. »Bitte um die Erlaubnis, rauchen und ein wenig schlafen zu dürfen, Oberst.«

Kratz nickte nur und schaute Cohen nach, der aus dem Fahrerhaus sprang und Aziz eine Zigarette anbot, ehe er hinter einer Palme verschwand. Dann stieg er ebenfalls aus. Er schaute sich eingehend um. Vermutlich hatte Cohen recht; hier waren sie wirklich kaum aufzuspüren.

Als Kratz zum Lkw zurückkehrte, schliefen Aziz und der

Sergeant bereits, während Scott auf dem Überhang saß und den Sonnenaufgang über Bagdad bewunderte.

»Was für ein friedlicher Anblick«, sagte er, als Kratz sich neben ihn setzte, beinahe so, als hätte er mit jemand anderem geredet. »So ein wundervoller Sonnenaufgang kann nur Gottes Werk sein.«

»Irgend etwas stimmt nicht«, murmelte Kratz.

28

Saddam nickte dem Staatsanwalt zu. »Mit dem Verräter sind wir fertig. Kümmern wir uns jetzt um die Terroristen. Wie weit sind diese Ungläubigen inzwischen gekommen?«

General Hamil, als ›Barbier von Bagdad‹ bekannt, öffnete den Ordner, der vor ihm lag. Hamil hatte über jeden eine Akte angelegt, einschließlich der Männer, die um den Tisch saßen. Er war in Sandhurst ausgebildet worden und in den Irak zurückgekehrt, um Offizier des Königs zu werden. Doch es gab keinen König mehr. So übertrug er seine Loyalität auf den neuen Ministerpräsidenten, Abd Al Karim Kasim. Als junger Hauptmann wechselte er beim Putsch der Baath-Partei 1963 die Seiten und wurde zur Belohnung in den Stab des neuen Vizepräsidenten Saddam Hussein aufgenommen. Seither war Hamil die Rangleiter steil hinaufgeklettert. Inzwischen war er Saddams Lieblingsgeneral, Kommandant der Präsidentengarde und der einzige, der in Anwesenheit des Präsidenten ein Seitengewehr tragen durfte – von Saddams Leibwache abgesehen. Sein liebstes Hobby war, die Köpfe seiner Opfer vor dem Hängen mit einem stumpfen Rasiermesser, das er nie schärfte, kahlzuscheren. Einige erwiesen sich als Spielverderber, indem sie starben, ehe er ihnen die Schlinge um den Hals legen konnte.

Hamil konsultierte seine Akte ein paar Sekunden; dann antwortete er: »Die Terroristen haben gestern abend um einundzwanzig Uhr sechsundzwanzig die Grenze überschritten. Dem zuständigen Beamten der Einreisebehörde wurden vier Pässe zum Stempeln vorgelegt. Drei schwedische, ein irakischer.«

»Dem Burschen werde ich höchstpersönlich das Fell abziehen«, brummte Saddam.

»Die vier Männer fahren mit einem Lastwagen, der sehr alt zu sein scheint. Doch da wir einen näheren Blick nicht riskieren können, bin ich mir nicht sicher, ob wir es nicht mit einem Trojanischen Pferd zu tun haben. Der Safe, den Sie bestellt haben, befindet sich ohne Zweifel auf der Ladefläche.

Der Lastwagen ist mit etwa fünfundsechzig Stundenkilometern die Nacht hindurch in Richtung Bagdad gefahren, ohne eine Pause einzulegen. Aber um neun nach vier bog er in die Wüste ab, und wir haben die Überwachung eingestellt, da der Weg, den der Lkw nahm, auf kein Ziel hindeutet. Wir sind der Ansicht, daß sie nur abgebogen sind, um sich auszuruhen, ehe sie weiter nach Bagdad fahren.«

»Wie weit sind sie zur Zeit von Bagdad entfernt?« erkundigte sich der Innenminister.

»Siebzig bis achtzig Kilometer – eine bis anderthalb Stunden Fahrzeit im Höchstfall.«

»Wenn wir sie jetzt in der Wüste haben, General, in der Falle sozusagen, warum schicken wir nicht einfach Truppen und schneiden ihnen den Weg ab?«

»Während diese Ungläubigen den Safe nach Bagdad bringen?« sagte Saddam. »Nein, darin läge unsere einzige Gefahr.«

»Ich fürchte, ich verstehe nicht ganz, Sayedi.« Der Innenminister blickte seinen Präsidenten an.

»Dann werde ich es erklären, *Minister*.« Saddam betonte das letzte Wort mit ätzendem Spott. »Falls wir diese Männer in der Wüste verhaften, wer wird uns dann glauben, wenn wir der Welt eröffnen, daß sie Terroristen sind? Die westliche Presse würde zweifellos behaupten, daß wir ihnen die Reisepässe untergeschoben haben. Nein, ich will sie hier in der Ratskammer festnehmen lassen, so daß der Mossad die Beteiligung an dieser Aktion nicht leugnen kann. Und was noch wichtiger ist – dann haben wir ihr Komplott aufgedeckt und sie in den Augen der Zionisten lächerlich gemacht.«

»Jetzt verstehe ich Ihre tiefe Weisheit, Sayedi.«

Saddam winkte ab und wandte sich dem Industrieminister zu. »Wurden meine Befehle ausgeführt?«

»Buchstabengetreu, Exzellenz. Sobald die Terroristen am Ministerium vorfahren, lassen wir sie warten und barsch abfertigen, bis sie die Papiere vorweisen, die angeblich von Ihrem Büro kommen.«

»Ein solches Schreiben haben sie an der Grenze vorgewiesen«, unterbrach General Hamil nach einem Blick in seine Akte.

»Sobald meinem Büro ein solches Schreiben vorgelegt wird«, fuhr der Industrieminister fort, »lassen wir den Safe durch einen Kran in dieses Gebäude schaffen. Ich fürchte, wir werden die vordere Eingangstür entfernen müssen, aber nur...«

»Türen interessieren mich nicht«, unterbrach Saddam ihn. »Wann rechnen Sie mit der Ankunft des Safes hier vor dem Gebäude?«

»Gegen Mittag«, sagte General Hamil. »Ich werde die ganze Sache persönlich in die Hand nehmen, sobald der Safe im Gebäude ist, Herr Präsident.«

»Gut. Und sorgen Sie dafür, daß die Terroristen die Unabhängigkeitserklärung zu sehen bekommen, bevor sie verhaftet werden.«

»Was ist, wenn sie versuchen, das Dokument zu zerstören, Exzellenz?« fragte der Innenminister bei dem Versuch, verlorenes Terrain zurückzuerobern.

»Das werden sie ganz sicher nicht«, entgegnete Saddam. »Sie sind nach Bagdad gekommen, um das Dokument zu stehlen, nicht um ihr armseliges Stück Geschichte zu vernichten.«

Zwei oder drei Personen am Tisch nickten beipflichtend. »Keiner von Ihnen, außer General Hamil und seine unmittelbaren Mitarbeiter, wird in den nächsten vierundzwanzig Stunden auch nur in die Nähe dieses Gebäudes kommen. Je weniger wissen, was wirklich vorgeht, desto besser. Weihen Sie nicht einmal den diensthabenden Wachoffizier ein. Ich möchte, daß die Sicherheitsvorkehrungen lasch aussehen. So werden sie uns direkt in die Falle gehen.«

General Hamil nickte.

»Staatsanwalt«, sagte Saddam und wandte seine Aufmerksamkeit dem anderen Ende des Tisches zu. »Was wird die internationale Öffentlichkeit sagen, wenn sie erfährt, daß ich die zionistischen Schweine verhaftet habe?«

»Es handelt sich bei diesen Kreaturen um Terroristen, Exzellenz, und bei Terroristen kann es nur ein Urteil geben.«

»Noch Fragen?« erkundigte sich Saddam.

»Nur eine, Eure Exzellenz«, meldete der stellvertretende Außenminister sich zu Wort. »Was soll mit dem Mädchen geschehen?«

Saddam lächelte zum erstenmal. »Ah, ja. Jetzt, da sie ihren Zweck erfüllt hat, muß ich mir eine passende Methode einfallen lassen, ihr Leben zu beenden. Wo ist sie jetzt?«

Während der Lastwagen langsam auf dem schmalen Wüstenweg zurückfuhr, diesmal mit Aziz am Lenkrad und Cohen bei Madame Bertha auf der Ladefläche, spürte Scott, daß die Atmosphäre im Fahrerhaus sich geändert hatte. Bis sie am frühen Morgen von der Straße abgebogen waren, um sich auszuruhen, hatte er nicht geglaubt, daß sie sich ernsthaft in Gefahr befanden. Doch das grimmige Schweigen des Morgens machte ihm die Schwere der Aufgabe, die sie sich gestellt hatten, erst richtig bewußt.

Für die ursprüngliche Idee hatten sie sich bei Kratz zu bedanken, und bei diesem Spezialcocktail aus Phantasie, Disziplin, Mut und der Annahme, daß niemand ihre Absicht kannte, glaubte Scott immer noch, daß ihre Erfolgsaussichten besser als fünfzig zu fünfzig standen, vor allem, da sie nun genau wußten, wo die Unabhängigkeitserklärung zu finden war.

An der Straße angelangt, fragte Aziz scherzhaft: »Nach rechts oder links?«

»Nach links«, sagte Scott, doch Aziz bog pflichtschuldig nach rechts.

Die Sonne schien nun von einem wolkenlosen Himmel, der das Herz jeder Reiseagentur erfreut hätte, nur hätte sie die Bombentrichter und die ausgebrannten Panzer auf der Straße wohl kaum als Touristenattraktion betrachtet. Niemand sprach, während die Kilometer dahinzogen. Den Plan zum x-tenmal durchzugehen war nicht mehr nötig; es wäre einem 40-Kilometer-Trainingslauf am Morgen eines olympischen Marathons gleichgekommen.

Die letzten fünfzehn Kilometer legten sie auf einer Schnellstraße zurück, die keinen Vergleich mit einer deutschen Autobahn hätte scheuen müssen. Beim Überqueren der neuen Euphratbrücke fragte Scott sich, wie nahe er Hannah jetzt sein mochte und ob er ins Außenministerium gelangen konnte, ohne daß Kratz oder gar die Iraker es bemerkten.

Mit seinen funkelnden Hochhäusern und modernen Gebäuden wirkte Bagdad beim Näherkommen nicht viel anders als irgendeine andere Millionenstadt irgendwo auf der Welt – bis sie die Menschen sahen. An den Tankstellen standen die Autos in langen Reihen – und das in einem Land, dessen Hauptreichtum das Öl war –; doch die Käuferschlangen vor den Lebensmittelläden waren noch länger. Es war unverkennbar, daß die Sanktionen einschneidende Folgen hatten, so sehr Saddam das auch abstritt.

Sie folgten der Straße zur Stadtmitte, unter dem Al-Naser hindurch – dem Torbogen in Form zweier gekreuzter Schwerter, gehalten von riesigen Abbildungen der Hände Saddams. Aziz brauchte keinen Wegweiser zum Industrieministerium. Er wünschte sich, noch in Bagdad zu wohnen, aber er hatte die Stadt nicht mehr betreten, seit sein Vater nach dem mißlungenen Putsch 1987 hingerichtet worden war. Wenn er durch das Wagenfenster auf seine Landsleute blickte, konnte er ihre Angst direkt riechen.

Er machte Scott auf das Industrieministerium aufmerksam, das vor ihnen auftauchte. Scott erinnerte sich an die Fassade von den vielen Fotografien her, die Kratz zur Verfügung gestellt hatte. Aber er warf nur einen flüchtigen Blick darauf, seine Aufmerksamkeit galt den Geschütztürmen auf dem Gebäude des Außenministeriums, das nur einen Katzensprung entfernt war.

Aziz hielt den Wagen etwa hundert Meter hinter dem Eingang des Ministeriums an. »Ich beeile mich«, versprach Scott. Er sprang hinaus und ging zum Gebäude.

Als er die Treppe zum Ministerium hinaufstieg, sah er den Mann am Fenster des gegenüberliegenden Gebäudes nicht, der am Telefon zu General Hamil sprach.

»Der Lastwagen hat etwa hundert Meter vom Ministerium entfernt angehalten. Ein großer, blonder Mann, der im Fahrerhaus saß, betritt soeben das Gebäude. Die anderen drei, einschließlich Kratz, sind beim Safe geblieben.«

Scott trat durch die Flügeltür und vorbei an zwei Wächtern, die aussahen, als würden sie sich jeden Tag nicht mehr als ein paar Schritte bewegen. Am Informationsschalter stellte er sich am Ende der kürzesten der drei Schlangen an. Die Uhr an der Wand hatte nur noch den kleinen Zeiger, nach dem zu schließen es ungefähr halb zehn war.

Etwa fünfzehn Minuten später hatte Scott den Schalter erreicht. Er erklärte der Beamtin, daß er Bernstrom heiße und mit Mr. Kajami sprechen müsse.

»Haben Sie einen Termin?« fragte sie.

»Nein«, antwortete Scott. »Wir haben Mr. Kajami von Jordanien aus benachrichtigt, daß ein von der Regierung bestellter Safe auf dem Weg nach Bagdad sei. Er bat uns, ihm sofort nach der Ankunft Bescheid zu geben.«

»Ich werde sehen, ob er im Haus ist«, sagte die junge Frau. Scott wartete und blickte auf ein riesiges Bild Saddam Husseins in Uniform, mit einer Kalaschnikow in den Händen. Es beherrschte die ansonsten kahlen grauen Wände der Eingangshalle.

Die Frau hörte dem Sprecher am anderen Ende der Leitung aufmerksam zu, dann wandte sie sich an Scott: »In wenigen Minuten wird jemand herunterkommen.« Scott nickte und ließ den Mann hinter ihm an den Schalter.

Er wartete eine gute halbe Stunde, bevor ein großer, schlanker Herr in einem eleganten Anzug westlicher Machart aus dem Lift trat und auf ihn zukam.

»Mr. Bernstrom?«

»Ja?« Scott drehte sich zu ihm um.

»Guten Morgen«, grüßte er auf englisch. »Ich bin Mr. Ibrahim, Mr. Kajamis Assistent. Wie kann ich Ihnen helfen?«

»Ich habe einen Safe aus Schweden gebracht«, erklärte Scott, »der vor einigen Jahren von Ihrem Ministerium bestellt wurde, aber aufgrund der UN-Sanktionen nicht eher ausgeliefert werden konnte. Man hat uns angewiesen, uns an Mr. Kajami zu wenden, sobald wir in Bagdad sind.«

»Haben Sie irgendwelche Begleitpapiere?«

Scott nahm einen Hefter aus seiner Mappe und reichte ihn Mr. Ibrahim.

Der Beamte las jedes Dokument bedächtig, bis er zu dem von seinem Präsidenten unterzeichneten Schreiben kam. Weiter las er nicht. Er blickte auf und fragte: »Dürfte ich diesen Safe sehen, Mr. Bernstrom?«

»Selbstverständlich«, versicherte Scott ihm. »Wenn Sie bitte mitkommen würden?« Er führte den Beamten auf die Straße und zum Lastwagen.

Cohen blickte auf die beiden Männer hinunter. Als Kratz den Befehl erteilte, zog er die Plane vom Safe, damit der Beamte Madame Bertha inspizieren konnte.

Es faszinierte Scott, daß die Passanten, sofern sie überhaupt zum Safe hochschauten, keinen zweiten Blick darauf warfen, ja, im Gegenteil sogar ihre Schritte beschleunigten. Der Mangel an Neugier verriet ihre Angst.

»Wenn Sie bitte mit mir kommen würden, Mr. Bernstrom«, bat Ibrahim. Scott begleitete ihn zurück zur Eingangshalle, wo Ibrahim ihn ohne ein Wort stehenließ.

Wieder wartete Scott gut eine halbe Stunde, bevor Ibrahim zurückkehrte.

»Bringen Sie den Safe zum Siegesplatz. Man erwartet Sie an einer Sperre mit einem Panzer vor einem großen weißen Gebäude.«

Scott wollte ihn fragen, wie man zum Siegesplatz kam, doch Ibrahim hatte sich bereits umgedreht und entfernte sich. Scott kehrte zum Lastwagen zurück und setzte sich wieder zu Kratz und Aziz ins Fahrerhaus. Aziz brauchte nicht nach dem Weg zu fragen.

»Gott sei Dank kein großes Tamtam«, bemerkte Kratz.

Scott nickte nur, und Aziz fuhr wieder los. Der Verkehr war inzwischen viel dichter. Lkws und Pkws hupten fast pausenlos, kamen jedoch nur im Schrittempo voran.

»Da muß es wohl einen Unfall gegeben haben«, meinte Scott. Dann aber bogen sie um eine Kurve und sahen drei Gehenkte von einem provisorischen Galgen baumeln: einen Mann in modischem, westlichem Anzug, eine Frau, die möglicherweise etwas jünger war als er, und eine viel ältere Frau. Allen dreien waren die Köpfe blutig kahl rasiert.

Kajami saß an seinem Schreibtisch und wählte die Nummer, die man ihm gegeben hatte.

»Frau Saib, Vorzimmer des stellvertretenden Außenministers«, meldete sich eine Stimme.

»Hier ist der Industrieminister. Würden Sie mich mit dem stellvertretenden Außenminister verbinden?«

»Er ist zur Zeit leider nicht in seinem Büro, Minister Kajami. Soll ich ihn bitten, Sie zurückzurufen, oder kann ich ihm etwas ausrichten?«

»Geben Sie ihm eine Nachricht. Aber vielleicht könnte er mich trotzdem zurückrufen, sobald er wieder im Büro ist?«

»Selbstverständlich, Herr Minister.«

»Sagen Sie ihm, der Safe aus Schweden ist angekommen und kann von der Sanktionenliste gestrichen werden.« Nach einer längeren Pause fragte er: »Sind Sie noch dran, Frau Saib?«

»Ja. Ich notiere nur rasch, was Sie gesagt haben.«

»Falls er Einblick in die Begleitpapiere nehmen will, sie sind noch hier im Ministerium. Der Safe ist jedoch bereits unterwegs zum Hauptquartier der Baath-Partei.«

»Ich habe es notiert, Herr Minister. Ich werde mich darum kümmern, daß der Herr Minister die Nachricht sofort bei seiner Rückkehr zur Kenntnis nimmt.«

»Danke, Frau Saib.«

Kajami legte den Hörer auf, blickte über den Schreibtisch auf den stellvertretenden Außenminister, und lächelte.

29

Aziz hielt den Laster vor einem Panzer an. Ein paar Soldaten waren zu sehen, ansonsten aber tat sich nicht viel.

»Ich hatte hier mit größeren Sicherheitsvorkehrungen gerechnet«, gestand Kratz. »Immerhin ist es das Hauptquartier der Baath-Partei.«

»Saddam ist wahrscheinlich im Palast oder gar nicht in Bagdad«, meinte Aziz, als zwei Soldaten auf den Lkw zukamen. Der vordere brüllte: »Raus!«, und sie gehorchten langsam. Als sie alle vier ausgestiegen waren, befahlen die Soldaten ihnen, sich ein paar Meter vom Laster zu entfernen, während ein paar andere auf die Ladefläche sprangen und die Plane entfernten.

»Das ist ein Major«, flüsterte Aziz, als ein wohlbeleibter Mann mit ordenbedeckter Brust und einem schnurlosen Telefon zu ihnen herüberkam. Er blieb stehen und blickte mißtrauisch zu dem Safe hinauf; dann drehte er sich zu Kratz um und stellte sich als Major Saeed vor.

»Öffnen!« befahl er.

Kratz deutete auf Scott, der sofort auf die Ladefläche kletterte. Weitere Soldaten kamen herbei, um ihm zuzusehen, wie er den Safe öffnete. Als die Stahltür aufschwang, ließ der Major sich von einem Soldaten auf die Ladefläche helfen und trat zu Scott an den Safe. Nach einem neugierigen Blick befahl er zweien seiner Männer, in den Safe zu steigen. Sie wirkten zunächst ängstlich, doch als sie erst drinnen waren, begannen sie die Seiten zu betasten, ja, sogar hochzuspringen, um zu versuchen, die Decke zu erreichen. Kurz darauf stieg auch Saeed in Berthas Inneres und schlug mit seinem Offiziersstöckchen gegen die Wände. Schließlich kam er wieder hervor, sprang schwerfällig von der Ladefläche und wandte sich zu Scott um.

»Wir warten jetzt auf einen Kran«, sagte er ein wenig freundlicher. Er wählte eine Nummer auf dem schnurlosen Telefon in seiner Hand.

Cohen kletterte ins Fahrerhaus und setzte sich hinters Lenkrad. Aziz blieb beim Safe. Scott und Kratz lehnten sich gegen eine Wand und taten gelangweilt, während sie sich leise über die Möglichkeiten unterhielten, die sie nun hatten.

»Auf jeden Fall müssen wir uns etwas einfallen lassen, um vor dem Safe ins Gebäude zu kommen«, sagte Kratz. Scott nickte.

Die Uhr auf dem Siegesplatz hatte halb eins geschlagen, als Aziz das hohe, schlanke Gebilde sah, das langsam um die Saddam-Statue gebogen kam. Die vier Safebegleiter beobachteten, wie Soldaten auf die Straße ausschwärmten, um den Verkehr zu stoppen, damit der riesige Kran unbehindert vorankam.

Scott erklärte dem Major, daß der Laster gegenüber dem Eingang geparkt werden müsse. Diesmal erklärte Saeed sich ohne telefonische Rückversicherung einverstanden. Nachdem der Laster genau so stand, wie Scott es verlangt hatte, sah der Major ein, daß die Flügel der Eingangstür ausgehängt werden mußten, wenn sie den Safe auf seinem Spezialkarren ins Innere schaffen wollten.

Diesmal aber machte er wieder einen Anruf und antwortete auf Scotts Frage: »Wie lange?« mit einem Schulterzucken. »Müssen warten«, fügte er hinzu.

Scott beschloß sofort, diese Wartezeit zu nutzen. Er erklärte Major Saeed, daß er den Weg überprüfen müsse, auf dem sie den Safe ins Gebäude transportieren würden.

Der Major zögerte, tätigte einen neuerlichen Anruf, und es schien eine Weile zu dauern, bis er eine Antwort bekam. Dann deutete er auf Scott und sagte: »Nur Sie!«

Scott überließ es Kratz, sich um den Kran zu kümmern, der eben den Safe auf den Haken nahm, und folgte dem Major ins Gebäude.

Ihm fielen als erstes die Breite und die Gediegenheit des läuferbelegten Korridors auf. Alle paar Schritte sah er Soldaten lässig an der Wand lehnen, die aber sofort zackig Haltung annahmen, sobald sie Major Saeed bemerkten.

Am Ende des Korridors befand sich ein Aufzug. Der Major brachte einen Schlüssel zum Vorschein, den er in einem Schloß an der Wand drehte, worauf die Tür des Aufzugs sich langsam öffnete. Scott kam der Gedanke, daß die Größe des Safes von der Breite dieses Aufzugs bestimmt war. Dabei dürften, wenn sie es geschafft hatten, Madame Bertha hineinzumanövrieren, an den Seiten und oben kaum mehr als zwei bis drei Zentimeter Zwischenraum bleiben.

Der Major drückte auf den letzten Knopf, neben dem ›–6‹ stand; offenbar sollte der Safe ins tiefste Untergeschoß gebracht werden. Die Kabine senkte sich langsam in die Tiefe. Nachdem die Tür wieder aufgeglitten war, folgte Scott Major Saeed auf einen langen, bunkerartigen Korridor hinaus, der so aussah, als könnte er selbst schweren Erdbeben standhalten. Aus den Unterlagen, die er studierte hatte, wußte Scott, daß dieser Trakt sogar als atombombensicher galt; jetzt war er fast geneigt, es zu glauben.

Vor einer massiven Tür, die von zwei mit Gewehren bewaffneten Soldaten bewacht wurde, blieben sie stehen. Saeed stellte eine Frage, auf die beide Soldaten mit Kopfschütteln antworteten. »Der Sitzungssaal wird zur Zeit nicht benutzt. Wir können also den direkten Weg nehmen«, sagte Saaed zu Scott und schloß die Tür auf. Scott folgte ihm in die Ratskammer.

Rasch blickte er sich um. Als erstes sah er an der hinteren Wand ein weiteres riesiges Bild Saddams, auf dem er einen dunklen Zweireiher trug. Dann entdeckte er direkt neben dem Lichtschalter einen der roten Alarmknöpfe, vor denen Kratz ihn gewarnt hatte. Der Major eilte durch den Saal, als hätte er kein Recht, sich hier aufzuhalten. Scott dagegen ging so langsam, wie er es gerade noch für vertretbar hielt, ohne Verdacht zu erregen. Und dann sah er sie, ganz kurz nur, und es gab ihm einen Stich: Die Unabhängigkeitserklärung! Sie war an die Wand des Sitzungssaales genagelt; eine Ecke war eingerissen, und einige der Unterschriften sahen verwischt aus.

Der Major schloß die hintere Tür auf, und Scott folgte ihm zögernd auf den anschließenden Korridor. Sie gingen nur ein paar

Schritte und hielten vor einer mit Ziegelsteinen ummantelten Nische. Scott war auf den ersten Blick klar, daß dies der Ort war, den man für den Safe bestimmt hatte.

Scott nahm sich Zeit, die Nische auszumessen. Dabei überlegte er, wie er es bewerkstelligen könnte, einen näheren Blick auf die Unabhängigkeitserklärung zu werfen. Nach wenigen Minuten tippte ihm Major Saeed mit seinem Stöckchen auf die Schulter und bedeutete ihm, es sei an der Zeit, zum Safe zurückzukehren. Scott folgte ihm den kurzen Korridor zurück in den Sitzungssaal. Während der Major es wiederum eilig zu haben schien, hindurch zu gelangen, maß Scott die Tür aus und stellte erfreut fest, daß sie ebenfalls ausgehängt werden mußte. Dann trat er ein paar Schritte zurück, als würde er über einer Lösung für dieses Problem nachsinnen. Der Major kehrte um, schlug Scott mit seinem Stöckchen ans Bein und brummelte etwas vermutlich nicht sehr Schmeichelhaftes.

Scott warf rasch einen verstohlenen Blick nach rechts und sah seine schlimmste Befürchtung bestätigt: Selbst wenn ihm der Austausch der Dokumente gelang, bedurfte es zweifellos eines noch größeren Genies als Dollar Bill, den Schaden zu beheben, den Saddam bereits angerichtet hatte.

»Vorwärts! Kommen Sie, wir müssen gehen!« drängte der Major.

»Die Tür muß raus!« erklärte Scott. Er drehte sich um und deutete auf die Tür am anderen Ende der Kammer: »Die ebenfalls.« Doch Major Saeed marschierte bereits durch den langen Korridor zum offenstehenden Aufzug.

Hannah legte den Hörer auf und versuchte, ihr Zittern zu unterdrücken. Man hatte sie in Herzliya oft genug gewarnt, daß jeder zitterte, wenn die Anspannung zu groß war, wie unerschütterlich man auch zu sein glaubte und wie gut man auch ausgebildet war.

Ein Blick auf die Uhr zeigte ihr, daß ihre Mittagspause in zwanzig Minuten begann. Tagsüber verließ sie zwar selten das Haus, nur in dienstlichen Angelegenheiten, aber sie konnte einfach nicht mehr untätig im Büro sitzen und abwarten, welchen Verlauf die Dinge nahmen.

Der stellvertretende Außenminister hatte den Palast um acht Uhr morgens verlassen und gesagt, er würde frühestens um siebzehn Uhr zurück sein. Ein Wangenmuskel zuckte, als Hannah die Nachricht des Industrieministers abtippte.

Fünfzehn Minuten lang saß sie an ihrem Schreibtisch und dachte darüber nach, wie sie diese eine Stunde am besten nutzen konnte. Als sie zu einem Entschluß gekommen war, griff sie nach dem Hörer und bat ein Mädchen in der Telefonzentrale, während der Mittagspause die Anrufe für sie entgegenzunehmen.

Dann setzte sie ihre Brille auf, verließ ihr Büro, ging rasch den Korridor entlang und hielt sich dabei mit gesenktem Kopf dicht an der Wand, um möglichst unbeachtet zu bleiben.

Statt den Fahrstuhl zu nehmen, stieg sie die Treppe hinunter, ging unauffällig am Empfang vorbei durch die Eingangshalle und die Flügeltür hinaus auf die Freitreppe des Außenministeriums.

»Saib verläßt soeben das Haus«, sagte eine Stimme auf der anderen Straßenseite in ein schnurloses Telefon. »Sie geht in Richtung Siegesplatz.«

Auf dem Siegesplatz hatte sich inzwischen eine lärmende Menschenmenge eingefunden, und Hannah befürchtete, daß wieder eine öffentliche Hinrichtung stattgefunden hatte. Als sie das Ende der Straße erreichte und um die Ecke bog, wandte sie den Blick ab, während sie sich einen Weg durch die Neugierigen bahnte, von denen einige sogar lachten.

»Ein ziemlich hohes Tier«, witzelte einer der Gaffer. Eine ernstere Stimme sagte, der Gehenkte sei angeblich ein erst kürzlich aus Amerika zurückgekehrter Diplomat, der sich an Staatseigentum vergriffen habe. Eine ältere Frau fing zu weinen an, als jemand sagte, die beiden anderen Gehenkten seien Mutter und Schwester des Hingerichteten, die sich nichts hätten zuschulden kommen lassen.

Als Hannah die Absperrung sah, ging sie langsamer, dann

blieb sie stehen und blickte über die Straße zum Hauptquartier der Baath-Partei. Sie war froh, daß sie in der großen Menschenmenge verborgen war, auch wenn die Leute ihr hin und wieder die Sicht auf das Gebäude versperrten.

»Sie steht mit dem Gesicht zum Hauptquartier der Baath-Partei, während alle anderen in die entgegengesetzte Richtung schauen.«

Hannah beobachtete den Laster, der von Soldaten umgeben war. Dann sah sie auf der Ladefläche den riesigen Safe und die zwei jungen Männer, die Stahltrossen daran befestigten. Dem Aussehen nach stammte einer aus der hiesigen Gegend, der andere war möglicherweise Europäer. Und dann entdeckte sie Kratz – war er es wirklich? Der Mann verschwand hinter dem Laster, und Hannah wartete, daß er zurückkam. Als er kurz darauf wieder erschien, gab es keinen Zweifel: Es war der Mossad-Oberst.

Hannah wußte, daß es gefährlich war, noch länger hier zu warten, und sie beschloß, in ihr Büro zurückzukehren und dort zu überlegen, was sie als nächstes tun könnte. Sie warf einen letzten Blick auf Kratz, als eine Gruppe Putzfrauen aus dem Gebäude kam und die Absperrung passierte, ohne daß auch nur einer der Soldaten auf sie geachtet hätte.

Hannah verließ den Siegesplatz in dem Moment, als Major Saeed und Scott aus dem Eingang traten.

»Sie geht weiter, aber es sieht nicht so aus, als würde sie zum Ministerium zurückkehren.« Der Mann am schnurlosen Telefon lauschte kurz in den Hörer; dann erwiderte er: »Ich weiß es nicht, aber ich werde ihr folgen und mich wieder melden.«

Als Scott wieder auf den Hof vor der Parteizentrale gelangt war, sah er erfreut, daß Kratz den Kran bereits in Position gebracht hatte, um den Safe vom Laster zu heben. Aziz und Cohen befestigten lange Stahltrossen um Madame Bertha, während der speziell für sie angefertigte Karren, auf den Mr. Pedersson so stolz gewesen war, zwischen dem Eingang und der Seite des Lastwagens auf dem Boden stand.

Scotts Blick glitt den Kran hinauf, der höher als das Gebäude war, und wieder hinunter zu dem Mann im breiten Führerhaus. Als Cohen und Aziz vom Laster gesprungen waren, gab Kratz dem Kranführer das Zeichen.

Gleich darauf hörte Scott das Knirschen der Gangschaltung und beobachtete, wie die Stahltrossen sich strafften, begleitet von einem anschwellenden Dröhnen des Motors. Doch Madame Bertha weigerte sich, auch nur einen Zentimeter in die Höhe zu steigen. Das Dröhnen schwoll erneut an, wurde lauter, doch alle Bemühungen ließen Madame Bertha ungerührt.

Der Kranführer schob den langen Ganghebel eine Stellung weiter und versuchte es zum drittenmal. Endlich hob sich Madame Bertha ein paar Zentimeter von der Ladefläche und schaukelte langsam hin und her. Einige Soldaten klatschten Beifall, hörten aber sofort auf, als der Major sich umdrehte und in ihre Richtung starrte.

Kratz nickte, woraufhin Cohen zum Wagen lief, die hintere Bordwand nach unten klappte, ins Fahrerhaus stieg und sich hinter das Lenkrad setzte. Er ließ den Motor an, legte den ersten Gang ein und fuhr langsam ein Stück vorwärts, bis der Safe frei über der Straße hing.

Aziz und Kratz schoben den Karren ein paar Meter über den Asphalt, bis er sich direkt unter dem baumelnden Safe befand. Kratz gab zum zweitenmal das Zeichen mit erhobenem Daumen, und der Kranführer begann die fünf Tonnen Stahl Zentimeter um Zentimeter hinunterzulassen, bis der Safe auf den Karren aufsetzte, wobei die großen Gummireifen beängstigend zusammengequetscht wurden.

Der Safe befand sich nun vor dem zweiflügeligen Portal der Parteizentrale und mußte auf den Tischler warten, bevor er seinen Weg ins Innere antreten konnte. Der Major zuckte die Achseln, noch ehe Kratz die Frage stellen konnte, warum es nicht weiterging.

Während Cohen den Laster rückwärts auf den Parkplatz fuhr, den der Major ihm zugewiesen hatte, deutete Scott auf den Safe und winkte Kratz hektisch zu, der herüberkam und Scott leicht verwirrt anblickte. Es lief doch alles reibungslos.

»Was gibt es für ein Problem?« fragte Kratz.

Scott deutete weiter auf den Safe und demonstrierte mit übertriebenen Handbewegungen, wie er seiner Meinung nach bewegt werden müsse, während er Kratz zuflüsterte: »Ich habe die Unabhängigkeitserklärung gesehen.«

Er ging zur anderen Seite des Safes. Kratz folgte ihm und täuschte nun ebenfalls geschäftiges Interesse an dem Safe vor.

»Großartig«, sagte er. »Und? Wo ist sie?«

»Gar nicht so großartig«, brummte Scott.

»Wie meinen Sie das?« erkundigte Kratz sich besorgt.

»Sie befindet sich im Sitzungssaal, genau wie Hannah gesagt hat. Aber sie ist an die Wand genagelt!«

»An die Wand genagelt?« wiederholte Kratz bestürzt.

»Ja, und es sieht nicht so aus, als könne man sie restaurieren«, sagte Scott, gerade als ein Iraker mit rot-weißem Keffiyeh und einem Werkzeugkasten an der Absperrung erschien.

Nachdem die Wächter den Werkzeugkasten gründlich überprüft hatten, indem sie seinen Inhalt einfach auf den Boden leerten, gestatteten sie dem Mann zu passieren. Der Tischler sammelte sein Werkzeug ein, warf einen Blick auf den Safe, dann auf die Flügeltür, und verstand sofort, weshalb sein Meister das Problem als ›sehr dringend‹ bezeichnet hatte. Scott schaute dem Handwerker zu, als er anfing, die Angeln eines Türflügels aufzuschrauben.

»Also, wo ist Dollar Bills Fälschung im Moment?«

»Immer noch in meiner Segeltuchtasche«, antwortete Scott. »Ich werde daran arbeiten müssen, damit sie den Unterschied nicht sofort nach dem Austausch erkennen.«

»Gut. Am besten tun Sie das jetzt, während der Tischler an der Tür arbeitet. Ich werde versuchen, den Major so lange abzulenken.«

Kratz schlenderte zu dem Tischler hinüber und redete auf ihn ein, und Scott stieg mit seiner Tasche ins Fahrerhaus.

Er spähte durch die Windschutzscheibe, während er Dollar Bills Kopie aus dem Zylinder zog und sich zu erinnern versuchte, wo das Original am meisten beschädigt war. Zuerst riß er die rechte obere Ecke ein, dann spuckte er auf die Namen John Adams und Robert Treat Paine. Als er sein Werk begutachtete, fand er, daß er des Guten noch nicht genug getan hatte. Er legte die Kopie auf den Boden und rieb mit den Schuhsohlen leicht darüber. Beim Aufblicken sah er, daß der Major Kratz eben befahl, den Tischler nicht mehr bei der Arbeit zu stören. Kratz zuckte die Schultern, und Scott rollte das Dokument wieder zusammen und schob es in den Zylinder zurück, ehe er ihn in die lange schmale Tasche am inneren Hosenbein schob, die extra dafür eingenäht worden war. Er paßte perfekt.

Augenblicke später stand der Tischler auf und lächelte, um zu zeigen, daß er fertig war. Auf einen Wink des Majors kamen vier Soldaten herbei, nahmen die Türflügel ab, trugen sie ein paar Schritte weit und lehnten sie an die Gebäudewand.

Der Major befahl einigen anderen Soldaten, den Karren zu schieben, und Scott dirigierte Madame Bertha durch den Eingang. Kratz und Aziz wollten folgen, doch der Major winkte ab und gestattete nur Scott, das Gebäude zu betreten.

Langsam und vorsichtig schoben sie den Karren über den ersten Korridor. Die Tür des Aufzugs stand offen; dennoch bedurfte es vierzig Hände, die fünf Tonnen Stahl sicher hineinzubugsieren. Auch wenn das Gebäude imstande sein mochte, einem Nuklearangriff standzuhalten, fragte sich Scott, ob der Aufzug es heil überstehen würde, einen Fünf-Tonnen-Safe sechs Stockwerke hinabzutransportieren. Er war nur froh, daß Madame Bertha hinunter gebracht werden mußte, nicht hinauf.

Die Aufzugstür schloß sich langsam, und der Major führte Scott durch eine Tür daneben und dann eine Treppe hinunter. Etwa ein Dutzend Soldaten folgten ihnen. Als sie im sechsten Untergeschoß ankamen, stand die Aufzugstür bereits offen, und Madame Bertha wartete majestätisch auf ihre Dienerschaft. Der Major deutete mit seinem Stöckchen auf den Boden. Sofort fielen zehn Soldaten auf die Knie und zogen das immense Gewicht Zentimeter um Zentimeter aus der Aufzugskabine, bis Karren und Safe zur Gänze auf dem Korridor standen. Daraufhin schickte der Major den Aufzug per Knopfdruck zum fünften Untergeschoß, und sechs Soldaten rannten die Treppe hinauf, sprangen in die nun leeren Kabine und fuhren damit nach unten zurück, um den Safe von hinten weiter voranzuschieben.

Der Tischler hatte bereits die vordere Tür des Sitzungssaals entfernt, war aber noch mit der hinteren beschäftigt, als der Karren die Ratskammer erreichte. Die Verzögerung gab Scott die Gelegenheit, sich darum zu kümmern, daß der lange Tisch an die Seitenwand gerückt wurde und die Soldaten die Stühle darauf stellten, damit der Safe ungehindert durch den Saal zum hinteren Korridor gelangen konnte.

Während Scott immer wieder hin und her ging, scheinbar um nach dem Rechten zu sehen, hatte er mehrmals Gelegenheit, einen Blick auf die Unabhängigkeitserklärung zu werfen. Einmal kam er ihr sogar so nahe, daß er die Schreibweise von ›Brittisch‹ – mit zwei *t* – lesen konnte. Ihm wurde schnell klar, daß der Zustand des Pergaments noch schlimmer war, als er zunächst angenommen hatte.

Als auch die hintere Tür entfernt war, begannen die Soldaten, den Safe durch den Sitzungssaal und hinaus auf den kurzen Korridor zu schieben. Als sie sein Ende erreichten und direkt vor der Nische standen, die für den Safe vorgesehen war, dirigierte Scott sie die letzten Zentimeter, bis die fünf Tonnen Stahl am Ende ihres Weges angelangt waren. Madame Bertha hatte endlich ihr Ziel erreicht.

Scott lächelte, und Major Saeed machte wieder einen Anruf.

Die alte Frau erklärte Hannah, daß die nächste Schicht um fünfzehn Uhr begann und daß sie dann den Saal für die nächste Sitzung reinigen mußten, die morgen stattfinden würde. Wegen des Safes war das bei der ersten Schicht nicht möglich gewesen.

Hannah war den Putzfrauen auf deren Nachhauseweg vorsichtig gefolgt. Nach und nach hatten sich die Frauen getrennt und waren ihrer Wege gingen. Hannah hatte sich eine der ältesten ausgesucht, die zwei schwere Taschen schleppte, und sich erboten, ihr tragen zu helfen. Sie waren rasch ins Gespräch gekommen, und Hannah trug die Taschen bis zur Haustür der

Frau, nachdem sie behauptet hatte, nur ein paar Straßen entfernt zu wohnen.

»Kommen Sie doch herein«, lud die alte Frau sie ein.

»Danke.« Hannah kam sich eher wie der Wolf denn wie Rotkäppchen vor.

Ein wenig Whisky in den Kaffee der alten Frau zu gießen erwies sich als problemlos genug und löste ihre Zunge. Die zwei Schlaftabletten, die Hannah der Alten in die zweite Tasse gab, würden dafür sorgen, daß sie mehrere Stunden außer Gefecht gesetzt war. Der Mossad hatte Hannah verschiedene Möglichkeiten beigebracht, einen Wagen zu knacken, in ein Hotelzimmer einzubrechen oder eine verschlossene Aktenmappe zu öffnen; deshalb war die Handtasche einer bewußtlosen alten Frau ein Kinderspiel. Hannah nahm den Spezialausweis heraus und verließ damit das Haus.

»Sie ist nun auf dem Rückweg zum Ministerium«, meldete die Stimme über das schnurlose Telefon. »Wir haben nach der alten Frau gesehen. Sie liegt im Tiefschlaf und wird wahrscheinlich erst in vierundzwanzig Stunden zu sich kommen. Das einzige, was fehlt, ist ihr Sicherheitsausweis.«

Wie Hannah bei ihrer Rückkehr feststellte, wies nichts darauf hin, daß der Minister inzwischen hier gewesen war. Sie rief die Zentrale an und erfuhr, daß während ihrer Abwesenheit nur drei Anrufe eingegangen waren. Zwei Anrufer würden es morgen noch einmal versuchen, der dritte hatte keine Nachricht hinterlassen.

Hannah legte den Hörer auf und tippte eine Notiz für den Minister, daß sie nach Hause gegangen sei, da sie nicht wisse, ob er heute noch ins Büro käme. Falls er nicht vor siebzehn Uhr erschien, hatte er keinen Grund, Verdacht zu schöpfen.

In der Ungestörtheit ihres kleinen Zimmers tauschte Hannah ihre Bürokleidung gegen die traditionelle schwarze Abaya mit Gesichtsschleier, begutachtete sich im Spiegel und verließ erneut unauffällig das Gebäude.

»Jetzt den Safe öffnen«, sagte Major Saeed.

Scott drehte die Skalen entsprechend der geheimen Ziffernfolge. Das erste Lämpchen wurde grün. Der Major war beeindruckt. Dann drückte Scott die Handfläche auf das weiße Rechteck, und das mittlere Lämpchen wechselte die Farbe. Der Major war wie gebannt. Nunmehr beugte Scott sich vor und sagte etwas in die Sprechöffnung. Das dritte Lämpchen glühte grün. Der Major war sprachlos.

Scott zog am Griff. Die Tür schwang auf, und Scott sprang in den Safe und zog blitzschnell den Pappzylinder aus seinem Hosenbein.

Der Major sah es sofort und begann zu toben. Hastig nahm Scott den Deckel ab, holte das Poster von Saddam Hussein heraus, rollte es auf und ließ das Schutzblatt zu Boden fallen. Dann ging er zur anderen Seite des Safes hinüber und heftete Saddams Porträt an die Wand. Ein Lächeln kehrte auf die Lippen des Majors zurück, während Scott sich bückte, das fallen gelassene Papier zusammenrollte und in den Zylinder zurückschob.

»Jetzt zeige ich Ihnen, wie es geht«, sagte Scott.

»Nein, nein, nicht mir«, widersprach Major Saeed. Er hielt das Telefon in die Höhe und sagte. »Wir müssen hinauf.«

Scott hätte am liebsten laut geflucht. Er ließ den Zylinder so fallen, daß er in die dunkelste Ecke des Safes rollte. Der Plan, den er mit Kratz so sorgfältig ausgearbeitet hatte, ließ sich nicht weiterführen. Widerstrebend verließ er den Safe und schloß sich dem Major an, der schnell zur Ratskammer marschierte und Scott diesmal keine Gelegenheit gab, ihn aufzuhalten.

»Eine Frau kommt gerade aus dem Ministerium; ich bin fast sicher, daß sie es ist«, sagte die Stimme ins schnurlose Telefon. »Aber sie trägt jetzt traditionelle Kleidung und keine Brille mehr. Sie geht wieder in Richtung Siegesplatz. Ich werde Sie auf dem laufenden halten.«

Hannah war zwanzig Minuten, bevor die Putzfrauen wieder zur Arbeit erscheinen sollten, auf dem Siegesplatz zurück. Obwohl die Menschenmenge inzwischen geschrumpft war, blieb sie auch jetzt noch so gut wie unbemerkt. Sie blickte über die Straße zum Gebäude der Parteizentrale. Kran und Safe waren verschwunden, und der Laster parkte jetzt vor einer Mauer. Sie starrte angestrengt hin, um festzustellen, ob einer der Männer im Fahrerhaus Kratz war, doch der Zigarettenrauch im Innern war zu dicht.

Sie wandte ihre Aufmerksamkeit dem Gebäude zu, in dem sie zwar noch nie gewesen war, das sie aber dennoch sehr genau kannte. Im Mossad-Hauptquartier in Herzliyah hingen Grundrisse von jedem Stockwerk. Wer sich als Agent für den Einsatz im Irak qualifizieren wollte, mußte einen Grundriß jedes Geschosses mit allen Einzelheiten aus dem Gedächtnis zeichnen können. Ständig kamen neue Informationen aus den unterschiedlichsten Quellen dazu: von entflohenen Flüchtlingen, ehemaligen Diplomaten, Exministern, die das Pech hatten, Kurden oder Schiiten zu sein, ja, sogar der frühere Premierminister Edward Heath hatte ein bißchen dazu beigesteuert.

Die erste Putzfrau erschien kurz vor fünfzehn Uhr. Sie zeigte ihren Ausweis vor und eilte über den Asphalt, dann verschwand sie durch eine Seitentür im Innern des Gebäudes. Die zweite traf Augenblicke später ein und folgte dem Beispiel ihrer Vorgängerin. Als Hannah sah, wie die dritte Putzfrau sich auf dem gegenüberliegenden Bürgersteig näherte, überquerte sie die Straße und spazierte hinter ihr her zur Absperrung.

»Sie hat die Straße überquert und die Absperrung erreicht. Gerade überprüft der Wächter ihren Ausweis«, sagte die Stimme ins schnurlose Telefon. »Jetzt hat man sie durchgelassen, wie angewiesen. Sie folgt einer anderen Frau durch die Seitentür. Jetzt hat sich die Tür hinter ihr geschlossen. Wir haben sie!«

Hannah gesellte sich zu den anderen Putzfrauen und erzählte ihnen, daß sie für ihre Mutter einspringe, die einen plötzlichen Schwächeanfall gehabt habe. Beruhigend fügte sie hinzu, daß es nicht das erste Mal sei, wunderte sich aber, daß keine der anderen Frauen ihr Fragen stellte. Wahrscheinlich hatten sie zu viel Angst, sich mit einer Fremden einzulassen.

Mit Reinigungsgeräten und einem Tragekasten voller Putzmittel unter dem Arm stieg sie die Hintertreppe hinunter. Der

Grundriß an den Wänden in Herzliyah erwies sich als beeindruckend präzise, auch wenn niemand in der Lage gewesen war, die genaue Anzahl der Stufen anzugeben, die in den Keller führten.

Als Hannah die Tür zum untersten Geschoß erreichte, hörte sie Stimmen aus Richtung Sitzungssaal. Wer immer es war, ging vermutlich zum Aufzug. Hannah drückte sich so weit an die Wand zurück, daß sie gerade noch durch die dicke Scheibe Verbundglas in der Mitte der Tür spähen konnte.

Zwei Männer gingen vorbei. Den Major kannte Hannah nicht, doch als sie sah, wer bei ihm war, gaben ihre Knie nach, und sie wäre beinahe zu Boden gesunken.

Kaum waren sie auf dem Hof zurück, wählte der Major eine Nummer. Scott schlenderte zu Kratz hinüber, der hinter dem Laster stand.

»Ist es Ihnen gelungen, die Unabhängigkeitserklärung auszutauschen?« waren Kratz' erste Worte.

»Nein, sie hängt immer noch im Sitzungssaal.«

»Verdammt! Und die Kopie?«

»Ich habe sie im Zylinder im Safe gelassen. Ich konnte nicht riskieren, sie mit hinauszunehmen.«

»Und wie wollen Sie je ins Gebäude zurückkommen?« fragte Kratz und blickte zu dem Major. »Sie sollten doch die Zeit nutzen und...«

»Ich weiß, ich weiß. Aber wir haben noch eine Chance. Der Major ist nicht der Mann, der für den Safe verantwortlich sein wird. Er ruft gerade denjenigen an, den ich einweisen muß.«

»Das hat uns gerade noch gefehlt. Ich glaube, mit dem Major wäre unser erster Plan viel einfacher gewesen«, meinte Kratz. »Ich spreche lieber mit den anderen, damit wir uns einen Alternativplan zurechtlegen können, für den Fall, daß noch etwas schiefgeht.«

Scott nickte zustimmend und ging mit dem Mossad-Oberst nach vorn zu Aziz und Cohen, die im Fahrerhaus saßen und rauchten. Kaum war Kratz eingestiegen, drückten sie ihre Zigaretten aus. Kratz erklärte, weshalb sie noch warten mußten und daß es die letzte Chance für den Professor sein könnte, noch einmal in den Sitzungssaal zu gelangen. »Darum müssen wir auf dem Sprung stehen, wenn er das nächste Mal herauskommt. Mit ein wenig Glück schaffen wir's noch vor Mitternacht bis zur Grenze.«

Wie ist es möglich, daß er noch lebt, dachte Hannah. Hatte sie ihn denn nicht getötet? Sie hatte doch gesehen, wie seine Leiche aus dem Zimmer getragen wurde. Sie bemühte sich, ihre Gedanken zu sammeln, die zwischen Freude und Angst schwankten. Sie erinnerte sich, daß ihr Ausbilder gesagt hatte: »Wenn Sie an vorderster Front im Einsatz sind, darf Sie nichts überraschen.« Hannah fand, daß sie nun das Recht hatte, ihm zu widersprechen, falls sie je dazu kam.

Sie schob die Tür auf und trat auf den Korridor. Von zwei Soldaten abgesehen, die vor dem Eingang zum Sitzungssaal standen und in ein Gespräch vertieft waren, war niemand zu sehen. Doch Hannah wußte, daß es keine Chance gab, an den beiden Soldaten vorbeizukommen, ohne daß sie ihr Fragen stellten. Hannah gab sich einen Ruck und ging los.

Erst einen Schritt vor der Tür wurde Hannah befohlen, stehenzubleiben. Sie stand genau zwischen den beiden Männern. Nachdem sie ihren Putzmittelkasten gründlich durchwühlt hatten, sagte der eine: »Sie wissen, daß es unsere Pflicht ist, Sie selbst ebenfalls zu durchsuchen?« Hannah schwieg, während er sich bückte, ihren langen schwarzen Rock hob und die Hände um ihre Fußgelenke legte. Der zweite fing schallend zu lachen an, legte ihr dann die Finger von vorn um den Hals und ließ die Hände dann über ihre Schultern und Brüste wandern, während die Hände seines Kameraden Hannahs Beine bis zu den Oberschenkeln hinaufstreiften. Als er oben anlangte, kniff der andere Kerl ihre Brustwarzen. Hannah schob sie beide zur Seite und trat in den Sitzungssaal. Die Männer versuchten nicht, ihr zu folgen, doch ihr schallendes Gelächter klang hinter ihr her.

Der Tisch war in die Mitte des Zimmers zurückgeschoben

worden, und die Stühle standen unordentlich ringsum auf dem Boden. Hannah rückte den Tisch gerade und stellte die Stühle ordentlich auf. Sie versuchte immer noch, mit der Tatsache fertig zu werden, daß Simon lebte und Teil des Bagdad-Einsatzteams war. Aber warum hatte die CIA ihn geschickt? Vielleicht… Sie schaute zu dem riesigen Bild Saddam Husseins hinauf, während sie den Stuhl am Kopf des Tisches zurechtrückte. Dann kam ihr Blick auf dem Dokument zu ruhen, das neben das Bild genagelt war.

Die amerikanische Unabhängigkeitserklärung hing genau dort an der Wand, wo der stellvertretende Außenminister gesagt hatte.

30

Zwei Wagen fuhren zur Absperrung und wurden ohne Formalitäten sofort durchgelassen. Scott bobachtete interessiert, wie eine größere Gruppe Soldaten die beiden Fahrzeuge umringte.

Als ein großer, breiter Mann aus dem zweiten Wagen stieg, flüsterte Aziz: »General Hamil, der Barbier von Bagdad. Er hat ein Rasiermesser an seinem Schlüsselring hängen.«

Kratz nickte. »Ich kenne seinen vollständigen Lebenslauf. Ich weiß sogar, wie der junge Leutnant heißt, mit dem er zur Zeit zusammenlebt.«

Major Saeed nahm Haltung an und grüßte zackig. Niemand brauchte Scott zu sagen, daß dieser Hamil von anderem Kaliber war als sämtliche Iraker, mit denen er es bisher zu tun gehabt hatte. Er studierte das Gesicht des Mannes in der maßgeschneiderten, makellosen Uniform, an der noch mehr Auszeichnungen prangten als auf der des Majors. Auch Hamil hielt einen Offiziersstock und trug schwarze Lederhandschuhe. Er hatte ein grausames Gesicht. Den Soldaten, die rundum standen, gelang es nicht, ihre Angst zu verbergen.

Der Major deutete auf Scott und befahl: »Mitkommen!«

»Ich fürchte, er meint Sie«, sagte Kratz.

Scott nickte und spazierte hinüber.

»Mr. Bernstrom«, sagte der General und zog den rechten Handschuh aus, »ich bin General Hamil.« Scott schüttelte ihm die Hand. »Tut mir leid, daß Sie warten mußten. Aber jetzt will ich Sie nicht länger aufhalten als nötig. Zeigen Sie mir bitte den Safe, von dem Major Saeed offenbar sehr beeindruckt ist.«

Ohne ein weiteres Wort drehte der General sich um und schritt auf das Gebäude zu. Scott blieb nichts anderes übrig, als ihm zu folgen. Zum erstenmal in seinem Leben hatte er wirkliche Angst.

Hannah griff nach Staubwedel und Möbelpolitur. Sie begann die Politur mit kleinen, kreisförmigen Bewegungen zu verteilen, während sie die Unabhängigkeitserklärung eingehender in Augenschein nahm. Das Pergament befand sich in einem dermaßen schrecklichen Zustand, daß Hannah eine Restaurierung kaum möglich erschien, selbst wenn es Simon gelingen sollte, das Dokument nach Washington zurückzubringen.

Sie warf einen vorsichtigen Blick durch die Tür und sah den Safe, der ihr am Mittag auf dem Laster aufgefallen war. Er stand offen, wurde aber von zwei weiteren Posten bewacht, die sich genauso angeregt unterhielten wie die beiden an der vorderen Tür des Saales.

Sie arbeitete sich langsam den kurzen Korridor entlang – sie staubte die hölzernen Fußbodenleisten ab und polierte sie –, bis sie dem Safe gegenüber war und einen ungehinderten Blick hineinwerfen konnte. Sie trat einen Schritt darauf zu und spähte ins Innere, als hätte sie so etwas in ihrem Leben noch nie gesehen. Einer der beiden Posten versetzte ihr einen Tritt, und Hannah stolperte in den Safe. Das unausbleibliche schallende Gelächter folgte. Sie wollte sich gerade umdrehen und den Mann zur Rede stellen, als sie im Halbdunkel den langen Pappzylinder in einer Ecke liegen sah. Sie beugte sich hinüber, rollte ihn rasch auf sich zu und schob ihn unter ihren langen Rock. Sie fragte sich, ob sie ihn benutzen könnte, Simon eine Nachricht zukommen zu lassen. Kurz entschlossen ließ Hannah Staubwedel und Politur im Safe liegen und rannte über den Korridor zurück, als wolle sie sich vor den Posten in Sicherheit bringen.

Kaum daß sie wieder im Sitzungssaal war, nahm sie einen Lappen aus ihrem Putzkasten und polierte den Tisch, bis sie an einer Stelle war, wo man sie weder vom vorderen noch hinteren Gang aus sehen konnte. Dort ging sie in die Knie, bis sie unter dem Tisch war, und ließ den Pappzylinder neben sich auf den Boden fallen. Rasch nahm sie den Deckel ab und stellte fest, daß irgend etwas im Zylinder steckte. Sie zog das Pergament heraus, rollte es auf und starrte es ungläubig an. Es war eine phantastische Kopie der Unabhängigkeitserklärung, offenbar von einem

Meister seines Fachs angefertigt. Sie wies sogar Beschädigungen auf, als hätte jemand versucht, ihren Zustand dem des Originals an der Wand anzugleichen. Sofort wurde ihr klar, daß Simon gehofft haben mußte, eine Möglichkeit zu finden, die Kopie gegen das Original auszutauschen.

Kratz schaute Scott nach, bis er hinter General Hamil im Gebäude verschwunden war. Dann ging er langsam zum Laster zurück, stieg ins Fahrerhaus und blickte durch die Windschutzscheibe. Niemand schien sich sonderlich dafür zu interessieren, was sie taten.

»Da stimmt was nicht«, sagte Kratz. »Irgend etwas ist da faul.« Cohen und Aziz starrten geradeaus, ohne etwas zu sagen. »Wenn Hamil hinzugezogen wurde, dann müssen die Iraker Verdacht geschöpft haben. Es ist Zeit, daß wir herausfinden, wer was weiß.«

»Woran denken Sie, Sir?« fragte Cohen.

»Ich habe das Gefühl, der Major weiß nicht so ganz, was hier läuft. Entweder haben sie ihn nicht eingeweiht, oder er ist nicht der richtige Mann für den Job.«

»Oder beides«, meinte Aziz.

Kratz nickte. »Oder beides. Also, sehen wir zu, daß wir es herausfinden. Aziz, ich möchte, daß Sie und Cohen zur Absperrung schlendern. Sagen Sie den Posten, Sie wollen etwas zu essen holen und sind in ein paar Minuten zurück. Falls die Kerle sich weigern, Sie rauszulassen, haben wir ein echtes Problem. Denn das kann nur bedeuten, daß sie wissen, was wir vorhaben. In diesem Fall kommen Sie ins Fahrerhaus zurück, und ich werde mir unseren nächsten Schritt überlegen.«

»Und wenn sie uns durchlassen?« fragte Cohen.

»Dann verschwinden Sie, halten aber Blickkontakt zum Laster. Das dürfte bei diesen Massen von Schaulustigen nicht zu schwierig sein. Wenn Professor Bradley mit dem Pappzylinder herauskommt und ich meinen Arm ans Fenster stütze, so wie jetzt, dann kommen Sie so schnell wie möglich zurück. Dann geht es um jede Sekunde. Und noch was, Cohen: Falls ich aus irgendeinem Grund nicht dabei bin und der Professor einen Abstecher zum Außenministerium vorschlägt, lassen Sie sich auf keinen Fall dazu überreden.« Obwohl er nicht die leiseste Ahnung hatte, wovon der Oberst redete, nickte Cohen. »Aber falls Sie bemerken, daß wir in Schwierigkeiten sind, halten Sie sich eine Stunde lang in sicherer Entfernung und flehen Sie zu Gott, daß der Coup gelingt.«

»Verstanden, Sir«, bestätigte Cohen.

»Nehmen Sie die Wagenschlüssel mit«, wies ihn Kratz an. »Und jetzt ab mit Ihnen!«

Kratz stieg aus dem Fahrerhaus und schlenderte zu Major Saeed hinüber, der wieder ein Telefongespräch führte. Er blieb ein paar Schritte links von ihm stehen, als wollte er seine Aufmerksamkeit auf sich lenken. Gleichzeitig blickte er über die Schulter, um Aziz und Cohen zu beobachten, die auf die Absperrung zugingen.

Kratz versuchte noch immer die Aufmerksamkeit des Majors auf sich zu ziehen, als Aziz an der Absperrung stehenblieb und offenbar eine scherzhafte Bemerkung zu einem Posten machte.

Augenblicke später schlüpften Aziz und Cohen durch die Absperrung und waren Sekunden später in der Menge untergetaucht.

Major Saeed knipste sein Telefon aus. »Was gibt's jetzt schon wieder für ein Problem?« fragte er unwirsch.

Kratz zog eine Zigarette hervor und bat den Major um Feuer.

»Ich rauche nicht«, brummte Saeed und winkte ihn fort.

Kratz ging langsam zum Fahrerhaus zurück, setzte sich hinters Lenkrad und beobachtete wieder den offenen Eingang zum Baath-Hauptquartier.

Hannah blickte auf die Unabhängigkeitserklärung, die nur wenige Schritte von ihr entfernt an der Wand hing. Sie wartete, bis sie wieder schallendes Gelächter hörte, ehe sie zu dem Dokument hinüberging und hastig versuchte, die Nägel herauszuziehen. Drei ließen sich mühelos lösen, aber der vierte, an der rechten oberen Ecke, weigerte sich hartnäckig nachzugeben. Nach ein paar Sekunden erkannte Hannah, daß sie keine andere Wahl hatte, als das Dokument vorsichtig über den Nagelkopf zu ziehen. Als sie das Pergament in der Hand hielt, kehrte sie zum Tisch zurück, legte das Original auf den Boden und machte sich rasch daran, die Kopie an der Wand zu befestigen.

Sie warf kaum einen Blick auf ihr Werk, kehrte wieder zum Tisch zurück, kniete sich erneut hin, rollte das Original hastig zusammen und schob es in den Zylinder, den sie anschließend unter ihrem Rock verbarg. Ihr war klar, daß sie nicht versuchen durfte, den Zylinder aus dem Gebäude zu schmuggeln, weil die Soldaten sie möglicherweise wieder ›durchsuchten‹. Es gab keine Alternative. Sie ging den kurzen Korridor zurück und war im Safe, bevor die beiden Soldaten zu schwatzen aufgehört hatten. Dort ließ sie den Zylinder auf den Boden fallen und schob ihn zurück in die dunkelste Ecke, genau dorthin, wo sie ihn beim ersten Mal gesehen hatte. Dann nahm sie den Staubwedel und die Politur auf, die sie liegengelassen hatte, trat aus dem Safe, zeigte beides den Soldaten vor und rannte den Korridor zum Sitzungssaal zurück.

Nun mußte sie so schnell wie möglich aus dem Gebäude und Simon irgendwie eine Nachricht zukommen lassen.

Da hörte sie die Stimmen.

»Wie groß ist der Safe genau?« wollte General Hamil von Simon wissen, während sie durch den Korridor schritten.

»Er ist zwei Meter siebzig hoch, zwei Meter zehn breit und zwei Meter vierzig tief. Sie könnten eine geheime Sitzung darin abhalten, wenn Sie möchten, General.«

»Tatsächlich?« sagte Hamil und stieg in den Aufzug. »Aber ich habe gehört, daß der Safe sich nur von einer Person bedienen läßt.« Er drückte mit behandschuhtem Finger auf den untersten Knopf. »Stimmt das?«

»Das stimmt, General. Wir haben uns genauestens an die Anweisungen Ihrer Regierung gehalten.«

Die Aufzugstür glitt zurück. Der General trat auf den Korridor und ging in Richtung Sitzungssaal.

»Stimmt es, daß der Safe sogar einem Nuklearangriff standhalten kann?«

»Auch das trifft zu«, versicherte Scott ihm. »Der Safe hat fünfzehn Zentimeter dicke Wände. Keine Explosion, von einem direkten Treffer abgesehen, kann ihm etwas anhaben. Selbst wenn das Gebäude, in dem er steht, völlig zerstört würde, bliebe im Safe alles unbeschädigt.«

»Beeindruckend«, sagte der General. Die Posten nahmen Haltung an und grüßten zackig, als Hamil näher kam, und er tippte mit dem Stöckchen an den Rand seiner Mütze. Er marschierte in die Ratskammer, dicht gefolgt von Scott, der verärgert bemerkte, daß eine Raumpflegerin den Tisch polierte. Er konnte sie, weiß Gott, nicht brauchen, wenn er hierher zurückkam. Der General hingegen gönnte ihr nicht einmal einen Blick, als er durch den Raum schritt.

Scott warf einen raschen Blick auf die Unabhängigkeitserklärung, ehe er dem General auf den hinteren Korridor folgte.

»Ah!« hörte Hannah den General sagen, als dieser noch mehrere Meter vom Ende des Korridors entfernt war. »Nüchterne Daten werden Ihrem Safe nicht gerecht, Mr. Bernstrom.« Die beiden Soldaten standen reglos in Habachtstellung, während der General den Safe geraume Weile betrachtete und dann hineinstieg. Als er den Pappzylinder auf dem Boden liegen sah, bückte er sich danach und hob ihn auf.

»Nur zum Schutz des Bildes«, erklärte Scott und deutete auf das Porträt Saddam Husseins.

»Sie sind ein gründlicher Mann, Mr. Bernstrom«, lobte Hamil. »Sie hätten einen großartigen Oberst in einem meiner Regimenter abgegeben.« Er lachte und gab Scott den Zylinder.

Hannah lauschte angespannt jedem Wort und erkannte, daß sie so schnell wie nur möglich aus dem Gebäude verschwinden mußte, um Kratz mitzuteilen, was sie getan hatte.

»Möchten Sie, daß ich Ihnen vorführe, wie man den Safe programmiert?« hörte sie Scott fragen, als sie die vordere Tür des Sitzungssaales erreichte.

»Nein, nein, nicht mir«, wehrte General Hamil ab. »Der Präsident ist der einzige, der diesen Safe bedienen darf.« Das waren die letzten Worte, die Hannah hörte, als sie aus dem Sitzungssaal an den beiden Posten vorbei und den langen Korridor hinunter ging. An der Tür zur Treppe schaute sie rasch über die Schulter und sah den General in den Sitzungssaal kommen, während Scott, den Zylinder unter dem Arm, sich ein gutes Stück hinter ihm befand.

Hannah hätte am liebsten laut gejubelt.

Scott wußte, daß er keine Chance mehr haben würde, den Austausch vorzunehmen, wenn Saddam erst im Gebäude war. Als er die Kammer erreichte, ließ er den General mehrere Schritte vorausgehen. Erleichtert stellte er fest, daß die Putzfrau nicht mehr zu sehen war. Die Posten sprangen in Habachtstellung, als der General aus dem Saal in den vorderen Korridor trat.

Scott starrte auf den Alarmknopf an der Wand vor ihm. Dreh dich nicht um, flehte er lautlos und blickte angespannt auf den Rücken des Generals. Einen Meter vor der Tür machte Scott einen Satz und preßte den Daumen auf den roten Knopf. Die Türen knallten sofort zu.

Hannah wollte eben die Tür zur Hintertreppe öffnen, als die Sirene gellend heulte und sich sofort alle Ausgänge verriegelten. Sie drehte sich um und sah, daß sie mit dem General und vier Mann seiner Republikanischen Garde allein war.

Der General lächelte sie an. »Frau Kopec, nehme ich an. Freut mich, Sie kennenzulernen. Ich fürchte, es wird wohl noch ein paar Minuten dauern, bis Professor Bradley sich uns anschließen kann.«

Die Posten nahmen Hannah in die Mitte, während der General auf einen Monitor über der Tür blickte. Er beobachtete Scott, der in der Ratskammer auf einen Knopf an der Seite seiner Uhr drückte, dann zur Wand rannte, rasch die Kopie der Unabhängigkeitserklärung aus dem Zylinder zog und mit dem Original verglich. Er fand, daß er seine Arbeit im Fahrerhaus ziemlich gut gemacht hatte, aber vorsichtshalber spuckte er noch auf Lewis Morris und John Witherspoon und rieb das Dokument ein paar Sekunden über den Steinboden, bevor er es noch einmal mit der Urkunde an der Wand verglich. Ein Blick auf die Uhr zeigte ihm, daß fünfundvierzig Minuten vergangen waren. Er machte sich daran, die Nägel aus der Wand zu ziehen, aber der in der rechten oberen Ecke wollte nicht nachgeben. Scott hob die Unabhängigkeitserklärung behutsam darüber. Sechzig Sekunden!

Hannah starrte entsetzt auf den Monitor. Sie mußte mit ansehen, wie Simon ihre Arbeit zunichte machte. Der General sprach ins Telefon.

Sobald Scott das Dokument von der Wand genommen hatte, legte er es auf den Tisch. Dann befestigte er das Original, das er aus dem Pappzylinder gezogen hatte, wieder an der Wand, und auch er schob die rechte obere Ecke vorsichtig über den hartnäckigen Nagel. Neunzig Sekunden! Er rollte Dollar Bills Kopie zusammen und steckte sie in den Zylinder. Hundertzehn Sekunden! Dann ging er zu der Tür, die zu den Aufzügen führte, atmete tief und wartete darauf, daß die Sirene verstummte und die Türen aufschwangen.

Scott wußte, daß es mehrere Minuten dauern würde, bis sich feststellen ließ, wo der Alarm ausgelöst worden war, deshalb zuckte er nur die Schultern und lächelte dem General entgegen.

Kratz saß hinter dem Lenkrad des Lasters und behielt Major Saeed im Auge. Das anhaltende schrilles Geräusch verstummte. Saeed hielt das Telefon ans Ohr. Plötzlich wirbelte er herum, riß seine Pistole aus dem Halfter, blickte besorgt zum Fahrerhaus und brüllte einen Befehl. In Sekundenschnelle umringten sämtliche Soldaten auf dem Hof den Laster und richteten die Gewehre auf Kratz.

Der Major stürmte zum Fahrerhaus. »Wo sind die beiden anderen?« fragte er keuchend. Kratz zuckte die Schultern. Saeed machte auf dem Absatz kehrt und rannte ins Gebäude. Im Laufen rief er einen weiteren Befehl.

Kratz legte die Rechte über sein linkes Handgelenk und zog behutsam das Pflaster, eine zweite Haut, unter seiner Armbanduhr ab. Vorsichtig löste er die am Pflaster klebende winzige grüne Pille und schob sie in den Handteller. Sechzig oder siebzig

Augen starrten zu ihm herauf. Er fing zu husten an, hob langsam die Hand zum Mund, senkte den Kopf und schluckte die Pille.

Saeed kam aus dem Gebäude gestürmt und brüllte neue Befehle. Innerhalb von Sekunden hielt eine Limousine neben dem Laster.

»Raus!« schrie der Major Kratz an, der aus dem Fahrerhaus herauskam und vor einem Dutzend aufgepflanzter Bajonette zur hinteren Tür der Limousine ging. Er wurde auf den Sitz geschoben; zwei Männer in dunklen Anzügen nahmen links und rechts von ihm Platz. Einer drehte Kratz unsanft um und fesselte ihm die Hände hinter dem Rücken, während der andere ihm ein Tuch um die Augen band.

Cohen und Aziz beobachteten von der anderen Seite des Platzes, wie der Wagen sich rasch entfernte.

31

Der General erwiderte Scotts Lächeln.

»Frau Saib brauche ich Ihnen wohl nicht vorzustellen«, sagte er. »Ich glaube, Sie kennen sich bereits.«

Scott blickte verständnislos auf die Frau in schwarzer Abaya und einem Puschi, der ihr Gesicht bedeckte. Vier Soldaten mit vorgestreckten Bajonetten umringten sie.

»Wir haben Frau Saib viel zu verdanken, denn es war natürlich sie, die uns erst auf Sie aufmerksam gemacht hat – ganz zu schweigen von der Ansichtskarte, die sie Mrs. Rubin geschickt hat und die Ihnen half, die Unabhängigkeitserklärung so schnell zu finden. Wir haben uns allerdings auch bemüht, es Ihnen so leicht wie möglich zu machen.

»Ich kenne Frau Saib nicht«, erklärte Scott.

»Ach kommen Sie, Professor – oder soll ich Sie lieber Agent Bradley nennen? Ich bewundere Ihre Ritterlichkeit, aber auch wenn Sie Frau Saib nicht kennen – Hannah Kopec kennen Sie bestimmt.« Der General riß Hannahs Puschti vom Gesicht.

Scott starrte Hannah an, sagte jedoch nichts.

»Ah, ich sehe, Sie erinnern sich an die Dame. Aber es wäre ja auch erstaunlich, jemanden zu vergessen, der versucht hat, einen umzubringen, nicht wahr?«

Hannahs Augen flehten Scott an.

»Wie rührend, meine Liebe. Er hat Ihnen verziehen. Ein großherziger Mann! Aber ich fürchte, mir liegt Verzeihen weniger.« Der General drehte sich um und sah, daß Major Saeed auf ihn zugerannt kam. Er hörte aufmerksam zu, was der Major ihm flüsternd mitteilte. Dann trommelte er heftig mit seinem Stock gegen den hohen Schaft seiner schwarzen Lederstiefel.

»Sie sind ein Idiot!« brüllte er und schlug dem Major abrupt den Stock ins Gesicht.

Er wandte sich wieder zu Scott um. »Sieht leider so aus, als müsse das Wiedersehen, das ich für Sie und Ihre Freunde geplant hatte, noch eine Weile warten. Wir haben zwar Oberst Kratz in sicherer Verwahrung, doch der Jude und der kurdische Verräter sind entkommen. Aber es dürfte nicht lange dauern, bis wir auch sie verhaftet haben.«

»Wie lange wissen Sie es schon?« fragte Hannah leise.

»Wie so viele unserer Feinde haben Sie den Fehler gemacht, Frau Kopec, unseren großen Präsidenten zu unterschätzen«, erwiderte der General. »Sayedi hat mehr Macht über das Geschehen im Nahen Osten, als Gorbatschow über die Russen hatte, Thatcher über die Briten oder Bush über die Amerikaner. Ich frage mich, wie viele Menschen im Westen längst nicht mehr überzeugt sind, daß die Alliierten den Golfkrieg gewonnen haben. Aber Sie waren ja auch dumm genug, Sayedis Vetter Abdul Kanuk zu unterschätzen, der nun unser neuer Botschafter in Paris ist. Vielleicht war er nicht ganz so dumm, als er Sie zur Wohnung Ihres Liebhabers verfolgte und den Rest der Nacht in einem Hauseingang ausharrte, bis er Ihnen zurück zur Botschaft folgen konnte. Er hat unseren Botschafter in Genf von ›Frau Saibs‹ Absicht informiert.

Natürlich mußten wir sichergehen, schon deshalb, weil unser stellvertretender Außenminister nicht glauben wollte, daß eine seiner loyalsten Mitarbeiterinnen zu so etwas fähig ist. Ein naiver Mann. Deshalb lud die Frau des stellvertretenden Außenministers Frau Saibs Bruder zum Abendessen ein, als Sie nach Bagdad gekommen waren. Bedauerlicherweise erkannte er seine Schwester nicht wieder. Ihre Tarnung flog auf, wie amerikanische Boulevardblätter es wohl nennen würden. Die gleichen Zeitschriften, die immer wieder jaulen: ›Warum eliminiert der Mossad Präsident Saddam nicht?‹ Wenn die wüßten, wie oft der Mossad es vergeblich versucht hat! Oberst Kratz hat Ihnen bei Ihrer Ausbildung in Herzliyah offenbar verschwiegen, daß Sie der siebzehnte Mossad-Agent sind, der in den letzten fünf Jahren bei uns eingeschleust wurde. Alle haben das gleiche tragische Ende genommen, das Ihrem Oberst bevorsteht. Und das allerbeste an dieser ganzen Sache ist, daß niemand uns zur Rede stellen wird, wenn wir Sie alle hinrichten. Wissen Sie, die Juden wollen nicht zugeben, daß ihnen nach Entebbe und Eichmann so etwas passieren könnte. Ich bin sicher, Professor, Sie wissen die Logik zu würdigen, die dahinter steht.«

»Ich biete Ihnen ein Geschäft an«, sagte Scott.

»Ihre westliche Ethik rührt mich, Professor, aber ich fürchte, Sie haben uns nichts anzubieten.«

»Wir tauschen Frau Saib gegen Hannah aus.«

Der General lachte schallend auf. »Sie wissen natürlich, Professor, wie lächerlich dieser Vorschlag ist. Aber ich möchte Sie nicht beleidigen. Die Denkweise eines Arabers ist Ihnen nun einmal fremd. Erlauben Sie mir, es Ihnen zu erklären. Wenn Sie sterben, wird niemand einen Finger rühren. Denn, wie ich schon sagte, der Westen wird, um das Gesicht nicht zu verlieren, nicht einmal zugeben, daß es Sie gibt. Wir Araber hingegen werfen anklagend die Hände in die Höhe und fragen, weshalb der Mossad eine harmlose, arglose Sekretärin auf dem Weg nach Paris entführt hat und sie jetzt gegen ihren Willen in Tel Aviv festhält. Wir kennen sogar das Haus, in dem sie gefangengehalten wird, und wir haben für rührselige Bilder gesorgt, die wir an Zeitschriften in aller Welt senden werden. Außerdem werden Frau Saibs gramgebeugte Mutter und ihr Bruder seit Wochen von einer Ihrer eigenen Public-Relations-Agenturen gedrängt, sich der westlichen Presse zu stellen. Wir haben sogar dafür gesorgt, daß Amnesty International vor jeder israelischen Botschaft auf der Welt gegen die unmenschliche Behandlung Frau Saibs protestiert.«

Scott starrte den General nur an.

»Die arme Frau Saib wird man in wenigen Tagen freilassen. Sie beide jedoch werden eines unbeweinten, sang- und klanglosen Todes sterben. Wenn man bedenkt, daß Sie Ihr Leben für ein lächerliches Stück Pergament geopfert haben! Ach, da wir gerade bei diesem Thema sind, Professor, ich kann Sie jetzt um die Bürde der Unabhängigkeitserklärung erleichtern.«

Die vier Soldaten traten näher und hielten die Spitzen der Bajonette an Scotts Hals, während der General ihm den Pappzylinder abnahm.

»Eine beachtliche Leistung, die Dokumente in zwei Minuten auszutauschen, Professor.« Der General blickte zu dem Monitor hinauf. »Aber ich darf Ihnen versichern, daß wir nach wie vor die Absicht haben, das Original am 4. Juli in aller Öffentlichkeit zu verbrennen. Ich bin überzeugt, das wird Clintons Ruf sehr abträglich sein.« Der General lachte. »Wissen Sie, Professor, seit vielen Jahren schon macht mir das Töten Spaß, aber Ihr Tod und der von Frau Kopec wird mir ein besonderes Vergnügen bereiten, denn ich habe mir für Sie beide eine sehr interessante Hinrichtungsmethode überlegt.«

Die Soldaten drängten Hannah und Scott durch den Sitzungssaal in den kurzen hinteren Korridor. Der General folgte ihnen. Vor dem offenen Safe blieben alle stehen.

»Gestatten Sie, Professor«, sagte General Hamil, »daß ich Ihr Augenmerk auf ein paar Daten richte, die Sie zu erwähnen versäumten, als Sie mich mit diesem Wunder der Technik vertraut machten. Vielleicht waren diese Daten Ihnen selbst nicht bekannt, obwohl ich gestehen muß, daß Sie Ihre Hausaufgaben gründlich gemacht haben. Aber wußten Sie, daß eine Person, die in einen Safe dieser Größe, mit einem Volumen von vierzehn Kubikmetern, eingeschlossen wird, nur etwa sechs Stunden überleben kann? Wie lange zwei Personen bei derselben Menge Sauerstoff durchhalten, weiß ich noch nicht. Ich werde es jedoch in Kürze erfahren.« Er nahm eine Stoppuhr aus seiner Brusttasche, winkte mit seinem Stock. Die Soldaten stießen zuerst Hannah, dann Scott in den Safe. Das Lächeln blieb auf des Generals Gesicht, als die Soldaten die tonnenschwere Tür zuschoben. Alle Lämpchen leuchteten rot auf.

Der General drückte auf seine Stoppuhr.

Als der Wagen hielt, hatte er nach Kratz' Schätzung etwa anderthalb Kilometer zurückgelegt. Er hörte, wie die Tür geöffnet wurde. Dann forderte jemand ihn mit einem unsanften Stoß auf, auszusteigen. Er wurde drei steinerne Stufen hinaufgeführt, ehe sie ein Haus betraten und einen langen Korridor entlanggingen. Jemand führte Kratz in ein Zimmer zur Linken, stieß ihn gebunden und geknebelt auf einen Stuhl. Als er hörte, wie die Tür geschlossen wurde, ahnte er, daß er allein war.

Viel Zeit verging – wieviel, konnte er nicht so recht schätzen –, bevor die Tür wieder geöffnet wurde. Die erste Stimme, die er hörte, war die General Hamils. »Knebel herausnehmen«, befahl er.

Kratz hörte, wie Hamil den Stuhl umrundete, doch vorerst schwieg der General. Kratz konzentrierte sich. Er wußte, daß die Pille zwei Stunden wirken würde, nicht länger, und er vermutete, daß seit ihrer Abfahrt vom Baath-Hauptquartier zwischen vierzig und fünfzig Minuten vergangen waren.

»Colonel Kratz, ich freue mich bereits längere Zeit darauf, Ihre Bekanntschaft zu machen. Schon lange bewundere ich Ihre Arbeit. Sie sind ein Perfektionist.«

»Hören Sie auf mit dem Gewäsch«, brummte Kratz. »Ich bewundere jedenfalls weder Sie noch Ihre Arbeit.«

Er erwartete einen Schlag mit den Handschuhen oder der Faust im Gesicht, doch der General setzte lediglich seine Runden um den Stuhl fort.

»Seien Sie nicht zu enttäuscht«, mahnte der General. »Ich bin sicher, nach allem, was Sie über uns gehört haben, müssen Sie inzwischen zumindest mit ein paar Elektroschocks gerechnet haben, vielleicht auch mit der chinesischen Wasserfolter, ja, sogar der Streckbank. Aber ich fürchte – im Gegensatz zum Mossad, Oberst –, haben wir im Umgang mit Männern Ihres Ranges derart primitive Methoden längst aufgegeben. Wir haben festgestellt, daß sie altmodisch sind. Schlimmer noch, sie bringen nichts. Ihr Zionisten seid zäh und gut ausgebildet. Wenige von euch reden, sehr wenige. So mußten wir zu wissenschaftlicheren Methoden greifen, um an die benötigte Information zu gelangen.«

Wenn noch keine volle Stunde vergangenen ist, dachte Kratz, habe ich es richtig eingeschätzt.

»Eine einfache Injektion von PPX wird dafür sorgen, daß wir alles erfahren, was wir wissen wollen«, fuhr der General fort.

»Das ist sehr viel wirkungsvoller als die antiquierten Methoden und obendrein viel sauberer – bei all den Klagen über Umweltverschmutzung, mit denen man heutzutage konfrontiert wird. Allerdings muß ich gestehen, daß mir die alten Methoden ein bißchen fehlen. Deshalb werden Sie gewiß Verständnis dafür aufbringen, daß ich einfach nicht widerstehen konnte, Frau Kopec und Professor Bradley in ihrem Safe einzuschließen, vor allem, da sie einander so lange nicht mehr gesehen hatten.«

Kratz' Hand wurde zurückgedrückt und an der Stuhllehne festgehalten; Finger tasteten nach einer Ader, und er zuckte zusammen, als die Nadel eindrang. Er begann lautlos zu zählen: eins, zwei, drei, vier, fünf, sechs...

Jetzt würde er herausfinden, ob die zu Europas führenden Chemikern zählende Wissenschaftlerin tatsächlich ein Gegenmittel für das neueste Wahrheitsserum der Irakis gefunden hatte. Der Mossad hatte sie in Österreich aufgespürt. Seltsam, wie viele Leute glaubten, daß es in Österreich keine Juden mehr gäbe.

... siebenunddreißig, achtunddreißig, neununddreißig...

Das Mittel war noch im Versuchsstadium und noch nie außerhalb des Labors erprobt worden. Erst, wenn es jemandem gelang, völlig Herr über seine Sinne zu bleiben, während er scheinbar unter Hypnose stand, würde man erfahren, ob das Mittel tatsächlich wirkte.

... eine Minute eins, eine Minute zwei, eine Minute drei...

Der Test würde beginnen, wenn er die zweite Spritze bekam – irgendwo, wo es weh tat. Dann durfte er keinerlei Reaktion zeigen, sonst würde der General sofort erkennen, daß die erste Injektion nicht die erwartete Wirkung gezeitigt hatte. Dieses spezielle ›Erfahrungstraining‹ war unter den Agenten nicht gerade beliebt, und obwohl Kratz den ›Stich‹, wie es in ihren Kreisen genannt wurde, während des letzten Dreivierteljahres einmal im Monat zu spüren bekommen hatte, gab es im Ernstfall nur eine einzige Chance, herauszufinden, ob man diesen Test bestanden hatte.

... eine Minute siebenunddreißig, eine Minute achtunddreißig, eine Minute neununddreißig...

Das irakische Serum sollte angeblich nach zwei Minuten wirken, und jeder Agent war vorgewarnt worden, den zweiten Einstich irgendwann zwischen zwei und drei Minuten nach dem ersten zu erwarten. Deshalb das Mitzählen.

... eine Minute sechsundfünfzig, eine Minute siebenundfünfzig...

Entspann dich, jetzt ist es jeden Moment soweit. Entspann dich!

Plötzlich stach die Nadel in die große Zehe des linken Fußes. Kratz rührte sich nicht; sogar sein Atem blieb regelmäßig. Er hatte sich den israelischen Nadelkissenpreis verdient. Mossad-Agenten machten über alles Witze.

32

»Und ich habe dich die ganze Zeit für tot gehalten!«

»Wir hatten keine Möglichkeit, dir Bescheid zu geben«, sagte Scott.

»Das ist jetzt auch nicht wichtig, Simon.« Hannah lächelte, auch wenn er es nicht sehen konnte. »Tut mir leid, an ›Scott‹ muß ich mich erst gewöhnen, und ob es mir in der kurzen Zeit gelingt, die uns noch bleibt, weiß ich nicht!«

Scott drückte sie fest an sich. »Ich weiß, daß ich jetzt eigentlich hysterisch sein müßte«, sagte Hannah, »oder zumindest weinen sollte. Aber ich kann nicht. Vielleicht kommt das alles noch.«

»Oder überhaupt nicht«, meinte Scott und ließ sie auch jetzt nicht los.

»Wie meinst du das?«

»Kratz und ich haben verschiedene Pläne für den Notfall ausarbeitet. Einer davon sieht vor, daß wir mindestens eine Stunde dichtzuhalten versuchen, sollten wir erwischt und gefoltert werden, während andere von uns noch frei sind. Dann rückt Kratz nämlich mit dem ›Knaller‹ heraus.«

Hannah wußte, was der Mossad unter ›Knaller‹ verstand, auch wenn sie in diesem Fall keine Einzelheiten kannte.

»Allerdings muß ich zugeben, daß dies eine Situation ist, an die wir nicht gedacht hatten«, gestand Scott. »Wir waren wohl davon ausgegangen, die Irakis könnten das Gebäude und die Gegend ringsum räumen lassen, wenn wir sie überzeugen, daß wir einen anderen Grund gehabt haben, den Safe nach Bagdad zu bringen.«

»Und wozu hätte das gut sein sollen?«

»Wir hatten gehofft, daß die anderen Agenten, die einen Tag vor uns über die Grenze kamen, eine Chance hätten, ins leere

Gebäude und in den Sitzungssaal zu gelangen, um die Unabhängigkeitserklärung auszutauschen, selbst wenn man uns festnimmt.«

»Aber die Irakis hätten das Dokument doch mitgenommen.«

»Nicht unbedingt. In unserem Plan war vorgesehen, daß wir ihnen erklären, was geschähe, falls irgend jemand außer mir den Safe schließt. Wir hofften, das würde eine Panik auslösen, so daß die Irakis alles liegen- und stehenlassen und das Weite suchen.«

»Also hat Kratz den kürzeren Halm gezogen.«

»Ja«, erwiderte Scott leise. »Aber der ursprüngliche Plan ist gestorben, nachdem ich so dumm war, Hamil die Unabhängigkeitserklärung in die Hand zu spielen. Wir müssen also jetzt die Zeit nutzen, raus- statt reinzukommen.«

»Aber du hast sie ihm gar nicht gegeben«, erklärte ihm Hannah. »Die Unabhängigkeitserklärung hängt immer noch an der Wand des Sitzungssaals.«

»Ich fürchte, nein«, bedauerte Scott. »Hamil hatte recht. Nachdem ich den Alarm ausgelöst hatte, habe ich das Original abgenommen und die Kopie an die Wand gehängt.«

»Im Gegenteil«, widersprach Hannah. »Und weil du geglaubt hast, du hättest das Original, hast du Hamil ebenso wie dich selbst getäuscht.«

»Wovon redest du eigentlich?« fragte Scott.

»Ich habe den Pappzylinder im Safe entdeckt und die beiden Dokumente ausgetauscht, weil ich dachte, ich könnte das Gebäude verlassen und Kratz irgendwie mitteilen, was ich getan hatte. Das Problem war, daß du und General Hamil ausgerechnet in dem Moment gekommen seid, als ich verschwinden wollte. Als du dich in der Kammer eingesperrt hast, hast du das Original wieder an die Wand gehängt und Hamil die Fälschung gegeben.«

Scott schloß sie fest in die Arme. »Du bist ein Genie!«

»Quatsch«, entgegnete Hannah. »Sag mir lieber, was ihr für diesen Fall geplant hattet. Fang einfach damit an, wie wir aus einem verschlossenen Safe herauskommen.«

»Das ist ja das Schöne!« rief Scott. »Er ist gar nicht verschlossen. Er ist so programmiert, daß er nur von mir geöffnet und geschlossen werden kann.«

»Wer hat sich denn das ausgedacht?«

»Ein Schwede, der liebend gern unseren Platz einnehmen würde, aber in Kalmar bleiben mußte. Zuerst muß ich jetzt herausfinden, welche Wand die Tür ist.«

»Das ist einfach«, versicherte Hannah ihm. »Sie muß mir gegenüber sein, denn ich sitze unter Saddams Bild. Erinnerst du dich daran?«

Scott und Hannah krochen auf Händen und Knien zur anderen Seite des Safes. »Jetzt müssen wir zur rechten Ecke«, erklärte Scott, »dann brauchen wir bloß zu schieben, von dort ist es am leichtesten.«

Hannah nickte, bis sie sich erinnerte, daß sie einander ja nicht sehen konnten. »Ja«, sagte sie.

Scott blickte auf das Leuchtzifferblatt seiner Armbanduhr. »Aber jetzt noch nicht. Wir müssen Kratz noch ein bißchen Zeit geben.«

»Genug, daß du mir verraten kannst, was der ›Knaller‹ ist?« fragte Hannah.

»Gut«, sagte der General, als Kratz beim Eindringen der Nadel in seine große Zehe nicht reagierte. »Jetzt können wir alles von Ihnen erfahren, was wir wissen müssen. Zunächst eine einfache Frage: Welchen Rang bekleiden Sie?«

»Oberst«, antwortete Kratz. Der Trick bestand darin, dem Gegner nur Tatsachen mitzuteilen, von denen man ziemlich sicher war, daß er sie ohnehin bereits kannte.

»Ihre Dienstnummer?«

»78 216.« Im Zweifelsfall ging man davon aus, daß der Feind es bereits wußte, um kein Risiko einzugehen.

»Und Ihr offizieller Titel?«

»Berater für kulturelle Angelegenheiten am britischen Königshof in London.«

»Wie heißen Ihre drei Mitverschwörer, die sie bei dieser Mission begleitet haben?«

Drei vorsichtige Lügen und einen Knaller konnte man sich leisten, mehr aber nicht.

»Professor Scott Bradley, ein Sachverständiger für alte Manuskripte« – die erste Testlüge –, »Ben Cohen und Aziz Zeebari.« Die Wahrheit.

»Und die Frau, Hannah Kopec? Welchen Rang hat sie im Mossad?«

»Sie ist noch in der Ausbildung.«

»Wie lange ist sie beim Mossad?«

»Gut zwei Jahre.«

»Und ihre Rolle?«

»Sie sollte in Bagdad eingesetzt werden, um herauszufinden, wo die Unabhängigkeitserklärung ist.« Die zweite Lüge.

»Sie machen Ihre Sache gut, Oberst.« Der General blickte auf den langen, schmalen Pappzylinder, den er in der Hand hielt. »Und war das Ihre eigentliche Aufgabe als ihr Vorgesetzter?«

»Nein, ich sollte den Safe begleiten.« Die dritte Lüge.

»Aber das war doch gewiß nur ein Vorwand für den wahren Grund, nämlich die Wiederbeschaffung der Unabhängigkeitserklärung?«

Kratz zögerte. Experten hatten demonstriert, daß ein gut ausgebildeter Agent sogar unter dem Einfluß einer Wahrheitsdroge mit der Antwort zögern würde, wenn man ihn nach einem Geheimnis fragte, das er noch nie zuvor preisgegeben hatte.

»Sagen Sie mir den wahren Grund, weshalb Sie den Safe nach Bagdad gebracht haben, Oberst.«

Kratz schwieg immer noch.

»Colonel Kratz«, die Stimme des Generals hob sich mit jedem Wort, »was ist der wahre Grund, daß Sie den Safe nach Bagdad gebracht haben?«

Kratz zählte bis drei, ehe er sprach.

»Das Baath-Hauptquartier mit einem winzigen, im Safe verborgenen atomaren Sprengsatz in die Luft zu jagen, in der Hoffnung, den Präsidenten und den gesamten Revolutionären Kommandorat zu töten.« Der Knaller.

Wie sehr Kratz sich wünschte, in diesem Augenblick das Gesicht des Generals sehen zu können. Und nun zögerte Hamil.

»Wie sollte die Bombe gezündet werden?«

Wieder antwortete Kratz nicht.

»Ich frage Sie noch einmal, Colonel: Wie sollte die Bombe gezündet werden?«

Kratz schwieg.

»Wann wird sie explodieren?«

»Zwei Stunden, nachdem der Safe von jemand anderem als dem Professor verschlossen wurde.«

Der General blickte auf die Uhr, eilte zu dem einzigen Telefon und brüllte, sofort mit dem Präsidenten verbunden zu werden. Er wartete, bis er Saddams Stimme hörte. Dabei bemerkte er nicht, daß Kratz die Besinnung verloren hatte und vom Stuhl gerutscht war.

Scott lehnte sich in die Ecke und starrte erneut auf die Leuchtpünktchen seiner Uhr. Es war neunzehn Minuten nach fünf. Er und Hannah befanden sich seit siebenundsiebzig Minuten im Safe.

»Ich werde die Tür jetzt aufmachen. Wenn du etwas hörst, dann schieb mit aller Kraft. Falls jemand draußen ist, ist Überraschung unsere einzige Chance.«

Scott drückte nur leicht mit den Fingerspitzen gegen die Tür, und sie öffnete sich lautlos um einen guten Zentimeter. Er hielt inne und lauschte, hörte aber nichts, und durch den winzigen Türspalt war auch nichts zu sehen. Er schob die Tür um etwa zwei Zentimeter weiter auf. Auch jetzt – nichts. Er und Hannah hatten nun einen guten Blick auf den Korridor. Scott schaute Hannah an und nickte. Gemeinsam schoben sie, so fest sie konnten. Die Tonne Stahl schwang auf. Beide sprangen hinaus auf den Korridor. Niemand war zu sehen, und es herrschte eine fast gespenstische Stille.

Scott und Hannah schlichen dicht an der Wand entlang zum Sitzungssaal. Auch hier kein Laut. Scott trat einen Schritt hinein und blickte nach links. Die Unabhängigkeitserklärung hing noch neben Saddams Bild an der Wand. Hannah huschte zum vorderen Eingang und spähte hinaus auf den langen Korridor. Dann blickte sie über die Schulter zu Scott und nickte. Scott vergewisserte sich, daß die ›Brittischen Brüder‹ hier wirklich mit zwei *t* geschrieben waren, und stieß ein fast unhörbares Halleluja hervor. Er zog drei der Nägel aus der Wand und hob die Unabhängigkeitserklärung vorsichtig über den hartnäckigen oberen rechten Nagel. Die Erinnerung daran, daß er auf ein nationales Heiligtum gespuckt und es durch den Schmutz gezogen hatte, verbannte er aus seinen Gedanken. Er rollte das Dokument zusammen. Bevor er zu Hannah auf den Korridor trat, bedachte er Saddam mit einem letzten Blick.

Hannah glitt an der Wand entlang und deutete auf den Lift. Um Scott zu zeigen, daß sie nicht den Aufzug nehmen, sondern lieber die Hintertreppe hinaufschleichen wollte, zog sie einen Finger über ihren Hals. Er nickte sein Einverständnis und folgte ihr durch die Seitentür.

Schnell, aber leise rannten sie die sechs Treppen zum Erdgeschoß hinauf. Hannah winkte Scott in das Nebenzimmer, wo die Putzfrauen ihre Sachen verstaut hatten. Sie hatte das hintere Fenster erreicht und sich davor gekniet, noch ehe Scott die Tür schloß. Er rannte zu ihr, und gemeinsam spähten sie auf den Siegesplatz hinaus. Alles menschenleer, wohin und so weit sie auch blickten.

»Gott segne Kratz!« hauchte Scott.

Hannah nickte und bedeutete ihm, ihr wieder zu folgen. Sie führte ihn zurück auf den Korridor und hastig zur Seitentür des Gebäudes. Scott öffnete sie vorsichtig und schlich vor ihr hinaus. Einen Moment später war Hannah bei ihm.

Er deutete zu den Palmen in der Mitte des Platzes, und wieder nickte Hannah. Sie legten die gut zwanzig Meter bis dorthin in weniger als drei Sekunden zurück. Dann drehte Scott sich zum Gebäude um und sah, daß der Lkw noch vor der Mauer stand. Vermutlich hatte man ihn in der allgemeinen Panik zurückgelassen.

Scott tippte Hannah auf die Schulter und gab ihr zu verstehen, daß er zum Gebäude zurückkehren wollte. Sie legten die Strecke genauso schnell zurück wie zuvor und verschwanden durch die Seitentür. Dann führte Scott Hannah zum Hauptkorridor. Sie sahen, daß die Eingangstür wieder in den Angeln hing. Scott spähte durch den Spalt, deutete auf den Laster und gab Hannah zu verstehen, auf welcher Seite er einsteigen wollte. Wieder sprinteten sie wie nach einem Startschuß über den Asphalt.

Scott sprang hinter das Lenkrad, Hannah auf den Beifahrersitz.

»Wo, zum Teufel…«, war Scotts erste Reaktion, als er feststellte, daß der Zündschlüssel nicht steckte. Verzweifelt suchten sie im Handschuhfach, unter den Sitzen und auf dem Armaturenbrett. »Die Idioten müssen den Schlüssel mitgenommen haben!« fluchte Scott.

»Simon, paß auf!« schrie Hannah. Scott drehte sich um und sah jemand auf das Trittbrett springen.

Hannah wollte den Angreifer abwehren, doch Scott hielt sie zurück.

»Guten Tag, Miss«, sagte der Fremde. »Wir wurden einander leider noch nicht vorgestellt. Rutschen Sie rüber, Professor«, wandte er sich dann an Scott und steckte den Schlüssel ins Zündschloß. »Wir hatten uns doch darauf geeinigt, daß ich fahre. Sie erinnern sich?«

»Was in Gottes Namen machen Sie hier, Sergeant?« fragte Scott.

»Also, wirklich. Das nenne ich echt amerikanische Wiedersehensfreude«, antwortete Cohen. »Aber um Ihre Frage zu beantworten: Ich gehorche nur einem Befehl. Sobald Sie mit einem Pappzylinder durch die Tür kämen, sollte ich zum Laster rennen und so schnell wie möglich mit Ihnen verschwinden, aber auf gar keinen Fall zulassen, daß Sie einen Abstecher zum Außenministerium machen. Übrigens, wo ist der Zylinder?«

»Vorsicht!« schrie Hannah erneut, als sie auf der anderen Seite einen Araber auf sie zustürmen sah.

»Der tut Ihnen nichts«, versicherte ihr Cohen. »Ein völlig nutzloser Kerl. Kennt nicht einmal den Unterschied zwischen Cola Light und Pepsi.« Aziz sprang auf das Trittbrett und wandte sich an Scott: »Ich schätze, wir haben noch etwa zwanzig Minuten, Professor, ehe den Burschen klar wird, daß gar keine Bombe im Safe ist.«

»Dann nichts wie weg!« sagte Scott.

»Aber wohin?« fragte Hannah.

»Aziz und ich haben uns bereits umgesehen, Sir. Als die Sirenen heulten, wußten wir, daß Kratz den Irakis den Knaller verkauft hat, denn sie konnten sich gar nicht schnell genug in Sicherheit bringen. Soldaten und Polizei zuerst. Das scheint hier die Regel zu sein. Aziz und ich hatten während der letzten Stunde die Stadtmitte für uns allein. Der einzige, dem wir begegnet sind, war einer unserer eigenen Agenten, Dave Feldmann. Er hatte bereits die beste Route für uns ausgetüftelt, auf der wir eine Chance haben, an militärischen Einheiten vorbeizuschlüpfen.«

»Nicht schlecht, Cohen«, lobte Scott.

Cohen starrte ihn an.

»Ich habe es nicht für Sie getan, Sir, sondern für Oberst Kratz. Er hat mich mal aus einem Gefängnis rausgeholt, und er ist der einzige Offizier, der mich als menschliches Wesen behandelt hat. Ich weiß zwar nicht, was Sie da in der Hand halten, Professor, aber ich hoffe, es ist sein Leben wirklich wert!«

»Tausende haben im Lauf der Zeit ihr Leben dafür gegeben«, antwortete Scott leise. »Es ist die amerikanische Unabhängigkeitserklärung.«

»Großer Gott!« entfuhr es Cohen. »Wie haben die Hundesöhne sie in die Hand gekriegt?« Er machte eine kurze Pause. »Stimmt das wirklich?«

Scott nickte und rollte das Pergament auf. Cohen und Aziz starrten sekundenlang ungläubig darauf.

»Tja, dann sollten wir wohl zusehen, daß wir Sie und das wertvolle Stück nach Hause schaffen, Professor.« Er blickte auf seinen Kameraden. »Aziz wird übernehmen, solange wir uns in seinem Revier befinden.« Cohen sprang aus dem Fahrerhaus, und der Kurde nahm seinen Platz hinter dem Lenkrad ein. Sobald Cohen über die Ladeklappe geklettert war, klopfte er auf das Dach des Lasters, und Aziz ließ den Motor an.

Sie rollten über den Hof, brachen durch die Absperrung und schossen hinaus auf den Siegesplatz. Die einzigen Fahrzeuge, die zu sehen waren, standen verlassen herum, und weit und breit war keine Menschenseele zu entdecken.

»Das Gebiet wurde in einem Umkreis von fünf Kilometern geräumt. Es wird also eine Weile dauern, bevor wir auf irgendwas stoßen«, sagte Aziz, als er auf die Kindistraße abbog; dann beschleunigte er den Wagen auf hundert Sachen, was sich auf dieser Straße bisher höchstens Saddam getraut hatte.

»Ich werde die alte Baquabastraße aus der Stadt hinaus nehmen und durch die Gebiete fahren, wo am wenigsten Militärverkehr zu erwarten ist«, erklärte Aziz, als sie an dem Brunnen vorbeikamen, der seine Berühmtheit Ali Baba verdankte. »Ich hoffe, wir sind innerhalb der magischen zwei Stunden auf der Schnellstraße aus der Stadt.«

Aziz bog abrupt rechts ab. Er schaltete, ohne Geschwindigkeit zu verlieren, während er durch Bagdad jagte, das jetzt den Eindruck einer Geisterstadt erweckte. Beim Überqueren einer Tigrisbrücke schaute Scott zur Sonne, die in etwa einer Stunde hinter den höchsten Gebäuden verschwinden würde, was ihre Chance, unbemerkt zu bleiben, stark verbesserte.

Aziz fuhr um die Karmel-Junblat-Universität herum auf die Jamilastraße. Auch hier waren die Fahrbahnen und Gehsteige noch menschenleer. Falls uns hier tatsächlich irgend jemand sieht, dachte Scott, glaubt er wahrscheinlich, daß wir zu einer patrouillierenden Armeeinheit gehören.

Hannah war es, die das erste lebende Wesen entdeckte: Ein alter Mann saß vornübergebeugt an der Bordsteinkante, als hätte sich nicht Besonderes getan. Sie rasten mit fünfundneunzig Stundenkilometern an ihm vorbei, aber er blickte nicht einmal auf.

Aziz bog auf die nächste Straße ab und sah sich einer Gruppe jugendlicher Plünderer gegenüber, die Fernseher und elektronische Geräte schleppten. Sie rannten in alle Richtungen davon, als sie den Laster bemerkten. Auch auf der Straße um die nächste Ecke waren Plünderer, doch immer noch keine Anzeichen von Polizei oder Soldaten.

Als Aziz die ersten dunkelgrünen Uniformen erspähte, fuhr er rasch in eine Nebenstraße, die an jedem anderen Mittwoch voll von Menschen gewesen und auf der ein Fahrzeug bestenfalls mit zehn Stundenkilometern vorangekommen wäre. Heute aber gelang es Aziz, den Tacho auf gut achtzig zu halten. Er bog wieder nach rechts ab, und plötzlich sahen sie die ersten Bürger, die sich wieder ins Freie gewagt hatten. Am Ende dieser Straße gelangte Aziz schließlich auf die Hauptdurchgangsstraße Bagdads. Der Verkehr war immer noch spärlich.

Aziz fuhr auf die Außenspur. Alle paar Sekunden schaute er in den Rückspiegel. Er achtete darauf, die Höchstgeschwindigkeit von achtzig Stundenkilometern nicht zu überschreiten. Unzählige Male hatte Kratz ihn gewarnt, nie einen Grund zu bieten, unnötigerweise angehalten zu werden.

Als Aziz die Scheinwerfer einschaltete, wuchs Scotts Hoffnung. Obwohl die zwei Stunden nun abgelaufen sein mußten, bezweifelte er, daß man sie bereits suchte, und es war bestimmt kein leeres Gerücht, daß die Loyalität der Bürger gegenüber Saddam proportional zur Entfernung von Bagdad abnahm.

Sobald Aziz das Ortsschild von Bagdad hinter sich hatte, beschleunigte er auf hundert. »Gib mir zwanzig Minuten, Allah«, betete er, »gib mir zwanzig Minuten, und ich hab' sie im Castle Post.«

»Castle Post?« fragte Scott. »Wir sind doch keine indianischen Kundschafter.«

Aziz lachte. »Nein, Professor. Castle Post war im Ersten Weltkrieg ein Stützpunkt der britischen Armee. Dort können wir uns die Nacht über verstecken. Falls ich es bis dorthin schaffe, bevor...« Alle drei sahen den ersten entgegenkommenden Militärlaster. Aziz bog schnell nach links auf eine schmale Straße ab und sah sich gezwungen, die Geschwindigkeit zu verringern.

»Nach Castle Post geht's schon mal nicht«, meinte Scott. »Wohin jetzt?«

»Nach Khan Beni Saad, meinem Heimatdorf. Wir können nur eine Nacht bleiben, aber niemand wird uns dort suchen. Morgen werden Sie entscheiden müssen, Professor, an welcher der sechs Grenzen wir unser Glück versuchen sollen.«

General Hamil stapfte seit gut einer Stunde in seinem Büro auf und ab. Die zwei Stunden waren vorüber, und allmählich fragte er sich, ob Kratz ihn etwa hereingelegt hatte. Aber er konnte sich nicht vorstellen, wie.

Jetzt bedauerte er sogar, daß er den Mann getötet hatte. Würde Kratz noch leben, hätte er wenigstens die altbewährten und zuverlässigen Foltermethoden anwenden können. Jetzt würde er nie erfahren, wie der Mossad-Agent auf seine spezielle Rasiertechnik reagiert hätte.

Hamil hatte bereits einem Leutnant befohlen, sich mit seinem Zug im untersten Geschoß des Baath-Hauptquartiers umzusehen. Der Leutnant war langsam und ängstlich losgefahren, aber sehr schnell zurückgekommen und hatte berichtet, daß die Safetür weit offen stand und das Dokument, das an der Wand gehangen hatte, verschwunden war, ebenso der Lastwagen vor dem Gebäude. Der General lächelte. Er war nach wie vor überzeugt, daß er das Original der Unabhängigkeitserklärung hatte. Dennoch zog er das Pergament aus dem Zylinder und breitete es auf seinem Schreibtisch aus, um ganz sicherzugehen. Als er zu dem Wort ›Britisch‹ kam, wurde er zuerst blaß, dann weiß, dann immer röter im Gesicht.

Sofort verhängte er Ausgangs- und Urlaubssperre und befahl fünf Divisionen der Elitegarde, die Suche nach den Terroristen aufzunehmen. Aber er hatte keine Ahnung, welchen Vorsprung sie hatten, wie weit sie bereits fort waren, und schon gar nicht, in welcher Richtung.

Mit Sicherheit wußte er jedoch, daß sie mit ihrem Lastwagen nicht lange auf den Hauptverkehrsstraßen bleiben konnten, ohne entdeckt zu werden. Sobald es dunkel war, würden sie sich wahrscheinlich für die Nacht in die Wüste zurückziehen. Am Morgen mußten sie jedoch wieder heraus auf die Straße, um eine der sechs Grenzen zu überqueren. Der General hatte bereits bekanntgemacht, falls es auch nur einem der Terroristen gelingen sollte, über eine der Grenzen zu entkommen, würden Wachen von jeder Zollstation verhaftet werden, ob sie Dienst gehabt hatten oder nicht. Die beiden Soldaten, die den Safe hätten schließen sollen, waren bereits wegen Nichtbefolgung seines Befehls erschossen worden, und der Major, der die Aufsicht über den Transport des Safes gehabt hatte, saß in Haft. Aber nicht sehr lange, denn Major Saeeds Entschluß, sich das Leben zu nehmen, ersparte Hamil die Mühe eines Militärgerichtverfahrens. Bereits eine Stunde nach seiner Inhaftierung hatte man den Major erhängt in seiner Zelle gefunden. Man hatte auf dem Zellenboden, unter einem Deckenhaken, eine Rolle Seil liegen lassen; offenbar hatte Saeed den Wink verstanden. Und die beiden jungen Medizinstudenten, die Kratz die Injektionen gegeben und seine Antworten mitgehört hatten, befanden sich bereits auf dem Weg zur Grenze im Süden; man hatte sie zu einem Regiment überstellt, das nicht gerade zu den Elitetruppen gehörte. Die beiden waren so hübsche Jungen – wie der General mit Kennerblick festgestellt hatte –, daß er ihnen im Höchstfall eine Woche gab.

Hamil griff nach dem Telefon und wählte eine Privatnummer im Palast. Er mußte sichergehen, daß er dem Präsidenten als erster erklärte, was an diesem Nachmittag vorgefallen war.

33

Scott hatte seine eigenen Landsleute immer für sehr gastfreundlich gehalten, doch eine so herzliche Aufnahme, wie Aziz' Familie sie den drei Fremden bereitete, hatte er noch nie erlebt.

Khan Beni Saad, die Ortschaft, in der Aziz auf die Welt gekommen war, hatte bei der letzten Zählung zweihundertfünfzig Bewohner gehabt, die ihren Lebensunterhalt durch den Verkauf ihrer bescheidenen Ernte an Orangen, Mandarinen und Datteln an die Hausfrauen von Kirkuk und Arbil bestritten.

Der Stammesälteste, der sich als einer von Aziz' Onkeln erwies, nahm die drei Fremden sofort in seinem aus Stein erbauten Häuschen auf, wo sie sich des einzigen Wannenbades im Dorf erfreuen durften. Die Frauen des Hauses – es schienen eine ganze Menge zu sein – erhitzten laufend Wasser, bis alle Besucher in den Genuß eines Bades gekommen waren.

Als Scott schließlich aus dem Haus des Ältesten trat, stellte er fest, daß unter einer Gruppe von Zitrusbäumen ein Tisch für sie gedeckt war. Er war mit fremdartigen Fischsorten, Fleisch, Früchten und Gemüse beladen. Scott befürchtete, daß jeder Haushalt des Dorfes dazu hatte beitragen müssen.

Sie genossen das köstliche Essen unter dem klaren Sternenhimmel und tranken dazu Bergquellwasser, für das, in Flaschen abgefüllt, ein Kalifornier ein Vermögen bezahlt hätte.

Doch Scotts Gedanken kehrten immer wieder zu dem Problem zurück, daß sie dieses idyllische Fleckchen am Morgen verlassen und irgendwie über eine der sechs Grenzen kommen mußten.

Nachdem Kaffee in Tassen und Bechern von unterschiedlicher Größe aufgetragen war, erhob das Dorfoberhaupt sich am Kopfende der Tafel und hielt eine Willkommensansprache, die

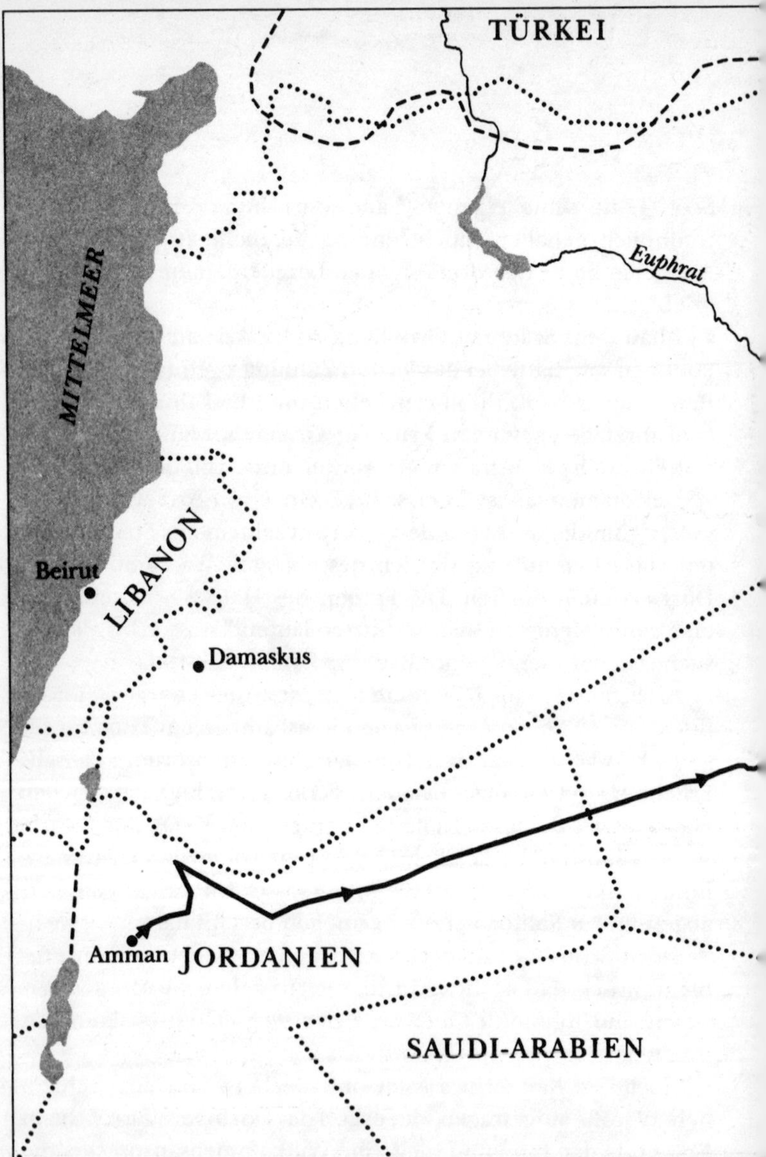
TÜRKEI
Euphrat
MITTELMEER
LIBANON
Beirut
Damaskus
Amman
JORDANIEN
SAUDI-ARABIEN

Silope
KURDISTAN
Arbil
Kirkuk
Tuz Khurmatoo
Tigris
IRAN
Baquba
Khan Beni Saad
Bagdad
IRAK
Vom kurdischen Volk
bewohnte Gebiete
0
100 km

Aziz übersetzte. Scott bedankte sich mit einigen Worten, die mit begeistertem Applaus aufgenommen wurden, noch ehe Aziz eine Chance zum Dolmetschen hatte.

»Das haben sie mit uns gemein«, sagte Hannah und griff nach Scotts Hand. »Sie mögen es, wenn man sich kurz faßt.«

Der Dorfälteste beendete den Abend mit einem Angebot, für das Scott sich bedankte, das er jedoch entschieden ablehnte. Das Oberhaupt wollte, daß die Gäste in seinem kleinen Haus schliefen, während er mit seiner Familie solange auszog.

Scott wehrte weiter ab, bis Aziz ihm erklärte: »Sie müssen annehmen, wenn Sie ihn nicht beleidigen wollen. Es würde sonst bedeuten, daß Sie sein Haus als nicht gut genug betrachten. Übrigens, noch etwas: Wissen Sie, was das größte Kompliment ist, das Sie einem Araber machen können?« Scott schüttelte den Kopf. »Ihre Frau zu schwängern, während sie unter seinem Dach schläft.« Aziz zuckte die Schultern.

Scott lag fast die ganze Nacht wach und starrte durch das scheibenlose Fenster, während Hannah sich in seinen Armen kaum rührte. Nachdem er versucht hatte, dem Dorfoberhaupt das größtmögliche Kompliment zu machen, kehrten Scotts Gedanken zu dem Problem zurück, sein Team über eine der Grenzen und die Unabhängigkeitserklärung sicher nach Washington zurückzubringen.

Als sich das erste Licht des neuen Morgens über den gewebten Teppich stahl, der über ihr Bett gezogen war, löste Scott sich von Hannah und küßte sie auf die Stirn. Er glitt aus dem Bett und stellte fest, daß die kleine Zinkwanne bereits mit warmem Wasser gefüllt war und die Frauen weitere Kessel über offenem Feuer erhitzten.

Nachdem er sich angekleidet hatte, studierte er eine gute Stunde die Landkarte und suchte nach möglichen Routen über die sechs Grenzen des Irak. Syrien und den Iran zog er gar nicht erst in Betracht, denn das Militär beider Länder würde ihnen sicher nicht die geringste Chance geben. Auch die Rückkehr über Jordanien erschien ihm als zu großes Risiko. Als Hannah sich zu ihm gesellte, hatte Scott die Grenze nach Saudi-Arabien ebenfalls abgehakt, da sie zu gut bewacht wurde. Jetzt blieben nur noch zwei Grenzen und fünf Routen zur Auswahl.

Während ihre Gastgeber das Frühstück zubereiteten, spazierten Scott und Hannah Hand in Hand hinunter ins Dorf, wie jedes andere Liebespaar es an einem Sommermorgen tun mochte. Die Leute lächelten, und manche verbeugten sich. Obwohl keiner der Dorfbewohner ein Gespräch mit ihnen führen konnte, sprachen alle so beredt mit den Augen, daß Hannah und Scott keine Schwierigkeiten hatten, sie zu verstehen.

Am Dorfende kehrten sie um und stiegen wieder den Pfad zum Haus des Stammesoberhaupts hinauf. Cohen briet Eier über einem offenen Feuer, und Hannah blieb stehen und schaute zu, wie die Frauen die dünnen, kreisförmigen Brotscheiben buken, die mit Honig ein wahrer Leckerbissen waren. Der Dorfälteste saß wieder am Kopfende des Tisches und bedeutete Scott, neben ihm Platz zu nehmen. Cohen saß bereits auf einem Hocker und wollte gerade mit dem Frühstück beginnen, als eine Ziege herbeikam und ihm die Spiegeleier vom Teller zog, ehe er eine Chance hatte, das gefräßige Tier zu verjagen. Hannah lachte und schlug rasch noch ein Ei für ihn auf.

Scott strich Honig auf eine Scheibe warmes Brot, und eine Frau stellte einen Becher Ziegenmilch vor ihn.

»Haben Sie schon entschieden, was wir als nächstes tun, Professor?« fragte Cohen, als Hannah ein zweites Spiegelei auf seinen Teller rutschen ließ. Mit einem Satz hatte er sie alle in die grimmige Realität zurückgeholt.

Ein Dorfbewohner kam an den Tisch, kniete sich neben den Ältesten und flüsterte ihm ins Ohr. Seine Worte wurden an Aziz weitergegeben.

»Schlechte Neuigkeiten«, sagte Aziz. »Soldaten sperren alle Zufahrten zur Hauptverkehrsstraße.«

»Dann werden wir wohl quer durch die Wüste fahren müssen«, meinte Scott. Er faltete die Karte auf und breitete sie auf dem Tisch aus. Ausweichstrecken waren mit blauem Filzstift markiert. Scott deutete auf einen Pfad zu einer Straße, die sie nach Khalis bringen würde.

»Das ist kein Weg«, erklärte Aziz. »Es war einmal ein Fluß, der seit Jahren ausgetrocknet ist. Wir könnten zu Fuß gehen, doch den Lastwagen müßten wir zurücklassen.«

»Zurücklassen genügt nicht«, sagte Scott. »Wir müssen ihn beseitigen. Wenn Saddams Soldaten ihn finden, werden sie das Dorf dem Erdboden gleichmachen und Ihre Freunde niedermetzeln.«

Der Älteste wirkte verwirrt, als Aziz übersetzte, was Scott gesagt hatte. Er strich sich das noch morgendlich stoppelbärtige Kinn und lächelte, während Scott und Hannah ihm zuhörten, ohne ein Wort zu verstehen.

»Mein Onkel sagt, Sie müssen seinen Wagen nehmen«, dolmetschte Aziz. »Er ist alt, aber er dürfte noch recht gut laufen.«

»Das ist sehr gütig von Ihrem Onkel«, dankte Scott, »aber wenn wir mit einem Lastwagen nicht durch die Wüste kommen, wie könnten wir es dann mit einem Pkw?«

»Er versteht Ihr Problem«, versicherte ihm Aziz. »Er sagt, Sie müssen den Wagen zerlegen. Seine Leute werden die Teile die zwanzig Kilometer durch die Wüste zur Straße nach Khalis tragen. Dort können Sie ihn wieder zusammenbauen.«

»Das können wir nicht annehmen«, wehrte Scott ab. »Er ist wirklich zu großmütig. Wir werden zu Fuß gehen, bis wir in Huwaider irgendeine Möglichkeit finden, die uns weiterbringt.«

Wieder übersetzte Aziz. Sein Onkel machte ein betrübtes Gesicht und murmelte ein paar Worte. »Er sagt, eigentlich gehört der Wagen gar nicht ihm, er war der seines Bruders. Und jetzt gehört er mir.«

Zum erstenmal wurde Scott bewußt, daß Aziz' Vater das Dorfoberhaupt gewesen war und wieviel sein Onkel zu riskieren bereit war, um sie vor Saddams Truppen zu schützen.

»Aber selbst wenn wir den Wagen zerlegen und später wieder zusammenbauen können, wie steht es um die Militärstreifen, wenn wir erst auf der Straße sind?« gab er zu bedenken. »Inzwischen dürften da draußen Tausende von Hamils Männern nach uns suchen.«

»Aber nicht auf diesen Straßen«, widersprach Aziz. »Das Militär wird auf den Hauptverkehrsstraßen bleiben, weil man weiß, daß sie unsere einzige Hoffnung sind, über die Grenze zu kommen. Nein, unser erstes Problem haben wir am Straßenkontrollpunkt von Khalis.« Er fuhr mit dem Finger einige Zentimeter über den Plan. »Mindestens zwei Soldaten tun dort Dienst.«

Scott studierte noch einmal die verschiedenen Routen, während Aziz seinem Onkel zuhörte.

»Könnten wir bis Tuz Khurmatoo kommen, ohne die Straße zu benutzen?« erkundigte sich Scott, ohne von der Karte aufzublicken.

»Ja. Es gibt noch eine längere Strecke durch die Berge, die vom Militär bestimmt nicht kontrolliert wird, weil die Irakis so nahe an der kurdischen Grenze Guerillaangriffe fürchten. Aber von Tuz Khurmatoo ist die Hauptverkehrsstraße nur noch drei Kilometer entfernt. Auf der sind es dann allerdings noch gut siebzig Kilometer, und es gibt nur eine Möglichkeit, über die Grenze zu kommen.«

Scott stützte den Kopf auf die Hände und überlegte kurz. »Wenn wir also diese Route nehmen, können wir die Grenze nur bei Kirkuk überqueren«, sagte er schließlich bedächtig. »Wo sich beide Seiten als unfreundlich erweisen können.«

Der Älteste trommelte auf der Karte auf Kirkuk, während er eindringlich auf seinen Neffen einredete.

»Mein Onkel sagt, Kirkuk sei unsere beste Chance. Die meisten Einwohner sind Kurden und hassen Saddam Hussein. Sogar irakische Soldaten sind dort übergelaufen und kurdische Peschmergas geworden.«

»Aber wie können sie wissen, zu welcher Seite wir gehören?« gab Scott zu bedenken.

»Mein Onkel wird den Peschmergas eine Nachricht schicken, damit sie alles tun werden, um uns über die Grenze zu helfen. Es ist keine offizielle Grenze. Aber drüben in Kurdistan sind wir in Sicherheit.«

»Die Kurden scheinen unsere größte Chance zu sein«, meinte Hannah, die angespannt zugehört hatte. »Vor allem, wenn sie erfahren, daß wir ursprünglich den Auftrag hatten, Saddam zu töten.«

»Es könnte funktionieren, Sir«, warf Cohen ein. »Das heißt, wenn der Wagen mitmacht.«

»Sie sind der Mechaniker, Cohen, also sind Sie der einzige, der feststellen kann, ob es überhaupt machbar ist.«

Als Aziz seinem Onkel Scotts Worte übersetzt hatte, erhob sich das Stammesoberhaupt und führte sie zur Rückseite des Hauses. Neben einer länglichen Form, die mit einem riesigen schwarzen Tuch bedeckt war, blieb er stehen. Er und Aziz zogen das Tuch weg. Scott glaubte seinen Augen nicht zu trauen.

»Ein rosa Cadillac?« staunte er.

»Ein klassischer 1955er Sedan de Ville, genau gesagt, Sir«, erklärte Cohen und rieb sich begeistert die Hände. Er öffnete die lange schwere Tür und setzte sich hinter das große Lenkrad. Er zog an einem Hebel unter dem Armaturenbrett, und die Haube sprang auf. Er stieg aus, hob die Haube und begutachtete den Motor eingehend mehrere Minuten.

»Nicht schlecht«, murmelte er. »Wenn ich ein paar Teile aus dem Laster ausbauen kann, mach' ich in wenigen Stunden einen Rennwagen daraus.«

Scott blickte auf seine Uhr. »Mehr als eine Stunde kann ich Ihnen nicht geben, wenn wir die Grenze in der kommenden Nacht überqueren wollen.«

Scott und Hannah kehrten ins Haus zurück und beugten sich wieder über die Karte. Die Straße, die Aziz empfohlen hatte, war knapp zwanzig Kilometer entfernt, aber sie mußten durch unwegsames Gelände, das selbst ohne Lasten schwierig zu bewältigen war.

»Dafür werden wir Stunden brauchen«, meinte Scott.

»Was wäre die Alternative, falls wir die Straße nicht benutzen können?« fragte Hannah.

Während sie und Scott über der Route brüteten und Cohen am Wagen arbeitete, trommelte Aziz dreißig der kräftigsten Männer des Dorfes zusammen. Nach knapp einer Stunde erschien Cohen mit ölbeschmierten Händen, Armen, Gesicht und Haaren im Haus.

»Wir können ihn jetzt auseinandernehmen, Professor.«

Scott stand vom Tisch auf. »Gut gemacht. Aber erst muß jemand den Laster möglichst weit wegfahren.«

»Das wird jetzt kaum möglich sein, Sir«, entgegnete Cohen. »Nicht, nachdem ich ein paar der besten Teile des Motors ausgebaut habe. Dafür dürfte der Cadillac jetzt gut hundertsechzig Stundenkilometer schaffen«, erklärte er voll Stolz. »Im dritten Gang.«

Scott lachte und suchte in Aziz' Begleitung nach dem Dorfältesten. Wieder erklärte er ihm sein Problem.

Diesmal verriet das Gesicht des Stammesoberhaupts keine Besorgnis. Aziz übersetzte seine Antwort: »Keine Angst, mein Freund. Während Sie durch die Wüste marschieren, werden wir den Laster auseinandernehmen und die Teile getrennt an Stellen vergraben, wo Saddams Soldaten sie in tausend Jahren nicht finden würden.«

Scott wirkte trotzdem besorgt, doch Aziz bedeutete seinem Onkel, daß er einverstanden war. Ohne auf Scotts Entgegnung zu warten, führte der Älteste seinen Neffen zur Rückseite des Hauses, wo Cohen die Zerlegung des Cadillacs und die Verteilung der Einzelteile auf die dreißig Erwählten beaufsichtigte.

Vier Mann würden den Motor auf einer behelfsmäßigen Bahre tragen, sechs andere die Karosserie wie Sargträger auf die Schultern heben. Vier Mann würden je ein Rad mit den antiquierten Weißwandreifen schleppen, während weitere vier das Fahrgestell trugen, zwei die rot-weiße lederne Vorderbank, zwei die Rückbank und einer das Armaturenbrett. Cohen verteilte die übrigen Stücke des Cadillacs, bis er zum Ende der Schlange kam, wo er drei Kindern, die nicht älter als zehn oder elf aussahen, die Verantwortung für zwei Fünfgallonenkanister Benzin und eine Werkzeugtasche übertrug. Nur das Verdeck ließ man zurück.

Aziz' Onkel führte seine Leute zum letzten Haus des Dorfes, von wo aus er seinen Gästen zuschauen konnte, als sie ihren Marsch zum Horizont begannen.

Scott schüttelte dem Dorfältesten die Hand. Er fand jedoch keine Worte, wie er ihm angemessen danken könnte. »Besuchen

Sie mich, wenn Sie das nächste Mal durch New Haven kommen«, hätte er zu einem Amerikaner gesagt.

Statt dessen versprach er dem alten Mann: »Ich werde in besseren Zeiten wiederkommen«, und Aziz dolmetschte.

»Wir freuen uns auf diesen Tag.«

Scott drehte sich um und beobachtete Cohen, der mit einem Kompaß in der Hand seine seltsame Karawane zu diesem schier endlosen Marsch anführte. Er nahm dem kleinsten Kind den Fünfgallonenkanister ab und deutete zum Dorf zurück, doch der kleine Junge schüttelte heftig den Kopf und langte rasch nach Scotts Segeltuchtasche.

Ob auch dieser ungewöhnliche Transport der Unabhängigkeitserklärung je in die Geschichtsbücher eingang findet, fragte sich Scott, als Cohen »Vorwärts, Marsch!« rief.

General Hamil stapfte in seinem Büro unablässig auf und ab, während er auf das Klingeln des Telefons wartete.

Als Saddam erfuhr, daß Major Saeed so unfähig gewesen war, die Terroristen mit der Unabhängigkeitserklärung entkommen zu lassen, hätte er dem Leben dieses Mannes am liebsten mit eigener Hand ein Ende gemacht.

Saddam erteilte dem General nur einen einzigen Befehl: Die staatlichen Radio- und Fernsehstationen sollten stündlich durchgeben, daß ein Attentat der Zionisten auf ihn, Saddam, fehlgeschlagen sei, die zionistischen Terroristen sich aber noch auf freiem Fuß befänden. Eine genaue Beschreibung der Attentäter sollte folgen, und seine geliebten Landsleute sollten aufgefordert werden, ihrem Sayedi bei der Verfolgung der Ungläubigen zu helfen.

Wäre die Sache weniger dringend gewesen, hätte der General davon abgeraten, diese Information zu verbreiten, da die Möglichkeit bestand, daß viele Iraker den Terroristen vielleicht helfen oder zumindest ein Auge zumachen würden. Statt dessen riet Hamil seinem Staatspräsidenten, eine hohe Belohnung für die Festnahme der Ungläubigen auszusetzen. Er wußte aus Erfahrung, daß Geld so gut wie alle Skrupel vergessen lassen konnte.

Vor der Karte, die er vorübergehend über Saddams Bild an die Wand hinter seinem Schreibtisch gehängt hatte, blieb der General stehen. Sein Blick folgte den dünnen roten Linien, die sich zwischen Bagdad und den Grenzen des Irak dahinschlängelten. Entlang dieser Straßen lagen Hunderte von Ortschaften, und dem General war nur zu bewußt, daß die meisten Landsleute den Flüchtigen gern Unterschlupf gewähren würden.

Er versuchte sich an die Namen zu erinnern, die Kratz genannt hatte. Aziz Zeebari – ein keineswegs seltener Name, und doch hatte sein Unterbewußtsein sich den ganzen Vormittag damit beschäftigt.

»Aziz Zeebari – Aziz Zeebari – Aziz Zeebari…«, wiederholte er. Und plötzlich erinnerte er sich. Er hatte einen Mann dieses Namens hingerichtet, der vor etwa sieben Jahren an einem mißlungenen Anschlag beteiligt gewesen war. Könnte es der Vater des Verräters gewesen sein?

Die Lastenträger machten alle fünfzehn Minuten Rast und luden einzelne Teile auf noch nicht überstrapazierte Muskeln um. Sie schafften in der ersten Stunde gut drei Kilometer und tranken zusammen mehr Wasser, als jedes Automobil der Welt an Benzin geschluckt hätte.

Als Scott gegen Mittag auf seine Uhr schaute, schätzte er, daß sie kaum mehr als zwei Drittel der Strecke zurückgelegt hatten. Es war lange her, seit das Dorf in der Ferne verschwunden war, und noch war am endlosen Horizont nichts zu sehen. Die Sonne brannte auf die Karawane herunter, und die Schritte der Männer wurden mit jedem Kilometer langsamer.

Ein Zehnjähriger entdeckte als erster eine Bewegung. Er rannte an die Spitze des Zuges und deutete zum Horizont. Scott sah nichts und blickte dem Jungen nach, der vorauslief, doch es dauerte noch vierzig Minuten, ehe alle deutlich die staubige Straße sahen. Der Anblick beflügelte ihre Schritte.

Sobald sie den Straßenrand erreichten, befahl Aziz, die Wagenteile behutsam auf den Boden zu legen. Ein kleines Mädchen, das Scott bisher gar nicht aufgefallen war, verteilte

Brot, Ziegenkäse und Wasser, während die Männer sich kurz ausruhten.

Cohen erhob sich als erster. Er inspizierte die Lastenträger und begutachtete die einzelnen Wagenteile. Als er zum Fahrgestell zurückkam, warteten alle bereits ungeduldig darauf, den Cadillac zusammenbauen zu dürfen.

Scott saß auf dem Boden und schaute zu, wie dreißig unerfahrene Hilfsmechaniker unter Sergeant Cohens Leitung den alten Cadillac Stück um Stück montierten. Als das letzte Rad festgeschraubt war, mußte Scott zugeben, daß das Ganze wie ein Wagen *aussah*, aber er fragte sich, ob der Veteran überhaupt anspringen würde.

Nachdem Cohen sich hinter das Lenkrad gesetzt hatte, scharten sich alle Helfer um das große rosa Fahrzeug. Aziz wartete, bis die Kinder den letzten Tropfen Benzin in den Tank geleert hatten, dann schraubte er den großen stählernen Deckel darauf und rief: »Start frei!«

Cohen drehte den Zündschlüssel.

Der Motor tuckerte langsam, sprang aber nicht an. Cohen sprang aus dem Wagen, öffnete die Motorhaube und bat Aziz, sich hinter das Lenkrad zu setzen. Er spannte den Keilriemen, überprüfte den Verteiler und säuberte die Zündkerzen von den letzten Sandkörnern, bevor er sie wieder festdrehte. Dann blickte er unter der Haube hervor:

»Laß knacken, Kurde!«

Aziz drehte den Zündschlüssel und gab Gas. Der Anlasser drehte sich etwas schneller, doch der Motor wollte immer noch nicht anspringen. Sechzig Augen starrten stumm unter die Haube, während Cohen ein paar Minuten mit dem Verteiler beschäftigt war.

»Versuch's noch mal! Gib diesmal ein bißchen mehr Gas!« brüllte er. Aziz drehte den Zündschlüssel erneut. Das Tuckern wurde schneller, und der Motor heulte auf, als Aziz das Gaspedal durchtrat – es war ein Lärm, der nur vom Jubelgeheul der Kurden übertönt wurde.

Cohen löste Aziz wieder am Steuer ab und ruckte den Schalthebel an der Lenksäule nach oben in den ersten Gang. Aber der Wagen wollte sich nicht von der Stelle rühren. Statt dessen gruben die Reifen sich immer tiefer in den Sand. Cohen stellte den Motor ab und sprang hinaus. Sechzig Hände versuchten den Wagen freizubekommen. Er schaukelte rückwärts und vorwärts und rollte schließlich mit Schwung aus dem tiefen Sand. Die Helfer schoben ihn etwa zwanzig Meter; dann warteten sie auf den nächsten Befehl des Sergeanten.

Cohen winkte dem kleinen Mädchen, das das Essen verteilt hatte. Schüchtern kam die Kleine herbei, und er hob sie in den Wagen. Mit Zeichen bedeutete ihr Cohen, sich neben das Gaspedal zu knien und darauf zu drücken. Ohne einzusteigen, beugte er sich über sie, vergewisserte sich, daß kein Gang eingelegt war, und drehte den Zündschlüssel. Das Kind drückte mit beiden Händen aufs Gaspedal, und der Motor kam auf Touren. Aber die Kleine brach unter dem anfeuernden Gebrüll der Männer in Tränen aus. Rasch hob Cohen das Mädchen aus dem Wagen; dann winkte er Aziz herbei.

»Du bist ungefähr halb so schwer wie ich. Also steig ein, leg den ersten Gang ein und sieh zu, ob du den Wagen hundert Meter am Laufen halten kannst. Wenn ja, springen wir hinein. Wenn nicht, müssen wir die verdammte Karre den ganzen Weg bis zur Grenze schieben.«

Aziz stieg vorsichtig ein, setzte sich auf die Kante des Ledersitzes, legte behutsam den ersten Gang ein und drückte aufs Gaspedal. Der Wagen rollte ganz langsam an, und die Kurden begannen aufs neue zu jubeln, als Scott, Hannah und Cohen neben dem Cadilac herrannten.

Hannah öffnete die Beifahrertür, schob die Rückenlehne nach vorn und sprang auf den Rücksitz, derweil der Wagen sein bedächtiges Tempo beibehielt. Cohen sprang als nächster hinein und rief: »Zweiter Gang!«

Aziz drückte den Ganghebel nach unten, zur Seite und wieder nach oben. Der Wagen machte einen Satz nach vorn.

»Das ist der dritte, du Blödmann!« brüllte Cohen. Als er sich umdrehte, sah er Scott heftig schnaufend neben dem Wagen laufen. Er beugte sich über den Beifahrersitz, um die Tür aufzuhalten. Scott warf seine Segeltuchtasche auf den Rücksitz und sprang in den Wagen. Cohen packte ihn an den Schultern. Scotts Kopf landete auf Aziz' Schoß, doch obwohl der Kurde das Steuer herumriß, blieb der Wagen auf dem festeren Sand der Straße.

Scotts einziger Kommentar lautete: »Jetzt weiß ich, warum auf dieser Straße keine Militärstreifen sind.«

Aziz kurvte wild, um den Sandhaufen auszuweichen, die der Wüstenwind auf die Straße geweht hatte. Scott blickte nach hinten und sah die Kurden begeistert winken. Nur ihr Winken zu erwidern, erschien ihm ungenügend, nach allem, was sie getan hatten. Es tat ihm leid, daß er diesen Menschen nicht gebührend gedankt hatte. Nicht einmal richtig verabschiedet hatte er sich.

Die freiwilligen Helfer rührten sich nicht von der Stelle, bis der Wagen außer Sicht war.

General Hamil wirbelte wütend herum, als jemand, ohne anzuklopfen, sein Büro betrat. Sein Adjutant blieb vor dem Schreibtisch stehen. Er zitterte am ganzen Körper, denn sein Unterlassungsfehler war ihm eben klar geworden. Der General hob seinen Offizierstock, um dem jungen Offizier ins Gesicht zu schlagen, als der Adjutant herausplatzte: »Wir haben das Dorf gefunden, aus dem der Verräter Aziz Zeebari stammt, Herr General!«

Hamil senkte langsam den Arm, und der Stock kam auf der rechten Schulter des Leutnants zu ruhen. Dann hob er ihn, bis die Spitze nur Zentimeter vor dem rechten Auge des jungen Offiziers schwebte.

»Wo?«

»Khan Beni Saad«, flüsterte der Leutnant furchterfüllt.

»Zeigen Sie es mir!«

Der Leutnant rannte zur Karte hinüber und betrachtete sie ein paar Sekunden. Dann tippte er mit dem Finger auf eine Ortschaft etwa fünfzehn Kilometer nordöstlich von Bagdad.

Hamil blickte auf den Punkt und lächelte zum erstenmal an diesem Tag. Er stapfte zum Schreibtisch zurück, wählte eine Nummer und brüllte einen Befehl in den Hörer.

Binnen einer Stunde würden Hunderte von Soldaten das Dorf auf den Kopf stellen.

Auch wenn Khan Beni Saad nur zweihundertfünfzig Einwohner hatte – irgend jemand würde reden, und wenn es nur ein Kind war. Daran hatte der General nicht den geringsten Zweifel.

Aziz gelang es, ein gleichmäßiges Tempo von fünfzig Stundenkilometern beizubehalten, während Scott die Karte zu Rate zog, um festzustellen, wo sie sich befanden. Das gelang ihm jedoch erst, als sie bereits fast eine Stunde auf der Straße waren und einen einfachen, von Hand gepinselten Wegweiser sahen, auf dem Khalis 25 km stand.

»Fahren Sie weiter«, wies Scott Aziz an. »Aber etwa drei Kilometer vor der Stadt müssen wir anhalten, damit ich herausfinden kann, wie wir an dem Kontrollposten vorbeikommen.«

Scotts Vertrauen in die Einschätzung des Dorfältesten, daß sie auf dieser Strecke keinen Militärfahrzeugen begegnen würden, wuchs mit jedem Kilometer, den sie auf der flachen Wüstenstraße zurücklegten. Er studierte die Karte weiterhin eingehend. Jetzt wußte er genau, welche Route sie nehmen mußten, wollten sie die Grenze noch an diesem Tag überqueren.

»Und? Was *werden* wir tun, wenn wir den Kontrollposten erreichen?« fragte Cohen.

»Vielleicht ist es einfacher, als wir denken«, erwiderte Scott. »Vergessen Sie nicht, die Iraker suchen vier Personen in einem großen Armeelastwagen.«

»Aber wir *sind* vier Personen!«

»Nicht, wenn wir den Posten passieren«, erwiderte Scott, »denn Sie und ich werden dann im Kofferraum liegen.«

Cohen verzog das Gesicht.

»Sei froh, daß es ein Caddy ist«, sagte Aziz grinsend, während er gleichmäßig dahinfuhr.

»Vielleicht sollte ich jetzt lieber fahren«, brummte Cohen.

»Nicht hier«, wehrte Scott ab. »Solange wir auf diesen Straßen sind, bleibt Aziz am Lenkrad.«

Hannah bemerkte sie zuerst. »Was, zum Teufel, hat sie vor?« Sie deutete auf eine Frau, die plötzlich auf die Straße gesprungen war und jetzt aufgeregt winkte.

Scott hielt sich am Fensterrand fest, als Cohen sich nach vorn lehnte, um die Frau besser sehen zu können.

»Nicht anhalten!« befahl Scott. »Weichen Sie der Frau aus! Fahren Sie auf jeden Fall weiter!«

Plötzlich lachte Aziz laut auf.

»Was ist so komisch, Kurde?« fragte Cohen, ohne den Blick von der Frau zu nehmen, die entschlossen mitten auf der Straße stehen blieb.

»Das ist meine Kusine Jasmin!«

»Noch eine Verwandte?« fragte Hannah.

»In meinem Stamm sind wir alle miteinander verwandt«, erklärte Aziz, als er den Cadillac vor der jungen Frau anhielt. Er sprang hinaus und umarmte sie. Die anderen näherten sich den beiden mißtrauisch.

»Nicht übel«, lobte Cohen, als er Kusine Jasmin vorgestellt wurde, die nicht einmal zu reden aufgehört hatte, als sie Scott und Hannah die Hände schüttelte.

»Was quasselt sie denn da alles?« fragte Cohen, bevor Aziz die Chance hatte, die Worte seiner Kusine zu übersetzen.

»Der Professor hatte offenbar recht. Die Soldaten haben den Befehl, nach einem Militärlastwagen Ausschau zu halten, in dem vier Terroristen sitzen. Aber Jasmin wurde bereits am Vormittag von ihrem Onkel informiert, daß wir mit dem Cadillac fahren.«

»Dann gehen wir ein ziemliches Risiko ein, wenn wir versuchen, an den Grenzposten vorbeizukommen«, meinte Hannah.

»Ein Risiko, ja«, bestätigte Aziz, »aber so groß ist es nun auch wieder nicht. Jasmin geht zweimal am Tag über diese Grenzstation, um Orangen, Mandarinen und Datteln aus unserem Dorf zu verkaufen. Die Posten kennen sie gut, genauso gut wie den Wagen meines Onkels. Mein Onkel sagt, Jasmin sollte im Cadillac sitzen, wenn wir am Kontrollpunkt vorbei wollen. Dann werden die Posten nicht mißtrauisch.«

»Und wenn sie den Kofferraum durchsuchen wollen?«

»Kriegen sie ihren täglichen Anteil an Zigaretten und Obst für ihre Familien nicht. Wissen Sie, alle sind überzeugt, daß wir irgend etwas schmuggeln.«

Jasmin fing wieder zu reden an, und Aziz hörte ihr zu. »Sie sagt, Sie alle müssen in den Kofferraum steigen, bevor jemand vorbeikommt und uns sieht.«

»Es ist trotzdem ein ziemliches Risiko, Professor«, klagte Cohen.

»Und ein genauso großes für Jasmin«, gab Scott zu bedenken. »Aber eine andere Möglichkeit sehe ich nicht.« Er faltete die Karte zusammen, ging zur Rückseite des Wagens, öffnete den Kofferraum und kletterte hinein. Hannah und Cohen folgten ihm ohne ein weiteres Wort.

»Nicht so bequem wie der Safe«, stellte Hannah fest, als sie die Arme um Scott legte. Aziz schob die Segeltuchtasche zwischen sie und Cohen. Hannah lachte.

»Wenn ich einmal auf die Türseite klopfe, bin ich an der Grenzstation«, erklärte Aziz.

Er schlug den Kofferraumdeckel zu. Jasmin nahm ihre Körbe, die am Straßenrand standen, und setzte sich neben ihren Vetter.

Die drei Insassen im Kofferraum hörten den Motor anspringen, dann rollte der Wagen in gemächlicherem Tempo die letzten Kilometer nach Khalis. Jasmin nutzte derweil die Zeit, Aziz zu erklären, was sie normalerweise tat, wenn sie durch die Grenzstation kam.

34

Der Stammesälteste wurde zuerst gehängt. Dann folgten seine Brüder, einer nach dem anderen, vor den Augen der übrigen Dorfbewohner. Aber nicht einer sagte auch nur ein Wort. Als nächstes kamen die Vettern des Dorfoberhaupts an die Reihe, bis eine Zwölfjährige, die hoffte, dadurch das Leben ihres Vaters retten zu können, von den Fremden erzählte, die vergangene Nacht im Haus des Ältesten geschlafen hatten.

Die Soldaten versprachen dem Mädchen, seinen Vater zu verschonen, wenn es ihnen alles erzählte, was es wußte. Das Mädchen deutete hinaus in die Wüste und zeigte den Soldaten dann, wo die Teile des Lastwagens vergraben waren. Nach zwanzig Minuten Schaufeln waren die Soldaten sicher, daß das Mädchen die Wahrheit gesagt hatte.

Sie informierten General Hamil über Feldfunk. Er konnte es kaum glauben, daß dreißig Zeebari den Cadillac ihres Oberhaupts zerlegt und durch die Wüste geschleppt hatten.

»Doch, ganz bestimmnt«, versicherte die Zwölfjährige den Soldaten. »Ich weiß es, denn mein Bruder hat ein Wagenrad bis zur Straße auf der anderen Seite der Wüste getragen.« Sie deutete stolz zum Horizont.

General Hamil hörte über Funk aufmerksam zu; dann befahl er, daß der Vater und der Bruder des Mädchens ebenfalls gehängt werden sollten.

Danach trat er wieder vor die Karte an der Wand seines Büros und erkannte sofort, daß die Verräter nur die eine Straße genommen haben konnten. Sein Blick folgte ihrem Verlauf durch ein Wüstengebiet. Sie mündete in eine andere kurvenreiche Strecke. Und dann wurde Hamil klar, durch welchen Ort sie kommen mußten.

Er schaute auf die Uhr auf dem Schreibtisch: sechzehn neununddreißig. »Verbinden Sie mich mit dem Grenzposten in Khalis«, befahl er seinem Adjutanten.

Aziz sah, daß weit voraus ein Wagen von einem Soldaten überprüft wurde. Jasmin erklärte, daß es der Kontrollposten sei, und leerte den Inhalt eines ihrer Körbe auf den Sitz zwischen ihnen.

Aziz klopfte rasch auf die Türseite. Er war erleichtert, daß nur zwei Soldaten in Sicht waren, von denen einer noch dazu am Straßenrand in einem alten, bequemen Sessel schlief – zumindest hatte es den Anschein.

Als der Wagen hielt, hörte Scott von irgendwoher Lachen. Aziz gab dem Posten ein Päckchen Rothmans.

Der Mann wollte sie gerade durchwinken, als der andere Posten aus seinem Halbschlaf erwachte wie eine Katze, die stundenlang vor der Heizung gelegen hatte. Er stemmte sich hoch, schlenderte zum Wagen und betrachtete ihn bewundernd wie schon viele Male zuvor. Dann spazierte er um das Fahrzeug herum. Als er am Kofferraum vorbeikam, schlug er mit der Hand darauf. Der Deckel sprang einen Spalt weit auf. Scott zog ihn vorsichtig zu, während Jasmin neben der Beifahrertür eine Stange mit zweihundert Rothmans auf den Boden fallen ließ.

Der Grenzposten bewies an diesem Tag zum erstenmal, daß er sich schnell bewegen konnte. Jasmin lächelte ihn an, als er die Zigaretten aufhob, und flüsterte ihm etwas ins Ohr. Der Posten starrte Aziz an und lachte los, gerade als ein mit Bier beladener Lastwagen hinter ihnen hielt.

»Weiterfahren, weiterfahren«, wies der erste Posten sie an, als er die vielversprechende Beute entdeckte.

Aziz gehorchte sofort, und der Caddy fuhr ruckartig im zweiten Gang weiter, daß Cohen und die Segeltuchtasche fast aus dem Kofferraum fielen.

»Was hast du zu dem Posten gesagt?« erkundigte sich Aziz, als sie außer Hörweite waren.

»Daß du schwul bist, aber daß ich später ohne dich zurückkommen würde.«

»Hast du denn keinen Familienstolz?« rügte Aziz.

»Doch, selbstverständlich«, versicherte ihm Jasmin. »Aber der Mann ist auch ein Vetter von mir.«

Auf Jasmins Rat nahm Aziz den etwas längeren Weg südlich um die Stadt. Es gelang ihm nicht immer, den vielen Schlaglöchern auszuweichen, und so drang dann und wann ein Stöhnen aus dem Kofferraum. Jasmin deutete auf eine Kreuzung und bat Aziz, sie dort aussteigen zu lassen. Sie griff nach ihren Körben und legte ein paar Früchte auf den Sitz zwischen ihnen. Aziz hielt an einer Straße, die zurück zur Stadtmitte führte. Jasmin sprang hinaus, lächelte und winkte. Aziz winkte zurück und fragte sich, wann er seine Kusine wiedersehen würde.

Dann fuhr er zum anderen Ende der Stadt, konnte aber nicht riskieren, seine Kollegen aus dem Kofferraum steigen zu lassen, solange irgend jemand aus dem Ort beobachten konnte, was vor sich ging.

Erst als Khalis gute drei Kilometer hinter ihnen lag, hielt Aziz an einer Kreuzung mit zwei Wegweisern an. Auf einem stand: *Tuz Khurmatoo 120 km*, auf dem anderen: *Tuz Khurmatoo 170 km.* Er spähte in alle Richtungen, ehe er aus dem Wagen stieg, den Kofferraum öffnete und die drei lebenden Gepäckstücke auf die Straße taumeln ließ.

Während sie sich reckten und streckten und tief durchatmeten, deutete Aziz auf die Wegweiser. Scott brauchte nicht auf die Karte zu blicken, um zu entscheiden, welchen Weg sie nehmen sollten.

»Wir müssen den Umweg fahren«, erklärte er, »und können nur hoffen, daß sie uns immer noch im Laster vermuten.«

Hannah schlug dankbar den Kofferraumdeckel zu, und sie stiegen wieder nach vorn in den Wagen.

Aziz schaffte einen Schnitt von fünfundsechzig Stundenkilometern auf der kurvenreichen Straße. Seine Passagiere mußten sich jedesmal ducken, wenn ein Fahrzeug am Horizont auftauchte.

Die vier genossen die frischen Früchte, die Jasmin für sie auf dem Vordersitz zurückgelassen hatte.

Als sie an einem weiteren Schild mit der Aufschrift *Tuz Khurmatoo 20 km* vorbeikamen, wandte Scott sich an Aziz: »Ich möchte, daß Sie ein Stück vor der Stadt anhalten und sich erst allein umsehen. Wir müssen uns vergewissern, daß es sicher genug ist, um durchfahren zu können. Vergessen Sie nicht, daß es von dort keine fünf Kilometer mehr bis zur Hauptverkehrsstraße sind. Es wäre leicht möglich, daß es von Soldaten nur so wimmelt.«

»Und bis zur kurdischen Grenze?« erkundigte sich Hannah.

»Etwa siebzig Kilometer«, antwortete Scott, der die Karte studierte. Aziz fuhr weitere zwanzig Minuten, bis sie auf eine Hügelkuppe kamen und die Umrisse eines ins Tal geduckten Dorfes sehen konnten.

Augenblicke später bog Aziz von der Straße ab und parkte den Wagen unter einer Reihe Zitrusbäume, die vor der Sonne und vor neugierigen Blicken aus vorüberfahrenden Wagen schützten. Aziz lauschte Scotts Anweisungen aufmerksam, dann stieg er aus und joggte in Richtung Tuz Khurmatoo.

General Hamil war zu wütend, ein Wort herauszubringen, als der junge Leutnant ihm meldete, daß der Cadillac vor knapp einer Stunde durch die Kontrollstation von Khalis gekommen war und keiner der diensttuenden Soldaten sich die Mühe gemacht hatte, in den Kofferraum zu blicken.

Bereits nach einer harmlosen Folterung hatte einer der Posten gestanden, daß ein junges Mädchen, das regelmäßig die Kontrollstation passierte, den Terroristen geholfen haben mußte.

»Sie wird die Station nie wieder passieren!« war alles, was der General sagte.

Die einzige weitere Information, die sie aus den Posten herausbekamen, betraf den Fahrer des Cadillacs: Er sei ein Vetter des Mädchens und homosexuell. Hamil fragte sich, woher die Kerle das wissen wollten.

Wieder kehrte der General zur Karte an der Wand hinter seinem Schreibtisch zurück. Er hatte bereits den Befehl erteilt, daß eine ganze Armee von Hubschraubern, Lastwagen und Motorrädern jeden Zentimeter der Straße zwischen Khalis und der

Grenze absuchte. Trotzdem war bisher noch keine Meldung eingegangen, daß ein Cadillac auf der Straße gesichtet worden sei. Es war Hamil ein Rätsel; denn er wußte, daß die Flüchtlinge nicht umgekehrt sein konnten, ohne seinen Truppen direkt in die Arme zu laufen.

Wieder überprüfte er jede Route zwischen der Kontrollstation und der Grenze. »Ah!« sagte er schließlich. »Sie müssen den Weg durch die Berge genommen haben.« Sein Finger fuhr eine dünne rote Schlangenlinie nach, bis sie in die Hauptverkehrsstraße einmündete.

»Da seid ihr also!« sagte er und erteilte neue Befehle.

Erst nach einer Stunde meldete Cohen: »Der Kurde kommt zurück, Sir.«

Während Aziz einen Hügelhang hinaufrannte, blieb das Grinsen die ganze Zeit auf Aziz' Gesicht. Er hatte Tuz Khurmatoo auskundschaftet und erklärte nun, daß dort ganz normales Leben und Treiben herrsche. Aber die Bevölkerung wurde durch den staatlichen Rundfunk aufgefordert, die Augen nach vier Terroristen offenzuhalten, die ein Attentat auf den großen Sayedi versucht hatten. Deshalb wimmelte es jetzt auf allen Verbindungsstraßen von Soldaten. »Sie haben eine ziemlich gute Beschreibung von uns, aber vor einer Stunde zumindest wurde in den Nachrichten noch gesagt, daß wir mit einem Laster unterwegs sind.«

»Gut, Aziz«, lobte Scott, »bringen Sie uns jetzt durch den Ort. Hannah, setz du dich nach vorn neben Aziz. Der Sergeant und ich ducken uns hinten auf den Boden. Sobald wir durch Tuz sind, suchen wir uns ein Versteck und fahren erst nach Anbruch der Dunkelheit zur Grenze weiter.«

Aziz nahm wieder hinter dem Lenkrad Platz, und der Cadillac fuhr langsam nach Tuz.

Die Hauptstraße war etwa dreihundert Meter lang und gerade breit genug für zwei Wagen. Hannah blickte auf die kleinen Läden und auf die Männer, die ihren Lebensabend damit verbrachten, auf den Stufen der Häuser zu sitzen oder an den Wänden zu lehnen. Ein schmutziger alter Cadillac, der langsam durch ihr Dorf fährt, ist für sie bestimmt die Sensation des Tages, dachte Hannah – bis sie das Fahrzeug auf der Straße am Ortsende sah.

»Ein Jeep kommt auf uns zu«, sagte sie ruhig. »Vier Mann Besatzung. Einer sitzt hinter einem… ich glaube, es ist ein kleines Flugabwehrgeschütz.«

»Bleiben Sie ruhig, Aziz«, sagte Scott. »Hannah, erzähl uns weiter, was da vor sich geht.«

»Sie sind jetzt etwa zweihundert Meter von uns entfernt… offenbar erregen wir so langsam ihr Interesse.«

Cohen deutete auf den Werkzeugkasten und zog einen Schraubenschlüssel heraus. Scott wählte ebenfalls einen Schraubenschlüssel. Beide drehten sich langsam um und knieten sich auf den Wagenboden.

»Der Jeep hat sich jetzt quer vor uns auf die Straße gestellt«, berichtete Hannah. »In etwa zehn Sekunden werden wir anhalten müssen.«

»Sieht es immer noch so aus, als wären es vier Mann?« fragte Scott.

»Ja«, antwortete Hannah. »Mehr sehe ich nicht.«

Der Cadillac hielt.

»Der Jeep steht nur wenige Meter vor uns. Ein Soldat steigt aus – ein anderer folgt ihm. Zwei bleiben im Jeep. Der eine hinter dem Geschütz, der andere hinter dem Lenkrad. Wir nehmen die beiden ersten«, erklärte Hannah. »Ihr kümmert euch um die zwei im Jeep.«

»Verstanden«, sagte Scott knapp.

Der erste Soldat erreichte die Fahrerseite, als der zweite rechts von Hannah an der Stoßstange vorbeikam. Sowohl Aziz wie Hannah hatten die Hand auf der Armlehne und die Tür bereits wenige Zentimeter offen.

In dem Moment, als Aziz den ersten Soldaten hinten in den Wagen schauen und nach seiner Pistole greifen sah, schwang er die Tür so wuchtig auf, daß sich das Krachen der Knie des Mannes wie ein Schuß anhörte, bevor er zu Boden ging. Aziz war aus dem Wagen und auf ihm, ehe der Uniformierte Zeit hatte, sich zu fangen. Der zweite Soldat rannte auf Hannah zu, als Scott aus dem Wagen sprang. Hannah versetzte ihm einen Handkantenschlag gegen die Halsschlagader und einen zweiten, der ihm das Genick brach, als er seine Pistole ziehen wollte. Eine Kugel hätte ihn nicht schneller töten können.

Der dritte Soldat fing mit dem Geschütz zu ballern an. Cohen warf sich auf die Straße. In diesem Augenblick sprang der vierte Soldat hinter dem Lenkrad hervor und rannte, mit seiner Pistole feuernd, auf ihn zu. Cohen warf den Schraubenschlüssel nach ihm. Der Soldat wich aus und geriet dadurch in die Schußlinie des Geschützes, das jedoch sofort zu feuern aufhörte. Cohen warf sich auf den Mann, daß der wie von einem Zementsack getroffen zu Boden ging und seine Pistole über die Straße flog. Cohen hämmerte ihm die Faust auf die Kehle und in den Nacken, woraufhin sein Gegner zuckend und gekrümmt durch den Staub rollte. Sogleich wandte Cohen sich dem Burschen hinter der Flak zu, der ihn bereits im Visier hatte. Bei zehn Meter Entfernung hatte Cohen keine Chance, an den Mann heranzukommen. Er warf sich neben den Wagen, während die Kugeln die offene Wagentür zerfetzten. Zwei Geschosse drangen in Cohens linkes Bein.

Scott stürmte von der anderen Seite auf den Jeep zu. Als der Soldat das Geschütz zu ihm herumschwang, warf Scott sich mit einem Sprung auf ihn.

Kugeln flogen in alle Richtungen, während Scott mitsamt dem Flakschützen hinten vom Jeep purzelte. Scott ließ seinen Schraubenschlüssel nicht los. Beide kamen rasch auf die Beine. Scott schlug mit dem Schlüssel zu; der Iraker hob abwehrend den Arm, und Scott rammte ihm das linke Knie zwischen die Beine. Der Bursche sackte zu Boden, und der zweite Hieb mit dem Schraubenschlüssel brach ihm das Genick. Der Soldat blieb mit halb ausgestreckten Armen wie ein Brustschwimmer auf der Straße liegen. Scott stand wie gelähmt über ihm, bis Aziz nach seinen Beinen tauchte und ihn zu Boden warf. Scott zitterte unkontrolliert.

»Beim erstenmal ist es immer am schlimmsten«, bemerkte der Kurde.

Die vier blickten angespannt in alle Richtungen, als sie auf die Reaktion der Einheimischen warteten. Cohen, dem das Blut aus dem Bein lief, kletterte schließlich etwas wacklig auf den Jeep und setzte sich hinter das Geschütz. »Schießen Sie nur, wenn ich es sage!« brüllte Scott, der die Straße auf und ab späh-te. Nirgends ließ sich irgend jemand blicken.

»Links von dir!« rief Hannah. Scott wirbelte herum und sah einen Greis in langem, weißem Dishdash, mit einem schwarz-weiß-getupften Keffiyeh auf dem Kopf und einem dicken Gürtel, der ihm lose um die Taille hing. Der Alte kam mit erhobenen Händen langsam auf die Gruppe zu.

Scott wandte keinen Blick von ihm, bis der Mann nur wenige Meter vom Cadillac entfernt stehenblieb.

»Die Dorfältesten haben mich geschickt, weil ich der einzige bin, der Englisch spricht«, sagte er. Er zitterte und seine Worte kamen stockend. »Wir vermuten, daß Sie die Terroristen sind, die Saddam töten wollten.«

Scott schwieg.

»Bitte, gehen Sie. Verlassen Sie unser Dorf. Schnell! Nehmen Sie den Jeep. Wir werden die Soldaten begraben. Dann wird niemand erfahren, daß Sie hier waren. Wenn Sie es nicht tun, wird Saddam uns alle töten. Jeden einzelnen.«

»Sagen Sie Ihren Leuten, daß wir ihnen nichts Böses wollen«, entgegnete Scott.

»Ich glaube Ihnen«, antwortete der Greis, »aber bitte, gehen Sie!«

Scott rannte nach vorn und zog dem größten Soldaten die Uniform aus, während Cohen das Geschütz auf den Greis gerichtet hielt. Aziz zog die drei übrigen Soldaten aus, und Hannah holte Scotts Segeltuchtasche aus dem Cadillac, bevor sie sich hinten in den Jeep setzte.

Aziz warf die Uniformen auf die Rückbank des Jeeps und schwang sich auf den Fahrersitz. Der Motor lief noch. Er legte den Rückwärtsgang ein, fuhr einen Halbkreis und wartete, bis

Scott auf dem Beifahrersitz saß. Langsam fuhren sie aus Tuz Khurmatoo hinaus. Cohen schwenkte das Geschütz und richtete es auf das Dorf, während er gleichzeitig mit der Faust auf sein verletztes linkes Bein hämmerte.

Scott blickte lange zurück. Er sah, daß die Einwohner vorsichtig auf die Straße traten und die Soldaten wegzerrten. Ein Mann stieg in den Cadillac und fuhr ihn rückwärts in eine Nebenstraße. Augenblicke später war niemand mehr zu sehen, und Scott wandte den Blick nach vorn.

»Es sind noch knapp fünf Kilometer bis zur Schnellstraße«, erklärte Aziz. »Was soll ich tun?«

»Wir haben nur eine einzige Chance, über die Grenze zu kommen«, sagte Scott. »Fahren Sie zu den Bäumen dort hinüber. Wir dürfen uns erst auf die Schnellstraße wagen, wenn es stockdunkel ist.« Er schaute auf die Uhr. Neunzehn Uhr fünfunddreißig.

Hannah spürte Blut auf ihr Gesicht tropfen und blickte auf. Da erst sah sie die tiefen Wunden in Cohens Bein. Sofort riß sie die Ecke ihres Jaschmaks ab und versuchte den Blutstrom zu stillen.

»Ist es schlimm, Cohen?« fragte Scott besorgt.

»Nicht schlimmer als damals, als die Frau in Tanger mich gebissen hat«, antwortete er.

Aziz lachte.

»Wie können Sie da lachen?« rügte ihn Hannah, die Cohens Wunde säuberte.

»Weil er der Grund war, daß sie mich gebissen hat«, erklärte Cohen.

Nachdem Hannah Cohens Bein verbunden hatte, zogen die vier die irakischen Uniformen an. Eine Stunde ließen sie die Straße nicht aus den Augen und hielten Ausschau nach Militärfahrzeugen. Aber sie sahen nur ein paar Bauern auf Eseln oder zu Fuß und lediglich ein Fahrzeug: einen alten Traktor, der nach langem Tagewerk ins Dorf zurücktuckerte.

Allmählich wurde ihnen klar, daß die Dorfbewohner ihr Versprechen gehalten und keine Militärstreifen verständigt hatten.

Als die Straße kaum noch zu sehen war, ging Scott zum letztenmal seinen Plan durch. Allen war klar, daß sie keine andere Möglichkeit hatten.

Die nächste Grenze befand sich etwa siebzig Kilometer entfernt, aber Scott wußte nun, daß schon das Durchfahren einer Ortschaft eine Gefahr darstellte. Zwar glaubte er nicht, daß sein Plan narrensicher war, keineswegs, aber sie konnten nicht mehr lange in den Bergen bleiben, denn schon bald würde es hier von irakischen Soldaten wimmeln.

Scott musterte die Uniformen. Auf der Landstraße würde man sie im Dunkeln für eine Militärstreife halten. Und wenn sie erst auf der Schnellstraße waren, konnten sie es nicht riskieren, länger als ein paar Sekunden anzuhalten. Alles hing davon ab, wie nahe sie an den Grenzposten herankamen, ohne erkannt zu werden.

Als Scott die Anweisung gab, lenkte Aziz den Jeep auf die kurvenreiche Straße zurück. Er legte die fünf Kilometer bis zur Schnellstraße in fünf Minuten zurück, und sie begegneten nicht einem Fahrzeug. Doch auf der Schnellstraße herrschte reger Verkehr. Lastwagen, Jeeps, sogar Panzer rollten in beide Richtungen.

Keiner von ihnen sah die zwei Motorräder, den Panzer und die drei Lastwagen, die vom Highway auf die kleine kurvenreiche Straße in Richtung Tuz Khurmatoo abbogen.

Aziz fuhr, so schnell er konnte, während Cohen am Geschütz sitzen blieb. Scott beobachtete mit tief in die Stirn gezogener Mütze die Straße voraus. Hannah saß mit einer Pistole in der Hand reglos zu Cohens Füßen. Dem ersten Straßenschild nach waren es noch sechzig Kilometer bis zur Grenze.

Am Rande der Straße tauchte eine erste Ölförderpumpe auf. Niemand sagte etwas, während der Jeep durch die Dunkelheit raste und die Entfernung nach Kirkuk von fünfundfünfzig und sechsundvierzig auf zweiunddreißig Kilometer schrumpfte. Aber mit jedem Straßenschild und jeder neuen Ölquelle nahm der Verkehr zu, und sie kamen immer langsamer voran. Das einzig Gute war, daß sich offenbar keine der vorbeifahrenden Streifen für den Jeep interessierte.

Innerhalb von Minuten wimmelte es in dem kleinen Dorf von Soldaten aus Saddams Elitegarde. Selbst im Dunkeln genügten zehn Kugeln und ebenso viele Minuten, um in Erfahrung zu bringen, wo sich der Cadillac befand, und weitere dreißig Kugeln, um die Gräber der vier toten Soldaten zu finden.

General Hamil hörte aufmerksam zu, als der verantwortliche Offizier ihm telefonisch die Einzelheiten berichtete. Doch die einzige Frage, die er stellte, galt der Funkfrequenz des Jeeps, der am Spätnachmittag in Tuz Khurmatoo gewesen war. Dann legte er ohne ein weiteres Wort auf, blickte auf die Uhr, stellte die Frequenz ein und wählte den Jeep an.

Der Rufton erklang geraume Weile.

»Offenbar suchen sie noch nach einem Laster oder einem rosa Cadillac«, meinte Scott in dem Augenblick, als das Funktelefon zu läuten begann.

»Nehmen Sie es ab, Aziz«, wies Scott ihn an. »Hören Sie aufmerksam zu und versuchen Sie, soviel wie möglich zu erfahren.«

Aziz hob ab, hörte sich die kurze Nachricht an, sagte: »Jawohl!« auf arabisch und legte auf.

»Und?« fragte Scott.

»Sie haben den Cadillac gefunden. Alle Jeepbesatzungen haben den Befehl, sich beim nächsten Militärposten zu melden.«

»Es kann nicht mehr lange dauern, bis den Irakern klar ist, daß keiner ihrer Leute diesen Jeep fährt«, sagte Hannah.

»Mit etwas Glück bleiben uns schätzungsweise noch zwanzig Minuten«, erwiderte Scott. »Wie weit bis zur Grenze?«

»Fünfzehn Kilometer«, antwortete Aziz.

Der General wußte, daß es nur Zeebari sein konnte, denn jeder andere hätte sich mit der Kodenummer der Elitegarde gemeldet.

Also gab es keinen Zweifel mehr, in welchem Fahrzeug die

Flüchtlinge zu welcher Grenze unterwegs waren. Wieder griff Hamil nach dem Telefon und brüllte einen weiteren Befehl. Zwei Offiziere begleiteten ihn, als er auf den Hinterhof des Gebäudes rannte. Die Rotoren seines Hubschraubers drehten sich bereits.

Aziz bemerkte als erster das Ende einer langen Schlange von Öltankwagen, die auf ihre Abfertigung an der inoffiziellen Grenze warteten. Scott betrachtete den schmalen Seitenstreifen und fragte Aziz, ob er es schaffen könnte, rechts an der Lkw-Schlange vorbeizufahren.

»Unmöglich, Sir«, entgegnete der junge Kurde. »Wir würden im Straßengraben landen.«

»Dann bleibt uns nur der Weg durch die Mitte.«

Aziz lenkte den Jeep zur Straßenmitte und versuchte verzweifelt, die Geschwindigkeit zu halten, ohne die Laster oder die entgegen kommenden Fahrzeuge zu rammen. Die erste Schwierigkeit ergab sich sechs Kilometer vor der Grenze, als ein entgegen kommender Militärlaster sich nicht zur Seite drängen lassen wollte.

»Soll ich ihn von der Straße pusten?« fragte Cohen.

»Nein«, antwortete Scott. »Aziz, fahren Sie weiter. Aber macht euch bereit zum Springen. Wir sammeln uns hinter den Tankwagen.« Gerade als Scott springen wollte, schwang der Laster herum und landete im Graben auf der anderen Straßenseite.

»Jetzt wissen alle, wo wir sind«, brummte Scott. »Wie weit ist es noch bis zum Grenzposten, Aziz?«

»Vier, höchstens fünf Kilometer.«

»Dann treten Sie aufs Gas«, sagte Scott, obwohl er wußte, daß Aziz bereits so schnell fuhr, wie er nur konnte. Sie hatten die nächsten anderthalb Kilometer in einer Minute geschafft, als plötzlich ein Hubschrauber über ihnen erschien, dessen Scheinwerfer die gesamte Straße beleuchtete. Das Funktelefon läutete erneut.

»Kümmern Sie sich nicht darum!« brüllte Scott, während Aziz sich bemühte, in der Straßenmitte zu bleiben und die Geschwindigkeit zu halten. Sie rasten am Dreikilometerschild vorbei, als der Hubschrauber herumschwang und den Scheinwerfer direkt auf sie richtete.

»Von hinten kommt ein Fahrzeug auf uns zu«, meldete Cohen und schwenkte das Geschütz herum. »Ein Jeep.«

»Pusten Sie ihn weg«, wies Scott ihn an.

Cohen schoß zuerst auf die Windschutzscheibe, dann auf die Reifen. Er war dankbar für das Licht, das der Suchscheinwerfer des Hubschraubers ihnen spendete. Der getroffene Jeep schlingerte über die Straße und prallte gegen einen entgegenkommenden Lastwagen, aber sofort tauchte ein anderer Jeep hinter ihm aus dem Dunkel auf. Hannah lud das Geschütz mit einem Magazin nach, das am Boden lag, während Cohen sich auf die Verfolger konzentrierte.

»Noch zwei Kilometer!« rief Aziz und hätte beinahe Laster auf beiden Straßenseiten gestreift. In diesem Augenblick knatterte das Bord-MG des Hubschraubers über ihnen los. Der Schütze feuerte aufs Geratewohl und traf Fahrzeuge auf beiden Fahrbahnen.

»Denken Sie daran, daß die meisten nicht die leiseste Ahnung haben, wer hinter wem her ist«, rief Scott.

»Danke für diesen logischen Schluß, Professor«, brüllte Cohen zurück. »Aber ich hab' das Gefühl, der Hubschrauberpilot weiß ganz genau, hinter wem er her ist.« Cohen feuerte auf den nächsten Jeep, als er in Schußweite kam. Der Fahrer bremste, daß die Reifen qualmten, woraufhin der Wagen hinter ihm auf ihn auffuhr und ein Ziehharmonikaeffekt einsetzte, als ein Jeep nach dem anderen auf den Vordermann krachte. Die Straße hinter ihnen war plötzlich frei, als wäre ihr Wagen als letzter bei Grün über die Kreuzung gekommen.

»Noch anderthalb Kilometer«, brüllte Aziz, während Cohen das Geschütz herumschwenkte, um nötigenfalls den Weg vor ihnen freizuräumen. Hannah fütterte das Flakgeschütz mit dem letzten Magazin. Scott konnte die Lichter einer Brücke sehen und die Festung von Kirkuk, von der Aziz ihnen erzählt hatte. Also war der Grenzposten nur noch einen Dreiviertelkilometer entfernt. Als der Hubschrauber die Straße wieder mit Geschossen eindeckte, spürte Aziz, wie einer der Vorderreifen platzte, gerade als er auf die Brücke fuhr.

Scott konnte bereits die kurdische Kontrollstation sehen, als der Hubschrauber bei einem letzten Versuch, sie aufzuhalten, tief herabtauchte. Ein Kugelhagel traf die Motorhaube, und mehrere Querschläger von den Brückenpfeilern krachten gegen die Windschutzscheibe. Als der Hubschrauber abdrehte, starrte Scott in die Höhe – und eine Sekunde direkt in die Augen General Hamils!

Scott schlug rasch ein Loch in die zersprungene Windschutzscheibe und sah zwei Reihen Soldaten. Sie hatten die Gewehre auf den Jeep angelegt.

Hinter den Soldaten befanden sich zwei schmale Durchgänge nach Kurdistan; auf der anderen Straßenseite zwei Ausfahrten aus Kirkuk.

Die beiden Übergänge nach Kurdistan waren mit stehenden Fahrzeugen blockiert, während man die zwei Ausfahrten freigelassen hatte. Allerdings zeigte momentan niemand Interesse, in Saddams Irak zu reisen.

Aziz beschloß, quer über die Straße zu schwenken und das Risiko einzugehen, den Jeep in spitzem Winkel durch eine der schmalen Ausfahrten zu lotsen. Falls ihnen ein Fahrzeug entgegenkam, saßen sie in der Falle. Noch immer verlor der Jeep an Geschwindigkeit, und Aziz konnte spüren, daß die Felge des linken Vorderrads bereits über den Boden schrammte.

Als sie auf Schußweite heran waren, eröffnete Cohen das Feuer auf die Soldaten vor ihnen. Einige schossen zwar zurück, doch Cohens überlegenes Flakgeschütz sorgte dafür, daß die unverletzten Iraker sich schleunigst in Deckung warfen.

Noch hundert Meter. Der Jeep wurde langsamer und langsamer. Aziz kurbelte wild am Lenker, und der Jeep schleuderte abrupt über die Straße auf die zweite Ausfahrt zu, krachte gegen die rechte Wand, tauchte kreischend in den kurzen dunklen Tunnel und prallte gegen die linke Wand, bevor er ins Niemandsland zwischen den zwei Grenzstationen schlidderte.

»Weiter, weiter!« brüllte Scott, als sie aus dem kleinen Tunnel kamen. Plötzlich verfolgten sie Dutzende von Soldaten von der irakischen Seite.

Aziz verlor immer noch an Geschwindigkeit, während er den Jeep nach links zurücklenkte und auf die knapp vierhundert Meter entfernte Grenze nach Kurdistan zusteuerte. Er drückte das Gaspedal durch, aber der Tachometer stieg nicht über drei Stundenkilometer. Weitere Soldaten hatten sich aufgereiht, diesmal an der kurdischen Grenze, und ihre Gewehre waren auf den Jeep gerichtet. Aber nicht einer schoß.

Cohen wirbelte herum, als eine einzelne Kugel den Jeep von hinten traf und eine zweite über seine Schulter pfiff. Wieder feuerte er zur irakischen Grenze, und wer noch konnte, suchte rasch Deckung hinter den Gebäuden der Kontrollstation. Der Jeep rollte noch ein paar Meter und kam schließlich, etwa in der Mitte zwischen den beiden inoffiziellen Grenzen, welche die Vereinten Nationen nie anerkannt hatten, endgültig zum Stillstand.

Scott blickte zur kurdischen Grenze. Etwa hundert Peschmergas hatten dort Aufstellung genommen und feuerten jetzt mit ihren Gewehren – aber nicht auf den Jeep. Scott wandte sich um. Von der irakischen Seite rückte eine weitere Reihe Soldaten vorsichtig heran. Scott und Hannah zückten ihre Pistolen und eröffneten das Feuer auf die Iraker, während Cohen eine weitere Salve aus seiner Flak jagte, die jedoch abrupt abbrach. Die irakischen Soldaten, die bereits zurückgewichen waren, erkannten, daß ihrem Feind endlich die Munition ausgegangen war.

Cohen sprang vom Jeep und griff nach seiner Pistole. »Komm schon, Aziz!« rief er, während er vorwärtsrannte und sich neben der Fahrertür duckte. »Wir müssen ihnen Deckung geben, damit der Professor seine verdammte Unabhängigkeitserklärung über die Grenze kriegt.«

Aziz antwortete nicht. Sein Oberkörper lag leblos auf dem Lenkrad, und die Hupe heulte im Dauerton. Das Funktelefon läutete immer noch.

»Die Hundesöhne haben meinen Kurden umgebracht!« schrie Cohen. Hannah nahm die Segeltuchtasche, während

Scott Aziz aus dem Jeep hob. Gemeinsam zogen sie ihn die letzten paar hundert Meter zur kurdischen Grenze.

Eine weitere Schützenreihe irakischer Soldaten rückte auf den Jeep vor, während Scott und Hannah versuchten, Aziz' Leiche in seine kurdische Heimat zu bringen.

Sie hörten Schüsse aufpeitschen; Kugeln sirrten an ihnen vorbei. Als sie über die Schulter blickten, sahen sie Cohen auf die Iraker zurennen und brüllen: »Ihr habt meinen Kurden getötet, ihr Hundesöhne! Ihr habt meinen Kurden getötet.« Ein Iraker fiel, dann ein zweiter, einer wich zurück. Ein anderer fiel, ein weiterer floh, und Cohen kam ihnen immer näher. Plötzlich stürzte er auf die Knie, doch irgendwie gelang es ihm, weiterzukriechen, bis schließlich eine Salve dröhnte. Der Sergeant brach nur wenige Meter vor der irakischen Grenze blutüberströmt zusammen.

Während Scott und Hannah den toten Kurden ins Land seiner Väter trugen, zerrten Saddams Soldaten die Leiche des Juden in den Irak zurück.

»Warum wurden meine Befehle nicht ausgeführt?« brüllte Saddam.

Mehrere Sekunden sprach niemand am Tisch. Alle Anwesenden wußten, wie gering ihre Chancen waren, in dieser Nacht lebend in ihre Betten zu kommen.

General Hamil schlug eine dicke Akte auf und blickte auf eine handschriftliche Notiz.

»Es war Major Saeeds Schuld, Herr Präsident«, behauptete der General. »Er hat die Ungläubigen mit der Unabhängigkeitserklärung entkommen lassen. Deshalb hängt seine Leiche jetzt auch als warnendes Beispiel auf dem Tohrirplatz.«

Der General hörte bei der nächsten Frage des Präsidenten aufmerksam zu.

»Ja, Sayedi«, versicherte er seinem Herrn und Gebieter. »Zwei der Ungläubigen wurden von Männern meines Regiments getötet. Sie waren die bei weitem wichtigsten Mitglieder des Terortrupps. Es handelt sich um jene zwei, die vor meiner

Ankunft Major Saeed entwischen konnten. Die beiden anderen waren ein amerikanischer Professor und das Mädchen.«

Der Präsident stellte eine weitere Frage.

»Nein, Herr Präsident. Kratz war der leitende Offizier. Ich habe diesen berüchtigten Zionistenführer persönlich verhaftet und eingehend verhört. Bei seiner Vernehmung habe ich erfahren, daß sein eigentlicher Plan Ihre Ermordung war, Sayedi. Wie alle bisherigen Attentatsversuche habe ich auch diesen vereitelt.«

Auf die nächste Frage des Präsidenten hatte der General keine Antwort parat, die er sich vorher zurechtgelegt hatte; deshalb war er erleichtert, als der Generalstaatsanwalt einwarf:

»Vielleicht können wir die ganze Angelegenheit zu unserem Vorteil wenden, Sayedi.«

»Wie stellen Sie sich das vor?« brüllte der Präsident. »Zwei von diesen Verbrechern sind mit der Unabhängigkeitserklärung entkommen und haben nur eine nutzlose Kopie zurückgelassen. Jeder, der weiß, wie das Wort ›Britisch‹ geschrieben wird, kann sie als Fälschung erkennen. Nein, jetzt werde ich zum Gespött, nicht Clinton.«

Alle Augen richteten sich auf den Generalstaatsanwalt.

»Das muß durchaus nicht der Fall sein, Herr Präsident. Wenn die Amerikaner sehen, in welchem Zustand ihr kostbarer Schatz ist, werden sie keine Eile haben, die Unabhängigkeitserklärung wieder im Staatsarchiv auszustellen.«

Diesmal unterbrach der Präsident ihn nicht; also fuhr der Generalstaatsanwalt fort:

»Wir wissen zudem, Herr Präsident, daß dank Ihrer Genialität jenes Dokument, das zur Zeit in Washington ausgestellt wird, eine – wenn ich Sie zitieren darf – ›nutzlose Kopie‹ ist, die ›jeder, der weiß, wie das Wort »Britisch« geschrieben wird‹, sofort als Fälschung erkennt.«

Der Präsident wirkte plötzlich sehr nachdenklich.

»Vielleicht ist jetzt die Zeit gekommen, Sayedi, die Weltpresse über Ihren Triumph zu informieren.«

»Meinen Triumph?« wiederholte Saddam ungläubig.

»Gewiß, Sayedi. Ihr Triumph. Ganz zu schweigen von Ihrer Großmut. Schließlich waren Sie es, der befohlen hat, Professor Bradley die beschädigte Unabhängigkeitserklärung auszuhändigen, die der Gangster Cavalli Ihnen verkaufen wollte.«

Saddam wirkte nun noch nachdenklicher.

»Es gibt im Westen eine Redensart«, fügte der Generalstaatsanwalt hinzu. »›Zwei Fliegen mit einer Klappe schlagen‹.«

Wieder breitet sich Schweigen aus, da niemand wagte, eine Meinung zu äußern – bis der Präsident lächelte.

35

Die irakische Regierung gab am 2. Juli bekannt, daß die Gerüchte von einem Zwischenfall am Grenzübergang von Kirkuk, bei dem angeblich mehrere irakische Soldaten getötet und weitere verwundet wurden, nicht der Wahrheit entsprachen.

Die Kurdenführer konnten sich dazu nicht äußern, da die beiden einzigen Satellitentelefonleitungen im irakischen Kurdistan ständig durch Anrufe des Außenministeriums in Washington belegt gewesen waren, das um Unterstützung ersuchte.

Charles Streator, der amerikanische Botschafter in Istanbul, war vom Nahost-Korrespondenten der Presseagentur Reuter gefragt worden, weshalb ein Jet der amerikanischen Luftwaffe im US-Stützpunkt in Silope an der türkischen Grenze gelandet war und als einzige Fluggäste zwei Unbekannte nach Washington abgeholt hatte. Seine Exzellenz hatte seinem alten Freund geantwortet, er habe absolut keine Ahnung, wovon er spreche. Der Korrespondent kannte den Botschafter als ehrlichen Mann, aber natürlich wußte er auch, daß es zu den Pflichten eines Botschafters gehörte, für sein Land zu lügen.

In Wahrheit war der Botschafter die ganze vergangene Nacht auf den Beinen gewesen, nachdem der Außenminister ihn telefonisch angewiesen hatte, einen Hubschrauber zum Stadtrand von Kirkuk zu schicken, um fünf Personen abzuholen – einen Amerikaner, einen Araber und drei Israelis –, die zum Stützpunkt in Silope geflogen werden sollten.

Der Botschafter hatte das Außenministerium am frühen Morgen zurückgerufen, um Warren Christopher mitzuteilen, daß es leider nur zwei Personen gelungen sei, die Grenze lebend zu überqueren: einem Amerikaner namens Scott Bradley und einer Israeli mit Namen Hannah Kopec. Von den drei anderen wisse er nichts.

DRITTER TEIL

»…verpfänden wir, mit vestem Vertrauen auf den Schutz
der Göttlichen Vorsehung, uns unter einander unser Leben,
unser Vermögen und unser geheiligtes Ehrenwort.«

Die letzte Frage des Außenminister verblüffte den amerikanischen Botschafter völlig: Ob Professor Bradley einen Pappzylinder bei sich gehabt habe? Der Botschafter bedauerte im stillen, daß der Reuter-Korrespondent ihn nicht dasselbe gefragt hatte; denn dann wäre es wirklich die Wahrheit gewesen, als er ihm geantwortet hatte: »Ich habe absolut keine Ahnung, wovon Sie reden.«

Scott und Hannah verschliefen den größten Teil des Fluges nach Amerika. Als sie in der Andrews Air Force Base von Bord gingen, erwartete Dexter Hutchins sie an der Maschine, um sie zu begrüßen. Niemand wunderte sich, daß der Zoll sich kaum für Scotts Segeltuchtasche interessierte. Eine Limousine der CIA stand bereit, um Scott und Hannah direkt nach Washington zu bringen.

Auf der Fahrt zur Hauptstadt erklärte ihnen Dexter, daß sie sich gleich ins Weiße Haus begeben würden, zu einem ›Treffen auf höchster Ebene‹, und zählte auf, wer daran teilnehmen würde.

Am Eingang des Westflügels wurden sie vom Stabschef des Präsidenten erwartet, der sie zum Ovalen Zimmer führte. Scott hätte sich anläßlich seiner ersten persönlichen Begegnung mit dem Präsidenten ganz gern erst rasiert, denn er war seit zwei Tagen nicht mehr dazu gekommen; außerdem hatte er sich seit drei Tagen nicht mehr umziehen können. Aber man kann nicht alles haben, dachte er achselzuckend.

Warren Christopher stand an der Tür des Ovalen Zimmers, um die Gäste zu begrüßen. Er stellte Scott Präsident Clinton vor, als wären sie alte Freunde. Bill Clinton hieß Scott zu Hause willkommen und bedankte sich bei Hannah, daß sie dazu beigetragen hatte, die Unabhängigkeitserklärung sicher ›in die Heimat zu bringen‹.

Scott freute sich, Calder Marshall persönlich kennenzulernen und Mr. Mendelssohn und Dollar Bill wiederzusehen.

Dollar Bill verbeugte sich vor Hannah. »Jetzt verstehe ich, warum der Professor sich auf ein solches Abenteuer eingelassen hat.«

Nachdem alle Hände geschüttelt waren, konnte niemand mehr seine Ungeduld verbergen, das Pergament zu sehen. Scott öffnete den Reißverschluß seiner Tasche und holte behutsam ein Badetuch heraus, aus dem er das Dokument nahm, um es seinem rechtmäßigen Hüter, dem Außenminister, zu überreichen. Christopher rollte das Pergament vorsichtig auf. Niemand im Zimmer konnte sein Entsetzen verbergen angesichts des Zustands, in dem sich die Unabhängigkeitserklärung befand.

Der Außenminister gab das Schriftstück an den Archivar weiter, der mit dem Konservator und Dollar Bill zu dem großen, auf den südlichen Rasen blickenden Fenster ging. Das erste Wort, nach dem sie suchten, war ›Brittisch‹, und der Archivar lächelte, als sie es gefunden hatten.

Doch es dauerte nur Augenblicke, bevor Calder Marshall das Ergebnis ihrer gemeinsamen Prüfung bekanntgab: »Es ist eine Fälschung.«

»Wie können Sie so sicher sein?« erkundigte sich der Präsident.

»Mea culpa«, sagte Dollar Bill verlegen.

»Bedeutet das, Saddam besitzt immer noch das Original?« fragte der Außenminister ungläubig.

»Nein, Sir. Er hat die Kopie, die Scott nach Bagdad brachte«, versicherte Dollar Bill ihm. »Zweifellos besaß Saddam bereits eine Fälschung, bevor Scott den Austausch vornahm.«

»Wer hat dann das Original?« fragten die anderen vier im Chor.

»Ich würde sagen, Alfonso Mario Cavalli«, meinte Dollar Bill.

»Und wer ist das?« fragte der Präsident, kein bißchen klüger.

»Der Herr, der mich dafür bezahlte, die zur Zeit im Staatsarchiv ausgestellte Kopie anzufertigen«, antwortete Dollar Bill, »und dem ich die zweite Kopie aushändigte, die ich jetzt in den Händen halte.«

»Aber wenn das Wort ›Brittisch‹ mit zwei *t* geschrieben ist, wie können Sie dann so sicher sein, daß es sich um eine Fälschung handelt?« wollte Dexter Hutchins wissen.

»Weil von den sechsundfünfzig Unterzeichnern des Originaldokuments sechs den Vornamen George haben. Fünf unterzeichneten mit *Geo.*, wie es damals üblich war. Nur George Wythe aus Virginia schrieb den Namen aus. Auf der Kopie, die ich Cavalli gab, habe ich den Fehler gemacht, auch bei dem Kongreßabgeordneten Wythe nur ›*Geo*‹ zu schreiben und mußte die Buchstaben *r*, *g* und *e* später hinzufügen. Die Schrift ist zwar perfekt, aber ich habe eine etwas hellere Tinte benutzt. Ein Fehler, der allerdings nur dem Auge eines Sachverständigen auffallen kann.«

»Und auch nur, wenn er weiß, wonach er Ausschau halten muß«, fügte Mendelssohn hinzu.

»Ich habe Cavalli nicht darauf aufmerksam gemacht«, gestand Dollar Bill, »da er völlig zufrieden zu sein schien, nachdem er die Schreibweise von ›Brittisch‹ begutachtet hatte.«

»Also muß Cavalli diese Kopie irgendwann gegen das Original ausgetauscht haben, ehe er sie an Al Obaydi weiterleitete«, stellte Dexter Hutchins fest.

»Gut gefolgert, Boß«, sagte Dollar Bill.

»Und Al Obaydi händigte die Kopie dem irakischen Botschafter in Genf aus, der sie wiederum Saddam in den Irak schickte. Und als Al Obaydi Dollar Bills Kopie im Nationalarchiv gesehen hat – die Kopie, auf der ›Britisch‹ richtig geschrieben war –, war er überzeugt, daß er sich im Besitz des Originals befand«, fügte Dexter Hutchins hinzu.

»Willkommen unter den Erleuchteten«, spöttelte Dollar Bill. »Aber um fair zu sein, Sir, ich hätte wissen müssen, wozu Cavalli fähig ist, als ich vor einem Monat in Ihrem Beisein fragte: ›Gibt es denn keine Ehre mehr unter Dieben?‹«

»Ja, aber... wo ist denn jetzt das Original?« wollte der Präsident wissen.

»Ich vermute, es hängt an einer Wand in einem Sandsteinhaus in Manhattan«, antwortete Dollar Bill, »und zwar bereits seit zehn Wochen.«

Das Lämpchen der Telefonkonsole rechts vom Präsidenten begann zu blinken. Der Stabschef Clintons nahm einen Hörer ab und lauschte. Der normalerweise durch nichts zu erschütternde Mann wurde kreidebleich. Er drückte die Wartetaste.

»Es ist Bernie Shaw von CNN, Mr. President. Er sagt, Saddam behaupte öffentlich, das Exemplar der Unabhängigkeitserklärung, die im Nationalarchiv ausgestellt ist, sei eine Fälschung, und jeder, der wisse, wie man ›Britisch‹ schreibt, müßte das erkennen. Möchten Sie etwas dazu sagen?«

Der Präsident schürzte die Lippen.

»Ich nehme an, Saddam hat der CNN die Exklusivrechte an dieser Story verkauft«, fügte der Stabschef hinzu, »aber wahrscheinlich nur bis morgen.«

»Was immer Sie auch sagen«, riet Hutchins, »tun Sie Ihr möglichstes, daß CNN es heute nicht bekanntgibt.«

Der Stabschef zögerte einen Moment, bis er den Präsidenten bestätigend nicken sah. Dann drückte er die Taste, um das Gespräch wieder aufzunehmen.

»Wenn Sie mit einer solchen Geschichte an die Öffentlichkeit gehen wollen, Bernie, kann ich nur sagen, daß Sie Ihren Ruf aufs Spiel setzen, nicht meinen.«

Während alle anderen im Zimmer stumm warteten, hörte der Stabschef sich Shaws Antwort aufmerksam an.

»Wie Sie meinen«, brummte er schließlich und legte auf. Er wandte sich dem Präsidenten zu und erklärte: »Shaw sagt, daß morgen früh ein Fernsehteam vor dem Nationalarchiv warten wird, bis es um zehn seine Tore öffnet. Außerdem sagte er – ich zitiere: ›Falls das Wort »Britisch« korrekt geschrieben ist, wird Clinton gekreuzigt.‹«

Der Präsident blickte zur Uhr auf dem Kaminsims unter dem Porträt Abraham Lincolns. Es war neunzehn Uhr drei. Er drehte seinen Stuhl herum und sah den stellvertretenden Direktor der CIA an.

»Mr. Hutchins«, sagte er. »Sie haben fünfzehn Stunden, mich davor zu bewahren, gekreuzigt zu werden. Für den Fall, daß es Ihnen nicht gelingt, wage ich keine Prognosen, was meinen weiteren Verbleib im Amt betrifft.«

36

Die Suche nach dem Leck in der Gasleitung begann am frühen Morgen des 4. Juli im Keller des Hauses Nr. 21. Es gehörte den Prestons, die gerade Urlaub am Strand von Malibu machten.

Als ihre mexikanische Haushälterin kurz nach Mitternacht die Türklingel hörte, befürchtete sie das Schlimmste. Illegale Einwanderer ohne Arbeitserlaubnis lebten in ständiger Angst vor Regierungsbeamten.

Die Haushälterin war sehr erleichtert, als die beiden Männer sich als Angestellte des Gaswerks erwiesen. Ohne Zögern führte sie die Herren in den Keller des Sandsteinhauses und zeigte ihnen, wo sich Gaszähler und -anschlüsse befanden.

Sobald die beiden Männer sich Zugang verschafft hatten, brauchten sie nur Augenblicke, ihren Auftrag auszuführen. Das Lockern zweier Ventile sorgte für einen minimalen Gasaustritt, gerade genug, daß ein Laie über den Geruch erschrocken wäre. Der Sprengstoffexperte versicherte seinem Chef, es gebe keinen Grund zur Besorgnis, sofern die New Yorker Feuerwehr in den nächsten zwanzig Minuten anrücke.

Der ältere Gasmann ersuchte die Haushälterin, die Feuerwehr anzurufen und zu melden, daß im Haus Nr. 21 Gas austrete und Explosionsgefahr bestehe, wenn nicht sofort etwas dagegen unternommen würde.

Die entsetzte Haushälterin wählte die 911, und als sie endlich mit der Feuerwehr verbunden war, erklärte sie stammelnd ihr Problem und nannte die Anschrift: »Nummer einundzwanzig, Fünfundsiebzigste Straße Ost, zwischen Park Avenue und Madison!«.

»Sorgen Sie dafür, daß alle das Haus verlassen«, wies der Feuerwehrchef sie an. »Wir kommen sofort.«

»Ja, Sir«, antwortete die Haushälterin und rannte kopflos hinaus auf die Straße. Der Sprengstoffexperte behob den geringen Schaden, den er selbst verursacht hatte, aber der Geruch blieb.

Zu ihrer Ehre sei gesagt, daß die New Yorker Feuerwehr bereits sieben Minuten später mit heulenden Sirenen auf die Fünfundsiebzigste Straße einbog. Nach einer Überprüfung des Kellers von Nr. 21 pflichtete der Feuerwehrchef dem Mann von den Gaswerken bei – dem er noch nie zuvor begegnet war –, daß vorsichtshalber Sicherheitsüberprüfungen auch in Nr. 17, 19, 23 und 25 vorgenommen werden sollten, vor allem, da die Gasleitung parallel zur städtischen Kanalisation verlief.

Der stellvertretende Direktor der CIA zog sich daraufhin auf die andere Straßenseite zurück, um dem Feuerwehrchef bei seiner Arbeit zuzuschauen. Da die Sirenen so gut wie alle Anwohner aus dem Schlaf gerissen hatten, erwies es sich als nicht sonderlich schwierig, sie zu veranlassen, auf die Straße zu kommen.

Dexter Hutchins zündete sich eine Zigarre an und wartete. Gleich nach Verlassen des Weißen Hauses hatte er ein Sonderkommando zusammengestellt, das sich bereits zwei Stunden später zu einer Einsatzbesprechung in einem New Yorker Hotel traf. Da der stellvertretende CIA-Chef den Männern sagte, es handle sich um einen Einsatz der Stufe 7, war den erfahrenen Agenten klar, daß sie nicht mit Erklärungen rechnen konnten und nur die Hälfte der Geschichte erfahren würden, und noch dazu die kleinere Hälfte.

Es hatte weitere zwei Stunden gedauert, bis das Sonderkommando einen idealen Ausgangspunkt fand: Einer der Agenten stellte fest, daß die Prestons, die Bewohner des Hauses Nr. 21, auf Urlaub waren. Wenige Minuten nach Mitternacht klingelten dann Dexter Hutchins und sein Sprengstoffexperte an der Haustür. Daß die mexikanische Haushälterin keine Arbeitserlaubnis hatte, erwies sich als Vorteil.

Der stellvertretende Direktor zündete seine erloschene Zigarre an, ohne den Blick von einer ganz bestimmten Tür zu nehmen. Er seufzte erleichtert, als Tony Cavalli und sein Vater in Morgenmänteln und in Begleitung ihres Butlers aus dem Haus traten. Hutchins hielt es für ratsam, noch ein paar Minuten zu warten, bevor er sich die Erlaubnis des Feuerwehrchefs holte, die Gasleitungen in Haus Nr. 23 zu überprüfen.

Die ganze Operation hätte schon viel eher beginnen können, wenn Calder Marshall sich nicht mit Händen und Füßen geweigert hätte, die gefälschte Unabhängigkeitserklärung aus dem Tresor des Nationalarchivs zu nehmen und sie Dexter Hutchins zu überlassen. Der Archivar stellte zwei Bedingungen, ehe er sich überwinden konnte, auf die Bitte des stellvertretenden Direktors einzugehen: Sollte es der CIA nicht gelingen, die Kopie vor zehn Uhr am Morgen des nächsten Tages gegen das Original auszutauschen, müßte seine Kündigung mit Datum vom 25. Mai den Medien bekanntgegeben werden, und zwar eine Stunde vor der Veröffentlichung einer Stellungnahme des Präsidenten oder Außenministers.

»Und Ihre zweite Bedingung, Mr. Marshall?« hatte der Präsident gefragt.

»Daß Mr. Mendelssohn die Kopie in Verwahrung nimmt und sie nicht aus den Augen läßt, bis das Original gefunden ist.«

Dexter Hutchins sah ein, daß ihm nichts anderes übrigblieb, als auf Marshalls Bedingungen einzugehen. Der stellvertretende CIA-Direktor blickte zu dem Konservator hinüber, der zwischen Scott und dem Sprengstoffexperten auf dem Bürgersteig gegenüber von Haus Nr 23 stand. Hutchins mußte zugeben, daß man es Mendelssohn noch am ehesten glauben würde, wenn er behauptete, vom Gaswerk zu kommen.

Als Hutchins zwei seiner Leute aus Haus Nr. 19 kommen sah, drückte er seine Zigarre aus und ging über die Straße zum Feuerwehrchef. Seine drei Mitarbeiter folgten ihm in einem Abstand von wenigen Schritten.

»Ist es Ihnen recht, wenn wir uns jetzt im Haus Nummer 23 umschauen?« fragte er wie beiläufig.

»Hab' nichts dagegen«, antwortete der Feuerwehrchef. »Aber die Eigentümer verlangen, daß der Butler Sie begleitet.«

Hutchins nickte. Der Butler führte die vier Männer durch die Diele in den Keller und dort direkt zu dem Kasten mit den Gasanschlüssen. Er versicherte ihnen, daß ihm nicht der geringste

Gasgeruch aufgefallen sei, als er kurz nach seinem Herrn zu Bett gegangen war.

Der Sprengstoffexperte machte seine Arbeit geschickt, und Augenblicke später stank es im Keller nach Gas. Hutchins riet dem Butler, zu seiner eigenen Sicherheit auf die Straße zurückzukehren. Martin drückte sich ein großes Taschentuch vor Nase und Mund und ließ die Männer widerstrebend allein, während sie scheinbar nach der undichten Stelle suchten.

Während der Sprengstoffexperte den Schaden behob, schauten Scott und Dexter sich in jedem Raum im Untergeschoß um. Scott entdeckte Cavallis Arbeitszimmer als erster und sah die Unabhängigkeitserklärung an der Wand hängen, genau wie Dollar Bill es vermutet hatte. Innerhalb von Sekunden schlossen die beiden anderen sich ihm an. Mendelssohn blickte verlangend nach dem Dokument, doch ehe er das schützende Glas vorsichtig von der Wand hob und auf den Konferenztisch legte, betrachtete er eingehend das Wort ›Brittisch‹. Scott öffnete die riesige Werkzeugtasche, die einer der Agenten am Abend mit Schraubenschlüsseln in allen Größen, Messern in allen Längen, Beiteln in allen Breiten, ja sogar mit einem kleinen Bohrer gefüllt hatte – eben mit allem, was ein Glaser zum Rahmen von Bildern brauchen würde.

Mendelssohn studierte die Rückseite des Rahmens und bat um einen Schraubenzieher mittlerer Größe. Scott suchte einen heraus und reichte ihn dem Konservator.

Langsam und methodisch entfernte Mendelssohn alle acht Schrauben der zwei großen Stahlhalter. Dann drehte er den Rahmen um. Dexter Hutchins fand, daß er sich wirklich ein bißchen beeilen könnte.

Der Konservator, der die Ungeduld des stellvertretenden CIA-Direktors gar nicht bemerkte, kramte in der Werkzeugtasche, bis er einen passenden Beitel gefunden hatte. Er drückte ihn an der rechten oberen Ecke zwischen die zwei Verbundglasscheiben. Gleichzeitig zog Scott die Kopie der Unabhängigkeitserklärung, die sie am Abend aus dem Nationalarchiv geholt hatten, aus dem Zylinder, den Mendelssohn ihm überlassen hatte.

Als der Konservator die obere Verbundglasscheibe abhob und auf den Konferenztisch legte, lächelte er. Scott entnahm diesem Lächeln, daß Mendelssohn nunmehr sicher war, das Original vor sich zu haben.

»Beeilen Sie sich«, drängte Dexter, »sonst wird man mißtrauisch.«

Mendelssohn ignorierte das Drängen des stellvertretenden Direktors. Wahrscheinlich hörte er gar nicht hin. Noch einmal überprüfte er die Schreibweise von ›Brittisch‹, und als er damit zufrieden war, richtete er seine Aufmerksamkeit auf die fünf ›Geo‹s und den einen ›George‹, bevor er den gesamten Text noch einmal langsam durchlas. Das Lächeln wich keine Sekunde von seinem Gesicht.

Schließlich rollte er das Original wortlos zusammen, und Scott ersetzte es durch die Kopie aus dem Nationalarchiv. Nachdem Scott die beiden Glasscheiben genau aufeinander gepaßt hatte, schraubte er die zwei Stahlhalter fest.

Mendelssohn legte den Zylinder in die Werkzeugtasche, und Scott hängte die Kopie an die Wand.

Beide hörten Dexter Hutchins tiefen Seufzer der Erleichterung.

»Und jetzt nichts wie raus!« sagte der stellvertretende CIA-Direktor.

Im gleichen Moment stürmten sechs Polizisten mit schußbereiten Waffen ins Zimmer und umzingelten die Männer.

»Keine Bewegung!« befahl einer. Mr. Mendelssohn fiel in Ohnmacht.

37

Die vier Männer wurden festgenommen. Man legte ihnen Handschellen an und las ihnen ihre Rechte vor – auch dem immer noch völlig benommenen Mr. Mendelssohn. Dann brachte man sie in getrennten Wagen zum 19. Polizeirevier.

Als sie vernommen wurden, verweigerten drei die Aussage ohne einen Anwalt. Der vierte wies den diensthabenden Sergeanten darauf hin, daß Anklage gegen ihn und das New York Police Department erhoben würde, falls man ihm die Tasche wegnähme und sie ohne Beisein eines Anwalts öffnete.

Der diensthabende Sergeant blickte den eleganten, vornehm aussehenden Herrn an und beschloß, lieber kein Risiko einzugehen. Er drückte einen roten Aufkleber auf die Tasche und warf sie in den Nachtsafe.

Der gleiche Herr bestand auf seinem Recht, einen Anruf zu machen. Seinem Ersuchen wurde stattgegeben, aber erst, nachdem ein weiteres Formular ausgefüllt und unterzeichnet worden war. Um siebenundzwanzig Minuten nach zwei Uhr morgens meldete Dexter Hutchins ein R-Gespräch zum Direktor der CIA an.

Der Direktor gestand seinem unmittelbar Untergebenen, daß er noch kein Auge zugetan habe. Er hörte sich Hutchins' Bericht an und lobte ihn, daß er seinen Namen nicht preisgegeben und der Polizei keine Hinweise auf die geheime Mission gegeben hatte. »Es wäre nicht gut, wenn irgend jemand erfahren würde, wer Sie sind«, fügte der CIA-Direktor hinzu. »Wir müssen stets darauf achten, den Präsidenten nicht in Verlegenheit zu bringen.« Er machte eine kurze Pause. »Und erst recht nicht die CIA.«

Nachdem der stellvertretende Direktor aufgelegt hatte, wurden er und seine drei Mitarbeiter in verschiedene Zellen gesperrt.

Der Direktor der CIA schlüpfte in seinen Morgenmantel und ging in sein Arbeitszimmer hinunter. Nachdem er ein kurzes Resümee des Gesprächs mit seinem Stellvertreter verfaßt hatte, suchte er eine Nummer in seinem Computer, dann wählte er langsam die Vorwahl 212.

Der New Yorker Polizeichef murmelte einige saftige Verwünschungen, als er den Hörer abhob. Es dauerte einen Augenblick, bis er begriff, wer sein hellwacher Gesprächspartner am anderen Ende der Leitung war. Sofort knipste er seine Nachttischlampe an und machte sich einige Notizen auf einem Block. »Hm… ja… hm«, murmelte er immer wieder, damit der CIA-Boß die diversen ausgewählten Flüche nicht hören konnte, mit der die Frau des Polizeichefs ihrem Ärger über die nächtliche Ruhestörung Luft machte.

Der Direktor der CIA beendete sein Gespräch mit der Bemerkung: »Jetzt schulde ich Ihnen einen Gefallen.«

»Zwei«, widersprach der Commissioner. »Einen dafür, daß ich Ihnen aus der Patsche helfe…«

»Und den zweiten?« erkundigte sich der Direktor.

»Dafür, daß Sie meine Frau um drei Uhr früh geweckt haben.«

Der Polizeichef blieb am Bettrand sitzen, während er die Telefonnummer des Dienststellenleiters vom 19. Revier heraussuchte.

Der Captain erkannte die Stimme seines Chefs sofort, als er den Hörer abhob. Er sagte lediglich: »Guten Morgen, Herr Polizeidirektor«, als handle es sich um einen Routineanruf während der Dienstzeit.

Sein Chef erteilte ihm bestimmte Anweisungen, ohne den Anruf des CIA-Direktors zu erwähnen oder irgendwelche Hinweise auf die Identität der Männer zu geben, die in den Zellen des 19. Reviers schmorten – was ihm auch gar nicht möglich gewesen wäre, denn er wußte selbst nicht genau, wer die Männer waren. Der Captain notierte sich die wichtigsten Anweisungen auf der Rückseite der Ausgabe von *Cosmopolitan*, die seine Gattin neben dem Telefon liegengelassen hatte. Er nahm sich nicht die Zeit, zu duschen oder sich zu rasieren, sondern schlüpfte rasch in die Sachen, die er am Tag zuvor getragen hatte. Er verließ seine Wohnung in Queens um einundzwanzig Minuten nach drei, fuhr mit seinem eigenen Wagen nach Manhattan und parkte ihn wenige Minuten vor vier Uhr früh direkt vor dem Revier.

Die Polizeibeamten, die zu dieser Zeit hellwach waren, staunten, als sie ihren Chef die Stufen herauf in die Wachstube stürmen sahen – schon deshalb, weil er leicht ramponiert aussah und ein Exemplar von *Cosmopolitan* unter den Arm geklemmt hatte.

Er trat ins Büro des diensthabenden Lieutenants, der hastig die Füße vom Schreibtisch nahm.

Der Lieutenant blinzelte verwirrt, als sein Captain ihn nach den vier Herren fragte, die in dieser Nacht festgenommen worden waren, denn in Gedanken hatte er sich noch mit dem Drogendealer beschäftigt, den er eben erst vernommen hatte.

Der wachhabende Sergeant wurde hinzugerufen. Der langgediente, erfahrene Polizeibeamte, der im Laufe seiner vielen Dienstjahre so ziemlich alles erlebt zu haben glaubte, was ein Polizist nur erleben konnte, bestätigte, daß er vier Verdächtige inhaftiert hatte. Aber glücklich mit der ganzen Sache war er nicht, weil er nicht so recht wußte, wie die Anklage lauten sollte – trotz der Tatsache, daß einer der Hausbesitzer, ein Mr. Antonio Cavalli, erst vor wenigen Minuten angerufen und sich erkundigt hatte, ob die vier Männer noch festgehalten würden. Denn es sei, so der Beamte, zu einer Komplikation gekommen: Nicht einer der Bewohner hatte irgend etwas als abhandengekommen gemeldet; somit kam Diebstahl offensichtlich nicht in Frage. Auch Einbruch oder unbefugtes Betreten standen nicht zur Debatte, denn die angeblichen Gasmänner hatten für jedes Haus die Genehmigung bekommen, es zu betreten. Gewaltanwendung kam erst recht nicht in Betracht, ebensowenig Hausfriedensbruch, denn die Männer hatten das Gebäude sofort verlassen, als man sie darum ersuchte. Als einziger möglicher Anklagepunkt blieb somit Amtsanmaßung, das heißt, die Tatsache, daß sie sich unberechtigterweise als städtische Angestellte ausgegeben hatten.

Der Captain interessierte sich jedoch ganz und gar nicht dafür, ob dem Sergeanten irgendeine Anklage einfiel. Er wollte nur wissen: »Wurde die Tasche geöffnet?«

»Nein, Captain.« Der Sergeant überlegte, wo er sie hingetan hatte.

»Dann lassen Sie die Herren auf Kaution frei, bis Anklage erhoben wird«, wies der Captain ihn an. »Ich kümmere mich um den Papierkram.«

Der Captain brauchte ziemlich lange dafür, und so wurden die Herren erst kurz nach sechs Uhr entlassen.

Als sie die Stufen des Polizeireviers hinunterstürmten, drückte der kleine Mann mit der Zweistärkenbrille die ungeöffnete Tasche fest an sich.

Antonio Cavalli erwachte abrupt. Hatte er nur geträumt oder war er tatsächlich mitten in der Nacht auf die Straße gezerrt worden?

Er knipste die Nachttischlampe an und griff nach seiner Armbanduhr. Es war drei Uhr siebenundvierzig. Jetzt erinnerte er sich wieder, was erst vor ein paar Stunden geschehen war.

Kaum hatten sie auf der Straße gestanden, hatte Martin vier Männer zurück ins Haus begleitet. Zu viele für eine undichte Gasleitung, fand Cavalli. Und welcher Angestellte der Gaswerke rauchte teure Zigarren und konnte sich einen Anzug von Saks leisten? Als die Männer eine Viertelstunde später immer noch im Haus waren, hatte Cavallis Mißtrauen beängstigende Ausmaße angenommen. Er fragte den Feuerwehrchef, ob er die Männer persönlich kannte. Dieser antwortete, das sei zwar nicht der Fall, aber die Männer hatten am Telefon das richtige Kodewort genannt. Er pflichtete Mr. Cavalli jedoch bei, daß man sich vorsichtshalber bei den Gaswerken vergewissern sollte. Dort erklärte ihnen ein verschlafener Angestellter am Telefon, die Gaswerke hätten keinen ihrer Leute zu einem Noteinsatz in die Fünfundsiebzigste Straße geschickt. Daraufhin rief der Feuerwehrchef sofort die Polizei. Wenige Minuten später betraten sechs Polizisten das Haus Nr. 23 und verhafteten die vier angeblichen Gasmänner.

Nachdem sie in Streifenwagen fortgeschafft worden waren, hatten Tony, sein Vater und Martin sich in allen Zimmern des Hauses umgeschaut, doch es war offenbar nichts abhanden gekommen. Daraufhin hatten sie sich gegen Viertel vor zwei wieder zu Bett begeben.

Tony war noch nicht ganz wach, aber er vermeinte, ein Geräusch aus dem Untergeschoß zu hören. War es das, was ihn geweckt hatte? Wieder schaute Tony auf die Uhr. Sein Vater und Martin standen oft früh auf. Aber um vier Uhr morgens?

Cavalli schwang die Füße aus dem Bett. Jetzt war er sicher, daß er Stimmen hörte.

Er schlüpfte in einen Morgenrock, öffnete die Schlafzimmertür und ging langsam auf den Treppenabsatz, um über das Geländer zu blicken. Er konnte sehen, daß Licht unter seines Vaters Arbeitszimmertür hervorschien.

Tony rannte die Treppe hinunter und durch die teppichbelegte Eingangshalle zum Arbeitszimmer. Er versuchte sich zu erinnern, wo sie die nächste Schußwaffe aufbewahrten.

Obwohl er angespannt horchte, konnte er keinerlei Geräusche aus dem Zimmer hören. Doch plötzlich fing eine rauhe Stimme heftig zu fluchen an. Tony riß die Tür auf und sah seinen Vater, ebenfalls im Morgenmantel, vor der Unabhängigkeitserklärung stehen und sie durch ein Vergrößerungsglas studieren.

»Fühlst du dich nicht gut?« fragte Tony seinen Vater.

»Du hättest Dollar Bill gleich umbringen sollen, als ich es sagte!« brummte sein Vater.

»Warum denn?«

»Weil sie die Unabhängigkeitserklärung gestohlen haben!«

»Aber du stehst doch davor!« sagte Tony.

»Eben nicht!« entgegnete sein Vater hitzig. »›Britisch‹. Verstehst du denn nicht?«

»Nein«, gestand Tony.

»Sie haben das Original gegen die wertlose Kopie ausgetauscht, die du im Nationalarchiv gelassen hast!«

»Aber das Pergament an der Wand war die andere Kopie, die

Dollar Bill angefertigt hat«, sagte Tony. »Ich habe selber gesehen, wie er sie dir gegeben hat!«

»Nein!« brauste sein Vater auf. »Meines war das Original, keine Kopie!«

»Das kapier' ich nicht.« Tony war völlig verwirrt.

Der alte Mann drehte sich um und blickte seinen Sohn an.

»Nick Vicente und ich haben sie ausgetauscht, als du die Unabhängigkeitserklärung von Washington gebracht hast.« Tony starrte seinen Vater fassungslos an. »Du hast doch nicht ernsthaft geglaubt, ich würde zulassen, daß ein solches Stück unseres nationalen Erbes in Saddam Husseins Hände fällt?«

»Aber warum hast du mir das nicht gesagt?« fragte Tony.

»Und dich nach Genf fliegen lassen mit dem Wissen, daß du nur eine Fälschung bei dir hast, solange das Geschäft noch nicht unter Dach und Fach war? Nein, es gehörte von Anfang an zu meinem Plan, dich im Glauben zu wiegen, das Original wäre an Franchard & Cie. geschickt worden. Denn wenn du davon überzeugt warst, würde auch Al Obaydi es glauben.«

Tony schwieg.

»Und du hättest dich über den Verlust von fünfzig Millionen bestimmt nicht so aufgeregt, wenn du gewußt hättest, daß das Dokument in Genf eine Fälschung war.«

»Und wo ist jetzt das Original?«

»Irgendwo auf dem neunzehnten Revier, nehme ich an«, antwortete sein Vater. »Vorausgesetzt, die Kerle sind nicht bereits freigelassen worden. Und das will ich jetzt herausfinden«, fügte er hinzu, während er zu seinem Schreibtisch ging und das Telefonbuch aufschlug.

Cavalli wählte eine siebenstellige Nummer und bat, mit dem diensthabenden Revierleiter verbunden zu werden. Er blickte auf die Uhr, während er darauf wartete, durchgestellt zu werden. Es war zweiundzwanzig Minuten nach vier.

Als der Sergeant den Anruf entgegennahm, erklärte Cavalli, wer er war, und stellte zwei Fragen. Er hörte sich die Antworten aufmerksam an, dann legte er auf.

Tony zog eine Braue hoch.

»Sie sitzen immer noch in den Zellen, und die Tasche wurde sichergestellt. Haben wir jemanden vom neunzehnten Revier auf unserer Lohnliste?« fragte sein Vater.

»Ja, einen Lieutenant, der in letzter Zeit kaum was für uns getan hat.«

»Dann wird es Zeit, daß er sich sein Schmiergeld verdient«, meinte sein Vater und ging zur Tür.

Tony überholte ihn und nahm immer drei Stufen auf einmal, als er die Treppe zu seinem Zimmer hinaufrannte. In Minutenschnelle war er angezogen und stürmte die Treppe wieder hinunter. Er rechnete damit, daß sein Vater eine Zeitlang auf sich warten lassen würde; doch der stand bereits an der Haustür.

Cavalli Senior schloß die Tür auf, und Tony ging an ihm vorbei, um nach einem Taxi Ausschau zu halten. Aber zu dieser frühen Stunde ließ sich auf der Fünfundsiebzigsten Straße keines sehen.

»Wir müssen den Wagen nehmen«, rief Cavalli Senior, der bereits die Straße zum 24-Stunden-Parkhaus überquerte. »Wir dürfen keine Zeit verlieren.« Tony rannte ins Haus zurück und nahm die Wagenschlüssel aus der Schublade des Tischchens in der Eingangshalle. Er holte seinen Vater ein, lange bevor sie den reservierten Parkplatz erreichten.

Tony schnallte sich den Sicherheitsgurt um und blickte seinen Vater an. »Falls es uns gelingen sollte, die Unabhängigkeitserklärung zurückzukriegen, was willst du dann tun?«

»Als erstes werde ich Dollar Bill höchstpersönlich umbringen, damit ich sicher sein kann, daß er nie wieder eine weitere Kopie anfertigt. Und dann...« Tony drehte den Zündschlüssel.

Die Explosion riß die ganze Nachbarschaft zum zweitenmal an diesem Morgen aus dem Schlaf.

Die vier Männer rannten die Treppe vor dem Polizeirevier hinunter. Der kleinste von ihnen drückte eine Tasche an sich. Ein Wagen, der schon eine gute Stunde einsatzbereit gewartet hatte, setzte von der anderen Straßenseite über und hielt vor ihnen an. Einer der Männer ging zu Fuß weiter in die Morgendämmerung. Er wußte immer noch nicht, weshalb man ihn eigentlich als Fachmann hinzugezogen hatte. Die anderen rissen die Seitentüren auf.

Dexter Hutchins ließ sich auf den Beifahrersitz fallen, während Scott und der Konservator sich rasch auf dem Rücksitz niederließen.

»La Guardia«, sagte Dexter; dann dankte er dem Agenten hinter dem Steuer, daß er ihretwegen die halbe Nacht im Wagen gesessen hatte. Scott blickte zwischen den beiden Vordersitzen hindurch. Die Digitaluhr sprang gerade von 6:11 auf 6:12.

Der Agent lenkte den Wagen auf die Außenspur.

»Überschreiten Sie die Geschwindigkeitsbegrenzung nicht«, bat Dexter. »Wir können uns jetzt keine weiteren Verzögerungen leisten.« Der Agent kehrte vorsichtig auf die mittlere Spur zurück.

»Wann geht der nächste Flug nach Washington?« erkundigte sich Scott.

»Delta Airlines, sieben Uhr dreißig«, antwortete der Fahrer. Dexter griff nach dem Telefon und wählte eine zehnstellige Nummer. Als eine Stimme am anderen Ende: »Ja?« sagte, erklärte der stellvertretende Direktor lediglich: »Wir sind unterwegs, Sir. Alle anwesend, alles okay.«

Dexter legte den Hörer auf und drehte sich um, um sich zu vergewissern, daß der stumme Konservator noch bei ihnen war. Mr. Mendelssohn umklammerte die Tasche, die jetzt auf seinem Schoß lag.

»Nehmen Sie lieber alles aus der Tasche«, riet ihm Dexter, »bis auf den Zylinder. Sonst kommen wir nie durch die Sicherheitskontrollen.«

Mendelssohn zog den Reißverschluß auf und ließ Scott die Schraubenzieher, Messer, Beitel und den Bohrer herausnehmen. Als Scott alles auf den Boden gelegt hatte, schloß der Konservator die Tasche wieder.

Um siebzehn vor fünf bog der Fahrer von der Schnellstraße ab und folgte den Schildern zum La-Guardia-Flughafen. Niemand sagte mehr etwas, bis der Wagen am Bordstein gegenüber dem Eingang zum Marine-Flugterminal anhielt.

Als Dexter ausstieg, sprangen drei Männer in beigen Wollmänteln aus einem Wagen, der unmittelbar hinter ihrem gehalten hatte. Sie gingen vor dem stellvertretenden CIA-Direktor in die Abfertigungshalle. Ein Herr in elegantem dunkelgrauem Anzug mit einem Regenmantel über dem Arm streckte Dexter ein Päckchen entgegen. Dieser nahm es wie ein Staffelläufer, ohne seinen Schritt zu verlangsamen, während er zur Abflughalle ging, wo drei weitere Agenten auf ihn warteten. Als er die Sicherheitskontrolle passiert hatte, wäre Hutchins vor Nervosität am liebsten hin und her gestiefelt, bis sie an Bord gelassen wurden. Doch er beherrschte sich und blieb, wenn auch ungeduldig, etwa einen Meter von der Unabhängigkeitserklärung entfernt stehen, die inzwischen von einer ganzen Schar Agenten beschützt wurde.

»Letzter Aufruf für die Passagiere nach Washington an Flugsteig 4a«, erklang eine Stimme aus dem Lautsprecher. Neun Männer warteten, bis alle anderen Fluggäste an Bord gegangen waren. Als der Agent am Flugsteig nickte, führte Dexter sein Team die Einstiegsrampe hinunter ins Flugzeug. Sie besetzten die Plätze 1A–F und 2A–F. 2E war allein für die Tasche bestimmt, während auf 2D und 2F zwei Männer saßen, die zusammen locker zweihundertfünfzig Kilo auf die Waage brachten.

Der Flugkapitän hieß seine Passagiere willkommen und erklärte, daß es möglicherweise eine kleine Verzögerung geben würde. Dexter blickte auf die Uhr: siebenundzwanzig nach sieben. Er trommelte mit den Fingerspitzen auf die Armlehne des Sitzes, die ihn von Scott trennte. Eine Stewardeß bot jedem der neun Herren auf den vordersten zwei Reihen ein Exemplar von *USA Today* an. Nur Mendelssohn ließ sich eines geben.

Um sieben Uhr neununddreißig rollte das Flugzeug auf die Startbahn. Als die Maschine hielt, fragte Dexter die Stewardeß: »Was ist denn jetzt schon wieder?«

»Der übliche Morgenverkehr«, antwortete sie. »Der Kapitän hat mir soeben gesagt, daß unsere Maschine die siebte in der Warteschlange ist. Das bedeutet, wir dürften in etwa zehn bis fünfzehn Minuten in der Luft sein.«

Dexter trommelte weiterhin auf die Armlehne, während Scott den Blick nicht von der Tasche nehmen konnte, und Mendelssohn in seiner Zeitschrift blätterte.

Um sieben Uhr einundfünfzig schwenkte die Maschine auf die Startbahn ein. Die Triebwerke kamen auf Touren, und das Flugzeug rollte langsam, dann immer schneller vorwärts. Um sieben Uhr dreiundfünfzig hob es ab.

Kurz darauf erschien die Stewardeß wieder und bot Frühstück an. Erst ab Reihe sieben wurde von ihrem Angebot Gebrauch gemacht. Als sie später den drei Besatzungsmitgliedern im Cockpit den gewohnten Morgenkaffee brachte, fragte sie den Kapitän, weshalb die Reihen drei bis sechs nicht besetzt waren, was schon deshalb erstaunlich war, weil man heute den Unabhängigkeitstag feierte.

Der Kapitän wußte auch keine Erklärung; deshalb riet er der Stewardeß lediglich: »Behalten Sie die Passagiere der ersten zwei Reihen im Auge.« Seine Neugier wuchs, was die neun Männer in diesen beiden Reihen betraf, als er sofort eine Landeerlaubnis bekam, kaum daß er der Flugsicherung gemeldet hatte, er befinde sich siebzig Meilen vor Washington.

Um acht Uhr dreiunddreißig begann der Kapitän mit dem Landeanflug und setzte zum erstenmal seit Monaten pünktlich auf. Als die Maschine ausgerollt war, blockierten sofort drei Männer die Gangway und ließen keinen der anderen Passagiere von Bord aussteigen, bis die Männer aus den ersten Reihen die Abfertigungshalle erreicht hatten. Als Dexter Hutchins auf den Delta-Flugsteig kam, tauchte einer der begleitenden Agenten ab, und drei weitere schlossen sich ihm an. Der Direktor hatte die empfindliche Grenze zwischen notwendigen Schutzmaßnahmen und Erregung öffentlicher Aufmerksamkeit offenbar ernst genommen. Dexter entdeckte noch vier seiner Leute, während er durch die Abfertigungshalle ging, und er vermutete, daß sich mindestens zwanzig weitere an strategisch wichtigen Punkten auf seinem Weg zum Wagen versteckt hielten.

In dem Augenblick, als Dexter unter der Digitaluhr herging, sprangen ihre roten Ziffern auf 9:01 um. Die Tür glitt zur Seite, und er trat hinaus auf den Bürgersteig. Drei schwarze Limousinen, deren Chauffeure vor den offenen Fahrertüren standen, warteten hintereinander aufgereiht.

Kaum hatten die Männer den stellvertretenden Direktor entdeckt, sprangen die Fahrer des ersten und dritten Wagens hinter die Lenkräder, während der Chauffeur der mittleren Limousine Scott und Mendelssohn die Hintertür aufhielt. Dexter Hutchins setzte sich neben den Fahrer.

Der vorderste Wagen fuhr in Richtung George Washington Parkway, und nach wenigen Minuten überquerte die Wagenkolonne die Brücke an der Vierzehnten Straße. Als das Jefferson-Denkmal in Sicht kam, schaute Dexter wieder auf die Uhr. Es war zwölf nach neun. »Wir schaffen es leicht«, bemerkte er. Keine Minute später saßen sie im Stau fest.

»Verdammt!« fluchte Dexter. »Ich hatte ganz vergessen, daß die Straßen wegen der Parade zum Unabhängigkeitstag gesperrt sind!«

Nachdem sie in den nächsten drei Minuten keine achthundert Meter zurückgelegt hatten, befahl Dexter seinem Fahrer: »Schalten Sie die Sirene ein. – Wir haben keine andere Wahl«, erklärte er den beiden Fahrgästen hinter ihm.

Der Chauffeur schaltete die Lichter ein und stellte die Sirene auf höchste Lautstärke. Der vordere Wagen bog auf die Innenspur, und sie schafften es, eine Geschwindigkeit von etwa fünfundsechzig Stundenkilometern beizubehalten, bis sie von der Stadtautobahn herunter mußten.

Dexter schaute jetzt alle dreißig Sekunden auf seine Uhr, während die drei Wagen von Spur zu Spur manövrierten, doch einige Washingtoner Bürger waren trotz Sirene und Scheinwerfer nicht bereit, sie vorbeizulassen.

Der vordere Wagen fuhr zwischen zwei Polizeisperren hindurch und bog um neun Uhr siebenunddreißig auf die Constitution Avenue ein. Als Dexter die Festwagen sah, die zur Parade Aufstellung nahmen, erteilte er den Befehl, die Sirenen abzustellen. Am wenigstens konnte er jetzt neugierige Augen gebrauchen, wenn sie endlich das Nationalarchiv erreichten.

Scott sah sie als erster. Er tippte Dexter auf die Schulter und deutete nach vorn. Das Aufnahmeteam eines Fernsehsenders stand am Kopf der langen Schlange vor dem Haupteingang des Nationalarchivs.

Dexter stöhnte. »An denen kommen wir nie vorbei.« Er drehte sich zu Mendelssohn um. »Gibt es noch andere Möglichkeiten, ins Gebäude zu gelangen?«

»An der Siebten Straße ist der Lieferanteneingang«, antwortete der Konservator.

»Wie passend«, murmelte Dexter Hutchins.

»Fahren Sie am Haupteingang vorbei und lassen Sie mich an der Ecke heraus«, bat Mendelssohn. »Ich werde die Constitution überqueren und durch den Lieferanteneingang gehen.«

»Sie an der Ecke absetzen?« fragte Dexter ungläubig.

»Wenn ich von Agenten umringt bin, werden alle...«, begann Mendelssohn.

»Ja, ja, ja«, murmelte der stellvertretende Direktor und versuchte zu überlegen. Er griff nach dem Telefon und wies die beiden anderen Wagen an, weiterzufahren.

»Wir werden es riskieren müssen«, meinte Scott.

»Ich weiß«, antwortete Dexter. »Aber Sie zumindest können mitgehen. Sie haben schließlich nie wie ein Agent ausgesehen.« Scott war nicht sicher, ob er das als Kompliment auffassen sollte oder nicht.

Während sie langsam am Nationalarchiv vorbeifuhren, wandte Dexter das Gesicht von dem ungeduldigen Fernsehteam ab.

»Wie viele sind es?« fragte er.

»Sechs oder so«, erwiderte Scott. »Ich glaube, der mit dem Rücken zu uns ist Shaw.«

»Zeigen Sie mir genau, wo der Wagen halten soll«, bat der stellvertretende Direktor den Konservator.

»Nach ungefähr fünfzig Metern.«

»Sie nehmen die Tasche, Scott.«

»Aber...«, wollte Mendelssohn protestieren, doch als er in Hutchins Gesicht blickte, schluckte er die übrigen Worte.

Der Wagen fuhr an die Bordsteinkante und hielt. Scott griff

nach der Tasche, sprang hinaus und öffnete Mendelssohn die Tür. Acht Agenten schlenderten scheinbar müßig auf dem Bürgersteig auf und ab. Keiner blickte zur Treppe des Nationalarchivs hinüber. Die beiden so ungleichen Verbündeten überquerten rasch die Constitution Avenue und rannten die Siebte Straße hinauf.

Als sie den Lieferanteneingang erreichten, hielt Calder Marshall, der am Fuß der Rampe nervös auf und ab gelaufen war, besorgt nach ihnen Ausschau.

»Gott sei Dank«, war alles, was er sagte, als er Scott und den Konservator über die Rampe auf ihn zulaufen sah. Er führte sie schweigend in den offenen Lastenaufzug, der sie zwei Etagen nach oben brachte; dann eilten sie den Korridor entlang zu der Treppe, die zum Tresor führte. Marshall blickte über die Schulter, um sich zu vergewissern, daß die beiden Männer noch hinter ihm waren, bevor er die Treppe hinunterrannte – was noch kein Mitarbeiter ihn je hatte tun sehen. Scott eilte hinter dem Archivar her, dicht gefolgt von Mendelssohn. Erst vor der massiven Stahltür blieben sie stehen.

Marshall nickte, und der Konservator, der leicht außer Atem war, beugte sich vor und drückte einen Kode in einem kleinen Kasten neben der Tür. Die Stahltür öffnete sich langsam und gestattete den drei Männern, in den Tresor zu treten. Kaum waren sie im Innern, drückte der Konservator auf einen anderen Knopf, und die Tür glitt wieder zu.

Dann standen sie vor dem großen Betonblock, dem eigens für die Unabhängigkeitserklärung erbauten Gehäuse, wie Priester vor einem Altar. Scott blickte auf die Uhr. Es war neun Minuten vor zehn.

Mendelssohn drückte nun auf den roten Knopf, und das vertraute Surren und Klicken begann, als der Betonblock auseinanderglitt und der massive, leere Rahmen auftauchte. Als das Glasgehäuse Brusthöhe erreicht hatte, drückte der Konservator erneut auf den Knopf.

Marshall und Mendelssohn kamen näher, als Scott nun den Reißverschluß der Tasche öffnete. Der Archivar nahm zwei

Schlüssel aus seiner Jacke und reichte einen seinem Kollegen. Sofort machten sie sich daran, die zwölf Schlösser zu öffnen, die in gleichmäßigen Abständen den dicken Messingrahmen hielten. Als sie damit fertig waren, beugten sie sich darüber und kippten den schweren Rahmen, bis er wie ein offenes Buch lag.

Scott reichte dem Archivar den Zylinder. Marshall nahm den Deckel ab, und Mendelssohn zog behutsam den Inhalt heraus.

Scott beobachtete, wie Archivar und Konservator die Unabhängigkeitserklärung Zentimeter um Zentimeter auf dem Glas entrollten, bis das Originaldokument endlich wieder an seinem rechtmäßigen Platz war. Scott beugte sich darüber und blickte ein letztes Mal auf das falsch geschriebene Wort, bevor die beiden Männer den schweren Messingrahmen schlossen.

»Mein Gott, die Briten haben doch immer noch ihre Hand im Spiel«, war alles, was der Archivar sagte.

Calder Marshall und der Konservator ließen die zwölf Schlösser des Rahmens rasch wieder einschnappen und traten einen Schritt von der Unabhängigkeitserklärung zurück.

Sie gönnten sich eine kurze Pause, während Scott erneut auf die Uhr blickte. Drei Minuten vor zehn. Als er aufschaute, sah er, daß Marshall und Mendelssohn sich umarmten und vor Freude hüpften wie Kinder, die unerwartet ein Geschenk bekommen hatten.

Scott räusperte sich. »Es ist neun Uhr achtundfünfzig, Gentlemen.« Sofort wurden Marshall und Mendelssohn wieder zu gesetzten Herren.

Der Archivar ging zu dem Betonblock zurück und blieb kurz stehen; dann drückte er auf den roten Knopf. Das massive Gehäuse begann seine langsame Reise hinauf auf die Galerie, um das Dokument wieder Besucheraugen zugängig zu machen.

Dann drehte Calder Marshall sich zu Scott um. Der Hauch eines Lächelns verriet seine Erleichterung. Er verneigte sich wie ein japanischer Krieger, um zu bekunden, daß die Ehre wiederhergestellt war. Der Konservator schüttelte Scott die Hand, ehe er zur Tür trat, einen Kode in den kleinen Kasten eintippte und wartete, daß die Tür aufglitt.

Marshall begleitete Scott hinaus auf den Korridor, die Treppe hinauf und im Lastenaufzug zurück zum Lieferanteneingang.

»Danke, Professor.« Auch er schüttelte ihm die Hand.

Scott rannte die Rampe hinauf. Als er den Bürgersteig erreichte, blickte er noch einmal zurück. Der Archivar war nicht mehr zu sehen.

Dann lief er über die Siebte Straße und setzte sich wieder zu Dexter in den wartenden Wagen.

»Irgendwelche Probleme, Professor?« fragte der stellvertretende CIA-Direktor.

»Nein, wenn man davon absieht, daß zwei ehrenwerte Männer in den vergangenen zwei Monaten scheinbar um zehn Jahre gealtert sind.«

Die Uhr am Turm des Old Post Office schlug zum zehntenmal. Die Flügeltür des Nationalarchivs schwang auf, und das Aufnahmeteam stürmte hindurch.

Die Limousine Dexter Hutchins' bog in die Mitte der Constitution Avenue ab und geriet zwischen die Festzugswagen aus Tennessee und Texas. Ein Verkehrspolizist kam zum Wagen gerannt und befahl dem Chauffeur, an den Straßenrand der Siebten Straße zu fahren.

Als die Limousine hielt, ließ Dexter die Seitenscheibe hinunter, lächelte den Polizisten an und sagte: »Ich bin der stellvertretende Direktor der CIA.«

»Und ich bin Saddam Hussein«, brummte der Polizist und stellte einen Strafzettel aus.

38

Der stellvertretende Direktor der CIA rief den Direktor an, um ihm zu versichern, daß im Nationalarchiv alles seinen normalen Verlauf nahm. Vom Strafzettel sagte er nichts.

Der Konservator rief seine Frau an und versuchte ihr zu erklären, weshalb er vergangene Nacht nicht nach Hause gekommen war.

Eine Frau, die eine Einkaufstasche mit Trageriemen aus geflochtener Schnur bei sich hatte, rief den irakischen Delegierten bei den Vereinten Nationen an, um ihm mitzuteilen, daß sie zwei Fliegen mit einer Klappe geschlagen hatte. Sie nannte dem Botschafter ihre Kontonummer bei einer Bank auf den Bahamas.

Der Direktor der CIA rief den Außenminister an und versicherte ihm, das Dokument sei an seinem Platz. Er vermied es, »*wieder* an seinem Platz« zu sagen.

Susan Anderson rief Scott an und beglückwünschte ihn, daß er erfolgreich dazu beigetragen hatte, das Dokument in sein rechtmäßiges Zuhause zurückzubringen. Nebenbei erwähnte sie die traurige Neuigkeit, daß sie beschlossen hatte, ihre Verlobung zu lösen.

Der irakische Botschafter bei den Vereinten Nationen wies Monsieur Dummond an, neunhunderttausend Dollar an die Royal Bank of Canada auf den Bahamas zu überweisen und Al Obaydis Konto zu schließen.

Der Außenminister rief den Präsidenten im Weißen Haus an, um ihm mitzuteilen, daß die für elf Uhr angesetzte Pressekonferenz abgesagt war.

Ein Reporter von der *New York Daily News* rief vom Telefon einer Tiefgarage an der Fünfundsiebzigsten Straße seine Zeitung an, um als erster von einem Bombenattentat zu berichten. Die Schlagzeile lautete: *Mafiamord in Manhattan.*

Lloyd Adams' Telefon hörte kaum noch zu klingeln auf. Er bekam laufend Angebote für Rollen aller Art, von Werbefilmen bis zu Spielfilmen.

Der Archivar rief einen Sonderberater des Präsidenten im Weißen Haus, der ihn zum Mittagessen einladen wollte, nicht zurück.

Ein Produzent des Fernsehsenders CNN rief seine Nachrichtenredaktion an, um Bescheid zu geben, daß das Ganze wohl ein Schwindel gewesen war. Er habe die Schreibweise von ›Britisch‹ nachgeschlagen, und nur Dan Quayle könne man weismachen, es müsse mit zwei *t* geschrieben werden.

Scott rief Hannah an und sagte ihr, wie er den Unabhängigkeitstag verbringen wollte.

IM CONGRESS, DEN 4TEN JULY, 1776.
EINE ERKLÄRUNG DURCH DIE REPRÄSENTANTEN
DER VEREINIGTEN STAATEN VON AMERICA,
IM GENERAL-CONGRESS VERSAMMLET.

Wenn es im Lauf menschlicher Begebenheiten für ein Volk nöthig wird die Politischen Bande, wodurch es mit einem anderen verknüpft gewesen, zu trennen, und unter den Mächten der Erden eine abgesonderte und gleiche Stelle einzunehmen, wozu selbiges die Gesetze der Natur und des Gottes der Natur berechtigen, so erfordern Anstand und Achtung in die Meinungen des menschlichen Geschlechts, daß es die Ursachen anzeige, wodurch es zur Trennung getrieben wird. – Wir halten diese Wahrheiten für ausgemacht, daß alle Menschen gleich erschaffen worden, daß sie von ihrem Schöpfer mit gewissen unveräusserlichen Rechten begabt worden, worunter sind Leben, Freyheit und das Bestreben nach Glückseligkeit. Daß zur Versicherung dieser Rechte Regierungen unter den Menschen eingeführt worden sind, welche ihre gerechte Gewalt von der Einwilligung derer, die regiert werden, herleiten; daß sobald einige Regierungsform diesen Endzwecken verderblich wird, es das Recht des Volks ist sie zu verändern oder abzuschaffen, und eine neue Regierung einzusetzen, die auf solche Grundsätze gegründet, und deren Macht und Gewalt solchergestalt gebildet wird, als ihnen zur Erhaltung ihrer Sicherheit und Glückseligkeit am schicklichsten zu seyn dünket. Zwar gebietet Klugheit, daß von langer Zeit her eingeführte Regierungen nicht um seichter und vergänglicher Ursachen willen verändert werden sollen; und demnach hat die Erfahrung von jeher gezeigt, daß Menschen, so lang das Uebel noch zu ertragen ist, lieber leiden und dulden wollen, als sich durch Umstossung solcher Regierungsformen, zu denen sie gewöhnt sind, selbst Recht und Hülfe verschaffen. Wenn aber eine lange Reihe von Mißhandlungen und gewaltsamen Eingriffen, auf einen und eben den Gegenstand unabläßig gerichtet, einen Anschlag an den Tag legt sie unter unumschränkte Herrschaft zu bringen, so ist es ihr Recht, ja ihre Pflicht, solche Regierung abzuwerfen, und sich für ihre künftige Sicherheit neue Gewähren zu verschaffen. – Dis war die Weise, wie die Colonien ihre Leiden geduldig ertrugen; und so ist jetzt die Nothwendigkeit beschaffen, welche sie zwinget ihre vorigen Regierungs-Systeme zu verän-

dern. Die Geschichte des jetzigen Königs von Großbritannien ist eine Geschichte von wiederholten Ungerechtigkeiten und gewaltsamen Eingriffen, welche alle die Errichtung einer absoluten Tyranney über diese Staaten zum geraden Endzweck haben. Dis zu beweisen, wollen wir der unpartheyischen Welt folgende Facta vorlegen: – Er hat seine Einstimmung zu den heilsamsten und zum Oeffentlichen Wohl nöthigsten Gesetzen versagt. – Er hat seinen Guvernörs verboten, Gesetze von unverzüglicher und dringender Wichtigkeit heraus zu geben, es sey dann, daß sie so lange keine Kraft haben solten, bis seine Einstimmung erhalten würde; und wenn ihre Kraft und Gültigkeit so aufgeschoben war, hat er solche gänzlich aus der Acht gelassen. – Er hat sich geweigert andere Gesetze zu bekräftigen zur Bequemlichkeit grosser Districte von Leuten, wofern diese Leute das Recht der Repräsentation in der Gesetzgebung nicht fahren lassen wolten, ein Recht, das ihnen unschätzbar, und nur Tyrannen fürchterlich ist. – Er hat Gesetzgebende Körper an ungewöhnlichen, unbequemen und von der Niederlage ihrer öffentlichen Archiven entfernten Plätzen zusammen berufen, zu dem einzigen Zweck, um sie so lange zu plagen, bis sie sich zu seinen Maaßregeln bequemen würden. – Er hat die Häuser der Repräs/en\tanten zu widerholten malen aufgehoben, dafür, daß sie mit männlicher Standhaftigkeit seinen gewaltsamen Eingriffen auf die Rechten des Volks widerstanden haben. – Er hat, nach solchen Aufhebungen, sich eine lange Zeit widersetzt, daß andere erwählt werden solten; wodurch die Gesetzgebende Gewalt, die keiner Vernichtung fähig ist, zum Volk überhaupt wiederum zur Ausübung zurück gekehrt ist; mittlerweile daß der Staat allen äusserlichen Gefahren und innerlichen Zerrüttungen unterworfen blieb. – Er hat die Bevölkerung dieser Staaten zu verhindern gesucht; zu dem Zweck hat er die Gesetze zur Naturalisation der Ausländer gehindert; andere, zur Beförderung ihrer Auswanderung hieher, hat er sich geweigert heraus zu geben, und hat die Bedingungen für neue Anweisungen von Ländereyen erhöhet. – Er ist der Verwaltung der Gerechtigkeit verhinderlich gewesen, indem er seine Einstimmung zu Gesetzen versagt hat, um Gerichtliche Gewalt einzusetzen. – Er hat Richter von seinem Willen allein abhängig gemacht, in Absicht auf die Besitzung ihrer Aemter, und den Belauf und die Zahlung ihrer Gehalte. – Er hat eine Menge neuer Aemter errichtet, und einen Schwarm von Beamten hieher geschickt, um unsere Leute zu plagen, und *das Mark ihres Vermögens zu verzehren. – Er hat unter uns in Friedenszeiten Stehende Armeen gehalten, ohne die Einstimmung unserer Gesetzgebungen. – Er hat sich bemühet die Kriegsmacht von der Bürgerlichen Macht unabhängig zu machen, ja über selbige zu erhöhen. – Er hat sich mit andern zusammen gethan, uns einer Gerichtsbarkeit, die unserer Landsverfassung ganz fremd ist, und die unsere Gesetze nicht erkennen, zu unterwerfen; indem er seine Einstimmung zu ihren Acten angemaßter Gesetzgebung ertheilt hat, näml: – Um große Haufen von bewaffneten Truppen bey uns einzulegen: – Um solche durch ein Schein-Verhör vor Bestrafung zu schützen für einigerley Mordthaten, die sie an den Einwohnern dieser Staaten begehen würden: – Um unsere Handlung mit allen Theilen der Welt abzuschneiden: – Um Taxen auf uns zu legen, ohne unsere Einwilligung: – Um uns in vielen Fällen der Wohltat eines Verhörs durch eine Jury zu berauben: – Um uns über See zu führen, für angegebene Verbrechen gerichtet zu werden: – Um das freye System Englischer Gesetze in einer benachbarten Provinz abzuschaffen, eine willkürliche Regierung darin einzusetzen, und deren Grenzen auszudehnen, um selbige zu gleicher Zeit zu einem Exempel sowol als auch zu einem geschickten Werkzeug zu machen, dieselbe absolute Regierung in diese Colonien einzuführen: – Um unsere Freyheitsbriefe uns zu entziehen, unsere kostbarsten Gesetze abzuschaffen, und die Form unserer Regierungen von Grund aus zu verändern: – Um unsere eigenen Gesetzgebungen aufzuheben, und sich selbst zu erklären, als wenn sie mit voller Macht versehen wären, uns in allen Fällen Gesetze vorzuschreiben. – Er hat die Regierung allhier niedergelegt, indem er uns ausser seinem Schutz erklärt hat, und gegen uns Krieg führet. – Er hat unsere Seen geplündert, unsere Küsten verheeret, unsere Städte verbrannt, und unser Volk ums Leben gebracht. – Er ist, zu dieser Zeit, beschäftigt mit Herübersendung grosser Armeen von fremden Mieth-Soldaten, um die Werke des Todes, der Zerstörung und Tyranney zu vollführen, die bereits mit solchen Umständen von Grausamkeit und Treulosigkeit angefangen worden, welche selbst in den barbarischsten Zeiten ihres Gleichen nicht finden, und dem Haupt einer gesitteten Nation gänzlich unanständig sind. – Er hat unsere auf der hohen See gefangene Mitbürger gezwungen die Waffen gegen ihr Land zu tragen, um die Henker ihrer Freunde und Brüder zu werden, oder von ihren Händen den Tod zu erhalten. – Er hat unter uns häus-*

liche Empörungen und Aufstände erregt, und gestrebt über unsere Grenz-Einwohner die unbarmherzigen wilden Indianer zu bringen, deren bekannter Gebrauch den Krieg zu führen ist, ohne Unterschied von Alter, Geschlecht und Stand, alles niederzumetzeln. – Auf jeder Stufe dieser Drangsalen haben wir in den demüthigsten Ausdrücken um Hülfe und Erleichterung geflehet: Unsere widerholten Bittschriften sind /nur\ durch widerholte Beleidigungen beantwortet worden. Ein Fürst, dessen Character so sehr jedes einen Tyrannen unterscheidendes Merkmaal trägt, ist unfähig der Regierer eines freyen Volkes zu seyn. – Auch haben wir es nicht an unserer Achtsamkeit gegen unsere Brittischen Brüder ermangeln lassen. Wir haben ihnen von Zeit zu Zeit Warnung ertheilt von den Versuchen ihrer Gesetzgebung eine unverantwortliche Gerichtsbarkeit über uns auszudehnen. Wir haben die Umstände unserer Auswanderung und unserer Niederlassung allhier zu Gemüthe geführt. Wir haben uns zu ihrer angeborenen Gerechtigkeit und Großmuth gewandt, und sie bey den Banden unserer gemeinschaftlichen Verwandtschaft beschworen, diese gewaltsamen Eingriffe zu mißbilligen, welche unsere Verknüpfung und unsern Verkehr mit einander unvermeidlich unterbrechen würden. Auch sie sind gegen die Stimme der Gerechtigkeit und Blutsfreundschaft taub gewesen. Wir müssen uns derohalben die Nothwendigkeit gefallen lassen, welche unsere Trennung ankündigt, und sie, wie der Rest des menschlichen Geschlechts, im Krieg für Feinde, im Frieden für Freunde halten. –

Indem derohalben Wir, die Repräsentanten der Vereinigten Staaten von America, im General-Congreß versammlet, uns wegen der Redlichkeit unserer Gesinnungen auf den allerhöchsten Richter der Welt berufen, so Verkündigen wir hiemit feyerlich, und Erklären, im Namen und aus Macht der guten Leute dieser Colonien, Daß diese Vereinigten Colonien Freye und unabhängige Staaten sind, und von Rechtswegen seyn sollen; daß sie von aller Pflicht und Treuergebenheit gegen die Britische Krone frey- und losgesprochen sind, und daß alle Politische Verbindung zwischen ihnen und dem Staat von Großbritannien hiemit gänzlich aufgehoben ist, und aufgehoben seyn soll; und daß als Freye und Unabhängige Staaten sie volle Macht und Gewalt haben, Krieg zu führen, Frieden zu machen, Allianzen zu schliessen, Handlung zu errichten, und alles und jedes andere zu thun, was Unabhängigen Staaten von Rechtswegen zukömmt. Und zur Behauptung und Unterstützung dieser Erklärung verpfänden wir, mit vestem Vertrauen auf den Schutz der Göttlichen Vorsehung, uns unter einander unser Leben, unser Vermögen und unser geheiligtes Ehrenwort.

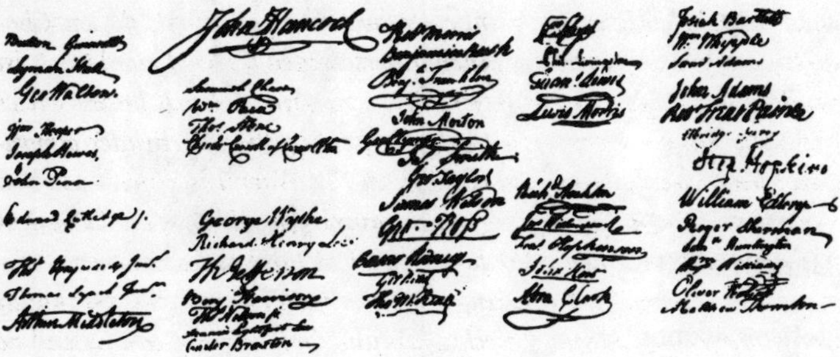

Band 12228

Jeffrey Archer

Rivalen

Die atemberaubende Karriere von vier ehrgeizigen Männern

So verschieden sie auch sein mögen – das Schicksal und ihre gemeinsame Leidenschaft, die hohe Politik, führen sie immer wieder zusammen. Im Guten wie im Bösen, in der Liebe zu den Frauen wie im Verfolgen ihrer hochgesteckten Pläne sind sie Rivalen. Doch alle vier müssen sich durch ein Gestrüpp von Intrigen, Neid, Skandalen und Feindseligkeiten hindurchkämpfen. Eine besondere Rolle spielen dabei die Frauen, die sie auf ihrem Weg nach oben begleiten.
Jeffrey Archer, Jahrgang 1940, wurde als jüngstes Mitglied ins britische Unterhaus gewählt, mußte es jedoch schon bald wegen seiner Verwicklung in einen Finanzskandal verlassen. Hoch verschuldet schrieb er seinen ersten Roman. Heute zählt er zu den besten Erzählern der Welt.

BASTEI
LÜBBE